LA REGIÓN
MÁS
TRANSPARENTE

CARLOS FUENTES

LA REGIÓN MÁS TRANSPARENTE

Texto revisado por el autor para esta edición

REAL ACADEMIA ESPAÑOLA

ASOCIACIÓN DE ACADEMIAS
DE LA LENGUA ESPAÑOLA

LIMPIA, FIXA, Y DA ESPLENDOR.

Carlos Fuentes cumple ochenta años en este 2008, cuando hace cincuenta que vio la luz *La región más transparente.*

Más allá del fácil convencionalismo, la feliz coincidencia presta ocasión para rendir homenaje al gran escritor, maestro en muchos géneros de las letras hispanas. La Real Academia Española y la Asociación de Academias han acogido con entusiasmo la invitación de la Academia Mexicana de la Lengua a sumarse a las celebraciones con una edición conmemorativa de aquella novela memorable.

Recibida en el momento de su publicación con una fuerte división de opiniones —respuesta comprensible a una obra que rompía los moldes tradicionales de la narrativa y presentaba una visión crítica del pasado y presente de la ciudad de México—, muy pronto fue señalada como el primer estallido del llamado bum de la Nueva Novela Hispanoamericana.

Su valor sustancial radicaba, sin duda, en una exploración pionera del lenguaje. Frente a Mallarmé, que señalaba como tarea del escritor devolver a las palabras de la tribu un sentido más puro, Carlos Fuentes se propone utilizar palabras manchadas de fango, de tierra, de vida: palabras mancheñas. «Territorio de La Mancha» ha llamado él a nuestra lengua, intensamente mestiza en sí misma y abierta por ello a la comunicación y a la integración. Por

universalmente manchega y cervantina, es la nuestra una
lengua propicia no solo para reflejar la realidad sino para
transformarla.

Al igual que en los otros volúmenes precedentes de esta colección, en la preparación de esta edición, que por encargo de la Academia Mexicana ha cuidado con esmero don
Gonzalo Celorio, miembro de ella, han colaborado acadé-
micos de diversos países. Abre los estudios el propio Gonzalo Celorio, que hace la semblanza de Carlos Fuentes como
maestro de varias generaciones; sigue otro de José Emilio
Pacheco (México) referido a la recepción de la novela en su
momento y a la importancia que en ella cobra la ciudad de
México, mientras Vicente Quirarte (México) amplía la perspectiva al ámbito de la narrativa mexicana del siglo XX.

Carmen Iglesias (RAE) estudia las relaciones entre historia y literatura en la obra de Fuentes, particularmente
en *La región más transparente,* y Sergio Ramírez (Nicaragua)
destaca el carácter inaugural de esta novela en el contexto de la literatura hispanoamericana. Nélida Piñon (Brasil) da cuenta de las fuentes literarias universales en que
abreva Carlos Fuentes, en tanto que Juan Luis Cebrián
(RAE) atiende al papel de Carlos Fuentes en el pensamiento crítico contemporáneo.

El discreto y avisado lector reparará, sin duda, en el aviso
de que el «texto ha sido revisado por el autor para esta edición». No se trata de un cliché gratuito, como se verá en la
«Nota al texto». El Instituto de Lexicografía de la Real
Academia Española ha realizado un minucioso estudio de
diversas ediciones y prepublicaciones y Carlos Fuentes ha
decidido la fijación textual que aquí se ofrece.

Completan el volumen una «Bibliografía» esencial, y un
«Glosario» de voces utilizadas en la novela y un «Índice

onomástico» que ha preparado Concepción Company (México) con un equipo de su Academia y la colaboración del Instituto de Lexicografía de la RAE.

La Real Academia Española y la Asociación de Academias se honran en ofrecer a Carlos Fuentes este homenaje al que esperan que se incorporen muchos lectores de *La región más transparente.*

© Paulina Lavista

Carlos Fuentes

GONZALO CELORIO

CARLOS FUENTES, EPÍGONO Y PRECURSOR

Cuando murió, la madre de Jorge Luis Borges, doña Leonor Acevedo, tenía 99 años de edad. Cuentan que, en el sepelio, una vecina se acercó al escritor y le dijo, a manera de pésame: «Qué pena; un poco más y llega a los cien», a lo que Borges respondió: «Me parece que exagera usted el prestigio del sistema decimal».

Este año de 2008, Carlos Fuentes cumple ochenta años de vida, y su primera novela, *La región más transparente,* cincuenta de haber sido publicada. El prestigio del sistema decimal al que Borges aludía no es la causa, pero sí el feliz pretexto para celebrar, por motivos más valederos y menos fortuitos que los que registra el calendario, ambos nacimientos: el de la persona, que se deja vivir para que el escritor trame su literatura, como Borges mismo definió su proceso de creación literaria, y el del novelista, merced al cual el hombre justifica su tránsito por el reino de este mundo.

No es posible hablar de la persona con independencia del escritor porque, ciertamente, Carlos Fuentes, el hombre, se ha dejado vivir para que el otro, el que escribe novelas y dicta conferencias, el que figura en diccionarios biográficos y suscribe artículos periodísticos, el que asume posiciones políticas y concede entrevistas, haya creado su vastísima obra literaria. ¿Qué decir de su persona que no remita a su condición de escritor, si vive para escribir, se alimenta de palabras y se confunde hasta la mímesis con ellas? Gracias a la cercanía que me ha permitido su afecto inopinado, acaso podría mencionar algunos de los rasgos característicos de su personalidad: su disciplina, su arrojo, su vitalidad, su elegancia. O referirme a sus gustos más acendrados, del cine, la ópera y las novelas de vampiros a las caminatas por los cementerios londinenses o las bajas temperaturas del mar Cantábrico que, lejos de inhibirlos, estimulan sus impulsos natatorios. O hablar de la amistad que nos ha prodigado a mí y a otros escritores de mi generación y a los de otras generaciones más jóvenes, como la llamada del *Crack,* a la que Fuentes prefirió denominar del *Boomerang* por venir de regreso del *Boom* de la literatura hispanoamericana. Pero cuanto dijera acabaría por redundar en la descripción de su personalidad literaria, porque todas las cualidades de Fuentes, su talento, su inteligencia, su cultura, su don de lenguas, su portentosa memoria están al servicio de su vocación, y todo lo que le ocurre, lo maravilloso y lo nefasto, lo trascendente y lo superficial, la bendición del amor y el dolor de la pérdida, es pastizal de su palabra. Su condición literaria es, en suma, la característica esencial de su persona.

Sin poder relegar a un segundo plano esta su naturaleza literaria, quiero destacar, sin embargo, una de sus más valiosas prendas personales, que debe agradecerse en términos amistosos, pero también, inevitablemente, en términos literarios: la generosidad.

Pertenezco a una generación nonata que antes de configurarse como tal fue sacrificada por la brutal represión del movimiento estudiantil de 1968, que acabó con todo intento gregario —y por ende con toda articulación generacional— y condenó a cada uno de sus virtuales miembros al solipsismo y el recelo; una generación descoyuntada en el momento en que debería haber consolidado su integración y afianzado su proyecto literario y que no se estableció sino muchos años después, cuando los que debimos haberla conformado ya peinábamos canas y habíamos recorrido nuestro propio camino en soledad. Nos encontramos tarde, sí, pero nos reconocimos en nuestras lecturas pretéritas y en nuestros antiguos ideales juveniles. Y coincidimos en que un signo que nos aglutinaba era precisamente el influjo que la obra, el ideario y la actitud literaria de Carlos Fuentes habían ejercido, por separado, en cada uno de nosotros. En efecto, novelas como *La región más transparente* y *La muerte de Artemio Cruz,* ensayos como *Tiempo mexicano* y *La nueva novela hispanoamericana,* conferencias como la que pronunció en Bellas Artes dentro del ciclo *Los narradores ante el público,* para citar solo unos cuantos ejemplos, nos habían marcado de manera indeleble y nos conferían, retroactivamente, una pertenencia generacional que no habíamos vivido en su momento. Por el profesionalismo y la modernidad de su literatura, por la agudeza y la dimensión crítica de su pensamiento, por la amplitud de su cultura y la firmeza de su vocación, Carlos Fuentes había adquirido, para nosotros, la condición del escritor paradigmático; un escritor untado a la vida y comprometido con ella y sus mejores causas; un escritor que sabía conjugar, como lo habían hecho Alfonso Reyes y Octavio Paz, la raigambre nacional y las arborescencias universales y a quien nada humano le era ajeno: la historia, la política, la economía, las relaciones internacionales, la música, la pintura, el cine, el teatro, la ópera —nutrientes todos de su obra literaria—; un escritor, en fin, que representaba con excelencia la cultura nacional en el ámbito internacional y sin quien nuestro país y su literatura no tendrían ni el carácter ni la resonancia que han alcanzado en el concierto de la cultura universal.

Algunos miembros de esta «generación retroactiva» lo conocimos en persona y tuvimos la bienaventuranza de frecuentarlo. Antes de reunirnos con él, nos distribuíamos los temas, según nuestros parcos conocimientos, para formar entre todos un raro ente plural que pudiera dialogar con el maestro. A uno le tocaba el cine, a otro la literatura de lengua inglesa, a un tercero la Revolución mexicana, a otro más la novela negra, a mí la literatura hispanoamericana. De esta manera, cinco frente a uno, pudimos conversar larga y reiteradamente con él y beneficiarnos de su magisterio. Su generosidad nos otorgó el estatus de interlocutores, nos hizo partícipes de sus hallazgos literarios, de sus opiniones políticas, de sus anécdotas personales, y nos reconoció como escritores. Nuestra gratitud se sumó a la admiración que ya le teníamos y que le seguimos profesando. Admiramos la disciplina ejemplar con la que todas las mañanas enfrenta su máquina preeléctrica, cuyas teclas le han deformado los dedos índices, que son los únicos que utiliza para escribir; la avidez con la que lee las novedades literarias y el entusiasmo que le siguen provocando el *Quijote* y las grandes novelas realistas y naturalistas del siglo XIX; el interés y la preocupación que le suscita el destino del país y del mundo, y, sobre todo, su gran energía. Es imposible seguirle el paso porque es más impetuoso que nosotros y desde luego más joven, aunque nos lleve veinte años de edad. Basta con verlo subirse a un estrado, comerse una docena de ostras o dictar una conferencia.

*

Se dice que la novela es un género de madurez porque, sin desdeñar los atributos de la imaginación que le son inherentes, el escritor, para articular su discurso narrativo, echa mano de su propia experiencia, que es directamente proporcional al transcurso de su vida, a diferencia del poeta, que acude al expediente de la imaginación, más fresca y vigorosa entre más breve es la edad de quien la posee, para expresar sus sentimientos y sus pasiones, sus anhelos y sus desencantos, sus deseos y sus altercados con la realidad, por lo que la poesía lírica suele ser un género de juventud. Si bien es posible aplicar semejante aserto a un altísimo número de casos, muchos ejemplos de uno y otro lado podrían contradecirlo, pues se trata, obviamente, de una generalización. Uno de ellos, y muy conspicuo por cierto, es el de la novela *La región más transparente,* que Carlos Fuentes publica, milagrosamente, en mayo de 1958, antes de cumplir los treinta años de edad.

Un milagro, sí. Asombran, por lo que hace al mundo referencial de la novela, el conocimiento que el joven escritor tiene de la realidad histórica mexicana, la soltura con la que transita por las diferentes épocas que ha vivido el país desde los tiempos prehispánicos hasta mediados del siglo XX y la madurez de su juicio crítico, que endereza muy señaladamente contra el discurso triunfalista de la Revolución mexicana y las traiciones cometidas por quienes lucharon en sus filas y medraron a sus expensas. Y por lo que hace a la técnica narrativa, sorprende la gama de recursos que utiliza para conferirle a su primera novela la modernidad que habrá de imponerse en la década siguiente como signo distintivo de nuestra novelística: la ruptura de la linealidad argumental; la alternancia de la narración omnisciente con el monólogo interior, el diálogo inmoderado o el flujo lírico y atemporal; la repro-

ducción fidedigna de los diferentes idiolectos, que entran
en colisión al igual que las clases sociales a las que representan... La voluntad de estilo, en suma. Con *La región más
transparente* —y muy poco tiempo después con *La muerte
de Artemio Cruz*—, Carlos Fuentes cierra, como epígono
crítico, la novela de la Revolución mexicana, y al mismo
tiempo abre, como precursor visionario, la llamada por
él mismo nueva novela hispanoamericana.

La novela de la Revolución mexicana había dado sus
primeros frutos cuando la lucha armada aún no había llegado a su fin. Mariano Azuela, Francisco L. Urquizo, Martín Luis Guzmán escriben sus primeras obras al fragor de
las batallas, en calidad de testigos presenciales de los acontecimientos que relatan —y a veces de participantes directos en ellos—, como lo habían hecho siglos atrás Hernán Cortés, Alonso de Ercilla y tantos otros soldados
metidos a cronistas que dejaban descansar la espada para
empuñar la pluma y escribir sus hazañas de conquista. Deben pasar algunos años, aunque no tantos como los que
transcurren entre las *Cartas de relación* de Cortés y la *Historia verdadera de la Conquista de la Nueva España* de Bernal Díaz del Castillo, para que el suceso revolucionario ad-
quiera la dimensión histórica que escritores como José
Vasconcelos o Agustín Yáñez logran darles a sus memorias o sus novelas: particularmente *La tormenta,* del primero, y la trilogía provinciana, del segundo, integrada por
Al filo del agua, Las tierras flacas y *La tierra pródiga,* que
dan cuenta, respectivamente, de la situación del país antes, durante y después de la Revolución. Y más años todavía para que la novela asuma el proceso revolucionario
como un fenómeno cultural amplio y complejo en el que
intervienen no solo factores históricos, políticos o económicos, sino también la sensibilidad, las creencias, la ima-

ginación de la colectividad que lo vive, como ocurre en la novela *Pedro Páramo,* en la que Juan Rulfo amplía las escalas y categorías de la realidad para incluir en ella, objetivamente, los atavismos, los mitos, las fantasías de la población rural mexicana, representada por esa entidad ubicua que recibe el nombre de Comala. En la novela de Rulfo, la Revolución no es más que un telón de fondo que le da sentido histórico a la idiosincrasia y a las mitologías de un pueblo dominado por el caciquismo que la Revolución misma prohijó.

Poco más de cuarenta años después de la publicación de *Los de abajo* y a escasos tres años de la aparición de *Pedro Páramo,* Carlos Fuentes, con *La región más transparente,* renueva, para concluirla más tarde con *La muerte de Artemio Cruz,* la tradición novelística de la Revolución mexicana.

Si la novela de la Revolución había descrito las injusticias sociales que le dieron legitimidad a la lucha armada, también había denunciado las miserias humanas que habían salido a relucir en el proceso: la ambición, la bajeza, la bestialidad criminal, que igualaban a los héroes con los bandoleros y creaban la figura del «bandolhéroe», término con el que Salvador Novo bautizó a sus protagonistas. Pero no había cobrado a plenitud la dimensión crítica que solo la distancia con respecto a los acontecimientos relatados puede proporcionar. Fuentes no centra su obra en la etapa prerrevolucionaria ni en el conflicto armado, aunque constantemente se refiere a una y otro, sino en la posrevolución, cuando el fenómeno histórico ya se ha institucionalizado. Esta perspectiva le permite consignar, tras la valoración crítica de los resultados de la contienda, la traición a sus causas primigenias y la persistencia de muchos de los males que llevaron a la conflagración: la desigual distribución de la riqueza, el monopolio del poder, la escasa, por no decir nula, participación del pueblo en los asuntos del gobierno.

Equivalente al *Sueño de una tarde dominical en la Alameda Central* de Diego Rivera, Fuentes pinta en *La región más transparente* un mural literario que, como el de Diego, se articula en dos ejes, uno diacrónico —la historia de México, que se vuelca sobre el presente a través, sobre todo, de los personajes atemporales, los guardianes de la tradición, Ixca Cienfuegos y su madre, Teódula Moctezuma— y otro sincrónico —la concomitancia de los diferentes estratos sociales en la ciudad capital durante el periodo presidencial de Miguel Alemán, primer presidente civil del país después de la Revolución—. Los personajes representan las transformaciones que la Revolución infligió en los estamentos polares de la sociedad mexicana: por un lado, los hacendados porfiristas, como la familia De Ovando, que pierden sus fortunas y sus tierras, pero conservan el espíritu y los modos del *ancien régime* y recuerdan con nostalgia los tiempos de bonanza, y, por otro, los revolucionarios que lucran con *la bola,* como Federico Robles, a quien la Revolución «le hace justicia» y lo convierte, de peón de hacienda, en banquero potentado. Y entre ambos extremos, todos los demás, que reflejan la intrincada composición demográfica de la urbe: los nuevos profesionistas, los intelectuales, las sirvientas, los ruleteros, los *juniors,* los estudiantes, los poetas, las declamadoras, los príncipes impostados, los aristócratas internacionales, los aventureros, las prostitutas, los burócratas, los espaldas-mojadas, los obreros, los líderes sindicales, los ferrocarrileros, las mecanógrafas, los abogados, los periodistas, los embajadores. A tan dilatado elenco se suman Ixca Cienfuegos y Teódula Moctezuma, sobrevivientes de un pasado abolido que se actualiza, como un atavismo irrenunciable, como un sustrato esencial, como un «espejo enterrado», en la conciencia de los demás: Federico Robles y Norma Larraigoiti, Rodrigo Pola y Pimpinela de Ovando, Juan Morales y Gladys García, que corre por las calles con la boca abierta a ver si le cae una palabra... Todos integrados en una novela totalizadora que propicia que los personajes cedan sus protagonismos respectivos a la ciudad que los acoge y le presten sus voces para que sea ella, con su espectral polifonía, la que asuma, por primera vez en la historia de la literatura mexicana, la condición protagónica que Carlos Fuentes quiso y supo adjudicarle.

*

Inhibida su escritura por razones políticas y doctrinarias durante los siglos coloniales, la novela hispanoamericana nació, tardíamente, con las revoluciones de independencia de nuestros países y adoptó, desde el principio, una franca posición emancipatoria.

El primer propósito literario de la América nuestra fue «independizar» el entorno natural a través de la palabra. Durante el siglo XIX y hasta bien entrado el XX, del argentino Domingo Faustino Sarmiento al colombiano José Eustasio Rivera, del uruguayo Horacio Quiroga al venezolano Rómulo Gallegos, los escritores se empeñaron en describir la naturaleza bravía del continente —sus selvas y ríos, sus pampas, montañas y desiertos— y en dar cuenta de las denodadas y casi siempre frustráneas luchas del hombre por domeñarla. Guiados por el viejo paradigma que oponía la civilización a la barbarie, planteado por Sarmiento en *Facundo* al mediar el siglo XIX, pretendieron también, paralela o consecutivamente a la apropiación del paisaje, adueñarse de lo que ahora llamaríamos el patrimonio intangible de sus flamantes países: la historia, la sociedad, la cultura americanas para conformar, como meta final de su emancipación, una identidad propia y un lenguaje capaz de definirla y expresarla. A la vuelta de su historia, la novela hispanoamericana superó el dilema decimonónico e hizo suyos tanto la naturaleza como lo que José Lezama Lima llamó *el arte de la ciudad*. En su ensayo «Problemática de la actual novela latinoamericana», recogido en el libro *Tientos y diferencias* de 1964, Alejo Carpentier, quien seguramente vio en *La región más transparente,* publicada apenas unos años antes, el indicio de los derroteros eminentemente urbanos que tomaba nuestra narrativa, dice:

... acaso por lo difícil de la tarea, prefirieron nuestros novelistas, durante años, pintar montañas y llanos. Pero pintar montañas y llanos es más fácil que revelar una ciudad y establecer sus relaciones posibles —por afinidades o contrastes— con lo universal. Por ello, esa es la tarea que se impone ahora al novelista latinoamericano. Por haberlo entendido así es que sus novelas empiezan a circular por el mundo, en tanto que la novela nativista nuestra, tenida por clásica en los liceos municipales, ni convence ya a las generaciones jóvenes ni tiene lectores en el lugar de origen —cuando los tiene en el lugar de origen—. Mera cosa de andar por casa (Carpentier, 1964).

La ciudad de México, empero, había estado presente en la novela mexicana desde que la novela mexicana existe.

La primera novela que puede considerarse como tal escrita en el continente americano es *El Periquillo Sarniento* de José Joaquín Fernández de Lizardi. Data de 1816, cuando aún no se ha consumado la independencia nacional, y responde al mismo espíritu que había llevado a su autor a denunciar en su obra periodística precedente, al precio de la cárcel y la censura, las injusticias del Gobierno español en sus posesiones de ultramar. Y en efecto, las aventuras picarescas que en ella se relatan transcurren preponderantemente en la ciudad de México, la todavía noble pero ya no tan leal capital de la Nueva España, que está a punto de convertirse en la metrópoli de la nueva nación.

No es de extrañar que así haya sido porque la referencia a la ciudad en la literatura mexicana se remonta a la Gran Tenochtitlan de los tiempos prehispánicos y tiene continuidad en la Nueva España a lo largo de los siglos virreinales. Ubicada, según la visión retrospectiva de Alfonso Reyes, en la región más transparente del aire, es loada en lengua náhuatl con líricos acentos por Nezahualcóyotl, poeta y señor de Texcoco, quien atribuye su extensión y su florecimiento al dios Huitzilopochtli, que la sostiene sobre la laguna. Es admirada por los conquistadores que, azorados ante su insólita belleza, la equiparan, por su condición acuática, con Venecia o, más literariamente, con «las cosas de encantamiento que se cuentan en el libro de Amadís», como lo hace Bernal Díaz del Castillo cuando la contempla por primera vez desde el abra de los volcanes a su llegada al valle del Anáhuac. Es descrita en lengua latina al mediar el siglo XVI por Francisco Cervantes de Salazar, profesor de Retórica de la Real y Pontificia Universidad de México, que la utiliza como escenario para que sus personajes, novohispanos unos y forasteros otros, articulen, mientras la recorren a caballo, los diálogos con los que el maestro pretende enseñar la lengua de Virgilio a sus discípulos. Es cantada por los poetas peninsulares que vienen al Nuevo Mundo con la esperanza de encontrar la savia que sus cansadas plumas habían perdido en la vetusta Europa, como el madrileño Eugenio Salazar, que relata, en octavas reales, la llegada del dios Neptuno, montado en una ballena, al lago de Chapultepec. Es magnificada con imágenes hiperbólicas y artificiosas por Bernardo de Balbuena, que la llama, con extremado hipérbaton, «de la famosa México el asiento» e inaugura con su *Grandeza mexicana* la poesía barroca en este lado del Mar Océano. Es estudiada, en fin, por los viajeros ilustres del siglo XVIII, que la describen en términos científicos y exaltan su belleza, como Alexander von Humboldt, quien de ella dice que «debe contarse sin duda alguna entre las más hermosas ciudades que los europeos han fundado en ambos hemisferios».

Con la independencia, la ciudad cobra una dimensión moral, ideológica y política que la literatura no solo registra, sino establece y acentúa. Es el escenario de las aventuras picarescas de Periquillo Sarniento con las que Fernández de Lizardi se propone moralizar al lector y por ende a sus habitantes; el espacio de los «crímenes y horrores» en el que Manuel Payno hace trajinar, en el sentido mexicano de la palabra, a los bandidos de Río Frío, al tiempo que levanta un inventario pormenorizado de las costumbres citadinas; el ámbito lúgubre de Martín Garatuza que Vicente Riva Palacio recrea en sus novelas históricas para remarcar el oscurantismo de los tiempos coloniales que el pensamiento liberal se propuso proscribir. En *La musa callejera* de Guillermo Prieto, en las obras de teatro de José Tomás de Cuéllar, en *La Rumba* de Ángel de Campo, la ciudad de México es el foro de las expresiones populares donde se manifiestan y se dirimen las diferencias sociales, se crean las leyendas y se forjan los valores nacionales. Es la ciudad pecaminosa de Federico Gamboa, la ciudad revolucionaria de Martín Luis Guzmán, la ciudad obrera de José Revueltas, la ciudad del crimen perfecto de Rodolfo Usigli.

Escenario, foro, telón de fondo, objeto de la evocación y del deseo, prosopopeya de los ideales o de las miserias de sus habitantes, metonimia de la abyección y del pecado, todo eso y más había sido la ciudad de México en la literatura que la nombra y la construye, pero nunca había sido personaje, hasta que Carlos Fuentes le confiere el papel protagónico de *La región más transparente.* Un personaje multifacético, electrizante, convulso, admirable, atroz. Más imponente que la pampa de Sarmiento, más impetuoso que los ríos de Quiroga, más intrincado que el sertón de Guimarães Rosa, más voraz que la selva de José Eustasio Rivera. A Arturo Cova, personaje de *La vorágine,* y sus acompañantes los devora la selva. A los entonces cuatro millones de habitantes del Distrito Federal, que constituyen la ciudad, se los traga la ciudad misma, como Huitzilopochtli que, para mantener encendido el fuego cósmico que da la vida, ha de alimentarse de los corazones de los hombres. «Los devoró la selva», concluye *La vorágine.* «Nos devoró la ciudad», parece pensar Ixca Cienfuegos cuando quiere decirle a Gladys García, entre el polvo de la ciudad: «Aquí nos tocó. Qué le vamos a hacer. En la región más transparente del aire» (p. 539).

*

Celebro que la Real Academia Española y la Asociación de Academias de la Lengua Española hayan acogido la iniciativa de la Academia Mexicana de preparar, a cincuenta años de su publicación, una edición conmemorativa de *La región más transparente.* Celebro también que muy distinguidos miembros de las corporaciones hermanas hayan aceptado la propuesta de acompañar, con sus estudios críticos, la novela de Fuentes, y que otros más, de la corporación mexicana, hayan trabajado en la creación de algunos instrumentos filológicos, como el glosario de voces y acepciones peculiares del español hablado en México, la lista de nombres propios y la bibliografía básica, que le permitirán al lector comprender y apreciar mejor la obra.

Independientemente de la circunstancia del cincuentenario de la novela, que coincide con el cumpleaños número ochenta de su autor, y del valor intrínseco de la obra, habría que justificar esta publicación por la enorme importancia que *La región más transparente* tiene en la historia de las letras de nuestra lengua.

Hay escritores importantes para la literatura y hay escritores importantes para la historia de la literatura. No siempre las obras que la literatura guarda para sí y preserva del tránsito del tiempo son las que han tenido incidencia determinante en el quehacer literario de su momento; ni siempre aquellas que ejercen influencia en sus contemporáneas ocupan un lugar permanente en el seno de la literatura. Carlos Fuentes es un escritor de excepción: la literatura preserva su obra y al mismo tiempo, con cada obra suya, se transforma. Más allá de los valores propios de *La región más transparente* —su energía, su fuerza narrativa, su capacidad crítica— que la literatura ha sabido reconocer, habría que señalar su significación histórica. Es la primera novela que le confiere a la ciudad de México una voz propia y que la abarca en su conjunto. La primera y la última porque después de ella la ciudad, que se ha reproducido y fragmentado en muchas ciudades distintas y distantes, no ha tenido cabida completa en ningún texto literario. Es, también, la obra precursora de la llamada nueva novela hispanoamericana, que en la década de los sesenta amparó, bajo esa denominación debida al propio Fuentes, libros tan deslumbrantes como *El siglo de las luces* de Alejo Carpentier,

La ciudad y los perros de Mario Vargas Llosa, *Rayuela* de Julio Cortázar, *Paradiso* de José Lezama Lima, *Tres tristes tigres* de Guillermo Cabrera Infante, *Cien años de soledad* de Gabriel García Márquez —y por supuesto *La muerte de Artemio Cruz*—. Es, finalmente, la novela que abrió las puertas a la modernidad para que, por su generoso vano, pasaran las generaciones sucesivas.

José Emilio Pacheco

CARLOS FUENTES EN *LA REGIÓN MÁS TRANSPARENTE*

HOMENAJE

Ninguna novela mexicana ha sido esperada como lo fue *La región más transparente*. Aquel lunes 7 de abril se iniciaba otra literatura y asistíamos sin saberlo al surgimiento de lo que, en los sesenta, el mismo Carlos Fuentes iba a llamar la Nueva Novela Hispanoamericana.

La conmoción radicaba en expresar una nueva realidad que los mexicanos no alcanzábamos a entender. Vivir es ignorar el porvenir y el país del «milagro mexicano», el «modelo de estabilidad» para una Iberoamérica convulsa no podía saber lo que le esperaba. El tema de *La región más transparente* era y es el fracaso de la Revolución mexicana. En vísperas de su cincuentenario (1960) Fuentes la juzgó una revolución traicionada.

Varias generaciones descubrieron a México en este libro —novela realista, novela histórica, novela de ideas, novela poemática, novela biográfica, novela esotérica, novela satírica, elogio de la hibridez y de lo inconcluso, epopeya triunfal de la derrota y la humillación— que llegaba al cabo de nuestros únicos dieciocho años de paz conocidos desde 1910. Ideas que hasta entonces solo se habían manifestado en libros y publicaciones académicas irrumpieron en el foro proporcionado por una narración apasionante.

La región más transparente fue la primera y la última novela sobre la ciudad de México, su mitificación literaria y su elegía anticipada poco antes de que la capital se disolviera en la catástrofe urbana llamada D. F., aglomeración informe que compite con Los Ángeles en ser la última ciudad o la primera de las postciudades del siglo XXI.

Nadie más que Fuentes pudo escribirla. Solo él pudo haber sido capaz de hacer cincuenta años más tarde *La voluntad y la fortuna* (2008), que es para el D. F. lo que *La región más transparente* ha sido para la extinta ciudad de México, la capital como Gran Prostituta de Babilonia. No en vano la novela está abierta y cerrada por la puta Gladys García.

*

Así como la metrópolis se precipitaba sobre sus alrededores para engullirlos y anularlos, la novela del joven Fuentes desbordaba los géneros y los incluía a todos en un fluir narrativo sin descanso. El cuento, el ensayo, la crónica, el reportaje, el poema en prosa, los diálogos de los vivos y los muertos, la biografía, el drama, el guión de cine, el elogio de lo mixto y lo impuro: todo era necesario para abarcar y para inventar una realidad a la que nadie se había enfrentado en toda su magnitud.

Entre los lectores innumerables de esta novela hay un sector, mínimo y ya en peligro de extinción, constituido por los adolescentes que habitamos en 1958 aquella ciudad de México. El lugar natal era invisible para nosotros. Fuentes nos descubrió sus avenidas, sus calles, sus palacios y sus tugurios al revelarnos todo eso mediante un proceso de desfamiliarización. Su mirada no es la del extranjero que ve en lo diferente un exotismo degradado. Fuentes observa el escenario de sus relatos, la pluralidad de narraciones que se entretejen de modo indisoluble para formar el todo coherente y laberíntico de su novela, no como cualquier otro sino como un mexicano *otro,* un niño que ha crecido en Río de Janeiro, en Washington, en Santiago de Chile y en Buenos Aires, sí, pero dentro de ese territorio extraterritorial de las embajadas que son parte de México y a la vez se encuentran obligadas a representarlo. El niño, por lo demás, pasa las vacaciones en lo que nadie puede negarle como su tierra.

El adolescente que llega a vivir en la capital mexicana —la gran aldea transfigurada y metropolizada por el exilio español en particular y europeo en general— tiene la doble riqueza de verla desde fuera y desde dentro. Del mismo modo el bilingüismo le da una perspectiva literaria única, nada frecuente entre los escritores mexicanos de entonces. Tenía todo para ser el primero de los novelistas *hispanos* que hoy escriben en inglés. Pero Fuentes eligió la lengua española, no la recibió como algo irremediable. Y por ello también la ha asimilado en sus textos clásicos y es uno de los grandes lectores actuales del *Quijote.*

Gabriel García Márquez y Julio Cortázar han señalado que para la mayoría de nosotros el español es la lengua que aprendimos en nuestras casas y no tratamos de estudiar ni merecer ni conquistar, porque es también la que leemos en traducciones no siempre cuidadosas. Fuentes no necesita de intermediarios en otros idiomas, por eso pudo apropiarse, no nada más dejarse influir, de todos los recursos de la novela en la primera mitad del siglo XX y ha dominado como pocos la tradición escrita del español, suyo por nacimiento y elección. De allí su poderío verbal: no escribe con un vocabulario sino con todo el idioma. También cuenta en su haber que ha leído muy bien a sus contemporáneos y a los que llegaron después.

Fuentes nombró lo que no tenía nombre, convirtió en personajes a los seres anónimos que recorrían esas calles transfiguradas por la perenne injusticia, la violencia de siempre, la victoria de la miseria, la especulación inmobiliaria y la tempestad del progreso. Recogió sus voces y sus ecos, sus rumores y hasta sus olores.

En el primer intento de lo que después Mario Vargas Llosa designó como «novela total» recorrió todos los ámbitos e incluyó a los revolucionarios y a los que se aprovecharon de la Revolución, a los aristócratas del Porfiriato y a los nuevos burgueses, a los parásitos y a los que trabajan para que los otros no lo hagan y los desprecien, a los intelectuales y a los analfabetos, a los de aquí y a los que llegaron de otros mares, a los banqueros y a los proletarios, y a «los guardianes», Ixca Cienfuegos y Teódula Moctezuma, lazo de unión entre el presente corrupto y el pasado de piedra incorruptible. Ixca Cienfuegos es el pretérito que yace enterrado y vivo en el subsuelo y tiene la omnisciencia y la ubicuidad del narrador ficticio que sin decirlo cuenta la novela. La estrategia es más flexible que la convención de hacer que la narrara la ciudad misma.

La región más transparente cubre cincuenta años de vida mexicana, retrocede hasta 1900 y avanza hasta 1954 pero su núcleo ardiente está en 1951, el año clave del medio siglo mexicano. La realidad social del régimen de Miguel Alemán (1946-1952), primer civil tras una larga serie de Gobiernos militares, queda en ella de modo incomparable. Por eso, más que la pugna entre civilización y barbarie, entre la modernidad de Federico Robles y el aztequismo lírico de Ixca Cienfuegos, lo que analiza es el carácter siempre colonial y opresivo de la sociedad mexicana. Tal vez como ninguna otra novela nuestra mezcla épica y picaresca, habla de la lucha por la vida y la siniestra victoria del más fuerte.

*

Un libro no se queda inmóvil, está siempre actuante para las lecturas nuevas que lo echan a andar y ven lo que otros no vieron. El joven escritor que en 1957 entregó su manuscrito al Fondo de Cultura Económica no podía prever la resurrección de la ciudad azteca a partir de 1978, ni menos que la festividad de la Independencia el 15 de septiembre, imán trágico para los personajes de su novela, se iba a convertir en el cincuentenario de *La región más transparente* y, gracias al terrorismo, en otra fecha trágica (nuestro 15-S) para el martirologio mexicano.

*

Realismo crítico y literatura fantástica, prosa poética y subversión del lenguaje, novela popular y experimentación vanguardista: cuanto se ha hecho en la narrativa mexicana posterior a Fuentes se encuentra en acto o en potencia en esta novela, tan venturosa y tumultuosamente imperfecta como tan magistral y germinal, de un gran escritor ante quien nadie ha sido indiferente.

V. S. Pritchett, el gran crítico inglés, se preguntó en los sesenta si hay en el aire de las Américas (inglesa, francesa, portuguesa e hispana) algo fatal para la invención literaria: un comienzo maravilloso y luego la oscuridad, el vacío, la muerte.

Fuentes representa la viva negación de este prejuicio. De 1954 a 2008, de *La muerte de Artemio Cruz* a *Los años con Laura Díaz*, de *Las buenas conciencias* a *La frontera de cristal*, de *Terra nostra* a *Cristóbal Nonato*, de *Aura* a *El naranjo*, de *Agua quemada* a *La silla del águila*, de *Zona sagrada* a *Todas las familias felices*, de *Cumpleaños* a *Diana o la ca-*

zadora solitaria, de *Cantar de ciegos* a *Constancia y otras novelas para vírgenes,* de *Gringo viejo* y *La campaña* a *Instinto de
Inés* e *Inquieta compañía,* Fuentes nos ha dado una obra que
en sí misma es toda una literatura dentro de las literaturas de su país, su continente y la lengua española. No podríamos concebir un México sin Fuentes ni una novelística actual sin su presencia.

*

Hay una foto conmovedora tomada a principio de los años
treinta en la Rua das Laranjeiras. Es una fiesta de la em-
bajada mexicana en Brasil y en ella el embajador Alfonso
Reyes sostiene en brazos a un niño vivaz, el hijo de Rafael Fuentes, el joven secretario de esa representación.
Es quizá la primera de una serie de imágenes en que el escritor aparecerá al lado de las grandes personalidades de
su siglo y muestra dos aspectos de Fuentes que han con-
tribuido a hacerlo quien es: el que sabe aprender y el que
sabe trasmitir lo aprendido, el hombre exento de la envidia y la malevolencia, que son las enfermedades profesionales del escritor. Nadie como él ha podido admitir crí-
ticamente su tradición ni aceptar con tanta generosidad
a las sucesivas nuevas generaciones. Quizá por eso su obra
nunca se ha detenido, en cada libro ha logrado deshacer-
se de sus propias certezas y emprender siempre una nueva
aventura sin apoyarse en el terreno firme de sus trabajos
anteriores. Hoy, como en *La región más transparente,* Fuentes se arriesga, empieza como por vez primera todo el
tiempo. Nunca está satisfecho ni cree saberlo todo para
siempre.

*

«Ni un día sin pintar» fue el lema de Diego Rivera. «Ni un día sin escribir» parece el de Carlos Fuentes. Nada tan lejano a él como la tortura del bloqueo y la página en blanco. Escribir, así sea acerca de lo más trágico, es un placer y una fiesta que se renueva cada mañana.

Hablar de Rivera hace inevitable referirse a los vasos comunicantes entre las artes y las letras. Con base en un texto célebre de Reyes, *Visión de Anáhuac* (Madrid, 1917), en que se anticipa a la intertextualidad y urde con las crónicas de los conquistadores la descripción de un día en México-Tenochtitlan, Diego Rivera pinta uno de sus más célebres murales. John Dos Passos lo observa trabajar y se le ocurre transferir a la novela el procedimiento de Rivera. El resultado: *Manhattan Transfer* y la trilogía *USA*. El círculo se cierra: el joven Fuentes lee a Dos Passos y se empeña en unirlo a Rivera y escribir como quien pinta un mural algunas páginas de su novela omnívora sobre la ciudad de México.

*

Y es que a él le tocó la suerte de atestiguar la agonía de la capital mexicana, espejo oscuro donde el mundo contempla el hundimiento de todas las teorías acerca del progreso. El apocalipsis urbano anunciado en sus novelas se adelantó. Y él estuvo aquí para hacer en 2008 y en *La voluntad y la fortuna* la crónica de la realidad actual con sus decapitados y los incesantes cadáveres que aparecen todos los días con huellas de tortura y dentro de toneles de ácido. Ante el desastre solo nos queda recomenzar, pero nadie sabe cómo ni en dónde ni cuándo.

*

Hoy como ayer la obra toda de Fuentes es un intento por encontrar una respuesta narrativa y mítica, realista y fantástica a la pregunta sin contestación de qué es México. Extraño país abierto a los dos océanos y cerrado sobre sí mismo, a medio camino entre Europa y Asia, última frontera del mundo indígena y del mundo hispánico, en donde continúa la lucha iniciada hace más de dos mil años entre la Romania y la Germania y donde ni la Conquista ni la Colonia ni la Independencia ni la Reforma ni la Revolución han terminado.

La historia de México no se entiende sin las historias de España y de los Estados Unidos. Fuentes ha interrogado mediante la imaginación los enigmas sin fondo. Como todo novelista mexicano, se enfrentó desde el comienzo a la dificultad de superar en la página la doliente grandeza y la inmejorable construcción dramática que se dio en la realidad.

Se necesitaría la colaboración de Sófocles y Shakespeare para imaginar tragedias como la de Moctezuma y Hernán Cortés o Carlota de Bélgica y Maximiliano de Habsburgo. Por algo estas figuras históricas vuelven una y otra vez a su obra narrativa y dramática.

Él tiene presente siempre que todo se relaciona con todo y la tarea del escritor es buscar esas conexiones. De las minas de México y Perú y el trabajo esclavo de los indios y los africanos sale la base material para hacer de Europa lo que fue y lo que es. De la tentativa de Luis Bonaparte, «Napoleón» III: frenar el avance anglosajón y protestante con un reino católico, proviene el concepto de una «Latinoamérica» (que no Hispanoamérica ni Iberoamérica), sale el imperio imaginario de Maximiliano. La intervención francesa, el Vietnam y el Irak del siglo XIX, desangra al país y provoca la derrota ante Prusia en 1870, origen de la Alemania de Bismarck, la Comuna, las dos guerras mundiales y la Revolución soviética.

En 1917 la promesa de Berlín a México: devolverle los territorios perdidos en 1848 si ataca al régimen de Washington, provoca la intervención de Wilson en la guerra europea y el que su país salga de la conflagración transformado en la gran potencia a cuya agonía estamos asistiendo. Este es el territorio histórico que a partir de *La región más transparente* Fuentes explora en sus novelas, sus cuentos, sus ensayos y sus dramas.

*

Dentro del mundo anglosajón Fuentes es la voz de Hispanoamérica. Él defiende nuestras versiones de la realidad ante un vastísimo público no acostumbrado a escuchar el punto de vista del otro.

Años antes de que se hablara del bum, a él se le ocurrió la idea de que existía una nueva novela hispanoamericana y la expuso en un ensayo precursor.

En México, en Londres y en París su casa fue el recinto aglutinador de ese movimiento bicontinental que significa para la narrativa de nuestra lengua lo que el Modernismo de Rubén Darío (y Ramón del Valle-Inclán, Juan Ramón Jiménez, Antonio y Manuel Machado) representó para la poesía. Su Territorio de La Mancha no reconoce la partición de las aguas ni las fronteras nacionales.

Al cumplirse el medio siglo de *La región más transparente,* Carlos Fuentes ya no es nada más el gran novelista de su país, México, sino de todo el mundo hispánico.

VICENTE QUIRARTE

EL NACIMIENTO DE CARLOS FUENTES

La obra fundacional, que también podemos llamar clásica o *ejemplar,* para acudir al término forjado por el novelista que al transformar las reglas del juego se convirtió en primer crítico de la lectura, conoce sus responsabilidades y sus riesgos. Revalora lo que antes habíamos desdeñado y pone en tela de juicio lo que generaciones anteriores habían adoptado como dogma. Al plantear la posibilidad de nuevos caminos, los propicia y paradójicamente los clausura. Al formular las bases de su propia aventura, establece los principios de tradición y cambio, talento individual y herencia colectiva.

En la primavera de 1958 apareció *La región más transparente,* primera novela de Carlos Fuentes. En su expediente, que forma parte del archivo del Centro Mexicano de Escritores, en la Biblioteca Nacional, se conserva un documento donde traza las líneas generales de su obra con la inconfundible caligrafía en tinta azul que tantos cuadernos habría de llenar con disciplina, creatividad y exigencia ascendentes.

La región más transparente, nutrida por obras antecesoras de varias latitudes, que al mismo tiempo asimila y transforma, síntesis y cuestionamiento de la historia mexicana, desciframiento de mitologías, suma de elevaciones líricas, ofrecía un ambicioso panorama que desafiaba a sus lectores y simultáneamente aceptaba los retos de quien se atreve a escribir una obra heterodoxa y provocadora. Su poderosa y sólida estructura, su riqueza verbal y conceptual, la variedad de sus registros hacían posible todo, menos permanecer indiferente. «Un gran escritor —afirma Georges Duhamel— es aquel que nos secunda en el conocimiento y la expresión de aquella parte de nuestra vida que parece, en un primer momento, incomunicable». Fuentes quiso desde esa su primera novela ser un autor de tal naturaleza, ese que busca lectores activos o inconformes, que los obliga a mirarse no en un espejo inmediato sino a entrar en un laberinto de azogues que los confronte, los incomode. Y los ayude a pelear como si cada día fuera el primero.

Carlos Fuentes dialogó desde muy joven con fantasmas. Dueño también, desde sus primeros años, de un arsenal objetivo para afrontar los desafíos ideológicos de un mundo que su lucidez lo llevaba a interpretar, enfrentar y exorcizar mediante el análisis y el raciocinio, su primera formación tuvo como alas inevitables la imaginación y la fantasía: la realidad y el deseo se debatían en esa vocación literaria donde el sueño era posible, pero también era necesaria la forja de herramientas indispensables para interpretar el mundo. El antecedente inmediato de ese joven y talentoso escritor, que daba muestras de cultura y versatilidad para encontrar su estilo con base en varios estilos, lo eran sus cuentos reunidos bajo el título *Los días enmascarados,* publicados en 1954 por Juan José Arreola en la colección Los Presentes. Sabedor de que la forma es determinante del fondo, el editor se afanó en que los libros de los jóvenes escritores fueran objetos leales a la gran tradición tipográfica mexicana: papel de peso tan completo como las palabras de sus autores, interlineado consciente del potencial lector, ilustraciones que dialogaran con el texto, en vez de decorarlo. La viñeta que acompaña el libro de Fuentes es obra de Ricardo Martínez. El lector enfrentaba cuentos de fantasmas que ponían en tela de juicio la ortodoxia del género y, por lo tanto, consumaban algunas de las piezas más memorables y provocadoras de nuestra literatura. «Chac-Mool» y «Tlactocatzine, del jardín de Flandes» ingresaron de inmediato en las antologías de nuestros mejores cuentos y prefiguraron la futura poética de Fuentes: la presencia omnipotente de la Historia, su retorno como tiempo cíclico a la duración lineal de los humanos; el amor y el deseo como fuerzas elementales que convulsionan y crean de manera constante el Universo. La naturaleza imita al arte: el descubrimiento de nuevos monolitos que subyacen en las entrañas de la vieja ciudad, su poder atribuido a los terremotos de 1985 y el retorno del Quinto Sol evocan la tiranía que la escultura del ídolo del cuento de Fuentes ejerce sobre su inocente comprador. «Tlactocatzine, del jardín de Flandes» demuestra la resurrección constante de Carlota en la historia, la novela y las rondas infantiles. En esos cuentos tempranos ya aparecía la ciudad de México como escenario hechizado, gran acumulador de energía capaz de propiciar toda clase de ilusiones y pesadillas: la Historia como herencia inevitable, conjunto de deudas pendientes y ofensas no satisfechas. Medio siglo después, en una nueva colección de relatos titulada *Inquieta compañía,* Fuentes prolonga esa obsesión donde se mezclan el rechazo y la inevitable admiración por el monstruo urbano. El personaje de uno de los cuentos reflexiona, tras una larga ausencia de la capital: «... el caos urbano del Distrito Federal lo confundió primero, lo disgustó enseguida, lo fascinó al cabo. México le pareció una ciudad sin rumbo, entregada a su propia velocidad, perdidos los frenos, dispuesta a hacerle la competencia al infinito mismo, llenando todos los espacios con lo que fuese, bardas, chozas, rascacielos, techos de lámina, paredes de cartón, basureros pródigos, callejuelas escuálidas, anuncio tras anuncio tras anuncio».

Carlos Fuentes nació en 1928, cuando la generación literaria que la historia denominaría Contemporáneos se consagraba a revolucionar las letras mexicanas e incorporar nuestro quehacer artístico en el concierto mundial. Uno de los medios para consumarlo será la escritura de obras narrativas heterodoxas, donde la preocupación se concentra en la metáfora, la precisión de la palabra, la intensidad de la *poiesis.* Hoy las leemos como experimentos de poetas, desafíos que sus autores se impusieron para construir la que Rosa García Gutiérrez denomina la otra novela de la Revolución mexicana. Pero una de sus múltiples interpretaciones es la negativa de los jóvenes autores a aceptar la violencia y la corrupción política de una revolución que manifestaba sus inmediatos beneficios —la educación, el muralismo, el reparto agrario— pero también sus nuevos males, sus oscuras intrigas detrás del luminoso escenario. La ciudad espectral y desierta en *Dama de corazones* de Xavier Villaurrutia, la multicolor y dinámica de Salvador Novo en *El joven,* los escenarios proustianos en el Chapultepec que Jaime Torres Bodet traduce en *Margarita de niebla* constituyen algo más que exquisitos ejercicios de estilo: son formas de resistencia contra un medio hostil y mediocre. Acusados de antinacionalismo por sus enemigos y los defensores de un arte revolucionario del reflejo, hoy su permanencia demuestra lo equivocados que estaban sus malos lectores. La poesía es «un instrumento de investigación», declaró, lapidario, Jorge Cuesta, la inteligencia más crítica y radical del grupo. De la misma manera, se negaban a aceptar la idea clásica de Stendhal de la novela como un espejo que anda y copia la realidad.

Con todo, la admiración y el respeto de los Contemporáneos se unificaban en Mariano Azuela y su novela *Los de abajo* (1915). Quien había sido médico del Ejército carrancista hace en breves e intensas páginas la historia de la Revolución mexicana a través de su protagonista, Demetrio Macías, desde su entrada en el movimiento provocada por los abusos de autoridad contra su persona, su gente y su parca hacienda hasta la inercia y mediocridad de un movimiento que ve lleno de contradicciones. La novela de la Revolución será escrita, en su mayor parte, por testigos y actores de los sucesos. Su espectro tendrá la amplitud y riqueza de sus autores: un militar de profesión como Francisco L. Urquizo en *Tropa vieja;* una niña testigo de los acontecimientos como Nellie Campobello en *Cartucho;* un joven maderista como José Vasconcelos que en *Ulises criollo* da testimonio de las diversas fases del movimiento. Mención particular merece Martín Luis Guzmán, quien logra con su trilogía narrativa estilos claramente diferenciados: la autobiografía transformada en novela de aventuras en *El águila y la serpiente;* la expresión lingüística y la exploración psicológica de un jefe notable de la Revolución en *Memorias de Pancho Villa;* los mecanismos del poder político en *La sombra del caudillo.*

A partir de la publicación en 1947 de *Al filo del agua* de Agustín Yáñez aparece una forma distinta de leer en el pentagrama del paisaje, de mirar las sombras del antiguo régimen con la perspectiva del tiempo y las herramientas literarias de la modernidad. El novelista descubre el rostro regional y al tiempo lo universaliza, lo vuelve más próximo, le otorga una categoría estética que supera el localismo y la visión idílica, superficial, de la provincia.

En la época de formación y arranque de Carlos Fuentes, y con un año de diferencia, hacen su aparición en México dos libros de prosa que van a revolucionar nuestro modo de leer y de escribir: Juan José Arreola publica *Confabulario* (1952) y Juan Rulfo *El llano en llamas* (1953). Una ecuación cuyo propósito fuera establecer un árbol genealógico de estas dos obras miliares de la literatura mexicana podría afirmar que Mariano Azuela es a Juan Rulfo lo que Julio Torri —y por lo tanto la parte más puramente creadora de la generación del Ateneo— es a Juan José Arreola. Las cosas no son, por fortuna, tan sencillas. Mientras Rulfo acude a recursos de la narrativa moderna, desde Virginia Woolf a los novelistas norteamericanos que Gertrude Stein denominó «la generación perdida», Arreola se afana en ser el gran transformador de lecturas, el estilista que se convertirá en modelo y maestro de la generación de escritores de esa década y de la siguiente. Sin embargo, por lejano que pareciera un paralelo entre Torri y Rulfo, los cuentos de *El llano en llamas* y posteriormente la novela *Pedro Páramo* (1955) analizan y cuestionan la Revolución del mismo modo en que Torri logra con «De fusilamientos», una de las mejores sátiras a una de las prácticas más frecuentes durante el terror revolucionario mexicano.

Tres años luego de instalarse en la capital, en 1940, Juan Rulfo escribe el relato «Un pedazo de noche», que no será publicado sino hasta 1959 en la *Revista Mexicana de Literatura,* es decir, cuando ya han aparecido sus dos libros únicos, mayores y definitivos. «Un pedazo de noche» es, de tal modo, un texto perteneciente *al otro Rulfo,* el narrador urbano que pretendía escribir una novela titulada *El hijo del desaliento* y que, en su raíz existencialista, refleja el estado de zozobra y esperanza de quienes enfrentaban las contradicciones de la pretendida *nueva grandeza mexicana,* como llamó a aquellos años Salvador Novo.

Durante los casi veinte años transcurridos entre la escritura y la publicación del relato «Un pedazo de noche» tiene lugar la incorporación de la mitología de la ciudad de México y su actuación protagónica en la literatura, la fotografía y el cine. El miércoles 11 de agosto de 1959, Yáñez fecha su novela *Ojerosa y pintada,* con el subtítulo *La vida en la ciudad de México.* Posterior a la obra de Fuentes, la novela urbana de Yáñez tiene el inmediato mérito de utilizar, mediante la figura deliberadamente borrada del conductor de un auto de alquiler, el recurso literario del testigo callado: el oído del personaje es el caracol donde resuenan las voces de la urbe, sus pequeños cuidados, sus enormes minucias, frustraciones y alegrías.

La década de los años cuarenta vio un redescubrimiento de la urbe en la literatura, la plástica y el cine. En 1941, José María Benítez publica *Ciudad,* testimonio de la vida urbana, con su incertidumbre y su hambruna durante la Revolución, y Mariano Azuela hace en *Nueva burguesía* un análisis de los espacios ocupados por la clase obrera en ascenso. Tres años más tarde aparecen el libro de poemas de Efraín Huerta *Los hombres del alba,* las novelas *Páramo* de Rubén Salazar Mallén y *Yo, como pobre...* de Magdalena Mondragón, retrato brutal del mundo de los pepenadores. Ese mismo año Rodolfo Usigli publica *Ensayo de un crimen,* donde el protagonista ejerce el oficio de nuevo caballero andante, criminal y dandi. Finalmente, José Revueltas publica en 1949 *Los días terrenales,* donde los obreros se enfrentan a la ciudad y a las contradicciones entre la causa proletaria y el interés particular. Por lo que se refiere al cine, entre los numerosos títulos donde la ciu-

dad es más personaje que un escenario, Alejandro Ga-
lindo, Ismael Rodríguez y Emilio Fernández descubren
rostros inexplorados de la urbe, que Fuentes habrá de pro-
longar en su novela. La ciudad había estado allí, para el
cine, desde los documentales presentados por los hermanos Lumière al presidente Porfirio Díaz y la primera versión cinematográfica de la novela *Santa* (1903) de Federico Gamboa. En 1950 Luis Buñuel filma *Los olvidados.*
A partir de él hay otra manera, menos idílica y fingida, de
hablar de los personajes de la ciudad, particularmente de sus
niños. De igual manera, Fuentes habla de la ciudad pero
la hace hablar a ella: es la ciudad quien amanece y agoni-
za, quien redime y condena en su aliento los lenguajes y las
ansias de sus personajes.

Las acciones contemporáneas al lector de Fuentes tienen
lugar durante la presidencia de Miguel Alemán, es decir,
el momento de la juventud del autor, época de su forja sentimental. Autores mexicanos del siglo XIX anteriores a él
escribieron obras de gran aliento y carácter monumental,
cuyo propósito era aproximarse a la definición de la palabra
«México». Se trata de recuperar el pretérito y dar testimonio de su vigencia. Manuel Payno publica *Los bandidos de
Río Frío* de 1889 a 1891, pero los sucesos históricos que
vertebran su extensa novela tienen lugar medio siglo antes.
Guillermo Prieto, muerto en 1897, y cuyas *Memorias de mis
tiempos* habrán de aparecer de manera póstuma en 1906,
habla de hechos que tienen lugar desde el nacimiento del
autor hasta la primera mitad del siglo XIX.

No obstante el proyecto de desarrollo estabilizador, con-
secuente de la posguerra, la capital mexicana de la década del cincuenta se mantenía casi idéntica, en comparación con el cambio vertiginoso de la década anterior. Como
escribe Enrique Espinosa López en su *Ciudad de México: com-*

pendio cronológico de su desarrollo urbano 1521-2000: «Tres problemas graves padecía la ciudad por estos años: la insuficiencia de agua potable para una población de tres millones 800 mil habitantes; los hundimientos de la ciudad, y las inundaciones de la misma en época de lluvia». Un total de 212 264 vehículos automotores circulaban por las calles de la ciudad de México. De ellos, 162 309 correspondían a automóviles, 6910 a camiones de pasajeros y 43 045 a camiones de carga. Rubén Bonifaz Nuño dejó un testimonio doblemente valioso de aquella urbe y de la condición del solitario enfrentado a su ciudad en *Los demonios y los días,* libro aparecido en 1956:

En muy pocos años ha crecido
mi ciudad. Se estira con violencia
rumbo a todos lados; derriba, ocupa,
se acomoda en todos los vacíos,
levanta metálicos esqueletos
que, cada vez más, ocultan el aire,
y despierta calles y aparadores,
se llena de largos automóviles sonoros
y de limosneros de todas clases.

Es claro que tiene también escuelas
que enseñan inglés obligatorio,
y universidades en que los jóvenes
se visten de títeres, y platican,
mansamente agónicos y cansados,
de enzones y tacles y fombleos.

Y lentos camiones donde los indios
juntan el sudor y la miseria
de todos los días, se apretujan,
y llegan a barrios que se deshacen
de viejos, y tiemblan y trabajan.

Y también hay bellos nadadores
y ciclistas plácidos,
iglesias, rincones para turistas,
y torres de vidrio y sótanos líquidos
y estufas y mugre y gasolina y asfalto,
y un sol que calienta y acongoja
más de tres millones de almas enfermas.

La región más transparente aparece a la mitad de un siglo
donde el mundo occidental ha encontrado en la novela el
modo más acabado de expresión literaria, según ha visto
René M. Albérès en su estudio sobre la novela moderna.
Más allá de explotar la sensibilidad o la imaginación,
apunta, su arsenal estará dedicado a la construcción de laberintos mentales para cumplir con las responsabilidades
e inquietudes que antes fueron propias de la epopeya, la
crónica, el tratado moral y, por supuesto, la poesía. Si la novela es el género más seductor que existe, es porque al mismo tiempo que ofrece lo que podemos llamar una anécdota, una intriga, un misterio que obliga al lector a ser
cómplice del escritor, contiene un vasto registro de resonancias psicológicas, sociales, ontológicas, estéticas y simbólicas.

Cuando Fuentes nace a la vida literaria, el significante
México se encuentra en búsqueda de sus múltiples y posibles significados. La Revolución, que cumple su primer
cincuentenario en 1960, será analizada desde diferentes
perspectivas, e incorporada al discurso oficial como la consumación del edén en la tierra. Esas conquistas predica-
das por el alemanismo serán analizadas por un autor de la
generación posterior a la de Fuentes, José Emilio Pacheco, en la novela *Las batallas en el desierto.* Autores de todas
las disciplinas se afanan en hacer la anatomía del ser nacional, de la identidad y las contradicciones de su onto-

logía. Desde 1934, el filósofo Samuel Ramos había publicado *El perfil del hombre y la cultura en México*. En la colección México y lo Mexicano, publicada por la editorial Porrúa y Obregón, aparecen *La x en la frente* de Alfonso Reyes, *Conciencia y posibilidad del mexicano* de Leopoldo Zea, *Análisis del ser del mexicano* de Emilio Uranga, *En torno a la filosofía mexicana* de José Gaos. México logrará una conquista a la inversa, al atraer la atención y la pasión de autores españoles como el Luis Cernuda de *Variaciones sobre tema mexicano* o el José Moreno Villa de *Cornucopia de México*. Si con los Contemporáneos México se había puesto de moda para el extranjero, en la generación de Fuentes México se vuelve una moda para el mexicano: un espejo incómodo, insustituible, inevitable. Tras bajarse del caballo, y sin haberse sacudido por completo el polvo del camino, la Revolución se está durmiendo en sus laureles: es hora de que sus pensadores la despierten, la cuestionen, le pidan cuentas.

La región más transparente es la última de las novelas de la Revolución mexicana, y la primera en que Fuentes hace la anatomía de ese gran experimento social, prolongado, accidentado y contradictorio. A explorar los múltiples caminos y mitificaciones de esa Revolución que ha sido calificada de diferentes formas —continuada, traicionada, interrumpida— Fuentes dedicará varias obras posteriores. Amplificará notas, temas, atmósferas. Por eso no es exagerado decir que *La región más transparente* es el nacimiento de Carlos Fuentes: respuesta tan inmediata por parte de sus lectores hace más amplio y evidente el horizonte de expectación de nuestro autor: *La muerte de Artemio Cruz* profundiza en el retrato de Federico Robles como símbolo de la Revolución transformada; *Gringo viejo*, la vida imaginaria de Ambrose Bierce y su desaparición en el fragor revolucionario; *Agua quemada,* la biografía fragmentada pero unitaria de una ciudad que cambia con sus personajes pero que en el fondo permanece inalterable.

¿Por qué titula Fuentes su obra *La región más transparente?* La expresión había sido forjada —rescatada o prestigiada— en 1917 por Alfonso Reyes como declaración de principios o invitación al viaje al frente de su *Visión de Anáhuac,* texto escrito cuatro años después de la muerte de su padre, ese 9 de febrero de 1913 en que se convierte en la primera víctima visible de la Decena Trágica. Reyes escribe en el exilio y con la firme voluntad de exorcizar los fantasmas de la venganza y el rencor. Síntesis del paisaje que ojos extranjeros tuvieron de nuestra antigua tierra y de cómo la imaginación y la realidad fueron delineando los contornos de un paisaje que es, inevitablemente, nuestro. A esa expresión llegó Reyes luego de varias generaciones de propios y extraños que habían dejado testimonio de su admiración por la transparencia inverosímil del aire. Thomas Gage, en su libro *A New Survey of the West Indies,* aparecido en 1648, al tener a la vista la ciudad de México, exclama: «Nos pareció que la íbamos a tocar con la mano si bien distaba todavía la llanura donde está situada casi diez millas del pie de la montaña». Dos siglos más tarde, Charles Joseph Latrobe, autor del libro *The Rambler in Mexico* (1836), y quien habla de México como una ciudad *de* palacios, elogia «una gloriosa mañana en que el brillante sol iluminaba las fachadas de los edificios como plata y esmalte». Todavía en el México de los años veinte, la revista *Ulises* incluía la publicidad de los cursos de verano ofrecidos por la Universidad Nacional, y exaltaba la belleza de una ciudad de México desde cuyas calles podían observarse los volcanes nevados. En estas lecturas del país y la ciudad capital a través de los siglos, México era *Casi el paraíso* (1956), título de la novela de Luis Spota, donde, al igual que en la obra de teatro *El gesticulador* de Rodolfo Usigli, estrenada en el significativo 1937, un año antes de la expropiación petrolera, la simulación es el secreto para la supervivencia, sin importar los medios que se utilizan. «Dame clase y te doy lana. Dame lana y te doy clase» será una de las frases repetidas por los personajes de la novela.

Al elegir la frase de Alfonso Reyes para dar título a su novela, Fuentes está trazando la tesis que habrá de sostener su propuesta ideológica y narrativa. La ciudad de México se levantó en una zona fatal en su suelo pero gloriosa en su clima, su cielo. «México en una laguna» es el título de uno de los capítulos. Tierra enfangada, vacilante, veleidosa. Transparencia del aire que no garantiza la transparencia de sus pobladores, amantes del disfraz, urgidos por hacer de los suyos *días enmascarados,* por aparentar, por buscarse sin encontrarse, por no dejar de luchar ni siquiera en el aparente estatismo y pasividad de los personajes y situaciones. «Primavera inmortal y sus indicios», dijo Bernardo de Balbuena en 1605. La frase aparece interpretada de diversas maneras en la obra de Fuentes. De manera particular, la ve como símbolo del estatismo, de la incapacidad mexicana para cerrar ciclos y cambiar de territorio.

«En México no hay tragedia: todo se vuelve afrenta» (p. 19), dice el preludio de la novela. A lo largo de ella el lector va a encontrar constantemente esas frases críticas y acres. ¿Amargura? No, lucidez y creatividad. «No ha habido dolor, ni derrota ni traición comparables a los de México» (p. 432). Una frase tan lapidaria solo puede ser dicha por un mexicano y aun así el castigo viene, inevitable y terrible. «A mí nadie me mira así» (p. 448). Manuel Zama-

cona es asesinado por un hombre que siente como afrenta la manera en que su prójimo lo mira.

«Novela *collage* sin héroes, es la historia de un ser colectivo», subraya Pedro Ángel Palou. Novela que se asemeja a los murales, dice Monsiváis. Con base en ambas declaraciones, vertidas por lectores mexicanos de dos generaciones distintas, es posible establecer una poética de la novela. Ser colectivo que se llama el México que fue, que sigue siendo, el México posible, el soñado, el utópico, el imposible, el que no es capaz de cerrar sus ciclos y vive con el rencor vivo y la herida abierta, con la deuda postergada, el desquite pendiente. El destino de los personajes está determinado por su propia historia, pero más que nada por la Historia del país en que se desarrollan, viven y mueren. Ixca Cienfuegos es la conciencia de la polis, profeta sin cartera, voz que predica en el desierto. Ixca Cienfuegos es Leopold Bloom, sobreviviente simbólico de la urbe sin remedio y sin redención posible —«en piso de metal, vives al día, / de milagro, como la lotería»—, pero también es Temilotzin de Tlatelolco y José Joaquín Fernández de Lizardi, Guillermo Prieto y Lucas Alamán, Ignacio Aguilar y Marocho y Francisco Zarco, Ángel de Campo y Manuel Gutiérrez Nájera, Justo Sierra y Martín Luis Guzmán, Salvador Novo y Alfonso Reyes, Carlos Monsiváis y José Emilio Pacheco, Elena Poniatowska y Juan Villoro, es decir, la voz que se atreve a dar testimonio de su tránsito, a registrar el minuto que pasa, el cronista que es profeta, el poeta que es pensador y crítico de un país que, para su desgracia y fortuna, nunca acaba de construirse. Ni de destruirse. En uno de los capítulos del libro, Zamacona lleva bajo el brazo *El laberinto de la soledad,* libro de Octavio Paz que, aparecido en 1950, formula nuevas propuestas acerca de qué es el mexicano, qué es lo mexicano. A través de los títulos de sus capítulos —lugares comunes de la sabiduría popular, *leitmotiv* del diario combate—, Fuentes va ensayando su propia sucesión de experimentos y fracasos, de súbitas iluminaciones y momentáneas victorias. Cada uno invoca en el instante su propia fórmula de salvación. Colectivamente, esa fe individual se convierte en escudo que soporta las vicisitudes. Si la ciudad es una sinfonía, cada uno de sus instrumentos es imprescindible: todos contribuyen a esa visión mítica, a la milagrosa resurrección de cada día. En su aparente elementalidad, Beto afirma: «*Yo nací y otro día me muero y no supe lo que pasó en medio   los días se van y el domingo llega todo vestido de feria   vamos a los toros le inflamos a la cervatana nos la jalamos en una carpa nos cogemos a una vieja y la pura verdad es que nomás esperamos agachados a que nos toque la de Dios*» (p. 230), y el intelectual Zamacona atreve: «... cancelar lo muerto [...], rescatar lo vivo y saber, por fin, qué es México y qué se puede hacer con él» (p. 315). Dos visiones que en el fondo confluyen: la supervivencia, la rabiosa voluntad de trascender el día. En esa su novela sin personajes —en el sentido ortodoxo del término— Fuentes se encarga de establecer la actuación nominal y simbólica de una novela que, desde esta perspectiva, se asemeja a una obra teatral:

... es Gabriel puñado de alcantarillas, es Bobó de vahos, es Rosenda de todos nuestros olvidos, es Gladys García de acantilados carnívoros, es Hortensia Chacón dolor inmóvil, es Librado Ibarra de la brevedad inmensa, es Teódula Moctezuma del sol detenido, del fuego lento, es el Tuno del letargo pícaro, soy yo de los tres ombligos, es Beto de la risa gualda, es Roberto Régules del hedor torcido, es Gervasio Pola rígido entre el aire y los gusanos, es Norma Larragoiti de barnices y pedrería, es el Fifo de víscera y cuerdas, es Federico Robles de la derrota violada, es Rodrigo Pola con el agua al cuello, es Rosa Morales de calcinaciones largas... (pp. 536-537).

Vienen luego los sin nombre, que, por no tenerlo, lo adquieren en el ser colectivo.

... son los rostros y las voces otra vez dispersos, otra vez rotos, es la memoria vuelta a la ceniza, es el bracero que huye y el banquero que fracciona, es el que se salvó solito y el que se salvó con los demás, es el jefe y es el esclavo, soy yo mismo ante un espejo, imitando la verdad, es el que acepta al mundo como inevitable, es el que reconoce a otro fuera de sí mismo, es el que carga con los pecados de la tierra, es la ilusión del odio, es el tú eres del amor, es la primera decisión y la última, es hágase tu voluntad y es hágase mi voluntad, es la soledad apurada antes de la última pregunta, es el hombre que murió en vano, es el paso de más, es el águila o sol, es la unidad y la dispersión, es el emblema heráldico, el rito olvidado, la moda impuesta, el águila decapitada, la serpiente de polvo... (p. 537).

El gran personaje de la novela es la ciudad, dice el lector, dice la crítica. Dice su autor desde el proyecto original que esbozó para la novela. Pero una ciudad es el resumen de la Historia, el acumulador de energía de quienes la pueblan y transforman, la suma de las mayores hazañas y las más profundas traiciones: en el caso de México, nombre que comparten, para su beneficio y su desgracia, el país y la ciudad, el centro de pronunciamientos y cuartelazos, de marchas obreras y estudiantiles, de la especulación inmobiliaria que sale a la luz ante tragedias mayúsculas. El banquero Federico Robles mira la avenida Juárez desde su oficina y la calle se le revela como síntesis de tiempos anteriores, las múltiples miradas, los incesantes pasos, las inclasificables traiciones, las ilusiones perdidas, los esplendores y miserias de sus cortesanas, que lo mismo ejercen desde el puente de Nonoalco que tras murallas impenetrables en Las Lomas.

Una novela tan compleja y ambiciosa como la que se planteó Fuentes, en esa primera odisea donde daba muestras de su joven madurez, tiene múltiples puntos de lectura. En una entrevista a propósito de ella, Fuentes declaró: «En este libro se pueden notar fácilmente las influencias que tengo, hay mucho de tipo formal, evidente, de Dos Passos, de Joyce, de Faulkner, y están subrayadas como homenaje a esos autores. Pero quizá lo que más profundamente ha influido en mí es, en primer término, la lectura de la infancia; en mis sueños se siguen apareciendo Edmundo Dantés, el Abate Faría en las mazmorras del Castillo de If, el pirata Long John Silver con su pata de palo y su perico al hombro, Tom y Huck sobre una balsa en el Mississippi. Después el Siglo de Oro y por supuesto Shakespeare» (citado en Palou, 2007: 380).

Hay que escuchar a los autores en sus declaraciones, pero es preciso leerlos, como hacemos con sus obras, entre líneas. Si el héroe del proyecto narrativo de Fuentes es el niño, el lector, el soñador inconforme, el anarquista permanente, es preciso buscar la unicidad de ese héroe inextinguible en las obras que el ser de la experiencia trata de transmitir. Ixca Cienfuegos es ese héroe y también los sin nombre, los que sostienen cada día la ciudad y hacen, como escribe Efraín Huerta en *Los hombres del alba,* «un sereno monumento a la angustia».

Una de las maneras en que Fuentes lleva a cabo esta tarea es su absoluta falta de complacencia. En la nómina de Fuentes no se salvan ricos ni pobres. Ni siquiera los intelectuales, los artistas y los guerreros que en la gran saga del siglo XIX, con su carácter de excepción, se constituían en redentores de una causa perdida. Novelistas sociales del siglo XIX con obras como *Pobres y ricos de México* (1876) de José Rivera y Río o *La clase media* (1858) de Díaz Covarrubias habían tratado de hacer su anatomía de la sociedad. Sin dar preferencia a ninguna clase, lo que Fuentes parece decir es que solo puede salvarse la masa, en el sentido en que lo vio César Vallejo: todos o ninguno. La masa anónima que le da nombre al país, los sin nombre que han vuelto a escribir la historia, en la llamada Noche Triste, en la resistencia civil de 1847 en la capital, en los terremotos de 1985.

Una gran novela no es unívoca y menos cuando se propone como un sistema de signos que exige la relectura y la interrelación entre todos sus elementos. *La región más transparente* inaugura ese linaje de obras que crea un estilo, propicia seguidores. Ya no la novela-río sino la novela-mural, según apunta Monsiváis. Como resumen de la historia de México, las imágenes del muralista, como las del pintor, ofrecen su individualidad y se interrelacionan en tiempos y lugares diferentes. Si el habla de los diferentes estratos es un personaje fundamental en la obra es porque ese mosaico es el que propicia los numerosos Méxicos. Novelistas mexicanos de generaciones posteriores habrán de continuar con esa exploración de un lenguaje que, si no cambiara constantemente, acabaría por extinguirse: José Agustín, Gustavo Sainz, Luis Zapata o Emiliano Pérez Cruz. Fuentes inaugura un linaje de obras donde la novela no es el espejo que anda y copia la realidad, sino un laberinto de espejos donde nos descubrimos implacablemente. En el prólogo a *Moby Dick* de Herman Melville, aparecido en 1960, Fuentes señalaba los múltiples y ricos niveles de lectura que la novela propicia. Igualmente, y como retribución a una obra que, como la de Melville, marca un antes y un después, *La región más transparente* es un ensayo y un tratado, un panorama de la ciudad imposible, una profecía de la derrota que en el fondo lleva un mapa invisible para librar el combate cotidiano.

La novela culmina con un ritual donde la religión laica de la patria que celebra su independencia es también el pretexto para el presente gozoso en que el mexicano basa su cólera y su gozo, su frustración y su sed patriotera. La novela moderna, como Fuentes se encargó de representarla a la mitad del siglo XX, es una apuesta para el futuro, una profecía. En él, esta se articula en dos niveles. En el intelectual y en el mítico. En el primer sentido, son las conceptualizaciones de lo mexicano que ensayan Ixca, Zamacona y Robles. Dice el primero: «Dentro de diez años este será un país dominado por los plutócratas, tú verás. Y los intelectuales, que podrían representar un contrapunto moral a esa fuerza que nos avasalla, pues ya ves, más muertos del miedo que una virgen raptada. La Revolución se identificó con la fuerza intelectual que México arrancó de sí mismo, de la misma manera que se identificó con el movimiento obrero. Pero cuando la Revolución dejó de ser revolución, el movimiento intelectual y el obrero se encontraron con que eran movimientos oficiales» (p. 422).

Diez años después de aparecida la novela de Fuentes, en 1968, él estaba en París, donde fue testigo del mayo heroico y de la rebelión contra las plutocracias universales, cuyos ecos en México resonaron con luz y tragedia. ¿Cuál es la salvación, entonces? Si no hay redención y el ideal está roto, queda el estrato mítico, la viva herencia de los fantasmas que no nos abandonan. Si Teódula Moctezuma encarna la imaginación y la profecía, en un momento señala: «Los nuestros andan sueltos, andan invisibles, hijo, pero muy vivos. Tú verás si no. Ellos ganan siempre. La de sangre regada, la de héroes que se murieron, la de muertos que se hundieron en esta tierra llenos de colores y cantos, hijo, como en ningún otro lado, se me hace. Tú sabes mejor que yo que ellos no nos dejan de la mano y que a la hora de la hora ahí están [...], los seguimos llamando a ellos para que den razón de nuestras vidas y la última cara, que es la que cuenta, no se nos olvide y la llevemos siempre puesta» (pp. 390-391).

Quien no se llena de fantasmas corre el peligro de quedarse solo, dice Antonio Porchia. Y la Cábala advierte que quien juega a ser fantasma puede acabar por serlo. Fuentes ha elegido un camino intermedio, de gran profesional de la escritura. Si solo la mano del hombre despierto puede escribir el poema de sueño, solo el ser vivo y sensible puede captar el lenguaje de la otredad. Por eso puede concluir nuestro autor, con pleno conocimiento de causa: «... *solo los fantasmas rondan en la verdadera vida de México, y ellos traen sus batallas muy hechas, muy sólidas, para que sean reales nuestros ejercicios de polvo, nuestras individualidades aplastadas por esa otra batalla permanente de fantasmas y sus luchas que no se han resuelto...*» (p. 261).

Los caminos de un escritor son tan enigmáticos como los que corresponderá recorrer a la obra que concibe. Hace cincuenta años apareció la primera edición de la novela que el lector tiene en sus manos. El país en que nació ha cambiado. En ese medio siglo la obra del autor ha ido en crecimiento, así como la ciudad que es personaje de su obra. Desde ese su nacimiento en 1958 no ha dejado de renacer, ni de sufrir las derrotas a las que está expuesto el auténtico hombre de palabra. A partir de *La región más transparente,* Carlos Fuentes hizo de la novela un arma de resistencia, perturbación y consolidación del alma. Con la solidez e inteligencia de sus obras, ha utilizado sus dones para defender

las mejores causas. Por eso, al leerlo o releerlo, seguiremos
encontrando palabras solo destinadas a nosotros, que
nos lleven a transformar el tiempo enemigo y nos
reintegren al tiempo sin transcurso del
amor y la imaginación, que nos hace
más poderosos y verdaderos.

La región más transparente

por

CARLOS FUENTES

letras mexicanas

FONDO DE CULTURA ECONOMICA

La región más transparente aparece en 1958 con una viñeta de Pedro Coronel (1923-1985), pintor mexicano que, junto a otros artistas de su generación, encabeza una verdadera rebelión estética en la que se mezclan las raíces prehispánicas y las vanguardias europeas. La viñeta intenta ser trasunto del contenido de la obra: un conjunto de figuras entrelazadas que configuran una identidad múltiple donde no falta la muerte, y que nos remite constantemente a vivencias ancestrales del mundo prehispánico («lo Cortés no quita lo Cuauhtémoc», p. 527) en un cotidiano México del año 1951. El auténtico rostro de la ciudad protagonista de la novela se oculta tras múltiples subrostros.

NOTA AL TEXTO

Antes de que apareciera *La región más transparente* en la edición del Fondo de Cultura Económica (1958), Carlos Fuentes había ido publicando distintos fragmentos, bien como cuentos, bien como anticipos de la misma novela: el número 2 de la *Revista de Literatura Mexicana* (Fuentes, 1955: 134-144) ofreció bajo el título «La línea de la vida» el capítulo que en la edición definitiva aparecería como «Gervasio Pola» (pp. 85-98 de nuestra edición). Un año después, la misma revista publicaba «Maceualli (Fragmento de novela)» (Fuentes, 1956a: 581-589), un anticipo de lo que se incorporará a la novela bajo el mismo título (pp. 213-247). En el segundo tomo de la antología recopilada por Emmanuel Carballo, *Cuentistas mexicanos modernos,* aparece «Calavera del quince» (Fuentes, 1956b: 233-246), pero, a diferencia de lo que ocurre con las prepublicaciones anteriores, la redacción del capítulo es completamente nueva; de él se conserva solo el título. Unos quince años después de que apareciera la novela, Fuentes publica de nuevo «La línea de la vida» dentro de la antología *Cuerpos y ofrendas* (Fuentes, 1972: 29-40) elaborada por la editorial Alianza. Los cambios que tienen lugar en esta última quedan reflejados directamente en nuestra edición.

La comparación pormenorizada de todas y cada una de esas prepublicaciones nos ha permitido establecer un texto definitivo de la novela. Las diferencias encontradas entre el material anterior a 1958 y su publicación como novela han sido analizadas y contrastadas en un estudio detallado de las variantes; el autor, en definitiva, es quien ha fijado el texto.

El cotejo arroja diferencias de distinto calado. Entre ellas destacan los cambios léxicos que pretenden afinar la caracterización de los personajes, adecuándolos mejor a los distintos estratos sociales a que pertenecen. El personaje de Rodrigo Pola, que se casará con una «De Ovando», refina sus modales al cambiar el uso de «pa' qué» en 1955 en un bien formado «para qué» en el 58. Del mismo modo es diverso el lenguaje del oficial revolucionario Gervasio Pola, que pasa del uso de «cuate» al de «camarada», menos marcado en español. Afecta también este cambio a la expresión del personaje en construcciones como «allí yo y Pedro nos desviamos» que se transforma en «Pedro y yo». A su vez, los personajes del pueblo ven cómo su lenguaje se matiza en pro de una mejor caracterización: doña Serena, antigua soldadera de Pancho Villa, se mexicaniza al sustituir en su vocabulario «llorar» por «chillar». La adaptación va más allá; los lugares donde se reúnen estos personajes cambian de nombre: de llamarse «Los Amores de Cupido» a «Los Amores de Cuauhtémoc». A esta misma razón responden los abundantes casos de «ahí» por «ahi», y viceversa, en una distribución más coherente con el estrato social de los personajes.

En el mismo sentido se dirigen los cambios de redacción que sufren esas prepublicaciones al pasar a su versión definitiva como novela. El intento de perfilar más detalladamente los personajes o situaciones lleva a eliminar algunas respuestas poéticas del tipo «vamos amontonando soledades» (Fuentes, 1955: 138), que chocaba con el contexto coloquial en el que se desarrolla la escena, o a suavizar matices en la descripción del paisaje urbano, en el que «los expendios de libros pornográficos» de 1955 pasan a ser «puestos de revistas» (p. 228). Por el contrario, se añaden expresiones vulgares tales como «conocíamos el terreno como el propio culo» (p. 220) para enfatizar el lenguaje característico de la condición de doña Serena.

En ocasiones, la redacción se enriquece con adiciones de 1958 que dotan de mayor dramatismo a ciertas situaciones; así es como hay que entender el grito de Froilán «¡Viva Madero!» (p. 521) en el instante de la descarga, o las adiciones que subrayan la tragedia vital de Gervasio cuando toda su vida pasa ante él en un instante. En 1955 su recuerdo se centra solo en las «mujeres y los padres», mientras que en la redacción de 1958 se suman su esposa y, sobre todo, el hijo que no conoce (p. 97).

Se dan casos en los que el autor hace desaparecer redundancias que no aportan datos significativos al desarrollo de la trama pero que enriquecen el perfil del personaje, como se puede ver en el diálogo de Fifo con Beto: «Yo que anduve hasta los trece años acompañando a un ciego, no lo sabré. Me sabía de memoria las caras, las mañas de toditos. Hasta en la manera de dar limosna los conoces». En 1958 se prescinde de «Me sabía de memoria las caras, las mañas de toditos», y ahora, en nuestra edición, el autor lo recupera (p. 225). Otras veces el proceso es el contrario, es decir, se agregan nuevas ideas para concretar o intensificar; así, en 1958 leemos: *Tú eres todo, la vida te invade, te hiere. No es más que una excepción de la muerte»*, mientras en 1972 se especifica el sujeto, *«La vida no es más que una excepción de la muerte»*, cambio que también ha pasado a nuestra edición (p. 96).

Todas estas diferencias han sido estudiadas detenidamente por Carlos Fuentes, quien ha elegido en cada caso
concreto la opción que ha considerado que se ajustaba más
a su idea del texto. En ocasiones incluso ha seleccionado
para esta nueva edición la redacción de la prepublicación,
desechando lo que en su momento fue su última versión.
En nuestra edición integramos por completo la reelabora-
ción que lleva a cabo Fuentes en 1972, salvo un par de casos
que no han sido considerados por el autor.

Llama la atención de manera especial un párrafo de la novela que en su primera edición se repite exactamente en dos
acciones parecidas de pasajes diferentes; Bobó invita a sus
amigos a entrar en un local: «—¡Caros! Entren a aprehender
las Eternas Verdades. Por ahí anda un indígena con charola
y bebestibles. Voici, oh Rimbaud!; le temps des assassins»
(p. 31). La situación se sucede de nuevo en la página 505, en
la que el mismo personaje invita a sus amigos a entrar en su
casa. En la presente edición la frase desaparece de este último contexto siguiendo las indicaciones del autor.

Respetamos la puntuación del autor, que hace un uso
un tanto particular de las normas con objeto de establecer un
juego de paralelismos entre lo que dice un personaje y lo que
piensa; la separación entre estos dos aspectos se realiza mediante el uso de la cursiva sin signos de puntuación. De la
misma forma es anárquico el empleo de los guiones de in-
ciso. Se trata todo de un juego buscado, en el que conviven
otros elementos, tales como extraños usos de las mayúsculas,
blancos especiales entre palabras, letras espaciadas, etc.

Se han resaltado con cursiva los extranjerismos cuando
se encuentran en las intervenciones del narrador pero no
cuando son proferidos por un personaje, a no ser que el autor
los hubiese marcado ya en la primera edición. Del mismo
modo se tratan las abundantes deformaciones que hacen los

personajes de este tipo de palabras o expresiones: Carlos Fuentes tiende a representarlos tal y como se pronuncian. Es intención clara del autor que su «novela incorpore, sin disculpas, extranjerismos al uso en el México de 1957».

Se trata, en fin, de un texto nuevo completamente revisado por el autor, en el que se recuperan algunas lecturas anteriores a 1958, se recogen casi todas las nuevas redacciones que se hicieron para 1972 y se corrigen las erratas. Además, por supuesto, de la primera, se han tenido en cuenta las distintas ediciones modernas de la novela, especialmente la preparada por Julio Ortega y María Pizarro Prada para el Fondo de Cultura Económica (2007). De ella tomamos, por indicación expresa del autor, la disposición editorial en capítulos separados.

NOTA: La tarea de preparación y fijación del texto de esta edición ha sido obra de un equipo del Instituto de Lexicografía de la Real Academia Española coordinado por Carlos Domínguez y del que han formado parte Abraham Madroñal, Laura Fernández-Salinero, Ángel Jiménez y José Vicente Salido. En la gestión de la colaboración interacadémica ha prestado una decisiva ayuda Pilar Llull, del Gabinete de la Presidencia de la Asociación.

A todos ellos quieren expresar la Real Academia Española y la Asociación de Academias la más sincera gratitud.

LA REGIÓN MÁS TRANSPARENTE

A Rita

CUADRO CRONOLÓGICO

LA NOVELA	LA HISTORIA
	1900
Nacimiento de Federico Robles, hijo de humildes peones, en una de las haciendas de la familia De Ovando.	Desde 1876, Porfirio Díaz es dictador de México: formación de grandes latifundios; recursos nacionales entregados a compañías extranjeras; represión policiaca y militar.
	1905
Gervasio Pola, agitador intelectual, y Froilán Reyero, primo de Robles, participan en la huelga de los trabajadores de Río Blanco.	Huelga de los obreros textiles en Río Blanco, primera explosión de descontento popular contra la dictadura. *Revolución rusa de 1905.*
	1909
Robles es llevado a vivir a Morelia con un cura que lo emplea como sacristán. Gervasio Pola participa en la campaña presidencial de Madero.	Francisco I. Madero lanza su candidatura a la presidencia contra Porfirio Díaz. *Crisis en los Balcanes.*

La novela	La historia

1910

Gervasio Pola combate en las filas maderistas.

Reelección de Díaz. El 20 de noviembre, Madero hace un llamado a las armas.

1911

Triunfo de la Revolución maderista. La familia De Ovando sale rumbo al exilio en los Estados Unidos.

El Ejército popular derrota a Díaz; el dictador renuncia y se exilia. Madero, elegido presidente, mantiene el aparato militar y administrativo de Díaz y no aplica las reformas sociales. Zapata enarbola la bandera de la reforma agraria. *Guerra turco-italiana.*

1913

Mercedes Zamacona abandona el convento y regresa a la hacienda de su familia en Michoacán. Gervasio Pola, encarcelado por Huerta, se evade para continuar la lucha en las filas zapatistas. Nacimiento de Rodrigo Pola.

Golpe de Estado reaccionario del general Victoriano Huerta. Asesinato de Madero. Levantamiento popular contra la nueva dictadura, dirigido por Venustiano Carranza en el norte y por Zapata en el sur. *Guerra balcánica.*

1914

Robles es llevado por el cura a la hacienda de los Zamacona. Huye para unirse a las tropas revolucionarias.

Campaña revolucionaria contra Huerta. Victorias militares de Álvaro Obregón y Pancho Villa. Los revolucionarios prometen la reforma agraria. Huerta huye. Obregón ocupa la ciudad de México. *Primera Guerra Mundial.*

LA NOVELA	LA HISTORIA

1915

Muerte de don Francisco de Ovando. La familia se instala en París. Robles participa en la campaña contra Villa. Nacimiento de Manuel Zamacona.

La Revolución triunfante se divide: facción burguesa de Carranza y facciones populares de Villa y Zapata. Villa es derrotado en Celaya por el general carrancista Obregón. *Batalla de Ypres. Campaña de los Dardanelos.*

1916

Rosenda Pola trabaja en un almacén de la ciudad de México y educa a Rodrigo. Nacimiento de Norma Larragoiti.

Triunfo de la facción burguesa de la Revolución: Carranza, Obregón, Calles, De la Huerta. *Batalla de Verdún.*

1917

Robles entra a la ciudad de México con las tropas de Obregón. Doña Serena Palomo y Pioquinto siguen a Villa en su retirada hacia el norte.

Constitución revolucionaria: reforma agraria, protección obrera, recuperación de riquezas del subsuelo. Villa ataca la población norteamericana de Columbus. Expedición punitiva de Pershing contra Villa. *Los Estados Unidos entran a la Guerra Mundial. Revolución rusa.*

1918

Nacimiento de Hortensia Chacón.

Carranza, presidente. *Segunda batalla del Marne. Armisticio.*

LA NOVELA   LA HISTORIA

1919

Asesinato de Zapata por militares carrancistas. *Conferencia de
Versalles. República de Weimar.*

1920

Bancarrota y suicidio del padre
de Norma Larragoiti. La niña es
llevada a vivir a la ciudad de México con sus tíos.

Carranza aplaza la aplicación de
las reformas. Calles, Obregón y
De la Huerta se sublevan en Agua
Prieta. Asesinato de Carranza.
Briand y el Bloque Nacional.

1921

Robles estudia Leyes con su compañero Librado Ibarra.

Obregón, presidente. Se inicia
la reforma agraria. Los Estados
Unidos, afectados por el artículo 27 constitucional, se niegan a
reconocer al Gobierno mexicano.
Acuerdos con los Estados Unidos, que limitan el alcance de la
reforma agraria. *Poincaré, Har-
ding, agitación fascista en Italia.*

1924

Ibarra lucha por la reforma agraria. Robles se aprovecha de la
venta de terrenos de las familias
arruinadas por la Revolución. Nacimiento de Benjamín de Ovando. Rodrigo Pola va a la escuela
con Roberto Régules.

Calles y De la Huerta se dispu-
tan la sucesión de Obregón. De
la Huerta se subleva y es exilia-
do. Calles, presidente, reorgani-
za la economía del país. Se inicia
la política de desarrollo de las
comunicaciones, construcción de
escuelas y de presas. Los Estados

LA NOVELA	LA HISTORIA
	Unidos impiden la nacionalización del subsuelo. *Mussolini, jefe del Estado fascista italiano. Hitler encarcelado después del fallido* putsch *de Múnich. Muerte de Lenin.*

1928

Rodrigo Pola en la Preparatoria. Ibarra, abogado consejero de los sindicatos de izquierda.	El clero rechaza la legislación revolucionaria. Guerra de los cristeros. Asesinato de Serrano, candidato de la oposición. Obregón, reelecto, es asesinado por un católico. *Primer plan quinquenal en la URSS. Trotski, exiliado en Alma-Ata.*

1929

Robles se liga con explotadores de casinos. Ibarra es encarcelado por sus actividades de agitación sindical.	Calles, el Jefe Máximo, gobierna a través de presidentes nominales y se acerca cada vez más a los Estados Unidos (Morrow, embajador). Corrupción de revolucionarios ávidos de rápidas recompensas. *Desplome económico en los Estados Unidos.*

1934

Ibarra sale de la cárcel. Robles acumula una fortuna en el negocio de bienes raíces.	Cárdenas, presidente. Calles cree que será otro fantoche. Cárdenas lo exilia y da nuevo impulso a la Revolución: reforma agraria, organizaciones obreras y campesinas, educación popular. *Hitler toma el poder en Alemania; Roosevelt y el New Deal.*

La novela	La historia

1935

La familia De Ovando regresa a México. Robles, abogado y consejero de compañías norteamericanas. Noviazgo de Rodrigo y Norma. Rodrigo abandona a su madre.

La reforma agraria crea un mercado interno; migraciones del campo a la ciudad, donde los campesinos se convierten en obreros o en lumpemproletariado. *Consolidación de la dictadura de Stalin en la URSS, invasión de Etiopía.*

1938

Robles entrega al líder Feliciano Sánchez. Ibarra trabaja para la educación nacional en el campo. Norma y la *dolce vita.*

Cárdenas lucha contra los caciques y nacionaliza el petróleo. *Anexión de Austria. Guerra Civil en España. Pacto de Múnich. Anexión de los Sudetes.*

1940

Matrimonio de Robles y Norma.

Ávila Camacho, presidente, da un viraje derechista a la política. La burguesía, aprovechando las reformas revolucionarias, se convierte en «la nueva clase». *Asesinato de Trotski en México. Segunda Guerra Mundial.*

1946-1956

Acción central de la novela.

Miguel Alemán, presidente. La burguesía mexicana en el poder.

PERSONAJES

LOS POLA

GERVASIO POLA, oficial de la Revolución de 1910.
ROSENDA ZUBARÁN DE POLA, su mujer.
RODRIGO POLA, hijo de Gervasio y Rosenda, novio de
   Norma Larragoiti, esposo de Pimpinela de Ovando.

LOS BURGUESES

FEDERICO ROBLES, hijo de campesinos en una de las
   haciendas de los De Ovando, soldado de la
   Revolución, abogado y consejero de compañías
   extranjeras, banquero. Casado en primeras nupcias con
   Norma Larragoiti y por segunda vez con Hortensia
   Chacón.
NORMA LARRAGOITI DE ROBLES, primera mujer de
   Robles.
ROBERTO RÉGULES, financista.
SILVIA RÉGULES, su mujer.
BETINA RÉGULES, su hija.
JAIME CEBALLOS, joven abogado, novio de Betina.
JUAN FELIPE COUTO, hombre de confianza y especulador.
DON JENARO ARRIAGA, banquero y especulador.

LOS SATÉLITES

JUNIOR, hijo de millonarios.
PICHI, estudiante de Filosofía.
BOBÓ GUTIÉRREZ, rentista, organizador de fiestas.
PEDRO CASEAUX, jugador de polo, amante de Silvia
   Régules.

CHARLOTTE GARCÍA, introductora de celebridades.

LALLY, modelo de pintores, musa de poetas, amante de Bobó.

GUS, homosexual de regreso.

CUQUITA, cazadora de herederos.

GLORIA BALCETA, esposa de un diplomático.

PACO DELQUINTO, imitador local de Hemingway.

JULIETTE, imitadora local de Juliette Greco.

CHICHO, conseguidor.

LOPITOS, secretario de hombres políticos.

LOS EXTRANJEROS

PRÍNCIPE VAMPA, cocinero italiano que se hace pasar por noble.

DARDO MORATTO, escritor argentino, ex secretario de Victoria Ocampo y corrector de pruebas de Jorge Luis Borges.

NATASHA, antigua cantante de cabaré en San Petersburgo, París y Berlín. Estrenó varias canciones de Kurt Weill.

CONTESSA ASPACÚCCOLI, de la pequeña nobleza alemana.

CONTE LEMINI, nacido THOMAS SCHWARTZ, aventurero texano que ha levantado una fortuna sobre los yacimientos mexicanos de azufre.

FABIO MILÓS, poeta imaginista sudamericano, posteriormente eclipsado por Pablo Neruda.

SOAPY AINSWORTH, heredera norteamericana de una cadena de detergentes.

PINKY, príncipe serbio, primo en tercer grado del rey Alejandro, asesinado en Marsella.

SIMÓN EVRAHIM, sirio-libanés, productor de películas.

Los inteligentes

Estévez, introductor de Heidegger en México.

Bernardo Supratous, diletante, autor de algunos poemas imitados de e. e. cummings.

López Wilson, marxólogo.

Luis Pineda, editor de revistas satírico-literarias, después cónsul de México en Oporto.

Pablo Berea, poeta, después alto funcionario.

Jesús de Olmos, poeta y periodista.

Ramón Frías, poeta, después embajador.

Jorge Taillén, poeta y antropólogo.

Roberto Ladeira, poeta de obra dispersa; se suicidó en 1939.

Tomás Mediana, poeta, muerto trágicamente en 1950.

Chino Taboada, director de telúricos melodramas cinematográficos.

El pueblo

Gladys García, fichadora de cabaré.

Juan Morales, ruletero.

Rosa Morales, su mujer.

Pepe, Juan y Jorge Morales, sus hijos.

Pioquinto, guardavías.

Magdalena, su mujer.

Fidelio, su hijo, mozo de café.

Gabriel, su hijo, obrero y espalda-mojada.

Pepa, su hija, desocupada.

Doña Serena, antigua soldadera de Pancho Villa.

Palomo, antiguo sargento de la División del Norte.

Beto, ruletero.

TUNO, obrero.

FIFO, desocupado.

HORTENSIA CHACÓN, mecanógrafa, segunda esposa
de Federico Robles.

DONACIANO, burócrata, primer esposo de Hortensia
Chacón.

LOS REVOLUCIONARIOS

FROILÁN REYERO, primo de Federico Robles, organizador
de la huelga obrera de Río Blanco.

PEDRO RÍOS, soldado maderista.

SINDULFO MAZOTL, soldado zapatista.

GENERAL INÉS LLANOS, partidario de Zapata, lo abandona
para unirse al dictador Huerta.

LIBRADO IBARRA, abogado sindical.

FELICIANO SÁNCHEZ, líder obrero.

LOS GUARDIANES

IXCA CIENFUEGOS.

TEÓDULA MOCTEZUMA.

❧ I ❧

Mi nombre es Ixca Cienfuegos. Nací y vivo en México, D. F. Es-
to no es grave. En México no hay tragedia: todo se vuelve afren-
ta. Afrenta, esta sangre que me punza como filo de maguey.
Afrenta, mi parálisis desenfrenada que todas las auroras tiñe
de coágulos. Y mi eterno salto mortal hacia mañana. Juego, ac-
ción, fe —día a día, no solo el día del premio o del castigo: veo
mis poros oscuros y sé que me lo vedaron abajo, abajo, en el fon-
do del lecho del valle. Duende de Anáhuac que no machaca uvas
—corazones; que no bebe licor, bálsamos de tierra —su vino, ge-
latina de osamentas; que no persigue la piel alegre: se caza a sí
mismo en una licuación negra de piedras torturadas y ojos de ja-
de opaco. De hinojos, coronado de nopales, flagelado por su pro-
pia (por nuestra) mano. Su danza (nuestro baile) suspendida de
un asta de plumas, o de la defensa de un camión; muerto en la
guerra florida, en la riña de cantina, a la hora de la verdad:
la única hora puntual. Poeta sin conmiseración, artista del tor-
mento, lépero cortés, ladino ingenuo, mi plegaria desarticulada
se pierde, albur, relajo. Dañarme, a mí siempre más que a los
otros: ¡oh derrota mía, mi derrota, que a nadie sabría comu-
nicar, que me coloca de cara frente a los dioses que no me dis-
pensaron su piedad, que me exigieron apurarla hasta el fin pa-
ra saber de mí y de mis semejantes! ¡Oh faz de mi derrota, faz
inaguantable de oro sangrante y tierra seca, faz de música raja-
da y colores turbios! Guerrero en el vacío, visto la coraza de la
bravuconada; pero mis sienes sollozan, y no cejan en la búsque-

da de lo suave: la patria, el clítoris, el azúcar de los esqueletos, el cántico frisado, mímesis de la bestia enjaulada. Vida de espaldas, por miedo a darlas; cuerpo fracturado, de trozos centrífugos, gimientes de enajenación, ciego a las invasiones. Vocación de libertad que se escapa en la red de encrucijadas sin vértebras. Y con sus restos mojamos los pinceles, y nos sentamos a la vera del camino para jugar con los colores... Al nacer, muerto, quemaste tus naves para que otros fabricaran la epopeya con tu carroña; al morir, vivo, desterraste una palabra, la que nos hubiera ligado las lenguas en las semejanzas. Te detuviste en el último sol; después, la victoria azorada inundó tu cuerpo hueco, inmóvil, de materia, de títulos, de decorados. Escucho ecos de atabales sobre el ruido de motores y sinfonolas, entre el sedimento de los reptiles alhajados. Las serpientes, los animales con historia, dormitan en tus urnas. En tus ojos, brilla la jauría de soles del trópico alto. En tu cuerpo, un cerco de púas. ¡No te rajes, manito! Saca tus pencas, afila tus cuchillos, niégate, no hables, no compadezcas, no mires. Deja que toda tu nostalgia emigre, todos tus cabos sueltos; comienza, todos los días, en el parto. Y recobra la llama en el momento del rasgueo contenido, imperceptible, en el momento del organillo callejero, cuando parecería que todas tus memorias se hicieran más claras, se ciñeran. Recóbrala solo. Tus héroes no regresarán a ayudarte. Has venido a dar conmigo, sin saberlo, a esta meseta de joyas fúnebres. Aquí vivimos, en las calles se cruzan nuestros olores, de sudor y pachulí, de ladrillo nuevo y gas subterráneo, nuestras carnes ociosas y tensas, jamás nuestras miradas. Jamás nos hemos hincado juntos, tú y yo, a recibir la misma hostia; desgarrados juntos, creados juntos, solo morimos para nosotros, aislados. Aquí caímos. Qué le vamos a hacer. Aguantarnos, mano. A ver si algún día mis dedos tocan los tuyos. Ven, déjate caer conmigo en la cicatriz lunar de nuestra ciudad, ciudad puñado de alcantarillas, ciudad cristal de vahos y escarcha mineral, ciudad presencia de todos nuestros olvidos, ciudad de acan-

tilados carnívoros, ciudad dolor inmóvil, ciudad de la brevedad inmensa, ciudad del sol detenido, ciudad de calcinaciones largas, ciudad a fuego lento, ciudad con el agua al cuello, ciudad del letargo pícaro, ciudad de los nervios negros, ciudad de los tres ombligos, ciudad de la risa gualda, ciudad del hedor torcido, ciudad rígida entre el aire y los gusanos, ciudad vieja en las luces, vieja ciudad en su cuna de aves agoreras, ciudad nueva junto al polvo esculpido, ciudad a la vera del cielo gigante, ciudad de barnices oscuros y pedrería, ciudad bajo el lodo esplendente, ciudad de víscera y cuerdas, ciudad de la derrota violada (la que no pudimos amamantar a la luz, la derrota secreta), ciudad del tianguis sumiso, carne de tinaja, ciudad reflexión de la furia, ciudad del fracaso ansiado, ciudad en tempestad de cúpulas, ciudad abrevadero de las fauces rígidas del hermano empapado de sed y costras, ciudad tejida en la amnesia, resurrección de infancias, encarnación de pluma, ciudad perro, ciudad famélica, suntuosa villa, ciudad lepra y cólera, hundida ciudad. Tuna incandescente. Águila sin alas. Serpiente de estrellas. Aquí nos tocó. Qué le vamos a hacer. En la región más transparente del aire.

GLADYS GARCÍA

—¡Boinas!

El barrendero le dio un empujón en las nalgas, y Gladys respiró la mañana helada. Echó el último vistazo al espejo gris, a los vasos ahogados de colillas, del cabaret. Chupamirto bostezaba sobre el bongó. Las luces limón se apagaron, devolviendo su opacidad descascarada a las pilastras de palmera. Algún gato corría entre los charcos de la calle: sus pupilas, alfileres de la noche pasada. Gladys se quitó los zapatos, descansó, encendió el último (boquita trompuda, dientes cincelados de oro), el cigarrillo que le tocaba cada quince minutos. Guerrero ya no estaba anegada, y pudo calzarse. Empezaban a correr las bicicletas, chirriando, sin sombra, por Bucareli; algunos tranvías, ya. La avenida semejaba una cornucopia de basura: rollos de diario derelicto, los desperdicios de los cafés de chinos, los perros muertos, la vieja hurgando, clavada, en un bote, los niños dormidos removiéndose en la nidada de periódicos y carteles. La luz del más tenue de los cirios fúnebres. Del Caballito a la Doctores, arrancaba un ataúd de asfalto, triste como una mano tendida. Solo la resurrección daría sangre y pálpitos a este collar. Pero ya bajo el sol, ¿vivía? Desde la perspectiva de Carlos IV y su corte de neones enanos

LOTONAL   RESPONDEMOS DE LAS CUATRO QUINTAS PARTES DE SU HIGHBALL   GOODRICH DE SU HIGHBALL   GOODRICH

Gladys no podía hablar de las fritangas y los gorros de papel de los voceadores y sus soldaderas panzonas, porque desconocía lo diurno, del aire viejo, empolvado, que va masticando los contornos de las ruinas modernas de la aldea enorme. Iba caminando sola, su cuerpecillo de tamal envuelto en raso violeta brillante, ensartado en dos palillos calados sobre plataformas: bostezaba para rascarse los dientes de oro: la mirada, bovina, los ojitos, de capulín. ¡Qué aburrido caminar sola por Bucareli a las seis y cuarto! Tarareaba la letanía que noche tras noche le había enseñado el pianista gordo del Bali-Hai, *mujer, mujer divina esa me la cantaba Beto; ese sí que me trajo al trote, con eso de ser ruletero y sacarme a pasear en el coche; ¡qué machote y qué vacilador! «Vieja que se sube al coche, vieja que me bombeo», decía;*

«—¿Estás sola, chata?

»—Estoy contigo, ¿me siento?»

Ya Chupamirto lo conocía, y le dedicaba sus mambos por el micrófono, *yo soy el ruletero, que sí, que no, el ruletero*

«—Estás muy buena, chata aaayyyjj por abajo anda el jarabe al son de las copetonas

»—No te calientes, granizo

»—Pa' su...

»—Ay, qué siento, qué siento»

que sí, que no, el ruletero y chanceador como él solo, cómo me gusta, con su sueterzote de canario

«—¿A ti no te agarró alguien de puerquito en la escuela, chata?

»—¿En la escuela? Estás chanceando.

»—Conmigo se metía un tipo así de grandote, le decían *el Mayeya* y me traía maloreado. Yo todo tilique en aquella época, y él grandote, torciéndome las orejas. Hasta que maté a un cuate y me mandaron dos años a la Peni. Lo vieras ahora. Me lo encuentro y no es sonrisota de cuatacho la que me hace. Pero yo tampoco me meto con nadie. Ya ves los líos que tiene uno ruleteando; que se bajan, que te la mientan. Pues que me la mienten. ¿Qué es peor? ¿Morirte en la cama? ¿O que un cristiano venga y te mande al otro barrio? ¿Para qué hacerle un favor a nadie? Palabra».

Pero ya se lo había dicho, no le había tomado el pelo:

«—Tendría harta lana si no fuera por las viejas y el bailecito. Todos los días tengo que meterme por ahi, a bailar. Suave, chanchararancha, chancharará... Qué quieres. Así me hicieron, medio drácula...»

Así nos hacen. No había vuelto a sentir lo que con él. Pero los prietos prefieren a las güeras, y aquella se lo llevó. Beto. Y ahora el viejecillo flaco y con halitosis que la buscaba todos los viernes en la noche presumiendo de alto funcionario de alguna secretaría. El único que le dejaba lana. Se las ponía de nevero, le apretaba la cintura y gritaba: «¡Raza de bronce, cabrona raza de bronce!». Y luego le contaba el gran chiste de cómo venía los viernes porque ese día le daba a su mujer la excusa del balance de fin de semana. Pero no era lo mismo que con Beto.

«—¿Le gusta el chou del Bali-Hai?

»—Me encanta, ¡qué caray!, me encantas tú...

»—Venga más seguido, pues. Mire cómo será, que nomás los viernes. Si no es obligación.

»—Ya te he dicho que el viernes hago pato a la vieja; mira, ese día nos pasan...»

Aquí había nacido Gladys, en los palacios huecos de la meseta, en la gran ciudad chata y asfixiada, en la ciudad extendiéndose cada vez más como una tiña irrespetuosa. Un día quisieron llevarla a Cuernavaca unos abarroteros con automóvil, y el coche se descompuso en Tlálpan. No sabía de montañas o de mar; la brizna del jaramago, el encuentro de arena y sol, la dureza del níspero, la hermosura elemental... *qué rete chula ha de ser la mar...* Amarrada al cemento y al humo, a la acumulación de brillantes desperdicios. Los ojos cerrados, siempre cerrados. Llegó al fin a la Doctores, rendida. Encendió la veladora, *Vos sois rica y nosotros pobres; Vos todo lo tenéis y nosotros no tenemos nada; ¿por ventura no sois la madre de misericordia?,* la jicotera no tiene *cintura* y se acostó. ¿Borregos? Fichas, fichas cayendo sin eco sobre la mesa. Diez pesos. Ya no hacía tanta lana. Se le apretaban los clientes. *¿Vieja? Treinta años. ¿Jodida? Que lo diga Beto.* Por primera vez, se le ocurrió pensar qué iba a ser de ella cuando ya no pudiera ganarse la vida en el Bali-Hai. ¿Cómo se gana la vida? *Voy a ir mañana a un comercio. A ver cuánto pagan de vendedora.* Tenía que impresionar; Liliana le prestaría el zorro, y si no el conejo propio. *¿Dónde está ese perfume que me regalaron a la entrada de un cine?* rímel a chorros; *no hay nada peor que una carota de gringa desabrida...* Fichas, fichas, *la cucaracha no pué caminá* acurrucada contra el muro frío, iluminada por la veladora, sentir que se perdían sus piernas y el vientre se le hacía grande, grande *que vuestro virginal manto cubra siempre a vuestros hijos, guardadlos, son vuestros para siempre, ¡oh celeste Tesorera del Corazón de Jesús!, a vuestros hijos.*

Salió de la tienda de modas a la avenida. La lluvia se soltó, confundida con los edificios grises. Es lluvia de ciudad. Contagiada de olores. Mancha las paredes. No se mete en la tierra. Lluvia mineral, el desconcierto de cabezas bajas, sumisas al lívido timbal del cielo, cabezas gachas, mojadas de lluvia y vaselina. Surtidores del cielo mexicano: esperando en silencio desesperado, esperando junto a los muros, como los condenados junto al paredón: la fusilada que no llega, los cuerpos enjutos y grasosos, junto a la lluvia, disueltos en el vaho de gasolina y asfalto, momias de un minuto, junto a la lluvia. Bajo la lluvia: los letreros despintados, el bostezo de las piedras, la ciudad como una nube tullida, olores viejos de piel y vello, de garnachas y toldos verdes, mínimo murmullo de ruedas, chisguetes de canciones: el cielo se abría sin otorgar, el cemento y los mexicanos no pedían: que luchen lluvia y polvo, que se muerdan viento y rostros, que se espere pegado a las paredes, ensopado, los bigotes lacios, los ojos vidriosos, los pies húmedos, comprimido en su carne espesa, maloliente e insano, plagado de cataratas y forúnculos, dormido en los nichos como ídolo eterno, de cuclillas junto a los muros acribillados de soledad, escarbando en la basura algo que roer, que se espere, raza de murciélagos. Que se espere allí: más cerca del origen húmedo, más cerca de los rincones: lluvia en los rincones, toses pequeñas y huecas ¿que se abrazaran, solos, juntos bajo la lluvia? un abrazo de todos, cuando los perfiles del firmamento negro dicen: tú aquí, ellos allá. Gladys sorbía las gotas de su nariz. El rímel le escurría como un llanto de noche. El conejo apestaba. Gladys se detuvo y sacó la mano.

(—Muy guaje, ¿no? Miren: mucho ojo. Eso se saca una por meterse con apretados. ¡A la chingada! ¿Hora? Seis. Abren a las nueve. Y está lloviendo a trancazos).

¡Ora sí t'enjuagates, chilindrina!, pasó una bicicleta frenando. Se abría la noche, su noche, la noche que le reservan los ángeles y el vacío. La ciudad olía a gas mientras Gladys ambulaba por la avenida Juárez. ¿Dónde estaban los demás, las gentes a las cuales querer? ¿No había, por ahí, una casa caliente donde meterse, un lugar donde caber con otros? Sus gentes... *el viejo era pajarero; salía muy de mañana a agarrarlos, mientras la madre le hacía el café con*

piquete y nosotros arreglábamos las jaulas. Junto al puente de
Nonoalco. Le pusieron Gaudencia. Quién me manda nacer un
veintidós de enero. Las láminas ardían en verano, y a todos se les
calentaba la sangre. En un catre, los viejos y el escuincle. En el
otro, yo con mis hermanos. Ni me di cuenta, ni supe cuál de ellos
me hizo la desgraciadura. Pero las láminas ardían, todos está-
bamos muy calientes, muy chamacos. Tenía trece años. Así co-
mienza uno. Y luego ya no los vuelve a ver.

Frente al Hotel del Prado, se topó con una comitiva de
hombres altos y mujeres rubias, alhajadas, que fumaban
con boquillas. Ni siquiera eran gringos, hablaban español...

—Rápido, Pichi, vamos a tomar un taxi.

—Voy, chéri. Déjame arreglarme el velo.

—Nos vemos en casa de Bobó, Norma. No llegues tarde: para las orgías, puntualidad británica...

—Y además, el canalla de Bobó cambia de la Viuda a Ron
Negrita en cuanto se levantan los coros de las bacantes.

—¡Chao, viejita!

—Too-toot.

y parecían dioses que se levantaban como estatuas, aquí
mismo, en la acera, sobre las orugas prietas de los demás,
¡qué de los demás!, sobre ella que estaba fundida, inconsciente, hermana de los vendedores de baratijas pochos, jafprais, berichip, de los de la lotería, de los voceadores, de los
mendigos y los ruleteros, del arroyo de camisetas manchadas de aceite, rebozos, pantalones de pana, cacles rotos, que
venía hollando la avenida. Pero en el siguiente puesto, entre uno de bolsas de cocodrilo y otro de cacahuate garapiñado, gastó dos pesos en una boquilla de aluminio.

EL LUGAR DEL OMBLIGO
DE LA LUNA

Junior hablaba como tarabilla mientras, concienzuda-
mente, picoteaba el seno derecho de Pichi. En la noche
lluviosa, el taxi se mostraba poco eficaz en salvar hoyan-
cos, y cada brinco del chasis aumentaba la presión de Junior sobre Pichi; esta miró hacia la izquierda y consultó su
reloj.

—Verás qué padres fiestas arma Bobó. Ahí estarán el
poeta Manuel Zamacona, Estévez el filósofo existencialista, el Príncipe Vampa —que es un tío de capa y espada—
y Charlotte García, la famosa internacional, y miles de aristócratas y pintores y jotos: el todo México. Bobó hace unos
cambios de luz brutales, y no se escandaliza de que alguien
o álguienes se encierren media hora en su recámara, ¡todos
son tipos que saben vivir! Mi papá es fantástico; cada vez
que vengo a casa de Bobó me hace una cara así de larga y
empieza a gruñir sobre el corn-flakes: «viciosos, dipsó-
manos, amapolos». ¡Qué salida tan buena!, ¿verdad? El
pobre viejo solo sabe hablar en inventario. Fíjate la lata de
ser self-made man. Pero mientras me pase la mensualidad,
chas-chas.

Pichi metió su cabecita de *poodle* en la nuca de Junior:
—¡Qué excitante, Junior! ¡Conocer tantos intelectuales!
La crema de la crema, como quien dice. A mí también
me costó trabajo independizarme, no creas, y de no haber ido a tomar esas clases de Psicología, solo Dios sabe

qué complejo me hubiera tragado. Hmmm, qué rico
Yardley usas...

El taxi se detuvo frente a la casa de apartamientos —balcones de mosaico multicolor, gran torso de vidrio liso—
desde cuyo *penthouse* chiflaba hacia la noche un repique de
vasos.

—Mira —le dijo Junior al chofer—: Ahora te vas al
3094 de Monte Ararat a recoger a una señora. Pita y sale.

—No puedo, jefecito —remilgó el chofer, rascándose
una cicatriz roja en la frente—. Hoy sí que no puedo; si
no, con mucho gusto.

—¿Cómo que no? ¿De cuándo acá nos damos ese taco?
—replicó Junior al mismo tiempo que, trasladado ya a la
sala de Bobó, se esforzaba por mostrar los puños sedosos
de su camisa.

—No, de veras —insistía el chofer—. Cualquier otro
día. Barrilaco está rete alejado.

Junior prendió el *briquet* y recorrió el interior del automóvil:

—¿Conque don Juan Morales, placas 37242? Ya ha-
blaremos con el dueño de la flotilla...

Juan Morales dibujó una sonrisa:

—Ya estaría de Dios... —y arrancó. Se contuvo las ganas
de refrescársela con el *claxon* y, rascándose la cicatriz, metió segunda y comenzó a chiflar.

—Pelados, cada día más pelados —gimió Junior, y con
Pichi del brazo tomó el ascensor.

—Un besito, gorda, así mira... No te hagas la remo-
lona.

—Después, Junior... no me desarregles el velo. Sígueme
contando, ¿quiénes más vienen?

—Pues de los rancios, la Pimpinela, y la niña dorada,
¡Pierrot es cumbre; le dicen la niña mal de familia bien!,

vas a ver... ah, y el tal Cienfuegos. Mucho cuidadito. De ese te me mantienes alejada.

La puerta de laca se abrió sobre una atmósfera cargada de humo de cigarrillo, vencedor de los coquetos pebeteros y de los perfumes surtidos. Pichi y Junior entraron riendo a grandes voces.

—¡Bobó, Bobó!

—¡Caros! Entren a aprehender las Eternas Verdades. Por ahí anda un indígena con charola y bebestibles. Voici, oh Rimbaud!; le temps des assassins.

Bobó corrió saltando, su chaleco floreado un anuncio de bonhomía, a callar a la concurrencia. En el pequeño estrado, junto a la escalera, la declamadora (del circuito del Caribe, naturalmente) había tomado su lugar y miraba con intensidad al suelo, como si de él debiera surgir la repetición ludicoliteraria del festín de Baltasar. Al hacerse el silencio, la eximia, con un drástico movimiento de torso, las manos extendidas, la tela neohelénica apretada a la cintura, el busto arremangado, tornó los ojos al cielo raso:

> *Telúricos de mi tierra*
> *ayes en los senos crío*
> *a los que la voluntad se aferra,*
> *pescada en Rubén Darío...*

Los invitados se fundieron en la melodía. En torno a Manuel Zamacona, una docena de jóvenes y de ancianas formaban corte; Estévez conversaba en un rincón con dos muchachas de gafas. Pierrot Caseaux mantenía un cuchicheo discreto: gracioso balancear de la gran copa de *cognac*. Charlotte García, en el acto de blandir con irreverencia sus impertinentes sobre la cabeza de la masa mientras Gus, en com-

pañía del Príncipe Vampa, insinuaba su impaciencia por
la falta de fotógrafos en la reunión. Silvia y Roberto Régules habían fijado su sonrisa favorita, heladamente sentados en el sofá como en la espera entre dos trenes lentos
que al cabo no se han de tomar. El humanista argentino
Dardo Moratto examinaba los escasos libros de la estancia.
La declamadora acompañaba de lejos, exacta en la distancia
que un buen pianista de bar sabe mantener bajo las voces
de la clientela. Pichi y Junior se acercaron al abrevadero,
no sin antes decirse *Hmmm* y sobar narices.

—Todavía no empieza lo bueno —se acercó a decirles
Bobó—. Dejen que llegue Lally con los bongoseros.

Ixca Cienfuegos entró en la sala, se detuvo y encendió,
con una mueca, un cigarrillo
primero, dejarse llevar; no hacer preguntas, no ver caras: dejar-
se llevar por el rumor y las sombras, por los borrones. Cambio
de luces. Amarillo. Les va bien. Debía instalar Bobó unos ra-
yos X. ¿Hacen falta? Espejos. Los borrones se reproducen al
infinito. Luces, espaldas, talles, tantas axilas tantas veces rasu-
radas, la conciencia en los senos, la mecánica de expeler humo,
dejarse llevar, los tufos... carne y olor, no es posible desentenderse
de ellos, pero sí hacerlos elegantes. Esta carne no es elegante, es-
ta carne es refinada, este olor es ofensivo, este olor es aristocráti-
co. Caras, hasta el rato. Ahora, dejarse llevar. Olvidarse de sí,
clave de las felicidades, que es olvidarse de los demás; no liberarse
a sí: sojuzgar a los demás.

Copias fotográficas en relieve ahorcadas a las paredes
—escarlata, siena, cobalto— del dúplex: Chagall, Boc-
cioni, Miró y un solo original: búfalos azules en una arena
teñida de un color ictio, de Juan Soriano. Por el suelo,
los ídolos; bajo un ciclista en proceso de futurizarse, la herida abierta de una Coatlicue enana. Enredadera y palo-
bobo brotaban junto al ventanal enorme, y entre las botellas

de la cantina decorada con azulejos poblanos una gringa de carnes nailon, recortada del *Esquire,* telefoneaba con una mirada de la más dulce cachondería. Manuel Zamacona, semirrecostado en el diván, se acariciaba el pelo revuelto. Al perfil griego le sobraban dos grandes carrillos, y de sus labios caía sin interrupción una fumarola que, expelida con lentitud sagrada, mantenía la atención de los acólitos —jóvenes escritores invitados por el delirio potpurrista de Bobó, ancianas maquilladas que alguna vez se dejaron seducir por Barba Jacob— en la línea de su faz que Zamacona sabía más atractiva:

—Ahora, a lo que no puede renunciar el poeta es a la vital tarea de llamar al pan y al vino de otras maneras. Pero esto, obviamente, supone que se tiene una conciencia lúcida de lo que son pan y vino. Entonces se puede ir más allá, al centro de las cosas: dominarlas, dejar de ser sus esclavos...

—Pero el poeta es, sobre todo, un hombre que nombra cosas —dijo un astigmático joven.

—Sí, pero que no encabeza sus «nombramientos» con las siglas de la United Press. ¿O qué, puesto que el nivel de comprensión que le ha correspondido, históricamente, es deleznable, por ese solo hecho la poesía debe descender a fundirse en la época, so capa de «inteligibilidad», y a desaparecer con ella?

—Ay, qué bonito...

—Soberbia, señor Zamacona, digo yo...

—Sí: que alguien la posea. Ustedes hablan mucho del imperialismo yanqui. Yo me pregunto si abaratando nuestras palabras, es decir, nuestra imaginación, no lo ayudamos, y si, por el contrario, intentando —con esa humildísima soberbia— llevar a su más alta expresión nuestras palabras y nuestra imaginación, no somos, acaso, más hombres y más mexicanos...

—La lucha contra el imperialismo tiene que ser directa, llegar al pueblo.

—No me desprecie a este pobre pueblo. ¿Qué cree usted, sinceramente, que sabrá, a la postre, entender mejor nuestro pueblo: «Vuelvo a ti, soledad, agua vacía, agua de mis imágenes, tan muerta», o «Gran Padre Stalin, baluarte del obrero»? Además, no confunda las cosas. Sea bienvenida su lucha contra el imperialismo, amigo, pero que sea efectiva: contra el imperialismo se lucha en su terreno de intereses, no escribiendo cuplés realistas-socialistas. Pero en realidad, ¿qué le interesa a usted más: luchar efectivamente contra el imperialismo, o sentirse un hombre justo colocado del lado del bien y digno de señalar y condenar a los hombres malos?

El joven astigmático se puso de pie, regando de ceniza a las ancianas:

—¡Decadente, vendido, artepurista! ¿Cuánto le paga el Departamento de Estado?

Manuel Zamacona aspiró serenamente su humo:

—Hasta para ser payaso se requieren integridad e imaginación.

Federico Robles apretó un botón.

—¿Sí, señor? —gimió, ronca, la voz de la secretaria.

Robles inclinó la cabeza, pegó la boca al micrófono, tocó con la yema del pulgar su corbata de seda:

—Convoque a los de la Limitada para el sábado a las diez. Asunto: transmisión de la parte social de Librado Ibarra. Puntualidad. Puede usted pasar la llamada de Ibarra, si vuelve a telefonear. Es todo.

—Sí, señor.

Con el ¡clic! del aparato, Robles se levantó de la silla de cuero. En la oficina alfombrada, entre las paredes de caoba, el penduleo del reloj sonaba a memoria. Las nueve de la noche. Federico Robles observaba su reflejo fantasmal en la ventana. Se había blanqueado, igual que el general Díaz. Hasta se veía distinguido. Pasaba las uñas por una solapa creada con el objeto de disimular la barriga. Veía los dedos manicurados, con deleite. Sonó el aparato.

—El señor Librado Ibarra al teléfono, señor...

—Pásela.

Robles cerró los ojos. Pase la llamada. Librado Ibarra. Librado Ibarra. Debía imaginarlo, de un golpe: tres mil pesos de aportación. Traje ratonero. El eterno olor a cocina barata. Calvo. Peinado de prestado, hilos de gomina. Los ojillos bulbosos, sumisos. *¿Y algo más? Sí... no, nada más, nada más.*

—Pásela... ¿Qué hay, Ibarra? ¿Cómo sigue esa pierna? Vaya pues. No, no estaba en la oficina. ¿No se lo dijeron? ¿Qué se le ofrece, pues?

un pie destrozado por la máquina; la máquina sigue funcionando, empieza a gruñir, a masticar con avidez la materia extraña: la carne de un viejo que ha ido a que lo mastiquen el acero y las tuercas

—Sí, cómo no. Siento no haber podido ir al hospital. Usted se da cuenta de que junto a esta pequeña sociedad llevo otras más importantes... No, no llegó aquí ningún recado... Claro, qué se le va a hacer

tres mil pesos de aportación, empresa común, veintitrés socios, un viejo de trajes apestosos, para cuidar la máquina y ver que los obreros no hagan chanchullos

—¿Cómo, Ibarra? ¿Accidente de trabajo? ¿De qué habla usted? ¿Con qué clase de su baboso cree que está hablando? ¿Eh?

Sociedad de Responsabilidad Limitada, S. de R. L.

—No, amigo. Se equivoca usted de medio a medio. Usted prometió prestaciones accesorias como socio. Tome sus

accidentes de trabajo. Eso digo: tome... ¿Responsabilidad limitada? No sea usted ingenuo. ¿Con quién cree que está hablando, eh? ¿Se figura que una institución seria de crédito contrataría con nosotros si no respondiera yo ilimitadamente? Vaya con usted
tres mil pesos de aportación; todos los ahorros; la cantinela de todos: todos mis ahorros y ahora imposibilitado

Robles pegó con el puño en la mesa: una vena verde se abrió en el vidrio: —¿Junta de conciliación? Mire, tarugo: usted no es trabajador, sino socio. ¿Ahora lo viene a averiguar? Pero vaya nomás a su junta de conciliación. Vaya nomás. ¿Sabe lo que es poner en el índice?... Menos mal... ¿Su qué? El sábado hay asamblea. Vamos a ver si unánimemente se aprueba su solicitud, ¿eh? A ver si su dinerito sale así nomás
cuesta trabajo echar a andar una empresa, grande o chica; qué saben estos. Una pata coja y tres mil pesos no van a echarla a rodar; todo está contra uno en este país... se empieza dando concesiones en los negocios pequeños y luego...

—Adiós, Ibarra. Que esté usted bien.

Robles colgó la bocina. La carta sobre la Anónima. *Muy estimado amigo: Usted sabe que durante el año en curso parece previsible que más del 50% de las Sociedades que se funden serán precisamente Sociedades Anónimas. ¿No le parece significativo que...*

Robles apretó un botón.

¿Qué decir de los muebles de Bobó? Exigían posturas del Bajo Imperio, y las mesitas chaparras repletas de vajilla de carretones repleta de uvas de vidrio azul, invitaban a ello. Una edición intonsa de la filosofía estética de Malraux, lado a lado con las obras completas de Mickey Spillane y *Las iluminaciones,* hacía fila india en el pequeño estante de cristal. En un atril de madera, *Los cantos de Maldoror* y dos ceniceros peruanos. Y en cada peldaño de la escalera, una maceta con su nopal. Pierrot Caseaux seguía balanceando el *cognac.* A su vera, Pichi y Junior reían en oleadas rítmicas, obligada respuesta al *bon vivant* por excelencia.

—Pierre acaba de regresar de Inglaterra, Pichi.

—Que vale decir de Saville Row, queridos. No existe país que de tal manera se limite a una calle. Sin embargo, ven, de esta última incursión traigo un descubrimiento satisfactorio: la austeridad culinaria parece haber afectado positivamente la otra, tradicional austeridad. ¿Saben? Ya gozan de la vida vis-à-viscera. ¿Quién es la glamorosa en turno, Junior?

Roberto Régules no debía perder la sonrisa. Roberto Régules miraba fijamente el perfil de su esposa. La papada comenzaba a colgarle. Al casarse con ella, había imaginado que nunca podría ver —o sentir que le inquietara tanto— una señal de vejez en Silvia. Pasión. Amor. Compañeros. Esa era la secuela programada. No debía perder la sonrisa:

—Anda, vete con él. ¿Qué esperas? ¿Todos lo saben, o no? ¿Qué apariencias guardas?

Silvia no movió un músculo, los ojos sonriendo, aprobando de lejos a cada uno de los concurrentes:

—Cállate. Si no fuera por los niños...

Junto a Manuel Zamacona, tomaron asiento Bernardito Supratous y Amadeo Tortosa. Con una mueca de irritación, Zamacona tuvo que abandonar su postura favorita, la recamierina:

—Tenemos que regresar —continuó, pasando la mano por la frente— a la actitud de los hombres señeros, a Pascal, a Goethe, a sentir la reverencia por la vida, a decir con Keats, «Estoy seguro de crear simplemente por el deseo y la alegría de alcanzar lo bello, aun cuando todas las mañanas se quemara mi labor de la noche». ¿No puede haber, hoy, un Quevedo que ejerza la simple, santa, total profesión de hombre y creador?

Tortosa tosió y adelantó ambos brazos:

—A usted, mi querido Manuel, se le escapan los significados del fluir social. Vive usted demasiado de la nostalgia, suspira usted por ideales derrotados. Claro, y por desgracia, hay que teorizar antes de actuar. Pero teoría quiere decir visión; en última instancia, acción. Hay que sentir el dolor de los pobres, el angustioso imperativo de la solidaridad...

—¡Claro que hay que luchar contra este mundo monstruoso! No se puede continuar con esta cultura conventual, avergonzada frente a la burguesía. La cultura ha tomado un cariz de decorado, está formada por bienes fungibles. ¡Hay que hacerla, de nuevo, insustituible, sagrada! ¡Hay que lograr que todos los hombres se sientan Leonardos! Esta es la misión del poeta: la misión de la comunicación profunda y sagrada, que es la del amor.

Supratous *dixit:* —Ciertamente, l'amour est une réalité dans le domaine de l'imagination.

Con la mirada brillante, un rictus de orgullo en la boca, Juan Morales abrió de par en par las puertas de la fonda.

—Pásale, vieja, anden chamacos.

Rosa ajustó al pecho su vestido de algodón. Los niños corrieron hacia una mesa desocupada. Juan, contoneándose, pasó por entre los demás clientes. Tiró de su bigotillo recto. Un mesero se inclinó:

—Pasen ustedes, señores. Por aquí.

Pepe y Juanito y Jorge apoyaban las barbas en el mantel, leyendo el menú grasoso, mientras su madre se ajustaba el vestido. Juan tomó asiento y comenzó a juguetear con un palillo de dientes.

—Juan, estos chamacos ya debían estar en la cama. Mañana tienen escuela y...

—Hoy es un día especial, vieja. A ver muchachos, ¿qué se les antoja?

Juan Morales se rascaba la cicatriz rojiza en la frente *no es fácil, veinte años de ruletear de noche —si lo sabré yo. Ahí está mi bandera en la frente, como quien dice. Cuánto borracho, cuánto hijo de su pelona: que a Azcapotzalco, que a la Buenos Aires, tres, cuatro de la mañana. Y de repente, le sorrajan a uno la cabeza, o hay que bajarse y bajar al cliente, y se acaba con las costillas rotas. Todo por veinte pesos diarios. Pero ya se acabó.*

—Bueno, ¿se deciden?

—Mira, papá. A esos niños les llevan un pastel. Eso.

—Juan...

—No te preocupes, vieja. Hoy es un día especial, y luego aquellos que tomaron el coche para llevarlo a una emboscada, para robárselo. *Ahí sí que anduve abusado; ahí sí casi me despachan, Rosita. ¿Y de qué me ando azorando? ¿No me lo decía mi padre?: «Ay Juan, tú naciste para burro de los demás, para fregarte y cargar con los fardos ajenos. No te olvides de vacilar de cuando en cuando. Haz tu gusto, pero no te hagas tonto: nadie nos pide cuentas de la vida, y se olvidan muy pronto de nosotros». Pero eso era en la tierra chica; aquí en la capital, hay que andar abusado, o nos comen el mandado.*

—A ver, mozo: un pollito entero, bien dorado, para la familia. Y pastelitos, de esos de fresa, y con su cremita. Y que vengan a tocarnos los mariachis.

Rosa, siempre sola la pobre. Ni cuando andaba pariendo estuve con
ella. Siempre lista, con el café a las siete de la noche, agua para la
rasurada a las siete de la mañana. (Y las sábanas siempre frías,
cuando me metía a dormir en la mañana. Siempre heladas. Como si
en vez de gente solo la noche y la escarcha hubieran dormido ahí.
Como si Rosa no tuviera su carne pesada, y su sangre, y su vientre
lleno de hombre. Nunca los veía. Ahora sí, ahora ya cambia la cosa)

—¿Qué nos tocan, Rosa?

—Ahi que escojan los niños...

—Juan Charrasqueado, Juan Charrasqueado...

La fonda rumiaba un pequeño olor de chilpotles y de
tortilla recién calentada y sedimentos de grasa y aguas frescas. Juan se acarició la barriga. Miró alrededor, las mesas
de manteles floreados y sillas de mimbre y los hombres
morenos y vestidos de casimir peinado y gabardina aceituna que hablaban de viejas y toros y las mujeres con melenas negras y encrespadas, acabadas de salir del cine, con
labios violeta y pestañas postizas. ¿Quién no los estaba mirando, a él y a la familia?

de aquellos campos no quedaba ni una flor

—Juan, no podemos...

—¿Cómo que no? Esto sí lo quise siempre. Una botellita de vino, de ese de la etiqueta dorada, ya sabe...

¿qué tal si no voy con el gringo hoy? ¿qué tal si no estoy en el
sitio cuando me piden del hotel para todo el día? ¿qué tal si el grin-
go no me lleva al Hipódromo y me regala esos cuarenta pesos de
boletos?

«—*Oye, mano, ganaste, ándale a cobrar*

»—*¿Cómo que gané? ¿Qué pasó? Oye, ¿y dónde?*

»—*Cómo se ve la suerte del principiante*

»—*Cómo se ve que en tu pinche vida has visto tanto junto...*»

—A tu salud, viejecita.

pistola en mano se le echaron de a montón

Rosa dejó caer su gran sonrisa mestiza y se chupó la fresa de los dedos.

Ochocientos pesos. «—Tuvo usted la suerte del principiante. Pero no vuelva por aquí o le pelan hasta la camisa». ¡Qué iba a volver! Pero iba a ser chofer de día, se iba a acostar a las once y levantarse a las seis, como la gente. Ahora tenía ochocientos pesos, para empezar con suerte, para que le tocaran los mariachis, para calentarle la cama a Rosa.

Rodrigo Pola salió del elevador con la cabeza baja y las cejas arqueadas. Su traje de gabardina contrastaba con los tonos oscuros

—*Ves: charcoal hues, es la moda en Londres*

de los otros invitados. Se acercó al grupo giratorio de Manuel.

—L'amour est une réalité dans le domaine de l'imagination.

Cienfuegos apoyó ambas manos en la pared. Lo pensó mejor, y comenzó a chupar una aceituna negra de *cocktail. Supratous. L'Amour Est Une Réalité...* Frases en este estilo, silencio en toda otra ocasión impenetrable, le habían acordado su fama de oráculo. Exclusivo lector de biografías (¿vivir de prestado, dijo alguien?): producto elaborado de su pedestal. Por estas fechas, debía leer la vida de Talleyrand; ya en otras ocasiones, había entreabierto las rendijas de su genio a la admiración colectiva gracias a Maquiavelo, Napoleón, Shaw, Wilde y Guillermo Prieto —se le conocía, así, la visión, la osadía, la brillantez conceptual, el cinismo y el sabor de la tierruca. Y López Wilson, el joven astígmata: viene para conocer de cerca al enemigo, pisar sus terrenos, para servir de testigo presencial al derrumbe de la clase capitalista, y participar, mientras tanto, de sus placeres. Ahí están, todos, el poeta de provincia, consciente de estar recibiendo sus primeras lecciones de frivolidad mundana; el matrimonio *à la page,* profesional de la elegancia: el mundo es el espejo, ¡envidiable!, de sus atractivos y su humor; el novelista de la cara de papa, inexpresiva, surgido de quién sabe qué entrañas de tierra desmoronada: como un volcán mudo, arranca el talento de la pura opacidad, y su voz monocorde enumera pueblos y rancherías, señores curas y caciques y niñas de provincia que se quedaron a vestir santos. Ahora se pavonea el autor sin libros, en la vigésima edición de sus primeras veinte cuartillas: qué importa, es un genio porque es cuate, nos cae bien, es chistoso: esto es lo importante en México. El intelectual burócrata, titular de toda la reticencia y buen sentido del mundo; los jóvenes poeticosocialistas que en Marx han encontrado su Dadá; los chambistas, los redentores de Sanborn's, los mecenas de *cocktail,* y el que con sus breves notas dominicales crea y derrumba reputaciones. Y frente a ellos, los demás, los del otro bando: los seguros, los que desprecian (¿nunca se enterará el intelectual mexicano del asco y desprecio con que es visto por la «gente popoff»?), la chica que ha declarado querer convertirse en la gran cortesana internacional —tiene su plan perfectamente elaborado: dos artistas de cine, un pelotari, una prueba en Hollywood, tres estaciones en la Riviera, un millonario—; el último vástago de la gran familia: para sí, es también el último gran señor, el irresistible, el que nació para brillar en los salones con una boquilla de marfil, para seducir a ciertas mujeres que solo desean variar de vez en cuando, para espantar a las vírgenes. Todas las mexicanitas rubias, elegantes, vestidas de negro, convencidas de que dan el tono internacional en el triste país pulguiento y roído. Sus maridos, los abogados de éxito, los incipientes industriales, creen estar penetrando (aquí, en todas las fiestas de todos los Bobós) la zona de la recompensa definitiva, de los grandes placeres, del loco éxito. Y los arrimados a la grandeza: los jóvenes oscuros, hijos de pequeños burócratas y profesores de primaria, súbitamente transformados, en virtud de su anexión a la figura social del momento, luciendo su sello común de finura pegada con saliva: el chaleco a cuadros, el corte de pelo Marco-Fabio-Bruto. La marea de marquesados destituidos arrojados al altiplano por la guerra, y su maestro de ceremonias: Charlotte García. Bobó, desesperado por urdir un enjambre de alegría y diversión: un grupo, El Grupo. Y los que importan, los que pueden fracasar: Rodrigo Pola, llevado por cada rechazo a la posición contraria de quienes lo rechazaron; Manuel Zamacona, que nunca tocará lo sagrado, nunca encontrará la explicación vital... Y Norma... Y Federico. Los que tendrán el valor y la paciencia de recordar.

Un lejano murmullo hablaba de pertinaces virtudes:

Porque siento que no siento...
Cuando ya mi sangre advierte
que lejos de ti no hay vida,
viene la Parca y se vierte
en un regreso que es ida.

El grupo de Manuel asentía, guiñaba, murmuraba; Tortosa agitaba sus aspas:

—Yo creo haber logrado esta comunicación de conciencia con los pobres: no me mire usted así: no es necesario ser cocinero para juzgar una tortilla de huevos. Me ve usted aquí, sentado, bebiendo en una fiesta de Bobó, pero nunca me verá ajeno, ni por un instante, a mi preocupación hacia las clases menesterosas. Sí, haríamos bien en preguntarnos, ¿tengo derecho a mi biblioteca y a leer los domingos por la mañana a T. S. Eliot, tengo derecho a mi cómoda culturita, tengo derecho a sentarme en casa de Bobó a fabricar frases, cuando en mi propia tierra estoy viendo las tragedias de los braceros y del valle del Mezquital?

—No quiero recordar mis lecturas más pedantes —interrumpió Zamacona—, pero usted también, sin duda, aguanta la respiración cuando viaja junto a un peladito en los camiones.

Pola levantó el dedo: —No todos tenemos que ser el cochino hombre de la calle o, por oposición, un homme révolté...

—Ponerse las plumas antes de hablar, amigo —gruñó Zamacona—. En cuanto a Camus, tan francés...

Bernardito sintió su oportunidad dorada: —Perdón. C'est pas français parce que c'est idiot.

Al clavarse en él todas las miradas de asombro, Supratous replicó con otra que decía «nadie entiende mis alusiones». Rodrigo Pola alzó la voz: —Vamos entendiéndonos. Yo amo a la poesía...

—¿Pero la poesía te ama a ti? —inquirió una voz pastosa a sus espaldas. Era Ixca Cienfuegos.

—¿Es Ixca Cienfuegos?

—Es un sangrón, caro Príncipe. Como Dios: en todas partes, nadie lo puede ver. Entrada libre a los salones oficiales, a los de la high-life, a los de los magnates también. Que si es el cerebro mágico de algún banquero, que si es un gigoló o un simple marihuano, que si viene, que si va: en fin, una fachita más de este mundo inarmónico en que vivimos.

Gus se ajustó su saco de pana roja:

—¡Armonía, armonía, Princeps meus! Los griegos sí entendieron que la armonía era el valor supremo. En la armonía se resuelven los contrarios. Si lo principal es la armonía, puedes amar a quien gustes, no como estos merengueros que insisten en que te acuestes con viejas petaconas y apestosas. Un hombre nunca huele mal.

El Príncipe Vampa asentía desde su columna de humo. Charlotte García, que en ese momento se reincorporaba al grupo, rió al ritmo de su martini:

—El pudor es cuestión de alumbrado, dicen que dicen. Saben el acto de osadía que es para mí venir chez Bobó; las cosas con Lally no andan bien. Pero cuando llegue, le diré la verdad: que es una perversa, que me ha hecho daño, pero que la adoro. ¡Oh último de los Vampa! ¡Estoy tan fatigada, tan aburrida de todo! —Charlotte acariciaba su garganta como un encantador de serpientes—. ¡Qué ganas de quebrantar la felicidad conyugal de alguien! Bobó está hecho una estruendosa facha invitando a todos estos jóvenes literatos que no conducen a nada. Míralos. Qué falta de seguridad, de verdadero sans-façon. ¡Vivimos en Afriquita! Está muy bien la joie de vivre y todo eso, pero un cocktail es un cocktail, y debe tener consecuencias prácticas. Bobó no acaba de entender que los nuevos ricos de hoy serán la aristocracia de mañana, como la aristocracia de hoy fueron los nuevos ricos de ayer.

—¿Y la aristocracia de anteayer? —preguntó, herido, el Príncipe Vampa.

—Ah, querido —repuso Charlotte pellizcando la mejilla del exangüe noble—. Esa es la única que no cuenta: por lo menos en México, es la pequeña burocracia de hoy. Salvo, claro, los que, como tú, están demasiado ocupados para trabajar, y además, ese pequeño detalle de Gotha...

Pero ¡miren quién acaba de entrar! ¡Pero si fue la gran belleza! ¡Miren esas patitas de gallo, oh la la!

Natasha, envuelta hasta las orejas en terciopelo verde, encalada como una luna, coronando sus *kissmequick* con un breve turbante de oro de la época del *shimmy,* entró con la seguridad de quien, desde 1935, había presidido el fasto de San Fermín, la cabeza de playa internacional de México. Varios jóvenes escritores desocuparon, instintivamente, el diván más frondoso del salón. Natasha tomó asiento y esperó.

el rito nunca falla; luces amarillas, buenas costumbres y contención; ahora cambian al azul: se preparan los pretextos, las confidencias, los elementos táctiles de esta noche. Se van a sentir diablitos. Allí está Pola, saboreando su quinto daiquirí. Pensando «Valgo más que ellos. Puedo darme el lujo de que me aburran». No perderlo de vista. Comienza a llover otra vez. Primera de la noche: Silvia se levanta en pos de Pierrot...: Ixca Cienfuegos sonrió

Silvia aprovechó la oscuridad para acercarse a Pedro Caseaux. Manejaba, nerviosa, la polvera de brillantes: —Pierrot, un momentito...

Caseaux le acarició la oreja: —¿Otro momentito, querida? Nuestra amistad se ha fabricado de momentitos. No me gustan las ofrecidas, ¿ves? Mira a Régules. Está más enojado que un nibelungo. Evítame las escenas domésticas. Adieu, adieu.

Natasha, desde el diván, sonrió. Adivinaba la técnica. Ella se la había enseñado. Pobre Pierre. Se le estaba cayendo el pelo.

Norma Larragoiti de Robles entró, en el preciso segundo en que Bobó cambiaba las luces del azul al verde. Brillaron más sus joyas, el *coup-de-soleil* del pelo, las arracadas de oro, los párpados violáceos. Rodrigo Pola se desprendió rápidamente del grupo. Y —Pichi —susurró Caseaux, escondido por una bocanada de Craven—, nuestro querido Junior requiere una taza de café, y quizá otros menesteres. Ayúdame a llevarlo a la recámara. Zitti, piano. —Junior, con falsete garruliento, le gritaba a cada persona que se acercaba al bar: —Ooooy, qué surrealista; ¡oooy, qué heidegerrrriana!— y seguía cantando calipsos con ademán suntuoso, *Lemme go, Emelda dahling, You're biting mah fingah*

—¡Qué desagradable! —comentó Pichi—. ¿A qué cree usted que se deba esta falta de control? Adler opina...

El Junior quedó tendido sobre la cama, y se eclipsó.

—Bueno, ya no causará daño. Sentémonos a observarlo dormir. ¡Pobre Junior! Existen esnobismos fundados en el descubrimiento de que Santa Claus no existe. ¿Cómo una chica tan maliciosa como tú...?

—¿Por qué dice usted eso, señor Caseaux? Junior me ha enseñado...

—¡Señor Caseaux, señor Caseaux! Llámame Pierrot, como todo el mundo. Parecería que me tienes miedo.

—Lo cortés no quita...

—Lo caliente. —Pierrot tomó a Pichi de las caderas, besó lentamente su cuello.

—Hmmmmm.

—Mi reina, ¿eres virgen?

—¡Pierrot! Están bien los jugueteos... hmm... pero primero hay que prepararse intelectualmente, y después... hmmmmm... gozar de la vida... —La voz de Pichi se iba diluyendo, como el goteo de un filtro grueso, grávido.

—Mens sana in corpore insano.

—¿Y si entra alguien? ¡Pierre, mi Pierrot, mi velo! ¡Mis botones!

—Puse el seguro en la puerta. —Pierrot buscó a tientas el contacto de la lámpara y lo arrancó.

—Pierrot, ¿y Junior?, ¿aquí?

—Le dará la sensación de que sigue en pleno holgorio...
Ven, preciosa.

—¡Ay, Pierre, Pierrot!

—Madone, ma maîtresse... etcétera, etcétera... au fond
de ma détresse...

—Hmmmmm...

Natasha recorrió, con las manos cuadriculadas de venas
azules, sus pómulos duros, blancos. Bajo el cuello de terciopelo, construido hasta las orejas, palpó el verdadero cuello. Tuvo la sensación de tocar las cuerdas de un violoncello
fofo. Imaginó, desde que los vio subir a la recámara, a Pierrot y a esta chica semejante a la Natasha de otra época,
todo. Recordó al Pierrot de 1935, al joven de seducción
byroniana, a la mujer en plenitud, aureolada de capitales
europeas y playas y amantes. No pudo contener un gemido ronco y audible. Arropada en el terciopelo, se levantó
y salió con la mirada brillante, del salón inundado de ruidosa penumbra.

Un levísimo chocar de vasos superaba apenas los murmullos del Bar Montenegro. El olor de alfombra mullida, cosméticos y ginebra rebotaba en la decoración oreada. Un
teléfono iba y venía en manos del mozo, fraguando citas,
excusas, excursiones de la Cook's. Cuquita, ya por costumbre, agitó los hombros para dejar caer la estola sobre
el respaldo.

—¿Y dónde vives ahora, Gloria?

—En Chile. Tú sabes, my dear, la vida allá es como
era aquí en tiempo de don Porfirio; grupo exclusivo, ¡y
de qué categoría! Reciben espléndidamente, en el Hí-
pico, en el Unión, en Viña del Mar, champagne helada,

des choses flambées, sabes... Y desde luego, no hay esta horrible invasión de tenderos de Tennessee. Mira a tu alrededor.

Gloria se polveaba cuidadosamente, frunciendo los labios frente a su espejo de mano.

Sure, sure, They're gay and colorful, but look here, I don't get the impression they're active, bussiness-like people...

—Tiene sus bemoles estar casada con un diplomático de carrera, no creas. Alguien dijo que hay cuatro profesiones que nunca se pueden abandonar: diplomático, periodista, cómico y puta. ¿Y tú, guapísima despampanante?

Cuquis meneó la pequeña cabeza rizada y peló los dientes: —Aquí, Mexiquito siempre igual, ya sabes...

oooh, the most beautiful old ruins you can imagine; quite a trip, and cheap, too...

—Las niñas bien siguen teniendo babys a los cinco meses de casadas, ¡puras ollitas express!

—¿Y del corazón?

—Pues te diré. Conocí a un mango. Si tuviera que vender mi cuerpo y mi alma por ese señor, lo haría. Debía haber un aviso oportuno de cuerpos y almas.

Un grupo de norteamericanos con sombreros de paja entró gritando *¡Viva México!* Gloria dejó ostentar un calosfrío. El guía de turistas —moreno, bajo, vestido con un saco color pichón demasiado largo— se adelantó a hablar con el jefe del cuarteto de músicos.

—Oyes, va a haber un baile de caridad en casa del banquero Robles. No dejes de ir. Como va a ser de cuota y ando con este compañero regio, tengo la gran oportunidad de ir a esa casa y no saludar a su dueña. ¡Vieras qué mango de señor! Yo, de plano, corto con el pedazo de cosita que tengo por marido. Este está regio. Ya me llevó a la ha-

cienda y hasta Acapulco. Gran romance entre las palmeras. Me quiso dar con tubo, ¿tú crees?

happy birthday to you, happy birthday dear Larry, happy

—Acábate la copa. Nos esperan con Bobó.
Cuquita agitó los hombros: —¡Hasta no verte!

Rosenda se puso de pie con gran esfuerzo; en seguida tuvo que agarrarse de la cabecera de latón al sentir que las
rodillas se le licuaban bajo el ancho camisón amarillento y sus ojos quedaron fijos en el pedazo de espejo claveteado a la pared. Una piel hecha de cáscaras de cebolla
brillaba en respuesta y, ya erguida, Rosenda se dirigió al
armario y extrajo, del lugar conocido, las fotografías amoratadas y ácidas y volvió a meterse en la cama con ellas:
Rosenda Zubarán, 1910, estaba firmada la de la muchacha
peinada con rizos un poco ridículos para su edad, recli-
nada sobre una columna de estudio fotográfico, con la
mano en la mejilla y la figura en forma de S. *Rosenda Z.
de Pola,* describía una caligrafía empinada sobre la siguiente, ahora de una mujer sentada, pero en la misma
postura, con la misma inclinación de cabeza, y acompañada de un niño delgado y ojiabierto. Y sobre el retrato
de un militar tieso y de pelo brillante, sonriendo mar-
cialmente, con un casco emplumado en el brazo rígido,
Rosenda empezó a tartamudear; las venas del cuello le
bailaban sin ritmo y, sofocada, dejó caer al suelo las fotografías y cerró los ojos para pensar en una alacena colmada de dulces de leche, membrillo y tarros de miel; en
una casa cerrada como un estuche; en un muro inmenso,
que nunca terminaba, que ella recorría con los ojos vol-

teados y que, en un instante de pavor, de erección de toda la carne, florecía en una ráfaga de pólvora brillante: cada bala era un sol que emprendía el vuelo propio, que iba a estrellarse contra la córnea atónita de la anciana que, ya sin fuerzas, dejaba que la saliva le escurriera sin control hasta el pecho.

Una costilla de humo mantenía vertical el salón. Bobó se había sentado en un peldaño, solo con un vaso, para gozar a sus anchas este espectáculo del éxito y la animación. Una dulce ensoñación flotaba por sus ojos azules. Bobó *ex machina*. ¡Qué categoría! ¡Y acababa de entrar la Contessa Aspacúccoli! ¡Qué categoría!

La Contessa se dirigió rectamente al grupo de Vampa, Gus y Charlotte: —Bienamados —gruñó con su acento montenegrino y sin más preámbulos—. En la casa no hay de comer más que un rice-krispies seco. Diríjanme rápido a las botanas.

En un rincón, las señoritas de gafas asentían urgentemente al nervioso hablar de Estévez: —El mexicano es este ente, anónimo y desarticulado, que se asoma a su circunstancia con, a lo sumo, miedo o curiosidad. El Dasein, en cambio, ha tomado conciencia de la finitud del hombre; este es un conjunto de posibilidades, la última de las cuales es la muerte, siempre vista en terceros, nunca experimentada en pellejo propio. ¿Cómo se proyecta el Dasein a la muerte?

Las señoritas de gafas tiraban de sus *sweaters* con alegría sudorosa.

—... es un ser para la muerte; una relación entre el ser puro y la nada anonada... uuy, el argentino. Perdón; no se puede filosofar con la australidad abstracta...

Dardo Moratto asomó su cutis de bizcocho, atento y perfumado: —Siga, siga, Estévez. Para eso estoy aquí, para enterarme de lo que se piensa en México. Muy interesante, muy interesante ver las cosas cuando recién empiezan. Van bien, ustedes. Harán cosas. Presénteme a las chicas. Pero, ¿y qué hace?

—Voy al baño —espetó Estévez.

—¡Y...! ¿Ustedes no conocen la historia del que inventó el retrete?

Las señoritas de gafas admitieron nerviosa, risueñamente, su ignorancia. Moratto se arregló la corbata, el ancho cuello de piqué: —Che, qué gran laguna en sus culturas. Sir John Wotton, cortesano isabelino, latinista y traductor de Virgilio. Qué quieren: a pesar de todo, le intrigaron en la corte. Isabel lo destierra a uno de esos castillos fríos e incómodos. ¿Cómo aprovechar los preciosos instantes de la lucidez inmediata al defecar traduciendo la *Eneida,* si hay que correr por campos helados?

Con un florilegio manual, Moratto vació el contenido de su copa: —Oh, perdón, señora, ¿no la he manchado?

—No es nada —volteó a decir Norma Robles—. Casi trece años, Roderico mío. Pero ya ves que la ventaja de México es que nadie busca a nadie, y como además no hay estaciones, pues así pasa el tiempo, sin que nadie se dé cuenta, ¡para qué te cuento!

—Trece años, Norma.

—¿Y?

—¿Esperas a tu marido?

—¿Mi qué? —se abrieron sus ojos masticando una aceituna. Y rió como nunca antes, se decía Roderico mío, lo había hecho—. A cualquier cosa...

—Norma —Rodrigo quiso tomar la mano tibia y enjoyada de la mujer.

—Oh, quieto. Todavía te sientes en el jardín de nuestra añorada adolescencia. —Inundó otra risotada en la copa—. ¡En ti naufragaré, procelosa ginebra!

Nunca la había visto tan hermosa, con dos velos suspendidos por un broche de luz. Y era otra.

—Andas muy pachucón, Rodrigo. Veo que los tiempos han cambiado para bien.

—Depende del plano en que estés situado —dijo Rodrigo avanzando, abierta la palma de la mano.

—No, no, no, no empieces con aquellos discursos interminables de lidercillo. ¡Cómo me aburrías! En primer lugar, eso; en segundo, que no tenías razón, ¿o no? No, chiquito, solo los ricos nos damos cuenta del abismo que nos separa de los pobres; los pobres nunca lo saben y mientras algún terrateniente renegado no se los diga, estamos a salvo. Pero, comes the Revolution, y a los primeros que fusilan son a los renegados, o a los lastres intelectuales. ¡Ja!

Rodrigo se quedó mirando un cerillo. La voz de Dardo Moratto volvió a insinuarse, milonguera:

—Sir John inventa el excusado y traduce, sentado en él, a Virgilio. La gran obra puede llevarse a cabo. ¡Y pensar que los caballeros ingleses de hoy en día no dedican, al obrar, un piadoso recuerdo a la memoria de Sir John Wotton, latinista, cortesano y traductor de Virgilio!

—Ay, Rodriguito, no me digas que has ido a parar en el tipo de persona de la que siempre hay que burlarse. Tch, tch. ¡Mozo! Un daiquirí para el señor...

Fidelio casi regó las copas. («Me lleva... ya van a ser las once, ya va a llegar Grabiel, y yo aquí. Me lleva...»).

—Fíjate por dónde andas —chifló Bobó—. ¿Qué te pasa hoy? Pareces bruto.

Norma tomó las copas y estiró los brazos como serpientes adormiladas: —Ah, qué sabroso un esposo gordo, mago de las finanzas, y con una conciencia estricta, pero solo estricta, de sus deberes. Si no me buscara una vez por semana, creería que anda con otra, despertaría mis celos, ¡oh complemento del amor, que no deseo! Estaría perdida, abrumada, trágica, ausente en estos momentos de un party tan agradable, donde me encuentro viejos amigos que yo creía para siempre perdidos. ¿Y qué haces ahora, viejito?

—Nada; escribo un poco, y...

Las manos enguantadas de Norma aplaudían en silencio: —Bien, bien, la literatura es un accesorio tan indispensable como los cigarrillos o el buen cognac.

—Norma... no sé, te sigo queriendo...

—¡Bravo! ¡Qué original! El mal parece generalizarse.

Detrás del velo, los ojos de Norma se hicieron pequeños y oblicuos: —¿Pero qué te crees, so zoquete? —y volvieron a abrirse, cantarinos—: ¡Ay, qué chiflón! Bobó, ¿qué te cuesta cerrar esa ventana; para qué queremos una poetisa gangosa...?

> *¡Oh tú que no desfalleces*
> *y tienes un no sé qué,*
> *devuélveme aquellas veces*
> *en que, sin pecar, pequé!*

—Bueno, ¿y luego? Quizá pretendas que volvamos al jardín soñado a hacer cusicuz con la boquita, ¿o puede que prefieras que ahorita nos metamos agarraditos de la mano al Cinelandia? Siempre te conformaste con eso, sabes, y llegarás a los noventa besándote a escondidas con las ancianas de un asilo. Porque allí acabarás, ¿sabes? Bueno, nos vemos.

Norma le dio la espalda y comenzó a agitar la mano. Acababa de llegar Pimpinela de Ovando. Alta, la nariz aguileña, la ardiente heladez de los ojos metálicos. Ixca Cienfuegos sonrió: *Norma y Pimpinela, del brazo. Dame clase y te doy lana. Dame lana y te doy clase. No hay pierde. Te petateaste demasiado pronto, Porfirio.*

—¿Verás mañana a tu marido? —preguntó Pimpinela mientras dirigía una sonrisa colectiva a la fiesta.

—Hélas, oui —exclamó Norma, inconsciente en su imitación de los ademanes de Pimpinela.

—No se te olvide, querida, rogarle que se acuerde de mis trescientas acciones. Trescientas. Prometiste, ¿recuerdas?

—No sé, Pimpinela, nunca trato...

Pimpinela amplió su sonrisa: —Ah, antes de que pasemos a otra cosa. Quiere mi tía que vengas a cenar a su casa, el jueves entrante...

Norma no pudo contener el brillo de sus pupilas:

—¿Doña Lorenza Ortiz de Ovando?

Todo el olor a vómito, respiración pesada, sueño, se suspendió un segundo al frenar el camión. «¡Méee-ico!» eructó el chofer y se echó la gorra hacia atrás. Cagarruta de pájaro embadurnada en las ventanas, y un lento removerse de los pasajeros, de pollos en huacales, de petaquillas maltratadas y zapatos descartados. Gabriel trató de limpiar el vidrio para peinarse; se acomodó la gorra de beisbolista y descolgó su saco de cuero. ¡México! A correr, ahora sí, a gastar unos pesos en un libre, y llegar pronto a la casa. Con la mano apretada sobre la cartera, Gabriel se abrió paso hasta la puerta del camión. Unas huilas se paseaban por la plaza Netzahualcóyotl con las rodillas vendadas y los tacones lodosos. «Ahora, maje, o no me vuelves a ver». «Conmigo te acabas de criar, papacito». «Para todas traigo, putas. ¡Y pago dolaritos!». «Yes, yes, hazla buena pendejote sabroso». «¡Nos estuvimos mirando!». Gabriel se echó a andar por la calle, a sentir el olor punzante de las carnes morenas, a escuchar el taconeo de sus pies sobre baldosas viejas, a ver su nuevo reflejo, próspero, curtido, en los aparadores apagados de las zapaterías. Se le amontonaba la ciudad, se le hacía pedazos en la cabeza. Como que no había cielo. Pero ya volvería al campo abierto de California, cada año, a respirar piel de tomate. «¡Libre!». Calles rectas, amojonadas de basura, casas bajas, descascaradas. Se divertía leyendo los letreros, de las cantinas, de la pila de funerarias que hay por Tránsito y la Colonia Obrera: sus fachadas pintadas de blanco, y siempre los féretros enanos, para los niños, de pino blanco, en exhibición afuera. Creía oler la sangre tiesa de un niño detrás de cada puerta: en su casa, nada más, se habían muerto cuatro, tempranito, antes de poder hacer nada, ni trabajar, ni coger, ni ninguna de las cosas importantes. Gabriel castañeteaba con impaciencia los dedos. Ya mero, con el fajazo de dólares en la bolsa, y los regalos relucientes para que todos vivieran mejor. Era el primer año, y volvería todos, a como diera lugar, con la legalidad o sin ella, exponiéndose a las balas y hasta encuerado por el río. Eso, o andar de paletero en las colonias del D. F. Ya se lo decía al Tuno, cuando estuvieron juntos en la cosecha de Texas: «Y qué que no te dejen entrar a sus pinches restoranes. Voy, voy, ¿a poco te dejan entrar al Ambasader en México?». «Aquí mero; cóbrese». Tocó Gabriel la puerta de tablas, las del 28-B. «Aquí estoy con mis chivas». La mamacita con los dientes amarillos, y el viejo con su expresión de máscara de sueños, y la hermana grande, la que ya estaba poniéndose buena, y los dos niños de overol y camisetas con hoyos. «¡Grabiel, Grabiel, estás más fuerte, más hombresote!». «Ahi les traigo a todos; anden chamacos, abran la petaca». El cuarto iluminado por velas, con las estampas junto al catre de hierro. «Para ti, Pepa, que ya te encontré tan tetona: esto que usan las gringas para detenérselos. Very fain». «Ah qué Grabiel tan curioso» repetía la madre una y otra vez. «Y otra gorra igual a la mía para ti, viejo, de los meros indios de Cleveland: ahi es donde se las pone de a cuatro Beto Ávila. Y para ti, viejecita: mira nomás, para que ya no trabajes tanto». «¿Y qué clase de chingaderita es esa, hijo?». «Ahoritita te enseño. Oigan, ¿y Fidelio?». «Anda de chamba, Grabiel, en casa de unos apretados. Pero explica este chisme». «Mira: el frasquito lo pones encima de la cosa blanca; luego metes ahi los frijoles, o las zanahorias, o lo que quieras, y al rato está todo bien molido, solito, en vez de que lo hagas tú». «A ver, a ver». «No, viejecita, hay que enchufarlo, en la electricidad». «Pero si aquí no tenemos luz eléctrica, hijo». «Ah caray. Pues ni modo viejecita, así, como metate. Úsalo así. Qué remedio. ¡A ver, traigo filo! ¿Dónde andan las tortillas?». Por nada se cambia la comidita mexicana, *pero el año entrante, otra vez, a jalarle pa'l Norte, donde está el dinero, y el trabajo a la mano, y los five and ten, y la luz eléctrica.*

Rodrigo Pola vació el vaso del séptimo daiquirí y recorrió el salón con la vista; en su lucidez, adivinaba un ritmo de bienestar y de distinción, de palabras brillantes, que cobraba cuerpo en cada rubia fumarola, aureola cenicienta que coronaba todas las cabezas. La sangre le punzaba con cinco letras: «éxito». Cada letra brillaba, aislada: «e», «equis», «i», «te», «o». Tomó otro daiquirí. Había que conjurar esa palabra. Era algo más; sus ojos irritados y lánguidos querían voltearse hacia adentro, para conversar consigo mismo; era algo más. No era solo la solución obvia de convertir nada en algo. Pola, sus ojos conversando con su occipucio, repetía la verdad: era convertir algo en nada, la disipación. Tiró la copa al tapete y se acercó a Bobó.

—Hay que animar esto más. Voy a hacer un número.

—¡Sh, shhhhh! —corrió Bobó con el dedo sobre los labios húmedos; y plantado en el centro del círculo abierto por sus esfuerzos, simuló el son de una trompeta.

Rodrigo no vio caras; se lanzó con desparpajo. La gente abandonó los sofás y los cojines y se apretó en torno al comediante; el número había tenido gran éxito siempre, entre sus compañeros de escuela hacía años, y hace poco en una cantina. Era una parodia de los viajes narrados de Fitzpatrick:

—Y ahora llegamos a la Venecia mejicana, los hermosos jardines flotantes de Chuchemirco. ¡Cáspita! ¿Es una rubia lo que viaja en esa bella canoa de flores? Ea, ¿nos permites acompañarte, preciosura?

La gente regresó a sus asientos; los grupos volvieron a ronronear y a prender cigarrillos.

—Y ahora tenemos aquí al famoso músico, poeta y loco, que nos va a contar cómo nacieron sus canciones...

Pola torció la cara y chupó las mejillas para iniciar la imitación de Agustín Lara. Entonces vio los rostros de los escasos invitados que aún le prestaban atención: sin interés, como quien ve llover, expeliendo el humo, vagamente concentrados en él, y solo una sonrisa, la que hubiera pagado por no ver: la de Norma. Pimpinela murmuró algo y las dos se retiraron del círculo. Rodrigo, con la cara torcida y las mejillas hundidas, no abría la boca. El resto del grupo se dispersó y Rodrigo, solo en el centro del salón, empujado por los mozos —activados por Bobó para restaurar la animación—, con los ojos fijos en el tapete, comenzó a cantar, como en un sueño:

—Santa, Santa mía...

Paco Delquinto entró, borracho, en el salón. Su pelo canoso y revuelto, su camisa a cuadros, los zapatos amarillos. Bohemio natural, periodista, pintor y vigésimo lugar en la vuelta en bicicleta al Bajío, le acompañaba una mujer de mirada fija y despreocupada con una de esas melenas que se han dado en llamar existencialistas, sobre el patrón Juliette Greco.

—Avanti, Delquinto! —aulló Bobó, abandonando su Belvedere de la escalera—. ¡Esto es la animación! ¡He aquí al único mexicano que entiende la necesidad de crearnos un fondo de comedia, al único auténtico lurias de la famosa México el asiento!

—¡Letras, virtudes, variedad de oficios, regalos, ocasiones de contento, primavera inmortal y sus indicios! —vociferó Delquinto con ademán grotesco.

—¡... Gobierno ilustre, religión y Estado...! —continuó, muerto de alegría, Bobó.

—... y los veneros de petróleo el diablo... —trató de terminar, detrás de un buche de caviar, la Contessa.

Juliette, sin abrir la boca, miró a los tres con profundo desprecio.

—¡Abajo la comunidad! —gritó, trepándose a un sofá, Delquinto—. ¡Si alguien quisiera escribir sobre nosotros, tendría que calcarnos de otra parte; somos la calca de una calca, el fracaso de la mecanografía: la vigésima copia a carbón en blanco! ¡Este es el mexicano creador, original, suntuoso! Naaaa, todos pegados como lapas a sus chambas y a los pequeños tics que no llegan a vicios, hablando de la mexicanidad, la paraguayidad, la hondureñez, ¡artistas del columbio cerebral! ¡Artistas de todo el mundo, uníos: no tenéis nada que perder sino vuestro talento! Oh, Barbara, quelle connerie la guerre... Dulce Filis, ¿en qué piensas?

La interpelada arqueó la ceja, frondosa sobre unos ojos color de cucaracha, y mantuvo su silencio indignado. Los calcetines blancos, aquella noche, le iban bien. Bernardito Supratous creyó, por un segundo, encontrar a la compañera de su vida.

La Contessa, nuevamente en su grupo, recibió otro platillo de caviar y galletas de soda: —Evaristo recibe pingües ganancias: seiscientos pesos al mes. Yo me las arreglo en estas recepciones. Pero el día menos pensado voy a tener que entregar los documentos para subsistir.

—¡Qué mal gusto invitar a Delquinto! —escurrió Gus.

—¿Qué les parece si organizamos un cocktail para el sábado, chez moi? —preguntó Charlotte. Le bastó una mirada de Vampa, quien parecía recriminar las noches del sábado como abluciones colectivas de la pequeña burguesía, para añadir—: Bueno, el martes entrante. Tú, Gus, consultas las listas de pasajeros de Nueva York y Los Ángeles para ver si viene alguna celebridad. Tú, Prince, me prestas el escudo de la familia para las invitaciones. ¡Manos a la obra! Podemos comenzar a telefonear a los amigos desde ahora, para matar el tedio. ¡Pensar que hoy no lloré, para verme guapa, *aquí*!

Juliette se sentó en el suelo con los ojos en blanco, mientras Delquinto mezclaba unos submarinos. Supratous se acercó, cohibido, a la mujer de tobilleras y melena de carbón:

—Ah, que vous êtes jeune, et que vous êtes femme...

—Usted a mí me la pela.

Cauteloso, el viejo pintor rondaba a una de las señoritas con gafas: —Se ve que usted es prisionera de los convencionalismos de la familia burguesa. No sería justo que su gran talento se perdiera asfixiado por la vulgaridad... usted nació para el arte... venga a verme. Mire: mi tarjeta...

—mientras Estévez inquiría al oído de Tortosa: —¿Por qué es triste el mexicano? —y Manuel Zamacona decidía salvar, salvar, y tomaba a Bobó de los hombros: —¡No es posible que deje de zozobrar una sociedad donde en vez de poesía solo se leen anuncios que declaran la obligación de usar algún ungüento para los sobacos, so pena de perder al novio, o de hacer gárgaras con clorofila, so pena de ser impopular! ¿Cómo se puede sentir así el terror cósmico? ¿Cómo puede evitarse así el fastidio de la seguridad colectiva? Paradoja, metáfora, imagen, ¡a qué peligros conducís! —El novelista de la tierra le explicaba a la Contessa, quien ahora comía con avidez papas fritas: —Después de Apatitlán viene un llano seco y luego se sube a San Tancredo de los Reyes. Allí, como que las nubes son más bajas, y las gentes tristes. La tierra no da nada, solo tunas y desolación. Se divisan los indios bajando de la sierra, con los machetes como banderas. Esto no me lo contaron, lo vi. Y más adelante hay un bajonazo y se empieza a sentir el calor. Es que nos vamos acercando a Chimalpapán, donde ya se da una hierba cruda y el Gobierno empezó a construir una presa. Allí viven los Atolotes, una gavilla de caciques que traen asolada a la comarca y se roban a las mejores viejas. De eso me acuerdo... —y López Wilson invocaba la dialéctica para consumo exclusivo del incrédulo Príncipe Vampa: —El marxismo tendría algo interesante que decirle a usted.

Lally, la amante de Bobó, invadió el salón con cinco bongoseros.

—Suivez moi! —les gritaba—. Je suis le péché!

La maravillosa, la asombrosa pulpa Lally, en su eterno sudario negro que contrastaba con el pelo blanco y el cutis de alcatraz sin agua, besó con estrépito a Bobó, bajó a la eximia de su estrado y colocó a sus bongoseros: —¡El

Triunfo de Pérez Prado sobre las Musas! ¡A darle, mucha-chos, que yo voy a raspar codos!

Es también la noche (decía sin hablar Hortensia Chacón) *y quisiera marcar con algo más que el aliento su percepción. Es lo que menos falta me hace* —sonrió— *y es, así, lo que más qui-siera volver a convocar, no como la fuerza natural en mí, sino co-mo la hora excepcional.* Luego pasó las manos por las sába-nas revueltas de su cama y quiso sentir, en las yemas de los dedos, el contorno, hundido, tibio, apenas húmedo, donde había yacido Federico Robles. Así lo hizo durante algunos minutos, horas hinchadas, pensando que solo la fatiga le indicaría la hora de dormir y de despertar y luego, siem-pre lo mejor, la hora de esperar: olía la tarde, el sabor de gasolina se volvía intenso, así como el de los niños de la escuela de enfrente cuando salían y todos sus rumores, su aparente algarabía, se descomponía en el oído de Horten-sia en palabras exactas: aunque no los escuchara, sabía cuá-les eran, fabricaba su exactitud; llegaban a su olfato, tam-bién, las transparencias dulzonas del algodón de azúcar vendido a los niños, y la sensación sápida, hecha de jabo-nes y zacates, de la tienda de abarrotes en la planta baja del edificio. Luego pegaba la nariz a las sábanas y trataba de reconstruir el cuerpo de Federico. Con un dedo, iba indi-cando sobre el lino abochornado ojos, boca, cuello, estó-mago, brazos, piernas, y volvía a colocarse encima de la sombra blanca, a abrazarla y a decir, sin hablar jamás: *a ti te espero, porque eso me exigiste y eso quise siempre, solo esperar y no, no es la oscuridad la que me obliga a esperar: la oscuri-dad corona mi ansia de espera y todo mi cuerpo, contigo, deja de sentirse ultrajado y expuesto para ser solo oscuro, otra vez oscu-ro, como en el principio.*

—¡Qué excitante, Pierrot, hmmmmm!

Todos estaban allí cuando Federico Robles entró en la casa de la colonia Narvarte, adornada con cuadros taurinos de Ruano Llopis, un mantón de Manila sobre el piano de concierto. Entró como acostumbraba entrar, embistiendo lento, con la cabeza india, rapada sobre las sienes, en forma de balazo, devolviendo los saludos con un ligero movimiento de mano. Hasta encontrar el *highball.* Entonces se erguía y esperaba.

—No se crea, sin ornato no se crea la impresión tangible de progreso, y sin esa impresión no hay inversiones extranjeras. ¿Qué es lo que retrata una revista americana de gran circulación? No retrata alcantarillas ni pavimentos ni focos de luz eléctrica: retrata grandes edificios, carreteras escénicas, hoteles, la fachada de un hospital, aunque adentro no haya ni una cama. Algo con aire de elegancia y progreso, que se vea bonito en kodachrome, ¿a poco no? Y eso mismo es lo que ve el inversionista norteamericano...

—... mira Pepe; todo va unido. Se compran los terrenos a cuartilla, los compramos todos. Luego te esperas agachado un año o dos, y de repente el Gobierno descubre que allí se ha encontrado un paraíso en la tierra, habla de las bellezas naturales de México, y a darle: carreteras, urbanización, obras públicas, fomento del turismo, todo lo que quieras. Ya nos armamos. Decuplicas, por lo menos...

—... y el muy baboso fue a cerciorarse de que la carretera que aparecía en el mapa, y que había costado treinta millones, estaba allí. Claro que solo encontró milpas...

—... ¿por qué se hundió Río de Janeiro? Pues porque cerraron el Casino de Urca y Quintadinha se convirtió en un elefante blanco. Y lo mismo le va a pasar a Acapulco si no autorizan casas de juego. Esos garitos flotantes apenas rinden...

—... no nos hagamos tontos: la única fuerza organizada es el clero, y está dispuesto a colaborar...

El Chicho pasó corriendo entre los grupos, mostrando unas tarjetas obscenas, y luego susurró:

—Vamos a importar cien cueros españoles. Llegan el sábado en la mañana, así que en la noche ya saben, en Acapulco...

Y Lopitos añadió:

—Fíjense: *de España.* No más gringas de Beverly Hills, medio ajadas a los treinta años. ¡Ahora sí, la pura importazione, carissimi!

—¿Qué tal los chicos? —preguntó Robles.

—De vuelta en Canadá, con los dominicos —respondió Pepe—. Sara muy alicaída. ¿A Norma no le interesa la canasta?

Luego el Chicho salió con un *brassière* lleno de naranjas y un frutero en la cabeza, mientras Robles se iba acercando, pausado, al grupo central:

—Régules es el indicado para hacer la gestión. Nosotros, ya saben, manos fuera. Régules está dispuesto a dar la cara si nos vemos necesitados de reprobar públicamente la operación. Incluso quiere irse a Europa un par de años a disfrutar; las cosas con la señora no van bien... ¿Qué tal, Robles?

Robles inclinó la cabeza cuadrada.

—Mire, Robles. Se trata simplemente de dar la impresión de que la inversión que usted sabe está dando un rendimiento público favorable. Conviene que la noticia provenga de una institución privada.

Robles inclinó de nuevo la cabeza, y en la puerta se encontró con Roberto Régules:

—¡Adiós, mi banquero! Allá le cuidé a su señora en casa de Bobó. ¿Nos vemos en el golf mañana?

Robles asintió y con un dedo nervioso, erguido, llamó a su chofer.

ahora los cuerpos, las ideas, los gruñidos se funden en una pelota de sebo; ahora circula el mismo alcohol, la misma sangre diluida, el mismo olvido, por todos estos cerebros; ahora el desperdicio se engalana; ahora las singularidades tan buscadas en el corte de los trajes, en las citas, en las puntas del pañuelo, en los perfumes, en los ademanes, caen al pozo de la gelatina común: agarrarse juntos, emblema del señorío mexicano, agarrarse juntos, costras fungibles, agarrarse juntos en el mismo spa, en el mismo Cap d'Antibes, en el mismo San Sebastián, en el mismo México: cambia el telón de fondo, el mundo es el mismo. Nosotros tenemos todos los secretos, todos los datos, todos los valores empeñados. Por algo será. Tenemos derecho a pisotearlos.

La jitanjáfora inundó la estancia de Bobó *píntame de colores pa' que me llamen Supermán, ay Su-per-Man, pá' que me digan «ahhmi» Tarzán, nené* Delquinto regó el submarino en una contorsión rígida, Juliette le seguía, los brazos en alto, sin pestañear *me llaman loco, porque soy un poco, y también borracho, porque tomo ron* Cuquita dejó caer el visón y agitó los hombros, *eeepa, pa' que me llamen Supermán, caaaaballero.* Silvia Régules salió sin despedirse, Gloria Balceta entró con los labios entreabiertos y la cabeza en alto, Charlotte se desprendió del teléfono para abrazar a Lally: —¡Ante todos lo he de decir: esta mujer es perversa y me ha hecho daño, pero la adoro! *así, así, a ver, gózala, caaaaballero, ay tú verá, nené* Cuquita bailando como pingüino

baila, baila como el pingüino, baila

—Licenciado Tortosa —preguntó Gus con una mano en la cadera—. ¿No se siente cohibido, usted que es marxista-cristiano, en este ambiente de Armagedón?

Ay minué minué minué, lo bailaba el siglo quince y ahora en el cincuenta y uno

—Nihil humanum a me alienum puto —exclamó en éxtasis Tortosa.

—Oooj, siempre las indirectas. Los griegos opinaban que la armonía...

¿quién es, quién es? yo les voy a decir: Pachito 'e Che, le dicen al señor

—Inderweltsein.

la televisión, pronto llegará, aaay, no, no, no, no

—El lugar del intelectual está en el campo.

pabarabatibi cuncuá, neeegro, pabarabatibi cuncué

—Quiere obligarme a que duerma con medias y ligas puestas, ¿tú crees?

Delquinto gritaba por encima del estruendo de maracas y tumbaores y sudor de negros: —Esnobismo, puro esnobismo. ¡Miren a mi Juliette! ¿Creen que es una mujer enigmática, con pasado? Es una idiota, vulgar, ignorante, recogida por mi sabia mano en la Facultad de Odontología, y muerta del susto en este ambiente, ¡grrrrr! —y apretó a Juliette entre sus brazos mientras la Contessa Aspacúccoli aprovechaba la confusión general para colarse a la cocina.

ay supermán, ay supermán

—Che, ¡México es el tropicalismo nietzschiano!

Bobó lloraba de risa, haciendo girar locamente los colores; las luces, tijeras de todos los perfiles, morados, rojos, índigo, Cuquita hacía el paso del conscripto mientras Supratous la perseguía de rodillas, humo deshebrado en los cuerpos, vasos tronaban y los brazos en la agitación aérea, nerviosa, del ganglio desnudo

cuando se murió Dolores, murió siendo señorita: cero jit, cero
carrera, cero error

—No cabe duda de que México es un país vital. ¡Imagínense esto en Mar del Plata!

Delquinto manoseaba a la mujer, le besaba la nuca, ex-
ponía sus senos, apretaba su vientre, entre los aullidos de
Bobó y Charlotte y Lally y las señoritas de gafas y el filósofo Estévez:

—¡Meretriz infame! Que la tierra cubra de llagas tu
sepulcro y que tu sombra sienta el terrible tormento de
la sed...

—¡Propercio! —exclamó con júbilo Dardo Moratto—.
¡Propercio! Terra tuum spinis!

ya se va, la clave azul, se va al son del marabú

Comprimido en un piyama de tiempos esbeltos, Bobó terminaba la última botella de *cognac* con el aire de melancolía total de un visigodo derrotado, y al aspirar el aire rancio
de colillas y fondos lodosos de copas rotas, gruñía:

—¡Teme a los griegos, Bobó, teme a los griegos!

Luego, en cuatro patas, comenzó a recoger los cerillos
regados por el tapete. Once de la mañana. Los motores ru-
gían por Insurgentes, por Niza, donde ya las mansiones del
porfiriato iniciaban su declive hacia la *boutique,* el restaurante, el salón de belleza. El sol, duro en la llaga del mediodía. Ni una brisa agitaba los copetes gráciles del paseo de
la Reforma. Desde el noveno piso de un edificio de piedra
rosa estirado entre dos melancólicas mansardas, Federico
Robles clavaba la vista sobre el pastiche irresuelto de la ciudad. Fachadas vaporosas y cristalinas mostraban su lado flaco, de ladrillo pintado y anuncios de cerveza. A lo lejos, al
pie de las montañas, un remolino de polvo reunía sus átomos

pardos. Aquí, cerca, el traqueteo de los obreros levantando
una calle. La guirnalda de secretarias y vendedoras rechon-
chas, de piropos, de contoneos, se tejía con las filas de vagos
y gringos viejos, de camisa abierta y anécdotas de Kansas
City que relataban a otros gringos viejos llenos de anécdotas de Peoria. Corrían, consultando su reloj, los hombres calvos, vestidos de gris, con un portafolio descosido
bajo el brazo.

Uno, Uno se clavaban los dedos en los taxis. En zigzag,
tántaranta-tan-tan, corrían, apretados, los automóviles. Los
claxons despertaron a Rodrigo Pola; el rumor impenitente
de la ciudad se colaba por las rendijas, hasta su cuarto interior de la calle de Rosales. En la azotea de su casa, amu-
rallada por Las Lomas de Chapultepec, Norma Larragoiti
de Robles acomodó unos cojines y descartó su bata de seda. Con esmero, consciente del brillo de cada poro, se embarraba el aceite opalino. *Suntan.* Hortensia Chacón, en la
oscuridad, esperaba los ruidos de la calle de Tonalá, esperaba la segunda hora de salida de la escuela —la tarde—
y el rumor de la llave sobre la cerradura. La avenida Mixcoac se iba abriendo paso, lenta y chata, custodiada por
ultramarinos y tendajones mixtos y cines populares, entre
el zumbido de aplanadoras y picas y alquitrán: nada entraba hasta el cuarto sellado de Rosenda Pola, siempre dormida en su vigilia delirante, presa de una espantosa lucidez final que no lograba hacer viva en las palabras que se
amasaban sin salida en su garganta nerviosa y floja. Charlotte, Pierrot, Silvia Régules, Gus, el Príncipe Vampa, Pichi, Junior, dormían: solo Pimpinela de Ovando caminaba
erguida y perfumada, detrás de un par de anteojos negros,
por Madero, hacia el despacho de Roberto Régules. A la
vista de Robles, México iba abriéndose como naipes de distintas barajas —el rey de bastos en Santo Domingo, el tres

colorado en Polanco— del túnel oscuro de Mina, Canal del Norte y Argentina, con la boca abierta, en busca de aire y luz, tragando billetes de lotería y volantes de gonorrea, hasta encontrar la línea recta de conducta en la Reforma, indiferente a los vicios menores, apretujados, de Roma y Cuauhtémoc, con sus caras quebradizas, sus cimientos fláccidos. Desde la oficina, Robles veía los techos feos, las azoteas desgarbadas. Pensaba en un despertar inútil: legañas de tinacos, macetas raquíticas. Robles gustaba de inclinarse, imperturbable, desde la ventana, y saborear el pulgueo sin molestias de los pelados, de todas las hebras de la ciudad que pasaban inconscientes del rascacielos y de Federico Robles. Dos mundos, nubes y estiércol. Un vaso comunicante perfecto, aislado, individual, lo llevaba de la casa colonial y enrejada, con su portada de merengue pétreo, al automóvil, del automóvil al elevador de níquel y acero, del elevador al ventanal y a las sillas de cuero, y con solo apretar un botón se cumplía la trayectoria contraria. —Bien merecido— frotaba Robles su solapa. —No es empresa fácil cercenarse de este pueblo. Derrotados, todos derrotados para siempre. Miraba sus uñas rosas: habían escarbado, con la tenacidad de los distintos hechos, tierra en Michoacán. Volvía a mirar a lo lejos: hasta el humo de la terminal de Buenavista, y más allá del puente hacia la Villa. Gladys García, parada sobre el puente, fumaba un cigarrillo apestoso y luego lo dejaba caer sobre el techo de una casucha de lámina y cartón. Por el rumbo de Balbuena —el otro extremo de polvo— Gabriel jugaba rayuela mientras esperaba a los cuates —Beto, Tuno, Fifo— para empezar a celebrar su regreso. Rosa Morales buscaba una caja barata entre los enterradores del barrio, mientras Juan esperaba, con los labios embarrados de sangre y vino, en una plancha de la Cruz Roja.

La mano que tronaba sobre la puerta arrebató a Rodrigo de su letargo. Gimiendo, protestando, arrojó las pesadas sábanas y lentamente llevó los pies al piso astillado. Dejó caer, como un plomo, los ojos entre las palmas de las manos. El repique de la puerta no cesaba; lo acompañaba una voz detestable, de urgencia e incomprensión. Por fin reunió la voluntad necesaria para levantarse y abrirla. Los ojos encarbonados de Ixca Cienfuegos lo saludaron con esa mirada, lóbrega y alegre, indiferente a las circunstancias personales, que tanto irritaba a Rodrigo. Cienfuegos entró, se llevó la mano a la nariz y corrió a abrir los postigos que se asoleaban sobre un patio interior húmedo, impregnado del olor de comida casera.

—¿Gas? —afirmó, interrogando, Cienfuegos—. Pero si no te pertenece. ¿Todavía no te das cuenta? No te pertenece. —Con una carcajada, Ixca arrojó el periódico del mediodía hacia la cabeza de Rodrigo. Este se dejó caer, boca abajo, sobre la cama. Cienfuegos parecía tomar el pequeño mundo de la recámara entre las manos, modelarlo, devolver a la pared sus contornos groseros, embutir las cosas, nuevamente, en sus casilleros habituales, circular el oro en cobre gastado. Mataría el gran sueño; aplastaría con una risotada a la gran población hechicera.

—Dilo, dilo —insistió Cienfuegos, jugueteando con una silla—. Dale rienda suelta a tu retórica. ¿No es esto lo que querías: un testigo? No te aprietes. Habla.

—¡No me cuelgues otra vez tu equipaje de ratas a la cabeza! —murmuró Rodrigo, mientras, siempre boca abajo, fijaba los ojos en el periódico arrojado por Ixca y que lentamente absorbía un pequeño charco creado por las goteras del techo: tres magnates engullendo en un restaurante, agarraron a la Viruelas, crimen pasional, gran esperma de tintas negras: tres magnates envuelven a un pescado muerto, la Viruelas sirve de gorro napoleónico a un chamaco bajo la lluvia. *(Duro, caparazón duro y entrañas pertinaces. Anoche, amordazado entre cuatro paredes. Y hoy aquí, a pesar de todo, rascándome las uñas y mirando la cara de tres banqueros gordos —no, es como pintarle un violín a Paganini).* Rodrigo saltó de la cama riendo: uno de ellos, perla en la corbata, *highball* en la mano inflada, era él, Robles.

Norma abrió los ojos al sol y quiso que sus rayos le calcinaran las pupilas. Luego los cerró para vivir la fuga de puntos azules y centellas amarillas que crecían como las ondas del estanque una vez arrojada la primera piedra. Pero el sol se concentraba en los labios. El sol la besaba. Norma quiso recordar, recordar los besos. Abrió de nuevo los ojos y se irguió rápidamente. Es que siempre había rogado que la recordaran a ella, y nunca había deseado recordar a nadie. Ahora sentía, más que terror, un leve sentimiento de ultraje, de desprecio, al pensar que tuviera que empezar a recordar mientras los demás la olvidaban. Dilató la nariz para aspirar el perfume de retama que ascendía del jardín. Era idéntico al otro, al del pequeño jardín de la pequeña casa donde celebró sus diecisiete años. ¿Alguien, además de ella, lo recordaría? ¿Alguien, en este instante —en todos los instantes— recordaría toda la vida de Norma? Alargó el brazo y tomó el frasco de aceite mientras el sol, comprimido, se desbarataba en la luz propia que el cuerpo brillante le devolvía, disparado desde las puntas moradas de los senos.

Manuel Zamacona abrió las ventanas de su pequeño apartamiento de la calle de Guadalquivir y cerró los ojos, gimiendo. Se tomó la cabeza con ambas manos y se sentó, con la respiración cortada, en una silla de vaqueta. Quiso reconstruir sus frases de la noche anterior, y solo veía bailar en el recuerdo la imagen de los ojos astígmatas, de la piel inviolada de los negros, del perfume de tabaco y Miss Dior y desodorantes. «Paradoja, metáfora, imagen, ¡a qué peligros conducís!» murmuró y corrió al espejo enmarcado por una estrella de hojalata, para observar cómo se le encendían las orejas de sangre. Regresó a su mesa de trabajo, sonriendo. Tomó un papel y una pluma. Miró hacia la Reforma, tratando de descubrir un nuevo color, un aire nuevo, en ese rincón conocido. Empezó a escribir: «México», con alegría, «México», con furia, «México», con un odio y una compasión que le hervían desde el plexo solar, y «México» nuevamente, hasta llenar la página y comenzar otra y terminarla también y luego salió al balcón, fijó los ojos en el sol, apretó las cuartillas y con todas sus fuerzas las arrojó hacia el centro del astro, seguro de que llegarían, de que se incendiarían en él, y entonces tomó una maceta y la arrojó también hacia el sol. Quería una piedra, mil piedras, y solo escuchó cómo la maceta se desparramaba sobre el pavimento y vio que un geranio yacía aplastado por la rueda de un automóvil.

Se sentó a su mesa de trabajo. Recordó que ese rincón amplio y suntuoso del paseo de la Reforma había sido trazado sobre el modelo de la Avenue Louise, de Bruselas, por indicación de Carlota. Y vio el paso fugaz de una familia indígena, flotante y cabizbaja. Escuchó el ríspido llanto de una niña, olió elotes cubiertos de polvo de chile, jícamas con limón: lo que entraba por su ventana abierta. A la altura de sus ojos, una casa de apartamientos de quince pisos, suspendida sobre pilotes de concreto, aérea en su policromía veloz de vidrio y mosaico. ¿Contraste? No. Zamacona tomó la pluma.

«Excentricidad, más que contraste. Esta puede ser nuestra palabra: "excentricidad". No sentirnos parte de ningún engranaje racional, susceptibles de alimentarlo y permitir que nos alimente. Claustro cerrado, de espaldas al mundo. No sentir que nuestras obras, que nuestro espíritu, penetran en un orden lógico, comprensible para los demás y para nosotros. España: excéntrica, sí, pero excéntrica dentro de Europa. Su excentricidad es la nostalgia de no haber participado en todo lo que, por derecho, le correspondía: en la aventura del hombre moderno. Allí estaba la pasta de la modernidad. ¿Qué frustró su realización? ¿Qué cerró los caminos de la participación europea a una nación que hoy vive cerrada a todas las manifestaciones de la inteligencia? Este es el dolor, la nostalgia, la excentricidad de España. Y Rusia es la excentricidad frente a Europa, la afirmación de una excelencia rusa fundada en la pretensión de diversidad frente a Europa. Pero ya este hecho la hace excéntrica; al pretender ser sui géneris en su rechazo de Europa, Rusia deja de serlo plenamente, debe aceptar un reto europeo y emprender la carrera que la ponga a la par de Europa. Carrera en busca del tiempo perdido. Solo México es el mundo radicalmente ajeno a Europa que debe aceptar la fatalidad de la penetración total de Europa y decir las palabras y las formas de la vida, de la fe, europeas, aunque la sustancia de su vida y su fe sean de signo diverso. Más que muerte —hecho natural, aceptable— asesinato, tortura brutal, cercenación de las formas que correspondían a la sustancia. Todo, desde entonces, es la búsqueda, cerrada, ciega, marginal, del punto de encuentro entre lo que realmente somos y las formas que han de expresar una sustancia, en sí, muda».

Observó su reflejo en la ventana. El perfil de finas líneas, la nariz delgada y agresiva, los labios casi lineares: la silueta marginal impresa sobre su rostro de anchos huesos y de carne gruesa y oscura.

«No saber cuál es el origen. El origen de la sangre. ¿Pero existe una sangre original? No, todo elemento puro se cumple y consume en sí, no logra arraigar. Lo original es lo impuro, lo mixto. Como nosotros, como yo, como México. Es decir: lo original supone una mezcla, una creación, no una puridad anterior a nuestra experiencia. Más que nacer originales, llegamos a ser originales: el origen es una creación. México debe alcanzar su originalidad viendo hacia adelante; no la encontrará atrás. Cienfuegos piensa que regresar, dejarse caer hasta el fondo, nos asegurará ese encuentro, esa revelación de lo que somos. No; hay que crearnos un origen y una originalidad. Yo mismo no sé cuál es el origen de mi sangre; no conozco a mi padre, solo a mi madre. Los mexicanos nunca saben quién es su padre; quieren conocer a su madre, defenderla, rescatarla. El padre permanece en un pasado de brumas, objeto de escarnio, violador de nuestra propia madre. El padre consumó lo que nosotros nunca podremos consumar: la conquista de la madre. Es el verdadero macho, y lo resentimos».

Volvió a descomponer la imagen reflejada. Sí, allí, en su propio rostro, estaba la madre íntegra: criolla de facciones amasadas con esmero por la cruza prevista. Y detrás, en la esencia, la sustancia informe, morena, oscura, indígena del padre.

«La carne oscura en el fondo, creándose a sí misma, sin contactos. ¿Cuándo la rescataremos? ¿Cuándo le daremos un nombre? Un ser fuera del anonimato».

Se puso de pie y encendió un cigarrillo. Recorrió con la vista su estancia: sillas de vaqueta, anaqueles desordenados, repisas cubiertas de reproducciones del arte indígena: el ser concentrado en las fauces de hachas votivas olmecas, la ceremonia abstracta de las formas estelares de Oxkintok, la alegría sensual de los primitivos, el frío incendio de las totalidades aztecas. «La cima de la barbarie —pensó Manuel—. La barbarie no como defecto, o por defecto, sino como la perfección, entera, de su modo, anterior y ajena a la idea de personalidad. Ser para los ciclos, alimentar al astro, vivir bajo el signo de la naturaleza increada. No, no tienen razón: todo esto solo nos explica parcialmente. Y no es posible resucitarlo. Para bien o para mal, México ya es otra cosa. Es ese algo radicalmente diverso lo que hay que explicar, en su totalidad, y enfocándolo hacia el futuro, hacia su integración, no basándolo en un asesinato colectivo».

Tornó a su mesa y a su pluma. «Constantes. Gestación lenta, intuitiva, del pueblo mexicano, sin contacto con las formas sociales exteriores. Búsqueda de una definición formal, jurídico-política, frente a búsqueda de una filiación sustancial, histórico-cultural. Afirmación de las definiciones formales en proyectos antihistóricos, fundados en la importación, en la imitación extralógica de modelos prestigiosos. Negación del pasado como supuesto inicial de todo proyecto salvador.»

¿Pero cuál es el modelo, el modelo propio, y realmente salvador, que México debe atender? —pensó en seguida—. ¿Cuál atendería él, personalmente? No sin humor, pensó que él mismo tenía posibilidades religiosas, sí, posibilidades artísticas, y posibilidades animales. Mordió la pluma y tomó una nueva hoja de papel.

«¿Cuál es la escala de los valores vivos? Si fuese objetiva, quizá no habría problemas. Pero no lo es, y cada quien es dejado al socorro de sus propias fuerzas. Pero supongamos, hipotéticamente, que esa escala es objetiva y que el sumo grado del ejemplar humano lo alcanza, digamos,

Leonardo da Vinci. El hecho debería ser alentador, pues existe, sin duda, menos diferencia entre Leonardo y el hombre corriente que entre el hombre corriente y un chimpancé. Sería más fácil, para el hombre corriente, acercarse a un gran artista que a un simio. Pero he aquí que aparece un buen cristiano y nos dice que hay menos diferencia entre el hombre corriente y Jesús que entre este y Leonardo. ¿Sería más fácil, entonces, acercarse al modelo Jesús que al modelo Leonardo? ¿O se trata, en realidad, de dos líneas de valor que se excluyen? El hecho es que se toma al hombre corriente como presupuesto de ambas, y que a ratos uno quiere acercarse a la posibilidad Jesús y a ratos a la posibilidad Leonardo. La línea del propio valor se vuelve quebradiza; cinco días de Leonardo contra tres de Jesús. ¡Si todas mis fuerzas pudieran dirigirse a una u otra meta, sin cejar! ¿Y por qué no dirigirlas todas a la meta chimpancé?, me dirá un amigo irónico. Es más fácil descender que ascender, y aunque haya menos diferencia entre tu persona y las de Jesús y Leonardo, que entre tu persona y un chimpancé, llegarás más rápidamente a asemejarte a este que a aquellos. Claro que estas ideas no se expresan de manera tan brutal. Decimos, más bien: "No basta el curso del tiempo para alcanzar la perfección. El tiempo, en realidad, solo nos aleja de la perfección original". Esto debe pensar Cienfuegos, sí. Ergo, nos dejamos caer hasta el chimpancé so pretexto de que en el fondo vamos a encontrar nuestro Super-Ser olvidado y original. Pues esto es lo que comúnmente pasa por progreso —digo, por "progreso" espiritual más que material: este se contenta con propósitos muy simples, demasiado seguros de su esencial bondad para justificarse—: la búsqueda de una meta que, no siendo ni Jesús ni Leonardo, solo puede ser el chimpancé, pero el chimpancé disfrazado de buen salvaje, de Sigfrido, de comunista original, de Escipión el Africano o de Josué con aspiradora eléctrica. El progreso debe encontrarse en un equilibrio entre lo que somos y nunca podremos dejar de ser y lo que, sin sacrificar lo que somos, tenemos la posibilidad de ser —Jesús, Leonardo o chimpancé—».

Un ruido lo distrajo. Asomó la nariz por la ventana para ver el esfuerzo con que un cargador de facciones repelentes —frente escasa, pelo cerdoso, nariz aplastada y anchos labios— cargaba un garrafón de agua, cómo se le escapaba el garrafón y se hacía añicos en la acera. El cargador se santiguó. Después se sentó en la defensa del camión repartidor y, mientras se secaba el sudor de la brevísima frente, empezó a cantar,

¡Qué bonita chaparrita!
Valía más que se muriera...

Manuel frunció el ceño y volvió a escribir. «Ahora, este es un país que ha tenido sus redentores, sus Ungidos y sus hombres superiores. Pero quizá lo fueron por la abundancia de chimpancés a los que debieron enfrentarse. Y sucumbieron, también, gracias a la acción conjunta de los chimpancés. No ha habido un héroe con éxito en México. Para ser héroes, han debido perecer: Cuauhtémoc, Hidalgo, Madero, Zapata. El héroe que triunfa no es aceptado como tal: Cortés. La idea podría extenderse al país. ¿Se aceptaría México a sí mismo en el triunfo? Saboreamos y tomamos en serio nuestras derrotas. Los éxitos tienden a convertirse en aniversarios huecos: el 5 de mayo. Pero la Conquista, la guerra con los Estados Unidos... ¿Quién ganó, en realidad, la guerra de 1847? El triunfo aparente de los Estados Unidos, piensan sin decirlo los mexicanos, fue el triunfo de la acromegalia, de la borrachera de poder, del materialismo, del crecimiento excesivo, y la derrota de los valores humanos. Automóviles en masa versus jícaras a mano. Etcétera. La derrota de México nos conduce, por el contrario, a la verdad, al valor, a la limitación propia del hombre de cultura y buena voluntad. Lo que tiene éxito no siempre es lo valioso, sino todo lo contrario. Y en consecuencia, lo que tiene éxito no es lo bueno, ni lo que fracasa lo malo. No es posible identificar el éxito con el bien y el fracaso con el mal, pues entonces los Estados Unidos serían buenos y México malo. Como sabemos que esto no es cierto, nos sentimos en la verdad cuando pensamos que no interesa ser bueno o malo, sino importar humanamente: es decir, ser odiado o amado con intensidad. Vale la fuerza e intención del sentimiento, no la de los resultados prácticos. Pero si el sentimiento odio es malo y el sentimiento amor bueno, ¿no volvemos a caer en un maniqueísmo, no para efectos prácticos, sino sentimentales? Todo lo mexicano es, sentimentalmente, excelente, aunque prácticamente sea inútil. Y todo lo extranjero, así sea prácticamente bueno, es, sentimentalmente, malo».

Mordió la pluma. Pensó: ¿sentimiento de inferioridad? Escribió sonriendo: «¿Qué cosa es el sentimiento de inferioridad sino el de superioridad disimulado? En la superioridad plena, sencillamente, no existe el afán de justificación. La inferioridad nuestra no es sino el sentimiento disimulado de una excelencia que los demás no alcanzan a distinguir, de un conjunto de altas normas que, por desgracia, no acaban de funcionar, de hacerse evidentes o de merecer el respeto ajeno. Mientras esa realidad superior de lo mexicano no cuaje, piensan en el fondo los mexicanos, habrá que disimular y aparentar que hacemos nuestros otros valores, los consagrados universalmente: desde la ropa hasta la política económica, pasando por la arquitectura. El último

hito accesible del prestigio europeo, la Revolución industrial, nace en México cada día. Nuestra superioridad por
decreto. Y sin embargo, en algo tienen razón: hay que ver
hacia adelante. Solo que "hacia adelante" no significa "formas de la vida europea y norteamericana" que, aunque
todavía estén vigentes, señalan solo una etapa final. Por
desgracia, la nueva burguesía mexicana no ve más allá de
eso; su único deseo, por el momento, es apropiarse, cuanto antes, de los moldes clásicos de la burguesía capitalista.
Siempre llegamos tarde a los banquetes. Cuando creemos
estar saboreando la sopa, esta se nos convierte en migajas
de un pan duro y roído por los ratones. Y sin embargo...
hoy podríamos tener los ojos abiertos, y prepararnos, sin
más fuerza y orientación fundamental que la de nuestra
propia experiencia, a crearnos desde la raíz en la verdad de
una nueva estructura social y filosófica. ¿No nos acercó la
Revolución a esta verdad? ¿Pero qué vamos a hacer cuando todo el poder real emanado de la Revolución se ha entregado, voluptuosamente, a las cosquillas de un cresohedonismo sin paralelo en México? Este es el problema, el
poder real. Pues nunca este poder real del hombre ha sido
tan grande y, a la vez, tan desprovisto de valor para el hombre. ¿Qué representa el poder real de un hombre como, digamos, este banquero Robles del que tanto se habla, sino
un puro acrecentar del poder en sí, sin atributos de valor?
La disyuntiva es monstruosa, pues si algún valor es valor del
hombre, es precisamente el poder, en su acepción más amplia. Cuando el poder ya no es valor, se avecina algo muy
grave: su ejercicio, en todos los órdenes, deja de ser responsable. Valor-poder-responsabilidad son la gran unidad, la que nos liga a unos con otros, con la naturaleza
y con Dios. Poder sin valor y sin responsabilidad desem-
boca en dispersión, en pequeños dioses abismales o en el

único dios de una abstracción terrena: la historia, las fuerzas ciegas, la nación escogida, o la mecánica incontrolable. Estamos en el cruce. ¿Cuál vamos a escoger, entre todos los caminos? Sobre todo México, tan cargado de experiencias confusas, de vida contradictoria. ¿Le será posible escoger, escoger su propio camino, o se dejará arrastrar por la ceguera criminal de los escogidos?».

No quiso escribir más. Fijó, nuevamente, los ojos en el sol. Se sintió pequeño y ridículo; pequeños y ridículos debían sentirse cuantos trataran de explicar algo de este país. ¿Explicarlo? No —se dijo—, creerlo, nada más. México no se explica; en México se cree, con furia, con pasión, con desaliento. Dobló sus cuartillas y se puso de pie.

—Es que quería valer intrínsecamente —dijo Rodrigo, distraído, buscando un zapato debajo de la cama.

—¿Para qué? —bosquejó una sonrisa Cienfuegos mientras colocaba la tetera sobre una hornilla eléctrica—. Aquí no se respeta a los hombres, sino a las categorías de membrete: Señor Presidente, Señor Director, Señor Etiqueta. Y por el contrario, ¿suicidarte, tiene sentido? En México, digo. Salvo como una burla a las potencias asesinas.

Aguardó, con los brazos cruzados, a que el agua hirviera: —Podías haber muerto satisfaciendo una necesidad colectiva, «mirando feo», dándoles gusto a todos.

Rodrigo se calzó con lentitud, guiñando los ojos: el cigarrillo entre los labios le molestaba, el humo se le colaba a la piel: —No sirven las palabras, Ixca. Ahora me vuelve la tentación de anoche. Pero ya no es más que eso: una tentación. Dos tentaciones. La de anoche y la de seguir viviendo. No sé; pero lo veo todo, la búsqueda durante mil días irreflexivos del pequeño entronque, de ese encuentro súbito, anhelado: la persona equis, la única. Todo tan pequeño, tan pinche... He fracasado, Ixca.

—No. Solo has tenido pequeños éxitos.

La mirada lánguida de Rodrigo siguió recorriendo la tinta (INMEJORABLE SITUACIÓN DE NUESTRA GANADERÍA *con todos los auxilios espirituales de la Santa Madre Iglesia*

> *Mientras las cosas en claro*
> *se ponen, de mala gana*
> *con su hijita a la Peni*
> *ayer noche fue Susana.*

Chofer barbaján se estrella. Juan Morales, chofer del coche de ruleteo, etcétera, *se estrelló ayer en la noche con un camión de línea* etcétera *su mujer y tres niños, que sufrieron leves contusiones* etcétera *en cambio el barbaján cuya autopsia reveló la reciente ingestión de alcoholes* etcétera *una familia queda en la pobreza a resultas de esta nueva muestra de irresponsabilidad* etcétera *barbarie de los ruleteros* REINA DEL ALGODÓN lo es linda damita de Torreón, Coah). *pasito tun tun tun tun pasito*

De un arañazo, destrozó el periódico. Pero la sinfonola del estanquillo comenzó a chillar, y alguien barría con premura los pasillos. Rodrigo alargó la mano y se colocó verticalmente una botella abierta de cerveza en los labios; la escupió; había dejado caer un cigarrillo adentro.

—No, he fracasado. Tú que estuviste allí, ¿recuerdas aquellos días de la Preparatoria, cuando publiqué *Florilegio...*?

No pudo continuar; sintió que el orden de la justificación se le venía abajo. Lo había construido y conservado —e invocado— durante tanto tiempo... y ahora, de repente, esta palabra, «florilegio», lo destruía. Cayó sobre la cama, y casi rebotando, con las lágrimas contenidas, gritó a la figura inmóvil de Cienfuegos:

—¡Florilegio! ¿No es para morirse de la risa? ¿Y qué más, dime, qué más?

—Si quisieras, hasta el fracaso.

—¿Más? ¿Sabes que no puedo sentarme a escribir sin una colección de frases a la vista, sacadas de la última docena de ensayos y malas novelas traducidas que he leído? ¿Y no saben todos que esto es lo que escribe Rodrigo Pola: un platillo de sobras, con la suciedad ratonera de una criada?

Hundió la cara en la almohada amarilla y Cienfuegos sirvió dos tazas de té humeante.

—¿Y habrías ganado el éxito, qué sé yo, con Norma, el aplauso literario, el dinero...?

—No —levantó la cara Rodrigo—. No... los habría destruido con todas mis fuerzas. Ese es el poder de mi debilidad. Para todo. ¡Suicidarse! Ese sí que es el gran chiste. Suicidarse porque en la fiesta de un tal Bobó, un tal eunuco con pelo oxigenado, me rechazaron, ¡me rechazaron, Ixca, tú lo viste, no miento!

—Otro rechazo, Rodrigo. No ha sido el primero.

—Y tú lo sabes. ¿Qué no sabes? ¡Qué risa! «¡El gran bardo juvenil, la promesa!».

Cienfuegos dejó las tazas sobre la única silla y tomó a Rodrigo de los hombros:

—Y hoy debes escoger, ¿lo entiendes, verdad? Entre uno y otro. Asumir uno u otro plenamente, ya nunca más a medias.

—¿Qué más da? ¿A quién le importa?

—Nos importa a todos. A los que nunca nos enteraremos. A los que puedes decir sí o no con tu silencio. A los que tú mismo negarás el perdón o concederás la sonrisa conciliatoria. Son tantos, Rodrigo, los que nunca sabrán de tu decisión. Pero una te traerá con nosotros, te abrirá los ojos al contacto de llantos más graves y desnudos que el tuyo, te clavará un pedernal en el centro del pecho. Y la otra te pondrá frente a nosotros, nítido y brillante, único y solo en medio de la compañía y la igualdad y la pertenencia. Acá serás anónimo, hermano de todos en la soledad. Allá tendrás tu nombre, y en la muchedumbre nadie te tocará, no tocarás a nadie. Escoge.

Rodrigo apretó ambas manos y exclamó: —Es que no entiendes, Ixca... es que no creo, no creo...

De pie, con todo su poder, Cienfuegos apartó las manos de Rodrigo:

—Escoge... y recuerda

—Recuerdos... *Yo soy Rodrigo Pola*

—*Y más, y más...*

—*Y el lugar de la concepción*

—*Y más*

—Y el éxito a la mano, siempre para otros, nunca para mí, ¿no es cierto, Ixca? Norma y Federico, hasta Bobó, Pedro Caseaux, *¿por qué ellos?*

—*¿Y los que no llegaron? ¿Los que tuvieron que darle a México más que su vida: su novida, sus nopalabras? ¿Los que no tuvieron tiempo de hundir un nombre en el aire? ¿Los que no tuvieron que renunciar a nada?*

—*Dos orillas*

—*Que no se tocan*

—*Orilla suntuosa de plumas y cuchillos y pencas de oro y orilla severa del códice y el fuete; orillas de todos los mexicanos que están aquí*

—*Muertos*

—*Y orilla de todos los mexicanos que están allá*

—*Vivos*

—*Orilla del sueño permanente, sueño de sucesión de soles, ala luminosa, daga brillante, y orilla del maíz roñoso y los cuerpos encogidos y el agua seca*

—*Y en el centro la ciudad*

—*Cabeza inflada, depósito de dineros y huesos y títulos, levantada sobre miembros raquíticos. Aquí viven los que son, los que tienen que renunciar*

—*Pero allá, en la otra orilla*

—*Alargando los brazos, están los que nunca llegaron*

—*Mi padre*

—*Gervasio Pola ¿ Morirán tú, Rodrigo, y Federico Robles y Norma y todos, sin saber quiénes fueron?*

—*Sin saber que nos alimentaron, mi padre*

—*La memoria...* Rodrigo... *se engendra y perece entre dos lunas y la mirada azorada busca*

—*El clavo de donde crucificarse: el clavo es siempre un hombre, mi padre*

—*Y el país es anónimo: ¿dónde encontrar el nombre que indique un jefe, un jefe*

—*Mi padre*

—*que viva por nosotros todos los instantes que nos separaron y se nos escaparon, que escondimos en una mínima rencilla, en un sentimiento de envidia, en una cobardía*

—*Disfrazada de razón? Mi padre*

—*¿Lo recuerdas?*

—*Mi* padre, *mi padre mi padre*

GERVASIO POLA

Una noche de marzo, en 1913, el aire sabía a polvo y la luna cicatrizaba el valle, cuando Enrique Cepeda, Gobernador del Distrito Federal, llegó a la cárcel de Belén. De los automóviles bajaron treinta hombres armados, limpiándose la nariz con la manga, encendiendo los pequeños cigarrillos deshebrados, lustrando los botines de cuero contra los muslos. El calvo Islas le gritó a la guardia de la prisión: *¡Aquí está el Gobernador del Distrito!* y Cepeda llegó contoneándose ante el primer oficial y eructó: —Aquí está el Gobernador del Distrito...

Gabriel Hernández dormía en una bartolina. Sus ojos de aceite, su máscara de obsidiana se quebraron con el puntapié de una bota negra: —Ándele, vístase... Hernández irguió su pequeño cuerpo mongólico, y por el rabo del ojo distinguió a la escolta apostada fuera de la celda. —¡Al patio! dio la orden el Subalcalde.

Aire morado, muros grises de Belén. El gran muro acribillado, con sus florones de pólvora. Cepeda, Islas, Casa Eguía, se ofrecían cigarrillos unos a otros, se carcajeaban en complicidad, mientras la escolta, con el general Gabriel Hernández en el centro, avanzaba hacia el paredón.

—Si tuviera un arma no me asesinarían.

La mano gorda de Cepeda cruzó el rostro de Hernández.

Cinco tiradores hirieron el cuerpo, entre los ecos de risa del Gobernador. Con el último tiro, cesaron las carcajadas. Cepeda frotó la mano sobre la tierra: —Hagan una pira, aquí mismo... —y se apoyó contra el muro.

Mientras el fuego consumía el cadáver de Hernández y el olor de carne tostada ennegrecía las facciones de Cepeda, Gervasio Pola y tres prisioneros más escapaban de Belén, escondidos en el carro recolector de basura.

Durante el recorrido de Belén al depósito de desperdicios, Pola pensó que así se debían sentir los muertos, con ganas de gritar y decirles a los enterradores que en realidad estaban vivos, que no acababan de morir, que solo los sofocaba una pestilencia muda, una rigidez transitoria, que no les clavaran el féretro, que no les echaran la tierra encima. Los cuatro hombres, boca abajo, sepultados por el cúmulo de basura, concentraban todo su terror en el acto de respirar. Sobre el suelo del coche, entre las planchas de madera, pegaban la nariz a los resquicios, aspirando la tierra suelta de las calles. Uno de los evadidos confundía su ronco jadeo con sollozos; Pola hubiera querido robarle ese aire desperdiciado. Los pulmones se le congestionaban de hierbas podridas y excrementos, cuando el coche se detuvo. Gervasio Pola codeó a su compañero próximo, y todos esperaron el momento en que se abrieran las puertas, entrara la noche a alumbrar de viento el estrecho sudario, y las palas de los basureros empezaran a pulverizar de inmundicia el potrero.

Estaban en el llano, por el rumbo de San Bartolo. Los dos basureros no habían ofrecido resistencia; yacían amarrados a las ruedas del carro. Los montículos de basura gris, blanda, coronados de moscas, se extendían desde el camino hasta el pie del cerro más cercano. El desaliento invadió a Gervasio Pola cuando pudo distinguir las caras embarradas, los cuerpos mojados, de sus tres compañeros.

—De aquí a mañana tenemos que ganar el primer campamento zapatista —dijo uno.

Pola se quedó mirándole los pies descalzos. Luego, con la vista baja, recorrió las piernas desnudas y enclenques del segundo, los tobillos heridos de grillete, supurantes, del tercero. La luna les patinaba en las uñas, como joyas de tierra. El viento de la serranía empezó a desbaratar los montones de basura. Tenían que decidirse a la caminata —la fuga se fabricaría de roca y espina.

Gervasio la inició, rumbo al cerro. En fila india, como por costumbre, lo seguían los otros. Aquí, en el llano, las piernas se hundían en el lodo de hierba; allá, a partir de la pendiente, la carne comenzaría a rasgarse más, a punzar la sangre las dagas del bosque. Gervasio, al pie de la sierra, aflojó los muslos. El viento seco rechinaba entre el huizache.

—No hay más remedio que separarse —murmuró sin levantar la vista—. Aquí salimos juntos hasta antes de Tres Marías. Allí Pedro y yo nos desviamos por el rumbo fácil, pero por donde hay que esquivar la caseta de los federales. Tú, que conoces mejor el rumbo de Morelos, te vas con Sindulfo y tomas la desviación de la izquierda. Si antes de la noche no hemos encontrado el campamento, volvemos a separarnos, ahora cada cual solo, y nos escondemos hasta la madrugada, o esperamos que pase un destacamento de Zapata para unírnosle. Y si no resulta, hasta vernos en Belén.

—Pero es que aquí Sindulfo no va a aguantar con la pata amolada —dijo Froilán Reyero—. Y el camino de la izquierda es el más difícil. Mejor que Sindulfo se vaya contigo, Gervasio, y Pedro conmigo.

—Mejor es andar juntos, por lo que pase —interrumpió Sindulfo, el del tobillo supurante.

Pola levantó la cara: —Ya oyeron lo que dije. Por lo menos que uno salve el pellejo. Más vale que uno viva solo y no que los cuatro mueran juntos. Se sigue el proyecto original.

Entonces les azotó el pecho el frío que anuncia el fin de la redonda medianoche y el principio de la madrugada de terrones de hora, y Gervasio tomó la vereda que iba trenzando el escarpado cerro de cigarras.

A veces, la inmensidad no empequeñece. Gervasio sintió que, con su banda, formaba una falange de heroicidad, y que los pies arrastrados por las veredas del monte llegarían a sonar como tropel, como cascos de metal, hasta superar la grandeza de la sierra, y hacerla esclava de su marcha. El sol naciente desparramaba los pinos mientras los cuatro hombres ascendían. Pola quiso mirar el valle seco; lo circundaba la lejanía. Los hombres no hablaban; el ascenso era lento.

Mira Froilán, quién te iba a decir que aquí, en la sierra, ibas a sentirte más preso que en la cárcel, más solo. ¿Qué me quebraron allá? Ahora recuerdo la noche en que escuché los primeros aullidos. Tantas primeras noches, primeras madrugadas. Todas iguales, todas nuevas. Primera noche de aullidos. Primera madrugada de tambores y descargas en el patio. Solo me llegaban los ruidos, uniformes. Pero sabía que cada uno era distinto. Todo igual, siempre diferente. Yo nunca el primero, nunca el siguiente, nunca el próximo. Nunca la hora de levantarse y decirles que estaba listo, que yo no tenía miedo, que no hacía falta vendarme la vista. Siempre esperándola. Ya quería que me chamuscaran, para demostrarles quién era yo. Nunca me dejaron. Otros murieron llorando y pataleando, y pidiendo clemencia. No sabían que yo estaba allí, en la solitaria, esperando la hora de escupirles su clemencia en la cara. Cada uno que fue al paredón me dejó esperando, con ganas de ir en su lugar con la cara en alto, y de

regresar a mi celda. Les regalo la muerte; yo podría haber sus-
tituido a cada uno en la marcha de la bartolina al patio. Eso
nunca me lo permitieron. Me quebraron.

Pedro se rajó la planta del pie con un vidrio y apretó los
labios.

Que se me raje todo. Que se me quede la sangre hecha polvo en el
cerro. Pero que no me dejen solo. Juntos aguantamos. Juntos nos
pescaron y nos volverán a pescar. Acabarán por fusilarnos a los
cuatro juntos. Pero no me van a dejar solo en el cerro.

Y Sindulfo no pensaba, solo alargaba los brazos tratando de tocarse los tobillos sin dejar de caminar.

Se detuvieron al mediodía, acercándose ya a las cumbres
más altas, donde debían separarse. Pero aún no entraban
en la neblina, se sentaron a la sombra de un pino.

—No hay agua por aquí para lavarle a Sindulfo las heridas —dijo Froilán Reyero.

—No piensen en agua… —exclamó cabizbajo Sindulfo.

—No piensen en comida —dijo riéndose Gervasio.

Pedro murmuró:

—Comida…

—No piensen en comida —apretó los dientes Gervasio.

—Ya vamos a llegar a Tres Marías.

—Sí. Ahí empieza la desbandada.

—A mí me quebraron, Gervasio. A mí me quebraron.

—Tú conoces mejor que nadie los rumbos de Morelos; no
te quejes. El que las va a pasar duras soy yo…

—Hace falta alguien que las pase duras para que salgamos los cuatro —Froilán se mascaba el bigote lacio.

—Con uno que se salve… —dijo, con la mirada dura
en las piedras, Gervasio.

—Allá en el pueblo un viejo quiso morirse solo; dicen
que siempre lo había querido. Se figuraba a la muerte des-

de hacía mucho; no lo iba a coger de sorpresa. Y cuando sintió que se le acercaba, mandó correr a todos los de la casa para recibirla sin compañía, como para gozar solo lo que tanto había esperado. Y en la noche, cuando ya le andaba rondando, y la voz se le caía como caliche, salió arrastrándose hasta la puerta con los ojos pelados, queriendo contarles a los demás cómo era la muerte. Esto yo lo vi, porque me había metido a su huerto a robarle las naranjas. Me agradeció que lo viera morirse, con las cejas pegadas a la tierra.

Pedro calló.

—Hace falta a quién contarle las cosas... antes, un minuto antes.

—Se las cuentas a un federal.

—No te dan tiempo. Te encuentran solo y ahí se acabó. Te encuentran acompañado y entonces cruzas la mirada con el amigo antes de caer.

—Hace falta quién te perdone —dijo Pedro.

Y Gervasio pensó que perdonaban los buitres, que perdonaba la tierra cuando se convertía en único corazón de despojos, que hasta el gusano nos perdonaba la porquería al cumplir su banquete. De pie bajo un pino, alargó la mano hacia el valle: percibió en ese instante que, lejos de las heridas de sus compañeros, lejos de la imagen encadenada de la tierra triste, pulmón de polvo, o más allá de su fondo acuoso secado por los penachos sangrientos y el rumor de sacrificios inconscientes, o más arriba del piélago de montes labrados por la sequía y tala —en la otra orilla del mundo indiferenciado, masivo, de México— cabía la salvación de un hombre como él, teñido de basuras y fatiga, ausente de la memoria de los demás hombres mexicanos, pero fiel, solo fiel a ellos cuando era fiel a sí mismo. *Salvarme hoy, a mí, a mi piel, para salvar mañana a los demás. Ellos quieren que muera con ellos; esta muerte impersonal, de todos, sería reconfortante para mis hombres. Creen que cumplo con mi deber sucumbiendo con ellos. Incluso prefieren que yo muera antes, y alivie su muerte. Estoy dispuesto a salvarlos, si se dejan salvar. Pero solo salvándome puedo salvarlos hoy a ellos y mañana a otros.*

—Ya vieron desde la torre —iba diciendo Froilán—. Era el general Hernández, ese que fusilaron y echaron al fuego. Se lo llevaron solito. Es lo que nos espera si nos vuelven a agarrar. Más vale aquí en la sierra, los cuatro juntos.

—Yo no quiero morir solo en el monte, o rodeado de enemigos, en la cárcel —sollozó entonces Sindulfo.

Pola se regresó y con una rama seca azotó las espaldas de Sindulfo; la luz del valle amortiguaba la cólera en los ojos:

—¡Pendejo! ¿Para qué tienes que hablar? ¿No te das cuenta de que bastante hemos hecho cargándote con todo y tu maldita pata tullida? ¿Para qué tienes que venir a lloriquear, a destrozarnos? ¡Ándele!

—Ya, ya, jefecito... no más.

—No le pegues más, Gervasio —Froilán le detuvo el brazo, mientras leves espirales de humo comenzaban a surgir del bosque, impulsando un olor a hojas quemadas y a pino seco.

—Bueno, vámonos. Ya están cocinando en los campamentos: miren el humo. Cada columna de esas puede indicar un amigo, un enemigo. Pero el que tenga hambre nada más, que se vaya derecho a cualquiera...

Cerca de Tres Marías se separaron. Froilán sosteniendo a Sindulfo, abrazándolo de la cintura. Y Gervasio con Pedro detrás, cabizbajo y frotándose los brazos para combatir la niebla helada de la montaña.

La tierra se sentía fría y amortajada bajo los pies de Gervasio y Pedro; su rostro húmedo, de roca y abetos, se hinchaba a cada paso, ascendiente y lívido. Había que salvar la caseta federal, de soldados ateridos y chozas con olor a frijoles refritos, que se interponía entre ellos y el primer campamento zapatista. Al atardecer, Pedro se agarró a dos manos el estómago y cayó de rodillas. Luego empezó a vomitar. Sombras de crepúsculo se alargaban en la maraña sombría del bosque, y Pedro, con la vista y la boca convulsivas, pedía en silencio un descanso, un momento de respiro.

—Ya va a caer la noche, Pedro. Tenemos que seguir juntos un trecho, luego nos separamos. Ándale, levántate.

—Como el general Hernández, así dijo Froilán. Primero fusilado, luego quemado. Eso es lo que nos espera, Gervasio. Más vale quedarse aquí, en el monte, y morir solos, con Dios. ¿Adónde vamos? Dime, Gervasio, ¿adónde vamos?

—No hables más. Dame la mano y ponte de pie.

—Sí, tú eres el jefe, el fuerte, tú sabes que hay que caminar, y caminar. Lo que no sabes es adónde. ¿A unirnos con Zapata? ¿Y luego qué?

—Estamos en una lucha, Pedro. No hay que pensar ahora, hay que luchar.

—Luchar sin darse cuenta, como si uno no tuviera recuerdos y presentimientos. ¿Qué crees que va a salir de todo esto? ¿Crees que importa algo que yo y tú luchemos? Ahorita que estamos solos aquí, medio perdidos en un bosque, y yo con la fiebre que se me viene encima, ponte a pensar. ¿Qué podemos, tú y yo, solos aquí? ¿Qué importa lo que hagamos o digamos? ¿No se resolverá todo por su cuenta? ¿No es el nuestro un sacrificio más, en balde? Vámonos, Gervasio, lejos de aquí, lejos de la bola. Que pase el viento sobre nuestras cabezas. Nada va a cambiar.

—¿Qué propones?

—Vamos a Cuautla a ver quién consigue ropa, o dinero... Y luego cada quien para su tierra...

—Te buscarán, te encontrarán, Pedro. Ya no puedes salirte de esto. Tú no quieres que te arrastren. Yo sólo puedo dejarme arrastrar. Ni remedio. Además, ya no hay tierra que valga. Ya no habrá escondrijos en México. Nos va a tocar a todos por igual.

—¿Y después?

—Cada quien a su lugar, después. Al que le corresponda.

—¿Lo mismo que antes?

—No preguntes. No hay que andarse haciendo preguntas cuando te metes a la revolución. Tenemos que cumplir. Es todo.

—¿Quién va a ganar, en serio? ¿Nunca te has puesto a pensar?

—No sabemos quién va a ganar. Todo gana, Pedro. Todo está vivo. Gana lo que sobrevive. Aquí todo sobrevive. Ándale, de pie.

—Ya me volvió la fiebre, Gervasio. Como si los murciélagos hubieran nacido en mi estómago.

—Vamos. Ya va a caer la noche.

Pedro se puso de rodillas: —Hay que dormir aquí. No puedo más.

Cuando el aire se llenó de chicharras y comenzó a soplar por las laderas frías, Pedro se frotaba los brazos y sus dientes rechinaban. La noche súbita del espacio los rodeó.

—No me dejes, Gervasio, no me dejes... Solo tú puedes llevarme adonde hay que ir... No me dejes, por tu mamacita...

Pedro alargó el brazo y arañó la tierra: —Pégate, por favor, que tengo frío... Nos calentamos los dos.

Trató de alargarlo más y rodó, besando el polvo: —Gervasio, háblame; háblame, no sea que aquí me entierres...

Quiso mirarse las manos, para darse cuenta de que vivía; una tiniebla espesa cubría el monte. Con los ojos redondos recorrió el bosque negro y gritó: —Hay mucha tierra para el poco polvo que dejo; arrástrame lejos de aquí, Gervasio; vámonos de vuelta a la prisión. Le tengo miedo a este monte pelón de almas; tengo miedo de andar suelto, sin grilletes... Que me los pongan, pronto, Gervasio, ¡Gervasio!...

Pedro apretó los puños en torno a los tobillos, y, por un minuto, volvió a sentirse libre prisionero. *Prisionero de hombres quiero ser, no prisionero del frío y el dolor y la noche. Que me pongan los grilletes, mamacita, para no andar rodando. Quiero quedar sujeto. Nací sujeto. Ahí está la pena:* —¡Gervasio! No me dejes solo, por tu mamacita... Tú eres el jefe; llévame... Gervasio.

El monólogo de Pedro silbaba entre las peñas. Gervasio Pola ya corría monte abajo, hacia la fogata amarilla del valle de Morelos.

El general Inés Llanos se limpió los dedos en el ombligo y tomó asiento junto al vivac. Los sombrerones ocres de la tropa brillaban, con los ojos indios, a sus espaldas, en la noche.

—Sírvase bien, no tenga pena. Éntrele. ¿Así que usted se les escapó de Belén?

—Sí, mi general. Yo solo me escapé y crucé el monte en un día —repuso, soplando el aliento entre las palmas heladas, Gervasio Pola—. Me salvé solito. Y ahora estoy a sus órdenes para unirme al general Zapata y seguir la lucha contra el usurpador.

—¡Ah qué atrasado y tarugo será usted! —carcajeó el general Llanos mientras tomaba otra tortilla del brasero—. ¿A poco usted no lee? ¿Qué dice el verdadero Plan de Ayala? Ahi se pone verde a Madero por su falta de entereza y debilidad suma, dice el escrito. ¿Y quién lo tiró? Pues mi general Victoriano Huerta, qu'es ahora nuestro jefe...

—¿Y Zapata?

—¡Qué Zapata ni qué Zapata! Aquí está usted frente a Inés Llanos, su servidor, fiel a las fuerzas del Gobierno legítimo, y mañana está usted de regreso en Belén. Ahora prepárese su taquito, que el viaje es largo y abochorna.

Gervasio Pola volvió a penetrar los muros grises de Belén. La tierra achicharrada del patio señalaba el sitio de la incineración de Hernández. Pola pasó pisando las cenizas, y ahí empezaron a temblarle las piernas. En la solitaria quería dormir; los párpados le pesaban, cuando entraron dos oficiales.

El capitán Zamacona, rubio y esbelto, con los bigotes cuidadosamente encerados, le dijo: —No hay necesidad de avisarle que va usted derecho al paredón. —Miraba continuamente el techo—: Pero antes va a decirnos por qué rumbo tomaron los prisioneros evadidos Pedro Ríos, Froilán Reyero y Sindulfo Mazotl.

—Si al fin los han de agarrar... qué más da.

—Da que queremos matarlos a los cuatro juntos, como ejemplo y escarmiento. Decídase, o mañana mismo pasa usted solo frente al pelotón.

La puerta de la celda se cerró con un estruendo acerado, y luego Gervasio escuchó el taconeo sobre las losas de piedra de la larga galería de Belén. Un viento clausurado se arremolinaba entre los barrotes. Gervasio se tiró al suelo;

mañana paso solo frente al pelotón; mañana, siempre una calavera anda escondida en la esquina de mañana... Ya las piernas empezaron a temblarme, cuando pasé encima de las cenizas de Gabriel Hernández; vamos a ser un puente de cenizas para las botas de los ajusticiados; luego pasa Pedro sobre mis cenizas, y Sindulfo sobre las de Pedro, y Froilán sobre las de Sindulfo. Sin que nos toque decirnos adiós más que con las botas. Solo frente al pelotón; ahí voy por la galería en la hora débil y pequeña, tratando de olvidar lo que sabía y de recordar lo que he olvidado... ¿Va a haber tiempo para el arrepentimiento?, ni que me regalaran la vida de nuevo para arrepentirse de cada cosa; pero ¡ay venganza que te tomas, muerte calaca, por andar uno creyendo que eres distinta de la vida! Tú eres todo, la vida te invade, te hiere. La vida no es más que una excepción de la muerte. Ahí vamos dando tumbos, que dizque vamos a ser héroes, para acabar pensando ¿qué se siente cuando una bala de plomo, y luego otra, y otra más, se te clavan en la barriga, y en el pecho, qué carajos se siente? ¿Vas a darte cuenta de tu propia sangre regada, de los ojos que dicen se te paran como cebollas? ¿Vas a saber cuándo se acerca otro hombre a darte el tiro de gracia, en la mera nuca, y tú ya no puedes hablar y pedir piedad? Ya la agotamos, la piedad, Diosito santo, ya la agotamos nosotros, ¿cómo vamos a pedírtela a ti? Tengo miedo, Diosito santo, tengo puro miedo... y tú no vas a morir conmigo; ¡no quiero hablarle de mi muerte a los que no van a morir conmigo! Quiero contársela a mis camaradas, para que callemos juntos y muramos juntos, juntos, juntos. Se dejan cosas, cosas sin hacer... eso es la muerte...

De pie, Gervasio le gritó al guardia: —¡Que venga el capitancito ese...!

(Pedro se quedó en el monte a la derecha de Tres Marías, apenas pasada la caseta federal. Tenía fiebre. Ahí debe estar todavía. Froilán y Sindulfo se fueron por la parte difícil a la izquierda. El terreno es duro, y Sindulfo anda tullido; no deben haber avanzado mucho. Y tampoco habíamos comido en mucho tiempo, y con ese frío...).

La madrugada de un domingo, antes de que las campanas parroquiales comenzaran a tañer, Gervasio caminó amodorrado por la galería hueca de Belén. Se palpaba los hombros, la cara, el estómago, los testículos: tenían más derecho a vivir que él, y era eso lo que moría. Traía los ojos cegados de carne. Luego quiso recordar todo, recorrer toda su vida; el recuerdo se le fijó en un ave mojando sus alas en un río de Tierra Caliente. Quería brincar a otras cosas, a las mujeres, a los padres, a su esposa, al hijo que desconocía, y solo veía al ave mojada. El pelotón se detuvo y de otra celda salieron Froilán, Pedro y Sindulfo. No les vio las caras, pero sabía que eran ellos, porque en seguida dejó de recordar y se dio cuenta de que marchaban a la cabeza de los condenados. Iban a morir los cuatro juntos. La madrugada le bañó el rostro. Pensó lo mismo que en la sierra; se sintió grande. Marcharon hasta el paredón, y dieron media vuelta, para enfrentarse a los fusiles.

—Nos salvamos juntos —murmuró Gervasio Pola a sus compañeros.

—¡Ah, qué la muerte más cabrona! —suspiró, a su lado, Sindulfo—. Nomás sirve para alejarnos un poquito.

—Para caer juntos —dijo Gervasio llenando de aire los pulmones—. Dame la mano. Diles a los demás que se las den.

Entonces vio los ojos de sus compañeros, y sintió que por ellos se aparecía primero la muerte, y cerró los suyos para que la vida no se le fuera antes de tiempo.

—¡Viva Madero! —gritó Froilán en el instante de la descarga.

El ave cayó despedazada en el río de Tierra Caliente, y el capitán se acercó a dar el tiro de gracia a los cuatro hombres que se retorcían en el polvo de Belén.

—A ver si aprenden ya a matarlos con la pura descarga —le dijo al pelotón; y se fue mirándose las líneas de la mano.

—*Mi padre, mi padre, mi padre*

Un tufo de grasa chisporroteante subía por el patio interior al cuarto de Rodrigo Pola, a las azoteas, hasta el centro del aire, a mezclarse con todos los olores de la ciudad. Por Madero, Pimpinela de Ovando caminaba erguida y perfumada, los ojos escondidos por anteojos negros, hacia el despacho de Roberto Régules. Cifras exactas se dibujaban, como en una pizarra de aire, dentro de su cabeza. Trescientas acciones. Cuarenta y cinco mil hectáreas. Un puesto para Benjamín en el Banco de Robles. La comida en casa de la tía Lorenza estaba arreglada. Régules era el camino que conducía a la devolución de algunas tierras. Las cifras se borraron y se dibujó la imagen de la tía Lorenza, teñida de años y recuerdos, superpuesta a otras muchas imágenes   Porfirio Díaz   un landó frente al Hotel Porters   el Zócalo sombreado de árboles   los toldos y los techos de cucurucho   muchas palabras   *He aguardado durante muchos años pacientemente, a que el pueblo de la República estuviera preparado para elegir y cambiar el personal de su Gobierno en cada periodo electoral sin peligro ni temor de revolución armada y hoy presumo que ese tiempo ha llegado ya*   y un perfume denso y antiguo

LOS DE OVANDO

¿Previsto?... un buen día, gran recepción en la casona —¡aquellas mansardas que como un escudo hablaban a todos de rango, de gusto, de propiedad!— de las calles de Hamburgo, en honor del Marqués de Polavieja (los largos años de dulzura se agolpaban y ceñían, en los sentimientos implícitos de doña Lorenza, a ese minuto exacto); al siguiente, el exilio impuesto por la fidelidad. A doña Lorenza le había parecido una muestra de falta de altivez no acompañar a don Porfirio hasta París y vivir ahí, Joaquinito opinaba que toda esta lealtad era excesiva, y don Francisco citó algo sobre la virtud mediana optando por establecer a la familia en Nueva York: quedarían así satisfechos el deber y la prudencia. De las haciendas nadie se preocupó; *el destierro, digámoslo en voz baja, es más bien la regla que la excepción, y solo el deber de encontrarse presente en las fiestas del Centenario pudo privarme de las ceremonias de coronación de Jorge V e interrumpir mi delicioso séjour en Inglaterra. En Nueva York, ya tengo visto ese agradable piso situado en Park Avenue. Lorenza sabrá hacerse de amistades. Joaquinito —muchacho excéntrico— disfrutará los banquetes a caballo de los Vanderbilt y los veranos en Newport. Reflexionemos serenamente: de cualquier manera, la tormenta no tardará en amainar. Si Madero quiere permanecer en el poder, necesita seguir la obra de paz, consolidación y decencia del General Díaz; y si no lo logra, el regreso de don Porfirio pa-*

rece inevitable. ¿No lo dicen sus mismos enemigos? «Su vida privada es intachable. Como padre de familia, ha sabido dirigir con acierto la educación de sus hijos, como lo demuestran las grandes virtudes de sus hijas y la corrección, modestia y actividad de su hijo; como esposo, es un modelo, pues a su distinguida compañera la trata con todas las consideraciones y cariño que se merece». *¿No es esta la tónica del México moderno? ¿Puede esta ejemplaridad sustituirse de la noche a la mañana? El magnífico edificio de la paz y el progreso no puede ser destruido tan fácilmente; la revolución será una llamarada de petate. Los empleados públicos saben que están mejor pagados que nunca y las familias de la clase media que están mejor alojadas y mejor alimentadas y vestidas que nunca. De cualquier manera, el país no podrá prosperar sin su élite directiva. Esté quien esté a la cabeza del Gobierno, poco a poco irán regresando los elementos que no en balde han sabido conducir a la Nación por las sendas del progreso material y la seriedad administrativa.* Don Francisco formulaba listas en su cabeza, y se percataba con satisfacción de que no había en México más hombres que ellos. Y detrás de los hombres, los nombres, las firmas que atestiguaban el nivel de la Nación; don Francisco los saboreaba, eran como la manifestación tangible de una igualdad, del primer tuteo mexicano con el mundo:

Doheny, Pearson, C. P. Huntington,

Moctezuma Copper Co.,

Palmer-Sullivan, Batopilas, Nelson and Weller,

Creston-Colorado Gold-Mining...

Solo pudieron llevarse los recuerdos más significativos, los que lucían en las vitrinas de la casa de Hamburgo, los cuadros de Félix Parra y Alberto Feuster. Dejaban la ciudad color de rosa, lenta, con sabor de polvo y lluvia vespertina.

Cuando llegó a Park Avenue la noticia de la Decena Trágica, don Francisco ordenó a la familia empacar. Cuando se consolidó Huerta, volvió, ahora con cierta reticencia, a ordenarlo. Pero Joaquinito siempre estaba en alguna casa de campo, o don Francisco era citado a una junta de la Sonora Land and Cattle en Chicago, y cuando regresaban a Nueva York era demasiado tarde y don Francisco conocía ya otras noticias: que en Morelos habían incendiado un ingenio, que en Zacatecas habían volado un tren. Y luego, don Francisco murió de pulmonía, y ni doña Lorenza ni Joaquinito entendían bien cómo manejar estos títulos y acciones que solo estaban apuntados en la memoria del viejo, y menos cómo arreglárselas para pagar la renta en un inglés que no era el aprendido por Joaquinito en Inglaterra. Cerca de París, poseían casa, en Neuilly, y a ella se trasladaron en el otoño de 1915 doña Lorenza y su hijo.

¡Qué delicia hablar francés!, suspiró doña Lorenza y, en efecto, al año quedó desterrado el castellano de la finca de Neuilly. Aquí sí era posible, comentaba doña Lorenza mientras daba órdenes a sus mozos, recibir, ofrecer tés, volver a ser gente decente. *Aquí sí se da su lugar a las cosas. ¡Nueva York! ¡Sufragistas y protestantes! ¡Y presidentes que cazan tigres! Hay algo que se llama cachet, no me cansaré de repetírselo a mi hijo, algo que se llama cachet, y que pocas personas saben distinguir y apreciar. Los Estados Unidos... toujours quantité, jamais qualité. Nuestra patria espiritual está aquí, en Europa. No me cansaré de repetirlo.*

Neuilly se convirtió en lugar de cita para los mexicanos que, huyendo del caos, mantenían la dignidad nacional demostrando a sus amistades europeas que sí sabían distinguir las edades de un Borgoña. *Claro, Francia está en guerra, ¡pero cómo se conoce la diferencia entre una guerra de gen-*

tes finas y otra de huarachudos despeinados! En uno de los tés de su madre, conoció Joaquinito a una muchacha mexicana que no hablaba español. Esto decidió a doña Lorenza para fraguar el matrimonio, y al poco tiempo la boda tuvo lugar en la iglesia de St. Roche. ¡Volvían los viejos tiempos! ¡Cuántas caras conocidas! Al leer y releer sus listas de invitados, doña Lorenza sentía un goce muy particular frente a cada apellido que aquí, en el amargo destierro, continuaba demostrando la validez de los principios y categorías permanentes. A veces, pensaba que en realidad nunca había salido de la Colonia Juárez: México estaba donde estuvieran ellos.

Fernanda, la mujer de Joaquín, era una muchacha rígida, severa, pálida, educada por las monjas en Suiza, y pronto se cansó del parlotaje incesante de doña Lorenza y de la nostalgia de sus frecuentes huéspedes. *Je ne peux pas supporter tes mexicains folkloriques et leur pitoyable sens d'épave,* le decía con los dientes apretados a su marido. En 1924, nació Benjamín, y desde la primera semana la abuela lo llevó a dormir a su alcoba, entre los retratos de familia. «Está bien que aprenda francés, pero también que no olvide lo que es ser un Ortiz de Ovando. Tu padre, Joaquín, habría opinado algo inteligente, como que no puede tolerarse más que bandidos sombrerudos hagan pedazos a México —toma, mira esta carta de tu tío: ahora resulta que las tierras nunca fueron nuestras—, o que estos señores Carranza y Obregón no son gente decente, pero lo cierto es que pronto nos llamarán, en cuanto se cansen de todo esto, a todos, y hay que estar preparados para volver a ocupar nuestro sitio». En el parque de Neuilly jugaba Benjamín, y a los dos años fue encargado a una institutriz belga; pero todas las noches doña Lorenza lo llevaba a su cuarto, le mostraba las fotos, le hablaba del encomendero de la Nueva

Galicia, *mira, querido, este cuadro es de don Álvaro, que fue capitán general del Corregimiento. Arraigó en Nueva España hacia 1620. Y tu bisabuelo, prefecto del Emperador. Esta es la fotografía de la casa de Hamburgo: aquí creció tu padre. Mira, tu tío cuando fue enviado a la jura de Alfonso XIII. Y esta, ¿te gusta? Es la «Pro Ecclesia Pontifice», nos la entregó Su Santidad...,* de las haciendas, de las otras familias de gente bien con las cuales algún día habría de tratar. Benjamín creció con un aro, sin otros amigos, y cuando se disfrazó con pechera y espadín y exclamó: *«Aux aztèques, aux aztèques»,* doña Lorenza no cupo en sí de orgullo y satisfacción.

Iba a cumplir cinco años el niño, cuando su madre murió, y Joaquinito regresó a la casa de Neuilly. Con bienaventurada sincronización, murió también el apoderado de la familia, y Joaquinito se instaló en la biblioteca a dirigir el patrimonio Ortiz de Ovando. Con asombro descubrió que este, lejos de disminuir, había sido incrementado por el viejo abogado Leselles, y Joaquín, viudo, cuarentón, y en un París de poetas vanguardistas, predisposición y cortesanas que, si bien no lucían tan espléndidas como en 1915, sí eran más distrayentes y menos gravosas, decidió que había llegado el momento de invertir en formas novedosas el cuantioso haber, ¡bendito Leselles, benditos don Francisco, y haciendas, y acciones! Dos días duró la afición administrativa de Joaquinito, y pronto fue famoso el millonario sudamericano de sombrero gris capaz de arrendar Le Sphynx por una noche y recitar a Victor Hugo con acento *épatant.*

Nacía el año de 1935 cuando la familia tuvo que vender la casa de Neuilly y embarcar rumbo a México. Durante unas semanas, Montparnasse lloró la ausencia de Joaquinito, quien pronto —y ya sin interrupciones— no supo de otro placer que el del muelle sofá en la casa de Hamburgo.

¡La casa de Hamburgo! La noche que volvió a penetrar en ella, doña Lorenza se sentó en la escalera a llorar. La saludó el mismo espejo, de marco dorado, frente al que, ¡hace tanto!, se había despedido, arreglado el velo, esbozado una sonrisa de dulce resignación: ahora, algo irreal brillaba en el vidrio, o en su boca, algo en lo que doña Lorenza no quería pensar, que se había estampado en toda su figura: una certidumbre de alivio definitivo, de alivio sin puertas a la vida, definitivo como un recuerdo recobrado que ya no permite el intento de buscarlo y, en la búsqueda, creer que se sigue existiendo. La mirada fija en sus manos, doña Lorenza decidió olvidar. Olvidar que había recordado. Seguir siendo una gran dama.

«¿Has visto, Joaquín? Ayer busqué la casa de Genoveva: ahora es pastelería, las caballerizas están en ruinas; y la de Rodolfo es un centro social español. Dicen que hay puros masones en el Gobierno. Y eso no es todo. No dan religión en las escuelas. No hay dinero para los recibos. Todos nuestros amigos son contadores públicos y comerciantes, agentes viajeros y oficinistas de cuarta, y al que bien le va, profesor de Historia». En casa tras casa, quedaban como espectros los espacios teñidos de pared donde antes colgaban los cuadros seculares, hoy en manos de algún anticuario; telas corrientes de florecillas tejidas cubrían las sedas raídas de los muebles, linóleo en vez de tapetes. Y nadie los tomaba en cuenta, *Francisco habría dicho: ¿cómo es posible llegar a decisiones graves sin consultar a la legítima clase dirigente?*, *y ¿cómo que las hijas de mi hermana tengan una tienda de blusas y se pasen el día detrás de un mostrador?*, *¿cómo que la nieta de un Ministro de Estado anuncie en su ventana «se tejen sweaters»? Esto no le sucederá a Benjamín. A él, yo lo voy a mantener erguido, consciente de su clase y de su deber; con él, con el apellido Ortiz de Ovando, volveremos todos al puesto* *que nos corresponde.* Y Joaquinito: *yo no tengo la culpa de la debacle; bastante los jorobé con que se salieran del campo y compraran bienes raíces, como los primos, que allí están bien hinchados. En fin, creo que es preferible pasarme el día sobre un sofá bebiendo cognac, a andar como mis compañeros de escuela británica, vendiendo corbatas, con horarios de esclavo y un jefe de piso gachupín.*

Muchos, entre los viejos amigos, seguían en Europa. Otros, los que aún tenían dinero, empezaban a regresar a México y a traicionar —doña Lorenza gemía— a su clase: a asociarse con los bandidos, a jugar *bridge* con las esposas de los políticos, y a cerrar las puertas de los empobrecidos. ¡Hasta hubo quien emparentara con un comecuras! Y la casa de Hamburgo se fue fraccionando: primero, el jardín, para que construyeran unos libaneses sus apartamientos; luego la caballeriza, para unos abarrotes; por último, la fachada de la casa, los salones, la planta baja, para una tienda de modas. Cuatro piezas, es todo lo que les quedaba. Una alcoba transformada en sala, el cuarto de Joaquinito, la pieza donde dormían doña Lorenza y Benjamín —¡dieciocho años!— y la cocina, y la dieta diaria de arroz y albóndigas. Doña Lorenza no quiso desprenderse de los muebles; amontonados en las recámaras, junto con las macetas de porcelana y vidrio y las mecedoras de mimbre, el olor guardado en los armarios de nogal, los pequeños cortesanos de porcelana con sus pelucas blancas, los camafeos y las cajas de música, las escenas bucólicas, la compresión tullida de su grandeza. Ya el sol no les llegaba. Y en las noches, el parpadeo verde del anuncio de cerveza en la azotea arrendada. Debían entrar en silencio y rapidez por la casa de modas, por el salón glorioso donde se agasajó a Polavieja, hoy invadido por los huéspedes sordos, por los maniquíes. Pero en la recámara persistía el viejo mundo. Allí todo se conservaba, el pasado, y el futuro. *¡Y Benjamín!* *Dócil, y tan respetuoso, con su encantador acento francés. Sí, va a ser un gran señor. No habrá podido, de acuerdo con la tradición, estudiar en Europa. Pero tampoco tendrá que ir a rozarse con los pelados de la Universidad, como sus primos,* que preferían ser arquitectos a Ovandos.

Durante largas horas de suspensión, doña Lorenza, erguida, nariz aguileña y chal de seda, el pelo amarillento cuidadosamente compuesto, medias opacas, botines de lazo, rememoraba con Benjamín los saraos de la primera década del siglo, con él revivía los nombres de las propiedades en el Bajío, en Sonora, en Morelos, los títulos de España que bajo este mismo techo habían recibido hospitalidad, las visitas a Chapultepec, cuando doña Carmelita. ¡Dócil, respetuoso, Benjamín, con su encantador acento francés! Con la boca siempre entreabierta, los ojos dormidos, su barba mal afeitada de pelos lacios, su andar jorobado y la permanente comezón en la nuca. Benjamín, sin mujeres, paralizado en una vitrina, Benjamín, el último camafeo. Cuando la abuela lo dejaba solo, leía en voz alta la sección de avisos en el periódico, y agitaba los brazos cuando veía un nombre en francés.

Cuando cumplió veinticuatro años Benjamín, la prima De Ovando (también, pensaba con tristeza la abuela, empeñada al capricho de los nuevos ricos y a las orgías de una banda de aventureros que a sí mismos se titulaban, sin el menor pudor, «internacionales») fue a cenar. Primero, cuchicheó con doña Lorenza, y una vez sentados a la mesa, Pimpinela habló con la ceja arqueada:

—¿Qué han pensado hacer con Benjamín, tía? Porque han estado viviendo de los restos de su fortuna durante los últimos trece años, no crean que van a durar hasta la muerte del muchacho.

—¿Y qué propones, hija? ¿Que Benjamín salga de este hogar para vender calcetines, o qué? Benjamín es un muchacho ejemplar, casi pudiéramos decir el último que ha sido criado como caballero, y que algún día...

—Con mucha suerte, venderá calcetines. Claro, él no tiene preparación alguna, y hay que ver... pero si fuera posible encarrilarlo en la banca.

—¡En la banca! ¡Mi querida Pimpinela! Francisco siempre decía: «Procura que los banqueros te sirvan, hazlos depender de ti; el grado inmediato, la otra alternativa, es ser sus esclavos». ¡Habrase visto! Y eso era antes, cuando los directores de los bancos eran gente conocida y venían a almorzar con Francisco. ¡Pero hoy! Si creo que todos han sido revolucionarios y comunistas antes. Ah, no. Benjamín nació para utilizar a los banqueros.

—Oh tía, perdóname. Pero mira cómo...; en fin. Perdón, perdón. Vas a invitar a cenar a Norma Larragoiti, que es la esposa de Federico Robles, el famoso banquero. Ella es una cursilona, de acuerdo, clásicamente advenediza y todo lo que tú quieras, y Robles un salvajón salido de quién sabe qué chaparral. Pero Normita se derrite con un buen apellido, y una cena aquí, entre tus mementos, la va a sacar de quicio. No te preocupes: nosotros compramos todo. Y al día siguiente, Benjamín tiene empleo en el Banco.

Las protestas de doña Lorenza de nada sirvieron. *¡Norma Larragoiti! Hija de algún tendero vasco. Y sin embargo, a ella habrá que demostrarle qué significa ser lo que somos, y dentro de esta estrechez, digna estrechez, hacerla sentir el favor que se le dispensa.* No fue posible: doña Lorenza sintió con dolor una sustitución definitiva cuando entró Norma, radiante, envuelta en *mink* y jugueteando descuidadamente con su collar, afirmando a los ojos de la anciana un sentimiento de seguridad en el nuevo mundo, de pertenencia y voluntad, que había sido el de ellos. El pedestal que durante cerca de cuatro décadas doña Lorenza había creído vacío, esperándoles, ya estaba ocupado, con vulgaridad —en ello insistía la abuela—, con atropello, sin el dulce fluir de la gracia.

—Sabe usted, doña Lorenza, mi padre perdió todas sus haciendas en la Revolución. Le digo a Federico, que tanta fidelidad guarda a los principios revolucionarios, que haberme casado con él tiene algo de revancha. Pero además, esa circunstancia nos coloca pues un poco en el mismo plano, a usted y a mí, ¿verdad? ¡Tanta gente conocida que sufrió! Pero lo importante es mantener la verdadera dignidad, como todos nosotros lo supimos hacer, ¿verdad? Ahora, lo que no tiene nombre es que no nos dejen traer a México los restos de don Porfirio, y...

La semana siguiente, Benjamín comenzó a rotular etiquetas en el Banco del Ahorro Mexicano, S. A. A todos les pareció encantadora su letra, tan afrancesada, como del Sagrado Corazón.

Pimpinela, disfrazada por sus anteojos oscuros, evitó el encuentro de su mirada con la de Ixca Cienfuegos. Entre ambos, providencialmente, se cruzó un cargador que a su frente renegrida amarraba un pedazo de costal desde el cual se dibujaba el arco del peso que soportaban sus espaldas. Cienfuegos sonrió y penetró en el edificio de piedra rosa, levantado en la avenida Juárez entre dos antiguas casas de fines del siglo XIX, coronadas por mansardas, en el que se encontraba la oficina —y del cual era propietario

FEDERICO ROBLES

—Me pide usted que hable de alguien muy distinto, Cienfuegos —dijo Federico Robles, de pie frente al ventanal azulado de su oficina. Se veía las manos, después levantaba la vista y trataba de reflejar en el vidrio otra imagen, dibujada sobre un aire ligero y frío—. Ya no me acuerdo que vine de allí

un riachuelo manso y junto a él un jacal, bosques muy delgados, algunas milpas; venía un hermano tras otro, de manera que tenerlos ya no era cosa de alegría o de pena; y la madre sabía recuperar tan pronto esas formas concisas, que apenas están allí, de la raza purépecha; imágenes que ya no son verdaderas, solo pintorescas: el padre que llega a comer y a acostarse y a enjuagarse el sol de la cara: viejo con la tierra momificada en la cara, de ojos terribles y manos dulces, que todo lo hubiera querido decir siempre sin abrir la boca, porque las palabras le pesaban y le ardían; como que decir las cosas era venderlas, o dejarlas escapar de lo importante, lo que no se decía: las imágenes del campo y la mujer y las horas con ellos, que es cuando salían ardientes y pesadas las palabras,

«arre mula cabrona, arre que se acaba el sol

»dios quiere que seas mía Madalena dormida cada que la luna se asoma y no te deja dormir»

los domingos en Morelia: dulces y calandrias, y hombres a caballo; iglesias hermosas de atrios abiertos como saetas entre el verdor del cielo de hojas; todos juntos a colocar un retablo pintado

por el hijo mayor, que ya trabajaba en Morelia como carpintero,
al altar del santo predilecto

«que el niño salga con bien

»que me regalen a la Torcaza recién nacida

»que salgan bien las mazorcas

»que estemos siempre juntos

»—Se siente uno a gusto, señor padre, trabajando libre aquí,
en la carpintería»

y otra vez al jacal cercado de milpas, el olor de tallos podridos y
hojas quemadas y cerdos flacos

—Hay que olvidar todo aquello. Subimos muy de prisa como para pensar que somos los mismos que hace apenas medio siglo trabajábamos bajo las órdenes de hacendados. Tenemos ahora tanto por hacer. Abrir fuentes de trabajo. Hacer la grandeza del país. Aquello se murió para siempre.

decían que los amos eran buenos; que exigían lo suyo pero que permitían cultivar la parcela en libertad, y que no tenían tienda de raya

—Don Ignacio de Ovando era el dueño de aquellas tierras. Pasaba muy pocas veces por allí. Su nombre y su figura eran casi legendarios. Ahora recuerdo la figura de mi padre, la recuerdo como si desde el principio del mundo hubiera estado allí. Recuerdo que cuando terminaba la faena siempre hundía un pie en el surco negro para que al día siguiente el sol secara el lodo sobre los huaraches. Los sábados todos se reunían a contarse sus cosas, y entonces mi padre también recordaba cómo era la situación antes.

«—Todavía en tiempos de Serafín, mi abuelo, esta tierra daba de comer a todos. Después vinieron las leyes esas, y es cuando el señor don Ignacio empezó a comprar todas las parcelas. Después los soldados extranjeros acabaron con muchos de nosotros. Yo me quedé cultivando. Todavía andaba creyendo que era para dar de comer a todos, como antes. Pero después de la guerra nos mandó el Go-

bierno esas nuevas leyes, y entonces sí nos tragó don Ignacio. Pero no hay que quejarse. En otras partes los hacen comprar todo en el lugar. Aquí por poco y vas a Morelia y gastas como te gusta»

—Sí, yo creo que estaba satisfecho. El indio nunca hubiera hecho por sí solo la Revolución. Por aquel entonces llegó por allá mi primo grande Froilán Reyero, al que se habían llevado desde niño a México. Yo lo recuerdo mojándose unos bigotazos lacios en la jícara mientras me acariciaba la cabeza, y contando que en Morelos había sabido que el joven Pedro, el hijo de don Ignacio, hacía tropelía y media en el ingenio. El joven Pedro iba a venir en lugar de su padre cuando el viejo se muriera.

«—Allá en Morelos organiza unos paseos a caballo con sus amigos y salen todos a lazar a las mujeres de los campesinos. ¡Vieran el chilladero que se arma! Ya nadie quiere salir de sus casas. Pero como a fuerzas hay que ir por agua o a lavar al río, pues entonces se aprovechan, se las lazan y después las regresan»

—Froilán hablaba también de otras cosas que había sabido en sus viajes. Del Valle Nacional, de donde nadie salía con vida, y de los huelguistas de Cananea. Y también había estado en Río Blanco.

«—Igual que allá se organizaron las gentes, hay que hacerlo aquí con los campesinos. Ahora el señor Madero anda de campaña, y las gentes dicen que se va a acabar con él toda la desgracia»

—Recuerdo que mi padre nada más fruncía las cejas, atizaba el fuego y le decía a Froilán que los dejara en paz, que las cosas se arreglan solas.

«—En Morelos ya andan reuniendo gente los Zapata. Yo estuve en lo de Río Blanco y me di cuenta de que ya se pasaron de la raya. Mi amigo Gervasio Pola anda en México buscando fondos para Zapata, y ya nadie va a aguantar más si don Porfirio no respeta las elecciones»

Federico Robles tomó asiento en el sofá de cuero y esbozó una sonrisa: —«Dense la paz», decía con su voz pareja mi padre, mientras Froilán recordaba los incidentes de la huelga de Río Blanco.

«— *Yo conocía por allá a un compadre que se le murió el niño y por eso fue a Río Blanco. Allá la fábrica y las casas están en lo bajo, pero luego empieza el monte y la selva, que es como una empalizada para que todos se sientan bien cercados. Se sentía mucha tristeza, que venía de la sierra y llenaba de polvo el centro de la calzada entre la fábrica con sus balconcitos y atrás la tienda de raya. Pues ahi tienen que el hijito de mi compadre se había muerto porque a los once años lo habían metido a trabajar a las entintadoras, y el pobre no duró ni un año, metido ahi tragando tanta pelusa. Ahi me lo encontré metido en una caja, con su camisa blanca y sin calzones, todo chupado el inocente. Y no era la primera ocasión. La de viejos que se murieron por lo mismo, y que llegaron a viejos de puro milagro. Porque los obreros tienen hijos a cada rato, y quién va a decir si les viven o no, cuando ganan cincuenta cobres diarios y en seguida hay que meter a trabajar a los niños que solo les pagan veinte. Échese sus cuentas, Albano, y piense que ahi tienen que pagar dos pesos a la semana por las casas. Y como el pago se hace con vales para la tienda, pues solo porque Dios es grande no se han muerto todos de hambre y de puritita mugre. Pero la mayoría nomás se seca, después de trabajar trece horas todos los días, nomás se secan como un montón de raíces al sol. Yo los veía llegar, sin poder hablar, como si les hubieran cosido la boca, y caer rendidos al suelo. Ya estaban tan cansados que ni de comer pedían. Pero le estaba contando, que ahi estaba el niño tendido y mi compadre ya no aguantó y salió dando de gritos con el cadáver del niño arrastrado de los pies hasta que todos los jefes se asomaron a los balconcitos esos entre asustados y haciendo burla y yo creo que mi compadre no pudo aguantar ni que tuvieran miedo ni que se burlaran y les aventó el cadáver a las caras mientras todos cerraban las ventanas. Pero ya para entonces se estaba organizando el Círculo de Obreros y Gervasio Pola, que es de letras, llegó a decirles a todos que se aguantaran un rato y se organizaran. Por eso, cuando vino la huelga textil en Puebla, los de Río Blanco hicieron a duras penas una colecta y se la mandaron a los de Puebla. La empresa se enteró y mandó cerrar la fábrica. Entonces vino la huelga y todos sabían que iban a cerrar la tienda y no iba a haber qué comer. ¡Dos meses anduvieron en el monte, buscando qué comer! Hubiera usted visto, Albano, cómo sacaron aquellas gentes fuerzas de su hambre. Todos tenían las manos arañadas de andar buscando entre las espinas una raíz. Todos andaban con los pescuezos estirados y los ojos pelones. A veces se ve en las caras de la gente lo que les está pasando allá adentro, y así era entonces. Dos meses se aguantaron, y aunque no hubiera pasado nada después, como pasó, yo ya hubiera sabido que solo de recordar esas caras nunca dormiría sosegado otra vez hasta ver libres a esos mexicanos. Porque se comían las uñas, Albano, y hasta se hubieran cortado los brazos y la lengua para que los otros comieran algo. Si usted lo hubiera visto, ya sabría a estas horas que no está solo. Y también que no estar solo es como morirse de pena. Yo tenía pena y rabia, y ya nunca se me ha de quitar, se lo digo. Entonces se dirigieron los huelguistas a don Porfirio para pedirle que tuviera clemencia y prometieron cumplir con lo que él dijera. Y don Porfirio solo dijo que se aguantaran y volvieran a trabajar igual que antes. Aquellas son gentes de palabra, y cuando se rindieron, solo pidieron que les dieran un poco de maíz y frijoles para aguantar la primera semana antes del pago. A esos perros no les damos ni agua, dijeron entonces los capataces. Pero con el hambre se puede hacer todo, Albano, menos burlarse. Mientras no se burlen del hambre, cada quien se aguanta, por pura dignidad, hasta la muerte. Entonces los seis mil trabajadores se metieron a la tienda de raya y sacaron todo lo que había y lue-*

go *la incendiaron y también la fábrica. No había rabia en sus caras, ni siquiera odio. Solo había hambre, algo así como nacer o echarse la bendición antes de morirse, que ya ni quien lo evite. Que se viene encima sin que nadie lo piense. Entonces fue cuando entraron las tropas de Rosalío Martínez, echándose sus descargas una tras otra, sin parar, mientras todos caían muertos en las calles, sin poder ni siquiera gritar, sin tener para dónde voltear del ruido y el polvo que levantaba esa metralla. Pues hasta las casas los seguían y allí los balaceaban, sin averiguar nada. Y a los que se metieron al monte, allá los fueron a buscar y a matar sin decir nada. Ya a esas horas nadie abría la boca, ni las tropas ni los trabajadores. No había más ruido que el de las balas. Todos se murieron en silencio, pero ya para entonces no sabían qué era mejor. Ya no distinguían bien. Hubo un batallón de los rurales que no quiso disparar; y luego fue exterminado por los soldados de Rosalío. Después nomás se vio cómo salían las plataformas de ferrocarril repletas de cadáveres y a veces nomás de piernas y cabezas. Los fueron a echar al mar en Veracruz, y a los del Círculo de Obreros que quedaban en Río Blanco luego luego los ahorcaron allí mismo»*

Robles se dirigió a la caja de ébano que, sobre el escritorio esmaltado, guardaba los habanos: —Mi primo Froilán murió muy pronto. Lo mandó fusilar Huerta. A veces me pregunto qué habría sido de él después, una vez terminada la lucha.

La vista perdida sobre los contornos pálidos de la Alameda, Ixca Cienfuegos murmuró: —Es lo que nos preguntamos todos. ¿Qué habrían hecho los llamados «revolucionarios puros» ahora? ¿Qué harían hoy los Flores Magón, Felipe Ángeles, Aquiles Serdán?

—Quizá serían profesores mal pagados y un poco atarantados —gruñó Robles mientras daba vueltas en la boca al puro, como un torniquete aromático—. No es lo mismo darse cuenta de la injusticia que ponerse a construir, que es la única manera eficaz de acabar con la injusticia. Yo tuve la suerte de pelear primero y construir después. Aunque quién sabe... Queremos construir una economía capitalista y al mismo tiempo aplicar una legislación protectora de la clase obrera. La pura verdad es que para tener capital hay que pagarlo con vidas, como la de los niños que murieron en las salas de tinte de Río Blanco, y después hacer leyes del trabajo.

Cienfuegos fijó los ojos en la cúpula solferina de Bellas Artes y en seguida los cerró, invitando a Robles a continuar. El banquero, con el puro gordinflón plantado entre los dientes, se sentó y sacó los puños de la camisa mientras se acomodaba: —A los diez años me llevaron con el cura a vivir a una iglesia pequeña de Morelia. Ahí me enseñé a escribir, y a ayudar en las misas. Al principio, iban mis padres a verme, o yo iba a comer al jacal junto al río. Pero después casi nunca salía de Morelia. Mi padre murió de difteria y los demás hermanos ya no me buscaron. Luego me contaron que habían lazado a mi madre y cuando mi hermano mayor, el carpintero, salió a vengarla, la leva federal se lo llevó y los demás ya no chistaron. Siguieron cultivando la parcela. No crea usted que esto me dio ganas de vengarme, pues yo no entendía nada

«*cada que la luna se asoma y no te deja dormir*
»*que salgan bien las mazorcas*
»*se siente uno a gusto, señor padre, trabajando libre*
»*ya sabría a estas horas que no está solo*»

y aunque lo hubiera entendido, no hubiera ido por ese motivo a la Revolución. La Revolución llegó como llegan el sol o la luna, como llueve o hace hambre. Hay que levantarse, o acostarse. O cubrirse del agua, o comer. Así. Yo nunca supe de dónde surgió, pero una vez que estuvo allí, había que entrarle al toro. Después algunos, como yo, encontramos las justificaciones.

—Otros no las encontraron, y son los que supieron por qué... —interrumpió Cienfuegos.

—Correcto. Pero eso es harina de otro costal. Esos siempre sabrán los porqués, pero bendito para lo que les sirve.

—Usted fue de *esos*...

—Como el maíz fue grano antes de ser mazorca. Pero cuando es mazorca, ya no es grano.

La palabra «esos» punzaba el cerebro de Ixca mientras observaba a Robles chupar con seriedad el puro. ¿Quiénes eran *esos*? ¿Hasta qué punto lo sabía perfectamente Robles, hasta qué punto seguía siendo uno de *esos,* igual a *esos,* tan anónimo como *ellos*? El dejo cantarino del banquero cortó en dos el hilo:

—El cura me decía que cuando supiera bien latín me mandaría al seminario, porque todos los muchachos que él proponía se presentaban sabiéndolo, y luego llegaban a obispos. Cuando cumplí catorce años conocía ya muy bien mi rutina, y debí haber sido muy simpático porque todos me entregaban con gusto la limosna —Robles sofocó una carcajada que se hundió en el humo espeso del habano—. Tenía algunos amigos, pero muchos se habían ido a unirse a la revolución maderista, al norte, y otros al sur en busca de Zapata. El cura hablaba de esas cosas, y se puso muy contento cuando triunfó Huerta en México. Yo nomás esperaba la famosa ida al seminario. Sí... la esperaba

«—Es un indito frágil y dócil, que ha comprendido temprano las diferencias que lo separan de los mejores, que ha encontrado un casillero en el sabio ordenamiento del mundo, y que toda la vida servirá a Dios y a la Sociedad como sacristán, ¡ay!, aún

después de que yo los abandone y manden un nuevo párroco a
guiarlos. Lo vieran, todo el día puliendo los vasos y el mármol,
concentrado en sus tareas, ajeno a las tentaciones, con pocos ami-
gos, y la ilusión, ¡pobrecito!, de ir al seminario»
hasta un día en que me tocó asistir a la ceremonia de novi-
ciado de monjas en la Catedral. Hubiera usted visto aquellas
caritas de porcelana, vivas sobre el fondo negro de las co-
fias. Ninguna tendría más de dieciocho años. Yo nunca había visto muchachas así. Y cuando pensé que se iban a enterrar para siempre, me dio mucho coraje. Quería correr a
besarlas, Cienfuegos, a pedirles perdón en mi nombre, en
nombre —sobre todo— de todas las cosas que yo no era.
Creo que hasta para ofrecerme a ellas para algo que no entendía muy bien, para ¿darles mi amor? Aquello olía a pulmón seco, y por eso se han de haber escuchado con una
fuerza tan detallada los movimientos de los hábitos sobre
las baldosas de la nave. Usted sabe lo que son esas cosas,
o más bien esos momentos en que uno empieza a darse
cuenta. A saber que puede actuar. Por eso, cuando el cura me llevó a la hacienda de su familia, unos tales Zamacona, cerca de Uruapan, iba yo tan gallito.

Nuevamente de pie, Robles se detuvo frente al retrato
que Diego Rivera le había pintado, y que colgaba encima de la fila de archivadores de acero. Sobre un fondo azul
índigo, la figura del banquero se recortaba oscura y tensa,
enfundada en un casimir marrón y con dos pies izquierdos.
Más esbelto, más agresivo, el Robles del retrato parecía
a punto de estallar, disparado por un arco interior, dispuesto a avasallar los colores, a tragárselos para que del
marco solo resaltara su propio contorno.

—Las revelaciones llegan así, a invitar sin ser invitadas.
No ha pasado un segundo y ya sabe uno que no volverá a
caminar igual que antes. Allá en la hacienda estaban la ma-

má, una señora inválida; la hermana mayor que tenía treinta años, se vestía de negro y no se había casado; y la otra hermana que iba a cumplir dieciséis y se apretaba mucho el vestido alrededor del busto. Mercedes. El papá había muerto y el hijo menor era capitán del ejército...

Robles fijó la vista en la fecha que constaba en la margen derecha del cuadro: 1936. Ahora pasaba las manos por su talle hinchado y quería distinguir, detrás de las del retrato, las facciones del jovencito de quince años. ¿Quién iba a recordarlo? Sin precisión, pensó Robles que su primera fotografía se la habían tomado a los veintitantos, que nunca podría recuperar la imagen de su niñez. Dio la espalda al retrato para encontrarse con los dientes blancos de Ixca que expelían una columna gris. Lo observó con molestia y se juntó las manos en la espalda.

—Por lo que usted guste, me salí de la hacienda y pasé dos días acarreando agua en Uruapan para los caballos. Después me agarraron los federales y me llevaron a Querétaro. Les robé un caballo y me fui viajando de noche al norte.

Robles empezó a palpar su cuello, las venas abruptas a los lados, la grasa sin rigidez bajo la barbilla: —En Aguascalientes, cuando se murió el caballo, me colé en un tren. Un tren repleto de gentes que huían de un bando o iban a unirse a otro. En un pueblo de Coahuila le caí bien a un general constitucionalista porque sabía algunas palabras de latín. Allí cumplí diecisiete años, en la tropa, cantando la *Valentina* en latín para que se carcajeara el general.

Los dedos pasaron sobre el casimir gris del brazo, buscando bajo la tela suave y su forro de seda y la batista de la camisa la concentrada nerviosidad del músculo.

—Tenía la espalda tensa y los brazos duros de dormir en la tierra y pelear al sol. Las piernas, como que se vuelven tensas de corcel. Quién sabe cuántos pueblos, cuántos nombres y batallas... pasamos...

Santa Rosa Guaymas Orendain ahora sí borracho Huerta ya te late el corazón   Zacatecas Lucio   Blanco Felipe Ángeles Herrera el sordo al saber que en Zacatecas derrotaron a Barrón Diéguez Iturbe y Buelna

> *andaban los federales*
> *que ya no hallaban qué hacer*
> *pidiendo enaguas prestadas*
> *pa vestirse de mujer*

... el sol... era como un volado diario que nadie cobraba. La patria era el general, la gloria mi sombrero acribillado. Todas esas imágenes corren con el color de las paredes del norte, que era el color de las montañas, de las faldas de percal

> *dos mil quinientos pelones*
> > *fueron los que se agarraron*
> > *los llevaron a las filas*
> > *pero a ninguno mataron*

por los llanos y los montes pelearon de noche y día y sufrieron mil rigores por quitar la tiranía recorrimos el territorio palmo a palmo, Cienfuegos, *de monterrey a laredo y de lerdo a torreón se echaron los carrancistas toda la federación,* nosotros sí conocimos el país. Aquel país seco y triste que apenas existía en la línea de pólvora alzada entre el cielo y la tierra, y que estallaba en la gran fiesta que siempre nos acompañaba. La fiesta de los trenes repletos de soldaderas y cajas de munición, de los cabritos asados a la orilla del riel *era china, china, china; chinos su papá y mamá* eran días de metralla y sangre, vividos sobre aquellos llanos amarillos que parecían galopar solos.

La mirada de Robles se perdía fuera de la ventana, más allá de las siluetas de los árboles de la Alameda y lo que se lograba distinguir de las iglesias de la avenida Hidalgo. Un brillo opaco le brotó de las bolas de cuero que ceñían sus ojos y en seguida pensó que debía hacer más ejercicio y que el golf le daría várices. —Las vírgenes prietitas con quienes se cogía una sola vez, la ocasión en que accidentalmente quemamos una choza donde dormían la mujer y los hijos de un cabo. «¿Quién carajos iba a saber que esta es tu tierra?». —Robles volvió a tomar asiento y volvió a chupar el puro mientras se restiraba los calcetines y buscaba alguna inflamación en las piernas—: Y luego lo mataron a él por chillón. Después, en las noches, me llamaba el general

«—Pásele, mi latinista. Ora sí ya vienen las vacas gordas, y a exprimirles las tetas. Tú nomás flétate tantito, y verás dónde llegas. Güevos, es lo único que hace falta para dominar a esta raza, y como ni se dan cuenta, cuando menos lo sabes ya estás trepado en sus cogotes. Que los azotes y robes, no les importa, con tal de que tengas buenas viejas, y güevos. Hasta puede que si eres honrado les caigas gordo, ¿pa' qué ir contra la voluntad soberana del pueblo, eh?»

y luego se carcajeaba y salía a cantar con la tropa, en cuclillas junto a una pared acribillada. Así fue que en abril de 1915 nos situamos frente a Celaya.

Ixca no lo interrumpió; solo ladeó la cabeza y quiso, en ese instante, ser Robles, penetrar al punto donde Robles dejaba de ser Robles el soldado, Robles el abogado ambicioso y oscuro, Robles el que sabía manejar los asuntos debajo del agua, Robles el banquero, Robles el del nombre, para ser Robles el de un destino que a nadie podría revelar, y que por ningún otro podría cambiar. Robles no habla. Detuvo su mirada en la de Ixca, y este en la de Federico. Robles se olvidó de sus manos y su cuerpo; dejó caer los brazos y levantó la espesa cortina de su mirada. Su mirada y la de Cienfuegos se fundían en una sola pupila, pupila de recuerdos, líquida y punzante. Ixca no se permitió mover un músculo. Como un ídolo elocuente, con su rigidez invitaba a Robles no a abrir los labios sino a abrir los ojos, apenas rasgados en una línea de tinta entre los gruesos párpados, a licuar las dos pupilas, a permitir que en una revelación —siempre un recuerdo— madurara todos los días que no había recogido en la memoria o el anhelo. Los ojos de Robles se poblaron de luces fugaces, trepidantes, como un ala de turquesas incendiada en la noche

«—¡*Maycotte está sitiado en Guaje!*

»*un río de infantes subía al tren, envuelto en el ritmo de clarines y engranajes y vapor desde su puesto a caballo, Federico divisaba las figuras de los generales Hill y Obregón, comandando el movimiento de tropas   ellos esperarían aquí, frente a Celaya, a que los villistas fueran atraídos por la estrategia de Obregón, una vez salvado el sitio de Guaje y entre el sol y el llano hormigueaban, de pie y a caballo, los hombres de caras cobrizas y bigotes lacios, los grandes sombreros zambutidos hasta las cejas o ladeados y con un ala levantada, los kepís de los oficiales, los pañuelos amarrados a la nuca, los botines embarrados de lodo amarillo   ojos vidriosos bajo el fulgor, dientes centelleantes, miradas ladinas, máscaras de oro ennegrecido, y los yaquis construyendo las loberas y sembrando los trigales de alambre de púa   toda la llanura, vasta, caldeada, se erizaba de actividad mientras ellos, alineados, inmóviles bajo el sol, esperaban, fumando cigarrillos deshebrados, recibiendo las ollas de tamarindo y arroz de las soldaderas que, arrinconadas bajo un toldo de lona, agitaban la lumbre en los braseros y desbarataban chiles verdes y mezclaban las aguas en tinajas de barro*

ocre   *el día entero sobre la montura, listo a obedecer las órde-*
nes, Federico soplaba el humo sobre la crin del caballo y seguía la
trayectoria de las nubes que viajaban, cargadas de sus días, como
manteles esponjados rumbo a la montaña   ni pensaba ni pre-
veía: todos los instintos de coordinación muscular parecían unirse
en un punto tenso, listo a dispararse sobre las tropas del general
Francisco Villa   con estruendo mudo, los trigales fueron inun-
dados   a las tres de la tarde, el tren regresó
»*—¡Villa se echó sobre el tren cuando oyó los pitazos!*
»*—¡Maycotte se salió por el flanco derecho!*
»*—¡El ejército se reconcentra en Celaya!*
»*Obregón se arrojó de la locomotora, el ceño férreo, el bigote cris-*
pado, a ordenar, atestiguar, inspeccionar las loberas y los trigales
inundados y la caballería alineada y la siembra de púas   los
yaquis, sus pañoletas rojas bailando en el viento, invadieron
las loberas, armados de fusil y bayoneta —allí, enterrados en el
lodo, parecían encontrar sus nichos   Hill ordenó a las infan-
terías el dispositivo de combate   el sol hinchado del crepúsculo
subrayó todo el movimiento, recortó las figuras de hombres y ca-
ñones y caballos   la infantería villista ya había ocupado los
bordes al frente de las fuerzas de Obregón y con un aullido des-
cendieron sobre ellas   el galope de la primera carga villista
incendiaba de tensión y relinchos la llanura   sincronizados
con el resoplo de los animales y el canto raspante de las espuelas,
los fusiles yaquis tronaron desplomando jinetes y en seguida se le-
vantaron verticales las bayonetas, ensartadas hasta el fondo de
las barrigas de los caballos desde el húmedo santuario de las lo-
beras   una lluvia de sangre y de intestinos bañaba las cabe-
zas de la tropa india, mientras los jinetes villistas caían de las
monturas sobre más índices de fierro, brotando de todas las lo-
beras diseminadas por el campo   los hombres de Villa, al
avanzar por la laguna de trigo, sintieron súbitamente piernas
atrapadas, testículos rasgados por el alambre; la metralla rebo-

taba en el agua y las bocas se llenaban de burbujas de sangre: los hombres aprisionados levantaban una muralla de carne y gemidos, engarzada al araño de las púas   veintisiete cargas de caballería villista se sucedieron entre el atardecer y el nuevo día   en el alto sol, la carroña de los caballos infestaba el llano; el pequeño corneta Jesús Martínez, que tocaba la diana en medio del fragor, replegaba a las fuerzas obregonistas   el nuevo avance, incontenible, de Villa, se encontró con la nueva concentración, encabezada por las fuerzas de caballería   Federico Robles galopó, blandiendo el machete, disparando la pistola, entre la infantería del enemigo: las bridas volaban solas, azotando los ojos del caballo; los rostros petrificados por un segundo de asombro, los cuerpos regados de sangre, las manos levantadas que arrojaban las armas, se sucedían con la fugacidad de parpadeos; el kepí de Federico voló, y en sus cabellos azotados, en la mañana sin viento, por la velocidad y el tumulto, sintió nacer la ambición y la gloria: el machete se irguió con la rapidez del deseo y cayó sobre las nucas y los cráneos, batidos, pegajosos de sudor y sangre, de los hombres de la División del Norte; el pecho inundado de calor, la verga erecta, las piernas tensas sobre el lomo del caballo, los dientes hundidos en la rienda, Robles blandía, disparaba, ajeno a los cañonazos villistas, a los gemidos últimos en que la voz permanecía una vez muerto el cuerpo y cantaba una despedida por nadie escuchada ni sentida   vacíos, los odres de la infantería villista crujían bajo las herraduras del caballo de Robles   frente a él, solo espaldas en fuga   caracoleando, regresó al campamento que pulsaba en clarinadas y el nuevo olor de los braseros que comenzaban a levantarse, señal definitiva de la victoria, del regreso de los vivos   por última vez, trató de abarcar la visión del campo de Celaya   sus trigales teñidos, que dejaban escapar un himno al susurro del viento vespertino; el humo despedido por los caballos desollados; el entrelazamiento de brazos y piernas, las caricias inequívocas de los

cadáveres, las manos crispadas que emergían de la laguna alam-
brada, los ojos en blanco acribillados por el sol y las bocas que
cantaban adiós para siempre   la figura de Álvaro Obregón
se erguía, entre la tropa fresca que avanzaba hacia la plaza, sobre
el llano fecundado   a trote ligero, Federico regresó   bajó
la vista y miró sus manos   las líneas acentuadas de sangre y
tierra negra   así, siempre, por favor, corre viento, sobre mi
cabeza, azótame, así, siempre, sucias»
incendiada en la noche. No pasaron dos minutos entre
las dos miradas. Robles volvió a darse cuenta de que poseía un cuerpo, un porte, una máquina motriz: —Abril
de 1915. Llegamos a México en 17, Cienfuegos. Al general no se le hizo ir a Querétaro, y lo consolaron con una
casota, de escalera de mármol y toda la cosa, en la plaza del
Ajusco. Yo no sabía qué hacerme fuera de los campos de
batalla. El general me arrastraba a sus comilonas, que al
principio eran solo de los nuestros. Luego comenzaron a
caer abogados jóvenes con olfato largo, mujeres de cierto
estilo. Me tuve que tragar mucha bilis. Por mi ignorancia, por mi facha. Eso nomás me acicateó. Tenía que colocarme donde me tuvieran que respetar pese a mi facha y
mi ignorancia. Y tenía que trabajar duro, para servir al país.
Si no, ¿para qué habíamos hecho la Revolución? No para
sentarnos a contemplar el triunfo de nuestros ideales, sino para trabajar, cada quien en lo suyo. Los sentimientos
de los que habíamos entrado con Carranza y Obregón a
México eran contradictorios. Pero todos sentíamos que había llegado el momento de tomar las grandes resoluciones,
de armarnos de una ambición a toda prueba.

Robles apenas dejaba que la luz pasara por las estrechas
rendijas de sus párpados:

—El país estaba destruido; diez años sin orden, sin pro-
gramas de trabajo, y casi un millón de muertos. El gene-

ral se dio cuenta de las cosas y allá por el año veinte, después de la muerte de Carranza, desbandó sus tropas cuando todos creían a pie juntillas que sin esos fieles soportes
no había títere que no se desnucara

«NO BUSCO LA PRESIDENCIA», DICE DE LA HUERTA
VILLA ASESINADO

Pancho Villa se murió,
lo mataron a traición,
pobrecito Pancho Villa,
ya se encuentra en el panteón

Él no, él fue derecho a lo que veía venir: los negocios

el lugar que ha de quedar como centro de moda
y de lujo
en la capital: el Cabaret Don Quijote del Hotel Regis

sabía que el pretorianismo se acababa en México

LAS FUERZAS DE ESTRADA TOMARON GUADALAJARA

que ya había tenido su gran fiesta en la Revolución y que
si México quería progresar tenía que abrirle paso a ese germen de burguesía que se había venido incubando desde las
guerras de Reforma

los cinturones de moda, esas grandes
fajas multicolores de fleco opulento

(u n v i e j o a m o r, ni se olvida
ni se deja)

al aparecer Lupe Rivas Cacho sobre el escenario se
escuchó una ovación delirante   CARRILLO PUERTO

extenderlo y hacerlo amo del país, en la realidad y no solo en los esquemas ideales como Juárez y Ocampo

cuatro milpas
tan solo
han quedado

El Plan de Agua Prieta le dio la puntilla al pretorianismo,
y la rebelión delahuertista y luego lo de Serrano y Escobar
solo fueron patadas de ahogado

TRIUNFO GOBIERNISTA Once horas duró la batalla de OCOTLÁN

(Adiós mi chaparrita,
no llores por tu Pancho)

La Revolución emergía con dos claras cabezas: Obregón
y Calles

El maestro de escuela, el revolucionario de 1911, el
comisionado de Sonora, el gobernador provisional,
el amigo, el ciudadano, el estadista, todos aparecen
siempre íntegros en su autonomía creadora, siempre
mexicanísimos y paralelos al instante en que les ha
tocado actuar

que con todos sus excesos

—¿Qué horas son?
—Las que usted guste, señor Presidente

defenderían lo esencial y terminarían con la anarquía. Y yo me fui derecho a lo mío;

«POR MI RAZA HABLARÁ EL ESPÍRITU»

me eché la carrera de abogado en tres años, empecé a ir a Sanborn's en la mañana a desayunar, a frecuentar teatros. Caí en la cuenta de los sastres. Hasta tomé clases de baile

> *Rodolfo Valentino*
> *La compañía de Isabelita Faure*
> *María Teresa Montoya en el Teatro Principal*
> *el hipódromo de Chapultepec, Son-Sin,*
> *L'Orangerie,*

'Tis you —just you
I've loved you —and never knew

Estaba listo cuando el general Calles llegó a la presidencia y se procedió, en serio, a organizar al país.

> *después de varios años de luchas armadas se*
> *presenta al pueblo una oportunidad excepcio-*
> *nal para aquilatar el valor de los prohombres*
> *de la*

El General Obregón
se consagra a la agricultura en Huatabampo

> *Revolución, juzgando de la sinceridad de*
> *sus ideas y la raigambre popular de las mismas*

Aquello era tarea de titanes

MORROW, NUEVO EMBAJADOR DE EE. UU.
No-retroactividad del Artículo Veintisiete
Los Arzobispos en Chapultepec

y de andarse con pies de plomo

Gorostieta se levanta en armas
SERRANO Y GÓMEZ, CANDIDATOS

—Pueden criticarnos mucho, Cienfuegos, y creer que el
puñado de millonarios mexicanos —por lo menos la vieja
guardia, que por entonces se formó— nos hemos hecho ricos con el sudor del pueblo. Pero cuando recuerda uno a
México en aquellas épocas, se ven las cosas de manera distinta. Gavillas de bandoleros que no podían renunciar a la
bola. Paralización de la vida económica del país. Generales con ejércitos privados. Desprestigio de México en el extranjero. Falta de confianza en la industria. Inseguridad en
el campo. Ausencia de instituciones. Y a nosotros nos tocaba, al mismo tiempo, defender los postulados de la Revolución y hacerlos trabajar en beneficio del progreso y
el orden del país. No es tarea sencilla conciliar las dos cosas. Lo que sí es muy fácil es proclamar ideales revolucionarios: reparto de tierras, protección a los obreros, lo que
usted guste. Ahí nos tocó entrarle al torito y darnos cuenta de la única verdad política, el compromiso. Aquello fue
el momento de crisis de la Revolución. El momento de
decidirse a construir, incluso manchándonos las conciencias. De sacrificar algunos ideales para que algo tangible
se lograra. Y procedimos a hacerlo bien y bonito. Teníamos
derecho a todo, porque habíamos pasado por esas. A este

lo había agarrado la Acordada, a aquel le habían violado a la madre, al otro robado las tierras. Y a todos, el porfirismo no nos abría caminos, nos había cerrado las puertas de la ambición. Ahora era la de armarnos, Cienfuegos, la nuestra, sí, pero siempre trabajando por el país, no gratuitamente como los del viejo régimen.

De pie junto a la ventana, Robles señaló la extensión anárquica de la ciudad de México, Cienfuegos prolongaba sus columnas de humo, silencioso.

—Mire para afuera. Ahí quedan todavía millones de analfabetos, de indios descalzos, de harapientos muertos de hambre, de ejidatarios con una miserable parcela de tierras de temporal, sin maquinaria, sin refacciones, de desocupados que huyen a los Estados Unidos. Pero también hay millones que pudieron ir a las escuelas que nosotros, la Revolución, les construimos, millones para quienes se acabó la tienda de raya y se abrió la industria urbana, millones que en 1910 hubieran sido peones y ahora son obreros calificados, que hubieran sido criadas y ahora son mecanógrafas con buenos sueldos, millones que en treinta años han pasado del pueblo a la clase media, que tienen coches y usan pasta de dientes y pasan cinco días al año en Tecolutla o Acapulco. A esos millones nuestras industrias les han dado trabajo, nuestro comercio los ha arraigado. Hemos creado, por primera vez en la historia de México, una clase media estable, con pequeños intereses económicos y personales, que son la mejor garantía contra las revueltas y el bochinche. Gentes que no quieren perder la chamba, el cochecito, el ajuar en abonos, por nada del mundo. Esas gentes son la única obra concreta de la Revolución, y esa fue nuestra obra, Cienfuegos. Sentamos las bases del capitalismo mexicano. Las sentó Calles. Él acabó con los generales, construyó las carreteras y las pre-

sas, organizó las finanzas. ¿Que en cada carretera nos llevamos un pico? ¿Que los comisarios ejidales se clavaron la
mitad de lo destinado a refacciones? ¿Y qué? ¿Hubiera usted preferido que para evitar esos males no se hubiera hecho nada? ¿Hubiera usted preferido el ideal de una honradez angelical? Le repito: nosotros habíamos pasado por
esas, y teníamos derecho a todo. Porque nos habíamos criado en jacales, teníamos —así, sin cortapisas— derecho a
una casota con techos altos y fachadas labradas y jardines
y un Rolls a la puerta. Lo demás es no entender qué cosa
es una revolución. Las revoluciones las hacen hombres de
carne y hueso, no santos, y todas terminan por crear una
nueva casta privilegiada. Yo le aseguro que si no hubiera
sabido aprovechar las circunstancias y todavía estuviera la-
brando la tierra en Michoacán, igual que mi padre, no me
quejaría. Pero el hecho es que aquí estoy, y le soy más útil
a México como hombre de empresa que como campesino. Y si no yo, otros habrían surgido para exigir esas prebendas, ocupar el lugar que yo ocupo, hacer lo que yo hago. Nosotros también éramos del pueblo, y en nuestras
casas y nuestros jardines y nuestros automóviles, triunfa-
ba, en cierta manera, el pueblo. Además, este es un país
que se duerme muy pronto, pero que también se despierta muy de repente: ¿quién nos iba a decir, en aquellos días,
qué cosa iba a pasar mañana? Había que asegurarse. Y para
obtener todo eso, nos la jugábamos. Nada de esa politi-
quita fácil de ahora. Entonces se necesitaban, en primer
lugar, güevos, en segundo lugar, güevos, y en tercer lugar,
güevos. Para hacer negocios, había que estar metido hasta
el cogote en la circunstancia política y ser muy bragados.
Entonces no había empresas de participación norteamericana que protegieran contra cualquier eventualidad.
Entonces nos la jugábamos cada día. Y así inventamos el

poder, Cienfuegos, el verdadero poder mexicano, que no consiste en el despliegue de la fuerza. Ya ve usted qué falsa ha resultado esa imagen del mexicano sometido por la tiranía. No hace falta. Lo demuestra el hecho de que llevamos treinta años sin actos proditorios. Hacía falta otra cosa: trepársele en el cogote al país, jorobar a los demás, no dejarse, ser los grandes chingones. Entonces, lejos de revueltas, hay admiración. Nada es más admirado en México que el gran chingón.

Robles dejó caer el brazo. En la exaltación, su color era pizarra; volvía a ser su piel la piel del indio, tan cuidadosamente disfrazada por el casimir, los tonos de la camisa y la corbata, los toques de loción en el pañuelo.

—Nosotros tenemos todos los secretos. Sabemos lo que necesita el país, conocemos sus problemas. No hay más remedio que tolerarnos, o caer de vuelta en la anarquía. Pero eso lo impediría la clase media.

Ixca Cienfuegos apagó con movimientos lentos el cigarrillo y se dirigió a la ventana, encandilada por el sol de las tres de la tarde.

—Usted es muy mañoso, Cienfuegos, y nomás oye. No se crea que confío en usted ni que le hablo nomás por el gusto de escuchar mi propia voz. Usted sabe más de lo que enseña y de repente me quiere pegar un susto. Para eso le cuento estas cosas, para que sepa usted qué terreno pisa, nomás.

Cienfuegos no ocultó una franca y simpática sonrisa que, a pesar suyo, reblandeció las duras facciones de Federico Robles. Los ojos de Cienfuegos, sonrientes, absorbieron todo el físico, tenso y fláccido a la vez, del banquero y, en silencio, sus labios fueron repitiendo las palabras de otra entrevista, las palabras de otro hombre que inventó el poder mexicano, de otro gran chingón: «... México tiene

ahora una clase media. La clase media es el elemento activo de la sociedad. Aquí y en todas partes. Los ricos se preo-
cupan demasiado por sus riquezas y sus dignidades para
ser útiles al bienestar general. Por otra parte, la clase me-
nesterosa es, por regla general, demasiado ignorante para
desarrollar poder. La democracia dependerá, para su desarrollo, de los esfuerzos de la clase media activa, trabaja-
dora, amante del adelanto».

Sin dejar de sonreír, Ixca pensó que esas anchas aletas
nasales, esos ojos de saurio, ese cutis cuidadosamente blanqueado, de Robles, se semejaban a los de Porfirio Díaz. El
banquero chupó por última vez su puro lánguido:

—Cuál no será la verdad de lo que le digo, Cienfuegos,
cuál no será el instinto cabal del país, que hasta los Gobiernos más izquierdistas han forzado la marcha hacia esa
estabilidad burguesa. El capitalismo mexicano le debe gratitud a dos hombres: Calles y Cárdenas. El primero puso
las bases. El segundo las desarrolló en vivo, creando la posibilidad de un amplio mercado interno. Aumentó los salarios, dio toda clase de garantías a la clase obrera, haciendo
que se sintiera protegida y sin necesidad de armar borlo-
tes, instaló definitivamente la política de gasto guberna-
mental en las obras públicas, aumentó los créditos, repartió las tierras y, en todos los ámbitos, logró desatar una
vasta circulación de riqueza estancada. Estos son los hechos vivos y permanentes. Su perniciosa demagogia me
parece secundaria. Si Cárdenas no le imprime un carácter
oficial al obrerismo, los Gobiernos posteriores no hubieran
podido trabajar en paz e incrementar de tal manera la producción nacional. Y, por sobre todas las cosas, con su política acabó Cárdenas con el feudalismo mexicano. Después
de él, México podrá ser lo que se quiera, menos un país la-
tifundista regido por una inútil plutocracia agraria. Plu-

tocracia la puede haber, pero gracias a que crea mercados, abre fuentes de trabajo, impulsa a México. La Revolución mexicana ha sido sabia: entendió temprano que, para que una revolución sea efectiva, la militancia ha de ser breve y la fortuna larga. Y no dejó un solo acto de importancia al arbitrio sin formas. Todos sus actos han sido meditados. El hombre necesario ha llegado en cada ocasión a la presidencia. ¿Se imagina usted a este pobre país en manos de Vasconcelos, de Almazán o del general Henríquez? Ahí sí, para hablar sin ambages, que nos hubiera llevado la puritita... Los cuadros técnicos y administrativos de México están hechos, y no pueden ser sustituidos por advenedizos. Ya aquí se acabó el cuento.

Federico Robles se abotonó, llenando el pecho de aire, su saco cruzado. Ixca sospechó que su gordura era ficticia, una necesidad impuesta por la mímesis política.

—Mi esposa nos espera con un jaibolito —dijo Robles, y corrió las cortinas de gasa de la oficina.

Con dos algodones sobre los párpados, Norma Larragoiti de Robles recibía, desnuda, los rayos de un sol seco y enervante. Como dos yemas difusas, el astro se reproducía, penetrando el algodón y los párpados, en el centro de los ojos de Norma. El sol era el primer recuerdo: sol chato y desierto del norte, y después el sol alto, llagado y oscuro de México. Primer recuerdo y primer ser; quiso ser el sol, sentir una semilla de astro que le calcinara el vientre y repitió, en el calor del sol, su nombre, una, dos, varias veces

NORMA LARRAGOITI

Norma nació en Torreón de una familia de pequeños comerciantes que quebraron cuando ella tenía cinco años y acababa de proclamarse el Plan de Agua Prieta. El padre se suicidó y su mamá la mandó a México en cuanto lo metieron en la caja, a casa de unos tíos acomodados. Las Navidades las pasaba en Santa María del Oro, donde ahora vivía la familia, porque el hermano trabajaba en una mina y era todo el pan. Pero ya a los quince años se negó a dejar las posadas en México, y sus tíos lo comprendieron muy bien y le compraron un traje de baile. Norma llamó mucho la atención: sus ojos son muy verdes, y ella, blanca, se lavaba el pelo con manzanilla y bailaba foxtrot con gracia *in a secluded rendez-vous* y ponía siempre su mano fresca sobre la nuca del compañero. Los tíos tenían una casita con un jardín amplio en la Colonia Juárez, y a menudo daban fiestas. Iban muchos muchachos y Norma sabía darse su lugar pero también coquetear sin peligro. «¡Los muchachos dicen que Norma es muy caliente!», le gritaba, sacando la lengua, el primito más chico, y Norma simulaba enojarse, pero en el fondo quedaba satisfecha. Cuando cumplió diecisiete años y los tíos le organizaron un baile, conoció a un muchacho de la Prepa que tenía fama como poeta y unos ojos muy negros y lánguidos que la enamoraron. No tenía dinero, y se llamaba Rodrigo Pola, pero bastaba con oírlo hablar tan bonito y tomar helados en la nevería de París e ir todos los sábados al Cine Iris a ver las películas de Greta Garbo, Charles Farrell, Janet Gaynor hablando. Le contaba de su papá, que había sido un gran general zapatista asesinado por Huerta, y de cómo su mamá se había sacrificado para darle una educación y ahora iba a entrar en Leyes, y de sus proyectos para escribir poesía y de cómo había descubierto los universos de Rimbaud y St. John Perse y de la autonomía universitaria y del movimiento obrero mexicano. Después se atrevía a besarla *hay una cosa que no toleraré nunca, y es que me subestimen; eso es lo que ha hecho Rodrigo besándome, y enamorándose de mí, creyéndome lista y acceder a todo por el gusto de que me apriete la cintura al bailar. ¡Idiota! ¿Qué quiere que hagamos entre beso y beso? ¿No se ha dado cuenta de que quiero vivir, vivir, entre los momentos y en compañía de los demás, que hay grupos superiores a él, coches descubiertos y cabarets caros y fines de semana? A él le ha de gustar estarse esperando una semana o quince días para que llegue un beso a escondidas en la huerta de la casita de mis tíos. Eso es insultarme, creer que siempre voy a vivir en este ambiente atufado, ¡ja!,* y entonces Norma sintió que ya había logrado lo que quería, pero Rodrigo la continuaba buscando y susurrando a su oído. Su tía la recriminaba:

—Te vas a desprestigiar. Los muchachos ya no te van a hacer caso. ¿Cómo es posible que dejes de querer a un muchacho de la noche a la mañana?

Pero ella pensaba que a cada hombre debía dársele, y arrancarle, toda la ternura, todos los besos y caricias: almacenarlos para el siguiente, o para el último: el amor era asunto de voluntad, y se ganaba con la experiencia y el despecho de los demás. El tío había tenido suerte en los negocios, y se fueron a Las Lomas, donde había gente más rica y un nuevo grupo, de manera que olvidó a la pandillita de la Reforma, y cuando empezó a pasar por ella el hijo de un político en un Mercedes-Benz, dejó dicho que si llamaba Rodrigo dijeran siempre que no estaba. Luego conoció a otro muchacho rico, Pedro Caseaux, que le llevaba orquídeas, y con él conoció a un grupo que se dedicaba a organizar excursiones a haciendas preciosas, a donde la invitaban desde el jueves por la noche. Estaba en Cuernavaca cuando vino su mamá a México, y ya no pudo alcanzarla cuando regresó *solo le pido a Dios que no me arrebate mi orgullo; es lo único que tengo, que verdaderamente siento mío: mi orgullo. Que está por encima de esta viejecita mestiza (¿cómo pudo mi padre, rubio y español, casarse con ella? gracias a Dios, heredé el tipo de él) que todo el día anda uniformada de delantal y rebozo. ¡Y el patán de mi hermano! Para picar piedras, para eso es bueno. Creo que hasta los tíos empiezan a verlos con vergüenza, como yo; ¡y eso que los tíos no son nada del otro mundo! Ya les he pedido que no se asomen por la ventana como payos cuando viene Pedro a recogerme; me muero de la vergüenza. Ni los tíos, ni la vieja, me comprenden: que quiero llegar alto, rozarme con lo mejor que ofrece México. ¡No, por Dios, no rozarme! Ser lo mejor que ofrece México. No vivir del brillo y la riqueza y la elegancia ajenas, ser, yo, el brillo y la riqueza y la elegancia. ¿Hay alguna ley que me ate a la mediocridad? Total, les conviene que me case con un rico y les pase su mensualidad.* En las haciendas se reunían muchas gentes que hablaban mal del Gobierno. Iban extranjeros que jugaban artificiosamente con las palabras y hacían mofa de todo lo que sus tíos respetaban.

«—Vamos a ver cuánto dura este país sin las compañías petroleras.

»—Ils sont bêtes! Un país de indios, y gobernado por un indio...

»—... hace falta otra Junta de Notables. Allí estaba la solución. O en la inmigración europea... como Argentina, ya ven ustedes...

»—Bueno, no sean criticones. Por lo menos hay whisky barato, buen clima y mujeres ansiosas de acostarse con uno.

»—Ça, alors...! Fornicar a dos mil metros de altura, solo las cabras y los mexicanos, tu sais».

La excentricidad, pero de buen gusto; una indiferencia a la que la frivolidad no sabía despojar de su pesantez solemne; la nostalgia de cabos sueltos; Biarritz, Jean-de-Luz, Ischia; las palabras «nuestro grupo», «mi tipo», «nuevo rico», «sensibilidad», y el sol pesado, la piedra domesticada, los bloques de aire escarlata, el profundo azul del verdor del valle mexicano. Matrimonios intercambiables; las visitas arrojadas, vestidas, a la piscina; el *¡pop!* monocorde de la *champagne;* las cejas arqueadas; las noches en vela inventando nuevas recetas de *cocktail;* las mañanas crudas, los poros ofrecidos en silencio a la luz; los concursos de pezones; la enumeración sin límite, *blasé,* de los nombres famosos en las artes, la política, el turismo de alcurnia; la repetición constante de las largas historias de una reputación. Evaristo y la Condesa Aspacúccoli, que en París se creyeron, respectivamente, millonario petrolero y rica heredera, que se casaron y que en Cuernavaca descubrieron su también respectiva penuria; el Conde Lemini, originario de Dallas, *né* Thomas Schwartz, empeñado en buscar azufre en el sur de México; la anciana millonaria Mrs. Melville, acompañada de un siempre joven, siempre renovado, siempre astuto sobrino; don Efrén, el viejo porfirista que tan oportunamente supo vender sus haciendas e invertir en bienes raíces urbanos; Lally la exquisita modelo de todos los nuevos pintores mexicanos; Bobó Gutiérrez, el jovencito lleno de animación y *practical jokes;* y las niñas, las niñas extraídas de todas las procedencias, admitidas al santo de los santos por el poder etéreo de su risa cantarina, sus cualidades potables, y el exclusivo gusto del amo y señor del lugar: don Luis Verdaguer, auto-clasificado como «el último Gran Señor de estas, Fabio, ay dolor»: Itálica famosa estaba en subasta. Fue un palacio en la avenida Juárez. Fueron los puestos diplomáticos en Europa. Fue la sustancia, *hors commerce,* de un apellido. Fue el té sabatino en la casa de la Cadena. Fue, en una palabra, la decencia. Ahora era solo un casco viejo, una piscina: San Fermín.

Y una mujer con pantalones de terciopelo negro que fumaba en boquilla china, labrada en la sierpe de elefantes y pagodas:

—Chère Norma —le decía mientras se pintaba las uñas al borde de la piscina—, ¿todavía eres virgen? ¡Mira con qué cara de caballero bayardo te mira Pierrot!

Norma tenía que hacer un gran esfuerzo para aparentar despreocupación y no ruborizarse.

—Es eso que nos tiene conquistados. Tú eres la sola que sabe ponerse colorada. ¡Si tú supieras lo que se pierde cuando ni eso se puede! Ah, *liebchen,* tú con tus sonrojos retienes a Pierre, y yo... Y es que siempre hay que taparse algo para después de la función, como hacen las coristas; allí, *voilà,* queda una forma de la belleza, la única, por descubrir. ¡Dame un taparrabos y moveré al mundo! Estos hombres mexicanos tienen una idea magnífica del pudor femenino; si ellos te ven desnuda una vez, aunque no te toquen, les entra lo místico. El acto con hoja de parra, sin embargo, deja intacto el honor. Y esto es perverso. Más valdría un Rousseau a los pies de madame Basile: respeto y estertor combinados.

Norma siempre reía nerviosamente y no sabía qué decir y, además, le molestaban los permanentes anteojos oscuros de Natasha.

—¿Qué edad crees tú que tengo, Normita?

—Treinta años, un poco más, quizá...

—¡Qué poco ingeniosa! Crees que si tuviera treinta años dormiría doce horas, usaría anteojos negros todo el día, y esta bandana para taparme la calvicie. Zanahorias crudas, galletitas de cebada, dos horas de crema, masajes; ¡todo un ceremonial que va del chic a la agonía! Y deberías verme al acostarme. Guignol!

—Es usted muy atractiva, Natasha.

—¡Ja! Cinco años más, y tendré que hacer el ridículo con un gigoló o jugar poker con otras ancianas pintarrajeadas, como personaje de Colette. ¿Cómo cantan ustedes? «Mejor me muero de una vez». Oh, pero qué macabro. Sí aquí estás tú, y vacilas ante el amor. ¿Es que crees que vas a ser siempre la misma, lozana y colorada de pena? Realízalo. Y él es algo... color de oro, de músculos... Bueno, ya.

Natasha acariciaba su mastín y se iba caminando a Cuernavaca. Norma fue por la pintura de uñas en la noche, al cuarto de Natasha, y encontró una momia, calcárea y tiesa, con los brazos engarrotados y dibujados de venas azules. Había amarrado todo el pelo en tres bucles erizados, y la papada le colgaba como bolsa de marsupial. En el buró brillaba otra Natasha, lánguida, enjoyada, de hacía veinte años.

—La foto me la tomó Rasputín. Persona no lo cree. En fin; decía... alguien... que no creer en lo sobrenatural es darle ventajas al demonio.

Natasha mamó sus galletas, y Norma salió nauseada al ver los dientes en un vaso de agua, como el tesoro de un ogro submarino *una cosa que sí creía, era el deber de llegar virgen al matrimonio. Es concederle demasiada honradez al marido, y secarse de angustia en el intervalo. Hay noches de calor en Cuernavaca en que saldría a venderme a la plaza. Voy a volverme loca si no encuentro carne a la cual pegarme, si tengo que seguir con la única voluptuosidad de observarme desnuda en el espejo, de irme desvistiendo con caricias bajo las sábanas...* El siguiente fin de semana, Norma tuvo que ir por la noche a la pieza de Pedro pretextando cualquier cosa, y allí la pasó, ya sin miedo, y con impaciencia. Un mozo estaba recogiendo las botellas vacías cuando, a las siete de la mañana, salió Norma, y la observó con una sonrisa que antes había visto dirigida a la mayor parte de los huéspedes a cualquier hora. A Pedro le dio asco que hubiera sangrado tanto, y dejó de verla, pero la invitaban a salir otros muchachos, que ya no le mandaban orquídeas y en el coche le ponían la mano en el muslo, y no la volvían a invitar si no los besaba. Su mamá vino de Santa María del Oro. Norma ya no se atrevió a salir a la calle con esta anciana vestida de negro, que a veces decía «pos» y no tenía conversación. La mamá se fue llorando a la mina, y le dejó fotos de ella y de su hermano, dedicadas con una caligrafía atroz, que Norma extravió al poco tiempo. En la estación, estaban también las De Ovando, y Norma se cubrió con las pieles hasta la nariz y después le dijeron que la habían visto despidiendo a sus criadas, *¡qué democrática, Normita!*

Cuando cumplió veintiocho años, hablaban mucho de ella; salía retratada en todos los *cabarets* cada vez con un hombre distinto, y en una recepción oficial conoció a un banquero prieto vestido con un frac estupendo a quien todos sus amigos le hacían reverencias.

Don Nicolás Bravo poniendo en libertad a los prisioneros, ¡ja!, usa patillas como Rodriguito... Tiene su pinta el banquero; todos le rinden. Eso es lo único que necesito, en realidad: que mi hombre sea objeto de homenajes. El amor, dice Natasha, por definición excluye la sinceridad.

«—Si logro dormirme a este viejo, recuperamos la fortuna.

»—Es el Rotschild local, nunca habla, y es soltero».

Federico Robles invitó a Norma a bailar, pero a los dos compases desistió y la llevó al *buffet*. Ella le habló mucho, de cómo había crecido México, de los nuevos lugares, de *Casanova* y *Sans Souci,* de la cantidad de gente interesante que había llegado de todas partes, ¡ahora sí era una gran capital!, con Carol y la Lupescu, y los peinados verdes de Fernanda Montel: había que disfrutar de este México nuevo, alegre, cosmopolita, ¿no le parecía a él? Disfrutar, porque todo el mundo tenía derecho a gozar después de trabajar toda la vida. Pero hacían falta hombres de veras, con quienes disfrutar. Una chica decente conocía a tantos peleles sin personalidad, a tan pocos hombres de carácter, a los que podría ayudar, pues en mil pequeños detalles: la vida social, la ropa, el buen gusto, el verdadero disfrute de los bienes verdaderos de la vida, ¿no le parecía a él? Robles logró reír con ella. La respetaba mucho y al año se casaron.

Cuando la sirvienta se asomó a la terraza, Norma se acababa de sentar súbitamente, mareada por el sol, y pensando —no pensando, sino deseando saber que sentía— que no podía llorar, que por más imágenes de dolor o miedo que inventara, no le salían las lágrimas, no le salían, no le salían. Se cubrió los pechos con la bata.

—Quesque ya llegó el señor con el invitado y la esperan, señora.

—Dígale al señor... dígale al señor que me excuse. Que no me siento bien, cualquier cosa. Dígale.

—Está bueno, señora.

RODRIGO POLA

Rodrigo respiraba hondo y a su lado Ixca cubría con ambas manos la luz naranja del fósforo y sorbía con lentitud un cigarrillo. Iba atardeciendo sobre las copas azules del paseo de la Reforma y el tránsito, a la altura de la calle de Sevilla, era en esos momentos escaso. Las dos figuras: una de estatura mediana, facciones delgadas sobre una piel verdosa que iba oscureciéndose en las cuencas hasta hundirse en los ojos como dos alas de cuervo que miraban los otros ojos, de almendra quemada, de Ixca, sus sienes pobladas de cerdas, sus anchos labios y sus facciones, alternativamente indígenas en pureza, pura y oscuramente europeas —de un mediterráneo asoleado y denso y ocioso en el mar y las estatuas que, fijándolo, lo continúan—. Caminaban sobre la tierra suelta del paseo. Rodrigo miraba cómo el polvo se acumulaba en los zapatos amarillos. Se sentía consciente de todos sus movimientos nerviosos. Y Cienfuegos como si no caminara, como si lo fuera empujando la leve brisa de verano, como si no tuviera esas piernas, esas manos que tanto estorbaban a Rodrigo. Ixca lanzó el cerillo al aire y dejó que el humo le ascendiera por las aletas de la nariz hasta nublarle la vista:

—Tú y yo hemos vivido juntos muchos momentos. Y creemos saber todo el uno del otro...

—¿Saber algo de ti? No se podía caminar por esta ciudad diez minutos sin llenarse de polvo.

—Tanto como yo de ti. Somos lo que se llama «mexica-nitos aguados». Ladinos, reservados, chingaqueditos...

Chingaquedito. ¿Quién a quién? ¿En dónde empezaba esa violación secreta, ese acto de abrir, de rasgar lo más escondido con tanto sigilo? Rodrigo se sintió lleno de pies, de manos. Pesado, en todas las posturas ridículas. El monumento a la Independencia se alzaba a sí mismo por las pantorrillas, y hacia Florencia cruzaban unas chivas arreadas por un indio descalzo.

—Sabes que a mi padre lo mandó fusilar Victoriano Huerta en la cárcel de Belén. Era por el año de 1913, y yo nací cuando estaba preso

«¿Me recordaste, padre, antes de morir: pensaste un instante en mí?

»Bolsa de semen, ingles tibias, es lo que recuerdo

»Y a mí, que ya había incendiado la sangre de mi madre, y a mí

»No; solo una madrugada fría, y el recuerdo de un ave que pasó mojando las alas en el río de Tierra Caliente y después el plomo que entra sin que lo sientas a empaparte por dentro, a pintarte de gris»

pero no nos entregaron el cadáver, y solo nos enteramos —quiero decir, se enteró mi madre— años más tarde, cuando el cadáver de mi padre se había amontonado con los demás de la Revolución, todos anónimos

«Ahora vienen las tolvaneras, hijo, y yo voy a cerrar los ojos y a tragar el polvo, porque allí han de venir los restos de tu padre»

todo era siempre pensar en él, Ixca, como si en realidad viviéramos tres en la casa. Sin embargo, yo no tenía de qué asirme para recordarlo; desde que tengo memoria, trato de encontrar algo que me ayude a recrear su verdadera imagen; nunca bastó ese retrato tieso y amarillo de un hombre uniformado, con los bigotes lustrosos y una leve sonrisa marcial, y mi madre nunca quiso recrear la imagen que yo deseaba, que no era la de ella, porque para ella mi padre era otro, fuera de ella, un hombre que la dejó viuda al año de casados, un rencor reiterado, o un ansia de emulación, de haber vivido brevemente, como él, pero rodeada de algún elemento extraordinario; mi madre nunca tuvo eso, y fue esa ausencia de relieves, más que otra cosa, la que la hacía compararse con mi padre y querer ser él, pero otro y que él hubiera sido ella —pero yo no, yo solo quería ser su prolongación, de alguna manera, y creía que esa prolongación era moral (esto, sin poderlo explicar, lo supe desde muy niño); sí, eso es lo que supe desde entonces, y creo que solo hoy empiezo a darme cuenta: pero él vivió en otro país, en otra ciudad: México y México mueren radicalmente cada vez que un hombre vuelve a manar sangre con pasión; es como si estuviéramos esperando a ese hombre que puede entregarlo todo para sacrificarlo en seguida y morir con él; y yo nacía cuando él iba a morir, creo; solo me encontré con el cadáver recogido de mi madre, sentada en una silla de mimbre, tejiendo ropa de niño para la clientela de Santa María, y después, cuando el abuelo, que era quien nos pasaba algo, murió intestado, los demás hijos, que habían desterrado a Rosenda, a mi madre, de la familia cuando se casó con el revolucionario, cayeron sobre aquel pobre patrimonio y se valieron de todos los medios para impedir que ella tocara un centavo. Ahí empiezan mis recuerdos y mi vida: arrastrado de una mano por las calles del centro, de almacén en almacén, buscando trabajo y mis ojos fijos en los viejos botines de lazo que apretaban los pies de mi madre. Cuando al fin encontró empleo en un comercio, el sueldo de 125 pesos más comisiones (y tejer, en la noche, más ropa de niño) nos permitió irla pasando y yo pasaba los días solo en la azotea de la casita del Chopo, porque no había dinero para una escuela religiosa y mi madre no quería mandarme a una popular: yo salía a ver la telaraña de fierro del Museo de Historia Natural y a escuchar los pitos de los vendedores de globos; la música de los organillos que todas las tardes poblaban el barrio: los organilleros me veían encaramado en la tapia, me tendían el sombrero y yo comenzaba a chiflar y a mirar al cielo, como para dar a entender que no había solicitado la música y que además la podía producir por mi cuenta. Qué raro, cómo te acuerdas, así de pronto, de los detalles pequeños y te ves a ti mismo como a otra persona, tan lejana que casi parece un dibujo, o una fotografía vista por encima al ojear una revista: te acuerdas de la media que usaba ese niño todas las noches para que se le restirara el pelo, solo ves a ese niño dibujado sobre una azotea, horas y horas quieto junto a la tapia, viendo pasar a la gente y escuchando, a veces, un rumor de caballería sobre los adoquines de la ciudad. Eran unos hombres de los que había que esconderse, a los que había que tenerles miedo: nunca olvidaré la cara de mi madre, pálida como un cielo de invierno, cuando regresó de su trabajo el día que entraron los villistas a México; me escondió debajo de un colchón y fingió una enfermedad de varios días para no ir al centro. Sobre todo, ha de haber pensado que uno de esos hombres feroces era mi padre, mi verdadero padre, que no había muerto, sino que seguía cabalgando por los llanos, disfrazado... No tiene sentido recordarlo; no es lo que fue, en ese mismo momento, y no deberíamos tener derecho de recordarlo

«ya viene el coyote, a comerte viene con un gran garrote»
ese ir y venir por la calle del Chopo era mi única diversión. Todo el día en la azotea, y durante la noche horas más cortas al pie de la mecedora viendo a mi madre tejer

«¡Pobrecito hijo mío! Ya nos quedamos solos tú y yo en un mun-
do sin hombres. ¿Qué va a ser de nosotros, hijito?» «sanca, que
sanca, que sancamaleón»

a los ocho años entré al colegio de los maristas, y mi madre redobló el esfuerzo en la tienda y la labor en la noche; yo tenía los dos retratos, el de mi padre y el de mi madre, y si él era siempre el mismo, pues hasta muerto me lo
imaginaba de uniforme y con esa sonrisa marcial, de ocasión, ella era dos, la del retrato y la nueva; mientras hacía
la tarea bajo la lámpara bamboleante de terciopelo verde, la observaba por el rabo del ojo, sentada junto a la ventana, tratando de secuestrar las últimas horas de luz tenue
sobre el estambre; la de antes siempre decía, «Pronto se
compondrán las cosas»; la nueva me sorprendió; la vi en
un reflejo de la ventana, y ella misma se debe haber visto, porque repasó sus pómulos, sus mandíbulas, como tratando de recordar frases hermosas: eran sus ojos los que habían cambiado; más allá del leve tejido de arrugas, del
retroceso mínimo de las cuencas, había una nueva mirada.
Ella misma lo vio, al mismo tiempo que yo, y desde ese
momento, todas las noches, en cuanto era posible fijar un
reflejo en el vidrio, la mirada de mi madre detenía el movimiento de agujas e intentaba reducir el cambio de su mirada a una fórmula inteligible. Yo simulaba escribir sobre
el cuaderno, pero no perdía detalle de esta ceremonia nocturna, y mi madre, a medida que su vista profundizaba en
el cristal, iba percibiendo más el mundo reflejado: me iba
percibiendo a mí, hasta que sus ojos se volvieron, como un
relámpago, sobre mi figura encorvada mientras yo, con
un movimiento eléctrico, trataba de reanudar la escritura;
pero ella no se había dejado engañar, se había dado cuenta de que la espiaba, de que no envejecía sola, de que no se
daba cuenta sola de las cosas, de que había otra persona en

su vida, con la cual debía compartirla; esto debió de sentir en ese momento, y erguida, con el chal volando, cayó sobre mí y me golpeó la cara y regó la botellita de tinta; «¡No me engañes!», me gritaba: yo me dejé caer de la silla para guarecerme entre las patas de la mesa, y desde allí veía la figura de mi madre levantarse hasta el techo, como una columna oscura y despojada de sombra, veía cómo le bailaban los nervios del puño, cómo lo fue aflojando, cómo abrió las palmas implorantes y me dijo: «Ven, muchacho; si no te protejo yo, ¿quién, hijito?»; y yo corrí a abrazarle las rodillas llorando con una nueva amargura, contento de haber entendido algo de ella, de saber que podía entenderla sin que se enojara, pero avergonzado de mí mismo, de ser un espía.

Rodrigo levantó la cara, despertado por la insistencia de los *claxons* en la glorieta de Cuauhtémoc; los ríos de vehículos encontrados que subían y bajaban por la Reforma y desembocaban de Dinamarca y Roma, de Insurgentes y Ramón Guzmán, se torcían en sierpes amalgamadas y sin solución; los *claxons* no cesaban, el policía pitaba infructuosamente y las cabezas emergían de los coches a gritar palabras y volvían a caer sobre los *claxons* unadostrescuatrocinco veces.

—Uno sabe quién es desde muy temprano, y yo entonces supe que era algo así como lo que entonces sentí: un espía, es decir, un segundón, un contratado para enterarse de lo que viven los otros. Pero nada más. Y me enteré de algo peor. De mi capacidad para conocer todos mis defectos, y de mi incapacidad para superarlos.

—Te pareces al país —dijo Ixca al tomar de un codo a Rodrigo para cruzar la avenida.

—No, Ixca, no. ¿Por qué mi padre supo lanzarse a luchar, a superar esos defectos, y yo no? ¿Por qué para él y para sus hombres hubo una vía de acción honrada, abierta, y para nosotros no hay sino la conformidad, el quemarse por dentro, el sigilo y eso, eso, el chingar quedito? Ya te lo dije, desde que tengo noción de las cosas sé que soy su hijo moral más que carnal, y que hoy debía actuar, y con más razón que él; que él actuaría hoy, de alguna manera, que no trataría, como yo, de vivir de segunda mano. Pero lo he intentado, ¿verdad, Ixca?, siempre he luchado dentro de mí mismo por saber la verdad, por entregarme a la idea moral; pero ¿de qué ha servido?, dime...

—Manuel Zamacona te diría que en ti mismo se cumple esa lucha moral, que es suficiente que pienses y en tu fuero interno te sientas solidario de otros hombres para que participes en todo...

—¿Tú lo crees?

—Yo creo... en fin, tu propia vida te llegará a decir lo que yo creo, o no te habré servido para nada.

—Mira al marido de Norma. Él sí está centrado, sabe lo que quiere. Está convencido de que trabaja por el bien del país. ¿Es suficiente hacer lo mismo que él y sentirse como él? Por Dios, ¿qué es este país, Ixca, hacia dónde camina, qué se puede hacer con él?

—Todo.

—¿Pero todo qué? ¿Cómo le haces para entenderlo? ¿En dónde empieza, en dónde termina? ¿Por qué se conforma con las soluciones a medias? ¿Por qué abandona lo mejor que tiene? ¿Qué fórmulas sirven para entenderlo? ¿De dónde, de dónde te agarras? ¿Qué le sucedió a su Revolución? ¿Solo sirvió para crear a un nuevo grupo de potentados seguros de que lo dominan todo, de que son tan indispensables como creyeron serlo los científicos?

—No hay nada indispensable en México, Rodrigo. Tarde o temprano una fuerza secreta y anónima lo inunda y transforma todo. Es una fuerza más vieja que todas las memorias, tan reducida y concentrada como un grano de pólvora: es el origen. Todo lo demás son disfraces. Allá, en el origen, está todavía México, lo que es, nunca lo que puede ser. México es algo fijado para siempre, incapaz de evolución. Una roca madre inconmovible que todo lo tolera. Todos los limos pueden crecer sobre esa roca. Pero la roca en sí no cambia, es la misma, para siempre.

—Eso no me sirve, Ixca, no me soluciona nada.

—¿Y tu propia vida?

—Sí, de eso veníamos hablando.

Una cola se formaba frente al Cine Roble; Rodrigo e Ixca se abrieron paso entre la gente aburrida que a paso de tortuga avanzaba hacia la meta iluminada de la taquilla.

—Todos los días a las siete y media me iba a pie a la escuela, y una cuadra antes de llegar empezaba a arrastrar los pies y a patear corcholatas. La clase de Moral me llenaba de terror. Los maestros decían que era la más importante: «Si no sabes geografía, serás solo un tonto; pero si no sabes catecismo, te condenas y te vas a un lugar donde estarás solo, sin tus papás ni nadie, para siempre»; y yo nunca sabía nada. En las otras clases había algo, un poco, que aprender por cuenta propia; pero en la de Moral, todo estaba ya listo, rechazando la duda, cerrando todos los caminos...

«—¿Las virtudes teologales?

»—Fe, esperanza, y...

»y Rodrigo avergonzado de las palabras que no entendía. Su compañero de banca era Roberto Régules y una vez lo invitó a tomar chocolate después de las clases. Vivía en una casa con almenas cerca de la avenida Chapultepec y tenía un cuarto lleno de soldados de plomo y grandes cuadernos. Rodrigo le preguntó qué eran esos cuadernos y Roberto le contestó que allí estaban todos los secretos, se encaramó a la cama y bajó uno de los volúmenes del *estante; lo abrió sentado en el suelo, satisfecho y anticipando el asombro de su compañero*

»—Ya ves la lata del catecismo. Pues no es lata de verdad. Depende, porque aquí están los secretos —y abrió el cuaderno, erizado de recortes y estampas religiosas y frases escritas con tinta china—. El chiste es buscarle lo que de veras quiere decir a cada cosa, para que cuando el maestro Valles te pregunte, tú sepas de veras y no te tomen el pelo. Mira: aquí está la esperanza

»En la hoja abierta, una estampa del crucificado junto a la fotografía de una de las artistas del cine italiano. La palabra "esperanza", escrita con lápiz rojo, presidía la página, y luego estaba escrito "Cruz, cruz, que se vaya el diablo y venga Jesús"

»—Pero si Jesús no viene, ¿qué tal? O te come el diablo, o te haces más diablo que el diablo y entonces es el diablo el que grita: cruz, cruz, que se vaya el diablo y venga Jesús, ¿ves?

»Rodrigo no veía, y con la cabeza ladeada inspeccionaba la página de la Esperanza

»—Si te digo que de a tiro eres. ¿No ves? Todo quiere decir dos cosas, y tú escoges la que te conviene, ¿ya? Mira, aquí está la Castidad

»Esa página estaba en blanco

»—Y esa sin nada, ¿qué?

»—Ahí también quiere decir dos cosas. Como nadie habla de la castidad y todos se callan cuando hago preguntas en la mesa, quiere decir que la castidad es algo malo y que te prohíben

»—Pero si el catecismo dice que hay que tener castidad...

»—¿Entonces por qué tus papás nunca quieren hablar de eso? No, seguro que es algo malo, pero como te lo prohíben, también ha de ser algo bueno. Por eso está la página en blanco que ni es bueno ni malo, y tú nomás haciéndote el disimulado, a ver qué cae. Ahora dime, ¿quieres entrar al juego?

»Rodrigo dijo que sí, y los amigos se dieron la mano, y Roberto le hizo firmar un papel arrugado con una "X" y en la clase se *miraban furtivamente cuando el padre hablaba de la esperanza y Rodrigo recordaba a la actriz italiana recostada sobre una piel de tigre y cada vez que el padre decía una de las palabras sagradas Roberto escribía en un papelito y se lo pasaba a Rodrigo: la flor seca, el gato, la cruz con sangre. Al regresar a su casa, Rodrigo se sentaba a la mesa, bajo la luz verde, abría los cuadernos cuadriculados y fingía el cumplimiento de las tareas. En realidad, buscaba nuevas correspondencias a las palabras mágicas del catecismo: afiebrado, hurgaba en su breve memoria buscando fórmulas, voces brillantes que, al día siguiente, merecieron la aprobación de Roberto: el espíritu santo la bandera del Corsario Negro; la caridad la última cena de mi ratón; la teología el crespón negro de la casa del abuelo... A medida que se acercaba la hora de cenar, sentía una flaqueza intolerable en las corvas, masticaba el lápiz y esperaba el momento en que su madre se levantara del sillón junto a la ventana y pasara a ver el cuaderno; entonces, velozmente, llenaba las hojas de números sin sentido y escondía en la mochila los papeles sagrados del juego».*

—Por eso, Ixca, mi amigo Roberto Régules —sí, este mismo— y yo inventamos un juego secreto basado en el catecismo; un juego que nos devoraba la imaginación y el tiempo, en la escuela y en la casa. Y yo —no sé— quería tener a mi madre en este juego, no por su compañía y su comprensión, sino porque me sentía superior a ella, gracias al juego, al juego exclusivo de dos, de Roberto y mío, al juego que solo él y yo podíamos explicar y al que solo él y yo podíamos permitir la entrada a otros; yo le tenía lástima a mi madre, sin saberlo, lástima a sus viejos botines y a su cara cada día más distinta de la señora elegante y joven del retrato y quería regalarle, desde arriba, este juego donde se concentraban todas las excelencias del misterio y la exclusividad, pero mi madre no lo sabía, creía que me dominaba naturalmente, sin pedir permiso, y que

yo siempre sería parte de ella, espectador único de su vida
diaria y de sus horas nocturnas junto a la ventana, en la
mecedora de mimbre, con la pelota de estambre sobre el
regazo y los ojos cada día más hundidos en el cerebro, más
lejos de mi retrato lleno de ropas espesas y ella no quería
asistir a lo mío, ni yo a lo suyo, pero sin ella no podía terminar de construir el juego, sin su asombro, sin su conocimiento de que yo había creado otro mundo: eso me hacía falta, que ella entrara para que supiera que yo vivía por
mi cuenta, sin necesidad de ella pero ella no se enteró nunca, porque una mañana, por fin...

«El padre Valles, que daba la clase de Catecismo, se acercó en
silencio a Roberto y le abrió el pupitre, sus mejillas lisas y colo-
radas se agitaron cuando Roberto cerró violentamente la tapa y le
atrapó un dedo. El profesor volvió a abrir el escritorio mientras
le torcía la oreja al niño: encontró los papeles de las equivalencias
incomprensibles, y se los llevó. A la salida, llamó a Roberto y le
advirtió que se dejara de chistes o lo acusaría con el director

»—¿Qué vamos a hacer, Rob? —le preguntaba Rodrigo cuando
los dos caminaban por las calles de olmos viejos y casas rosadas

»—Tú verás lo que hago. Vamos a meter al padrecito al juego

»Una semana más tarde, toda la escuela fue convocada al sa-
lón de actos. Los muchachos de knickers y medias de popotillo
café dejaban escapar un olor colectivo de nucas enjabonadas, de-
sayunos acedos, carne soñolienta, que se mezclaba con el del oco-
te de las bancas y el serrín de los sacapuntas. Un altar azul y
una estatua de la Virgen María cubierta de telas blancas y azules,
sofocados por azucenas, brillaban al fondo del salón. Entró el
barbado director; a su lado se encontraba, cabizbajo, el padre Va-
lles vestido de civil. Los rejuegos y codazos y chistes cesaron cuan-
do las barbas del director se abrieron en la cueva azul de su len-
gua. —Estamos aquí para confirmar una grave denuncia. El
padre de uno de sus compañeros ha denunciado graves irregula-

ridades de parte de uno de los maestros. Quiero que ante todos el señor Valles, antes de abandonar para siempre este claustro, pida disculpas por su incalificable conducta... Ustedes, niños queridos, sabrán explicar a sus padres cuán grande es la honradez de la directiva de esta escuela, que con peligro de perder algunas colegiaturas el año entrante, prefiere cumplir con los deseos de un padre de familia...

»Rodrigo sintió un remolino en la boca del estómago que le impidió seguir escuchando el discurso del director; sabía que el padre Valles había entrado al juego; era el tercero. Trató de susurrarle algo a Roberto, que estaba en la fila de atrás; la sonrisa, el brillo triunfal en los ojos de Roberto le impidieron interrumpirlo. El director no dejó nada en claro. Las hipótesis fabricadas por los muchachos adjudicaban al padre Valles toda clase de crímenes:

»—Lo han de haber visto con una mujer

»—No seas tarugo; a esos no les gustan las mujeres

»—Seguro que se clavó las colectas

»Rodrigo se acercó, con las manos sudorosas, a Roberto en el patio y le preguntó con la voz quebrada: —¿Entró al juego? —y Roberto le contestó con una carcajada: —¡Y de qué manera! Como que le encontraron el libro en su cuarto —y se columpiaba, con las manos clavadas en los bolsillos, sobre los talones. —¿Nuestro libro? ¿Pero qué hacía allí... cómo pudo? —y sentía ganas de llorar, o de morderse los labios. —Lo puse yo. Y luego le conté a papá las ideas que me metía el curita en la cabeza, y papá pidió que lo expulsaran o retiraba la anualidad que le da al colegio... y como la anualidad vale más que cuarenta colegiaturas, pues ya ves. —Entonces, el juego no era sagrado; eso quería decir Rodrigo, no echándoselo en cara a su compañero, sino diciéndolo, nada más diciéndolo; pero Roberto empezó a volar una moneda en el aire—. Ahora yo ya me voy a Guanajuato, a mi tierra. Allá viven unas tías medio mensas y me pondrán un profesor particular. Este ambiente ya me chocó. —Y Rodrigo, con la mira-

*da fija en las acrobacias de la monedita, sentía que todo el calor
del cuerpo se le iba a la garganta: —¿Y nuestro pacto? —fue
todo lo que pudo decir, y quería decir (tú eres mi único amigo,
tú inventaste el juego, ahora no va a haber más que las largas
horas en la azotea, y mi madre tejiendo: yo solo no puedo jugar
al juego, tú eres mi amigo, quédate). Roberto se fue jugando con
la moneda, Rodrigo se quedó rascando el árbol del patio con la
punta del botín amarillo, mientras las correspondencias, ya sin
la palabra sagrada equivalente, le bailaban en el cerebro madre vieja, chocolate, fe, coscorrón, caridad, luz verde»*

La luz pellizcada de los anuncios de cerveza y seguros
y ron y diarios alumbró con intermitencias los rostros de
Ixca y Rodrigo. Carlos IV se erguía en el centro, comandando el movimiento de camiones y taxis mientras un altoparlante lanzaba, desde el edificio blanco rodeado de
billeteros desanimados que regresaban a devolver los so-
brantes, los números de la lotería. Por Rosales, los tranvías amarillos pasaban rechinando y un grupo de mujeres,
en la esquina de Colón, se untaba saliva en las medias y en
las cejas mientras, de Bucareli, bajaban corriendo y dándose manotazos en las espaldas y encolerizando a un perro
pinto una docena de chiquillos descalzos vestidos de overol que acababan de repartir los vespertinos y ahora se di-
rigían a buscar puerto para su sueño en una banca de la
Alameda o en los portales del Carmen: Rodrigo hesitó y
cruzó Bucareli: —Vamos al Kiko's a tomar un café. Todavía no tengo ganas de encerrarme.

Entre los hombres gordos vestidos de gabardina verde
y los escuálidos, mal rasurados y las señoras de melenas
aceitosas y los muchachos de *blue-jeans* que se peinaban los
copetes y metían veintes en la sinfonola, los dos amigos buscaron una mesa.

—¡Hay cada vieja en casa de Chayito!

—Jive, boy, jive!

—Oye tú, ¿y qué me dices de aquel pase por alto? ¡Coño! Que si las puede el chavalillo.

—Ya nomás porque es una su subordinada, yuro que se cree con derecho a todo.

—Jive, boy, jive!

—¿Aumento de sueldos?

—Entonces ascendieron a mi madre en el almacén, y yo me había quedado solo en la escuela. Roberto se fue, y él había sido mi único amigo. Ahora todos los muchachos, en cuanto me vieron sin la protección de Régules, el rico, el que tenía un papá que le pasaba grandes sumas a la escuela, se dedicaron a tomarme el pelo y a darme de ligazos en las piernas

«¡Pola, Pola, bésame la cola!»

y yo fingía enfermedades para no asistir. Empezaba a comprar libros con los ahorros de los domingos y a leer en la azotea hasta que el sol me lo permitía; bajaba antes que mi madre regresara del centro, cenaba y me metía a mi cuarto a leer y entonces mi mamá comenzó a obligarme a que me sentara a sus pies en la noche y a decirme mientras tejía, «Nunca me cuentas tus proyectos, hijito; ¿qué vas a hacer?», pero yo no contestaba y pensaba en palabras mágicas que ya no querían decir nada, o en *El Vizconde de Bragelonne,* o en los ligazos que me tenían moradas las piernas —¿cómo eran sus palabras? «Recuerda que aunque te quedes solo en el mundo, siempre tendrás a tu madre para hacerle confidencias y decirle la verdad. Ahora vas a hacerte hombre, y si no le cuentas todo lo que te pasa a tu madre, te quedarás lleno de dudas y sin explicarte nada», y yo paseaba la vista por la pequeña sala familiar, la sala de los dos y del fantasma de mi padre: la lámpara de terciopelo verde, la mesa con sus sillas tiesas y su frutero apestoso; la mecedora de mimbre donde cosía mi madre todas las noches; el sofá también de mimbre, también deshebrado; el piso de madera pintado de rosa; la ventana con sus cortinas de algodón; la puerta con su campanita de bronce. Y solo ahora, al escuchar las palabras de mi madre, se me ocurría que alguna vez habría de abandonar esta casa, que debía brincar por encima de las tazas de chocolate y las pelotas de estambre, y pensé, sin darme cuenta, que mi madre no quedaría sola porque el fantasma de bigotes lustrosos y sonrisa marcial la acompañaría siempre, por más lejos que yo me fuera, y ella debió saber esto —como sabía tantas cosas, pero solo un minuto antes que yo, como adivinando en mis ojos idiotas y abiertos todo lo que pensaba, como si solo gracias a mí pudiera saber ciertas cosas, pero siempre un minuto antes que yo— y por eso nunca midió lo que me dijo esa noche, esas palabras gratuitas que nunca entendí, que nunca creí ciertas, y que ahora veo como ese deseo de beberme entero, de apresarme entre sus piernas y estar siempre, hasta la consumación de nuestras tres vidas, dándome a luz sin descanso, en un larguísimo parto de noches y días y años que la fortalecieran y le dieran la razón, en un eterno parto parlante que le dijera lo que ella quería saber siempre, alzada sobre las placentas como un monumento, viva en su espeso anhelo de ser siempre la madre, de encarnar a la naturaleza ya que lo demás —la vida de los hombres, lo urbano, lo que se resuelve en proyectos y papeles— nunca la tocaría, de encarnar a la naturaleza viviente y eléctrica en su único acto permanente. Por eso, cuando le pregunté «¿Era bueno contigo mi papá?», ella supo todo, leyó mis ojos idiotas y abiertos, se mordió los labios y dejó las agujas sobre el regazo. Naturaleza gratuita, Ixca, como sus palabras de gran madre, de madre abierta y rajada para la cual no existe más que el

momento prolongado, verdadero y veraz, del parto, palabras que, aunque las explique, nunca entenderé: «Tu padre fue un cobarde que delató a sus compañeros y murió
como un tonto, dejándonos en la miseria».

Rodrigo escondió sus facciones quebradas en la taza de
café. Ixca Cienfuegos comenzó a tararear la pieza que la
sinfonola gemía: Si Juárez no hubiera muerto, la patria
se salvaría. Rodrigo dejó la taza en su asiento de melcocha.

—Después me recuerdo con los ojos más hundidos, la
piel más verde. Cuando cumplí dieciséis años, iba a entrar a la Preparatoria. La escuela de los religiosos había sido clausurada y mi madre tenía mucho miedo de que en la
Prepa me hicieran algo. No habíamos podido hablar —salvo
para pedirnos cosas, decir que salíamos o entrábamos—
desde aquella escena. Pero ella observaba mis movimientos, espiaba mis horas solitarias, con un gran temblor se-
diento. Ahora ella pasaba sus horas solitarias en la salita,
tejiendo, y tratando de decirme cosas en silencio; eso me
llegaba hasta mi cuarto, donde todas las noches tomaba la
pluma y escribía porque al fin había llegado el descubrimiento. Escribía afiebrado, tenso, sin saber muy bien qué palabras caían sobre el papel, seguro de que, saliera lo que
saliera, era importante. Importante porque el papel no era
papel, ni las palabras palabras, ni escribir escribir: importante porque todo era la única manera de decir Aquí estoy.
Yo. Yo que no soy todos, ni uno más. Yo que soy yo. Único. Ni Dios mismo me puede cambiar por otro. Si yo fuera
otro, el mundo se vendría abajo. La luna sería sol, el día
parte de otro astro. No me pueden cambiar por otro, ni a
otro por mí. Leía a Garcilaso, y sentía que entraba en el
mundo perfecto, en la armonía en que todos podrían amar,
vivir, ver y ser vistos sin vergüenza y sobre todo sin excusas. Y cuando cayó en mis manos el tomo de Rimbaud, creí

encontrar a mi verdadero hermano y amigo, al que sabría comprender, y compartir conmigo, el gran descubrimiento, la gran desdicha. Apretaba los dientes mientras escribía; le daba un manotazo a la luz eléctrica que colgaba del techo para sentir que mi cerebro bailaba con las sombras y que el cuarto no era ya un espacio ajeno a mi cuerpo, sino mi mismo cerebro, grande e ínfimo a la vez, iluminado y oscuro, bailando con un ritmo fatal y desordenado. Después caía rendido sobre la cama. En silencio y con los ojos cerrados me desvestía, me cubría con las sábanas y esperaba el dolor de cabeza de todas las mañanas, cuando me preparaba para el momento terrible de entrar a la escuela. En la Preparatoria encontré a aquel grupo de muchachos que también se interesaban en la literatura. Lo capitaneaba Tomás Mediana y proyectaba una nueva revista que tradujera a todos los nuevos escritores europeos desconocidos en México. Se rieron un poco de que sintiera tanto entusiasmo por Garcilaso, pero cuando hablé de Rimbaud me miraron con atención y decidieron que podía conversar con el grupo durante los recreos. Tomás me preguntó si había leído a Gide, y me prometió llevarme a conocer su biblioteca: «Yo estoy suscrito a la *NRF* y me llegan todas las novedades. Aquí ni siquiera han oído hablar de Marcel Proust. Existe una nueva sensibilidad que es de veras la nuestra, la de nuestro siglo». Esas amistades me estimularon. Todos, como yo, hacían el bachillerato de Leyes, pero ninguno leía libros de Derecho. «Es la carrera más cercana a lo que nos interesa —decía Mediana—. Y nuestros papás creen que si no tenemos título seremos gente sin honra, amén de que moriremos de hambre. ¡Se acabó la bohemia!». Yo empecé a pulir mis versos para mostrárselos a Tomás, y cuando uno de ellos me decía «¿Cuándo leemos tus cosas?»... ¿qué no sentía, eh, Ixca, qué no sentía? ¿Recuer-

das esos días? ¡Cómo nos sentíamos capaces de todo, por-
tadores de una gran promesa! Arte, literatura, nuestras nuevas palabras mágicas... Recuerdas que Orozco estaba pin-
tando la Preparatoria, y que yo me quedaba, después de
clase, a observar esa figura de araña que, clavada al anda-
miaje, durante horas y con una sola mano, iba llenando
de forma y color los viejos muros. Sentía que ese color me
pertenecía, que algo importante había sucedido para que
esos colores pudieran salir a la luz, a hablar y a decirle a cada persona quién era, en dónde estaban sus ideas, su personalidad. Después comencé a llegar tarde a la casa, a pasar horas con el nuevo grupo en los cafés del centro —¿los
recuerdas como eran entonces, Ixca?—. Pablo Berea, el más
formal y que ya había obtenido triunfos como poeta y dis-
tinciones como funcionario; Luis Pineda, que había publicado una revista satírica; Jesús de Olmos, alto y engominado, por cuya cuenta corrían los retruécanos; Ramón
Frías, modesto y pulcro, de palabras escasas y exactas, trabajando siempre su largo poema secreto; Jorge Taillén, el
mayor de todos, el que ya había viajado por lugares exóti-
cos y publicado tres tomos de poesía candente y novedo-
sa; Roberto Ladeira, el más secreto, el más brillante, el ex-
positor de las nuevas ideas; y Tomás Mediana, pequeño y
pálido, de humor y satanismo semejantes, vestido siempre
de negro. ¡Con qué entusiasmo, entonces, pronunciaba sus
nombres, Ixca! Ellos eran los sacerdotes del nuevo culto que
nos llevaría, a través del poema, a salvarnos individualmente y a dejar un legado de belleza.

Rodrigo husmeó el aire rancio del café y quiso trasladarse a aquellas mesas del París en las que todas las tardes
los esperaban
«DE OLMOS (murmura cuando ve entrar la silueta opaca de
Mediana) *L' Ange Heurtebise! je te garde, je te heurte, je te brise...*

»LADEIRA (los ojos llenos de humo) *Gide se pregunta si en primer lugar hay que ser, para luego aparecer, o si la condición es parecer primero para, al fin, poder ser lo que se parece*

»MEDIANA (al tomar asiento) *Existe una incierta, pero aprehensible, geometría del tiempo. El tiempo y el hombre son los únicos elementos que saben jugar con sí mismos. Quizá porque son los únicos que no se tocan, aun cuando se envuelvan recíprocamente: les jours s'en vont, je demeure. Pero, también, yo me voy y los días permanecen. Es decir, ¿parece el tiempo y soy yo? ¿O me parece el tiempo, y él es? Allá, en el infinito, las paralelas se juntarán. Acá...*

»DE OLMOS *A Rose is a Rose is a Rose. Espejo del espejo del espejo, cada ser es eso: la ilusión de sí mismo, una prolongación en el cristal de un simple aquí estoy... ¿Hasta cuándo?* (pega en el piso con un bastón de puño nacarado para llamar al mozo) *Tú, Tomasso —y yo también, por qué no confesarlo cuando la confesión puede ser voluptuosa— profesas la amistad, que no el culto (¡tenebrosa palabra!) de lo elástico. Sabes que nuestra inmovilidad, en este instante, está cargada de inminencias —¡de las eminencias, líbranos!— Que nunca es tal inmovilidad sino por un sutilísimo proceso de autosugestión que no podríamos analizar, so pena...*

»PINEDA (desde su horchata, con los ojos en redondo) *¡Siempre ese leit-motiv editorial! ¡Frustrados!*

»DE OLMOS (con los labios muy apretados) *Knopf thyself, sería hoy el slogan adecuado en el jardín de Academo*

»BEREA (tose e imposta la voz) *Me parece que la conversación se desvía. Esa disparidad u oposición del tiempo y del hombre lo son, en realidad, de un tiempo y unos hombres. ¡Gocemos, queridos amigos, de la nostalgia de aquellas épocas en que tiempo y hombre coinciden! Hoy que esa coincidencia se ha roto, nos toca a nosotros volver a encontrarla; quiero decir, la coincidencia justa para este tiempo y esos hombres. Coincidencia que me atrevería*

*a denominar sinónimo de sensibilidad: he aquí la palabra má-
gica que explica, a la vez, nuestra promesa, nuestros propósitos*
»LADEIRA (sin abandonar su incómoda postura, la nuca
plantada sobre el filo del respaldo de mimbre) *Iago tiene
cierta razón. Algo nos une, y es lo que debía desunirnos*
»MEDIANA (sugiere, y luego teme haberlo dicho, o siente
vender algo a bajo precio) *Nuestra soledad, nuestro no ser para nadie*
»LADEIRA *Sí. Existe, ¡qué duda cabe!, una comunidad de poetas, de hombres con altas preocupaciones. Pero esa comunidad
está determinada, ya no por valores o por quehaceres comunes sino, precisamente, por la divergencia y la soledad de individuos
que ejercen un oficio cada día más ajeno al interés colectivo, a las
necesidades de masa*
»MEDIANA (con los ojos más bajos) *No es fortuita, pues, la
exclamación dolorosa de Cocteau. La poesía de nuestro tiempo con-
servará la belleza del martirio. Poesía: afán de comunión. Martirio: experiencia única, intransferible, aunque los leones del
Coliseo digan otra cosa*
»DE OLMOS (redondeó) *Ser culto es ser oculto*
»PINEDA (al sorber con estruendo sus popotes) *¡Justo Sierra O'Culto!*»
   —Bajo esos signos empecé a escribir. «Enséñate al rigor desde ahora», insistía Tomás Mediana cuando, hacia
las siete, salíamos juntos del Café París y nos íbamos caminando hasta el Puente de Alvarado, donde él vivía. «Debemos, cuanto antes, conocer y acotar nuestro terreno, y
nunca más salirnos de él». Nos despedíamos en la esquina
de Sadi Carnot y yo caminaba hasta la ventana junto a la
cual, en la calle del Chopo, mi madre tejía. Ahora —un
día— estaba oscura, y entré a la casa con un presentimiento de malestar, como si una enfermedad que aún no
se declaraba estuviera, sin embargo, trabajando ya, ger-

minando su flora de microbios en la laguna de mis intestinos. Fue el día —la noche— en que hallé en mi cuarto a mi madre, sentada sobre el catre, con los ojos alumbrados y un fajo de cuartillas en la mano. Era el manuscrito; yo quise correr a recoger mis papeles: era esa luz de desengaño, esa petición de lástima en los ojos de mamá lo que me lo impedía. «Cuidado», decían sus labios (porque no sus ojos, no, que decían otras cosas, más terribles: desengaño, ansia de compasión) cada vez que trataba de acercarme, a través de su nombre —«madre»— a ella, cada vez que la invitaba a cenar. Mi madre logró transformar sus propios ojos —esa noche— de un estanque manso de fuego inmóvil a dos alfileres punzantes: esos ojos, ya unidos a los labios, me dijeron (¿dijeron? no, no era decir, sino descolgarse del pecho una parte de su vida, descubrir, como no lo había descubierto cuando jugaba el primer juego, que el cordón se quebraba, que las piernas se cerraban y que el hijo había escapado de la entraña calurosa que lo alimentaba y a la que, a su vez, debía calentar y nutrir: eso era decir): «¡Esto es lo que te has dedicado a hacer todo el año! ¡Esos versos!» y yo sabía, solo entendía entonces, que mi madre había encontrado la oportunidad para exigirme algo que nunca había expresado; lo sabía, lo temía, ahora que la figura oscura y despeinada del catre agitaba las cuartillas «Y yo matándome en ese almacén todo el día para hacerte un hombre de provecho, ¿qué? Mírame: soy la que se ha quedado sin sangre y ahora sin amor —no, desde antes, desde siempre sin amor, desde que él no quiso— por darte de comer, por darte una carrera, tu madre, pero no has entendido nada» y a mí solo me parecía... incongruente... escuchar estas palabras en el mismo lugar en el que todas las noches había escrito, me había dado cuenta de que existía con una carga dolorosa de ideas y proyectos que solo eran míos y que mientras yo no expusiera nadie tenía por qué conocer (porque era nuevo saberlo, y ahora solo sabemos que pesa más la única boca invisible y monstruosa de todas las bocas que exige que las palabras se escupan y venderlas al lema más eficaz, sí, ahora se gana y se paga la fama a ese precio), por eso me sentí... súbitamente... dueño de un contorno, de una línea de vida (como mi padre debió, en un momento, conocer la silueta de su vida, en ese monte por donde huyó, en la prisión de Belén, en su cara manchada de balas junto a un paredón) e hijo, más que de mis padres, de mi propia, breve, sí, pero para mí única, incanjeable experiencia y dije (¿qué palabras fueron? solo las que sé ahora: yo tengo mi propio destino) «Mamá, yo tengo mi propio destino», cuando el puño de mi madre se apretó en torno a las cuartillas y repitió esas palabras, las que recuerdo, con la caricatura de la risa: «¿He tenido yo mi destino? ¿Lo ha tenido alguien (tu padre no tuvo destino: tuvo muerte, desde que nació, muerte para él y los suyos, y la patria, ¡la patria!, que lo mandó fusilar y a la que él regó de más sangre, de todo menos la novedad de un amor singular que lo aguardaba, sí) alguna vez? No tienes ningún destino, sábelo ya. Tienes responsabilidades, y una madre que no ha tenido (ni querido, no, nunca) su destino, sino penas y amarguras y luchas para hacerte un hombre de bien (sí, de bien: educado; sí, de bien: rico; sí, de bien: casado; sí, de bien: con hijos; sí, de bien: católico; sí, de bien: que sepa y pueda recibir en su casa; sí, de bien: sin escrúpulos; sí, de bien: conforme; sí, de bien: ayuno de caridad y dolor; sí, de bien: sin días de misericordia o ira)». La voz de mi madre se quebró, y era a la vez trueno y relámpago, en una mueca de lágrimas reprimidas. Yo caí a sus pies, abracé sus rodillas y quise suprimir todas las voces que me pedían frialdad. Luego me levanté, me senté en la cama junto a ella, le acaricié el pelo. Ella no daba rienda suelta a su llanto, lo seguía conteniendo como un viento encajonado en esa mueca dolorosa y yo me sentía satisfecho (cuando levantas el dedo en clase porque eres el único que sabe la lección, cuando esperas a que otros pasen por la calle para entregar la limosna al mendigo, cuando sabes que te están escuchando y tú no te das por enterado e impostas la voz y buscas tus palabras más impresionantes) de mi belleza filial cuando mi corazón gritaba rebeldía y un aire ronco seguía agitándose en la garganta de mi madre y sí, la veía, la sabía —¿cómo te diré, Ixca?— como una mujer... cursi nada más. Dejó las cuartillas sobre mis muslos y salió corriendo del cuarto para que yo acercara los papeles a la lámpara de noche *Filis, penumbra de mi tiempo... dos ojos que al cantar evocan... triste condición de ser ajeno...* y apreté las palmas de mis manos contra los ojos y sentí un deseo ilimitado de reír: ¿dónde cabrían esas palabras, dentro de los días y los hechos de mi vida real, de esta escena con mi madre? ¿Qué tenía que ver una cosa con la otra? Acaso ella tenía razón y nadie tenía derecho a ser y la vida era un continuo desvanecerse en los deseos y actos de los demás: este mismo cuarto, desde entonces, no sería más mío, solo mío; habría siempre, para siempre una figura suplicando la compasión, ofreciendo despecho, exigiendo disculpas, sentada en el filo de la cama. Volvían las palabras de Mediana a mi memoria, y lo detesté. No quise creer en su voz untuosa y grave «Nuestra generación debe crear en México ese oficio de rigor sin el cual toda obra no pasa de ser, en el mejor de los casos, una moda pasajera» no, no, no, cobardía, hay que lanzarse de cabeza a intentar lo que nos expone al fracaso, y por mis labios corrían los lugares comunes y los versos cojos pero sagrados porque decían lo que yo quería saber, lo que deseaba creer; yo y el mundo estábamos, dichos de alguna manera, allí, y esto era lo que importaba y no sabía cómo decírselo a Tomás.

—Sí —dijo Ixca Cienfuegos.

Juárez no debió de morir, ay, de morir

—A los pocos días, llevé el manuscrito al impresor que me habían presentado Mediana y De Olmos. No tenía con qué pagar, pero el impresor se quedaría con la edición y yo no pediría un solo ejemplar. El libro se llamaría *Florilegio* y no llevaría pie de imprenta. Cuando le conté esto a Mediana, frunció las cejas y me dijo que nada hubiera perdido con mostrarlo a los amigos antes de darlo a la imprenta; que había cierta solidaridad de grupo y que lo que uno publicara afectaría a todos. Pero yo había sentido (por todo) esa necesidad; ese libro sería la única prueba de que existía y tenía derecho a pensar, a dudar, por mi cuenta sin tener que pedir permiso.

—Le dio dos derechazos a la bestia que casi lo dejan sin barriga

—Ándale baby, aquí está tu Sinatra de bolsillo

—Yo nomás de dejada, ahi fui a dar con él a unos courts

—Ahi nos vidrios, le dije a la vieja esa, y luego andan creyendo que está uno como el gendarme de la esquina

—Las reuniones del café seguían celebrándose. Ahora todos hablaban de crear un grupo de teatro para dar a conocer a Cocteau y a Pirandello. De Olmos se había hecho fotografiar con borla y espadín para ilustrar sus declaraciones a una revista sobre la nueva sensibilidad literaria, en las que hacía mofa del viejo panteón de poetas románticos y modernistas y adaptaba frases de Gide y Ellis a la vida mexicana. Una de ellas: «¡Acabemos con la láctea costumbre de poner la poesía al alcance de las mujeres y las familias: Juan de Dios, cómo pesas!», había motivado cartas de protesta a la revista. Taillén andaba en Tierra Santa y enviaba sonetos exaltados. Berea colaboraba en la Secretaría Particular de Hacienda. Y acababa de llegar a México el afamado poeta sudamericano Flavio Milós. El grupo decidió ofrecerle una cena, y se escogió la casa más elegante, que era la de Mediana. Todos colaboramos con algo y la noche del agasajo nos presentamos vestidos de negro con claveles en los ojales y prendimos velas en la mesa adornada con tulipanes. La familia de Mediana había vivido de puestos secundarios en la burocracia porfirista y la casa, aunque un poco desmantelada, lucía aún cierta nostalgia de grandeza en sus cornisas de yeso y en sus espejos de marco patinado. Los muebles, tiesos y algo raídos, y en las consolas volúmenes de la *NRF* que Tomás había bajado de su recámara. Las horas pasaban y Milós no se presentaba. Una criada viejísima se asomaba a cada instante y declaraba: «Joven Tomasín, se me está aguando la ensalada».

Rodrigo sonrió y pidió otra taza de café: —El grupo, por fin, dejó de conversar y fijó la vista en los cabos cada vez más cortos de las velas. Ladeira se plantó una sonrisa equívoca en el rostro y a mí me acometieron unos deseos tremendos de reír. Por fin, al filo de las doce, sonó el timbre y entró un hombre gordo, con barba de tres días, vestido con un saco de pana, sin corbata. Recuerdo muy bien esas palabras de introducción que rompieron como un cristal endeble la parsimoniosa compostura intelectual de nuestro grupo: «¡Puchas que hay buenos potos!» y sin saludar a nadie, tomó una botella de vino y se acostó en el suelo. Ladeira franqueó su sonrisa y Mediana palideció

«De Olmos (reluciente de pomada, al quite) *Hay una frase tan "posterior" en Max Jacob*

»Milós (aulló escupiendo parte de un buche de vino sobre el tapete) *¡Dos noches y sus días en Guatimozín, coño!*

»MEDIANA (gimió) *Roberto, sería adecuada una presentación*
»LADEIRA (clavó la nuca en el respaldo y observó intriga-
do al obeso poeta)
»MILÓS (ahora de barriga, metió la nariz en su copa) *Esas*
mujeres que son como tierra de volcán amasada, ¡pucha!, coño,
qué tijeras. Todas con sus sabanitas azules. Eso y una caja de te-
quila, para sentirse cóndor y apalear las nubes con el aliento.
Hay que saber rodar, rodar como los delfines cerca de Talara, que
brillan sobre las olas un instante para que todos los vean y los
añoren, y luego hundirse al fondo. Puchas, y qué nalga...
»BEREA (componiéndose la corbata) *Habíamos pensado,*
señor Milós, que una breve charla acerca de la influencia de
Herrera y Reissig...»

—Berea y Mediana, sentados muy derechitos en los sillones Segundo Imperio, sorbían mecánicamente el vino.
Milós se estiraba sobre el tapete. De Olmos abría la boca
y la cerraba en seguida. Yo estallé en una carcajada: recor-
dé las frases preparadas, el repaso colectivo de la obra de
Milós y sus posibles influencias, las preguntas que se le harían, la iluminación que se esperaba, y ahora, frente al espectáculo de esta ballena borracha, me sentía contento,
pensaba en mi libro y agradecía no habérselo mostrado a
Mediana. Mi ataque de risa fue tan agudo, que opté por
salir sin despedirme, mientras Tomás continuaba, pálido, sorbiendo el vino, y Flavio Milós gritaba y se estiraba
sobre el tapete...

Rodrigo se detuvo y vació su cajetilla de Delicados sobre la mesita de tubo de aluminio. Con la cabeza baja, empezó a construir una pirámide de tabaco. —Pero Milós no
era más que un turista divertido, Ixca. Se fue y yo me quedé, perseguido por las miradas de recriminación de Tomás
Mediana. Cuando apareció *Florilegio,* Tomás encabezó la
crítica, sin duda honrada y con fundamentos, pero que yo,

entonces, consideré alevosa. Crítica verbal, se entiende. No apareció un solo artículo. Los chistes y retruécanos se multiplicaron. Mi madre repartió la mayor parte de los ejemplares entre sus compañeros de trabajo del departamento de lencería. Tal fue el destino de mis noches de desvelo, de mis ambiciones, de mi presunción de destino frente a mi madre. Ella se dio cuenta, y no me dijo nada. El grupo se fue enfriando conmigo; por fin, decidí cortar con ellos. Fue cuando conocí a Norma, y en ese momento creí que teniendo su amor podría dispensarme del grupo y de la gloria literaria. Cuando también perdí eso, traté de encontrar mi nueva justificación en la política universitaria... Allí andabas tú, Ixca... En 1940, era un burócrata mal pagado que dejaba todo su sueldo en los burdeles. Mediana tenía razón. El grupo dejó una obra, se aferró a su vocación. Mi madre tenía razón. No hay destino, hay responsabilidades. Es que...

—Ya va a ser hora de bajar la cortina; si no nos multan —se acercó a decir la mesera.

Rodrigo bebió un vaso de agua. Ixca pagó la cuenta.

—¿Seguimos otro día, verdad? —dijo Rodrigo, con la mirada baja.

Un gran silencio, apenas roto por el chisporroteo de luces, rodeaba la helada imagen de Carlos IV.

❧ 2 ❧

El anciano del bigote amarillo y el bastón de empuñadura de cobre aprovecha el domingo para sacar a su nieto de una casa oscura de la calle de Edison y arrastrarlo hasta el Caballito, donde ambos abordan un autobús Lomas, y el anciano, con un temblorín intermitente, sienta al muchacho junto a la ventana y, blandiendo el heroico bastón, va señalándole los lugares que ya no están allí —la casa de los Iturbe, la casa de los Limantour, el Café Colón— o los que, aislados, merecen la memoria del anciano, aunque sigan allí. «Antes esta era una avenida de puros palacios», le dice al muchacho y pega con el bastón sobre el vidrio, indiferente a las soeces interpelaciones del chofer gordinflón que apenas en las bocacalles transitadas deja a un lado el rotograbado deportivo y la botella de limonada. «Después del general Díaz este país se acabó, muchacho, se acabó para siempre», y el muchacho lame un barquillo y estira la nuca para alcanzar la altura de los nuevos edificios de la glorieta de Colón, pero el anciano no los ve, tiene la previsión fija, y entreabre su boca floja, en la expectación del próximo palacio porfiriano: un páramo de acero y cemento ciñe esos islotes aislados de su memoria y su gusto, y después del monumento a Cuauhtémoc, donde suben al camión veinte mozalbetes sudorosos vestidos con camisolas rojas y que traen pelotas de fútbol bajo el brazo, la mirada se le engolosina y mueve el bastón a la derecha y a la izquierda, describiendo los jardines que conoció, la usanza de los coches y las libreas de los mozos y cocheros, las mansardas y, algo que no puede decir muy bien, el ritmo de esos pasos diversos, el diverso olor, el porte diferente de las personas. «Nos estropearon para siempre esta ciudad, hijo. ¡Antes sí que era la Ciudad de los Palacios! Fíjate bien en lo que te señalo y deja de lamer ese mantecado». Quiere mencionar al gobernador de Landa y Escandón, pero sospecha que el muchacho no entenderá nada. Ya están en Las Lomas. El viejo observa con horror una casa estilo colonial, con abundancia de pedrería y nichos y vitrales amarillos. El viejo golpea el piso con el bastón. «Antes había puro llano aquí».

CIUDAD DE LOS PALACIOS

Federico penetró en el vestidor, pesado de perfumes y motas rosadas, de su mujer. Apartó dos cortinas de gasa azul; frente al espejo, Norma se componía cuidadosamente el pelo —al acercarse su marido, se cubrió con la bata de seda los pechos y sonrió ligeramente—. Robles se detuvo junto a las cortinas e intentó fijar los ojos de Norma en el reflejo del cristal; en seguida recorrió el torso sentado, la espalda, la cabellera caoba.

—¿Sí? —preguntó Norma, con una voz totalmente despojada de intenciones.

—No... solo vengo a preguntarte qué vas a hacer hoy... —Federico se dio cuenta de que esa ausencia de inflexiones en las preguntas y en las respuestas era ya lo obligado, y lo natural. Jamás habían faltado a la cortesía. Jamás se habían suscitado escenas. Pero ella se veía tan inútil, tan débil, desde aquí: su espalda era tan delgada, tan fácil de quebrar.

Norma tomó la mota y levantó una nube rosa sobre el cuello. —Es la boda de la chica Pérez Landa. En domingo, como cualquier criada... No sé en qué están pensando, oye. Figúrate, con el dinero del viejo. Seguro que va a ser tan cursi como...

—¿Para qué vas? —«Solo preguntas inútiles, respuestas inútiles», pensó Federico. ¿Para qué iba? ¿No sentía él mismo que era preciso que Norma fuera, a esta y a todas las bodas, a complementarlo, a ayudarlo a cubrir todos los terrenos a fin de que, tácita o expresamente, la presencia de Federico Robles se dejara sentir en todos los ámbitos del mundo escogido como el del éxito?

Norma, a su vez, buscó en el espejo el rostro de su marido. —Tenemos que corresponder. —Sonrió—. Y se entera uno de los chismes. Alguna vez debíamos ir juntos. Se me hace que en estas bodorrias se fraguan cositas. Por lo pronto, hay que ver el braguetazo que da el novio...

—¿Qué, no quiere a la chica?

—¡Ay, tú! ¿Te figuras que alguien quiera a ese lorito huasteco? Ya la veo con sus mitoncitos blancos, suda que te suda. No, hombre. Lo que pasa es que el Fifí este se arma hasta los dientes y no vuelve a levantar un dedo en su santa vida. Pero al fin la nena está tan guillada con las monerías que le dicen en los periódicos, que ni cuenta se da. Se ha de sentir la divina garza envuelta en huevo. ¡Con esa cara de esperpento de feria! Y el cuerpo de la Tiny Griffin, ¿te acuerdas? Lo que no hará el dinero. —Norma suspiró y continuó polveándose.

—¿Y Pérez Landa acepta esa situación?

—¡Pues qué más quiere! ¿Que la enana empingorotada se le quede a vestir santos y le arruine para siempre el paisaje de ese jardín tan chulo que tiene? Que le dé gracias a Dios de que haya un zonzo que jale con el engendro. Figúrate, dicen que las monjas del Canadá no la quisieron aceptar de puro fea, que dizque desmoralizaba a las demás niñas. Y es que de plano dan ganas de tirarle cacahuates a la chamaquita esta. Que si recepción de frac para celebrarle el cumpleaños, tú, que si la niña viaja a la Cochinchina para adquirir perspectivas, y la pobre allí siempre como baúl, buchona buchona y mensa como ella sola. Pues a la hora que cae un retrasadito que quiere cargar con ella y que de paso lambisconie al papá, ¡vámonos volando al altar! Dime si no.

El perfume espolvoreado ascendió hasta la nariz de Robles. Recordó —sin quererlo, pues solo quería que esos momentos se consumieran solos, en otro radio de vida— la ausencia de estos elementos en la recámara de Hortensia Chacón, y por encima de la intensa penetración del polvo y el perfume de Norma, deseó regresar a esa ausencia de todos los olores salvo uno: el de carne unida y sudor único, instante adelgazado de la reunión irrepetible, en el que todos los actos ponían en peligro la estabilidad de la creación; era posible alcanzar el aire y empuñarlo, era posible levantar todas las costras de la tierra hasta la otra tierra, incandescente y líquida, de los astros: Robles quiso intuir esto, la diferencia entre las dos mujeres. Acostarse con Norma no era peligroso. Con Hortensia, solo con Hortensia, amar era un sobresalto, un no saber qué velo se rasgaría, qué cristal de fuego quemaría sus lenguas, qué sustentación de cualquiera de las dos vidas —Federico, Hortensia— quedaría destruida o edificada al cesar el contacto. La ceremonia de Norma era exacta a sí misma, siempre, como el cuadrante de un reloj. Y Hortensia era el tiempo, las horas, sin cronómetro. Intocable y muda, exigiendo una respuesta sin palabras, el filo y el acero, mantenida y cercada por toda su vida en espera de ese momento en que soltaría las riendas y agotaría toda la sangre acumulada durante el tiempo sin número en dos, en cuatro minutos contados. Federico se acercó a Norma y colocó una mano sobre la espalda de la mujer.

—Por favor... —Norma retiró la mano suavemente.

¿No era también creación suya? ¿O solo su otra mitad? Ni siquiera eso: prolongación, o avanzada. Ahora buscaba en el espejo las facciones reales de Norma: la cara, que ori-

ginalmente debió de responder a la categoría de lo «mo-
nísimo», se había ido refinando, hasta corresponder, cada
vez más, a la máscara de todos los modelos de la estiliza-
ción internacional: cejas arqueadas, ojos fríos y brillantes,
cuello esbelto, pómulos altos, boca llena y rígida. Federico quiso recordar el rostro original de Norma (pues aun
antes de conocerla, la primera vez que supo de ella, que escuchó a dos hombres hablar de ella en un restaurante, allá
por el año 40, cuando un simple «Soy creyente» relajó una
tensión, autorizó ciertos estilos de vida hasta entonces,
aunque reales, vergonzantes, el rostro de Norma ya era el
creado en su mente, sin conocerla, el rostro imaginado desde que supo que existía una mujer hermosa que se llamaba Norma Larragoiti) y en ese instante se dio cuenta de
que esas facciones, las de este mismo momento, eran las
únicas que correspondían a las que entonces había imaginado. La máscara de Norma, insensiblemente, había sido moldeada por aquel rostro inventado o deseado por Federico. Todo el perfil de la mujer, supo Robles, era un
producto de su pura voluntad. Ella, sin saberlo, solo se había amoldado a un deseo imaginario hasta plasmarlo sobre
su efigie verdadera, perdida para siempre. Con un estremecimiento, Federico quiso tocar con las manos la cara de
su mujer: la furia contenida de Norma volvió a apartarlas
—furia concentrada en un grano invisible, pues la sonrisa permanecía idéntica, idéntico el movimiento alegre de
la mota sobre los senos—. Siempre igual. Federico quiso
creer que faltaría un segundo para que escuchara lo que
pensaba; paseó la vista de la bata de seda y el talle frágil
y la nuca perfumada de Norma a sus propias manos amoratadas, al porte solemne y rígido, a su propia efigie, reflejada también en el espejo común: ¿cuál sería el punto
de unión del rostro diamantino que reproducía todas las

páginas de modas martilleadas hasta convertir esa subespecie de la elegancia singular en la muestra común de una vulgaridad clandestina, y el rostro grueso y oscuro, de carnes espesas y ojos de cucaracha y sienes rapadas que asomaba a su lado? Las palabras jamás lo habían dicho. Las palabras jamás se pronuncian. Este maldito estilo oblicuo —pensó Robles sin saberlo, pues él lo vivía naturalmente— incapaz de un solo alarido, esta contención minuciosa, cerrada, aun frente a los hechos más terribles, esta reticencia mexicana que no puede fijar en las palabras una expresión sumergida, arrastrada, por fin corrupta. «¿Somos todos así?», se preguntó en silencio. Quiso pensar, sabiendo que no podría, que el sentimiento era ajeno. Aparentamos todos la cortesía, suprimimos lentamente algo que se llama espontaneidad y son solo dos o tres momentos descargados, limpios, erguidos; tenemos miedo de ser juzgados, porque queremos ser singulares, y en esa singularidad mezquina de lo único sacrificamos la gran singularidad, la singularidad de lo vario, el gran uno que es unión de muchos, el punto donde ya no se puede decir «te quiero» porque quererte es quererse y bajar todas las defensas hasta rendir el pudor y la vanidad y el poder en la entraña de quien nos conoce y nos domina y nos abre de par en par porque ya no somos yo, sino ella y ella no es ella, sino yo. Esto jamás lo podrían hacer él y Norma. Norma no lo haría con él, como él no lo haría con los hombres que constituían los valladares entre su persona y las metas de su ambición. Pero así la quería; así la había pensado y buscado: contrapartida de su vida pública, continuación o avanzada de sus resortes de éxito, nueva soldadera de la verdadera Revolución. Volvió a fijar los ojos en el reflejo de Norma, y vio correr ese reflejo por un rosario de *cocktail-parties* y bodas y cenas donde Norma era respetada por-

que era la mujer de Federico Robles y aceptada porque era
la mujer de Federico Robles y Federico Robles era un
hombre que había sabido triunfar y dominar y era el dinero y el poder y la posibilidad de ayuda para escalar y
en consecuencia Norma era la elegancia y el chic y todo lo
que los atributos de su marido significaban, al pasar la
frontera invisible entre el trabajo y el juego, en el gran
mundo. Así la quería —creyó pensar—, así la había buscado, para esto. Para nada más. No tenía derecho a exigirle
otra cosa. Norma había cumplido el pacto tácito.

—Vieras cómo impresioné a los De Ovando, Federico. Claro, los pobres viven como ratas de sacristía, en otra
época, sin confort...

—Habrá que invitarlos a cenar alguna vez.

—Uuuy, se mueren de ganas. Cómo no, ahorita mismo. Pero mejor vamos dejándolos que primero vengan a
visitarnos, tú. Vamos dándonos nuestro lugar. La tal doña
Lorenza es una vieja orgullosa, luego luego se ve. Toditi-
ta atufada y como si te hiciera el gran favor. Pero le vi la
cara de envidia cuando me miró el brazalete que me rega-
laste de Navidad —¡rico!—, y te juro que esa señora viene
a visitarme y a pedirme más favores.

Federico sintió un ligero asalto de rebeldía. ¿Qué había sido don Francisco Ortiz en su época sino un advene-
dizo que había tenido la buena fortuna de caerle bien al
general Díaz y aprovecharse deslindando terrenos robados
a las comunidades indígenas? ¿Qué había sido el padre de
Pimpinela, don Lucas, sino un mercachifle que hacía negocios en las aduanas al amparo de Limantour? Pero quizá la compasión que en realidad sentía Norma hacia todos
esos seres incapaces de participar en el nuevo mundo mexicano era la que merecían. No tenérsela hubiera equiva-
lido a respetarlos.

—¿Qué se sentirá haberlo tenido todo y luego ser un don nadie? —dijo Norma mientras se aplicaba, frunciendo los labios, el lápiz labial.

—No te preocupes. Si mañana yo quedara en la ruina, pasado volvía a construir mi fortuna.

Norma, ahora, apretó la mano de Federico. Y Robles volvió a sentir su prolongación y avanzada, y no quiso recordar más los momentos con Hortensia Chacón, momentos que no podían pertenecer al esquema cerrado del mundo que solo con Norma —en el silencio y el odio retenido y la ficción conyugal— podía compartir. La plenitud de su poder le subyugaba como una esfera cálida y perfecta que alumbrase todos los rincones previsibles de su vida. De una brida tensa entre los dientes, en el campo de Celaya, origen del poder, hasta este mismo momento en que la prolongación de Federico Robles iba a reinar con su elegancia sobre una boda aristocrática: extremos de esa esfera total. Federico canceló, automáticamente, todos los momentos anteriores, y todos los que, hoy mismo, querían ligarse a ellos, reconstruir su otra imagen, su vida olvidada y escondida. Mercedes, Hortensia: dos nombres que bailaron apenas en los pliegues de su memoria, mientras Norma se ponía de pie y suspiraba:

—Mi amor, ¡las cosas que hay que hacer para cumplir! A veces pienso que no es vida, tanto cumplido y trajín social. Créeme que lo hago por ti.

Federico, con una leve sonrisa tiesa, lo creía.

—¡Pero qué bodita más cursi! —gruñía entre dientes Charlotte García mientras agitaba una mano en señal de despedida a los anfitriones y el Mercury arrancaba de Monte Líbano hacia la glorieta de Reforma. A su lado, Pimpinela de Ovando sonreía, en el acto de deslizar fuera de los brazos sus altos guantes negros. Charlotte, con un movimiento brusco, se desprendió el sombrerito de plumas rosa y lo dejó caer al lado de Pimpinela: —Nunca comprenderé, querida, por qué este desperdicio de champagne, pavos, canapés, orquesta de violines, colas de seda, jacquets y dinero; para que luego cada quien se vaya a su casa repelando.

La avenida descendía, ondulante, recortada por un sol oblicuo, entre fresnos y cristal y piedra labrada: —Todavía se entiende que una advenediza confesa, como yo, caiga en estos holocaustos, ¡pero tú, Pimpinela! ¡Cómo puedes tolerar ese smugness, ese estar tan satisfechos de sí de todos estos nuevos ricos! Estrenando su burguesía, como si fueran los capitalistas del día de la creación. ¡Qué horror!

Pimpinela no varió su encantadora sonrisa, punto de destello de todo su físico dorado: —Recuerdo que mi abuelita decía que igual que la aristocracia porfiriana vio con horror la entrada a México de los Villa y los Zapata, ella y las viejas familias vieron entrar a Díaz y a los suyos el siglo pasado. Entonces las gentes decentes eran lerdistas. Aunque también ellos se habían hecho ricos con los bienes del clero.

—¡Me parece divino! Hay que ser leal a nuestros propios prejuicios —comentó Charlotte con una carcajada carrasposa. Sobre sus facciones, mantenidas en ese punto de elegancia sin edad por las cremas, los masajes y, sobre todo, por la actitud y la voluntad, bailaban los reflejos verdosos del Bosque de Chapultepec.

—Ponte a pensar, ¿a quién verán entrar con horror mañana los aristócratas de la Revolución? No hay remedio: Mexiquito siempre será Mexiquito. Y mientras tanto, hay que subsistir. Cuando veo a mi tía Lorenza atada a su nostalgia, creyendo todavía que don Porfirio va a resucitar y a correr con látigo a los bandidos y al peladaje... Cuando todos podrían aprovechar, como yo, esta necesidad de prestigio, de barniz aristocrático, de los nuevos peces gordos. Hay que tener un poco de sentido práctico en el mundo moderno, ¿no crees?

—Ay, Pimpi, tú eres muy lista, pero yo, que solo veo el lado estético de las cosas, ¿cómo quieres que me sienta en medio de tanto llanto de padres sentimentales y mocos de niñas vestidas de tul? Si puede uno vivir en Nueva York o en París, en el centro del mundo, con gentes que hablan y se visten como tú, ¿quieres decirme qué estamos haciendo en México?

—Masoquismo, querida —dijo Pimpinela, agrandando sus ojos de miel cristalina a la vez que bajaba la voz—, y el agradable axioma de que en país de ciegos...

—¡Eres insoportable! —gimió Charlotte y se alborotó el pelo—. Cuéntame, ¿viste al modista ese espiando la boda desde la cocina y elogiando su creación con los gatos?

—Vi algo más impresionante: a Norma Larragoiti vieja por primera vez.

—Bueno, es que con ese marido. Te imaginas el miedo de que le haga un hijo igualito a él...

El auto se detuvo frente a un bar de la calle de Liverpool. En la tarde dominical, grupos de sirvientas con las bocas pintadas como grandes cerezas húmedas, vestidas de algodón y falso terciopelo negro y mocasines de charol, se paseaban abrazadas de cabos del Ejército. Los rebozos se enganchaban en los botones militares, algunas chupaban paletas de limón, otras tarareaban canciones. Iban y venían faldas anchas de colores chillantes, permanentes ensortijados y bañados en grasa, vendedores de helados y globos.

—Basta de zoociales —suspiró Charlotte al descender.

—¿Estás segura de que estará aquí Silvia?

—Todos los domingos. L'amour, tu sais...

Un cuarteto de guitarristas suspiraba junto a la mesa donde Silvia Régules, el *mink* detenido en un hombro, presidía con los ojos fijos en uno de los intérpretes, crespo y moreno.

—¿Cómo que esto es un old-fashioned? —gritó Bobó al jefe de meseros—. ¿Me va usted a decir a mí, nibelungo, lo que es un old-fashioned? Lugar: Nassau. Año: 1942. En noches de delirio, Windsor pedía mis old-fashioneds mientras la morganática se dejaba retratar para *Vogue*.

Silvia besó las mejillas de Charlotte y Pimpinela: —Su Alteza el Príncipe —indicó, y Charlotte ejecutó un torpe movimiento de rodillas—. A los demás los conocen: la Contessa Aspacúccoli, Cuquis, Bobó...

ay, amor ya no me quieras tanto, ay amor

Cuquis trataba de meter su mano entre el dorso y el brazo del Príncipe y este —prógnata y oloroso a nardos— la retiraba con igual insistencia. Pimpinela tomó asiento al lado de Silvia, y Charlotte frente al Príncipe: —Conocí a sus augustos papás chez la Comtesse de Noailles...

—Los deplorables eventos de 1918 —suspiró, desde su escandalosa quijada, el real personaje.

—Ahora a las siete doy un cocktail en honor de Maryland Ainsworth, Soapy Ainsworth, ¿sabe usted?, y también de su caballo, si es que gana el handicap en el Jockey, y me honraría...

—Hoy la patria ancestral es presa de la tiranía roja...

—Recuerdas, Pinky, los últimos bailes, cuando tú y yo espiábamos desde el balcón de músicos... —dijo con voz nublada la Contessa Aspacúccoli.

—Liebe Zagreb!

La Contessa ingirió rápidamente el contenido de su copa: —Pinky, Pinky, todo se terminó, kaputt, es aquí el reino des épiciers et commerçants, oh damn! Voy a llorar. Hasta este lugar —por consanguinidad en tercer grado— pudo ser tuyo.

El Príncipe serbio, de pie, gruñó levantando su copa:

—Vive l'Empereur!

—Sí, se lo matamos nosotros, ¿verdad? —interrumpió Charlotte—. Pues ahora, en desagravio, le ofrezco también a usted el cocktail de Soapy Ainsworth y Tennessee Rover Boy.

—¿Quién es Tennessee Rover Boy? —arqueó las cejas la Contessa.

—El caballo de Soapy que ya ha de haber ganado el handicap, si Dios quiere.

—Desconocemos el pedigrí de su Rover Boy, querida Charlotte, pero se está usted refiriendo con el mismo aliento a la línea de Reifferscheidt-Orsini, regentes de Aquisgrán desde el año 1147 y emparentados con las más viejas familias del Sacro Imperio.

—¿Pedigrís a mí, señora? Léase su Bernal Díaz, ahí viene mi tatarabuelo, que ya era Marqués de Aguas Floridas y pariente de Moctezuma cuando los suyos plantaban betabeles en el Danubio...

La Princesa, roja al duco, regó su martini y, de pie, levantó el índice y atropelló una serie de palabras incomprensibles. Se cruzó la estola sobre los pechos, infló la nariz y, ya impotente, gritó: —¡Hija de los galeotos y forzados que cruzaron el mar con escorbuto! —y tomó con furia los cabellos de Charlotte—: ¡Te voy a enseñar las posaderas donde está grabado eso que es el lunar de Charlemagne!

Los guitarristas se detuvieron en seco y solo la augusta intervención impidió a la Contessa bajarse los calzones:

—Liebe Sophia, je t'en prie... —Con una profunda reverencia y la Contessa agitada entre sus brazos, Su Alteza se retiró.

—¡Me fregaron el romance! —se quejó Cuquis plantando su daiquirí en la mesa—. Ahora que ya me lo iba a amarrar...

—J'ai le cu de Charlemagne! —aullaba la Contessa desde la puerta del bar.

siempre que me preguntas, que dónde cuándo y cómo, yo siempre te respondo

Junior se acercó a la mesa del combate: —Buenas todos; ya vi tu royal match, Charlotte. La aludida se arreglaba el pelo: —¡Que viva el triunfo de *trade over tradition*! ¡Qué se puede esperar de gentes que desconocen las tinas de baño! ¿No olieron al Sacro Archiduque? ¡Fiuuuu! Siéntate, Junior.

Cuquis corrió a abrazar al columnista que se desprendía con evidente labor de la barra: —¡Mi ocho columnas adorado! ¡Ya me amarré a la testa real! Puedes poner que estuvieron aquí puros nobles para el suceso: el Príncipe serbio, la Aspacúccoli, Charlotte que nos ha resultado de la línea de Cuauhtémoc y yo que fui Soberana de la Primavera

quizá, quizá, quizá

—Ya está arreglado tu asunto —le susurró Silvia a Pimpinela—. Mi marido habló con esa gente y han acordado la devolución de la hacienda de Chihuahua, por el momento, y después de las otras...

—¡Silvia! Esto es tan inesperado; tía Lorenza no va a tener palabras...

—¡Tch! A ti te debo algo más, ¿verdad? —dijo Silvia y apretó la mano del guitarrista crespo y bigotón.

Tennessee Rover Boy, en efecto y a Dios sean dadas, ganó el *handicap*. Colocado por una nariz en el primer lugar, su éxito corrió en ondas de creciente entusiasmo del estrado general del hipódromo a las mesitas friolentas que, en lo alto, constituyen el Jockey Club. Maryland Ainsworth levantó ambos brazos y los arremolinó en éxtasis. A su lado, Gus y Lally sufrieron colapsos, aunque aquel, con más sentido común, salió corriendo hacia el teléfono para avisarle a Charlotte. Desde el *hall,* observaba con una mirada lejana, mientras esperaba la comunicación, a los rosarios de niñas, gordas unas, macilentas y sacrificadas otras, que corrían en parvadas nerviosas de un rincón izquierdo a un rincón derecho, a los *dandys* aburridos que se lanzaban fumarolas esquivas unos a otros, a las *demimondaines* endomingadas de violeta —vestidos, párpados, labios—, a los disecados elementos de la vieja guardia, a las señoras que se aprestaban a iniciar, lastrando las sillitas plegadizas, sus partidas de canasta uruguaya.

—¡Rover Boy! —suspiró Gus a la bocina y colgó, corriendo de nuevo hacia las exaltadas extremidades de Maryland, quien ahora lloraba: —My old mammy should have seen this! She raised Rover Boy on clover and alfalfa, she did!

—No te preocupes, chula —se apresuró a añadir Lally, sofocada—: A mí me criaron entre puras lecturas místicas, desde el occiso Platón hasta Guisa y Azevedo, dizque para que distinguiera entre las estrellas de los cosméticos y las de la cosmología, ¡dime si no es para chotearse como de por vida!

—She says she understand your feelings —tradujo Gus.

—Oh, that's sweet —lacrimeó Maryland Soapy Ainsworth, infinitamente pecosa en el atardecer azulado del valle.

—Soapy, míster So-and-So, ¡el hombre más divino de México! —susurraba Charlotte mientras conducía a la heredera del imperio jabonero de un invitado a otro. El apartamiento, forrado de seda naranja, ostentaba en las paredes retratos autógrafos de celebridades: Shirley Temple, el Dr. Atl, Somerset Maugham, Elsa Maxwell, los Duques de Windsor, Alí Chumacero y Victoria Ocampo. Los taburetes de raso diseminados como hongos muelles constituían varios núcleos de academia social: sobre uno, se sentaba Lally; sobre otro, el Junior; sobre un tercero, Pedro Caseaux. Alternaban, desde un escondido magnavoz, Jacqueline François y Los Panchos. Una corona de gardenias, con las palabras ROVER BOY escritas con nomeolvides, inundaba el salón de un triple olfato de velación, arrepentimiento y musgo fresco.

—Julia de Bulgaria —presentó Paco Delquinto a la ya demacrada y siempre muda Juliette ante el grupo peripatético de Charlotte y Soapy: —Charmed, I'm sure.

—Desde los sargónidas no se organizaba un huateque como el de San Fermín la semana pasada —comentó Pierre Caseaux, y Cuquis, a sus rodillas, suspiró: —¡Estaba el serbio! Y por más que Pichi le hizo la lucha, fue a mí a la que invitó al Te Deum del viernes. En honor de los difuntos Reyes de Montenegro, ¿sabes?

oh je voudrais tant que tu te

—En esta época la Place Furstenberg se llena de hojas muertas —sugirió Pimpinela de Ovando.

—Bueno, pero eso no le quita lo sangrón a los franchutes y lo mugroso a París —recogió la sugerencia el Junior—. Oye tú, Pimpis, que dizque la Ciudad Luz. ¿Dónde, digo yo? Ya quisieran tener la iluminación de Insurgentes para un día de fiesta. Eso está bueno para ir como yo, una vez al año, pero para vivir, México. ¿Dónde has visto en Francia tantas comodidades como hay en México? Empezando por los baños, oye, y luego las casas, y todo el nivel de vida. ¿A poco allá tienen zonas residenciales como Las Lomas o El Pedregal? No, allá puro vivir de museos y Napoleón.

les pas des amants désunis

—La señora Jaboncito dice que se ha casado siete veces y todavía no entiende por qué nunca la han embarazado —rumió con la sonrisa dentífrica Lally—; ¿verdad, suit?

—Sure, daddy makes a surplus of three million a year, tax deducted, but he likes to keep in touch with the finer arts and pays a roving culture-trailer with records and books.

—Que si eres homosexual, Gus.

—Homo sí, sexual quién sabe.

abre el balcón, y el corazón

Rodrigo Pola se acercó al visible perfume de Cuquis, quien, con el pelo caoba recogido en dos olas que partían de la sien y se agotaban, escondidas y exánimes, en la nuca, se acariciaba el occipucio, consciente de los blandos dobleces de su axila afeitada, de la redonda línea de músculo que acentuaba el contorno del seno y lo convertía en un objeto, a la vez, aéreo y grave. Junto a ella, charlaban Caseaux, Delquinto y Juliette. Rodrigo suprimió, mentalmente, toda referencia culta de su vocabulario: no había otra manera de agradar a Cuquis, pensó, pensó que era eso lo que había hecho huir a Norma; esas continuas referencias a lo que, lejos de ser un patrimonio común, resultaba la soporífera clave de un grupo de iniciados. ¿No quería tener éxito en todo lo que intentara? El éxito es asunto de pasividad, se dijo Rodrigo; basta plegarse a la ocasión, someterse a un tren de hechos automático que nadie ha puesto en marcha con inteligencia o pasión. Y además, ¡qué diablos!, resultaba pedante y poco democrático sacar a colación cuanta cita y asociación se le ocurrieran a uno. Recorría con los ojos los sabios movimientos de Cuquis, en los que alternaban una pasividad acogedora de gatita con otra tensión, reptil. Los gatos se cruzan con las serpientes y se hace el reino bovino, musitó Rodrigo al llegar, en su observación, al regazo de Cuquis.

—¿No les parece que el serbio se parece al cuero de Rock Hudson? —inquiría Cuquis cuando Rodrigo se decidió a penetrar la barrera de Miss Dior, que la abrazaba.

—¿Quién va ganando en la carrera monárquica? —dijo Rodrigo, cruzándose de piernas sobre el tapete. Intuía que la pregunta no había sido oportuna; Cuquis frunció los anchos labios con los que pretendía crearse una personalidad muy joancrawfordiana.

—Después de todo, yo te lo presenté —dijo Pierrot.

—Ay, mi ángel —contestó Cuquis y acercó los labios a los de Caseaux, agradeciéndole, sobre todo, el pie—: ¡Qué haríamos sin tu savoir faire estas tristes abandonadas de Tunaland!

—Oye, oye —gritó el Junior desde el taburete contiguo—, esos nobles estarán muy bien para darse taco, pero a la hora de que aquí está su convertible y aquí está su departamentito, ¿quién afloja la lana?

—Ay, Junior, pero si a ustedes también les conviene andar con chicas de tono. ¿A poco nomás por la buena chichi nos sacan a pasear? No te conoceré: si no hubiera ese tono distingué, ni caso nos harías.

—Oye, oye, los placeres ocultos déjaselos a los monjes —dijo el Junior lamiendo los bordes de su vaso—: ¿Quién anda con una vieja si no es para que los demás se enteren?

—¡Eres divino, Junior! —y Cuquis estiró aún más el cuello para volver a acercar sus transitados labios a los dos riñones colorados del higiénico joven.

—No hay vacilón que valga sin su séquito exterior —trató de mediar Rodrigo, conteniendo con dificultades una cita poética.

Cuquis cortó su prolegómeno de beso con una mueca de fastidio: —Oiga, señor, ya van dos veces que abre usted la boca y las dos para meter la pata. ¿Qué, usted me conoce, o qué? ¿De cuándo acá esas confiancitas conmigo?

—Nos presentó en una ocasión Norma, en casa de Bobó... —dijo, sin convicción, y sintiéndose ofensivamente ridículo en su postura de yoga, Rodrigo.

—Ah, pero si tú eres el zonzo aquel, ¡mi amor!

Rodrigo trató de suplir inmediatamente su desagradable sentimiento de reputación perdida: —Vous n'êtes si superbe, ou si riche en beauté, qu'il faille dédaigner un bon coeur qui vous aime.

Sintió que su mirada vergonzante y la actitud declamatoria de las manos no se avenían cuando Pierrot sofocó una risa histérica que pronto contagió, sin sentido, a Cuquis y al Junior. Los tres se pusieron de pie y fueron a sentarse en un rincón oscuro de la sala.

que yo también, tengo una pena muy honda

Como un pez ojeroso surgido del fondo de un acuario, surgió Natasha de ese rincón oscuro, desalojándolo en beneficio de la tertulia Cuquis-Junior-Pierre. Había en la vieja sapiencia de sus ojos un sentimiento, más que de recuperación, de afanoso verter de su mundo acumulado sobre nuevas cabezas. Aquella doble imagen —suntuosa una, amortajada la otra— de los viejos y primeros tiempos de Cuernavaca se había resuelto en una sola: la efigie calcárea, ahora, se había impuesto a la de carne, y pugnaba por apoderarse de todo el cuerpo de la mujer. Rodrigo sintió sobre su mejilla un colorete rasposo y dio la cara a los labios llenos de una pintura anaranjada de dos tonos:

—¿Me permites una cita? No, no digas nada; ya sé que aquí eso es, ¿cómo decir?, poco democrático, ¿no? No importa; escucha, hay impertinentes y hay fatuos; ... alguien... dijo que el impertinente es un fatuo exagerado. El fatuo cansa, aburre, disgusta y enfada; el impertinente enfada, irrita, ofende: él comienza donde el otro finit... acaba.

Rodrigo observó con melancolía el alto cuello de terciopelo y el turbante de plumas de garza de Natasha; su rostro brillaba, entre los extremos verde y rosa, como la única luna antigua y demacrada de la creación.

—¿Y cuál cree usted que soy yo, señora?

Natasha puso los ojos en blanco y formó una arrugadísima «O» con los labios:

—¡Usted! ¡Usted! Solo un mexicano piensa en seguir hablando de usted a una mujer desconocida que se acerca a decirle una preciosa frase de La Bruyère. ¡Usted! ¡Siempre esa cortesía! ¿Que qué cosa eres tú, mi amor? Mira a tu alrededor. Basurero dice a ensaladera: yo también soy ecléctico.

Natasha acercó un largo cigarrillo ruso al pecho de Rodrigo, en su pose favorita de solicitud de fuego. No entendió hasta que Natasha, con un gesto de impaciencia, subrayó su intención y Rodrigo, torpemente, hurgó en sus bolsillos hasta encontrar unos Clásicos. La pose de Natasha no varió:

—Todo es cuestión de alas, querido. Con alas: mariposa. Sin alas: gusano. Voilà! Convídame un drink.

Con gran ceremonia, Rodrigo tomó el brazo de Natasha; la mujer crujía al levantarse del taburete. —On n'est pas ce qu'on était... —suspiró mientras guiñaba el humo fuera de sus ojos glaucos, dos vasos de sombra irrespirable. La pareja caminó hasta el bar; Charlotte había apagado casi todas las luces, y Cuquis besaba al Junior mientras Pierrot ofrecía sus comentarios a la técnica oscular empleada y Lally le acariciaba la cadera a Soapy Ainsworth y Bobó comentaba, observándolas, las ventajas de la ambigüedad. Juliette, como acostumbrada a una ceremonia que a fuerza de juzgar siniestra le era ya indiferente, escuchaba la catarata verbal de Paco Delquinto. Natasha chocó su vaso con el de Rodrigo. —Cheers!

La cara se le iba palideciendo con cada nuevo sorbo. —Sabes, querido, déjate crecer las alas. No te salen, parece que... te las cortan a cada ratito, o te las dejas cortar, ¿quién lo sabe? Am I right?

Mientras mamaba, con una delectación intensa en la que el alcohol y la compañía inesperada conspiraban, los popotes de su manhattan, Rodrigo asintió. No quiso interrumpirla. Su cuerpo comenzaba a fundirse con la fiesta; sentía los muslos adormecidos, la nuca excitada; y Natasha, sobre el banquito del bar, le recordaba —no sabía por qué— alguna escena invertida de *El ángel azul*. La mujer comenzó a cantar, en voz baja, con una cuerda pastosa,

Surabaya Johnny, warum bist du so roh?
Du hast kein Herz, Johnny und ich liebe dich so

Ella un Emil Jannings femenino, y él una Marlene azorada; lo pensó y se enrolló el pantalón sobre una de las piernas: Natasha se llevó las manos a los ojos mientras su canción se le atrofiaba, quebrada, en risas

Du hast kein Herz, Johnny und ich liebe dich so

Rodrigo tomó la mano de la mujer y la besó; ella pasó la muñeca sobre la nuca fría y excitada. Pidieron más copas.

—¿Sabes que eres muy cariñoso y dulce? Lo sé, querido, no lo digas: aquí es muy difícil. Todas las mujeres

mexicanas de nuestra clase son unas beatas hipócritas frun-
cidas o unas putas baratas. Quieren seguridad o manoseo, pero no una relación... ¿humana? Il faut savoir mener
les choses, ¿sabes?

—¿Y quién tiene la culpa?

—Los hombres mexicanos, bien sûr. ¿Qué cosa decía la
monjita esa? «Hombres necios», etcétera. Ellos quieren
que las mujeres sean beatas o putas, algo definido que no
los obligue a gastar mucho la imaginación. ¿Y qué más?
¿Te lo digo? Écoute: no hay quien me pare de hablar mal
de México. ¿Nuevos ricos que no saben qué cosa hacer con
su dinero, que solo tienen eso, como un caparazón de bi-
cho, pero no todas las circunstancias, cómo se dice... de
gestación que en Europa hasta a la burguesía le dan cierta clase? Claro, la burguesía en Europa *es* una clase; es
Colbert y los Rotschild, pero es también Descartes y Mon-
taigne; y produce un Nerval o un Baudelaire que la re-
chacen. Pero aquí, querido, es como un regalito imprevisto
para unos cuantos, on ne saurait pas se débrouiller... No
hay, cómo se dice... ligas, se trata de una casta sin tradición,
sin gusto, sin talento. Mira sus casas y, ¡sale marmite!, sus
ajuares; son una aproximación a la burguesía, son toujours
les singes... los changuitos mexicanos jugando a imitar
a la gran burguesía.

Natasha soltó una carcajada y bebió el contenido de
su copa: —¡Y los intelectuales! Chère, chère, son a la inteligencia lo que la saliva al correo, una manera, tu sais,
de pegar la estampilla. Quieren prestigio y consideración,
querido, et ça suffit; no quieren a las ideas ni a la obra ni
a la pasión que lleva crearlas; nada más quieren estar en la
vitrina; su conversación es triste cuando no es pomposa,
su aspecto es feo, ¿sabes?, en el mal sentido, feo sin personalidad o grandeza, feo como la halitosis o las legañas.

En fin... ¿sigo? Esos periodistas que con una mano rezan a la Guadalupe y con la otra reciben mordidas, porco Dio! Una persona de inteligencia mediana tiene derecho a leer algo más que anuncios de cine en los diarios. ¡Este país está más lejos del mundo que... que Júpiter! Todos con un set de ideas prefabricadas para sentirse, ¿cómo se dice?, personas justas y honorables que están del lado de la razón, buenos mexicanos, buenos padres de familia, buenos nacionalistas, buenos machos, ça pu, mon vieux! ¡Pero qué tristeza! Oye, y los pinches curas de México, y el pin-chí-si-mo catolicismo mexicano. ¡Pero qué tomadura de pelo, viejo! Pero si esto es grave, querido, si ser cristiano de veras —o budista de veras, si tú quieres— es un problemón... ¿cómo dices?... de la tostada, tu sais. Il faut avoir... unos riñones de acero. No es cuestión de mandar a las niñas a un colegio de monjas a aprender vergüenza y mezquindad, no es prohibir que se critique al papa a la hora de la comida y llorar ante una postal del Vaticano, ni siquiera de dar mendrugos o darse golpes de pecho para sentirse con buena conciencia, ¡ser cristiano es como agonizar tous les jours, ¿sabes?, y resucitar todos los días y sentirse al mismo tiempo la mierda más grande y el ser más bendito cuando se tiene que pedir perdón en serio y ser humilde de verdad! Lástima que el rito católico sea más impresionante que sus dogmas.

—¿Por qué vives en México? —Rodrigo quería reír y guiñar un ojo, solidarizarse tácitamente con lo que decía, desde la espuma anaranjada de sus labios, Natasha, pero se sentía realmente ofendido por las frases de la mujer.

—¿Por qué *vivimos,* chérie? ¿Por qué vivimos en una ciudad tan horrible, donde se siente uno enfermo, donde falta aire, donde solo debían habitar águilas y serpientes? ¿Por qué? Algunos, porque son advenedizos y aventureros

y este es un país que desde hace treinta años le da prioridad
a los aventureros y advenedizos. Otros, porque la vulgaridad y la estupidez y la hipocresía, comment dire?, son
mejores que las bombas y el campo de concentración.
Y otros... otros, yo, porque al lado de la cortesía repug-
nante y dominguera de la gente como tú hay la cortesía
increíble de una criada o de un niño que vende esos mismos diarios enmerdeurs, porque al lado de esta costra de
pus en la que vivimos hay unas gentes, ça va sans dire,
increíblemente desorientadas y dulces y llenas de amor y
de verdadera ingenuidad que ni siquiera tienen la maldad
para pensar que son pisoteadas, comme la puce, hein?, y
explotadas; porque debajo de esta lepra americanizada
y barata hay una carne viva, ¡viejo!, la carne más viva del
mundo, la más auténtica en su amor y su odio y sus dolores y alegrías. Nada más. C'est pour ça, mon vieux. Porque
con ellos se siente uno en paz... y allá, en lo que dejamos,
está lo mejor de lo que ustedes creen que es lo mejor, pero
no lo mejor de lo que ustedes creen que es lo peor. Ça va?
    Rodrigo permaneció unos instantes con los ojos per-
didos en el fondo de una botella vacía. ¿No le quería decir Natasha lo mismo que Ixca: escoge, escoge tu mundo
y no des más la cara a las ciudades de sal? Levantó la vista: —¿Paul Gauguin en cruzada otra vez? ¿Otra vez la búsqueda del buen salvaje y el color local y el candor primi-
tivo, ahora entre los limpiabotas totonacas y las cocineras
descendidas de la sierra de Puebla?
    —Puede que sí, mi amigo. Por lo menos a nosotros nos
queda siempre eso: la posibilidad de s'enfuir, de buscar
el là-bas, El Dorado fuera de nuestro continente. ¿Pero ustedes? Ustedes no, mon vieux, ustedes no tienen su là-bas,
ya están en él, ya están en su límite. Y en él tienen que escoger, vero? —Natasha sonrió con una explosión cálida

que quería comunicar a Rodrigo un sentimiento verdadero de interés y preocupación—. Para ti no debe ser difícil. Déjate crecer las alas de un color o de otro. Es tan fácil. Cuestión de dejarse llevar, en uno de los casos, hein? Mira a tu alrededor. ¿Crees que existe en ellos algún escrúpulo moral, o por lo menos la idea de que no tienen ningún escrúpulo moral? Fíjate qué fácil, mi amigo, fíjate nada más...
—La voz de Natasha se iba alejando, con su cuerpo, con sus manos, de Rodrigo y del pequeño bar; las sombras de la fiesta, más profundas, por elaboradas, que las sombras nocturnas de un bosque perdido, se la tragaron: Rodrigo fijó hasta el último segundo los ojos en la luna escuálida y después quedó solo, mientras los ruidos y las voces y las invitaciones y el tedio volvían a zumbarle, a rezagarlo, a apartarlo del lugar central.

Ixca Cienfuegos camina a través del viejo mercado Juárez hacia el cuartito de Librado Ibarra en la calle de Abraham González. Atraviesa los puestos, vacíos después de la compra de la mañana, donde los vendedores se han sentado a consumir algunas sobras de carne resinosa y hierbas entre el olor penetrante de pollos degollados y sangre de huachinango que tiñe los pisos y se mezcla con los ríos de agua jabonosa que las mujeres gordas, de pelo envaselinado y verrugas negras, hacen volar de sus cubetas, entre aullidos de perros, mientras las otras mujeres, las recogidas y quietas, no dejan de contar los manojos de tomillo y mejorana, laurel, orégano y epazote, de perejil y hierbabuena y manzanilla que les sobraron, antes de emprender el regreso a las delegaciones, a Contreras, a Milpalta y a Xochimilco, a esperarse junto a la parcela mínima para regresar con más manojos escuálidos al día de plaza. Se deja escuchar alguna guitarra perdida; la modorra la arrastra, con dedos de siesta, y los pajarillos en venta, cubiertos por un trapo, ya no chirrean ni mueven las alas. Los cuerpos van cayendo pesados, sin postura fija, bajo el sueño. Van a dar las cinco de la tarde. Un gran silencio desciende sobre el mercado. El sol de la tarde hiere los ojos de Cienfuegos. Comienzan a alzarse, por todas las calles y las plazas, los tonos compungidos del organillo callejero. Algunos chamacos se unen al organillero y cantan las canciones tradicionales   rayando el sol me despedí   peregrina de ojos claros y divinos   y Cienfuegos busca el número

correcto de Abraham González, penetra el largo patio de ma-
cetas abandonadas y asciende por una escalera crujiente al se-
gundo piso.

LIBRADO IBARRA

—¿Difícil hablar de Federico Robles? ¡Qué va! Difícil hablar de uno mismo, o de los demás cuando hay amor o hay odio de por medio. ¡Qué va! Con Robles no hay nada de eso. Es como sentir odio o amor por un encabezado del periódico, por algo que está allí, nomás, parte de otra cosa que a uno ni le toca.

—Sí, creo entender lo que me dice —intervino Ixca Cienfuegos—. Aunque veo que a usted sí le ha tocado de cerca.

—¿Por esta pata? ¡Qué va! Eso me lo hizo una máquina, no Federico Robles. No, quiero decirle que a mí mi propia experiencia me sobra y basta, que estoy contento de lo que he visto y vivido, y menguada la cosa que Robles le puede hacer a eso. Verá usted: yo conocí a Federico en la escuela de Derecho, cuando los dos tendríamos unos veinticinco años. Federico era secretario de un general, y yo un pasante con tantas ambiciones, si no más, que Robles. No es ese el problema, ya ve usted. Puede que Federico haya hecho lo que yo no pude hacer. Puede que yo haya hecho lo que Federico no pudo hacer. Pero ahí nos tiene a los dos, de veinticinco años, los dos estudiantes pobretones, con el mismo México por delante. Obregón en la presidencia y una bola de jóvenes como nosotros, llenos de ambiciones. Seguros de que ahora empezaban las cosas en grande. ¡Cómo nos fregamos macheteando, amigo!

Esas noches largas de noviembre y diciembre (el olor a castaña asada, ¿sabe usted?) en un cuartito mierda de Doctor Vértiz, lleno de humo y tazas de café repletas de ceniza, sobre el Civil de Planiol y el Constitucional de Lanz Duret, hasta que la cabeza nos zumbaba y los ojos los sentíamos a puro huevo cocido. Qué cosa serán esos lazos que se forman en la escuela, en esas noches desveladas, que después las gentes no se pueden volver a ver. Como que hay una entrega excesiva. Como que el otro se entera de la manera de pensar de uno, de todas las debilidades que cada quien trae dentro, ¡hasta del modo de mear! Y esto como que no lo aguantamos mucho nosotros, ¿no se le hace? Como que hay que guardar siempre las distancias, porque si no parece que se anda uno entregando demasiado. Así somos, mi estimado, ¡qué le vamos a hacer! Yo me conozco al dedillo al tal Federico, igual que él a mí. Solo que él está donde puede jorobarme y yo donde me expongo a que me joroben. Total, que a veces hace hambre, ¿se da cuenta?, y ahí sí ni modo, hay que bajar la testuz. Pero entonces estábamos los dos igualitos, al mismo nivel. Esto de ser secretario de un general estaba muy bien como experiencia, pero no dejaba mucha mosca por el momento. Y yo litigando asuntos civiles de a cuartilla. De manera que andábamos los dos de café de chinos y putas del Dos de Abril, comprando libros usados en la avenida Hidalgo y todas esas historias. ¿Le decía que hasta la manera de orinar le conocía? ¡Qué va! Me quedo corto. ¡La de veces que compartimos a la misma vieja en la misma cama! ¡Ah qué caray! Ya ve usted.

Librado Ibarra se rascó la calva y guiñó sus ojos bulbosos, de cebolla frita. En el estrecho cuarto de Abraham González, la luz penetraba a través de unas ventanas llenas de macetas de porcelana y cachitos de vidrio. Con la pierna enyesada, Ibarra trataba de acomodarse en la cama y, de vez en cuando, lanzaba un escupitajo al artefacto de cobre. En la incómoda postura, su pequeña y redonda barriga resaltaba como una cacerola mal avenida con la lividez escuálida de su cuerpo. Un aguamanil, un ropero antiquísimo, la silla de madera despintada sobre la cual se sentaba Cienfuegos, un buró con losa de mármol. Era todo.

—Pues sí, los dos igualitos, con los mismos caminos por delante. Era cuestión de escoger. Sí, se dice muy fácil. Todo estaba por hacerse, y uno tiende a irle a la segura, claro. Pero en esos días ¿cuál era la segura? Faltaba conocer los nuevos caminos del éxito. Parecían ser todos. Todo estaba por hacerse, sí señor. Íbamos a empezar en cero a construir a México. ¿Qué camino no ofrecía posibilidades? Fíjese: los nuevos Gobiernos atraían a todos, a los obreros, a los campesinos, a los capitalistas, a los intelectuales, a los profesionales, ¡hasta Diego Rivera! Al revés de los científicos de Díaz, que se habían organizado de arriba abajo, la Revolución primero se atraía a todas las fuerzas vivas del país. Esa era la situación cuando Federico y yo teníamos veinticinco años: oportunidades en todos los sectores, ¿ve usted?, promesas para todos. Para eso se había hecho la Revolución. Iban a tener las mismas oportunidades el obrero y el campesino y el abogado y el banquero. Sí, cómo no. En fin, así lo creíamos entonces. Era cuestión de escoger y aventarse, mi distinguido. Al fin y al cabo aquí la gente se hace de prestigio gracias a sus errores. En la escuela el maestro Caso hablaba mucho del empirismo inglés. ¡Qué va! Aquí les damos mate a cualquier hora. Pero entonces, pues no veíamos así las cosas. Yo dizque iba a especializarme en Derecho Agrario, por el porvenir que esto ofrecía para un joven de talento. Mandé a volar el bufete donde estaba y me lancé a ver cómo funcionaba la cosa. Federico ya iba por otro rumbo. En cuanto se recibió, el general le dejó muy buenos negocios. Figúrese: se enteró de que unos porfiristas arruinados y además mensos vendían varias manzanas del centro a la quinta parte de su valor. Luego luego fue Federico a proponer la venta de los terrenos, que ni siquiera eran suyos, a tres veces su valor real a unos banqueros gringos. Como los banqueros le cicatearon al precio, Robles se consiguió un cheque falso del general por cinco veces el valor de los terrenos, dizque para uso del Gobierno. Los gringos capitularon, le pagaron los terrenos al precio que pedía Robles, y después Federico fue a hablar por primera vez con los porfiristas y se los compró a la quinta parte de lo que valían. Y yo, ¿que qué me encontré, señor? Pues que los ingenieros mandados a las viejas haciendas eran asesinados por los pistoleros de los hacendados que actuaban a sabiendas y a veces con el apoyo del cacique local. O que donde se hacían las distribuciones de tierra, el cacique armaba a los campesinos, se hacía de su ejército privado y explotaba las tierras igual que antes. O que los hermanos y tíos del Gobernador resultaban pobres indios titulares de una parcelita tras otra. Ya ve usted. Para qué le hago larga la historia. Me retaché a México, y después de aquella experiencia solo quería vivir en la ciudad y ni oler algo que tuviera que ver con el campo. Venía impresionado, mi distinguido; ¡la de veces que tuve que salir corriendo de un latifundio, sospechoso de ser espía del Gobierno! Aquella fue muy mala vida. Así que llegué y me casé con la primera que me encontré. Una chiquilla feúcha y flaca —que al fin y al cabo yo no soy Jorge Negrete, amigo—. Con la que me imaginé —¡mire usted, a esa edad!— que podría uno envejecer tranquilamente. En el bufete me mandaron al carajo, pero un sindicato me dio chamba de abogado. Pues ahí tiene usted a todos los profetas del proletariado con su casota en Cuernavaca —¿a qué horas, mi estimado, a qué horas? eso se llama ser el gaucho veloz— dándoles fiestas a las coristas y a uno que otro aristócrata del viejo régimen, y uno de idealista que va a dar con sus huesos a las Islas Marías. Con los comunistas, con los líderes honrados, con los chamacos de las juventudes socialistas, con uno que otro vasconcelista taimado, sí señor. Ahí me tuvo usted hasta el año de 34. Y mi feúcha clavada aquí; apenas la saboreé, y ¡pácatelas!, el trancazo. Ni tiempo de hacerle un hijo. ¡Ah, qué caray! Esos fueron para mí los frutos de la Revolución —si es que la Revolución y el Jefe Máximo eran la misma cosa—.

Librado se rió quedamente y acercó un pañuelo a la nariz. En medio del estruendo, preguntó: —¿Y Federico Robles? Pues ahí lo tiene usted con los fifís de Sanborn's todas las mañanas y después, con lo que sacó de su primer negocio, comprando establos en Toluca. Luego se salió de eso y me dijo que en el campo mexicano no había nada que hacer, que eso quedaba fuera del mercado en virtud de las leyes agrarias, sobre todo ahora que iba a ser Presidente este Cárdenas, que era un hombre de cuidado, y que los caciques que andaban metidos en el asunto iban a acabar mal; que ahora la tierra que valía era la de la capital. Luego se fue al Norte —¿esto no lo sabía usted, verdad?, bien que se lo ha guardado— y estuvo metido en unos garitos de Baja California. Creo que la hizo de todo: de mandadero y conseguidor, con tal de conocer gringos y quedar bien con los meros meros. Cuando regresé de las Islas, me lo encontré al frente de una compañía de fraccionamientos en sociedad con unos gringos y con políticos mexicanos. Acababan de comprarse loma y media a cuartilla. Lue-

go fue de los primeros en construir casas de apartamentos.
La segura, ve usted. Para 1936 ya no había quien lo para-
ra. Dinero llama dinero, amigo, y esos gringos le tuvieron
confianza, lo pusieron de abogado consultor en sus compañías, después en los consejos de administración, después
ya pudo él solo alzar el vuelo y meter su dinero en empresas propias. Para prestarlo ¡qué olfato tuvo! Se dio cuenta
de que para la agricultura no había un centavo disponible,
que ahora todo era predio urbano, comercio, industria, y
todo en el Distrito Federal. Fue de los primeros en dar crédito en gran escala para la industria de la construcción.
Y mientras tanto los terrenitos sube que sube, las rentas
de los apartamentos también —y si no, a tumbar este y
construir otro—. La ciudad crece y crece, amigo, y él con
ella. Ya ve usted esto retacado de gentes del campo que
vienen aquí porque aquí hay trabajo en la construcción y
al campo ni quien le haga caso. Y los demás de braceros.
O la bola de familias que pasan de la aristocracia de Ori-
zaba y Mazatlán y de donde usted quiera a la clase media
de la capital, creyendo que aquí van a hacer fortuna rápida y acaban de mecanógrafas y de pequeños comerciantes.
Robles, siempre a la segura. En política, contactos con los
gringos, pero también, en tiempos de Cedillo, con los Camisas Doradas y los nazis, por si las moscas. ¡Ah, qué caray!
Viajes a los Estados Unidos, y una esposa popoff, y todas
esas cosas que dan prestigio. Se ha sabido manejar bien,
cómo no. ¿Y yo? Pues cuando regresé de las Islas me encontré a mi pobre feúcha bien amargada, y no era para menos.
Andaba bien desconectado, pero al fin Feliciano Sánchez, mi
amigo de aquel sindicato, me consiguió chamba en Educación y me mandaron a promover dizque la aplicación del
artículo tercero. Usted ya sabe lo que fue eso, y allí anduve. Ni modo de llevar a mi mujer conmigo, mi estima-

do. A una profesora de Villa de Refugio la agarró una gavilla de bandoleros pagados que la arrastraron de cabeza sobre un pedregal hasta dejarla hecha trizas. A otra le cortaron las orejas, a otros maestros los ahorcaron y les quemaron los pies. Siempre los caciques, señor, los caciques y los curas. Esa fue la educación rural. Ya ve, empezamos igual, todo parecía ofrecer grandes oportunidades. Debía haberlas ofrecido más todo aquello por lo que se hizo la Revolución. La tierra, la educación, el trabajo. Pues ya ve usted cuál fue mi experiencia. En cambio, lo seguro era otra cosa, a lo que le fue Federico Robles. Para eso se hizo la Revolución, pues. Para que hubiera fraccionamientos en la ciudad de México.

Ibarra comenzó a reír con grandes carcajadas; no carcajadas justificadas o comprensibles, sino grandes ráfagas semejantes a un llanto disfrazado, y que con cada onda crecían, oleaje de ruidos guturales, hasta parecer infinitas e incontenibles.

—¿Y mi feúcha? Pues imagínesela. ¿Cómo le iba a hacer para conseguir dinero mientras yo andaba dando de tumbos? Feliciano Sánchez, mi amigo del Sindicato, le tuvo lástima y se la llevó a su casa y ella, claro, tuvo que corresponderle en especie. ¡Ah, qué mi feúcha! Pero no le guardo rencor. Total, era exigirle demasiado. Ahora me ha venido a visitar, ahora que he estado enfermo. A Feliciano lo mataron un 15 de septiembre: la ley fuga. Por andar de bochinchero en el interior. Pero mi feúcha prefirió quedarse con los hijos que le dio Feliciano. Ahora sí está vieja, y cuando recuerdo que al casarme pensé en que envejeceríamos juntos... Se necesita alguien que envejezca con uno, no crea usted. Todo lo que se pueda compartir no se pierde, sino que es como si se tuviera dos veces, ¿no se le hace? ¡En fin! Yo regresé a Educación, y allí estuve hasta hace poco de burócrata. Mire lo que son las cosas; hasta el obrero tiene hoy más defensas que el burócrata. La clase media está más amolada que el pueblo, mi estimado, porque tiene ilusiones, y más que ilusiones, tiene que mantener las apariencias. Tiene que aparentar cierta decencia en su casa, en su comida, en su ropa. No puede andar de huaraches y calzón de manta. Y no le alcanza, de plano. Vivimos en una sociedad de libre empresa, señor, y las gentes que viven de eso se van para arriba, pero la clase media se queda en donde está. Con ese trabajo sórdido, rutinario; en fin, para qué le cuento... A mí un día me entraron ganas de quemar todos los archivos y no volver a ver un papel empolvado en mi vida. Catorce años metido allí, señor, y todos los días lo mismo, el mismo trabajo sin utilidad para nadie, el mismo camión Cozumel de bancas duras, el mismo cuartito, el mismo no tener qué hacer después del trabajo, salvo buscar a una mujer, o meterse a una tanda doble en el Cine Colonial. Y a las ocho del día siguiente, otra vez marcando una tarjeta. ¡Ah, qué caray! Mientras que Federico Robles... Pues quién no iba a doblar la nuca, dígame nomás. Con un sueldo de seiscientos pesos al mes. ¿Y a quién conocía yo en la nueva plutocracia sino a Federico Robles? Allí acabé, como usted sabe, prestándome a un chanchullo jurídico, aportando tres mil pesos que ni eran míos para hacerme socio de una S. de R. L. en apariencia y en realidad servir de capataz a una bola de infelices en una fábrica mal montada con maquinaria anticuada y defectuosa. Todo para evadir la ley. Aquí me tiene, pues. Habla usted con el brillante especialista en Derecho Obrero.

Ibarra inició otra carcajada infinita. Cienfuegos, desde su silla, sonrió.

—Ahora Robles me habla de «usted», ¡hágame el favor! Pero no, no es eso lo importante. Lo importante es que cada quien vivió su vida ¿no?, y que allá quedó él y acá abajo yo, dos vidas, nomás, dos ejemplos. Pero ni quien se queje, ¡qué va!

Antes de volver a sonarse, Ibarra gritó: —¡Ignacia! ¡Ignacia!... Es la criadita del edificio, amigo. De esas indias bonitas. Mire: ¿no le importa comprarme unos Monte Carlo y una Pepsi en el estanquillo? Se lo voy a agradecer. Aquí tiene... hombre, no faltaba más, ¿por qué me ha de convidar usted? Hombre, muchas gracias.

El sábado al filo de las diez de la noche la puta barata entra en una lonchería de San Juan de Letrán y pide una torta compuesta de chorizo y puerco con una taza de café. Mientras engulle, se mira en el espejo del lugar y saluda con tres dedos nerviosos a otras mujeres que, con rapidez, comen allí o se untan saliva en las carreras de las medias o fruncen los labios frente a un espejo de mano sin dejar de hablar. Todas son «mañas» y en el lugar las conocen y cuando andan muy amoladas les regalan algo de comer, pero la que come la torta de chorizo y puerco no se mezcla con las otras; las otras creen que lo hace por apretada o por nueva en el oficio, pero ella sabe que le cuesta contar las mismas mentiras, inventar, como todas, que viene de Guadalajara y que tiene un viejo al cual mantener y que un político la encontró con su viejo y la golpeó; le cuesta inventar esas aventuras que rompan un poco la monotonía sin fechas de lo que solo es su trabajo, sin excusas, sin madre vieja, hijo recién nacido o hermano tullido que mantener, por el puro gusto de ser puta, porque trabajar de criada o dependiente de almacén la aburre y ahora hasta de puta se aburre y cree que va a poder dormir toda la mañana y a las once del día ya está despierta y aburrida, contando las horas hasta las diez de la noche para llegar a la lonchería y comer su torta y subir al hotel cabaret y ver si le regalan otra torta y después esperar y hacer como que baila y pedir un agua pintada tras otra y despachar al cliente en diez minutos. Se arregla la cola de caballo, se polvea los pómulos oscuros y sale a la calle, con la mi-

rada clavada en la acera por donde caminan los hombres de camisola y pantalones bombos y algunos jotos descarados que se acercan a cabos del Ejército y no sabe que el aire delgado y el vapor que asciende de las aceras y el cielo cargado que araña las azoteas pelonas y los avisos luminosos y todo el perfil quebrado de la ciudad quieren acariciarla y hacerla suya, gota viva de la ciudad, y llevarla hasta el origen de la misma ciudad y todos sus habitantes, que es donde la ciudad y todos sus hombres y mujeres dejaron su sabiduría: así piensa Ixca Cienfuegos cuando, en la esquina de Mesones, ve cruzar a la puta barata que no levanta la vista de la acera y camina con un contoneo impuesto que ya es su meneo natural. Entonces Ixca Cienfuegos va arrastrando los pies por las calles, al lado de la puta barata que para la trompa y se detiene y se clava las manos en la cintura regordeta y mal fajada. «Si no compras no mallugues, mano». Y se pierde por un costado de Vizcaínas. En Niño Perdido, Cienfuegos entra en una cantina de humo bajo y voces dominadas por el guitarrón y la corneta que rasga de cobre todas las gargantas y el ir y venir de chicharrones colmados sobre bandejas de latón hasta la mesita donde Beto, con las mangas enrolladas, se abraza al cuello largo y negro de Gabriel y contesta con aullidos las voces gangosas y perdidas del mariachi.

MACEUALLI

¡Ay ay ay ay ay! Las olas de la laguna
—¿Qué hay, Beto?
—Pos ahi...
—¿El negocio?
—Ahi nomás...
—¿Y tu amigo?
—Es Gabriel.
—¿El que se fue de bracero?
—¿Cómo...?
—Teódula me lo contó.
—Pos a poco.
¡Ay ay ay ay ay! unas vienen y otras van
—Oyes, que el señor aquí es amigo de la viuda Teódu-
la, Gabriel.
—Pos sí.
—¿Qué tal te fue por allá?
—Pos ahi, cómo le diré...
—¿Se toman algo?
—Pa' luego...
¡Ay ay ay ay ay! unas van para Sayula
—¿Tequila?
—Ahi usté dirá...
—Esto debe darles nostalgia por allá.
—¿Cómo?
—Que en los Estados Unidos deben extrañar su tequilita.

—Extrañar el tequila. Pos luego.

—Bueno, ¿por qué te fuiste de México, Gabriel?

—Pos eso sí quién sabe.

—¿No encontrabas trabajo, o qué?

—No; usté sabe cómo son las cosas, que si esto, que si l'otro...

—¿Se sirven las otras?

—Pos luego...

¡Ay ay ay ay ay! y otras para Zapotlán

—La vida es dura en México, Gabriel.

—Usté dirá, patrón.

—¡Qué patrón! Soy tu cuate, Gabriel, igual que Beto.

—Usté dirá...

—¿De qué barrio eres?

—Ahi... este, del rumbo aquel... de por allá...

—De Boturini, señor, Boturini y Jamaica es nuestro cantón.

¡Ay ay ay ay ay! allá va mi corazón

—Pero hombre, no seas desconfiado.

—No, si desconfiado no.

—¿Entonces?

—La mera verdad...

—Órale, Gabriel. El señor es jalador.

—Pos la mera verdad, la mera verdad que cuesta echar labia así de repente y la mera verdad que aquí vinimos a otra cosa...

—¿La que sigue, Gabriel?

—Pa' luego. Oyes Beto, ¿y el Tuno?

—Que luego se descolgaba.

—Está suave.

¡Ay ay ay ay ay! sobre una viga nadando

—Me imagino que en los Estados Unidos, las circunstancias...

—Oyes, ¿qué le pasa al Tuno?

—Que al ratón, te digo.

—¿No que no?

Gabriel lanzó un chiflido agudo y el joven de pelo hirsuto y camisola de manga corta hizo un guiño y se abrió paso entre el humo y los mariachis y las cabezas gachas.

—Jaya boy!

—¡Ah qué Tuno más jijo!

—Aquí el señor...

—Gusto, míster.

—... el señor es jalador, Tuno.

—¡Aaaaaah! Nomás luego no se me chivié... Jaya boy! ¡Desde El Ei!

—¡Desde El Ei, Tuno! Ah que la chingada.

¡Ay ay ay ay ay! ¿qué dice ese amor engrido

—¡La cuenta! Bueno, los dejo.

—Ándele nomás, señor.

—Gracias, patrón.

—Bisiña, míster.

¡Ay ay ay ay ay! con el que me estás pagando?

—Voy voy, qué olorosos y perfumados nos estamos poniendo.

—No te la jales, Tuno. Es amigo de la Teódula.

—¿Y eso?

—Es cliente, y jalador. ¿A poco no, Gabriel?

—Ese es puro apretado.

—N'hombre, jala parejo.

—Puro apretado. Que si te va bien, que si te va mal; luego luego a tenerle compasión a uno.

—N'hombre, es buena gente.

—Qué buena gente ni qué la pinga. ¿A poco cree que así nomás suelta uno lo que trae dentro? ¿Qué chingados va a entender?

—Seguro, Gabriel. No hay que andarse dando, chur.

—Seguro. Solo con los cuates, como tú y Beto...

—Y a veces ni así.

—Y a veces ni así.

—Seguro, mano.

—¿Qué anda averiguando? Pos a poco le iba a contar algo nuevo.

—¡Las otras!

—Seguro. Unas que me sepan suaves. ¿A poco? Ahi están, luego luego, que si fueron a la escuela, que si saben leer, que si la chingada... Salud.

—Yurai.

—Seguro, Gabriel.

—Ya ven lo que son las cosas; ¿quién va a andar recordando a cada rato? Bastante jodido anda uno para que encima...

—Ni hablar, bróder.

—Ya ves mano, ni quien se queje. Ahi empecé en la peluquería esa, no estaba tan peor, ¿a poco no? Pero no, tienes que salirte de lo seguro, ir a buscar por ahi, de metichi. Ni modo, mano.

—¿Quién se queja?

—Otros andan con suerte, Tuno, Luego luego les cae el gordo. Se arman con lo que sea. Ni modo.

—¡Ya estaría!

—Ni quien diga nada. A cada quien le va asegún quiere Dios, ¿a poco no?

—Ni modo.

—Pero al cabrón que le va bien, ni quien le diga nada. Pa' qué's más que la verdad; a mí tampoco me dijeron que si haz esto o haz l'otro; pero nomás había que verlos —¡a los viejos, mano!— para saber que como que estaban ahi nomás, esperando que hicieras algo. Luego, como eres el mayor y los hermanos se murieron y las viejas no sirven para nada y los jefes cada día más encogidos y dados a la desgracia, pues ni modo.

—Seguro. Ni modo.

—De chamaco las cosas son de otro modo. Nomás te andas paseando, buscando a ver qué encuentras. Te salen perros al paso, que conocen el cantón mejor que tú, y tú nomás te dejas llevar. Como que toda la colonia es tuya, todos te saludan y te convidan a jugar rayuela, mano. Pero ay jijos, apenas te ven la cara de machito, y luego luego empiezan las caras feas.

—No les vayas a comer el mandado...

—Las viejas, la lana, todo les da desconfianza, Beto. Luego luego te las esconden. Y luego te sale al paso un matoncito de esos, nomás para probarte, y ahi sí ni modo...

—Segurolas. Que no se te frunza.

—Abusados. Nomás andas mirando p'alante y p'atrás, a ver si a l'hora de l'hora no te salen con una navaja. Y te joden si quieren, Beto. ¡Son más buenos para meter chisme! Y como ven la manera de arrimarse a los meros meros y estar listos para lo que sea...

—¡Y hasta les conviene tenerlos tranquilos! Al rato ya andan de fotingo y toda la cosa.

—... pues ahi está que si les caíste gordo, te llevó Cantinflas, mano. Tú les buscas la vuelta, pero hasta eso, ¿a qué le tiras? ¿Pos a poco servimos más que para lo que somos? Voy... En el cabaré ese en donde estuve de mozo, pos sí, muy suave. Pero luego les ves los hocicos a los mozos viejos, mano, y sientes rete gacho. Ya no dan una, ya nunca hicieron lana, y como que se les salió todo de adentro. Están pendejos. Y los cabrones lambiscones metidos allí todas las noches, buscando trancazos. No, mano... ¿Pero qué te queda entonces? Te vas de paletero y es la misma cosa. No, mano... Vamos al carajo, a buscar chamba al Norte.

Ahi te dan dólares, te regresas a gastarlos en tu cantón y ni quien te esté jodiendo. ¿Que te tratan como mierda los gringos? Pos ni modo, para eso te pagan tu buena lana.

—¡Godán sonobich!

—¡Hijos de puta! Caray, Beto, a l'hora que te echan ese argüende para matar pulgas encima y te encueran y a veces hasta te rapan, te entran ganas de...

—De agarrar un chicote y...

—Un montón de pelados metidos en un cuarto para reses, Beto, todos encuerados y oliendo a la chingadera esa...

—Di Di Ti.

—Esa mera. Y un gringote de dos metros gritándote gríser y esculcándote todito. Pero ¡qué caray! A ese no lo vuelves a ver, ni a los otros. Luego, cuando sales del trabajo, pues duermes en un catre a gusto y tienes lana para ir a coger o a tomar. Se acaba la cosecha y te despachan volando. Y cuando cruzas la frontera, mano, pos hasta recuerdas bonito aquellas tierras. Acá no ves más que tierra seca y indios mugrosos, mano. Como que no crece nada, mientras que del otro lado...

—Ora me dijo el Fifo que en Sonora va a haber buenas tierras, Gabriel, con las presas...

—A ver. ¡Qué más diera uno que trabajar bien y ganar lana en México!

—A ver.

El domingo siguiente —como todos— los sobrevivientes de aquella breve falange de la División del Norte se reunieron en casa del compadre Pioquinto. Doña Serena, que había sido la soldadera, con sus setenta años amarillentos; el antiguo teniente Sebastián Palomo, a quien el tiempo había quitado los arrestos, pero no los dientes de salvaje fulgor, para convertirlo en guardagujas en Indianilla; y el propio don Pioquinto, con la misma cara soñolienta de siempre. Ahora un acontecimiento especial colmaba la mesa de tamales costeños, ensabanados de oro, y de pulque rojo: Gabriel, el hijo de don Pioquinto, había regresado del otro lado del Bravo, curtido, fuerte y con muchos dólares. En el cuarto único y común de la casucha de Balbuena, con su puerta de maderos claveteados abierta para que entrara la luz del mediodía y el breve tañer de campanas, todos se sentaron en torno a la mesa. Gabriel se conocía de memoria la conversación, las anécdotas, las fotografías amoratadas que cada uno de los viejos traía en cada ocasión.

—Por la salucita del pollo —gritó doña Serena, meneando su cabeza de canas azules y levantando el jarrito de pulque.

—¿Y por qué no organizan otro reatazo a Columbus? —le preguntó Palomo a Gabriel, pelando los dientes.

—Los chamacos de ahora ya no son como nosotros, mi teniente —suspiró doña Serena—. Y qué le vamos a hacer. ¡Nosotros tampoco fuimos como los que llegaron alto! Se acuerda, compadre, cuando todos salimos de las mismas rancherías, de los mismos pueblos, todos igualitos, a la Revolución. Pues ya ve usted, cuántos son ahora gente fina, y nosotros igual que cuando comenzamos. ¡Pero no nos quejamos! Lo vivido, ni Dios...

Don Pioquinto, con la gorra de beisbolista que Gabriel le había traído de Laredo embarrada al cráneo, se paseaba sirviendo del garrafón: —¿Se acuerdan cuando vino a corretearnos la punitiva?

Los otros dos sobrevivientes levantaron los brazos con alborozo y se carcajearon en grande.

—Oye esto, pollo —le dijo doña Serena a Gabriel, quien ya conocía la anécdota—. Nos agarran en el puro bolsón de Mapimí, solitos tu viejo, Palomo aquí, yo y tres

rasos descuachalangados. Nosotros, que conocíamos el terreno como el propio culo, nomás agachados, y los gringos perdidos y hechos una bola.

—Cinco días sacándoles el cuerpo en pleno desierto
—señaló Palomo.

Doña Serena levantó los brazos y dejó caer la manos con
estruendo sobre las rodillas cuadradas: —¡Y que se nos acaba el agua!

Los tres viejos se unieron en un coro de carcajadas.

—Cuéntalo tú, Palomo.

—Pues nada, que se nos acaba el agua, y pasan doce
horas y todos con el gaznate más seco que el huizache del
llano. Entonces vemos que uno de los caballos va a mear
y... ¿quién fue el de la idea, Serena?

—Pos tú, quién había de ser...

—Pues se me ocurre rápido la solución y rápido le metí la cantimplora entre las patas.

—Y con agua de seis caballos estuvimos aguantando
allí, bajo el sol ese de Chihuahua, que te pica hasta adentro de las orejas.

Y luego doña Serena sacó de su bolsón de mercado una
tanda de fotografías viejísimas y teñidas que corrieron de
mano en mano:

—¡Mírate nomás, Serena, a caballo y con tu rifle por el
Cinco de Mayo!

—¡Nunca debíamos haber salido de México! Nos co-
mieron el mandado a los villistas.

—¿A que no lo sabías, Gabriel, que tu viejo se sentó en
la silla presidencial?

—¡Puerco coscorrón que le pegó mi general Villa cuando se lo encontró!

Todos guardaron silencio mientras engullían los complicados tamales y cuando trajeron las tortillas norteñas,

de harina quebradiza, y los frijoles, Sebastián Palomo se atragantó y doña Serena tuvo que azotarle la espalda. Después del café, Palomo comenzó a tañer la guitarra, y todos, fumando Faros deshilachados, se dieron a cantar,

> *Los carrancistas se fueron,*
> *un veinticinco de julio,*
> *dejando el campo regado*
> *con muertos de su peculio*

Con el rasgueo, doña Serena sentía que le hacían cosquillas en el ombligo y se soltó chillando. Gabriel se levantó y dijo que se iba a los toros.

En Los Amores de Cuauhtémoc lo esperaban ya Beto, el ruletero, que los iba a llevar en el coche, y Fifo con su camisola abierta y su sombrero de palmas deshebradas. Luego llegó el Tuno, que también acababa de regresar de la cosecha de Texas, y que ahora se cortaba el pelo —de un negro de dos de la mañana— como los conscriptos navales yanquis y que usaba un pantalón abombado y un saco de cuadros amarillos. A las cuatro andaban trepándose entre las piernas de las mujeres regordetas y hediondas de vaselina, y entre los brazos de los vendedores de refrescos y cacahuates en lo alto del sol de la plaza. Cuando se sentaron y pasó el momento solemne del paseíllo y la banda de música se calló, el Fifo comenzó a chiflar con los dedos hinchando el labio inferior, mientras Beto aventaba avioncitos de papel apuntados a las nucas de los aficionados. El Tuno afectó una mueca de tedio:

—Voy, no será más triling el beis...

Los primeros pasos frustrados del diestro provocaron la tormenta de cien mil chiflidos; el Fifo se daba gusto, y Gabriel gritaba:

—¡Si no venimos a tomar tecito!

—¡Ordéñalas, güey!

Cuando una famosa estrella de cine entró agitando su estola de visón, un murmullo de resentimiento se encrespó por toda la gradería de sol:

—¡Si quieres cogidas, quédate en tu casa!

—¡Ay, mamacita, aquí está tu mero Miura!

Fifo se quitó el sombrero y sacó de él una culebra amarilla que se retorcía sofocada: —A ver, pásenla; no pica...

La serpiente comenzó a pasar de mano en mano, entre alaridos de las mujeres regordetas y manipulaciones obscenas de los hombres. Su trayectoria era visible; las contorsiones del reptil parecían imitadas por las filas de aficionados que la corrían.

El tedio se apoderó de todos. Los toreros no daban una; los picadores se ceñían sobre el cuello bufante de las bestias; los banderilleros saltaban al callejón y un espontáneo dejó los tenis en la arena y voló tres metros. La culebra regresó, muerta, a manos de Fifo. Todos empinaban sus cervezas. La rechifla se generalizó, y las almohadillas volaban incendiadas, y las botellas. Las bolsas de papel manila, llenas de orines, se estrellaban en las cabezas de los espectadores de barrera.

—¡Parecen salvajes! —gritó un hombre sentado a espaldas del grupo. —Semos, manito —suspiró el Fifo. Beto se volteó y le lanzó un chisguetazo de cerveza. El hombre comenzó a agitar los brazos mientras el Fifo le picaba el ombligo y el Tuno le hundía el sombrero hasta las orejas. El hombre salió limpiándose la cerveza mientras el Fifo le pellizcaba, con las puntas del zapato, las nalgas a una muchacha de la fila anterior.

—Sígale y llamo a un azul —chilló la muchacha.

—Voy, no tendremos influ.

—¡Aguas con los gringos! —chifló Gabriel.

Una pareja de turistas se disponía a sentarse adelante de ellos: el Fifo colocó un plátano vertical sobre el asiento y el norteamericano pegó un salto en tanto que la mujer tomaba cine de los cuatro rufianes mexicanos. El Tuno comenzó a hacerle cosquillas con un popote a la mujer mientras Beto le metía la culebra muerta en el bolso y le sustraía la cartera.

—¡*Police!* —intentó gritar la mujer, y solo suspiró cuando el Fifo dejó asomar el filo de su navaja.

Los cojines seguían volando; un chaparrón de agua sucia descendió sobre el turista y el hombre manchado de cerveza regresó con cinco amigos y empezó a repartir cachetadas al Fifo y a Beto; el Tuno y Gabriel le metieron zancadillas a dos de los amigos y luego los patearon mientras el Fifo, de un solo navajazo, le cortó los botones de la camisa al hombre manchado y Beto le metió un rodillazo en la barriga al otro. Los gendarmes se picaban los dientes con palillos y reían, y el hombre manchado y su grupo se retiraron humillados y gritando: —Ya nos veremos a la salida, cabrones...

—Ay wanna foc —musitó el Tuno, y los cuatro salieron, rascándoles las cabezas a los espectadores y aventando gargajos a las filas de abajo y agitando la culebrita muerta sobre los bustos de las mujeres. Todavía hubo dos o tres encuentros de box antes de que alcanzaran la salida y —¡Pura vida! —aulló el Fifo y —¿Qué les pareció mi descontón? —preguntó Beto.

En el coche de Beto todos siguieron aullando y cantando las canciones de moda y gritándoles palabras a los transeúntes y abrazándose.

—Ay wanna foc —insistía el Tuno, arreglándose las ligas y abombando más la valenciana del pantalón.

—Todavía no es hora. Primero vamos a inflarle.

Estacionaron el coche enfrente del Margo y se echaron a andar por Santa María la Redonda, gris en el atardecer, en espera de las luces y la aglomeración nocturnas. En la esquina de La Libertad encontraron una cantina y entraron pateando las escupideras de cobre y mirando feo a los demás clientes hasta encontrar una mesita de mármol. El tequila comenzó a correr.

—¿Se van a regresar a los Esteits? —preguntó Beto.

—¡Pos a poco no! ¿Qué tal, Tuno, las viejas que te trinchas por allá?

—Puro latin lóber —dijo el Tuno—. Qué se me hace que esos gringos, en vez de coger, solo les hacen pipí adentro.

—¡Ah qué Tuno más hijo de su pelona! Y tú, Fifo, ¿cómo va la chamba?

—Pos cuál chamba, digo yo. Esa de paletero que me dejaste tú cuando te fuiste a Gringolandia no era más que una chapuza tras otra. Ya hasta las gatas se me apretaban. No hay nada peor que una chamba fija; necesitas cosas más movidas que te traigan así al trote, y te den ese aire misteriosón que qué se traerá este, que de dónde sacará la lana, ¡pícales la curiosidad, manito!

—Yo a veces sí quisiera chamba fija aquí en México. Pero con futuro, ¿sabes? —dijo Gabriel—. ¿Pero dónde te la ofrecen? Ya fui paletero, albañil, mozo de cabaré, ¿qué me queda?

—¡Pinche vida esta! —gimió el Fifo—. Solo Beto está bien armado, con eso de ser ruletero.

—No creas —dijo Beto—. Claro que hay sus ventajas; que te levantas viejas, o les das un aventón a los cuates. Pero luego dejas toda la lana en el bailecito, y te aburres de andar todo el día traqueteando por la ciudad, así medio soledoso, y aprendiéndote nombres de calles. A veces me dan ganas de jalar con el Tuno y Gabriel.

—No te quejes, Beto. Tú has tenido suerte en todo. Oyes, ¿y qué fue de la vieja aquella del Bali-Hai?

—¿Gladys? Puta, la pinche vieja tenía una sífilis de a cuarenta y ni se las había olido... Si no es por el doctorcito ese de San Rafael, me lleva... Y te acuerdas que luego me salió al paso la güera esa, y ni modo de echarle pimienta al piloncillo, mano...

—¿Pos para qué nos exigen las viejas que dizque la fidelidad? ¿A poco a ellas no les gusta su castigo y su variedad también, a poco no?

—Es que no se saben respetar, y no jalan parejo con las demás viejas. ¿Te has fijado? Como los hombres, que somos todos cuates y jalamos parejo, como machos; como tú, Fifo, que eres mi mero hermano.

Fifo y Beto se abrazaron y se palmearon las espaldas.

—¡No hay como un cuate de uno!

—¿A quién, si no, le cuentas tus confidencias? ¿Y si no, cómo no se te ha de podrir toda la melancolía adentro? Con esta pinche vida que arrastramos ¿con quién si no con tus cuates?

—Ya ven cómo son los jefes de uno, que ni se ocupan de uno. Desde los nueve años te avientan como perro a la calle a vender periódicos o a levantar carteras, o de bolero.

—Pero así te haces hombre, Beto. Ahi les conoces las caras y las mañas a toda esta bola de cabrones. Yo que anduve hasta los trece años acompañando a un ciego, no lo sabré. Me sabía de memoria las caras, las mañas de todititos. Hasta en la manera de dar limosna los conoces. ¡Y lo que no sabía el ciego tarugo! Se me hace que hasta ocho ojos tenía, metidos en las orejas y en las puntas de los dedos y otro en el puro ombligo. Hasta por el olor sabía quién se acercaba, quién le iba a dar un peso y quién cinco fierros. Era abusado el viejo. Nunca dejó que averiguara dónde escondía la lana, y a la hora en que me lo machucó el camión, nadie supo dónde la tenía y me quedé sin chamba y sin lana.

—Lo que es parejo no es chipotudo, Fifo.

—Esas sí que son buenas chambas; quise entrar a los Aztecas luego, pero ahí estaban sindicalizados.

—Bueno, túpanle que ya va a ser hora.

Salieron abrazados y cruzaron entre las filas de camiones escarapelados a la calle del Órgano. Las puertas y las ventanas abiertas iluminadas de luz verdosa ofrecían las camas de hierro oreado y sus sábanas azules a los ojos del tropel de soldados, albañiles, choferes, que paseaban con las manos en los bolsillos entre las hileras de mujeres chaparras y de carne inflada, embarradas de *lipstick,* de colorete grisáceo sobre las mejillas, morenas o encaladas con capas de polvo oloroso. Como títeres acoplaban, imitaban los movimientos tradicionales. Las había de paseo y contoneo, y las que solo asomaban, envueltas en batas de algodón, la cara por las ventanas; las que esperaban, displicentes, junto a los muros, y las que abordaban, arañando las mangas de los hombres, explicando que con uno más completarían para los frijoles y el camión. El énfasis en las nalgas y el busto; las barrigas también paradas, y las rodillas cubiertas de tela adhesiva. Los ojos como penachos, agitados y saltarines, o como piedras, duros y aburridos. Bocas apretadas, dibujadas en forma de arcos y pétalos, y bocas llenas, de encías rojas y dientes de ratón. Y en todas, brillante, como una herida poblada de alhajas, el sexo oculto y blando, de fugaz bienvenida, alevoso y veloz, ratonera breve, flojo o apretado, amable y largo en su tertulia, o impaciente de soledades. Unos como cataratas y otros apenas de goteo, unos recientes y otros vetustos, unos patinados, ruinosos y sabios, otros estrenados al acaso, lacrimosos y sin concierto, unos desvergonzados y otros avergonzados, unos dados a reír y juguetear, otros sombríos y ceremoniosos. Unos como fresas magulladas que se ofrecen por última vez, otros fuertes como níspero maduro. Unos que saben cantar y decir palabras metálicas y otros que no tienen lengua y solo gimen y se agitan. Todos de una velocidad lenta y arrullante, mestizos de ansia profunda, apremiante dolor.

—Vamos antes al Tívoli —sugirió Gabriel.

En la gayola, masticaban muéganos. Rechiflas y luces intermitentes corrían al tenor y a su *smoking* de solapas escarlata. Las vicetiples se tropezaban entre sí, agitaban las manos y saltaban sin gracia. Oxigenadas, con grandes ombligos y senos aplastados, aleteaban y alguna rodaba por el escenario. Luego entraba la diminuta estrella, enfundada en terciopelo negro y con un gran sombrero de plumas.

—¡Aguayón, aguayón! —gritaba el teatro.

El vestido caía, pese al atorón del zíper, luego el portabustos y los dos gigantescos senos de la enanita volaban divididos por una medalla guadalupana mientras el cuerpo se acercaba, las cortísimas piernas abiertas, al filo de la cortina y allí se refregaba y contorsionaba entre los gritos de la concurrencia:

—¡Pelos! ¡Pelos! ¡Pelos!

La mano de la exótica se acercaba a la pantaleta y fingía el último despojo. La luz se apagaba y la orquesta lanzaba un *crescendo* furioso.

Afuera, la noche levantaba entre sus manos los cimientos quebrados y las paredes sin espina de Santa María la Redonda. Los grupos de mariachis asaltaban los coches que penetraban en la plaza Garibaldi; chaparreras y sombreros de fieltro cuajados de metal y guitarras y vio-

lines se agitaban de un extremo al otro del Tenampa; ne-
nas con tobilleras rosa salían a bailar a cambio de un agua
pintada. Los puestos de tacos de chorizo y gusano de maguey encontraban los dedos grasosos, las bocas gordas; el
baileteo de luz neón se disparaba al cielo, y en las sombras
de la calle invadida de hombres y mujeres lacios, abrazados, laxos y sin rumbo, se ofrecían las tarjetas obscenas y los sobres con drogas y polvos. Carteles de los mé-
dicos del barrio, basureros volteados y la avenida bullendo
de pedazos de tortilla y perros sarnosos y enormes volantes de periódico desechado. Los pequeños cuerpos de overol y camisetas rayadas y raso se detenían en las taquerías
y los puestos de revistas y entraban en los *cabarets* de humo poroso donde el danzón arrastraba suave los zapatos y
las melenas rebotaban con el mambo. En Bellas Artes la
feria nocturna se disolvía antes de cobrar nuevo ímpetu
—más secreto, menos cargado de lentejuelas— por San
Juan de Letrán. El río humano, indiferenciado, en busca
del rito de un domingo, de caras nunca y siempre vistas,
impresas de rasgos singulares, pero todas idénticas: prietas, pétreas.

El Fifo se alisó con las manos la melena envaselinada
y tomando del bíceps al Tuno se cortó hacia la calle del Órgano. El Tuno se abombaba el pantalón y sacaba el pecho.

—Bueno —gritó el Fifo desde media calle a Gabriel y
a Beto—. Mañana nos vemos en la Villa.

—Eso es lo que me chingaba con los gringos —gruñó
el Tuno—. ¡Que qué jus dis Virchin of di Guadalupi! Pero ahi sí no me cuarteaba: el escapulario bien plantado aunque todos se rieran de mí.

La noche se los tragó, y Beto y Gabriel caminaron hasta
la calle del Meave.

—Puede que aquí esté mejor la cosa —dijo Gabriel.

Las luces mortecinas abrían paso al fulgor de la gran sinfonola iluminada desde donde gemía, cansado, el danzón *Nereidas*. «¿Cigarrito?», solicitaban las muchachas vestidas de lino blanco y lentejuela drapeada. Beto se levantó a pasear y se dirigió a los pequeños cuartos, separados entre sí por canceles corredizos. Una mesa con rollos de papel y una botella de alcohol, y el solitario diván de linóleo verde. Beto se recostó, seguro de que alguna llegaría. Él no las buscaba, caían solas. Y a todas sabía darles algo, a las más viejas y corridas, como a las recién embaucadas. Apagó la luz y encendió un cigarrillo. Al rato sintió la respiración cercana, el olor aceitoso a su lado. Alargó la mano y la pasó por el cuello de la mujer invisible. Le pellizcó la punta de un seno.

—No te conoceré, gordita.

—Te vi entrar, y ya te conozco las mañas...

—Aguaita, aguaita, que ya voy a dar.

—Siempre lo dije: chanceador como él solo... Beto —la voz se le adelgazó hasta ser otra, la voz recordada y vergonzante.

—Gladys —dijo casi en silencio Beto—. ¿Aquí viniste a dar?

Gladys se recostó a su lado, le quitó el cigarrillo y encendió el suyo. El silencio se le arremolinaba en el centro del vientre, y sin saberlo, sin poder expresar ni siquiera tocar con la sangre esa certidumbre, le corría por el cuerpo la advertencia de que, dijera lo que dijera Beto, a él le pasaba lo mismo: esa noche no se habrían de tocar. Las dos luciérnagas de humo bajaban y subían, de los labios a la postura laxa del brazo.

—Hay que pagar veinticinco pesos —dijo Gladys.

—Ahora en la mañana, cuando salgamos.

—¿Te ha ido bien?

—Pos ahi traqueteando, como de costumbre —Beto cerró los ojos.

—¿A cómo nos toca?

—¿De cuándo acá? Te acuerdas cuando me pelé con la güera esa, y ya no nos vimos... No fue cosa mía, Gladys, de que yo quisiera; era que así nos tocó, a los tres. Dizque hay gentes muy voluntariosas, que se les hace lo que se les antoja. Pero tú y yo...

Gladys se tapó los ojos con las manos y quiso decir algo; oraciones, palabras, un profundo temor al sueño le temblaban entre los senos

«Pedir, qué vamos a pedir; se nos cayó el circo encima y nos taponeó la boca; pero ni falta que hace; no hace falta hablar, nomás vernos... ¿te has fijado en la gente igualita a nosotros, que son un chorro, que son todas las que van por las calles y los mercados, todas como nosotros, que no dejan que la voz se les oiga?»

Beto aplastó la colilla contra la pared manchada de cucarachas. Él no sabía hablar, pero pensaba

«Yo nací y otro día me muero y no supe lo que pasó en medio   los días se van y el domingo llega todo vestido de feria   vamos a los toros le inflamos a la cervatana nos la jalamos en una carpa nos cogemos a una vieja y la pura verdad es que nomás esperamos agachados a que nos toque la de Dios»

—¿Te has fijado, Beto, que hay gente así como que tiene su nombre? —preguntó Gladys mientras se soltaba los zapatos que cayeron como dos cachetadas al piso astillado—. El Papa y Silverio y el Presidente.

«Gladys, no quiero que me hables; yo nunca le platico a la gente; me sale lo que me sale, así; ¿de qué te hablo si no tengo recuerdos? solo me acuerdo de mi mamacita, y cada día como que se me borra más su cara, y solo me acuerdo del último día, qu'es cuando mi cara se borra; pero no me pidas cuentas de en medio,

que ahi es donde no supe lo que pasó; tengo frío y vuelvo a abrir
los brazos, tengo sueño, ganas de irme hasta abajo»

Gladys cerró los ojos y dejó caer el cigarrillo en la escupidera de cobre

«Son tantos, como hormigas, si te pones a pensar en todos los que
vivieron y ya entregaron su ánima»

—Empieza a contar a los bien jodidos, y no le sabes el
nombre a uno solo.

«No hables Gladys, por favorcito... hoy es la fiesta, ya echamos
relajo, pero es nuestra fiesta a oscuras, ya no como antes; es la
fiesta negra, y antes era de puro sol»

«Nos fuimos sin nombre, Beto, como el chucho que nomás por gra-
cia se lo ponen; son tantos, todos sin nombre; y quién quita y tam-
bién soñaron, como tú y yo ahora

»Soñar juntos

»que solo así la memoria de lo que pasó y todos los colores y los
días uno uno tercera reversa hay un puente en Nonoalco y allí no
crece nada pero hay pájaros enjaulados que son para venderse y
un rincón para rezarle a la Virgen no te hagas chiquita panza
no te vayas y me andes dejando con el puro corazón para comer»

Los párpados de Gladys y Beto se juntaron y ambos se
vieron rojos bajo el techo oscuro del burdel; un perro comenzó a ladrar a sus pies

«son las enanas con largos cabellos aceitados que nos abrazan y
bailan sobre nuestros ombligos; el guajolote nos habla desde el tro-
no de amatistas y con las plumas nos coloca las máscaras del sue-
ño y de la danza: la música es la voz de la mujer de piedra que
agita las aguas del lago y luego se estrangula a sí misma con
un nudo de flores: las flores mastican los hoyos de la luna para
que el día de fiesta el sol líquido corra por las entrañas de nues-
tros signos, los que nos trajeron y nos llevarán, el conejo y el agua,
la serpiente y el cocodrilo, la hierba y el jaguar. Nuestra es la
casa de la diadema de turquesas, nuestras las insignias del que

habla, nuestro el espejo negro de las premoniciones. *En la matriz del poniente nos esperan las flores de tres pistilos para que el sol se levante cuando las hayamos regado con los secretos de nuestros vientres: toma el camino del maíz amarillo, con el papagayo, con el camote blanco, con el pozo del agua sangrante...*

»*Llegamos, recorrimos las sendas, pero llegamos al ojo de agua*

»*Y fue dicho el primer discurso, para que todos recibieran su grano de maíz y construyeran la ciudad*

»*Y desde el centro del ojo del águila salió la orden, y todos sembraron el maíz rojo y lo cubrieron con un manojo de soles*

»*Y los soles germinados abrieron sus fauces de piedra y convocaron a los abuelos a tomar asiento y entonces el agua se abrió y se incendió con los frutos rojos y la serpiente anduvo erecta hasta que el maíz regresó al surco y las aguas se refrescaron*

»*Y entonces supimos que también el sol tenía hambre, y que nos alimentaba para que le devolviésemos sus frutos calurosos e hinchados*

»*Y ya hubo quienes cargaran los fardos y metieran las uñas en la tierra y buscaran con cerbatanas al pájaro silvestre y a la bestia de escamas*

»*Pero llegaba el día de la fiesta, y era tocado por todos los dedos el trono de oro y las plumas del pavorreal caían de las nubes y el agua se convertía en piedra y ya no se escapaba de los labios*

»*Entonces podían ofrecerse las venas abiertas antes de hacer el viaje con el perro colorado*

»*Entonces podíamos alimentarnos sin vergüenza los unos a los otros*

»*Pero el viento de metal pudo convertir la piedra en arena y lodo*

»*Y llegó el día de llorar y buscar en vano, de sentarse en el polvo y hurgar los insectos, de abrirse el corazón y encontrar un sol calcinado, llegó el día de la orfandad, el día en que la palabra no salía más de nuestra boca*

»*Ay pordioseros, ay hermanitos, coman sus insectos, que el ojo de agua se secó y vuelve la marea del lodazal a cubrir las ciudades: bailen descalzos y abran los brazos sobre el nopal, clávense las manos a las alas del colibrí mientras el perro sarnoso les roe el ombligo, llénense de volcanos morados sus aguas y sus sexos, cárguense de limo sus ojos y sus palabras: ya llegan al fondo, a la madre de las aguas, al abuelo de las mariposas con alas de cochinilla...*»

—Ya se soltó el frío —dijo Gladys cuando despertó.

Beto abrió los ojos para encontrar los últimos fulgores de un dosel amarillo en el techo.

—Ora es otro día —dijo entre dientes mientras se refregaba los párpados. Sus ojos encontraron los de Gladys, pequeña y aterida sobre el diván de linóleo.

—Por nuestro patrón —dijo Beto, con el estómago ardiente, con las manos tensas—, por nuestro patrón san Sebastián de Aparicio, te lo juro, Gladys...

Gladys acercó su cara a la de Beto. Los labios se unieron en un beso tierno y secreto.

—No hace falta ir a la Villa, porque la madrecita santa anda suelta por todos lados —murmuraba la viuda Teódula Moctezuma mientras se paseaba con la escoba sobre el piso de tierra de su jacal. La luz del atardecer se metía, enterrada, por las rendijas de las tablas viejas y la paja que formaban y cubrían las paredes del lugar. Dos petates amarillos, el comal, el racimo de chiles secos colgados de un clavo, la masa para las tortillas, una canasta llena de trapos. La viuda Teódula dejó la escoba, recogió un cántaro y comenzó a regar el suelo polvoso.

—Ahi quieta, tierra, ahi sosegada.

Su figura parecía lastrada por los grandes pendientes, las pulseras en las muñecas de venas moradas, los collares de oro que le ceñían el cuello hasta la barbilla. Teódula se esponjaba el ropón rojo y las joyas chocaban con el vaivén rítmico de los movimientos de la anciana. Cuando terminó de regar, se hincó y dijo en voz alta: —Tú no necesitas altar, pues yo te ofrezco mi corazón, ay tilma de rosas, ay falda de serpientes, ay madre misericordiosa, ay corazón de los vientos. Trátame bien al viejo don Celedonio, que se me murió tan joven, y a todos los escuincles que te llevaste. Ya voy para allá, ya no tardo.

De pie, acariciaba las joyas. Arrugó, de repente, los párpados y se llevó la mano a la oreja, estirada en el lóbulo por el peso de las arracadas. —¿Ya llegaste? —exclamó—. Pasa, hijo, estoy sola.

La puerta desvencijada se apartó para que penetrara, primero, la luz granulada, después el alto perfil de un hombre. La viuda Teódula se sentó sobre el petate y le hizo una señal de invitación.

—No te dilates tanto —dijo Teódula— que ya siento cómo la sangre se me empieza a secar y a correr más despacito.

—De veras que se acerca tu día —dijo Ixca Cienfuegos mientras se acomodaba sobre el petate, cruzando las piernas a la vez que acariciaba la cabellera blanca de la viuda.

—Tú lo debes saber mejor que nadie, hijo. Ahora me paso los días sin orinar y las tortillas se me atragantan en el gaznate.

—Luego comenzarás a escupir sangre y a contar los minutos con los dedos. Sabes que puedes escoger la forma definitiva.

—No sé si será mejor así. Lo que sí quiero es el sacrificio, hijito, un sacrificio aunque sea chiquito... —La voz de

Teódula se alteraba, y sin vacilar se estiró a lo largo del petate, hasta tocar las rodillas de Ixca con las puntas amarillas de los dedos—... aunque sea uno así de chiquito. Me lo prometiste, hijo. Allá en mi tierra, antes de que me viniera a la capital, yo les hice su sacrificio a mi viejo don Celedonio y a todos los niños. Ninguno se fue solo; a todos les engalané los huesos, les dejé sus regalos, les ofrecí lo que pude. Ahora que yo me voy, solo de ti me puedo fiar para que no me dejen sin mis regalos.

—No dudes de mí, Teódula —dijo Ixca, respirando hondo el aroma del brasero y los chiles morrones—. Alguno querrá hacerlo, alguno vendrá a darte lo que quieres.

—Déjalo nomás, hijito. Nomás faltaba que me fueras a dar un sacrificio forzado. Esas cosas salen así, como Dios manda, o más vale ni menearlas.

—¿Aquí nadie ha querido robarte las joyas?

—¡Cómo crees! Me decía el Tunito el otro día que yo soy como parte del barrio, y que aquí todos se habían puesto de acuerdo para respetarme y destripar al primero que me faltara en algo. Claro que no es lo mismo que en mi tierra; allá podía lucir las joyas en las fiestas, y como que se veían más bonitas con tanto helecho y tanto árbol frondoso alrededor. Los trajes de los demás también eran más bonitos, el sol llegaba más alto que aquí, y la luz del oro también se iba volando hasta alcanzarlo...

—Menos mal que nunca has intentado venderlas.

—¡A callar, hijo, a no mentármela! Vienen desde hace mucho tiempo, desde antes del abuelito más viejo que recuerdo, que era don Huismín y ya había cumplido ciento y pico de años cuando yo me puse los primeros moños. Luego, cuando me casé, me abrieron los hoyitos en las orejas, me colgaron todas las cosas, y ya desde entonces no me las quité nunca. Se me hace que sin ellas no podría rezar, ni siquiera pensar que luego voy a juntarme con Celedonio y los chamacos. Son como las alas del colibrí, o las escamas del armadillo, que si se las quitas se vuelven otra cosa, gusano rojo o perro pelón, pero ya no son lo que el gran tata quiso que fueran. Ahi me dirás que estoy loca, Ixca hijo, pero yo ahora me acuerdo de toda mi vida, que cuando la vas viviendo no tienes tiempo de acordarte de lo que te va pasando, y ahora sí, y me parece que yo soy la Teódula, la viuda Moctezuma, nomás porque he traído colgando desde que me esposaron a los catorce años todas estas cosas

«—*Éntrate a calentarme, Teódula*

»—*Ya voy Celedonio, pero huele a canícula y sándalo, y antes quiero que me dé un poco el sereno para que primero me sientas fría y luego me gustes con calor*

»—*Déjame verte así, cerca de la puerta. Si hace apenas un año ni eras mujer*

»—*Todavía era la época de lluvias cuando me empezaron a crecer las tetas y a salirme los vellos, y ya ves, ahora soy tu mujer*

»—*Me gustas así, desnuda, sin nada más que las joyas de don Huismín*

»—*Nunca me las he de quitar, Celedonio, y cuando esté contigo será lo único que traiga puesto*

»—*¿Ya te sientes fresca?*

»—*Ya voy Celedonio, ya me enjuagaron bien las estrellas*»

—Sí, Ixca, son como mi carne...

Ixca se levantó a encender un cabo de vela que se columpiaba, dentro de un jarrito, desde el techo de paja. Un leve ritmo de sombras bailó sobre los rostros de Teódula y de Cienfuegos: no era la primera vez que Ixca escuchaba el relato de la mujer, pero la viuda continuaba hablando, encandilada por la novedad recurrente:

—Luego por allá hay mucha selva, y culebras color de vidrio, y yo salía a pasearme con mis joyas. Quería hacerme una falda de fiesta con las pieles de las serpientes pero cuando salía a pasearme todas las bestias se quedaban asombradas del ruido y la luz de mis joyas, y era como cosa de encantamiento cómo se apartaban y yo ya no podía ponerles trampas a las inocentes. Pero allá las joyas eran, ¿cómo te diré?, un pedazo de toda la luz y el color, no eran cosas aparte para esconder o disfrutar a solas, hijo. Aquí en México es donde se me ocurrió que podrían robármelas, o que las joyas ya no eran de todos, sino solo mías. Aquí hace falta que los muchachos me protejan, pero allá las joyas eran de todos, y sobre todo de los animales que tanto las admiraban. Cuando iban a nacer los chamacos, me ponía el collar sobre el ombligo para que todos salieran paridos con bien, y ¿sabes?, para que se continuara la trenza de oro sobre el ombligo de ellos. Por eso se han de haber ido tan pronto, para que gozara yo rápido su vida y luego su muerte. Para que les pusiera la joya al nacer y luego los regalos de muerto. No me puedo quejar, hijo...

La viuda encendió un Elegante y empezó a pujar agitando los hombros: —Allá estuve hasta quién sabe cuándo, porque todavía cuando se murió el primer niño recuerdo que pasaron por ahi las tropas aquellas del rey güero llevándose a todos los jovencitos en la leva —o deja ver, ¿fue después?—, y luego cuando me trajeron a México ya andaba por aquí el Niño Fidencio predicando y yo no sabía a qué horas habían pasado tantas cosas como contaban los vecinos.

Con una mueca de asco, Teódula arrojó el cigarrillo y se fue a sentar junto al comal, mientras Ixca estiraba las piernas, la cabeza recostada sobre el petate, y una luz de absorción brillaba en sus pupilas, más allá del relato, repetido cien veces, de la viuda. Teódula comenzó a fabricar tortillas, alzando la voz sobre el cacheteo de la masa: —Ahora luego de merendar los sacamos y les rezamos. Perdona, hijo, que no te haga tantas tortillas como otras veces, pero ahora me duelen los brazos mucho.

La anciana terminó de hacer las tortillas en silencio y, en silencio, después de desbaratar un par de chiles y rociarlos de cebolla, ofreció los tacos a Ixca. Con gran solemnidad, Teódula masticó la pasta picante y luego hizo buches con un agua de tejuino fresca. De pie, se limpió las manos en el ropón colorado y le hizo una seña a Ixca. Ambos, de rodillas, retiraron el petate y apartaron con las manos la tierra hasta dejar descubierta una plancha de madera. Ixca la levantó con esfuerzo y el jacal se inundó de un olor a la vez tibio y húmedo, olor de barro mojado y flores secas. Ixca se dejó caer al pozo abierto.

—Primero la de don Celedonio, que es la más grande —dijo Teódula. La caja de madera carcomida ascendió verticalmente, empujada por Ixca, y luego cayó con un sordo estrépito sobre el suelo polvoso. La viuda la arrastró a un rincón y ya sin aliento regresó a recoger las otras cajas, más pequeñas, que Cienfuegos había levantado del sótano funeral. Las cajitas hacían ruido de sonaja mientras Ixca, ya fuera del pozo, las acomodaba al lado de la caja grande. Teódula se persignó.

—Aquí la tierra es de agua, y luego luego se pudre la madera —comentó. Luego cayó de rodillas y separó la tapa de la caja mayor. Un hacinamiento de flores e ídolos de barro cubría la parte superior.

—Híncate también, hijo.

Cienfuegos se colocó junto a la anciana mientras esta sacaba los ídolos.

—Aquí estás, Celedonio, y encima de ti el nahuaque cercano, para que tus huesos no dejen de cantar nunca. —Teódula recogía un ídolo, lo besaba y se pegaba tres veces en el pecho—: Y la ixcuina de cuatro caras, que es la que te cubre y te llena de mugre para que no te olvides de quién eres, y luego el de las dos caras, para que los veas a ellos y nos veas a nosotros, y no llegues nunca y nunca te vayas. Y luego el patecal ese, que no te pudo salvar con sus medicinas, aunque tú ni las necesitabas, pues de que te llaman ya ni quien te detenga. Y luego todos los conejitos para que tus huesos le den de beber a la tierra y pueda haber fiestas...

Cuando apareció la calavera de Celedonio, la viuda Moctezuma juntó las manos y sollozó: —¡Ay mi viejo Celedonio, que tan joven te me fuiste, y que apenas me dejaste disfrutarte! ¡Ahora te llevó el huahuantli, te llevó igual de encuerado que él, ahora te quitó la piel y te llevó al puro corazón de las montañas, donde ya no hay aire! ¡Ay Celedonio, ve nomás cómo te han puesto!

Cienfuegos abrazó la espalda de la anciana y en seguida levantó la calavera de Celedonio para que le diera la luz. —Ya le toca otra manita —dijo la viuda, secándose el rostro de maíz oscuro con su ropón—. A ver, tráela.

Ixca recogió de una esquina un bote de pintura azul y un pincel y los llevó a la anciana. La viuda mojó el pincel y lo pasó sobre los pómulos de la calavera.

—A ver hijito, tú que sabes escribir...

Cienfuegos tomó la calavera con una mano y con el pincel en la otra escribió en la frente, con grandes letras azules, «Celedonio». Una gran sonrisa se dibujó en la cara cuadriculada de Teódula: —Ahora sí. Lástima que no le pueda poner ahora sus flores, pero hay que traerlas de nuestro lugar; eso se lo prometí.

De rodillas, la viuda se dirigió a las otras cajitas: —Y aquí están los niños, que no supieron ni cuándo. Nomás se alejó la chihuateteo que nos mata al parir, y llegó el otro niño a llevárselos. Ahi están dormiditos con el de la carita negra que cura de todos los males, a ver si los durmió con bien. Ellos ya están pintaditos de la última vez, y sus flores son nuevas. Nomás rézales, Ixca, y no me los vayas a turbar. Pide que los alumbren los cuatrocientos del sur, que es adonde se quedaron mirando mis hijitos, pintados de campanas, como la luna.

La viuda Teódula Moctezuma bajó la cabeza y se quedó en un sueño vigilante y profundo. El oro del cuello, de las muñecas, iluminaba las figuras de barro que hacían fila junto al féretro. Inmóvil, los párpados cada vez más pesados y oscuros, Teódula permaneció mucho tiempo así, junto a sus muertos. Ixca la miraba fijamente, sin apartar los ojos del cráneo de la vieja. Después Teódula se quedó dormida y la vigilia de Ixca, a su lado, se prolongó hasta que una nueva luz hizo palidecer la de la vela y cayó desde un resquicio del techo sobre la calavera pintada de Celedonio. La viuda se removió sobre el nido de ídolos y polvo.

—Ya es hora de que me vaya, Teódula —dijo en voz baja Cienfuegos.

La viuda, sin abrir los pesados párpados, gimió: —¿Tendré la ofrenda, hijo?

—Estás cerca de ella.

—¡Alabada sea la madrecita santa! —suspiró Teódula, con los ojos siempre cerrados.

A esa misma hora, Rosa Morales, la vecina de doña Teódula, se miraba las manos y sentía un malestar profundo, unas ganas de vomitar, que solo podía controlar fijando la vista en las manos cuadradas, cada día más enrojecidas por el vapor, los jabones, el agua caliente. Un ligero rumor en el catre de los niños la hizo volver la mirada. Se llevó un dedo a los labios, mientras Jorgito se pasaba una mano por el pelo y guiñaba los ojos, negros y ovalados. El niño bajó con sigilo de la cama y en voz baja le dijo a su madre:

—¿Ya te vas otra vez?

—Ya pasé dos días con ustedes, niño. No nos toca fiesta de guardar todas las semanas.

—¿Y por qué no vives siempre con nosotros como antes, mamacita?

—Porque ahora tu mamacita tiene que trabajar en vez de tu papacito, que se fue al cielo.

El niño ladeó la cabeza y se quedó interrogando a Rosa.

—Mira, Jorgito, no dejes que se despierten tus hermanos, y cuando se levanten dales su desayuno y llévalos a la escuela. Ahi le dejaré dicho a doña Teódula que mire de vez en cuando a Juan por si le vuelven las calenturas.

—Oye mamá, ¿y ya nunca vamos a volver a oír los mariachis como la noche que mi papacito se fue al cielo?

Rosa abrazó al niño desnudo: —A ver si para las Navidades me dan los patrones mi aguinaldo, y les prometo que los llevo.

—¡Piocha! ¿Y qué tal son los nuevos patrones?

—Gente muy fina, Jorge, pero es la cocinera la que ordena todo. La señora Norma no se mete para nada.

—¿No me vas a llevar un día a conocer la casa?

—Un día sí, pero la señora dice que no quiere ver chamacos... Te llevo cuando estén de vacaciones.

Juanito empezó a respirar sofocado desde el catre. Rosa se levantó de la silla y corrió a mirarlo. Luego encendió una veladora y le besó la frente al niño.

—¿Ahora hasta el domingo que viene, mamá?

—Pues sí, ahora hasta el domingo. Si tu hermano se siente muy mal, ya sabes el teléfono...

Rosa salió con premura de la casita, sin volver a mirar al niño que agitaba el brazo desde la puerta de maderos claveteados. Se detuvo un instante en el jacal de la viuda:

—Ahi le encargo a los chamacos, doña Teódula...

Tomó en la calzada de Balbuena el camión lleno de obreros, y mujeres que iban al mercado, y huacales con pollos y verduras. Una ligera neblina coronaba, a lo lejos, los edificios grises del centro; las luces se acababan de apagar en Fray Servando Teresa de Mier y ya se alargaba la cola de obreros frente a una ventanilla de empleos. Las marquesinas aún estaban calientes en los cines y los *cabarets,* y una banda de mariachis cansados comía pozole en la esquina del Salto del Agua. Los rostros de la ciudad corrieron veloces sobre el vidrio del camión, y Rosa, con la mejilla pegada a la ventana, solo recordaba la tos sofocada del muchachito y, cercana a esa imagen, pero inconsciente, la del choque y Juan muerto en la plancha de la Cruz Roja y todos, los niños y ella, viéndolo allí, todavía con el sabor del vino rojo en los labios. *Qué gano con echarle la culpa a nadie, a poco así me lo devuelven... ay Juan, cómo te contaré todo, cómo te diré que las miserias y no ver a los chamacos casi nunca y todo eso ya no me duele, ya no me importa, que yo nomás quiero volverte a calentar la cama una vez más, antes de que ya no me acuerde de tu cara ni de tu cuerpo... porque te vas más lejos cada día, ya no puedo tocarte con los ojos, como hacía en los primeros meses después que te enterramos; ahora ya tengo que cerrar los ojos y arañarme los brazos para olerte y sentirte cerca como antes; yo quiero olerte y sentirte cerca, nomás, yo quiero que me vuelvas a calentar una vez más, nomás una vez aunque luego ya ni en el paraíso te vuelva a ver...* Entonces comenzaba el paisaje de setos altos y prados de Las Lomas y Rosa se abría paso para bajar y luego se iba caminando cinco cuadras hasta la casa de los patrones, de don Federico Robles y la señora Norma, a lavar trastos y hacer camas y a esperar hasta el domingo para regresar a Balbuena y ver si no se había muerto su hijo.

Un indio con chamarra azul eléctrico y huaraches volteó la cara y peló sus dientes de elote recién cortado. Gabriel se fregó la nariz y pasó el peso de una pierna a la otra. La cola se iba trenzando por Fray Servando Teresa de Mier. Habría, por lo menos, cincuenta obreros antes que él. La resolana del cielo encapotado picaba y excitaba la piel. Gabriel se abrió el cuello de la camisola y comenzó a chiflar. El indio que le precedía volvió a sonreírle entre los bigotes ralos, frunciendo una nariz larga y angosta de topo. Gabriel hizo un gesto de impaciencia y hurgó en sus bolsillos. El indio le ofreció un cerillo. Gabriel negó con la cabeza: buscaba un cigarrillo. El indio no tenía cigarros, solo cerillos. *Estamos jodidos.* Quién sabe si habría lugar para él. No se necesitaban más de cincuenta obreros en esta construcción. Y ya habían pasado, durante la mañana, cerca de treinta. Una vendedora de antojitos pasó, envuelta en trapos y canastas, recorriendo la fila. Gabriel masticó y se llenó la boca de las hebras dulzonas de mole. Levantaba los hombros y se rascaba las orejas. «¡Se acabó!», gritó el contratista desde la ventanilla y la cerró rápidamente. La fila se desintegró en medio de un murmullo de descontento. La mayoría de los obreros se sentó a comer los tacos en la acera. Gabriel pateó una corcholata. —No hubo suerte —dijo el indio. Gabriel escupió un pedazo de tortilla e hizo una seña de despedida. Se fajó los pantalones y en la esquina se subió, chiflando, a un camión en marcha. Se abrió paso hasta un barrote y continuó chiflando. —¿Y ese? —aulló el chofer, guiñando

los ojos en el espejo cubierto de estampas, altares mínimos
de flores artificiales, tarjetas postales con mujeres desnudas—. ¡No distraigas, mano! —Gabriel dejó de chiflar.
Escupió una hebra de carne al suelo. En cada vuelta, le
caían encima mujeres obesas cargadas de bolsas de petate
y fibra, se le agarraban a los pantalones mocosos de overol y
mejillas tiñosas. Gabriel brincó del camión y se dirigió a
la cantina chaparra, pintada de azul y con grandes corcholatas de Pepsi-Cola dibujadas en la pared: *Los triunfos
de Sóstenes Rocha.*

Eran las doce del día. Apenas dos borrachos se abraza-
ban y murmuraban palabras sin sentido en un rincón. Gabriel pidió un mezcal y se quedó observando sus facciones
en el espejo, manchado de moscas y años, de la cantina. La
piel se reproducía con un color mostaza. El pelo crespo
se detenía en esas márgenes lisas, parejas, sin vello, de su
frente y sus mejillas. Los labios entreabiertos cumplían un
arco espeso, retador. Poco después se abrieron las puertas
y dos hombres con sombreros gachos y trajes de gabardina entraron. Se le quedaron mirando. El más alto se acercó a la barra.

—¿Tú de vuelta?

—Qué tal —dijo Gabriel—. Sí, ya se acabó la cosecha.

—¿Y ahora qué vas a hacer?

—Pos aquí, buscando chamba.

Los dos hombres se codearon y fruncieron los labios
en una mueca risueña.

—¿Conque buscando chamba?

—Pos luego. Hay que comer, ¿no? —Gabriel empinó
el brazo para tomar su mezcal; el hombre alto se lo detuvo y la bebida se regó sobre la barra.

—Voy mano, ¿pos qué se traen? —Gabriel cerró los puños y sintió la sangre en las orejas.

—Dice que qué nos traemos, Cupido, óyelo nomás —le dijo el hombre alto a su compañero. Este abrió la boca y suspiró. —Qué corta es la memoria de unos.

—Nomás vine de paseo —dijo Gabriel—. ¡Ya estuvo suave! Ni quien los ande buscando...

—¿Quién habla de que nos busques, manito? Nosotros te buscamos a ti, para que nos recuerdes, nomás. Para que nos recuerdes a tus cuates, ¿verdad tú?

El compañero del hombre alto volvió a abrir la boca. Ahora, movió también los ojos en redondo y tiró del ala del sombrero.

—Porque luego se les olvida a unos quiénes son los que parten el queso, y luego luego quieren volar por su cuenta, ¿a poco no?

—Yo no me ando metiendo con nadie —gruñó Gabriel y le hizo una seña al cantinero—. Sírvame otra igual.

El hombre alto metió un dedo en el ombligo de Gabriel: —¿No ves? Luego luego. ¿Quién te dijo que podías tomarte otra copa, manito? Mejor te la convidamos nosotros. ¿Verdad tú? —y volvió a codear a su compañero—. A ver, un mezcal aquí para mi cuate y dos cervezas.

Las moscas zumbaban sobre las cabezas de los tres hombres. No se escuchaba otro ruido: los dos borrachos, abrazados, se habían dormido. El cantinero iba y venía, en silencio, destapando botellas.

—Bueno, salud. —El hombre alto saboreó su cerveza. Y cuando Gabriel volvió a levantar el brazo para tomar el mezcal, el hombre alto volvió a pegarle en el codo. Gabriel se limpió el brazo lentamente mientras los dos hombres, sonriendo, lo observaban.

—Ya ves, mano —dijo el hombre alto—. Tú de turista en la California y uno aquí, igual que siempre, y recordando cosas.

Gabriel acercó su rostro al del hombre alto. —Óyeme, si una vez te di de cates, fue para que sepas que por más influyente que seas en el barrio, y por más lambiscón, mano, de todas maneras puedo rajarte la madre cuando se me hinchen.

El hombre flaco saboreó de nuevo la espuma del vaso. —Puesto, mano. Solo que a mí no me agarras dos veces con los calzones en las rodillas, ¿verdad tú?

El compañero peló los dientes y, de su postura laxa, pasó a dar de macanazos a Gabriel mientras el hombre flaco le metía la rodilla en el vientre y, tomando la botella vacía, le golpeaba los hombros y el rostro.

—¡No la...! —trató de gemir el cantinero.

Gabriel se dobló con una mano sobre la cabeza y otra en el vientre. El hombre flaco seguía pateándolo mientras se arreglaba la corbata. —Aquí todos saben quién manda —dijo— y tú, aunque andes de vacaciones, más vale que te enteres, manito.

Los dos hombres pagaron la cuenta y salieron codeándose. Gabriel, tirado en el suelo, sentía la sangre correrle por los labios. Al tratar de levantarse, volteó una escupidera, cayó nuevamente y dejó que su sangre se mezclara con la saliva regada.

—Con esos no te andes metiendo —gimió, ahora plenamente, el cantinero.

—Qué más da, qué más da...

—Qué le vamos a hacer...

La madre apretaba un trapo caliente contra la nariz hinchada de Gabriel. La hermana mayor ronroneaba canciones en un rincón y el padre ya dormía en el catre.

—Peor les fue a tus hermanos, Grabiel, que nomás se murieron.

—Yo solo quiero trabajar. Te lo juro que no me ando metiendo con nadie, que no me la ando buscando.

La madre suspiró y fue a recoger otro trapo caliente del cubo de agua que hervía sobre la lumbre. —Si todo ha sido igual por aquí, Grabiel. Unos más que otros, pero todos con sus penas. Cada que me voy a confesar, la de penas que me cuenta el señor cura. Figúrate si él no las sabrá todas. Ahi me quedo horas oyéndolo hablar tan bonito, contándome las penas de todos los vecinos. Como que me confieso por mí y por todo el barrio. Se siente una aliviada, no creas. Debías ir...

Con un gesto de impaciencia, Gabriel se quitó el trapo entibiado del rostro. —Para lo que me sirve. ¿A poco el señor cura me consigue trabajo?

La madre colocó el segundo paño sobre la cara de Gabriel. —Total te gastas lo que trajistes. No te hace falta trabajar ahorita mismo.

—Me siento gacho, palabra. Está bien el vacile, pero que te cueste tantito. Los cuates andan en sus chambas toda la mañana, y yo, ¿pos qué me hago? Fidelio de mozo todo el día, y el viejo en Indianilla. ¿Qué me queda? Sabes, de plano me quedo todo el tiempo en los Esteits. Allá no falta quehacer.

Al dejar caer el paño, la madre de Gabriel acercó ambas manos a la cabeza de su hijo y no quiso decir nada, sino apretarla contra su pecho, acercar su propio rostro rígido, de hondos surcos, al de Gabriel, mientras la muchacha ronroneaba y el viejo dejaba escapar una somnolencia pesada y olorosa desde el catre.

Un hombre de carnes flojas y esqueleto grande y derrumbado camina por la avenida Mixcoac con un perrito blanco en los brazos. El perrito luce un traje de listones amarillos y azules, con cascabeles alrededor del cuello y en las cuatro patas. Detrás del hombre, camina otro, moreno y cerrado, más viejo que el hombre grande: carga un cilindro de cartón, una trompeta raspada y una escalerilla. Los dos hombres usan sombreros de fieltro desteñido, camisas sin corbata, pantalón y saco de distinto color y viejísimo uso, y los dos caminan sin ritmo, como si las calles mismas los fueran arrastrando. Pero el hombre grande, aun en su perplejidad, luce cierta seguridad teatral en sus ademanes, en tanto que el más pequeño casi se embarra al piso, casi no levanta los pies y se vería más natural tirado en la calle, dejado a un lado, que tratando de caminar con un cansancio tan absoluto que le luce en los ojos sin brillo, en la boca larga y cerrada, en todas las facciones alargadas como por la mano de un escultor sobre una pasta gris y sin resistencia. Caminan al lado de tendajones mixtos y cines de barrio y misceláneas, entre tranvías amarillos y postes de luz, caminan como dos figuras de un carnaval perpetuo que no se detiene a celebrarse a sí mismo, que va corriendo en pos de la consumación de su propia alegría decretada. Vienen desde la Colonia Portales, de donde salieron muy temprano, deteniéndose al mediodía en General Anaya, y más tarde en la Noche Buena. Las casas son iguales, la gente igual. Solo el cansancio los obliga a detenerse y entonces comienzan a trabajar. El hombre grande tuerce su nariz aguileña y se chupa las encías desdentadas; cruza hacia la izquierda en 11 de Abril, y abraza más al perrito amarillento. Caminan hasta Héroes de la Intervención; el hombre pequeño, con la máscara gris y los ojos sumergidos, se ha atrasado. El hombre grande se detiene, se quita el sombrero y de su bolsa saca un cucurucho rojo. El hombre pequeño y cansado toca la corneta con un gemido desigual entre el aire y el metal, y el grande lo acompaña con un tarará sin letra desde su voz cascada. Algunas criadas se asoman a las azoteas de las pequeñas casas, de un gris polvoso. Ixca Cienfuegos, antes de entrar en una de ellas, se detiene para observar cómo el perrito camina sobre el cilindro rodante. El hombre grande se quita el cucurucho y saluda a las criadas. «Les presento al gran perrito Josué, de largo historial en los grandes circos internacionales que han visitado esta tierra donde la providencia ha dejado más dones que hojas tiene un laurel: ¡México!», resopla el hombre grande mientras el pequeño continúa berreando la corneta raspada y ahora, con lentitud, coloca en el centro de la calle mal pavimentada la escalera y el grande conduce al perrito hasta el pie de la escalera y el animal sube con rapidez y se queda sentado en el descanso, gimiendo y asustado. «Y ahora véanlo bajar, señoras y señores. Es el gran perrito Josué, de los Atayde y del circo Barnum, que ha dado la vuelta al mundo». El perrito gime y sus cascabeles se agitan en un temblor imperceptible. El hombre grande truena los dedos y por fin toma al animal del cuello y lo obliga a descender mientras la trompeta alcanza un crescendo roto. El traje ajironado y los cascabeles de terror brillan en el crepúsculo. Las criadas se han retirado. El hombre grande pasea su cucurucho ante ventanas cerradas. El pequeño se ha sentado en la banqueta con la cara más oscura que la próxima noche. Ixca Cienfuegos penetra en la vecindad y se dirige al cuarto de Rosenda Zubarán de Pola. «Pícale, que Portales está lejos», le dice el hombre grande al pequeño, pero este parece no escuchar sentado en la banqueta.

«Órale, hoy no hicimos mucho y no hay para el camión. Ándale, te regalo un taco en la esquina». Pero el hombre pequeño no se
mueve. El grande se sienta, con las coyunturas entre sus enormes
huesos rotas y líquidas, a su lado. «Ya estará. Prefieres pintarte a comer. Te daré gusto. No comas, pues. Píntate igual que
antes. ¿Qué, te da vergüenza salir como eres? Y crees que yo me
siento muy a gusto, nomás con el cucurucho este. Ya, ya, te lo prometí, ¿no? Nomás no te la gastes toda de un jalón, no seas tonto». Y los dos se levantan pesadamente y recogen el cilindro y la
escalera y acarician al perrito asustado y vuelven a agarrar la avenida Revolución.

ROSENDA

—No le habrán dicho todo

«porque todas las verdades están metidas en nuestros días y se quiebran en mil aristas a la luz de cada mirada, de cada golpe de corazón, de cada nueva línea del azar y usted, ni él tampoco, no supieron lo que fueron aquellos días que transcurrían velados como todos los anveses en cuartos repletos de cortinas de seda y bibelots y damasco y sillones de terciopelo y figuras de porcelana y cuadros con escenas campestres en nuestro mundo de paz y tranquilidad (antes del amor y la fiesta, sí, porque fueron eso por más caros que se hayan pagado, que se debieron pagar) cuando éramos una familia y salíamos con banderitas en la mano a saludar el paso de don Porfirio por las calles de una ciudad que no era como la de ahora, deforme y escrofulosa, llena de jorobas de cemento e hinchazones secretas, sino pequeña y hecha de colores pastel, donde no era difícil conocerse y los sectores estaban bien marcados (ahora ve usted a los pelados en todas partes, en todas las avenidas, sin el menor respeto sentados en la Alameda, arrastrando sus huaraches por la Reforma, regurgitando sus obscenas comidas manchadas a lo largo de lo que fue nuestra calle de Plateros) y los sitios de cada quien también, pero usted no sabe lo que va a suceder cuando las ventanas de una mansión sofocada en esos damascos y barnices quietos y untuosos se abren para que entre una tempestad de palabras que nadie quería escuchar (después, no entonces, no, nunca entonces cuando traían un perfume de verdad que después se secó,

guardado en algo más escondido que las páginas amarillas de un libro o el arcón más clausurado: el corazón de una mujer que amó poco) en boca de un tipo varonil (mentiroso) hombruno (seductor) alto (pequeño en mis brazos, casi cándido en su inocencia frente a lo que aún, antes de saber nada del amor, sabemos nosotras) y ahora que yo me voy a morir»

—Me voy a morir, señor

«y él no vendrá a verme, le puedo decir que mire a su alrededor —él no gana nada, ya lo sé, pero aun así, aun así— y piense en aquel palacio que le acabo de perfumar y sabrá todo, cómo se pasa de una vida guarecida en la que cada uno está protegido por los demás, sobre todo cuando se es la niña de la casa (con trajecitos ampones y rizos tiesos, una nana con bolas de orégano en las sienes que sabe cuentos de brujas nocturnas, nacidas de un vértigo de murciélagos, y una alacena abierta a la preciosa gula infantil, alacena de jamoncillos y cremas y dulces de leche blanda, sobre todo) y parece que nada, nunca, jamás, va a desordenar ese palacio de juguetería y entonces entran primero las palabras que queman el cristal y dicen lo que a pesar nuestro queremos saber (no entender, no, no saber así, sino de la otra manera). Así fue Gervasio Pola»

—Mi marido se llamaba Gervasio Pola

«una palabra, la palabra que no quería escuchar y que al imaginar me obligaba a cubrirme la cabeza con las sábanas y a llamar a la nana vieja de orégano, Gervasio que llegó con todos los hábitos de la seducción en un caballo negro y con bridas de luz a decirme que ya no era como antes la vida, que en un buque alemán el jefe de la familia se había marchado (y yo en la casa de muñecas, robándome el jamoncillo en silencio, sin darme cuenta) y que ahora él, Gervasio, era coronel y podía darme la vida acostumbrada, merecida, y sus bigotes pomadosos relucían entre los cortinajes de la sala y mis padres escuchaban desde el comedor, hasta donde llegaba todo el brillo de sus botones y sus botas

y los cabellos llenos de pomada, partidos a la mitad, que dibu-
jaban como avellana el contorno oliva de su piel. Pero eso fue
un año, solo un año; un año en que ellos lo toleraron (porque
era coronel y Madero presidente y estaban en el candelero y ha-
bía que conservar el pequeño palacio con los barnices quietos y el
terciopelo) un año en que me llenó para siempre de palabras la
cabeza y el vientre, y esa palabra del vientre (que él nunca co-
noció, porque la palabra vino al mundo mientras él se pudría
en un calabozo y ya entonces me habían señalado mi estupidez,
mi falta de reflexión, mi "tú lo quisiste", y todos los hermanos
sintieron la misma repugnancia de saberme en ese estado, aunque
estuviera casada, que hubieran sentido frente a cualquier otro es-
poso mío, pero que acallaban si el matrimonio era conveniente,
sí, si la mansa laguna no se agitaba, sí, si todo siguiera igual,
y ahora eso ya no era, y Gervasio estaba en la cárcel y Madero
asesinado y yo con el vientre hirviéndome de las palabras que él
dejó allí, de la palabra «Rodrigo» que fue lo único que me dejó)
que hube de germinar a solas, escondida, en una casa pequeña y
fría lejos del calor untuoso de la otra que ellos me cerraron, que
hube de tolerar a solas (gozando las primeras pataditas en el vien-
tre a solas, tratando de pensar en que se lo daría, con mis pala-
bras, todo otra vez, toda la gestación lenta y oscura del ser crea-
do por sus palabras y mi sangre, toda) mientras tejía toda la
jornada segura de que al terminar estos zapatos de estambre, es-
ta bufanda, él regresaría a acariciarme el pelo y decirme que ya
estaba bien, que podía descansar, que fuera con él a la cama a
sentir cómo crecía dentro de mí lo nuestro, a pasar la noche en si-
lencio tratando de percibir la existencia del hijo, a hacer el amor
sin contacto, con las manos, con el pelo acariciado, con las meji-
llas ardientes y no, no pudo ser así, él no estuvo allí mientras su
palabra crecía redonda y grave en el centro de mis entrañas, él no
estuvo nunca ni supo nunca porque jamás lo volví a ver, y si hu-
biera estado yo habría sabido distinguir tres, tres, pero así no,

así éramos siempre dos, yo y la palabra, yo y el padrehijo, yo y Gervasio-Rodrigo, una continuación, pero ahora ya no con las palabras de él sino con mi silencio, con mis decisiones aisladas, ¿ve usted? Y no podía haber más decisión que la de comer; de eso me di cuenta apenas vino a decírmelo, muchos años más tarde, el capitán Zamacona, cuando yo ya trabajaba (para comer) en un almacén del centro, y él quiso frecuentarme (era tres años después de la muerte, y yo aún creía que iba a regresar y con la pura voluntad mantenía mi perfil, el perfil suyo, para que no pensara en esos días y esos años sino que regresara al punto de partida y el adiós y el ejercicio dulciamargo y la bienvenida se fundieran en un solo momento en el que recuperáramos todo el tiempo de desolación e ignorancia y gestación) y así se enteró de quién era yo y me lo dijo: "Yo mismo ordené el fuego, yo mismo estaba allí al frente del pelotón en la madrugada de Belén frente a la pared descascarada y los cuatro rostros que no quisieron que los vendáramos pero que al fin se dieron las manos y cerraron los ojos y yo mismo fui a darle el tiro de gracia al rebelde Pola que se torcía en el polvo —su marido— porque los rasos no sabían tirar bien y nada más los mataron a medias. Su marido está muerto desde hace tres años, señora. Fue un crimen más de Huerta, que bien caros los ha de pagar todos y ahora que yo estoy con el carrancismo puedo ofrecerle lo que usted se merece" sí, casi con las mismas palabras y otra vez un kepí ladeado, unos bigotes tiesos y un porte marcial: el mismo de siempre, que ahora venía con otras palabras a contarme que Gervasio había muerto y entonces supe que mi decisión no era otra más que comer porque pensé que a la calamidad y la muerte debe seguir, natural y amargo, el acto cotidiano; que yo debía haber velado a Gervasio para luego preparar sobre el catafalco nuestra cena (la de Rodrigo y la mía) y mezclar los olores de vela y gardenia con los de grasa y mantequilla humeantes pero no fue así, ya ve usted, fue tres años después, y no sabían dónde estaba enterrado así que yo respiraba el

polvo (cuando se levantan las tolvaneras de este valle que he vis-
to secarse, y que antes, en los días que recuerdo, era más flori-
do y manso) creyendo que allí venían los despojos de mi marido
pero el capitán insistía: "No lo pene usted; me acongoja decírse-
lo, pero no murió bien. Se hubiera ido él solo al paredón, pero
no, tuvo que delatar a sus compañeros; no supo irse solo, tuvo que
decir dónde estaban los otros fugitivos para no sentir miedo. Así
fue señora" y yo no le reproché su cobardía (¿cobardía? ¿no era
el jefe? ¿no tenía derecho a exigir todo de sus compañeros? hizo
bien, pero no era eso lo que le reprochaba) sino que no me hubie-
ra llamado a mí para que yo también cayera con él, porque si
era el jefe de esos hombres que murieron a su lado, era mi hom-
bre y el padre de mi hijo, y debió llamarnos, exigirnos eso; no,
nos dejó solos, diciéndonos que siempre no era el que mandaba,
que nos las arreglásemos, que pudo darme su vida pero no su
muerte: esta fue su cobardía y el rencor que le guardo, que me ofre-
ciera tan poco de su vida y luego ni siquiera me regalara su muer-
te, ¿ve usted?, porque algo debió darme por entero, y no fue nada
de él, sino esa prolongación que yo traje, que yo crié (quizá qui-
so que eso fuera todo, su vida y su muerte, ese niño, pero eso nun-
ca lo dio a entender y yo nunca lo supe) y ese rencor, ese sentimiento
de que me faltó su muerte, me obligó a renunciar para siempre a
comprender ciertas cosas menos una: que Gervasio no había exis-
tido, que el niño había sido engendrado por mi voluntad y mi de-
signio, que yo misma me había fecundado con el sueño de un hom-
bre que solo dormida conocí, que solo en el vapor entre dos horas
del amanecer me poseyó, que no estuvo allí y que esos dos mo-
mentos concomitantes —la fecundación de mí misma por mí mis-
ma y el largo parto del infante— eran eternos, que siempre esta-
ba entrando en mí la concepción de mi sueño y saliendo su producto
carnal y este convirtiéndose en aquella, siempre, sin solución. Pe-
ro él no quiso, señor, él no quiso ser parte de mi vida (mi vida,
la mía, así, en esos dos momentos fundidos, de los cuales él de-

bía ser parte permanente, atado siempre a mi cordón, engendrando el sueño que, a la vez, debía engendrarlo a él) y sin decirme nada, en sus ojos transparentes de niño, me advirtió que él no era su propio padre como yo quería, en el estilo que yo hubiera impuesto, su padreamante, sino su padrecrítico, no el padre que me hubiera aceptado siempre sino el que me hubiera espiado, diciéndome en los ojos Ya no eres la de antes; ahora cambias, ahora tus cuencas se oscurecen y tus ojos se marchitan, ahora tu piel se afloja y eres una viuda desventurada que envejece y trabaja inútilmente después de haber sido criada para el pequeño palacio de juguetería y la nana que contaba historias ociosas y la alacena que olía tan diferente de esta casa situada del mal lado del sol adonde las cosas saben a musgo y no pude tolerar eso: mi cara era, tenía que ser, la de siempre, para que él la recordara si regresaba, tenía que corresponder a las frases y a las palabras de amor que la habían convertido en otra cara, la cara de la esposa —pero Rodrigo no lo supo, él solo vio que había minutos cuadriculados sobre la piel, y me espiaba, más, me obligaba a observarme a mí misma, a saber que era cierto, y que me obligaba a ello este ser pequeño y delgado que se sentaba a hacer su tarea bajo una lámpara verde, que en vez de penetrar en mi vida se separaba de ella, se alejaba para mirarme y decirme No soy tú; puedo estar contigo, pero no seré, yo, tú»

—¡Mi hijo, mi hijo!

—¿Nunca le dijo usted toda la verdad, todo lo que pensaba? ¿Solo quiso ser sin expresar, esperando que Rodrigo comprendiera todo? —preguntó Ixca Cienfuegos.

—Sí, así quise

«porque yo no podía abaratar, vulgarizar todo mi mundo, ¿ve usted? (mi mundo ya estaba abaratado en esas cosas que se tocan y se miden, y no, no podía abaratarlo más sacando a la luz todo lo que pensaba, porque antes las instituciones se daban claras y tácitas, todo aquello en lo que creíamos en la casa, mis

*padres y mis hermanos y yo, se daba así, a la luz, sin necesidad
de justificarse, de pedir perdón por lo que nos correspondía, en lo
que se toca y en lo que se siente: en nuestro hogar y en nuestro sitio; ambos estaban justificados por el orden de las cosas y así
debía ser también ahora, solo que ahora era vulgar mi trabajo,
mi casa, mi ropa; no podía ser vulgar también mi alma, ni mis
palabras, ni la vida que le comunicara a mi hijo) pero ese alejamiento de él me obligó a volver a buscar a Gervasio, solo que,
igual que Rodrigo me había obligado a sentir que yo era distinta, me obligó a sentir distinto a Gervasio, y se canceló todo
lo que había mantenido, el rencor, el tibio recuerdo de su cuerpo,
la solución padrehijo, la necesidad de haber cometido mi muerte
en la suya para que él cometiera el parto de nuestro hijo en el mío
y así nos unieran muerte y parto, parto y muerte siempre, pues
ahora mis horas eran esas horas vulgares de un trabajo gris y monótono donde nunca puede haber recompensa, porque el trabajo
puede ser tan gracioso y puro como el ocio, sí, pero este no lo es, señor Cienfuegos, está despojado de todo, y en esas horas vulgares
solo aprendí a reprochar a Gervasio, a reprocharle otras cosas que
nada tenían que ver con el origen de nuestras vidas y nuestras cópulas y su fruto, que solo tenían que ver con la nueva vida, la
nueva ciudad que crecía a mi alrededor y sus nuevas gentes, las
que habían llegado a ocupar los puestos abandonados, y de esa
falsedad (de ese contorno ajeno a toda nuestra experiencia y a los
hechos nuestros y personales del amor y la muerte y la vida y la
concepción) salió el nuevo Gervasio, al que podía reprochar, y de
esa nueva imagen salió también el destino que tracé para Rodrigo: porque lo otro, la verdad, lo que acabo de decir (mi vida
auténtica) se perdió en ese cúmulo de vulgaridad y tuve que inventar nuevas razones y nuevas relaciones, y esto lo sé solo ahora
que ya estoy sola (pero no, no es estar sola lo que me obliga a darme cuenta, tampoco que voy a morir, es otra cosa) y se lo digo así.
Entonces habían pasado diez años de la muerte de Gervasio, y yo*

volvía a comparar mi aspecto físico con el de aquellos días. To-maba el retrato de mi esposo (cerca de una cabecera helada don-de pasé mi viudez, porque después se deja de ser viuda, de recordar que algo penetró en la carne con tanta falta de escrúpulos y con tanta fuerza recogida y temblorosa, respetuosa de mí, al cabo, y es lo que no todos saben hacer, y él sí; era bueno, lo sé ahora, muy tarde, bueno y generoso y estas son las cosas que se nos escapan porque complicamos el pensamiento y la carne también y queremos que las cosas sean otra cosa, y no lo que realmente son, al principio, y sin progreso posible, incanjeables y dignas de la mayor protección, de la única protección: bondad, generosidad) y lo ponía a la altura de mi rostro, los dos frente al espejo. Pen-saba que ahora yo parecía su madre, y en voz alta lo recrimi-naba con esas palabras que no eran mías, que eran de mi trabajo desilusionado y de la ciudad y sus nuevas gentes que se venían como una marea a nublar mi corazón. Tú te quedaste siempre igual, muerto o donde estés: ya no podrás ser más que aquel ilu-so de treinta años, metido a bochinchero idealista y ¿no te das cuenta Gervasio que un hombre no tiene derecho a seguir su des-tino en cuanto tiene que alimentar a una mujer y a un hijo? Ilu-so, iluso, fusilado en una cárcel y ahora, diez años después, po-drías ser rico y dejaba caer el brazo y recordaba las escenas del almacén, donde los nuevos iban a comprar ajuares para las nue-vas casas de las nuevas colonias donde iban a habitar todos los que no murieron en la cárcel de Belén, todos, venidos en un tro-pel que me llenaba de vergüenza, y los antiguos que se habían sabido acomodar y Tú Gervasio no tenías derecho a exponerte; debías haberte protegido como todos estos que ahora son ricos e in-fluyentes. No pensaste en mí, ni en tu hijo; me dejaste sola, a se-carme poco a poco; quisiera perdonarte, Gervasio, pero no puedo, no me diste ni tu amor, ni las pocas cosas necesarias para vivir a gusto. Pero haré (esta era la mentira, esta era la mentira naci-da de mi reproche, y hasta ahora lo sé, cuando es muy tarde, dígaselo al pobrecito, dígaselo antes de que sea muy tarde para él: que no hay triunfos ni derrotas en este país, que no hay memoria para el paso de los hombres sobre esta tierra, que todos fueron y serán fantasmas antes de nacer, sin proponérselo, porque solo los fantasmas rondan en la verdadera vida de México, y ellos traen sus batallas muy hechas, muy sólidas, para que sean reales nuestros ejercicios de polvo, nuestras individualidades aplastadas por esa otra batalla permanente de fantasmas y sus luchas que no se han resuelto; dígaselo así) que tu hijo triunfe, como se triunfa aquí. Lo torceré pero le daré su carrera, le enseñaré a buscar a los poderosos y a ser sumiso con ellos, para que no me lo vayan a matar junto a un paredón como a ti y él sepa darle una vida normal a la mujer que escoja y esté presente en el alumbramiento de su hijo...»

—... el vaso, señor, el vaso del buró, pronto...

Ixca alargó el brazo en un doble movimiento para recoger el vaso, para llevarlo a los labios transparentes de la anciana hecha de costras de cebolla que gemía ronca y desarticulada desde el lecho de latón, dando a sus ojos una infinidad de expresiones a medida que las palabras y los pensamientos impronunciables le cruzaban, como una inundación impetuosa, por el cerebro. El líquido gris y opaco bailó un instante entre las venas temblorosas del cuello de Rosenda: —¿Me entiende?

«pero no podía vulgarizarme, ¿me entiende?, ni al niño podía decirle esto, solo al retrato de su padre (porque en el fondo de mis percepciones y mis recuerdos matrices seguía identificándolos y seguía confundiendo la cópula con el parto como en una hora parda del día naciente se confunden los astros y las dos caras de la luna, así fue) porque el niño era solo un objeto de escarnio en la escuela y cada día se escondía más en su cuarto y yo abajo, tejiendo, desde mi mentira pensaba en las cosas que estaría haciendo, pensaba y me acercaba a la puerta de su cuarto a esperar

algún ruido y pensaba en que ya estaba grande, que ya iba para los trece y entonces empezaban las tentaciones; pensaba que debía hablarle de su padre (del fracaso) para que se diera cuenta y no desperdiciara el tiempo (Gervasio, le iba a decir, solo me dijo muchas frases bonitas y luego se dejó matar) y la mentira me gritaba: ¡No quiero que Rodrigo salga así! él tiene que hacer cosas y por eso me resolví, en la mentira, desde la mentira, desde mi trabajo monótono, desde mi sentirme exilada en la ciudad que había sido mía sin pedir permiso, desde la ciudad que había sido nuestro centro de paz hogareña y después, por un instante, mi plexo convulso de amor y abandono y viudez y desde mi ansia (¿por qué, por qué un amor tan cruel, tan necesitado de destrucción para sobrevivir, tan premioso ante las naturales fatigas de los hijos, tan ansioso de chupar hacia el centro del vientre al niño que se nos escapa?) de que fuera mío, solo mío, le dije que su padre era un cobarde, un tonto que delató a sus compañeros, un cobarde que nos dejó en la miseria: así le dije, y él solo me había preguntado si Gervasio era bueno conmigo, y yo ya había perdido (en mi cama solitaria y en mis noches de viuda y mis días de empleada) la verdad, que (se lo he dicho) eran solo la bondad y la generosidad de Gervasio, mi iluso, mi tonto, mi cobarde, mi niño, mi carne negra y erecta... Y era al escarnio de esos condiscípulos ricos, y no a mi amor (este amor del que le hablo) a lo que atribuía el silencio de Rodrigo, su cierto alejamiento de mí, su imposibilidad, desde que le hablé esa noche de su padre, su imposibilidad para volver a formar, aunque fuera como antes (mediante unos lazos hechos de miradas abiertas y azoradas, de silencios inverosímiles), un todo conmigo, con mis certezas y mis recuerdos y mis pobres, pobres anhelos: ninguno volvería a saber (como antes usé la palabra: saber) nada del otro. Lo deformaron en la escuela, decía yo, nosotros no somos ricos y se burlaron de él y le quitaron ese desplante necesario para triunfar; lo obligaron a esconderse en el cuarto a escribir, en vez de que pensara en todo lo que tenía que *hacer (hacer lo que no hizo su padre; haberse aguantado; todos llegaron alto; Calles era maestro de escuela). Y Rodrigo crecía, y yo aumentaba la mentira: era hombre ya (eran otros deseos) y más que nunca se acercaba el momento de la decisión y el peligro y yo lo vigilaba —desde mi mecedora de mimbre le repetía en silencio, sin que él me escuchara nunca, cuánto temía que la falta de un hombre en la casa lo hiciera fracasar y después de la medianoche entraba en silencio al cuarto atufado donde escribía y comenzaba a fumar en secreto y entonces dormía y me hincaba cerca de la cabecera con los ojos muy abiertos a decir palabras, solo a hablar, a decirle que ya no era niño y otras cosas y a arreglarle la almohada mientras él soñaba inquieto, moviendo la cabeza cuando mis palabras se repetían en un sonsonete bajo dentro de su sueño. Era un encantamiento, un encantamiento más que no supo surtir efectos: él se alejaba, en la liviandad exótica y prestigiosa de nuevos amigos (sabemos que no quieren a nuestros hijos, señor, que se juntan para olvidarnos, para hacerse la ilusión de la autonomía y acabar solos, como él ha acabado)»*

—¿Usted es su amigo?

«llegaba tarde mientras yo permanecía con la mano húmeda sobre la manija de la puerta, como si en el cuarto de Rodrigo se escondiera una fiera, un monstruo oscuro que me hablara de su vida secreta, de las nuevas relaciones que él no me permitía comprender, solo aceptar (no impuestas, no, no obligadas: todo en el silencio, en el nuevo esquema mecánico del amor filial) y cuando me decidí solo encontré ese nuevo amor, esos papeles (más que yo, más que sus amigos, más que él mismo, creí intuir entonces, no sé ahora: él es tan desvalido) llenos de versos y allí quise culminar la mentira, hacerla mi dueña y, quizá sin saberlo, permitir que me consumiera y me permitiera volver a la verdad»

—Él... ¿él se lo contó?

«¿lo que le dije entonces? pensé que ninguno tenía derecho a su destino, quise consumar la mentira: era tan grande, ya, el lla-

no desolado entre mi destino, mi vida entre algodones, y mi nue-
va vida de viuda, que no lo creí, no quise que él tuviera el suyo,
¿ve, señor?: él como yo, solo debía tener responsabilidades, eso le
dije, y en realidad solo quería contarle cómo quería que sí tuvie-
ra un destino pero que fuera prolongación del mío y del de su pa-
dre muerto; pero no me atreví y no me di cuenta, solo di cima a la
mentira y corrí fuera de la pieza, golpeándome contra las pare-
des del estrecho pasillo, hasta mi recámara, a encerrarme. Los
vi a los dos, al padre y al hijo, por última vez, supe que había
obligado a Rodrigo a partir —no en su cuerpo, ese día, ese año,
pero sí alguno— a partir con sus ojos y el suave pulsar de las
venas en la mano con la que me seguiría acariciando como a un
monumento viejo y mudo, en su cortesía abstracta que me impe-
diría volver a saber nada de su vida, en su paulatino alejamiento
(hasta el día en que nunca regresó, nunca regresó pero con ama-
bilidad, sin escenas, sin decirme una palabra de fuete que me hu-
biera salvado, ¿comprende?, que me hubiera salvado) para nun-
ca regresar, nunca saber más de mí, ni el día de hoy, el día de mi
muerte»

—(El vaso, señor Cienfuegos)

«y... y... ¿regresará Gervasio, cubierto de una sangre coagulada
que me quedó a deber? porque era un niño lindo, al nacer...»

—... lo hubiera usted visto... pobrecito

«(allí, en el armario, sofocado en esas planchas manchadas de
los fotógrafos de ayer) cuando corría una mano sobre mi cabeza;
era chiquito, muy chiquito: nació de un borbotón de pólvora, sí,
y no lo supo, no entendió...»

—... dígaselo usted, pobrecito...

«que no hay éxito ni derrota, que correrá a cumplir su destino
(él lo quiso, ¿no?) ínfimo mientras la tierra entera se llena de
viejos fantasmas donde yo viví de niña, con la nana y el dulce
de leche antes de las palabras, dígaselo, no le habrán dicho todo
porque las verdades están metidas en nuestros días y se quiebran

en mil aristas a la luz de cada mirada, de cada golpe de cora-
zón, de cada línea del azar y usted no supo lo que fueron aquellos
días pero no podían durar, nada dura aquí, estamos un instan-
te antes de que otro remolino nos abrace y nos chupe con dientes...»

—El vaso, señor...

«dígale que venga, por una vez... sé que es pobre, que no me po-
drá ayudar...»

—... venga, pobrecito...

La lengua de Rosenda se disparó, puntiaguda, fuera de
sus labios lineares y un casi imperceptible ruido, ruido
de cerrazón, en la garganta, hizo que Ixca se pusiera de pie
y le cubriera la cara con la sábana. Apagó la veladora del
buró y salió del cuarto.

—Saca la cuenta, Luis. Se me hace que no podemos—. La jovencita rubia y delgada, de perfiles afilados y quebradizos, de pelo lacio y dientes disparejos, se sienta sobre el sofá de brocado rosa. El apartamiento, en un cuarto piso de la calle de Miguel Schultz, se ahoga esa noche —como todas— en el olor a gas, cocina y animal doméstico de los inmuebles mexicanos de modernidad intermedia. Un cubo oscuro conduce a pasillos oscuros con piso de mosaico gris, a la puerta despintada que se abre sobre la sala: la mesa de comer, dos sillas, el sofá, un silloncito de mimbre. Algunos cromos religiosos completan el decorado. —No te apures, Josefina. Tú verás si no—. El joven mestizo, de bigotes ralos y gafas ahumadas, con las mangas enrolladas, escribe números sobre un papel.

—Todavía falta pagar la recámara.

—De eso salimos pronto. Mira: me lo han prometido. Desde diciembre, salgo de dependiente. Si me dan el circuito del norte, como viajante se puede hacer mucha lana. El negocio del algodón se va para arriba, chula, y allí se van a vender muchos implementos agrícolas...

—Ay, yo quisiera sacar a Luisito de esa escuela de peladitos y meterlo a la de los hermanos.

—Seguro que sí. Será lo primero que hagamos, no te apures. Después, ya tengo visto un apartamento por otro rumbo...

—¿Cuánto, Luis? Se me hace que...

—Seiscientos pesos, corazón. Doscientos más que aquí, y en un barrio padrísimo: por el rumbo de Nuevo León.

—*Ya me cansé de San Rafael. A fuerzas hay que tratar con las vecinas. Te las encuentras en el mercado y en el parque, y como que no son iguales a uno... tú sabes. A veces, Luis, aunque te quiero y tengo tanta confianza en ti, me figuro que nunca vamos a salir de perico perro, y me dan...*

—*Ándale, ándale.*

—*¿No se echarán para atrás tus jefes?*

—*¡Qué va! Vieras lo recio que me llevo con el jefe del departamento. Y él ya le habló de mí al mero mero. Está hecho, te digo. En diciembre me hacen viajante, tú verás.*

—*Si haces mucho dinero en el norte...*

—*¡Épale! Calmantes, Josefina. Espérate tantito. Hace falta averiguar si...*

—*Luis, es que quisiera tanto un coche. Luisito ya va para los siete, y sería tan bonito salir los domingos de excursión... Y después quisiera otro, porque no está bien que...*

—*Por favor. No nos podemos echar otra carga encima. Apenas si alcanza para tres bocas.*

—*Pero es que no está bien, te digo. Nada más porque te quiero mucho y tú me lo pides, pero a mí me enseñaron que es pecado, que hay que tener todos los hijos que Dios nos quiera dar. Si de vez en cuando me acompañaras a misa, sabrías que...*

—*¡José, por favor! ¡Qué sabe el cura de los problemas personales de cada quien!*

—*¡Luis! Ya sabes que yo respeto mi religión, no hables así...*

—*Está bueno. Pero no te preocupes. Ascenderé lueguito. Los jefes me estiman, palabra. Hasta puede que dentro de diez años...*

—*¿Nuestra casita?*

—*Seguro, Josefina. No te apures.*

—*Mira, recorté unas vistas de una revista americana. ¿Sabes lo que me gustaría más que nada? Pues un desayunador de esos, junto a la cocina para trajinar menos. Y como que todo es más*

íntimo así, ¿no se te hace? Los Rodríguez tienen uno igualito,
y María de la Luz me dijo que...

—*¡Qué saben los Rodríguez! Y no te andes juntando con esa*
vieja que nada más te mete ideas.

—*Pero si son muy distinguidos. El señor Rodríguez ha hecho mu-*
cho dinero en un dos por tres. Nos convienen esas amistades... Luis,
ya no aguanto esta colonia. ¡Apúrales a tus jefes, por favor, di-
les que...!

—*Seguro, José, seguro. Tú no te apures. Ya verás si no.*

MÉXICO EN UNA LAGUNA

A las siete de la mañana, llovía. El pulso adormecido de la ciudad continuaba indeciso entre los colores cuando Ixca Cienfuegos, envuelto en una gabardina negra, llegó con el carro funeral a la casa de dos pisos y profundidad de habitaciones dispersas en Mixcoac. Respiró el aire de vidrio, delgado y penetrante, y saltó de la carroza a la puerta de entrada: la callecita estaba anegada por un lodo amarillo.

—Yo les aviso —les gritó a los mozos de la funeraria desde la puerta. Con las piernas largas, ascendió, de tres en tres, los peldaños hasta el cuarto de Rosenda. Al abrir la puerta, se concentraron todos los tufos de la mujer. Era como si cada una de las palabras que Rosenda pronunció a lo largo de su vida se hubiesen ceñido, reuniéndose en olores que pugnaban por descender hacia otro verbo. La encontró idéntica a la noche pasada: la lengua puntiaguda, los ojos abiertos, la piel de costras vegetales más transparente. Puso una rodilla en la cama y con gran esfuerzo cruzó los brazos de Rosenda sobre el pecho. Le bajó los párpados. Tuvo que amarrar un pañuelo del cráneo a la quijada. Descendió.

—Pueden subir. Aquí los espero.

El toldo del carro goteaba. Ixca se subió las solapas de la gabardina hasta la nariz. Escuchó el ruido del descenso del féretro por la estrecha escalera, el chapoteo de los pies en la lluvia. Algunas mujeres se asomaron por las ventanas. Una banda de chiquillos que en la avenida Revolución ofrecían sus servicios para pasar bultos de una acera a la otra, vinieron corriendo a ver el traslado de la caja.

—Órale patrón, un quinto por cargarle al muerto...

Uno de los niños no corría ni pedía dinero; con los pies desnudos en el agua, miraba en silencio los esfuerzos de los mozos por no resbalar sobre el lodo. Un fleco negro le cubría la frente y se le enriscaba entre los ojos. Con las manos hacía disimuladamente cruces, y sus labios se movían en silencio. Ixca lo llamó.

—¿Tú no eres el vecino de doña Teódula, chamaco?

—Jorge Morales para servir a usted —dijo el niño con una voz cantarina y sin pausa.

—¿Qué haces aquí a estas horas?

—Con las inundaciones se sacan unos fierros, señor. —No dejaba de hacer cruces y murmurar mientras miraba el agua turbia.

—¿Quieres ganarte unos centavos?

El niño meneó la cabeza afirmativamente y se rascó una rodilla. No permitía que su mirada se cruzara con la de Ixca.

—Toma volando un camión y vete a casa de doña Teódula. Dile: «Ha muerto la madre». Nada más. ¿Lo vas a recordar?

El niño volvió a menear la cabeza. —Que se murió la madre. Nomás. —Ixca le dio un peso y el chico salió corriendo, levantando una estela de espuma parda. El carro arrancó.

Entre Mixcoac y San Pedro de los Pinos, la mañana cobró sus derechos. La lluvia, ahora, caía pesada y tibia, esparciendo un vapor caluroso. Ixca pensó en el cadáver que, envuelto en su mortaja, semejaba por fin el fruto que Rosenda siempre había soñado como su gestación de un padre y un hijo, de Gervasio y Rodrigo. La gestación que ella añoraba repetir se cumplía ahora con su propio cuerpo. La ciudad que Ixca veía correr a su lado, chata, gris, teñida de una lluvia que no se resignaba a confundirse, bienhechora y momentánea, en la tierra que bañaba, sino que permanecía, intermedia, en el lodo y el regurgitar de alcantarillas, se transformaba, por el recuerdo de Rosenda, en una vasta placenta hinchada de fusilamientos y amor exigido e indiferencia personal y sacrificios gratuitos. Cuatro millones se alineaban, sin tocarse las manos, cada uno rígido al lado de los otros, a lo largo de un muro coronado de pólvora. Cuatro millones parían, con una mueca cerrada, la luz de cada día, la oscuridad de cada noche, sin solución, en un parto repetido con el ejercicio doloroso de la premura: el día jamás se encadenaba a los días, ni la noche a las noches. Cada uno nacía de esa flora humana para cumplir un horario estricto y desaparecer, sin memoria, sin posibilidad de resurrección. Este era el cadáver, y esta la ciudad. Todas las gestaciones de Rosenda se alargaban en una sola: esta.

Una vereda fangosa se abría entre las hileras de cipreses. Las gotas de lluvia le escurrían a Cienfuegos por la cara mientras, con la cabeza baja, caminaba detrás de los que cargaban la caja. Seguía, inconscientemente y con la mirada fija, las huellas de los zapatos, visibles por unos segundos antes de que el balaceo de la lluvia las borrase. La fosa estaba llena de agua. El féretro de Rosenda descendió y los paletazos de tierra iban formando una efervescencia de burbujas.

—Perdón —murmuró Cienfuegos y salió del cementerio empapado.

Rodrigo Pola se había detenido frente al espejo del baño cuando Teódula Moctezuma, flotando entre sus ropones

oscuros, cerraba la puerta de la pieza interior de la calle de
Rosales. El reflejo pálido de Rodrigo era, sin embargo, más
nítido que su propio rostro suspendido. Empezó a hacer
caras de dolor, caras de risa, caras de interés o de suficiencia, hasta sentir que su rostro y el reflejado eran dos, distintos, y tan alejados entre sí como la luna verdadera que
nadie conoce y su reflejo quebrado en un estanque. Husmeó el aire de flores secas que la mujer cuadriculada había
dejado, antes de partir, en el cuarto. Los músculos facia-
les comenzaron a dolerle, pero Rodrigo no podía interrumpir su rápida sucesión de máscaras ante el espejo.
¿Qué cara le había puesto a Norma Larragoiti cuando le
declaró su amor? Esta. ¿Y qué cara había hecho cuando
Mediana lo había cortado del grupo? Rodrigo frunció el
ceño y formó una «O» con los labios. ¿Y cuál era su cara
oficial de escritor? Arqueó una ceja y movió con avidez
las aletas nasales. Entonces dejó caer los hombros, se rascó la cabeza y sintió una urgencia verdadera, ajena a su
comedia de ese instante, de sentarse a escribir —de hablar consigo mismo, de alguna manera—, de dejar una
sola constancia verdadera. Metió la mano en el cajón revuelto del buró y sacó un lápiz chato. Entre las páginas
de una novela de Pío Baroja encontró un *block* de cuartillas pardas. Se sentó al filo de la cama. Se rascó la nariz.
Escribió.

«El problema consiste en saber cómo se imagina uno su
propia cara. Que la cara sea, en realidad, espantosa o bella, no importa. Todo es imaginarse la propia cara interesante, fuerte, definida, o bien imaginarla ridícula, tonta y
fea. Yo tengo mis temporadas. A veces, cuando salgo de un
cine, me imagino que lo más sugerente de los rostros que

durante dos horas me han estado parpadeando se me ha contagiado. Arqueo las cejas, saco el labio inferior hasta sentirlo seco, inflo el pecho. Estoy seguro de que la gente, en la calle, me distingue y se percata de mi notable personalidad. Soy un hombre radiante, magnético. Soy una prolongación de Victor Francen o de Laurence Olivier. Otras veces, amanezco con un vacío inquietante en la boca del estómago, detengo los movimientos de la navaja para sentirme descorazonado ante esa efigie, barbada de jabón, en el espejo, salgo arrastrando los pies, con la cabeza baja, y estoy seguro de que todos, a mi paso, murmuran, se ríen y señalan con el dedo a ese pobre diablo. Todo depende, pues, de estados de ánimo, de impulsos exteriores. En consecuencia, debería bastar que esos impulsos se condicionaran adecuadamente para lograr el estado de ánimo y la personalidad queridos. Pero resulta que, en general, prefiero que la gente me señale como un pobre diablo y me tenga lástima. ¿Por qué será esto? Quizá porque desde ese terreno puedo saltar a una afirmación de mi personalidad y desmentir a los que me juzgaron pobre diablo. El procedimiento inverso sería, sin duda, mucho más penoso. Esto no quiere decir que, a veces, el contacto con las personas que me han tenido lástima sea tan fugaz, que no tengo tiempo de demostrarles lo contrario. Supongo que esas personas se llevarán la impresión definitiva de que se las han visto con un redomado imbécil. Por esto prefiero elaborar, a largo plazo, mis encuentros y la impresión que busco dejar en el ánimo ajeno. Alguien opinará que todo esto es ridículo, que los hombres pueden ser juzgados objetivamente, que su personalidad auténtica se abre paso a través de todos los disfraces. No estoy muy seguro. Puede ser que el juego, el artificio, a base de reiteraciones, llegue a ser lo auténtico, y que la personalidad original se pierda para siempre, atrofiada por la ausencia de función. No sé. Lo cierto es que, llevado por esta dialéctica personal, yo ya no sé cuál es mi verdadera máscara.

»Veamos algunos ejemplos. Supongamos que yo tengo —o tenía— alguna facultad particular. La de escribir, digamos. Yo empecé mi vida de hombre ostentándome como escritor, presentándole al mundo, como primera introducción, una tarjetita que decía "Rodrigo Pola. Escritor". De la misma manera que otros se anuncian como "Fulanito, ingeniero civil", o "Perengano, experto en restauración de óleos". Solo que estos pueden demostrar inmediatamente, y de un modo tangible, que son ingeniero o experto en restauración de óleos: allí está su obra concreta, susceptible de ser apreciada por los cinco sentidos. ¿Pero cómo se demuestra a los demás que se es escritor? Por más tangible que sea un libro, verlo, tocarlo, olerlo, no dirán nada acerca, no digamos ya de sus excelencias de estilo, sino siquiera de su escueta existencia. Se verá un bulto determinado, hecho de papel, letras, goma, hilos. Se tocará ese bultito. Se olerá la goma con que ha sido encuadernado. Incluso se podrá pasar la lengua sobre una de sus páginas: todos estos actos sensibles nada dirán sobre el libro en cuestión. Hasta se podrá dudar de que, en cuanto libro, existe; ¡cuesta tanto aproximarse, en verdad, a él, a lo que, intrínsecamente, es! No sucede lo mismo cuando, directamente y con pruebas palpables, se ve que allí está un edificio de concreto, que allí está un viejo óleo del siglo XV, restaurado, brillante y oloroso a barniz. No existen, pues, pruebas definitivas de que se es escritor; puede, a lo sumo, haber un rumor de prestigio, y entonces se piensa en cómo utilizar ese prestigio para producir obras concretas, que no libros. Yo había escrito un pequeño libro de versos cuando era estudiante preparatoriano, y bien que lo exploté, no para escribir más libros apoyado en el primero sino para, apoyado en el primero, ver cómo le hacía para conseguir tareas más concretas. Pero, claro, si se saca un conejo de un sombrero de copa, las reglas del juego indican que el mago no puede, después de la función, guisar el mismo conejo que, si ha de ser congruente con su particular conejidad, nunca podrá ser sino conejo mágico.

»En efecto: no había otro camino que sentarme en un escritorio como jefe de oficina y dictar palabras que produjesen cartas, memoranda y oficios concretos. Pero aquí es donde interviene mi actitud original; como era preciso demostrar que yo era escritor, a propósito dictaba mal un oficio para, después, poder corregirlo y demostrar mi capacidad de escritor. Solo que, llevada a sus extremos, esta tesis acarreó, en primer lugar, el odio de mis subordinados burocráticos y, en segundo, la convicción de que mi trabajo era lento y entorpecía las labores. Yo solo quería causar, al principio, una mala impresión a fin de que la buena constituyese una revelación, una sorpresa.

»De allí que una actitud como la mía solo pueda desarrollarse a largo plazo, asegurando que habrá tiempo para demostrar las cualidades superiores a partir de las inferiores. Sí, es difícil, porque la gente y las instituciones prefieren —y exigen— una definición pronta y clara, y si no se les da esto, les basta la primera impresión, ¡Qué falta de paciencia! Y de sabiduría. Si mis superiores burocráticos las hubiesen tenido, hubiesen acabado por reconocer las posibilidades inmediatas de mi genio literario. Pero se apresuraron, me juzgaron por los primeros frutos, y me cesaron. Perdieron ellos, no yo. Tales son las consecuencias de la premura espiritual.

»Como no es posible obligar a nadie a detenerse en estas consideraciones, la trascendencia pública de una actitud como la mía acaba por anularse, y entonces no queda más remedio que limitar su planteamiento y su resolución a uno mismo. Un día, de esta manera, decidí no cumplir con ciertas exigencias orgánicas. Me abstuve de ir al baño durante varios días, deleitándome en el progresivo malestar que ello suponía. El deleite se convirtió en una grave enfermedad —peritonitis, nada menos— y solo entonces tuve que llamar a un médico y sentir, al salvarme de la muerte, que había en mi cura un triunfo que jamás me habría asegurado el hecho, monótono y cotidiano, de defecar.

»Es claro que semejante heroicidad, para serlo de veras, no puede repetirse a diario. Su carácter heroico es, precisamente, su carácter excepcional. Esta consideración obliga a buscar, en la vida diaria, sustitutos menores que, si se han de nominar apropiadamente, no son sino "latas". La categoría de la "lata" merecería un estudio amplio y detenido. ¿Por qué se es "latoso"? ¿Por qué se le da la "lata" a nuestros semejantes? Quizá la "lata" sea la definición, en el plano cotidiano, de mi estilo de heroicidad. Si —como es corriente— no hay tiempo para plantear y desarrollar ante la mirada ajena toda la actitud que yo asumo en la dimensión heroica, se acaba dándole la lata a los demás como prueba fehaciente de que es uno capaz de influir sobre ellos, de hacerse sentir. Así, en mi ocupación burocrática, le ordenaba a mi mecanógrafa que le sacara punta al lápiz; cuando me lo entregaba, lo dejaba caer al suelo y la punta se rompía. Esta operación, naturalmente, conducía, a la postre, a la desaparición del lápiz en sí. Entonces, me sentía autorizado para reclamarle a la mecanógrafa su falta de atención para tenerme el trabajo de máquina listo a tiempo, y si la confusa mujer se atrevía —cosa poco frecuente— a decirme que se había ocupado toda la mañana en sacarle punta al lápiz, siempre podía contestarle que su obligación era escribir a máquina y no sacar punta a los lápices, y que si ella misma desconocía la naturaleza de sus obligaciones, bien podía sugerir que la trasladasen de la máquina al sacapuntas.

»Estas son, pues, las pequeñas modalidades de mi actitud general. Hay otras ocasiones que se pintan calvas. Hace poco, hice conscientemente el ridículo en una fiesta. Ixca Cienfuegos estuvo presente y se dio cuenta. Regresé a mi cuarto-habitación, preparando ya, como es lógico, el triunfo posterior ante la misma reunión de personas que había presenciado mi ridículo. Me preparé en la hornilla una taza de té y, por un descuido, dejé caer sobre los alambres ardientes mi cinturón de cuero al desvestirme. Solo me di cuenta del hecho cuando un insoportable olor de cuero quemado me dio en las narices. Si se conoce mi actitud ante las cosas, no es de sorprender que, en primer lugar, dejara que el cuero se siguiera chamuscando y, en segundo, me acostara a dormir envuelto en una pestilencia insoportable. Cuando al día siguiente llegó Ixca Cienfuegos a despertarme, en seguida pensó que el olor era de gas y que yo intentaba suicidarme —sin duda con motivo del ridículo sufrido en la fiesta de la noche anterior—. Sí, la gente está acostumbrada a juzgarme débil e impetuoso. No, no desengañé a Ixca, lo confieso; por el contrario, le seguí la corriente, hablé piadosamente de mi conato de suicidio y de mi fracaso en la vida. Esa misma tarde, me llevó mi amigo a caminar a lo largo de la Reforma, para que "tomara el aire", ¡válgame Dios!, después de estar allí oliendo tanto "gas". Me instó a que le contara cosas de mi niñez (ahora es la moda pensar que la niñez lo determina a uno, como si uno, en vez de llegar a ser, volviera a ser) y bien que me aproveché, dándole una ver-

sión que aumentara su sentimiento piadoso hacia mí.
¿Quién sabe...? Quizá dije solo la verdad, pero es indudable que la teñí de esa actitud humilde, de ese afán de presentarme como un "niño bueno". No sé si se tragó todo. No sé, tampoco, si ahora mismo, pese a que tengo la recta intención de decirme a mí mismo la verdad, no me esté, al mismo tiempo, teniendo compasión.

»De cualquier manera, todo esto no es grave, y mucho menos culpable. Es culpable, por encima de cualquier consideración, la ausencia de generosidad. Pero para ser generoso se debe poseer algo digno de ofrecer a los demás. Capacidad de trabajo, amor, talento, comprensión, qué sé yo. Pero cuando no hay nada que dar, cuando uno está vacío, ¿puede ser culpable la falta de generosidad? Supongo que este es mi caso. Asimismo, si no hay obstáculos que vencer, ¿es culpable no hacer nada, estarse quieto en un rincón? Yo no tengo tentaciones, por ejemplo. Luego no tengo que superarlas. Me imagino que Cristo, conducido por el Demonio a la cumbre de una montaña desde la que le exhibe todas las tentaciones del mundo, sabía muy bien: primero, que era el Demonio el que lo conducía; segundo, que como era Dios no podía, por un mínimo sentido de congruencia, o aunque fuera por salvar las formas, sucumbir a la tentación del Demonio. Estaba inmune, por adelantado, al Demonio y a sus tentaciones. El pobre Diablo hizo un ridículo espantoso. Dios no puede ser tentado; no existe para él la tentación, luego no puede ser nunca culpable. No tiene nada que superar. Igual me sucede a mí. Tentaciones no siento; puedo, a lo sumo, sentir entusiasmos, que no es lo mismo.

»En el fondo, solo me interesa realizar mi dialéctica. A veces, como he apuntado, fracasa la tesis y de allí no pasa la cosa. Pero cada vez que fracaso en ese terreno, me voy al opuesto para ver si desde allí es posible. Mis amigos de la Prepa, por ejemplo, hicieron mofa de mi libro de versos; tuve que cortarme de su amistad y de sus ideas para irme al extremo opuesto. Si ellos eran esteticistas, yo sería un hombre de acción. Luché por la autonomía universitaria, anduve en el vasconcelismo, como para decirles: "Yo no necesito de ustedes. Puedo irme a la posición contraria, y bien servido". Pero al menor gesto de impaciencia de parte de las personas del nuevo grupo, allá voy volando a la posición anterior. Y así ad infinítum.

»¿Que cómo se termina cuando se vive y piensa así? Es muy sencillo: la trama se agota y se sabe uno en el límite, por más que los cambios de posición se perpetúen. Sí, en el límite. Y en él, incapaz de cambiar nada. Pues querer siempre pasar por un hombre justo, y cambiar siempre y continuamente de lugar para aparecer en el que, en ese momento, se supone el justo, supone abandonar para siempre toda posibilidad de justicia. Es posible. Se vuelve uno esclavo de su propio juego, el movimiento supera y condena a la persona que lo inició, y entonces solo importa el movimiento; uno es llevado y traído por él, más que agente, elemento. Ya no es uno bueno ni malo, redimible ni irredimible. Quizá esto se llama quedar fuera de la gracia. Es todo».

A las seis de la tarde, Ixca Cienfuegos se desabotonaba la gabardina negra en el atrio de Catedral. El Zócalo, a esa hora, se iba despoblando. Salían los últimos camiones cargados, pero llegaban los estudiantes que, rumbo a los cursos nocturnos de San Ildefonso y Santo Domingo, apresuraban el paso, clavaban las manos en los bolsillos y apretaban un cuaderno entre el brazo y el costado. En cada esquina, un vendedor de billetes de lotería gritaba las terminaciones y sumas. Los puestos de periódicos se doblaban, y los boleros chiflaban y recogían sus trapos manchados, sus cajas brillantes de espejos y chapas de cobre. Después, una parvada de niños descendía por Madero y Cinco de Mayo gritando la «extra» vespertina. El bulto informe de la viuda Teódula Moctezuma cruzó, por fin, la reja y se deslizó sobre el atrio hasta la puerta, turbia de crepúsculo, del Sagrario.

—¿Lo viste? —preguntó Cienfuegos al encender un cigarrillo.

—Sí, hijo —Teódula se sonó sin ruido con una punta del rebozo y clavó sus ojos huecos en los de Ixca.

—¿Y cómo le dijiste?

—Ay hijo, se me descompuso en seguida —la viuda sacó un cigarrillo mal hilado de su seno y le hizo una seña en solicitud de fuego a Ixca—. «Se murió tu mamacita anoche —le dije—, y yo buscándote por todita la ciudad, y nada». Que adónde estaba, me preguntó. Que bien enterrada le dije, y que no sabía dónde. Que dónde había estado él, mientras su mamacita se nos iba, le dije yo. Que en una fiesta, me dijo, y se me descompuso todito. Lo hubieras visto, hijo. «Quién te manda. La pobre ya estaba para el otro barrio de viejita y amolada», le dije yo, y ¿sabes lo que hizo, Ixca? —Teódula se quitó el cigarrillo de los labios y comenzó a reír como guajolote. El rostro, semejante a una tortilla vieja, se le cuadriculó.

Ixca sonrió. —¿Qué te dijo?

Teódula levantó las manos y las dejó caer sobre el estómago. —¡Que con qué derecho le hablaba de tú! ¡Válgame Dios! Le dejé mis señas, Ixca, no te preocupes.

Arrojó el cigarrillo y se fue flotando hacia la puerta central. Desde allí, volvió a mirar a Ixca, le sonrió y, tapándose la cara con el rebozo, penetró en Catedral. Ixca siguió fumando, apoyado contra la fachada del Sagrario. Cuando terminó el cigarrillo, sintió que el acto de fumar le había distraído, inconscientemente, de una mirada, y que esta mirada le producía una sensación, a la vez, de malestar y anticipo. Desde el Sagrario, recorrió con la vista los ojos cenicientos del crepúsculo. Un viejo vendedor de estampas religiosas, con su cara correosa. Dos mujeres que entraban de rodillas con grandes escapularios enredados entre las manos y el cuello. Dos ojos de niño: un fleco negro casi los cubría: cerca de la reja, con un par de periódicos bajo el brazo, rascándose la rodilla, descalzo. Jorgito se dirigía a Cienfuegos con una mirada inquisitiva, con una invitación tácita de conocer la voluntad del hombre y cumplirla. Colocó la mano sobre un barrote. Se veía lastimoso y un poco seguro de su piedad, con el pequeño cuerpo cubierto por un overol gris demasiado grande. Ixca caminó hasta la reja; el sol ya se había escondido detrás de los edificios del Zócalo, y su luz era lanzada del nivel de la tierra a una zona intermedia, grisácea, cada vez más estrecha entre las construcciones de tezontle y cantera y la capa oscura que descendía de la noche próxima. Ixca se sintió turbado por esa proximidad. Tosió y acarició la cabeza del niño.

—Te movilizas rápido, chamaco —le dijo.

Jorgito trató de sonreír: —¿No se lleva la extra?

—Ya va a anochecer... ¿No te espera tu madre? —Ixca no podía retirar la mano de la cabeza del niño. Y el sol se le escapaba.

—Mi mamá no vive con nosotros. Trabaja en una casa grande. —Jorgito se limpió la nariz con el brazo y sorbió, tratando de sonreír.

Ixca pasó la mano al hombro del niño. —Vives muy lejos... no quieres...

Jorgito, entre la sonrisa anunciada y la pregunta de sus ojos, se seguía rascando la rodilla. Sus ojos, al recorrer la altura, la gabardina negra, de Ixca, brillaron.

—¿Tu papá se murió, verdad?

El niño afirmó con la cabeza.

—No quieres... unos dulces, o cenar, sí, eso es mejor, cenar algo caliente y luego dormir... —Ixca tomó la mano del niño, la sintió helada, la frialdad repeliendo el cálido sudor de la suya. La sonrisa espontánea del muchacho se paralizó, sus ojos dejaron de interrogar, se volvieron contra Ixca en un impulso cierto, magnético, y trató de desembarazarse del puño del hombre. Ixca apretaba cada vez más la pequeña mano; no podía controlar los ojos, acercaba su cara a la del niño mientras este, al arrojar los periódicos, luchaba por zafarse y, por fin, mordió la mano de Ixca, se libró y, corriendo, atravesó la calle y se detuvo en el filo de la plaza. Allí, miró una vez más a Cienfuegos y volvió a correr a lo largo del sendero polvoso hasta desaparecer, un punto gris y agitado, por Veinte de Noviembre.

Ixca Cienfuegos se cubrió con la otra mano la huella sangrante de los dientecillos. Cruzó el pavimento y llegó hasta el centro del Zócalo. Sorbió con los labios la sangre de la herida y, girando sobre sí mismo, bebió con la carne los cuatro costados de la gran plaza. Estaba desierta. El último rayo oblicuo del sol se perfilaba como un escudo. La sangre le corría con la rapidez cambiante del azogue. Cienfuegos se detuvo, la cara abierta hacia ese último rayo. Palacio, Catedral, el edificio del Ayuntamiento y el lado desigual, de piernas arqueadas, dejaban que la penumbra construyera una región de luz pasajera, opaca, entre la sombra natural de sus piedras rojizas y de marfil gastado. Por los ojos violentos y en fuga de Ixca corría otra imagen: en el sur, el flujo de un canal oscuro, poblado de

túnicas blancas; en el norte una esquina en la cual la piedra se rompía en signos de bastones ardientes, cráneos
rojos y mariposas rígidas: muralla de serpientes bajo los
techos gemelos de la lluvia y el fuego; en el oeste, el palacio secreto de albinos y jorobados, colas de pavorreal y cabezas de águila disecada. Las dos imágenes, dinámicas en
los ojos de Cienfuegos, se disolvían la una en la otra, cada una espejo sin fondo de la anterior o de la nueva. Solo
el cielo, solo el escudo mínimo de luz, permanecía igual.

—¿Reaparecerá? —murmuró Ixca, envuelto y arrastrado por la doble imagen.

Bajó la cabeza y embarró la mano herida sobre la tierra
suelta: apenas una gota de sangre chupada, transformada
a un color seco por el polvo. Volvió a morderse la mano;
hundió los dientes en la misma herida hasta sentir que por
los labios le corría la nueva tibieza. Cerró los ojos; quería
la boca llena del sabor acre, metálico, de su propia sangre.
La cabeza le nadaba en ese sabor, y la sangre le zumbaba
en las orejas como una doble respiración: la que se une en
la hora del terror, la respiración del hombre y la del fantasma, el uno frente al otro, pero invisibles.

Ixca abrió los ojos a la noche. El sol se había puesto. En
la oscuridad, con la mirada azorada, el hombre sentía correr una multitud de sombras por su pecho.

—Quiero otra noche, no esta —murmuró—. Otra noche, no esta. Una noche en que se puedan recoger los fragmentos de la luna, todos los fragmentos rotos del origen, y
volver a tocarlos íntegros. Otra noche. —El alumbrado del
Zócalo se encendió. Algunas beatas oscuras salían de Catedral. Encandilado, Ixca se llevó las manos a los ojos. Alrededor de un farol, un jicote zumbaba: entre la sombra y la
luz, su vientre amarillo brillaba, su cuerpo negro se dejaba
lustrar por el farol. Zumbaba sin penitencia, enamorado de

su ruido, de su posesión de la noche, de su esclavitud a la luz ficticia. Ixca adelantó los brazos, ansioso de conjurar la oscuridad. Sus pupilas se alargaban queriendo rasgar la noche, penetrarla y olvidarla hasta el nuevo sol. Las cuencas cada vez más abiertas de los ojos, inyectadas de luz, buscaban por todo el firmamento un signo del astro.

Una lágrima, siquiera una —pensaba Rodrigo Pola con una intensidad de la que, razonablemente, se hubiese creído incapaz, al descender lentamente la escalera. El aire tenso, de clima irresuelto, de premonición natural, le dio en el rostro al salir a la calle de Rosales. La tempestad se preparaba, cargada, estremecida de relámpagos secos. Los anuncios luminosos se habían opacado bajo las luces intermitentes del cielo. Bajo ese piélago de firmamento, Rodrigo se sentía empequeñecido al caminar de Rosales a Puente de Alvarado. Era como si el mundo hubiese sido puesto de cabeza, y el océano ocupado el lugar del aire: agitado, concentrado en la fabricación de la tormenta de electricidad y nubes sin fondo, líquidas, que se radiaban negras como los nervios de un pólipo; relámpagos, jibias porosas que se abrían entre las corrientes de vapor: el mar entero se vaciaría sobre su cabeza minúscula, desde arriba. Oprimido por la amenaza natural, Rodrigo Pola pensaba que su realidad, su persona, sería como la roca —lo nombrable, lo singular— que, ahogada por el torrente de la inundación, no deja de ser roca, no deja de ser singular aunque la arrase esa catarata anónima, central, pero sin núcleo. No era esta la única ilusión que fabricaba Rodrigo en su caminata nocturna: le obsesionaba, sobre todo en ese instante, en su afán de encontrar un punto de apoyo para lo que creía su dolor obligatorio, la ilusión de que era rechazado por-

que quienes lo rechazaban lo sentían superior, y la superioridad acobarda a la inferioridad. Tomás Mediana y el
grupo de escritores de los Veintes lo habían rechazado, sin
duda, porque sentían en Rodrigo, en su juventud y en su
promesa, una fuerza y un talento que amenazaba sus posiciones literarias. Norma Larragoiti se había negado a querer a un hombre que la hubiese dominado, que le hubiese
exigido una entrega y una devoción muy distintas a las que
le exigiría un banquero aburrido y sin ideas. La grandeza,
el honor, el poder, habían escapado a sus manos —pensó
Rodrigo— no por una deficiencia, sino por un exceso. Pensó, y sonrió. En realidad, ese rechazo plural —de los compañeros, de los medios que había frecuentado— se reducía
a uno solo, a otra roca singular y nombrable como él mismo: Norma Larragoiti. Se detuvo en el cruce de las calles,
frente al jardín de San Fernando, y saboreó sus ideas, sus
justificaciones. El momento anterior —la noticia de la
muerte de Rosenda, la mujer terrible y anciana que se lo
había comunicado, el intento de fijar en un papel destinado a la verdad la explicación más profunda de su vida— le
parecía ya lejano e irreal. Necesitaba momentos sueltos en
los cuales ir gastando, con esa sensación de lo absoluto que
solo el instante posee y otorga, las salientes mayores de
su existencia. Una larga hilera de camiones y tranvías se
formaba por Puente de Alvarado y la avenida Hidalgo. Todos casi vacíos: iban a dar las once. Cruzó el parque, saludó a un Vicente Guerrero de bronce verdoso, custodiado
por águilas. La estructura de San Fernando, anclada en un
suelo de dignidad imperturbable, reflejaba en su piedra la
agitación de los árboles del jardín. La larga galería enrejada que, en Orozco y Berra, representa el frente del panteón, silbaba en el viento que después pasaba, incapaz de
reverencia, sobre los mármoles ilustres de las tumbas. Las

letras conmemorativas brillaban durante un segundo de
relámpago: *vivió por su patria y murió por ella sacrificado en el*
molino de Soria 1863 llegaba ya al altar feliz esposa allí la hi-
rió la muerte aquí reposa y las palomas, dormidas ya, repo-
saban en los nichos de la gran portada de piedra, alguna
sobre el cuello de un santo decapitado. Rodrigo continuó
por Guerrero. Pasó junto a las flores secas de la sacristía de
San Fernando. Descenso de la altura de las casas; *cabarets;*
fachadas quebradizas; misceláneas; torterías, fueron pasando a su lado, apenas visibles en la luz mortecina, agrias
en sus sabores. En la esquina de la Violeta, arrojó la vista sobre el mundo circundante, expendio de todas las ocupaciones
y vidas de la ciudad: lonchería familiar, abarrotes, ferrete-
rías, zapaterías, molino de nixtamal, cantinas, hoteluchos,
sanatorio de muñecas y santos, maderería, acumuladores, el
conato de clasicismo abaratado por las marquesinas del Cine Capitolio, el estertor rosado del Cabaret Jardín, la bolería El Brillo de Oro y sus billares cavernosos; «encuader-
nación de tesis», «bromas, magia, pasatiempos», la galería
de vidrios del grabador Tostado: calle del Insurgente Pedro
Moreno, calle de Mina, calles de la Magnolia, de la Esme-
ralda y de Moctezuma. Y los cuerpos pequeños, las eternas
caras mongólicas, de especie olvidada, como ictiosaurios com-
primidos, jorobados sobre las comidas ardientes, escondidos detrás de todas sus máscaras. Y él anclado en el centro, el único hombre con conciencia de la zona intermedia,
del estar entre dos mundos que lo rechazaban. Dio media
vuelta y trató de mirar, entre la oscuridad esencial e impenetrable de este México en el que vivía, las luces más
altas de Juárez y la Reforma. Él entre las dos zonas, en la
ciudad de fronteras imperceptibles en la materia, pero altas, alambradas, férreas en el espíritu. ¿Creaba la ciudad
esos abismos, o eran obra de sus hombres? Rodrigo creyó

que solo una vez había intuido esa necesidad —que jamás dicta la inteligencia— de no presentar defensas, cuando conoció a Norma. Había querido abrirse por entero y dejar que de él corriera todo y que en él penetrara todo lo que ella hubiese querido entregarle. Era la forma, el estilo, lo que construía la barrera que cada nuevo encuentro, cada beso nuevo, iba levantando. Se dio cuenta de que él había sentido siempre, con Norma, la necesidad de precisar su amor, de rellenarlo de palabras y ecos de palabras ajenas, de fijarlo, de insistir en el hecho abstracto de su amor en cada conversación, en cada beso —que nunca lo había sido plenamente, sino como un adjetivo más a sus palabras—; y que ella, en cambio, solo había querido el fenómeno escueto y redondo de ser amada, sin esas palabras, sin esa insistencia verbal en lo que le importaba experimentar de la manera que ella quisiera, transformándolo a su vida de amor sin necesidad de que Rodrigo le preparara, en las palabras, la receta inflexible de lo que ambos vivían. «Dame lo que no sabes que tienes —pensaba ahora Rodrigo—, pues el amor solo es abrir el terreno ignorado, el que nunca hemos nombrado o recorrido antes»: esa había sido la solicitud, el reto de Norma, ayer, de Natasha hace pocos días. Ahora, en la lenta caminata entre los olores sápidos y la sordina de los discos tropicales, Rodrigo quería pensar esto. Ella había planteado el reto, él no lo había aceptado. Había amado más sus ecos, sus palabras, que a la mujer que pudo quererlo a él, desnudo, sin palabras. El cielo se abrió: en su cúspide, una patena negra, oxidada, colmada de hostias verticales. Rodrigo se guareció bajo el toldo de una ostionería. El agua tamborileaba sobre la lona parchada; las gotas quebradas salpicaban sus hombros. La sinfonola del local se encendió con un estrépito de arco iris y guarachas.

Lo que nunca supo que poseía. Lo que nunca había entregado. Por eso ¿lo poseía aún? ¿O lo había atrofiado, acaso aniquilado, para siempre? Sí, tenía escritas las justificaciones: aparecer como lo que no era para sorprender con la revelación, posterior, de su ser auténtico. La cobardía llana hubiese sido más valerosa que este disfraz intelectual. Norma primero. Rosenda, su madre, después. ¡Cuántas veces, durante años, había llegado hasta la puerta en la callecita de Mixcoac, sabiendo de antemano que jamás pasaría del umbral, que solo iba para engañarse a sí mismo, para pensar que su albedrío le dictaría la acción —entrar a visitar a su madre, no hacerlo— cuando sabía que no iba a entrar desde antes de encaminar sus pasos hacia el lugar! «Soy demasiado orgulloso —se había dicho al llegar a la puerta—; que ella me busque primero». Así pasaron cerca de once años sin verse. Sin darse cuenta de que no se veían: nada corre tan rápido, tan falto de relieves, como la indiferencia y la mezquindad. Pero había sido orgullosa su madre, no él. Él solo había jugado al orgullo. Había jugado al orgullo cuando se negó a aceptar el reto de Norma, cuando abandonó su vocación porque los amigos lo criticaron: no había sido capaz de superar, con su obra, las críticas o, sencillamente, de seguir creando por encima de las críticas. Creía que los había dañado a ellos. No... Había sido orgulloso, había abandonado todo para demostrar... ¿qué? Esto se preguntaba Rodrigo: ¿demostrar qué? ¿Qué se había demostrado a sí mismo o a los demás cuando, desde su cuarto, espiaba la salida de los muchachos y muchachas del barrio rumbo a un baile o a una excursión, tomados de la mano y el talle, y él les arrojaba, escondido detrás de los postigos, el desprecio de su espíritu hacia aquellas que quería juzgar naturalezas vacías, ajenas al espíritu? ¿Qué? Rodrigo abandonó la protección del toldo y caminó rápidamente hacia Rosales. La tormenta lo envolvía en una percusión líquida, implacable. Arriba, el espacio se canjeaba a sí mismo estruendos, luz sombría: todos los mitos y símbolos fundados en la aparición de la naturaleza se concentraban en el cielo potente, ensamblador de un poderío oculto. Resonaba el firmamento con una tristeza ajena a cualquier circunstancia: no gratuita, sino suficiente.

Rodrigo subió los peldaños de azulejo hasta su pieza interior. Encendió un cigarrillo y levantó la vista: el fósforo había alumbrado un bulto posado frente a la puerta. Ixca Cienfuegos le sonreía desde el umbral en penumbra. La gabardina, el pelo negro, se perdían sobre el fondo oscuro, y solo el rostro pálido y sonriente flotaba en las sombras. Rodrigo se llevó la mano a la boca, tomó mal el cigarrillo y se quemó los dedos.

—Tenías que venir, ¿no? —Rodrigo se metió el dedo quemado entre los labios y lo empapó en saliva. Abrió la puerta: Ixca entró y tomó asiento con las piernas abiertas y la gabardina escurriendo gotas de lluvia sobre el piso astillado.

—No me arruines el parquet —dijo Rodrigo y comenzó a pasearse por el cuarto: cinco pasos hacia la pequeña ventana de vidrios opacos, cinco pasos hasta la puerta del baño.

—¡Me agarró la lluvia! —exclamó Cienfuegos—. Pensé que me vendría bien una taza de té. ¿Qué te pasa?

Rodrigo encogió los hombros. Se quitó el saco mojado y lo arrojó sobre la cama. —Pon la tetera en la hornilla, si quieres.

Cienfuegos lo observó detenidamente y guiñó un ojo:

—Cuéntame, hombre. —Pola se detuvo y volvió a encogerse de hombros. —Hay que disimular, ¿no? Para eso nos educaron, ¿no? —Se llevó el dedo quemado al párpado. En la yema había nacido una inflamación—. Mi madre murió anoche. Una criada vieja la mandó enterrar esta mañana. Yo ya no la vi. Estaba... estaba tratando de conquistarme a un cuero en casa de Charlotte, estaba tratando de demostrar... ¡carajo! —Rodrigo trató de sonreír—. Ni siquiera estaba invitado. Me colé, igual que a la fiesta del Bobó ese el otro día. Es que si no tuviera esos momentos por lo menos, Ixca...

Ixca no habló. Las facciones de Rodrigo no correspondían con sus palabras. Como si leyera la reflexión de Cienfuegos, Rodrigo le dio la espalda y llevó la tetera al lavamanos.

—¿Qué? —dijo por encima del rumor de agua corriente. Creía que Ixca había respondido. Regresó, colocó la tetera sobre la hornilla. Se sentó al filo de la cama; después, se levantó y abrió la ventana. Una humedad corrupta, hecha de hierbas y desperdicios empapados, de periódicos viejos y cucarachas, ascendía por el cubo del patio encerrado. Rodrigo se dejó hipnotizar por la lluvia, parda, determinada por su destino, que iba perdiendo transparencia en el descenso al patio. *Esta es* —se dijo— *la naturaleza que nos toca. Esta lluvia ocasional y contaminada.* Pensó que solo llegaría a querer, ya, el silencio y la naturaleza. Solo escuchar los ruidos que la naturaleza quisiera entregar, sin que nadie se los solicitase. La creación respiraba: no hablaba, no pensaba, solo respiraba en respuesta de gratitud, murmuraba en el descenso de una cañada, aspiraba los sabores de pasto y mirto y tierra apisonada por caballos sin dueño, y al morir en una onagra dejaba un olor a vino nuevo. Solo eso. En las noches, una lechuza y un grillo, para compensar la respiración vista con la escuchada. Ningún ruido más allá de eso. Rodrigo dio la cara a Cienfuegos; tuvo la sensación, in-

consciente, violenta y olvidada, de qué en el rostro de ese
hombre se reproducía el mismo paisaje chato y oscuro del
patio: que el rostro de Cienfuegos descendía sobre el suyo, igual que la lluvia sobre los montones de basura hinchada, sobre los techos de lámina y azoteas de tezontle y
pavimentos de la ciudad. Y como en las calles, ese rostro
se tragaba la naturaleza y la mataba, como las calles, con
un gesto que equivalía al ruido de sinfonolas y *claxons*—.
¡Ciudad de los Palacios! ¡Calle de Rosales! ¡Primavera inmortal! —Rodrigo emitió la caricatura de una carcajada.
Pensó que hacían falta estaciones, cambios de piel, para
reconocerse y reconocer a los demás. Con los ojos detenidos en esa lluvia que ya, a medio aire, era polvo de alcantarilla, quiso recrear dentro de sí un verano caluroso, pesado, una gestación cargada de frutos dulces, ramas pesadas
de oro junto a un arroyuelo que refrescara los cuerpos desnudos... un otoño visible, sepia y rojo, de cosechas y juegos
que conmemoraran el trabajo cumplido... un invierno de
costras blancas, desnudo de gama, cobertor de la tierra que
recupera su fuerza y prepara sus semillas... una primavera: un renacimiento, no esta prolongación idéntica a sí misma, sin hitos, sin calendarios, sin un tiempo de reposo—.
Perdemos la cuenta, Ixca. Todos los días aquí como que son
iguales. Polvo o lluvia, un sol parejo, nada más. ¿Qué cosa puede resucitar este mundo parejo, Ixca?

Resucitar. Cienfuegos sintió nuevamente la carga de la
noche, el cofre de sol cerrado por los candados de la oscuridad, de la misma manera que lo había sentido, ese mismo
día a las siete de la noche, de pie en el centro del Zócalo.
Fijó los ojos en la tapa de la tetera, que comenzaba a bai-
lotear en el hervor. —No te puedo ayudar. Tú tienes tus
signos. Tienes tu vida trazada. ¿Qué quieres que haga?
¿Decirte lo que yo pienso? ¿Lo que para mí es válido?

—¿Por qué no? —Rodrigo colocó dos bolsas de té en las tazas y vació la tetera.

—Porque no lo entenderías. Tu vida, la vida que me contaste hace unos días mientras caminábamos por la Reforma...

—¿No tiene nada que ver con lo que tú piensas?

—Todo, o nada. No sé. —El rostro como la lluvia, el rostro sin fijeza ni memoria—. El mundo no nos es dado —añadió Cienfuegos, comprimido en su gabardina mojada—. Tenemos que recrearlo. Tenemos que mantenerlo. El mundo es ciego y es bruto. Dejado a sus fuerzas, se arrugaría como una manzana arrancada al tronco, penetrada de gusanos. El tronco le dio su savia y su vida, sí. Pero la mano que arrancó la manzana debe conservarla, o morir con ella.

Rodrigo tomó asiento en la cama: —Sabes, eso pensé cuando... cuando traté de independizarme de mi madre. El día que me salí de la casa del Chopo, sin decir adiós ni nada... sentí eso, nada más, que me cortaba del tronco, que ahora yo era mi propio tronco. Después pensé... que la actitud de mi madre había motivado esa partida, más que mi propia decisión, ¿me entiendes? Por eso, ¿quién nos propuso arrancar tu manzana, Ixca? ¿No había una invitación implícita en ese tronco, en esa fuerza creadora, para que la arrancáramos? ¿Cómo puede desentenderse el creador? ¿No tiene la obligación, él mismo, de mantener su creación? ¿Por qué permite que se pudra la manzana?

Ixca, al parpadear el humo que se le colaba a los ojos, pensó en el padre de Rodrigo, en Gervasio Pola. El origen de un mundo y dos seres determinados por su sacrificio, por su voluntad de ¿heroísmo, libertad, gloria? —Sí, es posible que sienta vergüenza y remordimiento —dijo con una voz pareja que contrastaba con la excitación nerviosa en el tono de Rodrigo—. ¿Qué lo llevó, en primer lugar, a hacer el gesto mínimo de la creación: sé, árbol, sé, manzana? Pero quizá toda la vergüenza y arrepentimiento del creador no basten para deshacer lo hecho, la creación. Si la creación es divina, lleva ese sello original hasta en su podredumbre. Ni el mismo creador podría echar marcha atrás. Ni él mismo podría cancelar lo que ha creado: la creación de Dios es definitiva.

El mismo recuerdo, furioso en su afán de expresarse: fantasma que busca, aullando en silencio, prendido a su propia orfandad transparente, un cuerpo y una boca que lo digan, cruzó por el germen de cada sangre de Rodrigo. No lo supo: —Pero él pudo prever que esa creación sería corrupta, ¿no? ¿Cómo pudo engendrar el mal a sabiendas? ¿Dónde entra el mal en los planes de la creación? —La lluvia desigual era lenta, ahora. Caía pesada, como plomo exacto y numerado.

—Sí, ¿dónde entra, Rodrigo? Porque Dios debería estar alejado del mal, o este no sería mal, ¿verdad? Mira... hace tiempo supe de un párroco de uno de nuestros barrios del que se hablaba muy mal —en los chismes de las mujeres, pero después entre los hombres también—. Su ejemplar actitud como sacerdote, como confesor, como orador admirado por esa gente, estaba muy lejos de su actitud humana fuera del templo. Se paseaba por la plaza, los domingos después de la misa, con una camisa abierta y un traje gris cualquiera, fumando y lanzando miradas cínicas a la gente; lo veían entrar a las cantinas, lo escuchaban decir palabras fuertes, discutir, en fin. Pero una vez en el templo, su recogimiento, su devoción, su sinceridad indudable durante la misa —que con su presencia dejaba de ser un trámite social para convertirse en un acto vivido y revivido—, la profundidad y alivio que contenían sus

sermones, la pureza y dignidad con que confesaba, le valían el amor y el respeto de sus feligreses. Naturalmente,
los superiores se enteraron de todo esto y reprendieron al
párroco por su actitud frívola y escandalosa fuera de sus
obligaciones estrictamente eclesiásticas. El párroco tuvo
que frenar sus apetitos mundanos. Pero a medida que lo
iba logrando, iba transformándose en su vida religiosa interna. Sus dicharachos cínicos de la calle se convirtieron en
apotegmas cínicos, cubiertos de ropaje teológico, desde el
púlpito. Se cree que una de sus confesiones arrojó a una
muchacha al suicidio. Sin embargo, su actitud fuera del
templo era ya irreprochable: vestía su sotana, caminaba lentamente por las calles poco concurridas del barrio con las
manos unidas en una semblanza de beatitud permanente,
multiplicó las obras pías. Por fin, un domingo, lo encontraron arrojado sobre el altar, gritando blasfemias y escupiendo sobre el cáliz. Lo encerraron en el manicomio.

Ixca bebió lentamente el té. —Esta es la mentira: ese
mal, esa corrupción, son también obra divina; él la quiso,
él la previó, él la cumplió. Porque Dios es el bien infinito, Rodrigo, pero es también el mal infinito: es el espejo
puro, sin fondo, interminable de todo lo que creó. En el
bien y en el mal, somos sus criaturas. Nuestro destino puede ser diverso, pero si ha de ser destino verdadero, tiene que
cumplir hasta su consumación cualquiera de esas dos realidades, el bien o el mal. Debemos dejarnos caer hasta el
fondo de nuestro destino, sea cual fuere... El tránsito es tan
breve.

De pie, Rodrigo no quería creer en esa brevedad, y menos en esa determinación. Quería rechazar a Cienfuegos,
quería recoger en una o dos palabras su fe sumergida en la
indiferencia y prenderse a ellas, pronunciarlas para conjurar las de Ixca. Sintió que no sabía pronunciarlas ya, y que

esa incapacidad determinaba otra realidad: solo dos cuerpos, el suyo y el de Ixca, frente a frente: el suyo quebrado,
nervioso, estéril para engendrar una fuerza física explosiva que arrasara la presencia tenaz, de potencia fluida, en el
cuerpo de Cienfuegos.

—Sin embargo, Dios es uno... —quiso murmurar, sin
convicción.

Cienfuegos angostó los párpados, concentró la luz de
su cuerpo en las rendijas oblicuas de la córnea: —Esa es la
otra mentira. Dios es múltiple. Cada Dios fue engendrado por dos parejas, y las dos parejas por cuatro, hasta po-
blar el cielo de más dioses que hombres han sido. —La voz
de Ixca ascendía, su volumen llegaba al oído de Rodrigo
como un insulto de afirmación y poderío—. Quizá haya
un punto de contacto único, sin nombre, donde la singularidad se da cita. Pero de ese punto arranca un río de hombres
que reciben la creación y se obligan a mantenerla, y otro
río de dioses que crean. Cada hombre alimenta la creación
de un Dios, Rodrigo; cada hombre, cada sucesión de hombres, refleja el rostro y los colores sin forma de un Dios que
lo marca y lo determina y lo persigue hasta que en la
muerte se reintegra a la dualidad original. Hay que saber,
solamente, si ese tránsito entre la creación y la muerte, ese
breve paso, se cumple con la intensidad propicia al alimento del creador, o si se gasta en el compromiso, en el
simple transcurso inconsciente. ¿Tú qué quieres?

Rodrigo no respondió. No entendía si lo que Ixca so-
licitaba era un gran aumento de valores en la vida, o un
escueto sacrificio, la renuncia que en un estallido final diera su significado a la vida y la rescatara de la mediocridad.
—Hay tantas cosas que pesan sobre nosotros... —dijo Rodrigo— que es como sentir que otros cumplieron ya con
esa parte de nuestra vida. Solo mi padre, ¿ves?, pudo vivir

lo que vivió, pero no solo para él; para mi madre y para mí, también. Es como si esa posibilidad mía ya hubiera sido vivida por él, en la Revolución, fusilado. No, no entiendo lo que pides, Ixca. Pero ¿quién puede entenderlo y otorgarlo hoy, quién?

—El más humilde. —Ixca abrió los labios; los acercó, carnosos, al oído de Rodrigo—: Fue un leproso... un leproso, sí, el que se arrojó al brasero de la creación original para alimentarlo. Renació convertido en astro. Un astro inmóvil. Es que un solo sacrificio, así fuera ejemplar, no bastaba. Era preciso un sacrificio diario, un alimento diario para que el sol iluminara, corriera y alimentara a su vez. No, no veo un solo Dios ni un sacrificio aislado. Veo al Sol y a la Lluvia en la cima de la Ciudad. Veo los elementos visibles e inmediatos, copulados sin intermedio a la vida de cada hombre. Veo las pruebas fehacientes: sol, lluvia, de un poder superior, y sobre la tierra mi delgada pared de hueso y carne. Esta es la zona del encuentro. Más arriba, los Dioses puros. Más abajo, los restos de nuestras vidas, escondidas a los ojos temerosos. Nada más. ¿Tú qué quieres?

—Yo... yo no sé qué decir (*el fantasma quería hablar, se agitaba en una semilla espesa detrás de los ojos de cada ojo, de la lengua de cada lengua, pero la carne*), qué pensar... Me cuesta trabajo decir la verdad... Yo sé que he fracasado (*pero la carne pellizcada por los barnices de la simulación*), por más que me justifique... no pude alcanzar la fama literaria que me devoraba de adolescente... no pude alcanzar el amor de la única mujer que quise... no pude darle a mi madre las dos gotas de cariño que bastaban...

—¿Y si hubieses renunciado a todo eso? ¿Si hubieses renunciado a la fama, al amor, a la generosidad?

—... ¿habrían nacido del sacrificio, Ixca?

—Pudieron haber nacido. Porque no supiste renunciar a ellos, los aceptaste a medias, ¿me entiendes?, los disminuiste. Hay un límite para los hombres como tú; en ese límite, se alcanza la contemplación...

Rodrigo se sintió justificado; las palabras que, ese mismo día, había escrito parecían encarnar, en este momento, en las de Ixca: —Sí, sí...

—... o se alcanza la situación de una ardilla en una jaula. Corres sobre el carril de la estrecha prisión, te haces la ilusión de que avanzas... Y un día, se apagó todo. Finis. Entonces, solo el sacrificio te puede salvar. Entonces debes abrir los ojos a tu despreciable vida, sin contactos, y convencerte de que solo cabe tu destrucción, con la esperanza de que algo mejor nazca de tu sacrificio.

El cuerpo de Cienfuegos llegaba a una vibración total y concentrada. Rodrigo sintió un escalofrío en su cercanía a ese cuerpo líquido y apretado. —Ni siquiera hay eso. Solo faltó una palabra. No sé cuál; ya no la sabría pronunciar. Creo que mi madre, más que otra cosa, me exigió una palabra dura y fuerte. Quizá allí nos hubiéramos encontrado... hubiéramos encontrado a mi padre. No la supe pronunciar. Me fui, Ixca, ¿sabes?, me fui como las criadas sonsacadas, pretextando cualquier cosa... No le dije por qué me iba, lo que pensaba de ella, nada. Así fue todo. Nada fue dicho o hecho hasta el final. Tienes razón. Ahora, déjame ser lo que soy y no...

—Quieres el sacrificio. —Ixca silbaba las palabras entre los dientes, brillantes, esculpidos, que se alargaban fuera de la boca rígida—. En él te podrás redimir. Ven conmigo; yo te enseñaré... Olvida todo lo demás, lo que has sido, Rodrigo, los signos que ni siquiera has sabido vivir de una fe que solo ha aumentado la compasión hacia ti mismo. ¡Escupe sobre lo sagrado si lo sagrado es esa misericordia ramplona que solo acentuará tu mediocridad! ¡Escupe sobre esa otra mejilla del Dios cobarde! Tiembla y siente el terror en el sacrificio, sí, en el sacrificio, y llegarás a los nuestros, ahogarás al sol con tus besos, y el sol te apretará la garganta y te comerá la sangre para que seas uno con él.

La lluvia y la luz cada vez más amarilla y opaca del cuarto recortaban la figura de Ixca y agrietaban su voz, como si cada palabra estuviese construida de piedra; los ojos y la boca le brillaban con una calidad estremecedora, de exigencia total, ojos y boca prestos a devorar. Cambió el sentido del viento; la lluvia entró en ráfagas quebradas azotando los dos cuerpos. Ixca miró el rostro perdido, inútil, sin amarres, de Rodrigo Pola.

—¿No quieres el destino de tu padre y de tu madre? —silbó Cienfuegos sobre la cara inánime de Rodrigo—. ¿No querías, como ellos, la derrota y la humillación? Dime: ¿no es esto lo que querías, lo que me dijiste que querías aquella tarde? ¿Ser la prolongación de tu padre asesinado y de tu madre exprimida en vida de todos los jugos del amor y de la pertenencia? ¡Ah! «¡Quiero ser la prolongación moral de mi padre!». ¡Con qué facilidad lo dijiste entonces!

—Sí.

—Pues tu padre es el sacrificio, es la muerte enfrentada a solas...

—No, Ixca. Eso no fue lo que quiso decir mi madre. No fue capaz de morir solo. Tuvo que delatar a esos tres hombres para poder morir. Hasta en la muerte quiso caer con otros, no solo... no solo. Hizo lo mismo que mi madre me pidió a mí: protegerme, no quedar solo. Él lo hizo en la muerte. Mi madre me lo pidió en la vida. Pertenencia. Eso es lo que buscaron ellos, en realidad, y lo que yo te quise decir aquella tarde. Que yo sí quería participar, que yo sí quiero arrancarme a esa losa de derrotas que ellos me heredaron. No quiero caer hecho polvo como ellos. ¡Eso no, Ixca! ¡De eso me tienes que salvar! De la humillación, de la derrota... eso te dije entonces. ¿No me entendiste?

La boca de Cienfuegos lentamente perdía su rigidez. Encendió un cigarrillo, tratando de reasumir su actitud cotidiana. Hubiera querido reírse de su equivocación; los fantasmas de Gervasio Pola y Rosenda —pensó Ixca— acaso se reirían de él. Sí; siempre habría que regresar a aquella caminata a lo largo de la Reforma. Rodrigo había dicho que quería ser prolongación de su padre; pero había añadido que Federico Robles sí sabía lo que quería, sí estaba centrado en el mundo mexicano. Federico Robles era la imagen viva y prolongada de Gervasio Pola a los ojos de Rodrigo.

—Eso es muy fácil —volvió a hablar Cienfuegos—. ¿O no te has dado cuenta de la sociedad en que vivimos? Oportunidades sobran.

—Pertenecer —dijo, suspendido aún en el clima anterior, Rodrigo—. Sí. Eso me dijo ella. Yo debí haber hecho lo que ellos no pudieron hacer: pertenecer. «Tu padre debió haberse protegido como todos estos que ahora son ricos e influyentes», decía.

—Como Federico Robles...

—Sí, Ixca. Como Federico Robles, que viene también de ese origen revolucionario, pero que sobrevivió para servir a México, para crear...

—... riqueza y bienestar. ¿Eso es lo que quieres?

—No sé cómo decírtelo, Ixca: es que no veo otra posibilidad en México. Mi padre cumplió como había que cumplir en ese momento. Ahora...

Ixca chiflaba entre bocanadas de humo. —Parece que nunca se le va a hacer a mi viuda —masculló sonriendo.

—¿Eh?

—Nada. Cómo no, yo te ayudo, viejo. Para que veas: ya hablé con unos productores de cine. Les hacen falta buenos argumentistas. ¿Quieres conocerlos?

Rodrigo afirmó con la cabeza. La lluvia cesó y una humedad penetrante se dejó sentir desde el patio, mientras Ixca chiflaba y fumaba y alargaba las piernas.

Desde los vidrios azulados de la oficina de Federico Robles, Ix-
ca Cienfuegos recorre con la mirada la extensión de la avenida
Juárez. Ve, sobre todo, a los hombres y las mujeres de todos los días
—oficinistas, pasantes de Derecho, comerciantes, vendedores, cho-
feres, mozos, mecanógrafas, repartidores—; blancos, mestizos,
indígenas, algunos vestidos con saco, otros de chamarra y ca-
misola, ellas con su aproximación a la elegancia impuesta por el
cine, subrayando el gusto local —senos, caderas—, y quiere des-
nudarlos sobre los días que señalan el recuerdo de la misma ave-
nida, con otros hombres, pero con los mismos ojos duales, presen-
tes en el origen y en el destino, alineados o mezclados en turba: el día
de agosto en el que el anciano lastrado como un roble viejo, escon-
dido detrás de las gafas azules y la gran barba crispada, entra
al frente del ejército constitucionalista, tocado por el sombrero de
campaña que ha sustituido al viejo bombín de senador, y los días
increíbles de los ojos de estrella carbonizada que brillan con to-
da la pasión de Ayala, que adivinan la pasión de Chinameca:
los ojos más tristes y más limpios que vieron la avenida, bajo
un sombrero de ráfaga solar —y el mismo día, la gran sonrisa
de maíz de Doroteo Arango: pantalón de montar, polainas, un
sweater gris y Stetson texano—; el día de julio en que el Caba-
llito florece en un nopal de vítores para el hombre pequeño y dul-
ce, demasiado pequeño sobre su caballo, incongruente en su levita
oscura, aplastado por la resaca de voces que hieren su continencia
de pequeño santo, de pequeño hombre sin pies ni manos con los que

*golpear o agarrarse o rechazar; el día, también de julio, en que
la vieja carroza negra, bañada por toda la tierra oscura de México, pasa por este mismo lugar, apretada en la efigie irreductible del insomnio, en la máscara de una vigilia inviolada; el día
de junio en que la pareja de espléndidos juguetes engañados pasa bajo los arcos de flores escoltada por un mariscal napoleónico
y un arzobispo poblano; el día de septiembre en que un viejo con
rostro de león desdentado cae sobre la misma avenida agitando el
estandarte de barras manchadas en la garita de San Cosme, en
Chapultepec y Churubusco, mientras su regimiento de la Carolina y su batallón de marinos van siendo cercados por la noche de
los léperos empuñalados; la noche de mayo en que la independencia se viste de carnaval para que un sargento imperial y su
turba oscura y su gente decente que ilumina las fachadas alumbren al Momo que ha traficado con todas las semillas y todas las
hambres y todas las banderas; y más lejos, por fin, el lejano día
de agosto en que las aguas se dividen y todo es confusión y escudos y silbos y penachos y estruendo de arcabuces y bergantines y el
señor Malinche se asoma a la azotea de una casa de Amaxac y ve
aproximarse la canoa del vencido. Y desde entonces son dos —piensa Ixca Cienfuegos—, el del origen y el del destino, los dos plantados sobre la misma avenida, fuese de agua o de cemento. Del Yei
Calli al 1951. Siempre dos, el águila reptante, el sol nocturno.*

Cienfuegos tomó el periódico y se alejó del ventanal.

La voz de Robles se levantó con urgencia.

L'ÁGUILA SIENDO ANIMAL

—Usted nomás léame en voz alta el periódico, amigo Cienfuegos, y no se preocupe por nada.

Tres taquígrafas formaban coro alrededor de la mesa de acero de Federico Robles. El hombre hinchado y tenso caminaba de un extremo al otro del despacho mientras Ixca Cienfuegos daba lectura a la prensa y la luz pareja del mediodía se filtraba por las persianas, dibujando de cebra la franela gris del banquero. Robles se detuvo en seco y señaló con el índice a Ixca: —Fue buena su idea, amigo Cienfuegos. Los regiomontanos han de haber hecho un colerón, por más que sus declaraciones indiquen que han bajado la cabeza. Pero donde manda capitán...

Robles mascó el puro con satisfacción y se lustró las uñas en la solapa.

—Que con su pan se lo coman, pues. Seguro que de no vender yo las acciones, ellos venden las suyas. A ver quién sienta a quién. Tuvo usted una buena idea, Cienfuegos. Eso se llama olfato. Les ha de haber caído como mentada encontrarse de pronto de socios del grupo de Couto. Ahora, por más caras de amabilidad que hagan, saben que o ellos se comen a Couto, o Couto se los merienda a ellos. Y nosotros, ya ve usted, manos fuera, y con el mejor precio.

Robles se golpeaba las gruesas caderas y sonreía. Cienfuegos no interrumpió la lectura en voz alta: con un sonsonete irónico, reproducía las declaraciones del grupo regiomontano. Robles angostó los párpados: había estado demasiado atento al contenido de la lectura para percibir, hasta ahora, el tono de voz de Ixca.

—Véngase a comer a la casa cuando acabe de dar órdenes. Hay que celebrar el golpe. Norma va a llevar a uno de esos intelectuales de coctel que tanto la visten; y yo voy a quedar en la berlina.

Ixca, con un crujido final de las páginas del periódico, terminó de leer. —¿Quién, licenciado?

—Un tal Zamacona.

—¿De Michoacán?

Cienfuegos no quiso, con ampliar su mueca inquisitiva, provocar la reacción de desconcierto físico de Robles. El banquero bajó la mirada y apretó los labios. —¿Eh? Pues de repente. No lo conozco; ya le digo, es amigo de Norma. —Dio la espalda a Cienfuegos y se asomó por el gran ventanal a la avenida Juárez. Pensó que Cienfuegos iba a seguir inquiriendo, como el otro día, y él no quería volver a caer en esa trampa. Creía estar muy seguro de sus móviles y acciones, y se había prestado a relatar la historia de su pasado solo para convencerse a sí mismo de que podía enfrentarse a los hechos de su origen, a los nombres de su padre, de Froilán Reyero, del cura, de la muchachita aquella de la hacienda sin más emoción que la que sentiría al buscar un apellido en la lista de teléfonos. Era suficiente. No había por qué regresar una vez más...

—A ver, señorita —Robles dio la cara a la mujer nerviosa y delgada que no apartaba las manos sudorosas del *block* de taquigrafía—. Autorice el préstamo del Banco a la fraccionadora y asegure los terrenos con la compañía. Memorándum para el Consejo: referencia al negocio de Prado Alto. Mismo procedimiento. —Nuevamente pasó las uñas por la solapa, observó a Cienfuegos y a él dirigió sus palabras—. Interés del jefe. Usted, señorita, recordatorio a Juanito de la caja de puros para el Secretario. Él ya sabe.

Robles comenzó a pasearse como un felino por el tapete hondo. —Fuera todas—. Las tres señoritas salieron sin hacer ruido, amortiguadas por el tapete, mientras Robles se desplomaba, con las piernas abiertas, sobre el sofá de cuero. Dejó caer una mano pesada sobre la rodilla de Ixca.

—Va usted a ver: el Banco —que es mío— le presta a la fraccionadora —que es mía— y la compra de terrenos se hace con pura saliva. Calculo que comprando a diez pesos metro al tarugo ese que cree salir ganando, puedo vender en seguida a treinta, o dentro de un año a sesenta. De cualquier modo, nos asegura la Compañía, que también es mía. Trescientos mil pesos de ganancia inmediata, o más de medio millón si nos esperamos, y ni quien se las huela. Ya ve usted —Robles suspiró y agitó las cenizas del puro sobre el cenicero de pie—, ahora hay que barajárselas solo. Todavía recuerdo que en tiempos del General para hacer lana había que meterse en cada argüende. Hubo quienes recibían igualas de cinco o seis mil pesos mensuales —¡y de aquellos pesos!— de los gobernadores de los estados dizque por cuidar sus intereses en la Presidencia. Ahora, pues siempre se requiere el respaldo moral de los meros meros, porque así son las cosas en México, pero adquirido con amistad y confianza, Cienfuegos, porque saben que uno trabaja por el bien del país y de acuerdo con la política nacional de progreso. ¡A ver!

Se puso de pie y volvió a recorrer con la tensión de un puma el tapete. —No, si lo que me tiene que brinco de gusto es haber vendido mi parte de la cadena sin decirles ni pío a los codomontanos esos, ¡el berrinchazo que habrán hecho! Ándele, véngase a tomar una copa para celebrarlo. Al fin a usted le toca algo del éxito.

Cienfuegos no había perdido su mueca; y Robles, aun cuando quería evaporarla con sus palabras de afirmación, no podía sustraerse a ella. —No, hoy no puedo, licenciado. De todas maneras, le interesará platicar con Manuel. Es un chico inteligente, y se enterará usted de cómo piensan las nuevas generaciones...

—¿A qué se dedica?

—Es poeta...

—¡Újule!

—... pero vive de los editoriales y columnas que escribe para un periódico. Conviene atraerlo, licenciado. Ustedes no se han preocupado mucho por atraer a esa clase de gente nueva que también da prestigio.

Robles gruñó mientras masticaba el cabo apagado del puro: —Aquí nos bastamos, amigo Cienfuegos. Y cada chango a su mecate.

—Bueno, en todo caso —Ixca acentuó su mueca, intermedia entre la sonrisa y el bostezo—, dicen que hablar con los jóvenes rejuvenece. Y usted no tiene hijos.

Al mezclar un nuevo gruñido con una exhalación, Robles dijo: —¡Ay, amigo Cienfuegos! Ya no estamos para esas danzas. De aquí a diez o quince años, ya me habré cansado de trabajar, y no me quedará más satisfacción que corroborar el resultado de mis esfuerzos en el progreso del país. Ese será mi hijo, pues. No crea usted; hace falta hacer tanto, y este es un país de holgazanes. Aquí un puñado de hombres tiene que hacer el trabajo de treinta millones de zánganos.

—Mejor; es casi sentirse un redentor, ¿verdad?

—No, si redentor no; nomás cumplir...

—Es que México siempre anda a la caza de un redentor, ¿no le parece? —Ixca afiló su sonrisa—: Ahora a ustedes les ha tocado acarrear con todos los pecados de nuestro país. A usted, en lo particular, puesto que le ha tocado vivir todos los hechos fundamentales de medio siglo de vida mexicana. De la huelga de Río Blanco a la venta de acciones del gran consorcio. Del sombrero de paja de Zapata al panamá planchadito que legó J. P. Morgan a sus émulos universales. De pe a pa. Dígame: ¿qué se siente? Siempre he sentido curiosidad ante estas transformaciones radicales. ¿Se sigue siendo, pese a todo, el que se era en el origen? ¿O cuál es el elemento transformador? Todas estas cosas revueltas, el trabajo en una milpa, la batalla de Celaya, el tesón y la ambición y el colmillo para los negocios, ¿cómo se compaginan? ¿Cuál es su punto de concentración? ¿Se siente uno igual que en el origen, o recuerda uno siquiera el origen? ¿Se ha hecho uno mejor, o solo ha ido desgastando un don original? ¿Somos originalmente, o llegamos a ser? ¿Nuestra primera decisión es, en realidad, nuestra decisión final?

Robles no atendía las palabras de Ixca, lo que estrictamente decían. Volvían a correrle por el cerebro una multitud de imágenes desordenadas que su postura, la expresión de su rostro, toda su actitud, pugnaban por disfrazar. Robles quería alcanzar, fijar una cualquiera: eran un tumulto de luces y sombras preñadas que querían decirle algo que había olvidado. Solo pudo entender esto, antes de que tomara, con rapidez, el sombrero veraniego que yacía sobre un archivero, se lo clavara sin preocupación en la cabeza cuadrada y dijera: —Bueno, voy a llegar tarde. Vámonos, amigo Cienfuegos.

En cuanto se levantaron de la mesa, un mozo vestido con filipina y pantalón negro se acercó a Norma: —Hoy es viernes, señora. Las gentes ya están en la puerta.

—Ahorita voy —dijo Norma, obligándose a una sonrisa que juzgaba encantadora—. Los viernes vienen los pobres —le explicó a Manuel—. No creas que es pura filantropía. Sirve para deshacerme de las sobras, de la ropa vieja, hasta de los periódicos. Con permiso. Ahorita vuelvo.

Con Norma, se ausentaron tanto un perfume ligeramente escondido, como el punto de unión entre Zamacona y Robles para sostener una charla. El banquero abrió las puertas de vidrio que conducían al jardín e invitó a Manuel a salir. Al fondo, detrás de la reja cochera, se apiñaba una docena de caras morenas, algunas oscurecidas por sombreros de petate, otras cubiertas hasta la boca por rebozos, todas inmóviles. Manuel trató de distinguir algún sentimiento particular en ellas: cada una no revelaba otra cosa que su muda e inmóvil espera: labios cerrados, ojos negros despojados de brillo, pómulos altos. Manuel los imaginó, idénticos, en todas las épocas, en todas las vidas. Como un río subterráneo, indiferente y oscuro, que corría por debajo de cualquier cambio o idea. Cuando el mozo y Norma aparecieron —aquel cargado de bolsas de papel, esta con la barbilla en alto y un aire singular de persona que se dispone a colmar a sus semejantes—, algunas manos tomaron los rebozos, como para taparse y hacer aún más anónima su presencia, otras se alargaron entre los barrotes negros, y todas las cabezas se inclinaron. El mozo pasó las bolsas, sin abrir la reja. Un niño con los labios llenos de mocos comenzó a chillar en brazos de una mujer amarilla. Después todos dieron unas gracias, cantarinas o gruñidas, pero anónimas también, y se fueron con las bolsas de papel, algunos lanzando, ahora, silbidos agudos. Norma, desde la reja, indicó con el índice y el pulgar que tardaría un instante.

—¿De manera que usted es intelectual? —dijo, sin más preámbulos, Federico Robles una vez que Norma se había excusado.

—Sí —sonrió Zamacona—. Me imagino que para usted eso no acarrea gran prestigio.

Robles hurgó en su chaleco: —Maldito lo que me importa a mí el prestigio. Lo importante es hacer cosas.

—Hay muchas maneras... —volvió a sonreír Manuel.

—Correcto —Robles encontró un puro crujiente de celofán—. Pero no en este país. Aquí no podemos darnos lujos de esa clase. Aquí hay que mirar hacia el futuro. Y los poetas son cosas del pasado.

Manuel bajó la cabeza, clavó las manos en los bolsillos: —Habría que definir qué cosa es el pasado.

—El pasado es lo muerto, amigo, algo que le hace a usted, en el mejor de los casos, sentirse grande o sentirse piadoso. Nomás.

Manuel levantó la cabeza, y, guiñando, fijó la mirada en Robles: —¿Y el de México?

A pesar de su concentración en la envoltura del puro, Robles no dudó: —No existe. México es otra cosa después de la Revolución. El pasado se acabó para siempre.

—Pero para enfrentarse a ese futuro del cual me ha hablado —insistió en guiñar, en penetrar con los ojos los rayos del sol vespertino que caían sobre la cabeza y los hombros de Robles—, en algún momento debió usted darse cuenta de que había un pasado que, en todo caso, había que olvidar.

—Puede.

El sol cortaba la figura de Robles en un solo bloque, coronado de luz, sólido y sin transparencia en la mirada molesta de Manuel.

—Y cuando lo observó usted, licenciado, ¿qué sintió ante ese pasado? ¿Se sintió usted engrandecido o piadoso?

Por fin, Robles rasgó el celofán y se llevó a la nariz el primer aroma del habano, fresco y virgen: —Para mí el pasado fue la pobreza, amigo. Nomás. El pasado mío, quiero decir.

—¿Y el de México, licenciado? Usted tiene ideas...

—Está bueno. Pues para mí México es un país atrasado y pobre que ha luchado por ser progresista y rico. Un país que ha tenido que correr, que galopar diría, para ponerse al corriente de las naciones civilizadas. Durante el siglo pasado, se pensó que con darnos leyes parecidas a las de los Estados Unidos o Inglaterra, bastaba. Nosotros hemos demostrado que esas metas solo se alcanzan creando industrias, impulsando la economía del país. Creando una clase media, que es la beneficiaria directa de esas medidas de progreso. Ahora deme usted su versión.

Hablar de México. Manuel no sabía por dónde empezar. Recordaba que un día había sellado un pacto de sol, tácito y permanente, con México. ¿Por dónde empezar? Se recordaba arrojando su papel, sus palabras, al centro del sol de México. Solo así podía hablar. Y ahora... —No dejo de envidiar su claridad. Yo... pues yo quisiera explicarme con tanta nitidez como usted la historia de México. Precisamente, lo que siento es que no encuentro el silogismo... —Manuel quería encontrar esta, alguna, cualquier palabra; se mordió el labio inferior—: ... la palabra mágica o la simple justificación que me expliquen una historia tan teñida de dolor como la nuestra.

Robles abrió los ojos y apagó el fósforo antes de encender el puro: —¿Dolor? ¿Cuál dolor? Aquí estamos en Jauja, amigo. Pregúntele usted a un europeo si esto no es el paraíso. Dolor es haber pasado dos guerras mundiales, bombardeos y campos de concentración.

—No, no, no me entiende usted —Manuel iba hundiendo la suela en la hierba floja del jardín—: Porque esos hombres que sufrieron el bombardeo y el campo de concentración, como usted dice, pudieron al cabo asimilar sus experiencias y cancelarlas, dar una explicación a sus propios actos y a los de sus verdugos. —Quería representarse muchas, dos, solo una cara de un hombre torturado, desplazado, marcado con la estrella amarilla. Solo podía recrear las caras del minuto anterior, las anónimas y pedigüeñas—. La experiencia más terrible, Dachau o Buchenwald, no hizo sino destacar la fórmula agredida: la libertad, la dignidad del hombre, como guste llamarla. —Como un río subterráneo, pensó, indiferente y oscuro—. Para el dolor mexicano no existen semejantes fórmulas de justificación. ¿Qué justifica la destrucción del mundo indígena, nuestra derrota frente a los Estados Unidos, las muertes de Hidalgo o Madero? ¿Qué justifica el hambre, los campos secos, las plagas, los asesinatos, las violaciones? ¿En aras de qué gran idea pueden soportarse? ¿En razón de qué meta son comprensibles? Toda, toda nuestra historia pesa sobre nuestros espíritus, en su integridad sangrienta, sin que sea nunca plenamente pasado ninguno de sus hechos o sus hombres.

Sin quererlo, tomó la manga de Robles y la estrujó, obligándolo a adelantar dos pasos. —Apolo, Dionisio, Fausto, l'homme moyen sensuel, ¿qué diablos significan aquí, qué diablos explican? Nada; todos se estrellan ante un muro impenetrable, hecho de la sangre más espesa que ha regado sin justicia la tierra. ¿Dónde está nuestra clave, dónde, dónde? ¿Viviremos para conocerla? —Manuel desprendió la mano de la manga de Robles—: Hay que resucitar algo y cancelar algo para que esa clave aparezca y nos permita entender a México. No podemos vivirnos y morirnos a ciegas, ¿me entiende usted?, vivirnos y morirnos tratando de olvidarlo todo y de nacer de nuevo todos los días sabiendo que todo está vivo y presente y aplastándonos el diafragma, por más que queramos olvidarlo: Quetzalcóatls y Corteses e Iturbides y Juárez y Porfirios y Zapatas, todos hechos un nudo en la garganta. ¿Cuál es nuestra verdadera efigie? ¿Cuál de todas?

—A ustedes los intelectuales les encanta hacerse bolas —dijo Robles al abrir la mitad de la boca retacada de tabaco—. Aquí no hay más que una verdad: o hacemos un país próspero, o nos morimos de hambre. No hay que escoger sino entre la riqueza y la miseria. Y para llegar a la riqueza hay que apresurar la marcha hacia el capitalismo, y someterlo todo a ese patrón. Política. Estilo de vida. Gustos. Modas. Legislación. Economía. Lo que usted diga.

El sol brilló sobre el jardín con su intensidad total: menos rotunda que la del mediodía, pero más penetrante, más inquietante por la proximidad de la luz que, al hacer el último esfuerzo, vibraba por dar testimonio de su partida.

—Pero es lo que hemos hecho siempre —balbuceó Zamacona—, ¿no se da cuenta? Siempre hemos querido correr hacia modelos que no nos pertenecen, vestirnos con trajes que no nos quedan, disfrazarnos para ocultar la verdad: somos otros, otros por definición, los que nada tenemos que ver con nada, un país brotado como hongo en el centro de un paisaje sin nombre, inventado, inventado antes del primer día de la creación. ¿No ve usted a México descalabrado por ponerse a la par de Europa y los Estados Unidos? Pero si usted mismo me lo acaba de decir, licenciado. ¿No ve usted al porfirismo tratando de justificarse con la filosofía positivista, disfrazándonos a todos? ¿No ve usted que todo ha sido un carnaval, monárquico, liberal, comtiano, capitalista?

Robles dejó caer un chorro de humo sobre las solapas de Manuel: —¿Y qué quiere usted, amigo? ¿Que volvamos a vestirnos con plumas y a comer carne humana?

—Es precisamente lo que no quiero, licenciado. Quiero que todas esas sombras ya no nos quiten el sueño, quiero entender qué significó vestirse con plumas para ya no usarlas y ser yo, mi yo verdadero, sin plumas. No, no se trata de añorar nuestro pasado y regodearnos en él, sino de penetrar en el pasado, entenderlo, reducirlo a razón, cancelar lo muerto —que es lo estúpido, lo rencoroso—, rescatar lo vivo y saber, por fin, qué es México y qué se puede hacer con él.

Robles se separó de Manuel y caminó hacia la reja: —No sea usted presuntuoso. Con México solo se puede hacer lo que nosotros, la Revolución, hemos hecho. Hacerlo progresar.

—¿Progresar hacia dónde?

—Hacia un mejor nivel de vida. O sea, hacia la felicidad particular de cada mexicano, que es lo que cuenta, ¿no le parece?

—¿Pero cómo se puede hablar de la felicidad particular de cada mexicano si antes no se ha explicado uno a ese mexicano? ¿Cómo sabe si cada mexicano quiere lo que usted se propone otorgarle?

Manuel, ahora, seguía a corta distancia a Robles. El industrial dio la vuelta y la cara a Zamacona: —Soy más viejo que usted, amigo. Conozco la naturaleza humana. Los hombres quieren bienes. Un carro. Educación para sus hijos. Higiene. Nomás.

—¿Cree usted que quienes ya tienen eso se sienten plenamente satisfechos? ¿Piensa usted, por ejemplo, que la nación más rica que ha conocido la historia es una nación precisamente feliz? ¿No es, por el contrario, una nación presa de un profundo malestar espiritual?

—Puede. Pero eso es secundario, amigo. Lo importante es que la mayoría de los gringos come y vive bien, tiene un refrigerador y un aparato de televisión, va a buenas
escuelas y hasta se da el lujo de regalarles dinero a los limosneros de Europa. Se me hace que su cacareado malestar del espíritu les viene muy guango.

—Quizá tenga usted razón. —Manuel sacó las manos
de los bolsillos y quiso captar el origen del sol y el aire
transparente. Se tapó los ojos con la mano—. No sé. Acaso haya planteado mal el problema. Quizá esté enfermo de odio hacia los Estados Unidos. Por algo soy mexicano.

Robles sonrió y le dio una palmadita obsequiosa en el
hombro. —Ándele, no se me achicopale. Me gusta discutir con los jóvenes. Después de todo, ustedes también
son hijos de la Revolución, como yo.

Al querer corresponder la sonrisa, Manuel se dio cuenta de que, en realidad, fabricaba una mueca. —La Revolución. Sí, ese es el problema. Sin la Revolución mexicana, ni usted ni yo estaríamos aquí conversando de esta
manera; quiero decir, sin la Revolución, nunca nos hubiéramos planteado el problema del pasado de México, de
su significado, ¿no cree usted? Como que en la Revolución
aparecieron, vivos y con el fardo de sus problemas, todos
los hombres de la historia de México. Siento, licenciado,
siento sinceramente que en los rostros de la Revolución
aparecen todos ellos, vivos, con su refinamiento y su grosería, con sus ritmos y pulsaciones, con su voz y sus colores
propios. Pero si la Revolución nos descubre la totalidad de
la historia de México, no asegura que la comprendamos o
que la superemos. Ese es su legado angustioso, más que
para ustedes, que pudieron agotarse en la acción y pensar
que en ella servían con suficiencia, para nosotros.

—Ustedes tienen el deber de proseguir nuestra obra.

—No es lo mismo, licenciado. Ustedes tenían tareas urgentes por delante. Y su ascenso corría rápido, y parejo, a la realización de esas tareas. Nosotros nos hemos encontrado con otro país, estable y rígido, donde todo está más o menos asentado y dispuesto, donde es difícil intervenir temprano, y decisivamente, en la cosa pública. Un país celoso de su statu quo. A veces se me ocurre pensar que México vive un prolongado Directorio, una fórmula de estabilización que, a la vez que procura una notable paz interna, impide un desarrollo cabal de aquello que la Revolución se propuso en su origen.

—No estoy de acuerdo con usted, amigo. La Revolución ha desarrollado plenamente sus metas, en todos sentidos. Las ha desarrollado con suma inteligencia, por vías oblicuas, si usted quiere, pero las ha desarrollado. Usted no sabe lo que era México en 1918 ó 20. Hay que darse cuenta de eso para apreciar el progreso del país.

Los eucaliptos del jardín tapaban el sol; los rayos se perdían, se enmarañaban entre las hojas y las ramas, y apenas protegían, con un tinte cálido, las cortezas.

—Pero ¿adónde nos conducen esas «vías oblicuas»? —dijo Manuel Zamacona—. ¿No resulta bastante contradictorio que en el momento en que vemos muy claramente que el capitalismo ha cumplido su ciclo vital y subsiste apenas en una especie de hinchazón ficticia, nosotros iniciemos el camino hacia él? ¿No es evidente que todo el mundo busca fórmulas nuevas de convivencia moral y económica? ¿No es igualmente claro que nosotros podríamos colaborar en esa búsqueda?

—¿Qué quiere usted? ¿Un comunismo criollo?

—Póngale usted el mote que quiera, licenciado. Lo que a mí me interesa es encontrar soluciones que correspondan a México, que permitan, por primera vez, una conciliación de nuestra sustancia cultural y humana y de nuestras formas jurídicas. Una verdadera integración de los miembros dispersos del ser de este país.

—A ver, a ver. —Una inmensa llaga rosada coronaba todas las cimas del jardín—. Hablaba usted de las cosas que la Revolución se propuso en su origen. ¿Qué cosas fueron esas?

Zamacona no quería discutir más. Pensaba, inquieto sobre el césped húmedo, que todo tenía dos, tres, infinitas verdades que lo explicasen. Que era faltar a la honradez adherirse a uno cualquiera de esos puntos de vista. Que acaso la honradez misma no era sino una manera de la convicción. Sí, de la convicción: —Tácitamente, a ciegas, lo que le acabo de decir: descubrir la totalidad de México a los mexicanos. Rescatar el pasado mexicano del olvido y de la mentira. El porfirismo, también de una manera implícita, pensó que un pueblo solo es feliz si sabe olvidar. De allí su mentira y su disfraz. Díaz y los científicos pensaron que era suficiente vestir a México con un traje confeccionado por Augusto Comte y meterlo en una mansión diseñada por Hausmann para que, de hecho, ingresáramos a Europa. La Revolución nos obligó a darnos cuenta de que todo el pasado mexicano era presente y que, si recordarlo era doloroso, con olvidarlo no lograríamos suprimir su vigencia. —¿Qué significaban todas sus palabras?, pensaba Manuel detrás de ellas. ¿En qué punto real, concreto, se apoyaban? ¿A quién le servían? ¿O no era suficiente pensarlas, decirlas, para que se cumplieran y, llevadas por el aire, por su tangible estar dichas y pensadas, penetraran en todos los corazones? Sí, esto era, esto era, volvía a repetirse, detrás de sus palabras—: Y expresamente, la Revolución, al recoger todos los hilos de la experiencia histórica de México, nos propuso metas muy claras: reforma agraria, organización del trabajo, educación popular y, por sobre todas las cosas, superando el fracaso humano del liberalismo económico, anticipando el de los totalitarismos de derecha e izquierda, la necesidad de conciliar la libertad de la persona con la justicia social. La Revolución mexicana fue el primer gran movimiento popular de nuestro siglo que supo distinguir este problema básico: cómo asegurar la plena protección y desarrollo de lo comunitario sin herir la dignidad de la persona. El liberalismo económico sacrificó, en aras del individuo, a la sociedad y al Estado. El totalitarismo, en aras del Estado, sacrificó a la sociedad y al individuo. Frente a este problema universal, ¿no cree usted que México encontró un principio de solución en el movimiento de 1910 a 1917? ¿Por qué no lo desarrollamos? ¿Por qué nos quedamos con las soluciones a medias? No puedo pensar que el único resultado concreto de la Revolución mexicana haya sido la formación de una nueva casta privilegiada, la hegemonía económica de los Estados Unidos y la paralización de toda vida política interna.

Robles eructó tres pequeñas risas, mezcladas con la irritación del tabaco. —Calmantes montes, amiguito. En cuanto al primer punto, eso que usted llama casta privilegiada lo es en función de su trabajo y del impulso que da al país. No se trata ya de terratenientes ausentistas. El segundo: México es un país en etapa de desarrollo industrial, sin la capacidad suficiente para producir por sí mismo bienes de capital. Tenemos, en bien del país, que admitir inversiones norteamericanas que, al fin y al cabo, se encuentran bien controladas por nuestras leyes. El tercero: la vida política interna no ha sido paralizada por la Revolución, sino por la notoria incompetencia y falta de arraigo popular de los partidos de oposición.

—No, licenciado, no acepto su explicación. —Manuel sentía cómo le vibraban las aletas de la nariz, anticipando un encuentro definitivo con Robles y, sobre todo, con su mundo—. Esa nueva plutocracia no ha tenido su germen en el trabajo, sino en el aprovechamiento de una situación política para crear negocios prósperos; y su temprana creación frustró, desde arriba, lo más puro de la Revolución. Pues esta casta desempeña no solo una función económica, como usted cree, sino una función política, y esta es reaccionaria. Usted sabe también que el principio de la limitación de la participación extranjera en una empresa mexicana ha sido y es violado, y que se trata de empresas mexicanas de membrete. Usted sabe que las inversiones extranjeras, si no ayudan a la creación de un mercado interno mexicano, valen bien poco. Y sobre todo sabe usted que los precios de nuestra producción agrícola y minera, que la posibilidad de fomentar nuestra industria, que todo el equilibrio de nuestra economía, no depende de nosotros. Estoy de acuerdo en que el «partido único» es preferible a cualquiera de esos llamados partidos de oposición que parecerían, más bien, los aliados efectivos del PRI. Lo que rechazo es la somnolencia que el «partido único» ha impuesto a la vida política de México, impidiendo el nacimiento de movimientos políticos que pudieran ayudar a resolver los problemas de México y que podrían organizar y sacudir buena parte de la indiferencia en que hoy dormitan elementos que jamás se afiliarían a los partidos de la reacción clerical o de la reacción soviética. ¿O estará dispuesto el PRI a sancionar un statu quo sin solución alguna? Esto equivaldría a decirle al pueblo de México: «Estás bien como estás. No es necesario que pienses o hables. Nosotros sabemos lo que te conviene. Quédate allí». Pero ¿no es esto lo mismo que pensaba Porfirio Díaz?

—Habla usted como un irresponsable. Veo que no nos entendemos, amigo Zamacona.

—Y sin embargo, es tan necesario que nos entendamos, licenciado Robles.

Manuel tendió su mano y caminó hasta la reja del jardín, pálido en el atardecer, transparente en el vago cristal del crepúsculo de otoño: el valle estaba recién lavado por las últimas lluvias de la temporada, y era posible recoger, a cada paso, los olores de eucalipto y de laurel.

Con las yemas de los dedos hinchadas y eléctricas, Hortensia Chacón, en la oscuridad, recorría los brazos de Federico Robles. El pelo suelto de la mujer crujía levemente: un ambiente opresivo, avanzada de la próxima tempestad, se colaba por las rendijas. Federico abrió los ojos desde el fondo de un sueño pesado y tierno como la carne que lo recogía y sintió una revelación en toda la figura de Hortensia. No era su primera tarde en el apartamiento de la calle de Tonalá y, sin embargo, solo hoy creía entender así, en todos sus límites, y nunca más con la vaguedad de antes, la existencia de la mujer que, desde hacía tres años, le había otorgado su compañía y algo más que Federico aún no sabía nombrar. Ahora, al verla en la cama, unía a ella dos nuevos momentos que en todos los años del pasado inmediato no se hubiesen presentado. El desenterrar de imágenes del pasado con Cienfuegos. Y el leve rechazo, sentido por primera vez, de su mujer, el domingo que se arreglaba para ir a una boda. Entonces había querido, sin proponérselo, pensar en lo que realmente significaba Hortensia Chacón. Pero había necesitado estar con ella una vez más, y dormir a su lado en letargo pétreo, insondable, antes de decirse que era verdad lo que sin querer había pensado entonces. La mujer de treinta y dos años, gestadora de tres hijos, mantenía una suavidad cremosa de piel sobre el estómago hinchado y los senos flojos. Robles recordó el instante pasado, anterior al sueño. El silencio y la oscuridad de Hortensia, su falta de palabras o de gemidos, su entrega sin hacer ruido, sin anunciar con tambores esa entrega concentrada y furiosa. En el momento culminante, Federico solo había mordido el pelo de la mujer, y los dientes apretados en la oscuridad habían convocado, fijado ante su memoria, resucitado del desorden de los últimos días, exprimido de los elementos circundantes de su vida diaria, la imagen del campo de Celaya, el día que mordió las riendas y sintió toda su carne erguida ante el combate, los hombres en batalla, el estruendo, que cercaban su cuerpo y que él podía dominar, desde su caballo, desde su rienda mordida, desde su carne erecta. Las preguntas de Cienfuegos regresaron, nítidas, a su memoria. Cerró nuevamente los ojos: no era Cienfuegos quien hacía esas preguntas, en su recuerdo: era el hombre joven que esta misma tarde había almorzado en su casa y le había tenido la confianza de expresar lo que pensaba, de tratarlo como a un ser vivo, no como a un emblema del éxito y los valores tácitos de México. La imagen de Manuel Zamacona turbó a Robles con una intensidad que lógicamente le pareció infundada. Miró fijamente a Hortensia, buscando entre la imagen recordada y la presente alguna liga, la unión que estos recuerdos súbitos parecían dictar. La mujer se movió con un cuidado exagerado.

—Ya desperté; no te preocupes —murmuró Robles desde la almohada.

—Está bien.

La voz queda y sumisa, pero dirigida a él, apretada en su intención de dirigirse solo a él, desde la oscuridad y el silencio. Pensó que Hortensia era todo esto: el poder silencioso, directo; la consumación poderosa y directa de los actos singulares, los que se podían contar con los dedos y vivir sin intermediarios, por abajo, o por encima, de las exteriorizaciones diarias del poder. Sedimento, savia, aire. Llano ensangrentado de Celaya. Cuerpo húmedo y abierto de Hortensia. El pecho de Robles se llenó de aire; su pulso corrió rápidamente, invadido de sangre. Levantó las piernas, lampiñas y delgadas, y se sentó sobre el borde de la cama de nogal labrado. Hortensia, con los dedos, recorrió la espalda del hombre.

—¿Te sientes a gusto? —preguntó.

Robles trató de apretar todos los músculos del cuerpo al mismo tiempo, de trasladar a su carne la fuerza que sentía en cada centro vital del pensamiento. ¿A gusto? Poderoso, limpio, aligerado... «pero mañana—pensó—, se gastará toda la fuerza recogida aquí, con Hortensia». Volvió a observar el cuerpo mestizo de la mujer, y bajó la vista a su estómago, a su sexo oscuro. ¿Correspondía el origen de la fuerza a su destino?, volvió a preguntarle la voz de Ixca Cienfuegos desde los labios de Manuel Zamacona. La carne morena de Federico y Hortensia se recortaba sobre las sábanas.

—Hortensia...

La mujer colocó una mano sobre el hombro de Robles.

—¿Recuerdas a veces...?

Los dedos subieron a la nuca hirsuta: —Un poco.

Robles se restregó la cara; un mundo blanquecino, con bordes niquelados y ojos de gas neón, cruzó velozmente por sus pupilas; detrás de él, otro mundo, horizontal, rojizo, poblado de canciones y nombres y colores enarbolados y corceles furiosos. En el centro de cada uno de estos mundos, se plantaba su propia figura: transparente y pálida en uno, renegrida y quemada en el otro. El hombre incendiado alargaba los brazos al espectral; este no tenía la voluntad de levantar los suyos. Robles acercó sus labios a la cabeza de Hortensia: sintió, allí, una vida sin roturas, una vida única, apretada. Del parto a la muerte, una sola línea, espesa y recargada, sin posibilidad de quebrarse... Quizá —ya no deseaba pensar más, sino correr fuera del apartamiento de Hortensia con su tesoro de fuerza y arrojarlo a las fauces del mundo que esperaba las golosinas del hombre poderoso—, quizá solo renunciando a ese trueque de la fuerza recogida en Hortensia por los elementos del poder exterior... quizá solo así...

Se puso de pie y canceló su pensamiento. Los ojos opacos de Hortensia trataban de penetrar la sombra de Federico, y solo sonrieron al escuchar los ruidos de la ropa recogida, de los zapatos sobre el piso de madera, de la respiración.

En la terminal de Ramón Guzmán, bajan del camión salpicado de fango el hombre con sombrero norteño, la mujer vestida de algodón y el muchacho de diez años, flaco y con una mancha de tiña en la mejilla. El hombre moja los gruesos labios sobre el cigarrillo negro y aprieta los ojos de chinche mientras vigila el descenso del equipaje, cubierto por un toldo de lona sobre el techo del camión. La mujer, sin ser gorda pero sin línea, como una paca, deja caer los hombros aún más y detiene del brazo al chamaco de pantalón azul y camisola abierta que grita y señala hacia la calle.

—Bueno, ya están las petacas. ¡Vas a ver, vieja, lo que es nuestra capital!

—Ay sí, como si tú ya hubieras estado.

—No, si no he estado; pero uno como hombre se entera de más cosas que ustedes, ¿quihubo?

—Mira, venden helados; mira, venden helados, ¡yo quiero mi helado!

—Cállese, escuincle latoso. ¡Qué ganas de ver crecido al demonio este!

—Sí, cómo no, y entonces te quejarás de que se encuete y se vaya con las putas...

—¡Cállese, Enrique! ¡Luego dice que quién le enseña tanta majadería al niño!

—Vénganse pues —dice el hombre de bigotes desiguales y ojillos de chinche—. ¡Mira nomás, Tere, mira nomás qué ciudad!

¡Por algo le dicen la Ciudad de los Palacios! ¡Ve nomás qué avenida! Mira allá, a la glorieta: ese es Cuauhtémoc. ¿Felipito? ¿Quién fue Cuauhtémoc?

—*Ese de la Noche Triste; ¡yo quiero mi helado!*

—*Ya ves, Tere, para eso los manda uno que dizque a la escuela. ¡Felipito! ¡Dime quién fue Cuauhtémoc!*

—*¡Oh, qué fregar! ¡Yo quiero mi helado!*

El hombre amenaza con la mano al niño; la mujer recrimina con los ojos al hombre.

—*Bueno, ya estamos aquí, México lindo. Vas a ver, Tere, cómo en la capital salimos de dificultades. Aquí se hace dinero pronto, verás si no. Con mi oficio de talabartero, y con la clientela de gringos que hay aquí, al año somos ricos.*

—*Eso mismo dijiste cuando nos fuimos de Culiacán a Piedras Negras, y ya ves, ni para el arranque.*

—*¡No me hables de esos pueblos, Tere! Ve nomás dónde estamos ahora. Aquí, con nuestros ahorritos nos instalamos, y hasta tomo un aprendiz, y al año nos están entrando tres mil pesos al mes, libres. Tú verás.*

La mujer sin forma tuerce la boca. El niño señala cosas.

El hombre de sombrero norteño respira hondo en el cruce de Reforma e Insurgentes.

—*¡Esta es mi capital, sí señor!*

PIMPINELA DE OVANDO

—Usted sí que es chistoso, Cienfuegos. Me cita en un bar —dese cuenta— y ahora quiere que le hable de mi vida.

—¿Y qué esperaba de mí?

—Cuando menos es usted franco. ¿Quiere que le haga la lista de posibilidades?

—¿Por qué no?

—En primer lugar: Cienfuegos es amigo de Robles y puede servirme para sacar ventajas. ¿De acuerdo?

—De acuerdo. Pero ¿le cuento una cosa? El poderoso banquero va que chuta al Asilo Mundet. Basta con que alguien llegue a pedir la liquidación de su cuenta para que la Maison d'Usher se tambalee.

—Pues no parece, oiga...

—No parece porque a nadie se le ha ocurrido que Robles pueda tener todos los depósitos del Banco sumidos en quién sabe qué aventuras fantásticas de compras de terrenos arenosos y esas cosas... Pero en fin, como no es el caso...

Pimpinela se lamió los labios y aparentó una absoluta despreocupación:

—Segundo: Cienfuegos cree *qu'il peut coucher avec moi*, y yo nunca soy ajena a la tentación de darle lecciones a la gente. Crecí para aprender a dar lecciones. ¿De acuerdo?

—Sí, pero tampoco es el caso.

—Tercero, improbable en su caso, pero al fin mi *métier:* usted quiere que un nombre aristocrático le dé brillo, mi amigo. Para eso estoy yo. Creo que usted mismo lo dijo alguna vez, ¿no? Dame lana y te doy clase, dame clase y te doy lana. Pero como este no es su caso, pues entonces me imagino que el caso es que le cuente mi vida, ¿no?

—Su vida, exactamente, no. Las vidas, en general, sí...

—Eso es el chisme.

—Y a usted bien que le gusta.

Pimpinela sonrió y se quitó los guantes. Miró a su alrededor, en busca de caras conocidas. El pequeño bar lo era, más bien, para amasiatos y canas al aire y novios sonrojados. Con avidez mayor, Pimpinela buscó caras conocidas. Una pequeña vela mortecina envuelta en un cucurucho de papel pergamino se sembraba sobre cada mantel. Las caras no se podían distinguir. La distribución del bar en caballerizas aumentaba el encubrimiento, y un pianista tenaz sumergía los ya imperceptibles murmullos de los hombres y mujeres diseminados por la salita.

—Por lo menos en los reservados de hace treinta años había *chaisse-longues* y otras facilidades.

—Vivimos en la época del cachondeo, señorita.

Pimpinela apretó el guante y dejó que sus ojos brillaran con una cólera helada:

—Le prohíbo... hay ciertas palabras que revelan la clase de la persona que las pronuncia.

—¿Qué toma, Pimpinela?

—¡Le estoy dirigiendo la palabra! No haga usted guiños de lépero.

—Querida Pimpinela: con esa falta de ductilidad no se llega a ningún lado, mucho menos a la devolución de haciendas y a la restauración del pasado...

—¡Qué sabe usted! Es muy fácil juzgar. ¡Qué sabe usted!

Pimpinela se levantó y dio la espalda a Ixca mientras se ponía los guantes. Forzó una sonrisa y salió del bar. En su Opel, corrió hacia el apartamiento de la calle de Berlín. Ansiaba volver a estar, solo a estar, en un receptáculo adecuado, en un lugar fabricado cuidadosamente para preservar, y demostrar, ese imponderable del que se sentía depositaria. Abrió la puerta y, antes de encender la luz, se detuvo un momento: quería oler las alfombras mullidas, el ramo de siemprevivas, el leve perfume que su propio cuerpo había ido dejando, suspendido, en cada día de vida aquí. En la oscuridad, recorrió con las puntas de los dedos los muebles de terciopelo rojo, las vitrinas enchapadas, el marco de los cuadros. Encendió el tocadiscos y colocó la aguja sobre el que ya estaba puesto. Un río domeñado de cuerdas insistentes inundó la sala; Pimpinela se recostó en el diván de terciopelo, cerró los ojos y dejó que Vivaldi la arrastrara a un mundo a la vez intangible y hondo, hecho de cristal marino, océano de aire. Creación plena, se repetía sin hablar Pimpinela, herida por la música, inerte, sin una sola célula en tensión: sentía que la música la licuaba; quería agradecer una creación que sentía destinada a ella sola, como una especie de premio providencial que se acumulara a los del nacimiento, a los de la colocación en la vida —y sin embargo, se repetía también que ella no lo había querido, ni pedido—. Se sentía, más que recompensada, definida, entera, absoluta —y al mismo tiempo, se repetía que vivía rota y fragmentada, y que era ese fragmento de algo lo que luchaba y se fatigaba en la restauración de otros fragmentos, de otros fragmentos rotos que tampoco podrían volver a ser—. En un segundo sagrado, Pimpinela tocó, olió, recordó, sustra-

jo del pasado todos los elementos de su ansia de conser-
vación; su memoria voló hacia atrás y hacia adelante,
en un doble movimiento unido por el afán de recuperación, mientras sus ojos se llenaban de un humo opaco y
volátil.

—*La niña Pimpinela no quiere comer, señora.*
La señora De Ovando se dirige, flotando entre la masa de cor-
piños y sedas ruidosas, a la niña de bucles rojizos que hace pu-
cheros, sentada en su alta silla de caoba, sobre el plato de avena.
Parece un alfiler dorado perdido en el centro del comedor, sobre
los tapetes persas, bajo los dos candiles que jamás —recordaría—
dejaban de surtir un levísimo campaneo de cristal, la mesa con
incrustaciones de cobre hecha para acomodar a veinticuatro per-
sonas, los espejos —uno en cada extremo— que reproducen en un
acordeón de imágenes el mundo intermedio y sus objetos: las pa-
redes tapizadas de damasco verde, la cómoda en marquetería de
concha nácar, los vasos de mármol blanco con las estaciones re-
presentadas en una guirnalda ininterrumpida de frías peras, flo-
res, nueces, duraznos, castañas. Pimpinela abre los ojos un ins-
tante a los objetos de la gran casa, rodeada de jardines planos
y elaborados. Sillones de tapicería y un gabinete de porcelana azul
de Sèvres; el reloj en rocaille, coronado por un cupido gordiflón
que iba levantando su arco a medida que avanzaban las horas;
las mesas con patas en cabriola mantenidas sobre cuatro máscaras
de leones. Más gabinetes de vidrio repletos de abanicos pinta-
dos que reproducen escenas de Watteau. Arabescos sobre los res-
paldos de punto, flautas suspendidas sobre las puertas, cande-
labros con listones amarillos de plata. El salón de entrada, con
su escalera de doble ascenso. Dos bustos de Marco Aurelio, idén-
ticos, en los nichos. Y el reflejo infinito de los dos espejos de mar-
co dorado.

—Una por papá, otra por mamá...

La niña se prende al cuello de su madre.

—¿Qué tiene mi niñita? ¿No le gusta su avena fea? Véngase con su mamá, mi sol.

Un landó capitoneado espera en la puerta. Pimpinela clava sus ojos azules en el cielo, viéndolo correr entre dos playas de árbol. Mueve rítmicamente sus piernas en el aire, se acerca a las telas suaves, casi eléctricas, de su madre. Casas de uno, de dos pisos, pintadas de rosa y verde pálido, con balcones enrejados y altos za guanes. Hombres con enormes sombreros puntiagudos se pase cargando cubetas de agua. Puestos de dulces, calles empedra rígidas lámparas de gas. Y otra vez el cielo detrás del fol . Encajes amarillos circundan los bordes del landó, y su olor m- polvado y penetrante. El medido clic-clac de los cabal' obre la baldosa la adormece. Pimpinela huele los encajes illos, luego las ropas de su madre, esconde la cabeza er egazo, y duerme.

—Defenderemos lo nuestro, Angélica.

—La niña ya está grande. Merece cosas, merece el ambiente para el cual la criamos. No pued garle eso a tu hija. No pue- des destinarla a vivir a esco s en un país destruido por la revolución y la vulgarid

—Defenderemos lo nu o, Angélica. Mira a tu prima Loren- za. Ella y su hijo s ue viven a escondidas del país y de sus de- beres. Nosotros re aremos lo que se pueda de esta orgía de bar- barie.

Don Lucas d ando se pasea por el vestidor con un dedo en la leontina roj e le cuelga del chaleco. Con la otra mano, da for- ma a la l lla entrecana que se dispara de su mentón exage- rado y e, como sus ojos metálicos, como los dos surcos de las mejill a compacta rigidez de su escasa estatura. Alta, blan-

ca, lánguida, Angélica cepilla su largo pelo de tonos cobrizos frente al espejo.

—*No entiendo cómo, Lucas...*

—*¿Tú crees que esta revolución es distinta a cualquiera? No. Ya hemos visto demasiadas en México. Nuestras familias han pasado por la Acordada y la proclamación de Pío Marcha, por el Plan de Casamata y el Plan de Ayutla, por el de la Noria y ahora el de Guadalupe. Todo es lo mismo. Para superarla hay que entender de qué se trata cada revuelta económicamente y afianzarse por allí. Ahora el peligro son los zapatistas y todos esos rufianes agrarios. Allí va a venir el golpe.*

—*Pero si de eso vivimos, Lucas, de las haciendas. ¿Qué vamos a hacer entonces?*

—*Deshacernos de las haciendas. Venderlas rápido a los americanos. Cambiarlas por casas en la ciudad. En el Distrito Federal no va a haber revolución agraria, Angélica.*

—*Pero no es eso lo que me preocupa. Es la falta de un ambiente adecuado... ¡Pobre Pimpinela! Cuando pienso en mi vida de señorita...*

—*Prefiero a nuestra hija con un carnet de cotillón vacío que muerta de hambre. Está resuelto. Ya vi los terrenos del último tramo de la Reforma. Valen cuartilla. Y más de un hombre de escasas luces está dispuesto a cambiarme una esquina del centro por una hacienda. Verás cómo tengo razón.*

—*¿Tú fuiste a muchos bailes, mamá?*

Angélica acaricia la cabeza de Pimpinela. El cuello, los brazos, la cara de la muchacha casi brillan en el contraste con el flojo ropón negro. Esa nariz —piensa Angélica—, esa nariz de Lucas, ese signo de calidad, otra vez en Pimpinela. Sin embargo, era tan chatita de niña.

—*Sí, entonces las cosas eran distintas —trata de reír Angélica—. Ahora, ya ves, hay que ser de Sonora o de Sinaloa.*

—¿No sería precioso dar un baile cuando cumpla mis diecinueve? —Pimpinela, de rodillas, se acerca a las piernas de
su madre. El vestidor es el mismo, pero con las cosas un poco es-
tropeadas. Faltan criados que sacudan minuciosamente el polvo dormido entre los pliegues del mármol de los vasos y sus
pedestales—. ¿No sería precioso? Ahora que ya pasó el luto de
papá...

—Es que casi no queda nadie, hijita. ¿A quiénes invitaríamos?

—¿Por qué se han ido tus amigos y los de la familia?

—En fin; tu padre tenía ideas muy definitivas. Sí, rescató algo, como él decía. Pero la vida no es solo eso. Es un ambiente, es
estar con las gentes iguales a uno...

Pimpinela piensa en todos los bailes a los que no había podido ir;
¿para qué hablar?; conoce la respuesta de su madre:

—Mientras no puedas ir a bailes de gentes conocidas, acompañada por un muchacho decente, y al cual también haya sido in-
vitada tu madre, te quedas en casa.

—Hay un muchacho, mamá... lo conocí con Margarita en un salón de té... es abogado, y...

—¿Cómo se llama?

—Roberto Régules.

—¿Régules? ¿Régules? Es la primera vez que escucho ese
nombre.

Angélica, sentada en un incómodo sillón bordado, come lentamente
marrons glacés. A sus pies, Pimpinela frunce la frente, ceñida
por una banda negra.

—Pero mamá, es un muchacho muy bien, se viste correctamente,
es muy atento.

—El hábito no hace al monje, niña. Tú sabes que cuanto hago
es por tu bien. Mira: tu padre fue muy inteligente y nos dejó aco-
modadas, mientras tantos lo perdieron todo. Podemos vivir de-
centemente de nuestras rentas. No hay necesidad de mezclarse en
este nuevo ambiente. Rescatamos, como quería tu padre, algo de

la fortuna. Sepamos también rescatar nuestra dignidad. Tenemos el deber, en honor de la memoria de tu padre, de ser fieles a él.
—*Sí, mamá...*
—*No podemos sacrificar eso por un baile, Pimpinela. Pero te entiendo, te entiendo* —*Angélica acerca la cabeza a la de la muchacha*—. *¡Cómo no voy a entender! Cuando pienso en mi juventud, tan distinta... Hubieras visto los uniformes que se usaban entonces, aquellos penachos, y los cascos. Las cuadrillas... llegó luego el vals, y volaban las telas, en un remolino, en brazos de jóvenes que... Era como una ceremonia, ¿ves? Tal día del año, el baile de una familia; otro día, el de otra, y así...* —*Angélica toma los hombros de Pimpinela*—: *¡Y si vamos juntas a Europa!*
Pimpinela salta agitando las manos: —*¡Mamá! ¡Mamá! ¡Europa!*
La madre recoge las faldas negras y corre al pequeño armario enchapado; excitada, revuelve los papeles amarillentos: los títulos, los contratos de arrendamiento, hasta sacar, al azar, uno. —*Cinco de Febrero y Bolívar... cincuenta pesos el metro... hoy valdrá cien; ¡ya está, hija! ¡Eso es!*

—*¿Recuerdas al chico Régules, mamá?*
—*¿Régules? Primera vez...*
—*Primera vez. Sí.*
—*¿Qué le sucede a tu señor Régules?* —*Angélica tose agudamente desde su cama espumosa, inundada de colchonetas y almohadones bordados.*
—*Se ha casado* —*Pimpinela recorre lentamente, con los dedos, el filo dorado de la cama. Siente en el porte de la mujer madura, aun aquí, en el lecho de enferma, cierto brillo que ella, al bajar la vista, refleja opaco en su propio cuerpo*—. *Se ha casado con su secretaria. Van a Nueva York de luna de miel. ¿Re-*

cuerdas que lo conocí... hace seis años, cuando era un abogado joven? Ahora es...

Angélica se compone cuidadosamente el pelo bajo una cofia blanca: —Sí, me imagino. Las carreras se hacen pronto hoy. Alguna diferencia debe haber entre 1910 y 1935. Rapidez, modernismo, sí, eso es, todo eso *—Angélica vuelve a toser, arqueando las cejas.*

—Tienen una casa en Las Lomas, con un gran jardín, un automóvil. Roberto es el abogado de muchas compañías nuevas.

—Sí, sí, modernismo; antes solo los hombres maduros tenían responsabilidades...

—Pude haberme casado con él.

Angélica mueve la cabeza con un signo de impaciencia:

—Estamos bien, hija, estamos bien. No nos falta nada.

Pimpinela aprieta el filo de la cama con ambas manos:

—¿Soy guapa?

—Más que guapa. Diría que eres distinguida, que has heredado la...

—¿De qué me sirve? Mamá, mamá, no quiero hacerte sufrir, lo sabes. Pero dime de qué me sirve ser una mujer decente, respetada, con un nombre ilustre. Dime.

—Hijita, no te excites. Estás en muy buena edad...

—Eso dijiste cuando fuimos a Europa. ¿Se acercó alguien a la mexicanita pobretona? ¿Se acerca alguien en México?

—Si te hubiera tocado vivir mi juventud, si te hubieran tocado los bailes, los paseos, la forma de vida del siglo pasado...

—Pero no me tocaron... Y no es un baile o un paseo, es pertenecer, saber que eres aceptada... no sé... mamá, te juro que no es por hacerte sufrir, pero quiero saber...

—No tuvimos la culpa *—Angélica adelanta un brazo, requiriendo la mano de Pimpinela—.* Se vino abajo nuestro mundo. No puedes culparme... Se cerraron las puertas.

—Roberto se casó con su secretaria.

—*Déjalos, están bien, ese es su mundo, no el tuyo. Conténtate. Estamos bien, no nos falta nada. Y si nos falta, ya sabes que podemos vender una manzana, ir otra vez de viaje...*

—*Pimpinela de Ovando.*
—*¡N'hombre! ¿De los meros apolillados?*
Pimpinela amplía una brillante sonrisa. Pasea la vista, con una delectación que sus anfitriones no dejarán de malinterpretar, por la sala. La cáscara californiana —ventanas de colores con marcos de poschurriguera, abundancia de rejas, pisos de azulejo— está rellena de muebles en estilo moderne: *patas niqueladas, asientos de caucho, mesas de laca roja; y la docena de espejos de todas las formas —estrella, luna menguante, ola, escalera—. La dueña de la casa, con visible entusiasmo, maniobra las persianas.*
—*Están decorando precioso en México —suspira Pimpinela.*
—*Disponga, es su casa.*
—*¡Qué pintura deliciosa!*
—*No se crea; apenas una de las primeras cosas que compré.*
—*Un Tiépolo, se diría. Algo de esa gracia densa, crepuscular, de Venecia...*
—*Eso, eso, eso es. Venecia al atardecer, el crepúsculo, pues.*
—*Hmmm —Pimpinela desparrama su sonrisa sobre los anfitriones—. ¡Qué agradable! Hace mucho que no visitaba algo tan chic.*
—*Eso es.*
—*Usted que es* connoisseur, *general, se interesaría en unos cuadros que yo tengo. Claro, datan del siglo* XVII *y han pasado de generación en generación, pero tratándose de usted...*

—*Podemos tutearnos, ¿verdad?*
—*¡Pimpinela! He aprendido a apreciarla... a apreciarte tanto... —Silvia Régules sirve dos tazas humeantes de té.*

—¿*Limón?*

—*Gracias.*

El atardecer entra oblicuo, por los anchos ventanales de la mansión de Las Lomas de Chapultepec y cae, en una coronación intangible, sobre la cabeza y los hombros de Pimpinela.

—*Tus sugestiones para el party de la otra noche fueron espléndidas, sencillamente espléndidas, Pimpinela. No sabría cómo pagarte...*

Pimpinela da dos pequeñas palmadas sobre la mano de Silvia. —*Olvídalo. Da tanto gusto, en el ambiente de México, encontrarse con una mujer como tú. La distinción no se aprende, Silvia querida. Sabes, después de haberlo perdido todo con la Revolución, no tenemos más riqueza que la de encontrar gente igual a nosotros, con las cuales pensar, un poco, que nada se ha perdido, que los dones de la discreción y la elegancia...*

—*Pimpinela querida...*

—*En fin: encontrar espíritus afines.*

—*Tu amistad significa tanto para mí* —*Silvia respinga un poco más su nariz y se acaricia el cuello y los pendientes.*

—*Ya ves, Roberto siempre está cargado de trabajo, el pobre. De la Presidencia lo llaman a cada rato. Ya es consejero de quién sabe cuántas compañías.*

—*Sí, ya sé lo que es eso. Mi padre llevó una vida semejante. Pero todo eso se acabó para nosotros, Silvia. Nosotros fuimos alguien, ¿sabes?*

—*¡Pimpinela! ¡Fue horrible!* —*Silvia se lleva la mano a la garganta y abre desmesuradamente los ojos*—. *Todos esos asesinatos y esos curitas matados. Y los robos, los robos. Todas aquellas haciendas preciosas.*

—*Sí, todo es cierto. Pero te repito: es la amistad lo que importa conservar, no los bienes. La amistad, la distinción, la elegancia, los verdaderos bienes del espíritu.*

—*Sí, sí, Pimpinela. Eso es lo que siento contigo. A veces me desespero tanto, sola aquí, con los niños en la escuela y Roberto trabajando hasta las diez de la noche.*

—*Cuenta conmigo. Podemos salir cuando quieras, a dar la vuelta, a un cine, a tomar la copa.*

Un claxon insistente penetra hasta la sala. Pimpinela saca su espejo de mano y se polvea.

—*Ese es Pierrot Caseaux que viene por mí. Nos veremos mañana, ¿verdad?*

—*Sí.* —*Silvia vuelve a los pendientes y sorbe una lágrima ficticia—. ¿Pierre Caseaux, ese chico tan guapo que sale retratado cada rato en los sociales?*

—*El mismo. ¡Es encantador, y con la ventaja de que no tiene otra cosa que hacer que pasear a sus amigas, es divertido! ¿Quieres que te lo presente?*

—*Norma, Norma, si no fuera por la amistad que nos une...*

—*Para eso es, Pimpinela, ¡no faltaba más! Cómo no voy a atender tu asunto, si es el mío, si yo pasé por eso. Yo tuve la suerte de casarme con Federico, y eso me solucionó todos los problemas. Cómo crees que no voy a ayudar a una amiga de mi clase...*

—*Sí, eso nos salvará siempre, Norma, esa fidelidad a nuestra clase. Hay quienes no lo comprenden.*

—*Cuenta con lo que quieras. Hoy mismo le hablaré a Federico. No le gusta que me meta en sus negocios, pero por ti haré cualquier cosa.*

—*Tía Lorenza quedó encantada contigo.*

—*Es una monada. Me recuerda a mi madre, que en paz descanse.*

—*Dice que cuantas veces quieras la vayas a visitar; que le recuerdas su juventud.*

—*¡Qué monada! No cabe duda que las gentes que se han criado igual acaban juntándose. Sobre todo en este ambiente tan inmoral. ¿Qué te parece lo de Silvia y Caseaux?*
—*No hay que culparla. Vivía sola, sin la menor atención de su marido, sobre todo en esos pequeños detalles que tanto cuentan.*
—*Yo vivo igual y no me quejo ni ando buscando padrotes, tú.*
—*Ahí está la diferencia, claro. Tú eres gente decente. La decencia da fuerza.*
—*Seguro que ya la llevó a la hacienda esa, ¿verdad?*
—*Por supuesto, van todos los* week-ends.
—*Vivir para ver. ¡Qué gusto tenerte a ti de amiga, Pimpinela, tú que estás por encima de toda esta pelusa!*
—*Son cosas que no se aprenden, Norma... así nos criaron.*
—*Y no te preocupes por nada; ese asunto se va a resolver a tu favor. Me dejas apuntado lo que quieres, ¿verdad?*

Pimpinela se levantó del diván y encendió las luces; la aguja saltaba del disco, repitiendo un chillido agudo de violín: era, sin embargo, parte de Vivaldi, pensó Pimpinela y dejó que el ruido se siguiera repitiendo, infinitamente, mientras ella se detenía frente al espejo a observar su elegancia rubia, su cuerpo delgado, su severo sastre negro, sus manos tensas sobre los muslos, su nariz aguileña, los dos ojos metálicos fijos en el reflejo, los surcos que comenzaban a hundirse en la barbilla altanera. Quiso recoger, detrás del vidrio, toda la minucia de su casa infantil, iniciar otra vez el recuerdo... «Señora, la niña Pimpinela no quiere comer»... «No tienen derecho a juzgarme», dijo, y volvió a apagar la luz mientras la aguja continuaba chirriando sobre el disco rayado.

El rostro catalán, de hachazos, se enfrenta a la cara gastada, redonda y rojiza. La mujer del rostro de hachazos está sentada en una silla tan rígida como sus propias espaldas, y en la pequeñísima estancia lucen fotos viejas, dos reproducciones de Los Caprichos, una fila de libros ojerosos: Prados, Hernández, García Lorca, León Felipe, Altolaguirre.

—¿De manera que lo habéis visto?

—Vamos, señora, ver es un decir... ya estaba tan malo su esposo... no lo hubiese usted reconocido.

—¿En qué lugar?

—Hombre, en las cercanías de Tarragona. Pero ya era otro. Nadie lo hubiese reconocido.

—Cumpliré pronto trece años en México, se olvida usted.

—Vamos, ni así. En fin, ya era otro, no era el mismo.

La mujer rígida, alta, sabe que el hombre redondo y colorado no la entiende. Ella quiere decir: su rostro es el mismo para siempre, es el rostro del miliciano, tostado por el sol, con el máuser oxidado al hombro, es ese rostro perdido que se voltea para decirle el último adiós, agitando la gorra mientras el aire de San Feliú mezcla Mediterráneo y Pirineos y todas las voces, de pueblo y milicia, cantan... en el frente de Teruel, primera línea de fuego... y los ojos cenicientos de Pablo se alzan hasta el balcón donde ella permanece con su mejor sonrisa, se alzan sobre el ruido de la marcha y las voces y el cruce de aires, de montaña y sal, y a ella le dirigen su canto raspado, de espuela y trinchera... si

me quieres escribir, ya sabes mi paradero, en el frente de Teruel...
Nada cambiará ese rostro: la mujer catalana con el perfil de ha-
chazo lo sabe:
—No venirme con pamemas. Hable de una vez.
—¿Trece años en México, señora?
—Van a serlo. Ya veis, una tienda de dulces y allá vamos sin
pasar hambres. Nada se nos ha negado. Ahora somos de aquí
y de allá. Dos patrias siempre son mejores que una. ¿Y vosotros?
¿Escapasteis? ¿Cómo?
—Vamos, andando. De noche. Hasta la sierra de la Pena y de
ahí a Jaca. Luego por lo más alto, para bajar a Francia, a La-
runs. Nada más. ¡Y que reviente el Moro barrigón si puede caminar lo que yo he caminado!
—Sois bravos, como siempre.
—Séalo usted también, señora, que dejé muy malo a Pablo en
el campo.
—Él sabrá aguantar. Aguantó los stukas, ¿por qué no ha
de aguantar las alubias podridas de Franco? Aguantó Teruel
y Guadalajara y el sitio de Madrid. Así es mi Pablo, sabedlo.
¡Qué cosas tenéis! Si él sabe que lo estoy esperando aquí, que para mí trece años... vamos. Eso me dijo cuando salía cantando de
San Feliú con la milicia. Ya sabes mi paradero. Yo aquí; él allá:
es lo mismo. La distancia no se mide por los mares.
—Señora... no sé. Pablo ha muerto. Quiso protegernos las espaldas. Lo acribillaron los guardias. Nos salvó la vida: creyeron
que era solo él. Era un valiente.
La voz atropellada del hombre redondo pasa por todo el cuerpo de
la alta mujer rígida con ojos de ciruela y manos largas. Una per-
cusión de escenas: despedidas, llanto limpio, fugas, soldados es-
condidos, caminantes por la nieve, cantos, rostros de meseta y de
costa, de Navarra y Valencia, de Castilla y Extremadura, bo-
tas y alpargatas, vino y cebollas, los rostros de la única histo-
ria honrada y pura hasta la raíz, de la única prueba absoluta

del hombre concreto, rasgan los ojos de la mujer. Las manos largas empujan su cuerpo fuera de la silla rígida. La voz apagada espera algo más.
—Ya le he dicho que la distancia no se mide así. De pie, señor, de pie... y cante conmigo, cante como antes, cante para despedir a Pablo.
La voz apagada de la mujer con el rostro de hachazos, la voz ronca y quebrada del hombre redondo y rojizo apenas se escuchan en la pequeña sala de la calle del Nazas: con el quinto quinto quinto, con el quinto regimiento, madre yo me voy al frente, para las líneas de fuego...

AUNQUE ME ESPINE LA MANO

Durante toda la cena, Robles se dedicó a hacer reminiscencias de su vida política. Solo al tomar la copa de vino cortaba su flujo de palabras y Norma, ya mecánicamente, cumplía la lección y se dirigía a Ixca Cienfuegos:

—¿Ya leyó usted a Curzio Malaparte?... ahora viene un ballet hindú a Bellas Artes... el domingo pasado, en el Jockey... en fin, la dignidad y la discreción exigen ciertas cosas... cenamos Federico y yo con Su Alteza y la Condesa Aspacúccoli... tuve la suerte de encontrar un Orozco impresionante... encargamos ese bibelot de Bruselas...

y dejaba de hablar en cuanto su marido volvía a colocar la copa rosada sobre el mantel:

—Le iba diciendo, Cienfuegos, que nuestra borrachera con el petróleo ya debe acabar. No poseemos las capacidades para conducir exploraciones permanentes y en gran escala. Poco a poco, disfrazadas pero seguras, las compañías extranjeras tendrán que regresar a darnos su saber técnico y su dinamismo. De lo contrario, tendremos que seguir un proceso de industrialización lento, frenado por el afán patriotero de gritar que el petróleo es nuestro. El bienestar definitivo del país, se lo digo, está por encima de cualquier satisfacción patriotera.

Cienfuegos observaba en silencio este juego y se divertía contando los minutos, casi equivalentes, en que se desarrollaban sus fases en contrapunto. En una cabecera, la figura plomiza de Robles, rígida y lenta, y en la otra, la languidez natural y rubia de su mujer. Al finalizar, Robles encendió un puro y pidió permiso para retirarse:

—Tengo una junta extraoficial, pero todavía es temprano. Norma, atiende al señor Cienfuegos, ofrécele un licor. —Y con un abrupto movimiento de cabeza, se despidió.

—¿Cognac, menta, anís...? —inquirió Norma mientras se frotaba una muñeca sobre la otra, repitiendo los movimientos que hacía al perfumarse.

—Sí... un cognac —dijo, mirándola fijamente, Ixca Cienfuegos.

El silencio se prolongó; Norma preparaba la bebida. Y por varios minutos más, Cienfuegos calentaba la copa.

—No tiene usted ninguna obligación de quedarse —dijo Norma suprimiendo un, sin embargo, notorio bostezo—. Si he de serle franca, estas situaciones no son sino muestras de confianza que me da Federico. Las inició desde que nos casamos, figúrese.

—¿Le han servido de algo?

Norma rió: —Hoy solo se engaña a los maridos por puritito sentido del deber. Y a mí me gusta hacer las cosas con peligro o alegría, ¡ja!

Había algo incómodo, tieso, en toda la estancia de muebles forrados de brocado azul que no hacían juego con la arquitectura colonial y con los vitrales ilustrados por escudos de armas que acompañaban a la escalera en su ascenso. Una extraña mezcla de estilos señalaba a toda la mansión: paredes de imitación piedra, pintadas de un marrón amarillento, un balcón en el segundo piso, nichos para diversas Vírgenes locales —los Remedios, Zapopan— lado a lado con bustos romanos y estatuillas chinescas. Los cuadros de Félix Parra que Pimpinela les había vendido a los Robles, y que en otra época decoraron el vestíbulo de la casa de Hamburgo. Algunos bibelots y un piano de cola; grandes espejos de patinación postiza. Los sofás de brocado azul y añadidos de madera labrada. El piso de mármol, los candiles del comedor, las rejas de las ventanas, todo parecía desentonar con la elegancia al día de la dueña de la casa, con su vestido y sus joyas. Cienfuegos pensó en este lugar mestizo del encuentro de Federico y Norma. Su mirada, fija, concentrada, no varió:

—Usted ha servido a su marido.

—Se lo acabo de decir: no hay mérito alguno. A mí me gusta hacer las cosas...

—No, no me refiero a eso. Quiero decir que Robles ha conseguido de usted lo que quería al casarse. Pero —dígame si me paso de la raya— ¿usted ha sabido aprovecharlo a él?

—No se preocupe. Creo que somos gentes de mundo. Y nada pierdo con decirle que me casé con él porque estaba arruinada. Mi familia perdió todo en la Revolución...

—Conocí a su hermano en el norte, Norma. Entonces ganaba muy pocos centavos en aquella mina. Puede que ahora, de bracero, le vaya mejor.

Norma sintió que con solo arquear la ceja y reír, como lo hizo, no lograría disfrazar su repentino malestar: —¿Es usted chantajista de profesión, señor Cienfuegos?

—En cierto sentido... Quiero decirle que conmigo no tiene usted que fingir. Acépteme así, o córrame ahora mismo.

—Ya se lo he dicho: peligro... o alegría.

—¿Qué le hacen sentir estos nombres: Santa María del Oro, Rodrigo Pola, Pedro Caseaux, la hacienda de San Fermín, Natasha, Pimpinela de Ovando: peligro, o alegría?

—Si quiere usted llamarme nueva rica, o social climber, o prostituta, me dan risa —dijo Norma al encender
un *Parliament*—. Si quiere llamarme esnob, me da tristeza. ¿Quién no es esnob de alguna manera hoy en día?

—¿Y usted, de qué?

—Yo, pues de nombres y dinero y de sentirme que soy
lo mejor que puede ofrecer este país. ¿Usted sabe lo que es
arrancarse a la vida cursi de la clase media mexicana? ¿Usted sabe lo que es estar condenada por quién sabe qué reglas a ser mediocre, modesta, mal vestida, avergonzada
de una misma, triste, tristísimamente casta hasta cuando
se pierde la virginidad? Yo me crié en ese ambiente, y de
haberme dejado, hoy vendería lociones en un almacén y
viviría ilusionada por ir a un cine los sábados. Llámelo esnobismo, o talento, o afán de vivir, pero aquí estoy yo y allá
abajo quedaron ellos.

Norma se puso de pie: —Le prohíbo que los mencio-
ne... Lo haré yo: mi madre y mi hermano. Ellos no pudieron, o no tuvieron lo que hace falta. Y esas victorias
se ganan solas, no se pueden compartir. Si eso es esnobismo, me siento orgullosa de serlo. Ahí está.

—Quizá el esnobismo sea algo más grave de lo que
usted dice. Quizá no sea sino una forma de ceguera del espíritu: considerar todas las cosas en sí, sin atributos. El
esnob intelectual que solo considera la inteligencia en sí,
el esnob social como usted, el esnob de la ignorancia para
quien no saber nada es un signo de superioridad, el esnob físico, el de la clase que usted quiera, vacían de contenido todas las cosas. Las que ellos prefieren son buenas;
las que rechazan, malas. La mitad del mundo se les muere
en la indiferencia. El mundo, sin embargo, nunca es una
mitad, la mitad que nosotros quisiéramos. Pero volvien-
do a usted: yo solo quiero llamarla Norma Larragoiti, la

mujer que ha permitido a Federico Robles afirmarse frente a los otros, encontrar su diferencia frente a los que dejó, y superar todas sus vergüenzas. La cómplice.

—Tiene usted gracia. ¿Por qué no le dice eso mismo a Federico? Él es un *self-made man*. Yo, pues yo solo he cumplido mi propio destino, aparte del de Federico. Yo solo le sirvo a mi marido como hoy en la noche: hablándoles de Malaparte a desconocidos.

—¿Lo cree usted, o no se da cuenta? Piense, Norma, que es usted la auténtica soldadera: ¿Cómo, sin usted, sin su estilo ficticio de amistades, sin su tipo ficticio de conocimientos marginales, pudo haberse desprendido plenamente Robles de ese pantano opresivo —y no digo esto con desprecio, sino, digamos, atestiguando un espesor, una succión hacia el fondo que hay en nuestra vida popular— de su origen? ¿Cree usted que le hubiera bastado el dinero y el éxito para hacerlo?

Norma se acariciaba la mejilla: —Casi repite usted las palabras que yo misma le dije cuando lo conocí. —Sus ojos y su boca formaron una caricatura de la ingenuidad—: «Hay que disfrutar de este México nuevo, alegre y cosmopolita, ¿no le parece? Hay que disfrutar, señor Robles, porque todo el mundo tiene derecho a gozar después de trabajar toda la vida. ¡Pero hacen falta hombres de veras, con quienes disfrutar! Una chica decente, como yo, conoce tanto pelele sin personalidad, y tan pocos hombres con carácter a los que podría ayudar, pues en mil pequeños detalles. La vida social. La ropa. El buen gusto. El verdadero disfrute de los bienes verdaderos de la vida, ¿no le parece, señor Robles?».

Ixca y Norma rieron juntos. Ella, con movimientos alegres, se sirvió una copa. La chocó con la de Ixca, y ambos volvieron a reír mientras se daban la mano.

—No crea, Cienfuegos, hace bien soltarse el pelo. Me cae usted bien.

—¡Cuidado! Recuerde el terrible chantaje que puedo hacer con el bracero Larragoiti.

—*Touché.* Pero ya lo sabía usted. Y ninguno de estos cretinos que me rodean se había logrado enterar de ese complejito. Pero no le creerían si fuera con la intriga. Pueden más mi *pose* y mis alhajas que todas sus palabras.

—Ya ve usted que nos separan menos cosas de las que podrían unirnos.

—Si no sospechara algo más sobre usted de lo que usted mismo sospecha, le diría que se acerca peligrosamente a lo cursi.

—Derecho al talón. Pero déjeme insistir: si un estadígrafo con imaginación quisiera clasificarla, la colocaría en la columnita de las novedades, y bajo el título de «intermediaria social».

Norma bebió de un golpe el *cognac*. —La Procuratrice des Hauts Lieux, dat iz mi...

—Me imagino que Robles supo instintivamente —en nuestro país este adverbio suple todos los defectos de la inteligencia— que ni su dinero ni su éxito bastaban. En la otra orilla estaban los que, con más experiencia, sabían que la nostalgia de pasadas grandezas y los títulos apolillados no dan de comer. Ergo, Norma Larragoiti.

—¡Ergo Norma Larragoiti! Social Climber Number One! ¡A la bío, a la bau!

Los ojos de Ixca brillaban, seguían el ondular del cuerpo delgado y flojo de Norma sobre el sofá. Ixca, con un mismo instinto voluntario, aflojó y volvió tensos sus músculos. Sentía una potencia fluida en cada órgano, que le nacía de las piernas, recogía su fuerza en el nudo de sexo y vientre, le ascendía y huía de sus ojos, en una corriente cargada, hacia los de Norma y su nudo, sus piernas. Norma fijó los ojos, los sintió opacos y rompió con una risa el primer encantamiento, mientras se acariciaba la mejilla:

—Sabes, Ixca, cuando me dijo Federico que venías a cenar, creí que eras mujer, ¡con ese nombrecito! Y ahora vuelvo a pensarlo. ¿De dónde sacaste esa cara, rorro?, ¿por qué no te peinas de crew cut? A ratos pareces gitano, encanto, y al rato te me conviertes en una especie de guadalupana feroz.

—Óyeme, Norma...

Norma lanzó los brazos al aire; se pasó, desde lo alto, la mano por el cabello revuelto y rubio: —Ay, ya chole. «Instintivamente, los de la otra orilla se convirtieron en jocoque» —decía con la cara fruncida, imitando los gestos y la voz de Cienfuegos. Pero sabía ya que sus habituales actitudes no bastaban en esta ocasión, que Ixca Cienfuegos no era Rodrigo Pola: abrió los labios, los humedeció y cerró los ojos. Cienfuegos arrojó la copa al piso. El cristal pulverizado no afectó la actitud de Norma

«No debo permitirle que diga lo que me quiere decir ¿por qué él y ningún otro? mi mundo está hecho, me costó trabajo llegar aquí y ahora solo quiero gozar de todo lo que tengo —y este hombre quiere decir palabras, palabras que me hagan desear más y más, y más, hasta que estalle; y yo no puedo callarlo con mis palabras, sino con mi cuerpo y nunca he sentido mi cuerpo tan peligroso y tan alegre como ahora, nunca, ninguna de las dos veces, la vez de Pierre y la vez de Federico, la misma vez repetida y monótona y mi cuerpo va a pedir y a hablar solo, sin que yo lo quiera, sin que yo quiera nada porque yo ya estoy arriba, donde nadie puede tocarme ni hacerme daño, y ya no puedo llegar más arriba porque me destruiría y estallaría, sí, y estallaría, sí, y estal»

Ixca arrojó la copa de Norma, también la hizo estallar *«Tú eres el amor como la muerte, más, como océano, capaz de contener a millones de cuerpos en su fondo, de tragarlos y nunca devolverlos»*

«Amor como la muerte, más allá de nosotros, el que no podemos manchar, Ixca, el amor expulsado de la vida, llevado a su mundo y a su muerte, intocable para nuestras manos sucias»

«Porque un día es posible —¿lo has pensado alguna vez, Norma?— que ya no estés aquí, que ya no haya nada que les diga a los demás: esa es Norma Larragoiti (que ya no te recuerden ni te busquen ni sepan nunca que Norma Larragoiti existió un día y vivió en lo más alto)»

Norma abrió los ojos y recorrió la figura de Cienfuegos, de pie, con los puños apretados y las piernas abiertas. Quiso descubrir en su actitud humildad, gratitud: lo que los demás le ofrecían cuando buscaban a Norma.

—¿Hay algo que no podemos tocar, donde somos lo que mereceríamos ser?

—Hay algo...

—¿Por qué lo crees?

—No lo creo. Lo acabo de sentir, junto contigo.

Norma se sintió, blanda y delgada sobre el *couch,* un poco despreciable. Sentía una pérdida de dominio; escuchaba, todavía dentro del cuerpo, imperceptible para Cienfuegos, un jadeo de animal herido y gozoso, una existencia radical de cada minúsculo poro, de cada poro y tejido palpitando en órganos, de todo el cuerpo que aquí, en su vida, a nadie había ofrecido con verdad y que ahora quería otorgar en un amor muerto, que ni ella ni el hombre pudieran tocar, un amor más allá de quienes lo practicaban.

—Dime «Te quiero» —angostó los párpados Norma.

—¿Por qué no vivir en el fondo del mar?... Hay tanto campo...

—Dime «te quiero, te quiero, te quiero»...

Norma sabía que nunca escucharía esas palabras. Solo sabía del flujo oscuro y magnético que corría desde el centro de Cienfuegos hacia el de ella. De pie, apretó contra el suyo el cuerpo de Ixca y sobre sus labios cayeron los de él. Las lenguas se enlazaron mientras Norma buscaba la espalda tensa de Cienfuegos para allí clavar las uñas, e Ixca sentía los senos sueltos de Norma, calientes bajo la lana y luego, con los dedos, buscaba el pezón erguido y débil.

«Así soy», rió con una voz de murmullos, detrás de los labios de Ixca, Norma, y hundiendo aún más las uñas en la espalda del hombre y con un tono grave y espeso, solo con la garganta: *«Solo tú lo sabes ahora»*.

Cienfuegos contaba números mientras se prolongaba el beso; masticaba la lengua de Norma, conocía ya todos los pliegues de su boca. Entonces ella se desprendió, lo alejó con los brazos y preguntó con una mueca feroz: —¿Qué tiene mi marido que no tenga yo? Dímelo ahora.

—El poder. Y saber cómo usarlo —dijo Ixca, saboreando la pintura labial.

—Ven conmigo —Norma lo tomó del brazo, y, perdiendo voluntariamente todo sentido de locomoción, golpeándose contra el barandal, riendo y acariciándose el pelo y arañando los brazos de Ixca, le hizo ascender. Abrió la puerta de la alcoba.

—¡El poder! ¡El poder! —decía a carcajadas mientras se quitaba los zapatos y el vestido—. ¿Ves? Nada. Solo tú lo sabes.

Norma se paseaba las manos por el talle; extendió los brazos hacia Cienfuegos: —Te juro que no me he acostado con nadie más que con mi marido desde que nos casamos.

Ixca estaba frente a ella de pie, tenso y fugaz, en la oscuridad, como una llama, que solo por obra de la oscuridad brilla, pero que aun sin ella se consume: —Y lo has hecho con miedo.

Norma se cubrió los senos con las manos, frente a Ixca: —Sí, miedo. Mira mi cuerpo, tócalo, y luego míralo a él, y dime si no me ha de dar miedo pensar que puede hervirme en la barriga otro igual a él... dime —Norma se dejó caer en la cama.

—¿Quieres uno como yo?

—No, ninguno... ven, Guadalupe feroz...

Cienfuegos tomó asiento en la cama y colocó la mano sobre el cuello de Norma. —Escúchame, desdichada, ¿quieres mi cuerpo o mis palabras? Yo no tengo sino palabras, hasta mi cuerpo es de palabras, y esas palabras pueden ser tuyas.

—Ixca, me lastimas.

—Voy a apretar hasta que la lengua se te paralice como un aguacate negro. Óyeme... tú no necesitas carne, quieres palabras, palabras para oprimir y palabras que regresen a ti convertidas en dolor de otros. No tienes derecho a sentirte satisfecha de ti misma, porque no se quiere lo que tú me acabas de decir que querías —el dinero, los nombres, el sentirte lo mejor de México— por sí solos, sino para usarlos. Tienes que ser tú, tú entera y con todas las consecuencias de tu vida, ¿me entiendes, no es eso lo que quieres?

Un gemido sin articulación escapaba de los labios de Norma, pero sus ojos no lanzaban miedo, sino un desprecio cercano a la avidez. El cuerpo, desnudo pero sin voluntad, perdía todo su atractivo, inerme.

—Toma el poder, te pertenece. No necesitas otra cosa. Y yo no te daré el gusto de que sientas mi carne hasta que te tragues todas mis palabras, te den náuseas y te embaracen como a un pulpo, hasta que las hagas tuyas.

Ixca volvió a clavar los dientes sobre los labios de Norma, hasta arrancarles sangre. Norma dejó escapar un nuevo gemido, involuntario, prolongado, fabricado de tiempo más que de ruido y abrazó con una fuerza nueva, fuerza de la primera entrega, entrega sin razón, poblada de ojos dormidos, lastrada por el azar y la locura, a Ixca. Las uñas en la carne, la boca gimiendo, los ojos implorantes, Norma sintió que una marejada de sol la levantaba y la arrastraba y la dejaba caer en una estela de ceniza honda y aérea que corría sola, a espaldas de ese sol, esclava de su ruta, y volvió a clavar las uñas y los labios mientras el aliento de Ixca Cienfuegos entraba, como un escape de vapor, a su oído: —¿Lo harás, Norma, lo harás?

Y no su voz, sino todos los ecos de ese nuevo mundo realizado en un instante, mundo de ojos dormidos y azar y locura, contestaron: *«Haré lo que quieras, pero me harás tuya una y otra vez, ¿verdad?»*.

Cienfuegos pensó que Norma se haría, y se destruiría a sí misma. Con los ojos abiertos buscó con su lengua la otra para hablarle desde dentro a la mujer, acre en los acentos de pasión de sus axilas, con una voz que solo así podrían escuchar los dos, y ya no sentía las uñas de Norma que penetraban más y más en su carne hasta abrirla y rasgarla y gemir: —Dime te quiero, te quiero, te quiero.

El padre, la madre, la abuela y cinco niños llegan al puerto de Acapulco en un Chevrolet 1940 *cuajado de lodo y olor a vómito y cáscaras de plátano. Los niños gritan al ver, por primera vez, la franja verdosa del mar.* «¡A callar, escuincles babosos!». «No tienes por qué ponerte así, Pedro. Es natural». «Si usted siempre ha sido de lo más considerado —respinga la abuela—, de lo más fino en todo, cómo no. Luisa, ¿recuerdas a aquel joven tan guapo que te cortejaba antes de que cayeras con este... con este hombre tan considerado...?». «Cállese la boca, señora, si no quiere que le falte al respeto —aúlla, desde el volante, el hombre colorado de cerdas canosas—. Usted se olvida de que yo anduve con las fuerzas de Maytorena, y si ya no tengo que cuerear a un cabo borracho, todavía puedo hacérselo a una suegra metiche y loca como usted». «¡Usted no ha peleado en más batallas que las que yo le he dado, lépero!», grita la abuela desde el asiento posterior, inundada de niños sucios y despeinados. «¡Señora! ¡Mi paciencia tiene límites!». «Ándele, pelado; cuando pienso que Luisa pudo...». «Está bien, mamá. ¿Qué tal estará el hotel adonde vamos, Pedro? Ojalá no tenga piscina; me da tanto miedo que uno de los niños...». «¡Ah, cómo no! Nomás faltaba que después de dejar todos los ahorros del año zambutidos en este esquilmadero, se nos ahogue uno de los mocosos. Mira, Luisa, vámonos regresando. Ya veo lo que va a ser esta vacación. La vieja loca repelando...». «¡Lépero! ¡Así lo han de haber criado!», gruñe la abuela de chongos alborotados y mejillas temblorosas. «... tú sin descanso*

por cuidar a los escuincles...». «Y tú sin oportunidad de parran-
dearte, ¿verdad?», comienza a lagrimear la mujer morena y delgada. «No es eso; saca la cuenta; treinta pesos por persona con
comidas, multiplicado por ocho... ¡es la ruina, Luisa! Y las pro-
pinas, y los meseros tan altaneros, y que su paseíto en lancha, y
que su agua de coco, ¡francamente, es el cuento de nunca acabar!».
«Entonces, ¿para qué nos prometiste?». «¡Poco hombre! Si Luisa
se hubiera casado con...». El puerto sofocado, su olor a pescado
corrupto y gasolina, brilla a cada lado del viejo Chevrolet. Los
niños gritan y empiezan a desvestirse.

PARADISE IN THE TROPICS

«Este hombre me quiere destruir», pensó Norma, ahora tendida sobre la arena amostazada de la playa particular que, en una breve ensenada de las rocas, brillaba al pie de la enorme casa amarilla de terrazas voladas y toldos azules y plantas de sombra apiñadas en torno al bar de bambú y cocoteros: dos puntos dorados, de luz artificial entre tanta como el cielo quería otorgar. Lo pensó ahora, cuando las olas se acercaban tímidas y extenuadas a lamer sus pies, y quería saber que lo creía desde el momento en que conoció a Ixca Cienfuegos. El sol la tostaba, ahora, como en el otro momento de sus recuerdos: Norma levantó la cabeza y vio la de Ixca, lejana en el mar, nadando rítmicamente hacia la playa. Los ruidos, escasos —lejano silbato en Icacos, el saludo ahogado de las golondrinas—, se reproducían con nitidez, con tanta nitidez como la cabeza de Ixca que, ahora, Norma veía como en el dibujo exacto de unos prismáticos. ¿Era esto lo que en realidad quería —se preguntó sin saberlo—: que el hombre la destruyese? Se mordió un dedo. ¿Por qué esa palabra precisamente, «destrucción»? ¿No se trataba, simplemente, de una demanda de otro tipo? ¿Qué había esperado de los otros? El cuerpo de Ixca surgió brillante de sal y espuma y cayó sobre ella; Norma no pudo hablar: fijó la vista en las huellas de los pies del hombre sobre la arena, y en seguida desató el nudo de su conciencia y se dejó avasallar por el otro cuerpo que reclamaba todo, que perseguía toda su carne para aniquilarla, para agotarla en un espasmo cercano a la muerte: quería gastarla, gastarla totalmente, y no otorgarle palabras o consuelos o la más leve promesa de que, gastada, exprimida, podría contar con otra cosa que con la repetición del mismo gasto sin propósitos. ¿No era esto lo que Norma quería, lo que Ixca afirmaba? Los cuerpos entrelazados y húmedos sobre la arena —la sal y la espuma de él excitando el cuerpo quemado y seco de ella— detenían el tiempo y toda relación futura: era aquí, aquí, todo aquí y ahora, sol paralizado, olas detenidas para siempre un instante antes de estallar, y ella pensando que su entrega era excesiva y creyendo distinguir en el silencio y la exigencia total de Ixca una sonrisa irónica y una compasión apenas disfrazada. Norma alejó el pecho del hombre de los suyos.

—Ahora déjame —dijo Norma con una voz ronca, e Ixca rodó sobre la arena, sonriendo, sin decir palabra, el cuerpo brillante y satisfecho, afirmativo, insultando la carne exánime de la mujer. Pero había en su sonrisa, en su ironía —se dijo Norma mientras con la toalla se quitaba la arena acarreada por Ixca— algo por completo ajeno a la burla, al libertinaje: era una risa seria, una ironía solemne, y era esto lo que la desconcertaba y, gastada, exprimida, la hacía volver sobre el hombre, arrojarse sobre su cuerpo y volver a sentir cómo le era exigida una entrega muda y mortal, solo para saber qué había al final de todo, en qué razón comprensible se resolvían todos los elementos de la pasión de Cienfuegos. Pero saberlo —supo cuando los labios de Ixca mordían los suyos, no como un regalo, sino como una nueva exigencia de que destruyese sus defensas, dejase de ser, se aniquilase voluntariamente— sería como saber que él se había rendido, que había abierto las puertas a la dominación de la mujer. Era esta incapacidad de rendirse, de permitir una demanda equivalente por parte de ella lo que la agotaba y enloquecía: ¿cómo era posible —una ola grande estalló, por fin, y permitió a las aguas veloces bañar los dos cuerpos— estar radicado en semejante fuerza cuando él no recibía nada, cuando en realidad Ixca se sustentaba sobre un inmenso vacío, un vacío en el que ni la piedad, ni el amor, ni siquiera el odio de los demás, era admitido? Pedro Caseaux se había entregado a ella, esta era la verdad; al ofrecerse a él, Norma había recibido, él la había carburado en su vida de mujer; Rodrigo Pola solo había querido lo momentáneo, el cosquilleo y la disipación; Federico Robles había hecho de ella un pasaje intermedio, un instrumento, pero así le había otorgado un lugar en el mundo, un lugar exterior y visible que satisficiera su necesidad más apremiante. Solo Cienfuegos le exigía todo sin permitirle a ella una sola reclamación. Tenía que haber una explicación final, murmuró Norma puesta la boca sobre el hombro salado de Ixca, una explicación clara e inmediata, que no fuese necesario explicar. Cienfuegos rió, se puso de pie y corrió hacia las olas, a perderse de nuevo mientras ella permanecía, sin fuerza, sobre la faja de arena, aplanada por el gasto sexual. Podría ponerse el traje de baño —pensó— y darle a entender que no estaba siempre a su disposición, desnuda sobre la toalla, esperando a que él regresara de su combate con las olas, a que emergiera rígido y sensual de su contacto con el gran cuerpo líquido, a vaciar la excitación contagiada de una naturaleza potente y cálida sobre su cuerpo mostrenco. Pero no pudo, y buscó la cabeza de Ixca en el mar y deseó otra vez el contacto mortal y la sospecha de la ironía y el sentirse, por primera vez, sojuzgada, esclava de un amo —esto creía pensar, mientras el sol alcanzaba su extrema altura y todos los ruidos minuciosos se ceñían a las alas planeantes de las golondrinas y en la cima de las rocas la casa de Federico Robles se embarraba en el firmamento, amarilla como un melocotón de yeso teñido—.

Natasha, arrastrada por un gran danés de ojos cocidos, presidía la pequeña procesión que caminaba por Caletilla hacia el Bar Bali. Un gran sombrero de *coolie* chino, un pañuelo de seda azul amarrado a la quijada, los enormes anteojos negros, cubrían casi completamente su rostro. El cuerpo se había mantenido esbelto, y Natasha podía lucir unos *slacks* negros y una camisa de cambaya. Charlotte, un poco más atrás, saludaba con el brazo regordete a todas las caras conocidas que emergían del mar, grueso de aceite y salivas, o que se recostaban sobre petates a lo largo de la breve playa, alguna vez límpida, y que, entonces, era ya el depósito conocido de botellas vacías, cocos aplastados y humanidad aceitosa. Las seguían Bobó y Gus; el primero había perdido la línea para siempre y aún no lo sabía: su estrecho bikini caía, fortuito y ejemplar, como una hoja seca sobre una masa de harina. Gus, envuelto en una bata a rayas, caminaba a saltos, evitando las colillas encendidas. Desde una lancha de motor Cuquis y el Junior, mientras se despojaban de los *aqua-lung* y los anteojos de buceador que los asemejaban a saurios lisos e intrépidos, agitaron los brazos y gritaron los nombres de los cuatro integrantes de la caravana. —¡De Neptuno a Baco, queridos! —aulló Charlotte, arrugando los párpados que, como una espuma demasiado sólida, rodeaban sus ojos miopes de huachinango, y señalando al bar que, bajo el copete de palma vieja, se cimbraba en un rumor de guitarras y vasos chocados. Natasha amarró al danés a una de las columnas de la cabaña ocupada por el Bali y buscó una mesa vacía. A la una de la tarde, el lugar comenzaba a llenarse de personas en traje de baño y de altos vasos de Tom Collins y Planter's Punch. El eterno trío de guitarristas, detalle inevitable de la expansión mexicana, rumiaba canciones melosas. Todo el que quería ser visto en Acapulco se sentaba a esa hora, hasta atestarlo, en el Bar Bali. Más tarde, irían cayendo, con aires de conquista oceánica, los aristócratas del *yacht* y la lancha que pasaba, sobre los esquíes, cortando las cabecitas boyantes de los nadadores. Charlotte, Gus y Bobó se abrieron paso hasta la mesa detentada por Natasha. La vieja cortesana bufaba, cercada por grupos sudorosos de jóvenes con copetes altos y rizados, mangas enrolladas hasta la axila, medalla del Sagrado Corazón sobre el pecho, quienes, a su vez, rodeaban a alguna muchacha lacia y teñida que fumaba sin interrupción, no entendía las alusiones y pedía socorro para desprenderse los tirantes del traje de baño.

—¿Vieron a la Cuquis con Junior? —dijo Charlotte al sentarse—. Te juro, Natasha, que antes había que tener más cachet para amarrarse a tantos millones. Figúrate tú, la Cuquis esta era dependiente en un almacén de perfumes y ahora, ya la ves, en todos nuestros parties, dándose taco con el Junior este que está podrido en lana y además es un cuerote.

Gus y Bobó llegaron a la mesa: —Otra excursioncita de estas por las playas selváticas y entrego los documentos, Natasha —gimió Bobó.

—Fuchi, si ahora está requetefeo esto —intervino, mientras espolvoreaba su bata a rayas, Gus—. Acapulco era padrísimo hace veinte años, cuando nadie te conocía y podías correr desnudo por Hornos a las seis de la tarde. No había turistas y todo era virgen, virgen...

—Y tú, chamaco, chamaco —dijo Charlotte—. ¡Ay, Gus! Esto no será Cannes, ni modo, pero para lo que puede ofrecer el pinche país, date de santos. Por lo menos se ven caras conocidas y te puedes dar taco con los ricos. Además, de qué te quejas. Sale en los periódicos que viniste aquí, que anduviste en el yacht del Junior, que te fuiste a la fiesta de Roberto Régules. Todo eso se traduce en devaluados, entérate. Regresas a la Gran Tenochtitlan y te llueven las invitaciones, haces conexiones, ¡prosperas, gordito! No te hagas.

Gus se lamía la sal en los labios inflados: —¡Qué materialismo, Charlotte! Antes había un poco más de espiritualidad en México. Los intelectuales eran los intelectuales y no se andaban metiendo en chismes con la gente popoff. Ahora no hay más que este revoltijo en que el artista tiene que dárselas de hombre de mundo y las niñas bien de sabelotodo y nadie entiende nada. ¡No somos humanos!

Cuquis y Junior llegaron, empapados, hasta la mesa: —¡Quiobas! Tres alkaseltzers y un rompope para la niña. Ahorita volvemos. ¡Qué divino es el mar, a poco no! —y la pareja corrió hacia las olas, tomada de las manos.

—Después de esta revelación de las verdades naturales, que me sirvan un tequila doble —suspiró Charlotte—. ¿No les digo? «¡Ay, ay, qué divino el mar!». ¡San Pepitón de Huamúchil! Come elle est spirituelle, celle là.

—Es la única manera —Natasha dejó sentir su respiración, nostálgica, mal avenida con los ritmos del trópico—. ¿Cómo empezó Norma Larragoiti? ¿O Silvia Régules? Tu le sais, chérie. Las dos vulgares y de la clase media, que se pescan millonarios a base de decir que el mar es divino y poner los ojos en blanco. Los mexicanos no quieren problemas de otro estilo con sus mujeres. Nada más bobitas que se sientan seguras y contentas con la lana y se acuesten every now and then como cadáveres a recibir sin chistar los chorros de machismo satisfecho...

Bobó y Gus recibieron con un coro de carcajadas esta observación, que fue interrumpida cuando Charlotte, tensa en su perpetua radiación social, agitó el brazo para llamar la atención de Pimpinela de Ovando, que caminaba cubierta por una sombrilla roja y fumando, por Caleta. Su falda amplia y plisada parecía un rosetón entre los jóvenes musculosos que formaban pirámides humanas y simulaban luchas ante los ojillos sonrientes de sus conquistas de temporada.

—Bueno, el caso de Pimpinela es diferente —dijo Bobó entre sorbo y sorbo de un agua de coco con ginebra—. ¡Mira tú que mantener esa dignidad entre tanto pelandufas como trata! ¡Lo que no tendría que hacer para los frijoles, la pobre!

Gus se arropó en su bata. —Y prendida a su virginidad, toda chorita, como si la aristocracia se definiera por el culo. Palabra, Bobó, eso estaba bien cuando México era una aldea y todas las familias se conocían. ¡Pero ahora, con cuatro millones! Francamente, ni quien te lleve la cuenta de los orgasmos.

Cuatro sonrisas recibieron a Pimpinela:

—¡Pimpis querida!

—¡Estás chulísima!

—¡No tienes derecho a contrastar de esa manera con la plebe que ha invadido esta playa! Margaritas a los cerdos.

Pimpinela tomó asiento con su habitual aire de cordialidad glacial.

—¿Qué chismes hay en México? —dijo Charlotte.

—¿Ya descubrieron a qué contrabando se dedica el señor de Cienfuegos? —murmuró Bobó—. Darling! Llevamos una semana aquí, sin leer los periódicos ni nada, dedicados a recrearnos en Mater Natura...

—Brut, 1927... —interpuso Natasha.

—... como para hacernos de desear, oyes. Ya estábamos choteadísimos. Con la pachanga en tu casa, Charlotte, ya fue el colmo. Salí doce veces seguidas en la página social, tú, y al viejito ese todo despeinado que inventó la bomba atómica, ya ves, se muere y ni un lazo.

El regreso de Cuquis y Junior interrumpió la risa que Bobó esperaba como corona de su ocurrencia.

—Hola, Pimpinela —dijo el Junior y colocó una mano mojada sobre el *print* de la aludida—. ¡Chispas! Esto está rete internacional. Ya nomás falta que les caigan Norma y su nuevo amiguito.

El silencio ávido que acogió las palabras del Junior apenas dio pausa para las palabras atropelladas de Cuquis:

—¡Los vieran! Todo amartelados en una playita materialmente escondidísima. Qué tal si no vamos hoy por aquel rumbo, Junior. Aquí se averiguan más cositas que si pusieras un detective a espiar a la gente en México —y Cuquis se tomó, de un trago, los restos de la bebida de Charlotte, quien movía nerviosamente los pies y las manos:

—¿Lo conocemos? ¿Lo conocemos? No es que quiera meterme en la vida de los demás, pero si se trata de un hombre casado, habrá que prevenir a su esposa. Está bien que los hombres se den sus escapaditas de vez en cuando, pero con mujeres inferiores.

—P's el tipo aquel que estaba en tu casa, Bobó, uno muy apretado y lleno de frases que nomás nos miraba...

—¡Cienfuegos! —aulló Bobó—. ¡Nuestro contrabandista!

Pimpinela esperó hasta entonces: —Seguro que tras el dinero no va.

—¡No! —eructó Charlotte—. Seguro que es por la tilma de Juan Diego.

Pimpinela se detuvo otro instante, sonriendo hasta saber que todos atendían sus palabras. Los cuatro cuerpos calurosos, sin nervio, y los dos que, de pie, se descascaraban en jirones de carne tostada, adelantaron las cabezas para escuchar el tono bajo y pausado de Pimpinela: —Federico Robles está en la ruina, en serio. Nada más mantiene el aparato, ¿saben?, para impresionar. Resulta que ha tomado todo el dinero del Banco para unas inversiones rarísimas que no le resultaron, y anda a la cuarta pregunta, pidiendo prestado para recuperar lo que perdió. Yo, sinceramente, ya fui a sacar mis ahorritos de allí. Imagínense si voy a exponer a la tía Lorenza, con lo poquito que le quedó de la antigua fortuna, a que acabe sus días en el asilo. Claro que esto lo sé de la mejor fuente, y la misma discreción que me pidieron les pido a ustedes.

Las voces de los seis estallaron alrededor de Pimpinela. —¡Y a mí que me embarcó la tal Norma con cerca de mil acciones de no sé qué chivas! —gritó, fuera de sí, Charlotte.

—¡Deja eso! —chirrió Bobó—. A Roberto Régules le ha sacado quién sabe cuántos créditos. ¡Con razón!

—¡Y mi papá le descuenta sus bonos! —gimió el Junior.

Solo Cuquis se desprendió del azoro general de la mesa y, contoneando su *highball,* se fue serpenteando a otra. —¡Hola, Cuquis! —le dijo la voz alegre y borracha que la presidía—. ¡Niña dorada, azote de los hombres, Mesalina totonaca!

—¡Mi ocho columnas adorado! —Cuquis abrazó al periodista de la guayabera repleta de puros—. Tú siempre con la flor y nata, como quien dice. —Cuquis dejó caer sus párpados oscuros al recorrer a los amigos del periodista, quienes saborearon, con una sonrisa reticente, el cumplido—. ¡A poco no está divino Acapulco! ¡Y cómo se averiguan chismes!

El periodista, columpiándose sobre su vaso, guiñó el ojo a uno de sus acompañantes: —¡Hombre! Por lo pronto, mañana se sabrá que ya te amarraste al heredero más sensacional de la meseta.

—¿De veras, mi amor? —Cuquis plantó un beso yodado en la coronilla del periodista—. ¡La rabia que van a hacer! Ya ves cómo cuesta ser independiente en México, luego luego te calumnian. Creen que vas a acabar de prostiputa, ¿a poco no? —Cuquis iluminaba su sonrisa, levantaba el brazo, le rascaba el pelo al periodista—. Al Junior me lo andan queriendo matrimoniar con la zonzita de la niña Régules, ¡dime tú!, cuando lo que necesita es una chica con experiencia, que sepa llevarle la corriente y tratar a la gente, dime si no. Y sobre todo que no lo ponga en ridículo, mi amor. —Cuquis se sentó en el regazo del periodista y cruzó la pierna—. Como la Robles, tú, que ya se echó un amante al plato, y eso que el viejo ya se hundió, de plano...

El periodista acercó la oreja a los labios de Cuquis, sin dejar de guiñarle al compañero.

—... ¿qué se te hace? Yo nomás pienso en las gentes que tienen sus ahorritos metidos ahí, tú, es medio como para que te dé el telele, ¿a poco no? ¡Júrame que no lo vas a publicar!

El periodista carraspeó y apretó el talle de Cuquis: —No, monada, mi deber es proteger los intereses del público. ¿Crees que voy a dormir con la conciencia tranquila después de lo que me has contado? Yo mismo ¿no tengo mi cuenta corriente con Robles? No, monada, no. Has hecho un servicio, palabra. Vas a evitar la ruina de muchas familias honradas.

Natasha, de lejos, seguía la maniobra de Cuquis. Más allá, fuera del olor a arena pegosteada sobre trajes de baño y el sudor de los tres guitarristas y el sentido tangible de las grasas y aceites que embadurnaban los cuerpos, pasaban los esquiadores como títeres rígidos y, más allá, se levantaban los mogotes de estuco, de teja y de mosaico, totales en su fealdad sin resquicios bajo el sol.

Cuquis inició, lentamente, el regreso a su mesa. Sus caderas apretadas entre los tirantes del traje rozaban los hombros y las espaldas desnudas.

—Si no se puede hablar de política, mano, qué sería de nosotros sin estos escandalitos —le dijo el periodista a uno de sus compañeros.

El Chino Taboada ofrecía, tirado en un petate, su macizo cuerpo al sol vespertino. Con los brazos abiertos, en una mano detenía un *highball* y en la otra un puro. Ocasionalmente, bajaba la del puro a los tobillos para rascarse un piquete. Dos algodones le cubrían los ojos. La malla de baño, blanca y con facsímiles estampados de autógrafos famosos, resaltaba sobre la piel quemada. Dos tobilleras enrolladas y un sombrerito de paja roja coronaban sus extremos. Simón Evrahim permanecía en la sombra, con visera, una pañoleta amarilla amarrada al cuello y pantalones *balloon* de lino. Tiesamente sentado en una silla de mimbre, Rodrigo Pola jugueteaba con un popote y hurgaba tesoneramente en su imaginación.

—Bueno —dijo por fin—. Hay un tema para la taquilla, pero puede que la censura lo prohíba.

—Aviéntamelo —gruñó Taboada desde su expansiva postura. El mar llegaba a los pies de la terraza con un murmullo de alas de pájaro. La tarde se reproducía en sordina.

—Es que se trata de lesbianas... —prosiguió Rodrigo.

—No li hace —intervino Simón—. Lu adaptamus, siñor, las hacemos maxicanas...

Rodrigo, con una curiosa alegría, rió. Se sentía, por fin, superior al medio. Repasó, sin darse cuenta, dos o tres frases de Mediana en la Preparatoria, uno o dos gestos de Norma Larragoiti, escuchó las risas sofocadas del Junior, de Pimpinela, de Bobó. Ahora estaba seguro de que podría dominarlo todo. Cuando Simón dijo «maxicanas», Rodrigo hubiera querido responder «el espíritu santo, el crespón negro de la casa del abuelo». Había recuperado el juego; ¡si le hubiesen dicho a tiempo que solo faltaba conocer la nueva mecánica del nuevo juego para superarlo todo, intelectuales burlones, novias deslumbradas por la riqueza, madres opresivas! Pues el juego dependía de sus jugadores: una vez en él, era cuestión de tiempo dominarlo, hacerse indispensable.

—Las hacemos mexicanas, señor Evrahim, no faltaba más. Con eso queda resuelto todo: tenemos un tema universal, y las características locales que impresionan al público extranjero. Las dos chicas, ve usted, se crían en ambientes distintos. Una es popoff, la otra humilde.

—¡Es de festival! —volvió a gruñir Taboada.

—Perdón, es como si ya tuviera usted el León de San Marcos sobre su repisa —intervino decisivamente Rodrigo—. ¿Qué va a ser de las muchachas? Una lo tiene todo...

—¡Otra no tiene nada —suspiró Taboada—: nació en el arroyo, cuida a sus hermanitos!

—Es goérfana. Sabes, Chinu, hay una vecindad preciusa que puede servirnos. Les damus autoctonidad a esas escenas y nus ahurramus el set.

Taboada hizo gárgaras con el *whisky*. —La gente quiere realismo, Simón; muy bien. Les vamos a dar en la torre a los italianos. Fíjate: vecindad, ropa tendida a secar, la chismosa, el cinturita, todo el ambiente de los rebeldes sin causa, de la delincuencia infantil...

—Recuerdas que es en tejnicolor —Evrahim movía una pierna con impaciencia y sentía, experimentando con ello un singular alivio, cómo la brisa del mar se le colaba por el pantalón y le ascendía hasta la rodilla—. Hay que poner algo que luzca bonitu.

—Por eso —concluyó Rodrigo— la otra muchacha se cría en este ambiente popoff, en una mansión lujosa, saca ropa elegante y se pasea en un Cadillac convertible.

—¡Preciosu! —Evrahim estiró las piernas para que la brisa le llegara más arriba—. Lo veu todu. Una gran salón decoradu con gladiolas. Gran escalera de mármol. La Venus de Milu en el descansu de la escalera. Da muy bien en pantalla ancha.

Rodrigo se puso de pie, paseándose con la mirada brillante de Evrahim a Taboada, de Taboada a Evrahim. —¿Qué pasa entonces? La niña popoff sale con pachucos en su convertible rosa...

—¡Preciosu!

—... es una loca del mambo, presta su casa para fiestas desenfrenadas cuando sus papás salen de viaje de negocios, empieza a darle a la droga...

Taboada se sentó sobre el petate: —¡No siga, Pola! Lo visualizo todo. La otra, la chamaca humilde, cose en una máquina Singer destartalada para mandar a sus hermanitos a la escuela. Por fin, se organiza una posada y ella demuestra que se las trae como rumbera. Un empresario de teatro la ve...

—¡Preciosu! Papel clavadu para Dido del Mar.

—Mientras tanto, la otra se las truena, se la zampa el padrotito, cae en manos de unos explotadores...

—¡Magnífico, señor Taboada! —Rodrigo trazó un gran círculo con el brazo—. La idea del contrapunto es genial. La muchacha popoff, durante la Nochebuena, se acerca avergonzada a la casa de sus padres. Desde la calle, espía la cena. Llora. No puede entrar.

—Anda vestida con un traje de lentejuelas y medias caladas, ¿a poco no? —exclamó Taboada en el mismo instante en que los algodones se le desprendían de los párpados.

—Eso es. Demasiado tarde. Cruza la calle corriendo. Un camión la atropella.

—Mientras la otra —Taboada masticaba con furor el puro—, la chamaquita humilde, se casa con el empresario.

Taboada se secaba el sudor con una toalla: —¡Es de festival!

Rodrigo volvió a sonreír. Sí, estaba en el juego, pero ya les demostraría quién era él; que lo consideraran lo que quisieran ahora; él les demostraría... él escribiría el gran argumento, los sorprendería alguna vez con la revelación de su genio. Eisenstein, Pudovkin, Flaherty: Rodrigo lanzó una carcajada.

—Vamus despaciu —volvió a mover la pierna impacientemente Evrahim—. Hacen falta galanes para el publicu femeninu.

—Y que canten —gruñó Taboada. Volvió a acostarse, satisfecho. Un mozo, sofocado en su pechera rayada, pasó a colocar cubos de hielo en las bebidas.

—El padrote de la popoff —Rodrigo chupó los popotes con entusiasmo— canta boleros en un cabaret de altos vuelos. El empresario, por el contrario, es un muchacho del campo que en sus ratos de ocio se viste de charro y le lleva serenatas a la muchacha humilde.

—Mientras ella le reza a la Virguen. También hay que ser respetuosus con la religión —dijo Simón con las manos sobre su ancho regazo.

Rodrigo paseó la vista por la explanada de la casa de verano de Taboada. Sobre las mesitas yacían, exhaustos, molcajetes transformados en ceniceros, cacharros de barro, piezas de la cocina indígena. En la cocina —pensó Rodrigo— usarían ollas express y licuadoras. Quiso preguntarle a Evrahim si en las casas de Hollywood exponían sus sartenes y platos refractarios en la sala, pero se contuvo cuando la voz de Taboada volvió a tronar: —¡Ya está! Oyes, Simón, que Rodrigo se quede aquí una semana para escribir todo lo que acabamos de decir. Ya sabes, mano, diálogos poéticos, queremos hacer algo de calidad; por ejemplo, la chamaquita esta, dada al queso, y el empresario se vienen a Acapulco un fin de semana y él hace comparaciones, que si el mar se parece a esto, que si las olas a lo otro, que si tu boca y las palmeras; mientras yo busco locaciones y tú piensas en la producción. Dentro de una semana, podemos empezar los exteriores, y en dos más terminamos la película.

Simón frunció la nariz y se rascó la coronilla. —Rodrigu ya tiene muy bien visualizada la idea. En cuatro días la termina.

—Ándale, codales. —Taboada se puso de pie y empezó a ejecutar movimientos de gimnasia sueca. Las tetillas le brincaban y del pelo, lacio y enroscado en la nuca, le caían gruesas gotas de vaselina—. No te preocupes, mano; oyes, Simón, ¿la extra esa, la chatita que hizo de india oprimida en mi última película, anda libre?

—Pues si nu ya la libertaremus, Chinu.

—Que se la manden aquí al compañero Pola para que trabaje a gusto. ¡Esto va a ser un taquillazo! ¿Cómo le ponemos?

—Wczsyliczylszly es el espertu en títulus. Está en Cuernavacu pensandu unu. Para esu se le paga.

—O. K., O. K.

—A Rodrigu le damus doce mil por ser la primera.

—O. K., O. K.

Rodrigo descansó la cabeza sobre el respaldo de la silla. Cerró los ojos y tarareó un bolero. Sentía a gusto el vaso helado en la mano, la expansión de las arterias bajo el sol, el calor lento y sabroso del *whisky* en el estómago. El sol se iba poniendo, armonizando los colores de las nubes de manera espectacular, como para agradar en su intensidad estética los sentidos de Evrahim y Taboada. Los dos suspendieron la conversación para rendir un silencioso homenaje a la naturaleza. Rodrigo abrió los ojos y sintió ganas de escribir sobre el firmamento rojizo la palabra «fin».

—Está demasiado picado el mar —dijo Norma desde la silla de lona y hierro negro en el centro de la amplia terraza volada sobre las rocas.

—Mejor; probaremos el velero —respondió Ixca.

Norma no deseaba mover su cuerpo tostado. Cada poro reflejaba la luz del atardecer, y en cada uno, también, mientras se pasaba las manos por los hombros, revivían todas las imágenes de los últimos días, bañados de astro y sal, sobre arenas blancas y bajo un agua aturquesada, y las últimas noches, las únicas noches de amor —se decía en ese momento— que recordaría. Con los ojos a medio abrir, Norma observaba los escasos movimientos del cuerpo oliva de Cienfuegos que, con la mirada fija en el mar, fumaba lentamente con un pie sobre el filo de la terraza.

—¿Has estado contento?

Cienfuegos no respondió. Se dejaba colorear por el sol poniente que se estrellaba sobre sus facciones y su pecho, acentuando la morenía de la piel con un fulgor ocre.

—¡Castigador! —Norma cerró los ojos y frunció los labios—. No te atufes, farouche. Ya sabes que haré lo que tú quieras, que soy tuya.

Ixca sonrió sin dar la cara a Norma. Comenzaba a levantarse, desde el puerto, el rumor eléctrico de los danzones vomitados por las sinfonolas. Una brisa cada vez más intensa crespaba la superficie del mar.

—Ven, Norma.

—Va a soplar mucho viento. Aquí estamos tan a gusto.

—Ven.

Los dos bajaron por la escalinata de piedra hasta el embarcadero. Cienfuegos izó la vela mientras Norma saltaba, con los brazos en cruz, al velero. Boca abajo sobre la popa, vio correr a su lado el desfiladero de roca mientras Ixca maniobraba el velero hacia el mar.

—¡Qué tiempecito!

El mar iba oscureciéndose: el fondo cada vez más negro, el cielo agitado, envolvían a Norma en una placenta de sal opaca. Observaba la espalda de Ixca mientras maniobraba y quería levantarse a mordérsela. Un ansia irrefrenable de morderle la espalda la asaltó, de hacerlo aunque jamás lo volviera a ver, de morderle la espalda como una consumación de todos sus días de amor. Pensó que jamás podría regresar a la casa de Acapulco, que los lechos estaban teñidos, traspasados por la carne de Ixca, la que ahora quería morder. Volvió la cara hacia la costa, cada vez más perdida en la noche y el viento.

—¿Me quieres, Norma? —gritó Ixca por encima del aleteo de la vela.

—¡Sí, sí! ¡Más que a mí misma! —un rugido ronco envolvió sus palabras—. ¡Ixca! ¡Vámonos regresando!

—¿Más que a ti misma? —volvió a gritar Ixca. Pero Norma no escuchó. Olas cortadas, quebradizas, sin integración, comenzaron a levantarse, a envolver el ligerísimo velero entre dos, tres columnas de agua, ahora concentrada, ciega, sin fondo.

—¡Baja la vela, Ixca!

—¿Más que a ti misma?

—¡Vamos a zozobrar! ¡Baja la vela!

Norma, de rodillas, miró rápidamente a ambos lados: dos curvas altísimas, anónimas, despojadas de luz —más oscuras que el cielo que amurallaban—, corrían, con la boca abierta, a encontrarse; en el estruendo inmediato, Norma se asió con desesperación al salvavidas: sintió que otra mano se lo arrebataba, no con desesperación, como ella quería tomarlo, sino fría y lúcidamente: otra mano que oprimía su muñeca y la separaba del duro círculo de salvación. Norma sintió que otro círculo, intangible, la succionaba y le zumbaba en la cabeza: la oscuridad se pobló de ráfagas plateadas, peces invisibles que surcaban el océano sin otra presencia que su desplazamiento de color sin forma; luego volvió a sentir el aire en la boca y, a su derecha, la respiración de Ixca, asido al salvavidas. —¡Dame, dame! —trató de gritar la mujer: no quiso creer en la sonrisa húmeda, como la de un tiburón incomprensible, que brillaba, en el centro de la oscuridad, en los anchos labios de Cienfuegos. Un nuevo rumor quebrado tronó: otra vez el mundo plateado, esta vez denso como una baba, otra vez las uñas de los pies alargándose hasta un fondo lejano, y otra vez el aire: allí estaba siempre, en el centro de sus ojos, la cabeza brillante apoyada sobre el salvavidas. Norma dio tres brazadas, su sangre inflamada, hasta el círculo blanco y duro—: ¡Dame, dame! —jadeaba, arañando el rostro de Cienfuegos, clavando los dedos en el cuello del hombre, sólido como una faja de tierra, machacando y enturbiando el agua hasta abrazar la cabeza de Ixca, hundirla, hundirla, y apretar sus brazos sobre el salvavidas.

El mar se calmó. Las nubes pasaron veloces y tibias entre la noche, y Norma, extenuada, pataleaba hacia la costa, hacia los puntos diseminados de luz. Su propia efigie le brillaba ante los ojos, y la sangre le hervía en el pensamiento de su salvación, salvación de su cuerpo, de todo su poder.

Su barbilla se hundió en la arena. Aflojó los músculos, cerró los ojos. Solo sentía el entrar y salir de olas suavísimas por los labios. No pudo encontrar palabras para una oración; solo «Norma, Norma» escurría de su boca a la arena y al mar, nuevamente, el nombre ahogado, el cuerpo a salvo. Y de su cuerpo reptaban más nombres, salían de todos sus orificios pero no se desprendían de ellos, amarrados por un hilillo de baba. «Rodrigo... Pimpinela...» decía Norma cálida y espumosa en la playa, inconsciente, «... Ixca... Rodrigo... Federico...»: atados a su cuerpo salvado. La cabeza le volvió a zumbar. Abrió los ojos.

Corrió sin orientación por la playa hasta encontrar una escalinata abrupta. Corrió hacia arriba. Era el camino de la Quebrada. Corrió hacia la puerta de su casa, corrió por el jardín de buganvilias y plantas de sombra, corrió por la sala abierta al mar, hasta su cuarto. No se detuvo a descansar; el peine, la toalla, el lápiz labial, la máscara, corrieron sobre su cuerpo y su cara. Un vestido estampado, zapatos blancos, la bolsa, dinero.

Metió la llave en la marcha del automóvil y salió velozmente a la carretera, corrió por la oscuridad hasta encontrar las luces azules del puerto, el tráfico tardío que

ascendía de las playas a los hoteles, los convertibles llenos
de jóvenes bronceados, de camisas abiertas hasta el ombligo, de bikinis y toallas arenosas y radios puestos a todo
volumen; el pueblo laxo junto a los muelles de la bahía:
mulatos verdosos, negras panzonas, niños amarillos, hilitos
de pesca infructuosa, vendedores de coco: todos de espaldas a la ciudad, sentados frente al mar; el «cuar-cuar» de
las bandadas de norteamericanos con sombreros de paja
y faldas de colorines y anteojos oscuros y habanos y cámaras: las luces neón de los bares y los hoteles, el olor a gas
y pescado descompuesto, los *claxons* insistentes, el pitido
de los policías, las sinfonolas como acordeones ahogados
en el calor; los edificios nuevos, descascarados ya, frente alto y brillantón que escondía tres techos de paja, una
niña desnuda, el temblor del paludismo: cuerpos enjutos
que caminaban de las playas populares al centro; trajes de
baño de lana sobre cuerpos obesos y permanentes deshe-
chos; batas, castillos de arena abandonados, playas cubiertas
de colillas y botellas; perros viejos, cansados, calientes, de
hocicos cremosos; el mar lleno de aceite, los esquíes aven-
tados, las lanchas bamboleantes: ginebra y ron, batachán,
ginebra y ron, batachán, batachán, iba y venía, de Playa
Azul a Copacabana al Bum-Bum, el ritmo del tambor tropical, los cuerpos enlazados, ginebra y ron, las axilas al
aire, batachán, la contorsión de miembros, la uña blanca
y vegetal de Acapulco incrustada en el dedo de alcohol y
cemento y dólares. Todo ello respiraba su aliento sobre las
mejillas encendidas de Norma mientras su coche corría. Lo
detuvo frente a un bar: el techo de palmeras se cimbraba
con el cuádruple ritmo de los pies y el bongó, los vasos
y la clave. Norma entró y arrojó los zapatos. Entró sola en
la pista de baile, con las piernas abiertas, los brazos ondulantes, los labios y los párpados humedecidos de sudor

y maquillaje. Un hombre musculoso, crespo, de bigote tupido y ojos oblicuos, la tomó del talle; Norma humedeció aún más los labios, pegó su vientre al del hombre, onduló los brazos sobre su torso.

—¿Tú no bebes?

—Yo sí bebo: que me pongan una hilera de daiquirís, de daiquirís frapé, en la barra —dijo Norma con la voz ronca y alegre.

Mientras bailaba, recogía los vasos y los bebía de un golpe. El ritmo del bongó era ya su ritmo natural mientras iba y venía, bailando, de mesa en mesa, de copa en copa: los demás bailarines desalojaron la pista.

—¡Así me gusta! —chilló Norma dentro de una voltereta de faldas—. ¡Que reconozcan lo que vale! ¡Así me gusta! ¡Dejarme sola!

—Está aquí el barquito —le dijo al oído el hombre crespo.

—¿Cuál barquito, rorro?

—El brinco, tú, no te hagas...

—El brinco, pues, no me hago.

La lancha rebanaba el mar: fuera de la zona jurisdiccional, se mecía un *yacht* blanco con banderitas fosforescentes. Norma subió, bailando, por la escalinata. Un viejo corpulento y enrojecido le cerró el paso.

—Soy yo, el Macaracas —gritó el crespo.

—Come on, boy.

—¿Traes lana? —le preguntó el Macaracas a Norma.

Norma se detuvo en seco, miró los ojos oblicuos y congelados de su compañero, y se soltó riendo a carcajadas; abrió la bolsa de mano y le arrojó tres billetes de mil pesos a la cara: —Toma, pendejo, y aprende a distinguir.

Cayó sobre las mesas de ruleta; el barco se bamboleaba, pidió más daiquirís.

—Aquí hay nieve; ¿no quieres? —se acercó a decirle el Macaracas.

Norma no pudo contener, nuevamente, su risa.

—¡Estoy viva!, ¿sabes?

—N'hombre...

—Y no dependo de nadie, ¿sabes?

—Ah qué niña...

—Y puedo jodérmelos a todos, ¿sabes?, a todos...

—Así me gusta, nena.

—Porque soy lo mejor... —Norma se llevó una mano a la sien y se pescó del cuello del Macaracas, reía sin interrupción— ... lo mejor que ha dado México, ¿sabes?

—Pues luego.

—Y los tengo a todos en mi poder, a Pimpinela, a Rodrigo, hasta al muerto que ya se ahogó.

—Vente.

Un norteamericano de barba azul, delgado, nervioso y tocado con una gorra de capitán, abrió la puerta.

—Yo quiero, yo quiero, mi nieve de limón —entró cantando Norma, abrazada al Macaracas, descalza y aérea.

En un corredor de los Tribunales del Distrito, en las sombras del patio interior con sus tableros de citaciones y fotografías de cadáveres desconocidos, el pequeño secretario de juzgado empuja el dedo índice de la mano derecha sobre la palma abierta y amarilla de la izquierda: —Ya sé que me dio usted cuatro mil pesos para arreglar el asunto a su favor, señor, pero las pruebas eran contundentes. No hubo manera de zafarse. —¿Conque sí? —silba entredientes el hombre gordo y sudoroso—. ¿A quién le ha visto usted la cara de pendejo aquí?

El hombrecillo demacrado y obsequioso pasa sus manos amarillas por las solapas del hombre gordo. —No se me sulfure, no se me sulfure. Verá cómo lo arreglé.

El aire limpio de septiembre pasa veloz sobre el patio oscuro y musgoso. Afuera, un anciano manco vende códigos de tapas rojas, cancioneros populares y ejemplares del Diario Oficial.

—Le di la mitad, ni más ni menos, al juez de segunda instancia. Ahora que su asunto pase allá, tiene usted ganado el pleito.

El hombre gordo ríe y se seca las gotas gruesas de sudor que ruedan de su Stetson gris. —Ah qué caray. ¿Y cuánto le dieron los de la otra parte por ganar el pleito en primera instancia?

El secretario responde con una sonrisa rota, de dientes amarillos y dispersos. —Cinco mil maracas, mi estimado. Ya ve que sale usted ganando de todas maneras. Y uno... pues uno qué va a hacer con el miserable sueldo que nos dan, óigame. Ya ve usted cómo sube la vida, cada día más. Ya no saben qué inventar. Ahora que dizque la guerra de Corea. Ya ve usted. Cada quien hace su luchita, ¿no? Ya le digo, no se preocupe por nada. Usted ganará el pleito. El secretario, con un expediente junto al codo raído, corre con premura por el patio, saluda con la cabeza baja a un grupo de abogados, y sube, con su paso veloz de ratoncillo, por las escaleras de piedra gastada de los Tribunales del Distrito.

LA DIVISIÓN DE LAS AGUAS

Mientras caminaba, lentamente, por el campo de golf, Roberto Régules no dejaba de pensar en lo que Pimpinela de Ovando le había comunicado. Una rica gama de verdes procreada por las lluvias con la colaboración de un ejército de jardineros, rodaba a lo largo del campo. Con los ojos grises y los surcos de las mejillas ahondados en la piel tostada hasta el límite del pelo corto, de un rubio canoso, caminaba de regreso hacia el club después de haber suspendido el juego en el noveno hoyo. Detrás de él, un grupo de hombres ataviados con gorras diseñadas sobre el modelo de las de los almirantes norteamericanos del teatro de operaciones del Pacífico, *sweaters* de angora y cachemira, gruesos zapatos y pantalones de lino y franela, comentaba y reía. Régules frenó el paso para que los hombres lo alcanzaran.

—Se nos cuarteó usted muy pronto hoy, licenciado...

—Sí —sonrió Régules—. Quiero llegar temprano a la oficina.

—Pero si apenas son las once.

—No crea usted, hay un asunto que me preocupa.

—¡Hombre! Todos llevamos negocios muy importantes.

—Este es urgente. Usted, don Jenaro, me comprendería...

—¿Yo? Ya lo creo... Después del sentón que nos dio Robles a los de Monterrey con esa transmisión de acciones, me va usted a contar lo que es sudar tinta...

—¡Cómo no! —exclamó Régules, jugando con la pelota de golf entre las manos—. Eso se llama falta de probidad. Pero ya ve usted, no hay quien pare a Robles. Yo digo que está bien trabajar por nuestros intereses personales, pero hay un límite: el respeto a los intereses de los demás. El exceso de ambición es peligroso, don Jenaro...

—¡Me lo dice a mí, licenciado! ¿Qué sentiría usted si lo convirtieran, de la noche a la mañana, en socio del bandido ese de Couto, así por las buenas? Pues eso nos hizo Robles; le transmitió su 51% al chinaco ese, y ahí nos tiene usted plantados.

—¡Ah! Fue Couto...

—Ese mero...

—Mi querido don Jenaro: ¿las acciones que Robles transmitió a Couto eran nominativas?

—Por desgracia, no. Todas al portador.

—Usted es muy amigo del grupo de Ibargüen, Velarde y Capdevila, ¿no es así?

—Hombre, no es ningún secreto. Somos quienes somos gracias a...

—Don Jenaro, le convido un whisky para celebrar nuestra sociedad.

—¿Eh? —Un brillo inteligente asomó en las pupilas acatarradas de don Jenaro, y los dos hombres se desprendieron del grupo al llegar a la cantina del club.

Esa misma tarde, Régules estaba en marcha. Su nueva oficina, frente a la glorieta de Colón, ostentaba una barra de cuero y vidrio empotrada a la pared, y desde ella, con un *highball* en la mano pecosa, Régules, atildado y fresco después del juego y el masaje, telefoneaba sin interrupción. Los ojos de miel cristalina de Pimpinela de Ovando parecían surgir de cada número del disco a medida que la uña de Régules lo arañaba. Recordaba, en esos breves instantes entre cada conversación nerviosa, rápida, definitiva, la figura juvenil de Pimpinela, el día que los presentaron en Sanborn's. Eran los días en que toda la gente bien de México se reunía a tomar el té y a merendar en la vieja casa de azulejos, y Régules, recién recibido, había llegado de Guanajuato lleno de ambiciones: dinero y clase eran sus divisas, y en Sanborn's esperaba encontrar ambas. Creyó que Pimpinela le daría lo segundo; hoy, agradecía que el cerrado orgullo de la familia De Ovando hubiese dado al traste con sus pretensiones matrimoniales. Él mismo —pensaba ahora Régules— se había creado su clase. La divisa era una sola, el primer término del binomio. El dinero daba la clase; su triunfo era más completo imponiendo a su antigua secretaria, Silvia, una muchacha de clase media, como la señora de Régules, y recibiendo las solicitaciones de Pimpinela para intervenir en la devolución de unas haciendas, los chismes de Pimpinela sobre la inestable situación económica de Federico Robles, que ingresando en el empolvado clan de los De Ovando.

—¿Silvia?... No, no me interesa; te hablo con urgencia. Pídele a tu amigo Caseaux que se comunique inmediatamente conmigo... ¿Qué, no tienes lengua?... ¿Cinismo? N'hombre, si yo lo mantengo en parte, bien puede hacerme un favor para corresponder... Te hablo en serio. Quiero que dentro de media hora me hable... Sí, ya sé que es cumpleaños de Betina, pero voy a estar muy ocupado. Consíguele una pareja y salgan al Versalles, o algo así... Está bueno. Adiós.

—¡Amigo Couto! ¡Qué milagrazo! Ya no se deja usted ver por su casa... ¿Eh? Sí, a todos nos abruma el trabajo. Óigame: ... Sí, cómo no, entiendo... óigame, esa prenda que tengo sobre acciones suyas por valor de novecientos mil... sí, las nominativas de la exploradora de azufre... mire, sé que por ahí viene un golpe... ¡ah, usted ya lo sabía también, y no me lo había contado!... Bueno, somos amigos, Couto, y los dos podemos zafarnos ese trancazo... Sí, se entera uno de las cosas, figúrese nada más... No, cómo no voy a creer en su buena fe. Pero en fin, si los dos estamos al tanto, ¿qué se le hace si cambiamos la prenda sobre las nominativas de azufre a una prenda sobre las de la cadena de don Jenaro? Sale usted ganando cien mil pesos, y puede negociar en seguida lo del azufre, antes de que nadie se entere. Fíjese, si no lo consigo a usted hoy, yo mismo me deshago de esas acciones, a como dé lugar... Hay maneras, sabe usted... Hoy por ti, mañana por mí, ¡no faltaba más! Por acá lo espero para la operación, amigo Couto... Siempre a sus órdenes...

—¿Don Jenaro? Hecho. Mañana soy acreedor prendario de las acciones al portador de Couto... Sí, ya hablé con él, está hecho... Sí, muy buitre, pero solo ve el interés inmediato, la rapiña, no tiene visión. De hecho, ejerceré los derechos como socio de usted, y con una pequeña movida que hagamos... Eso es. Couto se contenta con los cien mil que sale ganando en el cambio... ¿Hoy mismo se le cancelan las concesiones a Robles? ¡Magnífico! ¿Y la suspensión de crédito?... Ah, claro, espaciadito, para que no se las huela. ¡Ah! ¿A usted no le interesaban esos terrenos adyacentes a su fábrica? ¡Ah, se le adelantó Robles! ¡Vaya! Se me hace que también puedo arreglar eso... usted dirá... ¿Violaciones a la Ley del Trabajo...? ¿Y usted puede crearle camorra con los líderes... ya sabe? Muy bien: dando y dando.

—Cómo le va, Caseaux. Voy al grano: ¿no ha concluido usted la venta de esos terrenos con Federico Robles?... Falta la firma solamente, ¿eh...? Ah, ya le hizo un fuerte anticipo. No le hace: le están viendo la «p» en la frente, amiguito... ¡Je! Una cosa son los negocios y otra darse tonos de elegante. Óigame, o váyase al carajo... Lo que oyó... Esos terrenos valen por lo menos el doble de lo que usted cree. Robles le está tomando el pelo. Yo le ofrezco veinte pesos metro... lo que oye... tiene usted muchas deudas, amiguito, cuesta caro vivir del cuento... no, si no lo amenazo; nada más por intercesión de Silvia me he guardado aquí esas letras sin chistar, ¿usted me entiende?... ¡ah, el anticipo! ¿Cuánto fue?... Hecho: aquí está ese dinero a su disposición para que mañana se lo entregue a Robles y suspenda ese asunto... Ándele, amiguito, ándele.

—Sí, señor. Yo mañana mismo retiro todo del Banco. La situación de Robles es muy mala. Ha invertido en lo de la azufrera, y usted ya sabe lo que va a pasar ahí. Se lo aviso porque sé que usted tiene metido allí... Mala política, cómo no. Mientras más de los interesados se enteren, mejor. Hay que cuidar los intereses de la familia financiera... Soy su servidor, señor, no faltaba más... Sí, me dijo Silvia. Que se pongan de acuerdo las señoras, estaré encantado. Es un honor. Hasta muy pronto, entonces...

—¿Licenciado Capdevila? Régules... Ré-gu-les, con R... sí, amigo de don Jenaro... Perdone, lo sé, pero tengo una noticia importante en relación con la industria... Sí, la fábrica de Robles... sí, la competencia que le hace a usted Robles es desleal, por lo menos... y pérfida, cómo no... ¿Dumping?... No, es que aquí tengo unas pruebas de violaciones legales, sí... cómo no, están a su disposición. Y yo también, licenciado, y yo también... Soy su servidor.

Régules colgó el receptor y se ajustó la corbata de seda roja y las esquinas del pañuelo. Tomó asiento en el sillón de cuero azul y apretó un botón.

—Tome nota, señorita. Memo confidencial para el Departamento Jurídico, a primera hora. Preparación de contrato de prenda a celebrar con el señor Juan Felipe Couto sobre acciones al portador por valor de ochocientos mil pesos. Cancelación del contrato anterior con el mismo señor, posterior a la celebración del nuevo. Preparación de un contrato de compraventa con el señor Pedro Caseaux: diez mil metros a veinte. Otro igual; el suscrito vendedor; Jenaro Arriaga comprador; diez mil metros a treinta y cinco. Sáqueme eso y ordene que me traigan el expediente personal de Federico Robles.

Hasta las nueve de la noche, Régules se dedicó a extraer de ese expediente las cifras, los datos, todo cuanto fuera susceptible de dar una idea precisa de la fortuna y la vida de Robles.

—Estás negro, hijo, negro y morado como las noches de antes, las que recuerdo —dijo la viuda Teódula Moctezuma al admitir a Ixca en su choza de musgo húmedo y flores secas—. Como que has peleado con el sol, se ve lueguito. ¿Qué me traes?

Cienfuegos se dejó caer sobre el petate empolvado. La choza, detenida en una esfera de oración —tan impertinente al tiempo como un rezo que implora para que no suceda lo que ya sucedió—, lucía siempre el polvo exacto, las manchas de agua y comida exactas sobre el piso de tierra escarbada y las tumbas subterráneas.

—¿Qué me traes? —volvió a preguntar Teódula Moctezuma, con los ojos reducidos a un solo clavo negro y escondido en la carne, tenso en su espera de un mundo resucitado. Ixca hundió la cara en las manos y desde allí su voz sonó hueca, ultrajada, sin unión con su cuerpo. —Nuestro mundo ha muerto, Teódula, para siempre. Lo mismo daría que las cenizas de tus hijos y de Celedonio fueran regadas por la tierra sin un solo llanto, sin una sola esperanza de habernos alimentado.

—Hijo —la viuda se mascaba las encías mientras hablaba, encorvaba su silueta de guadaña carnal sobre la espalda de Cienfuegos— no son los hombres los que hacen la vida sino la tierra misma que pisan, ¿sabes? Pueden venir los que vinieron, todos, los que nos quitaron las cosas y nos hicieron olvidar los signos, pero debajo de la tierra, allá, hijo, en los lugares oscuritos a donde sus pies ya no pueden pisotearnos, allá todo sigue igualito, y se escuchan igualitas las voces de donde venimos: tú lo sabes.

Ixca, al levantar los ojos, besó las manos de Teódula.
—No, ya no se escuchan. Mira que he querido escucharlas, mira que he pasado los años con los ojos cerrados esperando su rumor. Es como si un viento de palabras nuevas se lo hubiera llevado todo. El sol de hoy no es ya nuestro sol, Teódula, es un sol... ¡qué sé yo!, hecho para tostar las pieles cubiertas de aceite sintético, de...

La viuda observó a Ixca con una mirada lejana, de incomprensión total. Anclada en un día y un año que habían desaparecido hacía siglos, que nada tenían que ver con el momento ineludible de ese día, de ese año. Ixca sintió que la cáscara vieja que daba una forma inteligible al cuerpo de Teódula se desvanecía, que solo quedaba una joya brillante, roja, sin reductos, suspendida entre el sol y la tierra. El tintineo de las joyas de la viuda, poco a poco, fue reuniendo otra vez, en la memoria y la mirada de Ixca, la silueta actual de Teódula, su margen de carne gastada, su rostro seco y apasado.

—Quién sabe, hijo, quién sabe cómo se llegue, por qué caminos... Puede que lo que tú creas no sea así. Puede que con nuevos trajes y otros ritos nuevos que tú y yo no conocemos se cumplan las mismas cosas. Porque esta tierra reclama —eso yo lo sé, hijito, lo sé muy bien—, reclama y acaba por tragarse todas las cosas para devolverlas como deben ser, aunque sea muertas. No hay manera de escaparse. Esta mujer, Ixca, esta mujer a la que le ibas a arrancar la raíz...

—Norma —dijo, sin tono, Ixca—. Recuerda su nombre.

—Esta Norma, puede que no entienda las cosas como tú y yo. ¡Qué más da, hijo! Haga lo que haga, digo yo, nuestra tierra acabará por tragársela, ya verás si no. Allá donde se acaba todo, donde se te acaba todo, donde se te acaba la cuerda, hijo, allá la vamos a encontrar. Antes no, porque la apariencia es otra, y la gente no tiene de dónde agarrarse para cumplir nuestros ritos y entender nuestra entrega; pero al final, cuando ya los pobrecitos no hablan ni se les entiende, ahí sí, hijo, ahí sí. Ahí podemos caerles encima y hacerlos nuestros, ahí sí. Esa es nuestra región... después, ahí vivimos, después.

La viuda se sentó en cuclillas, cerca de sus piezas de cocina, a ronronear más palabras no dichas. Ixca, en silencio, trataba de escucharlas, de hilar todos los pensamientos de Teódula. Y le dijo:

—¿Es suficiente que tú y yo lo pensemos, Teódula, y tratemos de vivirlo, para que nuestro mundo exista en verdad? ¿No es esa, quizá, nuestra única fuerza? ¿Podemos exigir más? ¿Me entiendes, Teódula?

La viuda cacheteaba la masa con una fuerza sinuosa, de correa tensa. —Yo solo sé lo que te digo. Los nuestros andan sueltos, andan invisibles, hijo, pero muy vivos. Tú verás si no. Ellos ganan siempre. La de sangre regada, la de héroes que se murieron, la de muertos que se hundieron en esta tierra llenos de colores y cantos, hijo, como en ningún otro lado, se me hace. Tú sabes mejor que yo que ellos no nos dejan de la mano y que a la hora de la hora ahí están.

Como para cobrarse de lo que pasó antes, como para decir que todo acaba donde empezó, en ellos y en sus signos, hijo, ¿no se te hace? Ahi nomás, en sueños mientras no son llamados. Porque son llamados, hijo, así como quien no quiere la cosa, los seguimos llamando a ellos para que den razón de nuestras vidas y la última cara, que es la que cuenta, no se nos olvide y la llevemos siempre puesta. Tú verás si no. Si alguno se te escapa, como tu amigo ese el de la mamacita que se murió, ya te caerá otro. Con uno está bueno, hijo. Antes de morirme lo veré, y a él le entregaré mis joyas y mi última mirada, para que sepa que alguien sabía. Al que haga la voluntad del sacrificio, hijito. Nos secamos, se olvidaron de nosotros en la vida. Se fueron y nos dejaron solos con el que vino disfrazado con la máscara de metal. Pero en la muerte nunca nos olvidan, Ixca hijo, ya verás.

Dejó caer la masa en el regazo y, con las manos viejas y rotas unidas, Teódula abrió los ojos, los clavó sobre el rostro desencajado de Cienfuegos, y dijo con una voz que jamás se escuchó, que de haber resonado solo pudo hacerlo en un tiempo muerto y olvidado, sepultado en agua y cenizas y caracolas y piel de tambor, una voz de escamas más que de palabras: —Nos acercamos a la división de las aguas. Ellos morirán y nosotros resucitaremos al alimentar. Hemos pagado nuestro tributo de sueños; la ciudad lo pagará por nosotros. Arca de turquesas, corazón de piedra, viento de serpientes, no sueñes más.

Y Cienfuegos, en las palabras no dichas, vio apretarse, en una lengua de fuego y anunciación, las figuras de la ciudad dormida, los cuerpos de muñecos rotos de Robles y Norma, apretados en un sueño y en una recuperación finales.

—Vámonos de aquí, manito, vámonos de aquí. —El muchacho de pantalón vaquero desteñido se detiene en la esquina de Bucareli y la avenida Chapultepec y lanza una mirada de desafío a todos los hombres y cosas de la ciudad. —Pero en mi casa, Lalo, en mi casa. —Órale, no te me chiviés. En tu casa creen que estás en la secundaria, igual que yo. De aquí a la hora de salida ya nos pelamos. Ni quien averigüe nada. —El otro muchacho, más bajo, vestido con una chamarra de lana amarillenta, se muerde la uña. —Ya... ¿A poco no te lo decía que te ibas a rajar? —Oye, manito, es que mi mamá se queda sola... —Voy, a poco tú llevas lana a tu casa. —No, pero ella quiere que me prepare y haga una carrera. Ya ves cómo trabaja la pobre para que yo estudie y vaya a la escuela. Se va a quedar toda inquieta si no regreso. —¡Solo los tontos trabajan, mano! Tú y yo somos listos. Nomás que en esta pinche ciudad no nos saben apreciar. En Ciudad Juárez, ya verás... —Pero tu primo este, que nos va a hacer ricos, ¿ya le hablaste? —No, manito, pero es cuate, tú verás. Allá tiene su cabaret, y todas esas cosas suaves, donde haces harta lana divirtiéndote. ¿Aquí qué? Echa las cuentas: un año más en la secundaria haciéndonos majes, dos de la Prepa, cinco o seis en la Uni. ¡Nueve años más sin un quinto, mano, haciéndonos tarugos con maistros que nomás te están tomando el pelo! N'hombre. Si tú naciste para eso, quédate aquí. Yo me voy a Ciudad Juárez. —El muchacho bajo, regordete, frunce el ceño y baja los ojos. El otro, esbelto, nervioso, se peina el copete

393

negro y se pasa los dedos por la nuca. —*¡Pinche ciudad esta!*
Aquí acabas de bolero. ¿No has visto a todos esos niños bien con
coche, tú, Memo? ¿A poco tú y yo les vamos a hacer competencia?
¿Crees que así, a pata, te caen las buenas viejas? Aaaah... de
veras que tú nunca has estado con una vieja, ¡puñetero! —*El*
muchacho regordete mira avergonzado a su compañero. —*Ponte*
abusado, manito, porque ahora en el norte hay que fajarle a to-
do. Bueno, ¿te decides?
Ixca Cienfuegos camina hacia la calle de Tonalá y cruza la vis-
ta con el muchacho nervioso y esbelto. El muchacho le devuelve
una mirada retadora y turbia. —*Así te miran todos aquí, Me-*
mo. Con puritita compasión. ¡No me voy a dejar! ¡Volveremos
a vengarnos de todos estos capitalinos que se sienten tan salsa!
—*Y los dos muchachos cruzan la calle, evitando los tranvías,*
saltando entre los automóviles con las manos en los bolsillos.

HORTENSIA CHACÓN

—¿De mí no le habló él, verdad? ¿Cómo supo de mí?
«él es demasiado dulce, demasiado pudoroso; yo no le reprocho
que no me exhiba, por el contrario, prefiero así la cosa, sabe us-
ted —los dos nos hemos visto siempre, menos la primera vez, úni-
camente solos, el uno con el otro, aquí. Como si nuestro mundo no
pudiera extenderse un centímetro más»;
   —Allí por donde está usted, se sienta él también
«y me deja sentirlo de lejos primero»;
   —... ¿es el sofá donde está, verdad?
«no; no se lo reprocho, ni me avergüenzo; hacen falta lugares exac-
tos para las cosas, para que nuestro amor y nuestro odio se asien-
ten y penetren hondo —de otra manera temo, sí, temo que seríamos
fantasmas; yo casi lo fui; y esto es lo que le agradezco a Federi-
co, que me haya dado las medidas del amor y el odio para sen-
tirme como me siento, de carne y hueso, hoy»
   —Vaya; lo voy a aburrir, ¿desea un café? No, sé muy
bien dónde quedan las cosas: mire, allí, donde está usted,
el sofá de color café y a su izquierda una chimenea —de
adorno nomás; no sirve— y después, aquí una silla y en el
centro... pero lo aburriré aún más...
«y los sentidos me dicen que usted quiere saber algo, ¿no?, y sé
que lo merece; ¿por qué lo sé? yo vine de lejos también, de donde
nos entendemos sin hablar; mis facciones, si no ni modo, deben de-
círselo, ¿no? porque nos criamos sin palabras, solo con esas mi-
radas. No se pueden aguantar demasiado esas miradas, ¿no cree

usted?; nosotros mismos no toleramos mucho tiempo nuestro ver-
dadero rostro, ¿cómo le diré?, hay rostros que nos espantarían
y nos llevarían a todos los extremos de las pasiones, buenas y ma-
las, y eso no podría ser, ¿no le parece?, todavía hay tantas re-
glas, hay que saber medirse tanto para no caer, para no ser visto
con horror y miedo por los demás, los que nos destruirían si mos-
trásemos la verdadera cara. Sí, esa es la mirada que sospecho en
usted, y que usted sabrá distinguir en mí: por eso sé que le puedo
hablar, que merece usted mis palabras. Quizá nos parezcamos
en algo. Algunas gentes son semejantes; quiero decir, cada uno co-
mo debe ser, y esto no es igual a los demás. Pero en el principio
yo fui igual, en una como agua estancada, sin ondas. Mi ma-
dre era una mujer humilde y yo su hija natural, ¿ve usted?, de
manera que toda mi niñez fue mudarme de un cuarto clausura-
do, donde la única cama se apretaba contra las paredes llenas de
baúles y ropa vieja (que a veces nos regalaban) a otro cuarto,
igual de arrinconado que el otro; no era muy bonito, ¿no le pa-
rece?, pues apenas podía yo moverme, asomarme a las salas gran-
des, temer alguna grosería de los niños de la casa, saber que mi
cumpleaños era un secreto que mi madre no se atrevería a comu-
nicar a los dueños, pues eso era como mendigar el regalo y al fin ni
las fechas de todos, ni la Navidad, nos regalaban nada. Pero eso
no tiene importancia y...»

—... debo aburrirlo...

«No; lo que quiero decirle es que desde entonces aprendí, en se-
creto, sin nada de palabras, aprendí desde allí, en el centro de
mi larga infancia, a saber esperar, es decir a ser mujer (pues
no nos corresponde solicitar, pedir, abrumar): estas no son muje-
res, nunca lo serán, son cuerpos, son ratas blancas de una piel
demasiado suave que el menor calor vuelve tiñosa y rala: la mu-
jer tiene que esperar sin abrir los labios, esperar su momento de
dolor y su momento de que la llamen, sin pedir anticipadamen-
te ese dolor o esa llamada, usted lo sabe; y eso aprendí; no con

palabras, le digo, no con claridad, pero sí en el lugar mudo de todo lo cierto»

—Mi madre —una mujer humilde— ahorró algo, señor Cienfuegos. Ya había paz (yo nací en 1918) cuando pude ir, demasiado grande y atrasada, a la escuela. Hice las primeras letras y luego el curso de taquimecanografía. De repente hubo más oportunidad para la gente como yo

«pero se abrió algo profundo entre mi madre y yo pues ella seguía vestida con sus rebozos y sus faldas hinchadas de llaveros y delantales y su cara de nuez seca, despintada, y sus cáscaras de cebolla en las sienes y su chongo tieso y devoto y yo ya pude usar medias de seda y pintarme la boca, pues pude ir al cine a ver cómo se vestían y arreglaban las artistas, y tratar gente distinta en la escuela; pero eso fue después, y antes solo eran las cocinas olorosas, cocinas de tiro y brasero, cocinas de molcajete y azulejo, de las casas de antes: la casa donde crecí, sobre todo, de la señora De Ovando, donde espiaba a la señorita Pimpinela salir a la puerta y yo trataba de imitar sus gestos y de vestirme como ella»

—Recuerda usted las pieles que se usaban entonces, las faldas de olanes y los sombreros, muy encajaditos o de alas anchas

«yo los quería, ¿quién no los hubiera querido?; y por eso decidí entrar a la escuela y trabajar de mesera para pagarme la carrera (no, mi madre no entendió muy bien; ella creía que nuestro lugar estaba hecho, que ya habíamos hecho demasiado huyendo del pueblo aquel de Hidalgo para venir a México sin ninguna idea de lo que haríamos, ella embarazada y yo como una semilla calurosa, a buscar trabajo aquí); ella creía que estaba bien así, que yo debía colocarme en mi lugar, y que no tenía que andar haciendo tratando de coserme ropa como la de la niña Pimpinela ni menos trabajando en un café de chinos entre hombres que no la sabían respetar a una: (Hortensia Chacón, dieciocho años, cara

indígena pero muy fina, de facciones delgadas pero con la boca gruesa, trompudita, y esbelta pero piernuda) y allí me encontró él»

—Mi marido, sabe usted... uno de esos hombres no muy altos pero fortachones, robustos, de bigote espeso y pelo ensortijado. Por ahí debo tener una foto...

«vestido de saco y corbata: eso era todo para mí, saco y corbata, entonces, que iba a tomar su vaso de café con leche y chilindrinas cuando salía del trabajo en la Secretaría de Hacienda: ¿cómo le diré, cómo me amó? sí, sigue siendo novedad, pese a todo, porque era como descubrir una ciudad —sí, esta ciudad—, darse cuenta del lugar en que estábamos, hacerlo nuestro por la ilusión del amor, por ser el sitio escogido, y olvidarse de todo para volar sobre sus azoteas y descender unos instantes a descansar, en un cine de barrio, en el Bosque de Chapultepec, en una feria con pajaritos adivinadores, y por eso me casé con él y tuve sus hijos»

—Tuve tres hijos con él. Ya deben estar muy crecidos

«y esperé a que me volviera a llevar al cine y a la feria (¿cómo se espera, señor? no, ahora lo sé: se espera solo lo que no puede volver a suceder, se espera la repetición de dos, tres momentos del principio que nos marcaron y nos impidieron seguir adelante, al momento de la conformidad —¿por qué, para qué esa memoria?; son dos, tres, instantes, el momento antes de un beso, el momento después de un alumbramiento, sí, alguna muerte: en ellos me quisiera, o me quería, concentrar y dejar que los otros, los largos, los que forman de verdad nuestras vidas ya no estuvieran allí—, de la conformidad, no, no la entendía) pero ya era otra vida, vida de mujer casada que solo espera (y eso, se lo dije, es lo que aprendí) pero que debe esperar algo, sin pedir: no es lo mismo que saber que no quieren que esperemos, que ni para esperar servimos, que no esperan que esperemos; así fue Donaciano; él no me dio a entender nunca que apreciaba mi espera, que quizá nunca me daría nada, pero que entendía (o por lo menos veía, solo veía) mi espera de eso

que nunca me daría; pero no, era el silencio, silencio de la carne (sí, aun cuando la suya creía vibrar dentro de mis cámaras de espera lenta y ávida, de gérmenes de más hijos helados) hasta cuando él creía excitarse y no lo lograba sino como un ejercicio sudoroso y mecánico: sí. Silencio de la voz, se sabe; impaciencia por volver con los amigos, por emborracharse a medias, sin alegría ni compasión, sin lograr en el licor llegar hasta sí mismo, a lo que debía ser una borrachera de hombre, suntuosa, horrible, no así, arrastrada y vergonzosa —o su amor con otras mujeres, que también debió ser helado y sin asco, pero con más dichos (los que esperaba de esa mujer, porque iba en busca de dichos más que de sexo, iba en busca de dichos ¿sabe usted?, porque los dichos se pueden llevar y traer, y con ellos se puede impresionar en el círculo del prestigio y las alabanzas y las confidencias y la presunción, pero con el sexo no se puede hacer nada de eso, porque se consume en un segundo, se consume entre dos y ya nunca, ese mismo acto, puede recuperarse: es demasiado amargo para ser relatado en el prestigio, demasiado cruel y pequeño para impresionar a los amigos: vuela y sin embargo se queda dentro, a curar las heridas más hondas causadas por él mismo: allí sabemos lo que somos: yo quise saberlo, pelota de él, caverna de él, esperando alguna verdad de su contacto) —o sus gritos en los toros, escondido entre miles de cabezas, lejos de la marioneta luminosa que lo dominaba a él, dominaba a las bestias, marioneta que no escuchaba sus soeces insultos —o sus bofetizas ocasionales por el quítame allá esas pajas: ¿qué eran? él y sus amigos: entendían que en esas actitudes vivían, se afirmaban, quizá: por lo menos, Donaciano regresaba con los ojos muy luminosos y creía que yo iba a adivinar el nuevo prestigio ganado en cada insulto, en cada bofetada, en cada burdel, en cada cantina (y debe haber sospechado que yo no, que yo solo esperaba algo muy pequeño y tibio: beso, feria, cine, no sé, que nada tenía que ver con ese prestigio que se agotaba en un círculo de amigos; y así me violaba, me exigía todo de la carne, me rajaba y se rajaba a sí mismo en un esfuerzo divagado por darme toda la gloria de su machismo en un ejercicio mecánico, frío —y pensaba que al día siguiente regresaría a una mesa y a un archivo donde recibiría órdenes y nadie sabría de sus proezas varoniles, eso debe haber pensado a la mitad de todos sus coitos conmigo porque se aflojaba todo y sin embargo no me decía nada, no lloraba allí mismo, no quería admitir ninguna verdad, no quería sentirse pobre diablo —y así se hubiera salvado, pues pese a su desilusión habría recogido algo, dos dedos de mi amor y algo más de respeto, pero esto no lo sabrá nunca un hombre así, ¿verdad?, y seguirá buscando esos momentos falsos, falsos de afirmación, ¿verdad?) y por eso nunca me perdonó que cuando se murió mi madre fuera a buscarlo a la oficina aquella, musgosa y escondida, a pedirle dinero para el entierro y él solo sintiera que allí no estaba a la mano una sola de sus justificaciones, que allí era empleado inferior que no podía fornicar con los archivos ni emborracharse con la electropura ni abofetear al jefe por un quítame allá esas pajas: lo vi en sus ojos, en los movimientos desesperados de sus manos por alcanzar un legajo, o algo menos tangible que un expediente, para disfrazarse de importancia. Sí, sentí ternura, pero también desprecio: no pude, por más que quise, tolerar su voz mandona e impotente: "Aquí no es funeraria, chata; a volar": no supo darse más importancia que esa, ¿ve usted?»

—Le toleré todo a mi marido, señor Cienfuegos, pero llega un momento en que...

—¿Usted nunca le...?

—No, nunca le dije a su cara: ¡Mentiroso, mentiroso! No lo permita Dios que se lo diga nunca. Hoy lo odio; y le daría algo muy mío, lo más que pudiera darle, si le dijera la verdad, si lo llamara ¡Mentiroso! Lo digo ahora, y suena como blasfemia en templo vacío. ¡No me avergüence usted, señor!

—¿Alguien niega aquí lo que otro se atreve, de una vez por todas, a afirmar? No, nuestra cortesía es parte de nuestro odio.

—Sí...

«... los obligamos a creer su mentira, para siempre, hasta su muerte. Así fue...»

—La vida sube y sube, señor, y él sin darme nada. Ya éramos cinco de familia, recuerda usted: mi mayorcita, Guadalupe, que ya debe estar muy crecida y hasta debe andar pintada; Chanito, que me decía las cosas que iba inventando, que me las dedicaba, en cuanto pudo saber algo, que lo entendió todo, que fue mi sostén en los últimos días con mi marido; y el niño Severo, el que se murió después. Ya éramos cinco, y por eso le dije a Donaciano, a mi marido, que yo trabajaría también, que al fin tenía mis cursos de secretaria para ayudarlo

«se quedó tonto otra vez, buscando fuera de su vida, de lo que él era, algo masculino con que contestarme. Que te estés quieta, que tú de aquí no sales, que parece que no tuvieras marido e hijos, que parece que no trabajara como un negro, que no me salgas con lo de siempre, que te estés quieta, que te atreves a dudar que soy capaz de traer el pan a esta casa, que te crees que no sé la verdad, que nomás quieres encadenarme como si fuera un perro faldero, ¡poco te importa el dinero! es que me quieres tener aquí encerrado, es que no aguantas un hombre a tu lado, seca, seca, seca, no puedes conmigo y yo puedo contigo y tres viejas más. Todo eso me dijo»

—Yo me fui a buscar trabajo, y lo encontré, señor. Y en cuanto lo tuve me fui con mis hijos y él no pudo aguantar

«no porque nos quisiera, no porque nos necesitara, sino porque le faltaba el eco de sus acciones, porque le importaba más que nosotros supiéramos de sus borracheras y sus prostíbulos a que lo supieran sus propios amigos: eso creo, y así me explico lo que hizo,

lo que hizo también para que tuviera repercusión, para que alguien lo admirara. Esa era la vida de mi pobre Donaciano, y la última vez que lo vi, creo que por primera vez se dio cuenta de que yo, la mujer silenciosa que lo esperaba, que yo, la infeliz a la que era capaz de invalidar para siempre, era más fuerte que él, podía aguantar más que él (que yo había aguantado la violación y el parto, la humillación y el desdoro, que yo, yo había aguantado el relato de sus inmundicias, señor, que yo era más hombre que él porque soportaba lo mío y lo suyo, que él no podía soportar su propia vida de paria a medias, que él necesitaba contarla y dejarla huir para que se depositara en mí y que ni en sus coitos sucios y torpes podría recuperar su propia vida, absorbida por mí, gesticulada por mis entrañas, incubada de nuevo, con nuevas palabras, con nuevas borracheras, con nuevas fornicaciones, con nuevos golpes, en mí, para mí y nunca para él): eso supo entonces, eso vi en su cara en el instante antes de gritar y de llevarme las manos a los ojos»

—Llegó un momento en que no aguanté más, ¿ve usted?, y él quiso vengarse.

Hortensia se acomodó lentamente las gafas oscuras y acaso sonrió un poco. Ixca Cienfuegos esperó sus palabras husmeando el perfume de azucenas de la pequeña estancia, repasando los cuadritos de losa con motivos mexicanos.

—En el hospital solo pensaba que qué necesidad había. Solo eso. Mis amigas de la oficina me pagaron la curación y atendieron a los niños. Entonces vino el jefe, al que yo no conocía, a visitarme. Recuerdo todavía igual su voz muy suave, deseándome bien, asegurándome que no me faltaría nada. Regresó, sí; yo no sabía por qué; me apenaba todo eso. Regresó a preguntarme lo que había sucedido

«y yo a decirle lo que he tratado de contarle a usted. Llegué a esperar su voz, su única presencia, ¿cómo le diré?, como un pan bendito y amargo que me obligaba a darme cuenta de lo que había

sucedido, a no olvidar, quizá (dudaba entonces, lo sé hoy) a encontrar esos lugares exactos de mi amor y mi odio. Antes, con Donaciano, vivía yo sola; con Federico ya no. Puede que sea más fácil aguantar la soledad, señor. No estar solo es como morirse de pena; esto es lo que me ha enseñado Federico, sin saberlo él mismo, que vive solo, solo. Él también me habló de sus cosas, de su niñez, de su mujer, y de todo ello supe que lo mío (mi vida y mis imitaciones de la señorita Pimpinela y mi nostalgia de algunos minutos de amor y mis recuerdos de la infancia olorosa a cocina y luego los hijos que vinieron y todo, señor, todo lo que he querido decirle) era más sencillo y más evidente. Que yo quería esperar (como le he querido decir) y ser de un hombre que me hiciera esperar; que no quería serlo todo, ni de él ni de nadie, sino ser tan solo digna de la espera de un hombre que supiera librar mis batallas por mí, y no hacerme el angosto pasaje de sus derrotas, ¿ve usted? (que no me contara sus minutos de vejación y fuerza, que yo lo supiera en silencio; que no me hiciera eco de su vida entre los hombres, que viniera pesado y erguido a buscar mi minuto de espera acumulada, de espera ciega). Ciega. Así lo quisieron los dos. Donaciano, que me dejó ciega, y Federico, que me buscó ciega. Que me ha hecho añorar su efigie y su cuerpo que nunca vi con mis ojos, que me ha dado su amor mientras me describe a mí misma y describe la luz que penetra por las celosías, mientras yacemos, y baila sobre mi frente y mi boca, en rayos parejos, y yo solo puedo olerlo todo, tocarlo todo, y esperar siempre, esperar a que con una fuerza lúcida y penetrante, erguida y sin excusas, pero respetuosa de mí, de lo que soy exactamente, de lo que soy, pues él ni me ha levantado ni me ha hundido, me ha amado tal como soy, así, con mis recuerdos, mis ojos más quemados que el centro del sol, mis esperas y cuanto soy, me dé su amor varonil. Su amor y su odio. No, me ha alejado de mis hijos. Les paga un internado, pero no es lo mismo. Quizá por esto lo odie, y se lo he dicho. Pero él quiere eso, mi amor y mi odio (el primero solo, señor, se-

ría mi vida a medias) para él y para todos: él me enseñó a odiar a Donaciano, a regocijarme en la idea de su prisión, a pensar en la mugre que me había arrojado encima mi marido, en todo eso. Pero su brutalidad es dulce, ¿sabe usted? Es la parte de brutalidad que merezco y quiero, para querer y merecer mi vida, nada más, porque sé que la verdadera, la grande brutalidad la ha dejado en su vida de hombre, en el uso que hace de las personas que lo rodean (de su mujer, sí, nunca sombra para mí, solo el fantasma sin mi amor y sin mi odio, sin el amor ni el odio de Federico, que forma parte del otro mundo). Porque el mundo que será al fin el mundo de Federico Robles está aquí, créame usted. Todavía no, porque Federico no es quien es en realidad, sino lo que la vida lo ha hecho. Como yo. Pero atrás, señor, atrás está esa cara verdadera, la primera, la única. Cuando Federico reconozca que yo existo, señor, que una persona existe fuera de él, de lo que ha sido, de su vida, entonces será lo que debió ser, sí. Este era el mundo que quería. No merecía otro, y a mí me llena, me llena ofrecérselo, pues todo me dice que ahora soy yo quien le ofrezco algo y no él a mí. ¿Qué le ofrezco, piensa usted? Es lo que nunca me he atrevido a preguntarle, cada tarde que viene, pues es parte de lo que busca, ahora, que yo no pregunte ni penetre en su otra vida. Pero lo sé, sin embargo (mis ojos secos, a veces, reflorecen y recrean un espejo sin fondo en el que, más que las imágenes, vuelven a nacer unas aves turbias que vuelan detrás de mis párpados, cosidas al centro de mi vientre, y me devuelven horas de ciudad, de esta ciudad de México que me ha engendrado y me ha regalado mi vida y sus calles, que me ha visto correr por ella, parir mis hijos sobre su suelo, subir a sus camiones e interrogar su noche sin devolverme la imagen que le pido, hablándome siempre con olores de cosas tibias y corruptas: así lo siento, señor) y yo me dirijo al aire que respiro y al olor y al tacto que me devuelve y a ellos —a la presencia física de Federico no, aunque para mí sea ellos— les pregunto: ¿es la oscuridad lo que le ofrezco?

¿es la oscuridad el lugar donde puede encontrar su luz Federico Robles? ¿es esto, señor Cienfuegos? dígame usted»

Hortensia tosió y adelantó su silla de ruedas. Decidió, con rencor, romper el bochornoso silencio y dijo: —Él con seguridad que no le habló de mí. ¿Cómo se enteró usted de mí? ¿Qué quiere conmigo? ¿Qué hace aquí?

PARA SUBIR AL NOPAL

Nueva aurora, nueva ciudad. Ciudad sin cabos —recuerdo o presentimiento—, a la deriva sobre un río de asfalto, cercana a la catarata de su propia imagen descompuesta: en la cima de la aurora, Ixca Cienfuegos caminaba entre los miembros sin coyuntura del esqueleto de México, Distrito Federal, de la fortaleza roja de las Vizcaínas al témpano de cemento y baratijas de San Juan de Letrán, túnel por donde volaban todas las hebras y cáscaras de la noche anterior con el estruendo brutal de lo que nada dice: cuerpos y papeles, el eco del rumor de los *cabarets* y los pies arrastrados por los pavimentos y las manos de pergamino que acariciaron todos los senos caídos, de Meave al Barba Azul a la Bandida, desprendidos tres o cuatro veces durante la noche a cambio de setenta, ciento cincuenta pesos, fruta magullada y sin zumo, al museo de cortinas de hierro que a esa hora es Madero, museo roto por la espera profunda y olorosa a claveles de San Francisco, por el olvido enhiesto del Palacio de Iturbide. Cienfuegos caminaba como era su costumbre, con las manos encajadas en los bolsillos del impermeable negro y los ojos detenidos en un punto sin lugar en la distancia, distraído solo cuando la arquitectura inevitable, o la persona singular —barrenderos, tecolotes, chamacos, ancianas de osamenta negra— cruzaban esa zona de la visita sin relieve: Sanborn's, High Life, Maria Pavignani, Pastelandia, American Book, Cine Rex, Mazal, Kodak, RCA, Calpini, Kimberley, Hotel Ritz.

Era esta la hora de la ciudad. Bajo una luz del gris más acerado, solo lo esencial, el perfil, el bosquejo, ajeno al sobresalto o la mentira de otras horas bajo el sol o la luna. Hora del instante previo a la resurrección. Ixca creía ser el testigo cotidiano, en su diaria caminata del despertar, de esta resurrección; desde sus dedos crispados sentía brillar la electricidad que pondría en movimiento el sistema y hoy solo pedía, desde sus dedos, que la imagen final se fijara. Creía contar en la sangre con la verdad de Rodrigo, de Norma, de Robles. Norma y Rodrigo ya iban rumbo a su máscara definitiva; Robles era el enigma, el insondable, el que, amo del nuevo mundo mexicano ante el cual se arrodillaban Norma y Rodrigo, era más que cualquiera otro su esclavo y su rebelde, su Gran Pelado-Decente, el único que había conocido o intuido mundos más vastos en el origen y al margen del mundo central que, hoy, a todos los ceñía. ¿Cuál era este origen, verdadero origen, de Robles? Ixca, detenido en la esquina de Madero y Palma para encender un cigarrillo, sabía que debió ser de tal manera escueto y sencillo que él, Ixca, jamás lo entendería. Que la vida oscura y marginal que Hortensia Chacón le ofrecía era un sustituto, a lo sumo un reflejo intermedio de ese encuentro original, que el ejercicio de poder descrito por Librado Ibarra (y también, otra mañana, por el propio Robles) no era sino una fuga, que a la vez suponía una constitución, de ese mismo origen escondido. Y en el destino de ese origen, sintió en ese momento Ixca Cienfuegos, allí se libraría la batalla, allí triunfarían, o la nueva imagen de Robles, o Cienfuegos y Teódula, ahí, en el corazón de las espinas. Supo que el día cobraba autoridad y pensó en muchos ojos despiertos, cercanos

a los suyos, ojos pensantes que precipitaran los destinos
escogidos.

En la calle de Berlín, Colonia Juárez, en el departamento
de barniz y terciopelo, de vitrinas enchapadas y última se-
quedad de las siemprevivas, Pimpinela de Ovando despierta con los ojos rasgados por la primera luz.

Norma Robles había regresado de Acapulco, quemada
como un remolino de sol, despojada de todos los requeri-
mientos anteriores que halagaban a Pimpinela, con una
fuerza definitiva en cada miembro, un poco demacrada
y flaca, pero tensa y total como un alumbramiento, a decirle que Benjamín había sido corrido del Banco y que ojalá ella y toda su runfla de muertos de hambre se murieran
de hambre, así le dijo y arqueó la ceja y añadió:

—Además ya sé lo de tus haciendas, preciosa. Si crees
que gracias a que lambisconeas a Roberto Régules y le sir-
ves de tapadera a Silvia vas a conseguir eso, te equivocas,
chula. Por algo hizo Federico la Revolución y ahí está para
defenderla: nomás te aviso. Más vale que te olvides de eso,
bebesona, porque no va a ser desgarriate el que Federico te
arma en los periódicos.

Y Pimpinela no podía decir lo que quería, con sarcasmo y negligencia, porque Norma, flaca y renegrida, tirada en el diván y envuelta en una bata floja, no le daba pie
para el tratamiento acostumbrado, para destruirlo ahora
como antes lo había construido, pero desde ese terreno,
y no otro: Pimpinela no entendía la gratuidad de la nueva actitud de Norma. Los contactos entre ambas se habían
desarrollado, siempre, en un lugar de encuentro claro y definido, el de sus intereses respectivos, y ahora todo era
gratuito, gratuito como las siguientes palabras de Norma:

—Mira, bebesona, yo no soy de ninguna familia popoff;
mi padre era un comerciante pobretón del norte y mi mamá
una vieja bastante vulgar —tú la viste un día, hace mucho, en la estación del tren, ¿te acuerdas?, y creíste que era
mi criada. Mi hermano picó piedras toda la vida y ahora
anda de bracero, ¿qué se te hace? Pero a pesar de todos tus
títulos y antepasados coloniales, chulita, yo soy más que
tú, porque estoy acá arriba, y tú allá abajo, ¿ves?, y la vieja atufada de tu tía no es más que una criada, por más sangre azul que tenga, es tan criada como tú o Rosa mi recamarera.

Y esta le parecía a Pimpinela más ficción, esta verdad
sin complicaciones, que la ficción aceptada —haciendas
robadas, gran familia en decadencia— del origen de Norma. Pimpinela sintió que nunca más le podría decir a la
tía Lorenza: —Norma es una cursi y su esposo un barbaján salido de quién sabe qué chaparral—, nunca más, pues
era la verdad, la verdad admitida, con todas sus consecuencias de pan cotidiano y chiles y centavos para Pimpinela y los suyos, cuando Norma, con una furia ininteli-
gible para Pimpinela, volvió a hablar:

—¿A poco sabías que los padres de mi marido fueron
peones de campo en la hacienda de tu tío? Ahí tienes, y
ahora tú y los tuyos son los criados de Federico. ¡Ja! ¡Qué
vueltas, chula, para qué te aviso! Pero criados de veras, ¿eh?,
no de guasa, bebesona, porque el cretino de tu sobrini-
to sale hoy mismo del empleo y tú te quedas esperando
que te devuelvan las tierras hasta que los burros tengan
alas, ¿eh?

Y Pimpinela, erguida, sintió que le volaban por la cabeza todos los preceptos de dignidad no dichos, respirados,
que habían sido, y querían seguir siendo, el santo y seña
de los De Ovando y allí, entonces, supo que ya no tenían

aplicación concreta alguna, que a nada podían apelar, que se habían gastado y deteriorado para siempre: sin recursos, Pimpinela aflojó su cuerpo y dijo:

—Es que nos hace falta, Normita; la tía Lorenza está muy vieja, ya ves, y Joaquinito nunca ha trabajado, ¿de qué quieres que vivan? Mil pesos significan mucho para ellos. Piensa que lo tuvieron todo; es como si mañana tú...

Y las carcajadas de Norma, plenas, resonantes, de un triunfo sabido y gozado, incontenibles, todavía zumbaban en la cabeza de Pimpinela, despierta, despierta, calle de Berlín, Colonia Juárez.

«¿Y a qué te dedicas ahora, querido?»

Norma lo había citado para esta hora en el Nicte-Ha. Lo había citado por medio de una criada y al principio Rodrigo había decidido no ir, plantarla, y se había sentado una hora antes de la cita a escribir su segundo argumento —*Pasión truncada* ya había entrado en su última semana de filmación—, saboreando la espera de Norma hasta que, al filo de las siete, sintió una urgencia y una esperanza que no lo abandonaron hasta el momento en que entró en el bar y, en la penumbra, pudo distinguir el brillo inequívoco de Norma, su exigencia de rendición, su invariable condescendencia: —¿Y a qué te dedicas ahora, querido? —y él, en vez de afirmarse (o quizá, en su peculiar congruencia, por afirmarse), había dicho lo mismo que durante el último encuentro con Norma: —No sé... escribo un poco... —y ella había vuelto a aplaudir con las manos enguantadas y a murmurar detrás de un velo de humo: —¿Qué tomas, querido? —Un martini. —Uyy, ¡si antes eras de puro orange-crush! —y Rodrigo había ostentado, sin desearlo, su primera mueca de fastidio frente a Norma, mientras recorría, guiñando los ojos, a la concurrencia, disfrazada en las sombras del bar. —¿Qué, no te divierte?

—No, si tú siempre me has divertido, Normita.

—No veo cómo puedes divertirte zambutido en tu eterna pobreza. ¿Nunca vas a reaccionar, no tienes ambiciones? ¡Ja!

—¿Qué ofreces? —Rodrigo sintió que, por primera vez, su sonora dialéctica, la que tantas veces, a solas, había acariciado y repasado y explicado sin más testigos que una tetera y un catre de hierro, iba a serle útil: pretender que era un pobre diablo, y luego asombrar con la súbita revelación de su auténtico y glorioso ser—. Perdón, Norma. No tengo derecho a hablarte de esa manera. Llegamos, ¿me entiendes?, a una situación límite, donde desaparece la dignidad, donde, sencillamente, hace falta comer...

—¡Querido! Para eso te cité. Hay un momento en que tiene uno el deber de la generosidad, ¿no se te hace?, y se olvidan las cosas pasadas. De repente, tú, recordamos que hay viejos amigos, como tú, a los que la vida no ha tratado bien y que merecen nuestra compasión y nuestra ayuda... Podría hablar con Federico —si te interesa, viejito— y proponerle que te dé una buena chamba. Claro, tú no eres ambicioso, Rodrigo, de manera que te conformarías con algo, pues no de mucho bombo, tú, pero seguro. Que supieras que cada quincena... —Los ojos de Norma se perdieron detrás de una fumarola. Detenía un brazo sobre la mesa, y su sonrisa parecía congelada en una máscara de buena samaritana con *arrière-pensée.*

—Sí, Norma, eso es —repuso Rodrigo, afectando una imitación de los ademanes de la mujer—. Con eso me conformaría. Y quizá, de tarde en tarde, me honrarías con una copa —pagándola tú, naturalmente.

Norma rió: —Bueno, tú, no sé. Sabes, yo tengo amistades, ¿cómo te diré?, muy exigentes, de otro estilo...

—Claro, comprendo. Pero nos podríamos ver a solas, ¿no crees? Con el sueldo que me dé tu marido podría alquilar un apartamento mejor, y tú podrías visitarme allí; vernos solos, como cuando éramos muchachos. Yo me haría cómplice de tus gustos —reconóceme, por lo menos, cierto talento mimético— y de tu refinamiento, pondría una mesa para dos, con velas y champagne y música de Cole Porter a lo lejos. Como en los anuncios de *Life,* ¿ves? Y después de la cena, te iría desvistiendo lentamente, a medida que se apagaran las velas, y te besaría las nalgas, ¡puta!

El mozo se acercó. Norma, inmutable en la voz y el ademán, pidió el martini de Rodrigo. Se compuso el pelo con lentitud y sorbió su copa de bordes azucarados:

—Como te decía, exigentes, de otro estilo. A los que no se compadece, tú.

Rodrigo bajó la cabeza. Un pianista comenzó a bailar los dedos sobre el teclado, mientras conversaba con la mesa vecina. Un grupo de jóvenes con melenas enriscadas y ojos fríos entró en el bar, contoneándose con las manos en los bolsillos y el cigarrillo en la esquina de los labios, para tomar su sitio en la barra, y algunas norteamericanas cuarentonas bebían en silencio con los ojos pegados sobre el grupo de muchachos.

—Antes —murmuró Rodrigo—, ¿recuerdas?, no había necesidad de palabras fuertes para herirse el uno al otro.

Norma respingó la nariz. —¿Herirse? ¿Crees que alguna vez me tocaste siquiera? ¡Ja! Le das demasiada importancia a un incidente entre adolescentes babosos.

Pero ya Rodrigo estaba hablando, sin escuchar la respuesta de Norma: —¿Cómo fue, recuerdas?

—¡Ja! Pides que se acuerde uno de cada cosa...

Rodrigo se rascaba un párpado. —Sí. Tu tío era un vasco rubio y solemne, jefe del departamento de lencería donde trabajaba mi madre. Un día la mandó llamar y le pidió que me invitara a una fiestecita en tu honor. Sí. Recuerdo muy bien que al principio me negué a ir; nunca había ido a una de esas reuniones, y no sabía bailar. Pero mi mamá imploró, me pidió que lo hiciera por ella, que tomara en cuenta su situación en el almacén.

—¡Patanes tú y ella! ¡Y el tío! Allí te hubiera gustado verme para siempre, hecha una cursi de marca...

—Me tardé mucho en vestirme. Pasaba una y otra vez el cepillo por el pelo, me miraba la cara en el espejo, verde, lánguida, de facciones puntiagudas. Tu casa, ¿recuerdas?, estaba en la Colonia Juárez, cerca del paseo de la Reforma, ¿cómo se llamaba?...

—... ¡Ja!

—... y tardé mucho en llegar, caminando desde el Chopo, deteniéndome en las esquinas y dudando hasta el último momento.

—No cambias, querido.

—Tenía diecinueve años, Norma. No puedes negar que tú...

—Oh, ya chole.

—La casita estaba iluminada, salía una melodía de moda... —Rodrigo sonrió y tarareó y luego cantó en voz baja—: *Heaven, I'm in heaven...* Bueno, yo traté de arquear la ceja. —Volvió a sonreír, como si la ceja arqueada y la mueca de Norma no estuvieran allí—. Traté de encontrar una actitud de mundanidad y desplante antes de entrar. Los muchachos reían en una esquina y lanzaban miradas furtivas a las filas de muchachas vestidas de rosa y azul que estaban sentadas en aquellas altas sillas de cuero, ¿recuerdas?, y que se exprimían las manos en pañuelos de encaje...

—Siguen igualitas —rió Norma.

—La victrola estaba tocando, sin que nadie se atreviera a bailar, y entonces tu tío me dijo que ya ibas a bajar, que era tu cumpleaños. Yo seguía bebiendo ponche con la ceja arqueada. Entonces apareciste tú...

—¡La pequeña Lulú! —Norma apuró, nerviosamente, su copa.

—... con los ojos verdes y el pelo rubio, vestida de beige, con un traje escotado.

Y la plantó con fuerza sobre la mesa: —¡Ya cállate, tú! ¿Crees que soy la misma? Mírame a la cara y dímelo. ¿Queda algo de...?

—Saludaste a cada invitado con una sonrisa fresca, húmeda. Nos presentaron, pero tú no hablaste; seguías con la sonrisa, bebiendo un ponche. Me dijiste que debíamos conocernos desde hacía mucho, que te habían hablado mucho de mí y de mis versos.

—¡Hermanito del alma! ¡Pero qué cursilería!

—Y yo no sabía qué contestar. Todo el mundo fuera de mis estudios y mis amigos escritores era nuevo, y la frase que acababas de pronunciar era... era como saber que alguien podía escucharme...

—¡Ni me lo recuerdes! Lo que me tuve que soplar. Palabra, eres vaciadísimo.

—... y decirme cosas que me alegraran. Así de fácil. Te dije que mis versos no valían gran cosa, y me contestaste que era tan joven y ya con fama, que mirara a todos esos niños amontonados en la esquina...

—«Ellos no tienen ambiciones», ¿a poco no?

—Sí. Luego me invitaste a bailar y te dije que no sabía, pero me colocaste los brazos, siempre con aquella sonrisa, y me pusiste la mano en la nuca, me estrechaste y me condujiste. Yo solo olía tu pelo. Deseaba decirte que contigo podría hablar, sacar las cosas al aire, decir lo que pensaba de las cosas y que si no queríamos hablar bastaba estar así, cerca, para decirlo todo.

—Debías escribir las *Rutas de emoción,* rorro.

—Entonces me convidaste a salir al jardín, aquel jardincito sofocado de palmeras, y levantaste los brazos y me dijiste que lo importante era una persona, que estaba bien hacer fiestas para conocer a una persona y luego olvidarse de los otros, ¿recuerdas? Yo te dije que pensaba igual, que...

—Ahora cuéntame una de piratas.

—No; te tomé de la cintura, y tú reclinaste la cabeza en mi hombro.

—No me mates de la risa, bebesón.

—Te dije que de pronto uno sabía que no era una idea o una obra lo importante, sino una persona, y tú metiste la barbilla en mi corbata y me pediste que te volviera a visitar pronto, y que no hiciera promesas que luego no fuera a cumplir. Me dijiste: «A ver, déjame verte los ojos», y repetiste mi nombre. Yo solo te tomé las manos, las oprimí, apreté tu cabeza contra mi mejilla y levanté tu cara y sentí cómo mis palabras entraban en tu boca y te pedí que me dejaras ser el primero. Tú solo repetías «te quiero, te quiero» y no me dejabas decir nada mientras abrías los labios y...

Todo el ruido del bar, que Rodrigo había suprimido en su mente, regresó en una catarata de palabras sumergidas y teclas y risas estridentes. —¡Cállate! —gritó Norma—. Ni siquiera tienes gracia para decirlo. Has inflado un triste cachondeo de adolescentes a no sé qué...

—Lo digo como lo siento, nada más.

Norma se arropó la estola en torno a los hombros quemados, amarillos. —No sentiste nada; inventaste lo que sentías, como inventabas todo, que eras un gran escritor, que ibas a salvar al mundo, qué sé yo.

Rodrigo hubiese querido un espejo. —¿Y tú?

—Yo abusada, tarugo —dijo Norma, adelantando su cara hacia la de Rodrigo con la misma ferocidad gratuita que había demostrado frente a Pimpinela—. Yo sabía que no servías más que para el manoseo, para los ratos perdidos. Ahora lo sé mejor que nunca: solo quieres sentirte bueno, ¡pobrecito!, incapaz de matar una mosca.

—Pero tus manos, tus labios, todo...

—¿Ah, sí? —Norma frunció los labios— ¿a calzón quitado, tú? Pues sí, pude haberte querido, si me dejas, fíjate. Se puede querer a cualquier gente; cuestión de voluntad. Si me hubieras dejado vencerte, o si me hubieras dominado. Pero no querías eso, ¿sabes?, querías complacerte a ti mismo, a ti solito, hacer tus monerías conmigo y luego irte a esconder y sentirte muy feliz y muy bueno. Pero a solas. Querías las cosquillas, nada más. Si hubieras tenido el valor de violarme, te lo hubiera agradecido.

Rodrigo jugueteaba con los cerillos, sentía la espina dócil, sin fuerza: —No mientas, fue mi pobreza.

—¡Qué tu pobreza ni qué ojo de hacha! Eso vino después, porque no me dieron otra cosa. Tú no querías ser mío, querías ser un salvador de los hombres, sin vida real, y hacerme a mí un testigo sin sexo de tu grandeza moral, de tu gran bondad y talento. Nunca me dijiste: «Te voy a dominar; y si no, domíname tú». Esa es la diferencia entre un guiñapo como tú y un hombre como Federico, que me ha sometido, que me demuestra, hasta en su indiferencia, que hace dinero y es poderoso para someterme. Tú, ¿cuándo?

El autor de *Florilegio* se daba cuenta de su figura lastimosa, de sus ademanes falsos, de todo lo que unas cuantas semanas de éxito aún no habían borrado de su vida. —No es cierto, Norma, te juro que no es cierto. Era real. No hay nada más real que el amor, porque exige la presencia real del ser amado. Eso es lo que yo exigía. Solo el odio puede fabricarse en la irrealidad, pero no el amor, Norma.

—Ahí está. Tú lo has dicho. Que dizque la presencia real. ¡Ja! ¿Pues cuándo tuviste mi presencia real, tú? Te quedaste inventando ilusiones...

—No es cierto —Rodrigo quería suprimir ese tono plañidero, el mismo de los diecinueve años, cuando Norma dejó dicho que nunca estaba para Rodrigo y él telefoneaba y rondaba la casita de la Colonia Juárez y después la nueva, en Las Lomas—. Te volví a encontrar en otras mujeres que siempre eran tú, tu cara, tu cuerpo...

El mozo se acercó. Norma, con los dedos, indicó que quería la cuenta. —Bueno, no vine aquí a servirte de paño de lágrimas, sino a ofrecerte una chamba para que no te mueras de hambre. Abusado, Rodrigo. Esta es una ciudad de mujeres interesadas, y todo el que quiere encuentra oportunidades. Se hacen fortunas nuevas todos los días, y de guaje se va a meter una mujer con un pobretón. Tira a la basura tu nostalgia, bebesón, y ponte al alba. Ya verás cómo te caen las viejas en cuanto huelan la mosca. De repente hasta te olvidas de mí, ¿eh? Bueno, ¿quieres la chamba o no?

Rodrigo dejó que Norma pagara el consumo. De pie, caminó detrás de ella hasta la puerta de Juárez. —Mi coche está en Balderas —dijo Norma—. ¿Te dejo por ahí? —El portero del Hotel del Prado abría la puerta de un jaguar convertible amarillo, con respaldos de cuero y entorchados de níquel. —Aquí está el mío. Gracias —contestó Rodrigo con una sonrisa que era, por fin, la de su plenitud y su triunfo, la sonrisa requerida por toda su vida de justificaciones y afanes truncos. Nada más —pensó Rodrigo—, no quería sino esto, este momento, frente a esta mujer. La mueca de Norma fue un bálsamo que lo curó de todas las nostalgias, de todas las enfermedades del alma. Un muchacho pasó corriendo, gritando el periódico vespertino, y cruzó entre Norma y Rodrigo. «¡Lea lo de la bancarrota! ¡La bancarrota del famoso banquero!», y se perdió en la noche de la avenida Juárez. Rodrigo respiró hondo, abarcó con la vista las luces desiguales, las alturas sin simetría, el cañón de prosperidad de la avenida, y subió al automóvil que, con impar generosidad, Evrahim le había regalado como anticipo de varios argumentos de cine.

—No, no me van a vencer —decía Federico Robles, en mangas de camisa entre un torbellino de secretarias y papeles revueltos y abogados que formaban una nueva hinchazón en torno a su figura obesa—. Se lo dije a Norma una vez, Cienfuegos, y ahora se lo repito a usted: si hoy me quedo en la calle, mañana rehago mi fortuna. ¡Verá!

Las voces mandonas o implorantes avasallaban a Robles.

—... la declaración tiene que afectar a todos los departamentos, licenciado...

—... aquí está el sándwich que pidió, licenciado...

—... que si quiere usted que el síndico...

—... Le leo: «Artículo 437: El proyecto de graduación se sujetará...»

—... llamó el licenciado Régules...

—¡Ah! —exclamó Robles, arrojando un expediente al aire—. ¡Ya apareció el buitre ese! Pues que lo sepa bien: aquí solo hay lugar para su tiznada madre... Si cree que ahora va a dar el zarpazo...

—Créditos fiscales por impuestos corrientes; acreedores de la masa; y gastos generales de la...

—¡Dígale que tantos años de marquesa; que se atreva a aprovecharse ahora, dígaselo a él y a su...!

—Acreedores privilegiados, a los cuales se aplicará...

Robles se irguió, con la rapidez de un gato acorralado, y aulló con la voz chillona y rota: —¡Largo de aquí todos! ¡Fuera! ¡Al demonio! ¡Déjenme solo!

Cuando la puerta se cerró detrás del último abogado, todo el afán de paz y silencio y soledad de Robles quebró su rigidez. Su cuerpo se desinfló. Cayó sobre el sofá. Ixca, de pie, lo observaba.

—Tantos años... ¡de marquesa! —Estiró el cuerpo y dejó caer un brazo al suelo—. Así no se asesina en México, Cienfuegos. Así, no. Por la prensa y con base en un chisme, en una calumnia cualquiera. Así no. Que vengan a matarme cara a cara. Que me den de dónde agarrarme. Como hombres. Pero así no, le digo.

Cienfuegos, desde su altura rígida, dijo: —¿Usted les ha dado esa oportunidad a sus enemigos?

Como si dependiera de un resorte, Robles levantó la cabeza: —¿Qué quiere usted decir? No he hecho ni más ni menos que cualquier otro hombre de negocios. Pero no le he costado una lágrima a nadie. Sí, ya sé lo que piensa usted. Cuando me vino con la noticia de que los regiomontanos se preparaban a vender su parte, se lo agradecí, Cienfuegos, lo admití en mi confianza, le encargué gestiones serias y seguí su consejo: dar el golpe primero. ¿Eso es lo que me va a echar usted en cara ahora? —Y la dejó caer nuevamente—. Le he contado mi vida. Yo vengo desde la milpa aquella, Cienfuegos, y he llegado por mi trabajo y mi ambición, sin ayuda de nadie. ¿Que yo he sido eficaz y los otros torpes? Pues ahí tiene usted toda la historia de este país en dos palabras. No hay más que eso.

Cienfuegos sonrió. Robles, con un gemido, se sentó en el sofá de cuero. Su piel amarilla se había dibujado, como un mármol viejo, de placas amoratadas. —Al rato van a caer los periodistas, esto va a ser el infierno. Mire, aquí cerca, en Aquiles Serdán, hay un café rascuache. Espéreme allí para que nos tomemos algo y me calme. Al ratito lo alcanzo.

Ixca bajó a la avenida Juárez y caminó lentamente hacia Bellas Artes. Manuel Zamacona, con unos libros bajo el brazo, salía del pórtico desnivelado. Los árboles de la Alameda se mecían desde la tierra. La gente que abandonaba las oficinas y comercios, sin alegría, bajo el peso de una indiferencia sin nombre que ni siquiera posee el relámpago de injusticia que acicatea la rebeldía, arrastraba los pies sobre el pavimento. Los puestos de revistas se estaban doblando, había largas colas que esperaban el Lindavista, el Mariscal Sucre, el Lomas, el Pensil. Zamacona saludó a Cienfuegos:

—Una mesa redonda sobre la literatura mexicana. Que si se debe hablar sobre los sarapes de Saltillo, que si Franz Kafka dependía del presupuesto de Wall Street, que si la literatura social no es más que el eterno triángulo entre dos estajanovistas y un tractor, que si por más mexicanos más universales, que si debemos escribir como budistas o como marcianos. Mucha receta, y cero libros.

Cienfuegos tomó a Manuel del brazo:

—Te convido un café.

—Seguro.

Zamacona era más bajo que Cienfuegos, y los libros, la gabardina enrollada en el brazo, lo hacían redondo y pequeño a la mirada casual. Solo la cabeza, grande, dibujada a tinta, y el perfil finísimo, permitían distinguir a Zamacona de cualquier otro mestizo, de estatura mediana y cuerpo sin músculo, que transitara por esas calles. —Mira: Guardini, *El laberinto de la soledad,* Alfonso Reyes, Nerval —dijo, a la altura del Banco de México, indicando los cuatro libros que llevaba bajo el brazo.

—¿Para qué? Nuestra vida cultural vive en un perpetuo *statu quo,* igual que nuestra vida política. Solo la burguesía se mueve y remueve, avanza, se apropia del país. Dentro de diez años este será un país dominado por los plutócratas, tú verás. Y los intelectuales, que podrían representar un contrapunto moral a esa fuerza que nos avasalla, pues ya ves, más muertos del miedo que una virgen raptada. La Revolución se identificó con la fuerza intelectual que México arrancó de sí mismo, de la misma manera que se identificó con el movimiento obrero. Pero cuando la Revolución dejó de ser revolución, el movimiento intelectual y el obrero se encontraron con que eran movimientos oficiales. ¡Ay del que venga a remover estas aguas! Nacionalismo, valores falsos, simulación. ¡A todo dar!

La carcajada de Manuel rebotó sobre los muros, casi anaranjados, del palacio veneciano del Correo. Ixca Cienfuegos sonreía con él: en México es de mal tono no tomar a broma las propias desventuras. Los tranvías avanzaban lentamente por Tacuba: otro palacio, el de Minería, resonaba con el estruendo de los cohetes: los estudiantes pedían vacaciones adelantadas. Ixca y Manuel entraron en el café donde el agresivo olor a *flit* corría por la galería de caballerizas apenas iluminada por la luz mortecina, verdosa, de los tubos neón. Ni la higiene ostensible, pulida, del modelo norteamericano, ni el sabor recoleto, la sensación de estar, de los viejos cafés mexicanos. Zamacona asoció este lugar, que no obedecía a necesidad alguna, con el perro, hijo de todas las cruzas, engendrado entre la sangría de gasolinas y aguas frescas de la ciudad, que se paseaba con la cabeza entre las mesas, husmeando el piso de linóleo agujereado.

—¿Qué van a hacer los intelectuales mexicanos el día que el debate se plantee? —sonrió Manuel, dejando caer en montón los libros y la gabardina sobre la mesa—. Porque se acerca el día, Ixca, en que la gente va a pedir solo eso. No mitotes, ni balazos, ni siquiera que el PRI pase a la oposición. No. Solo que las cosas se puedan decir abiertamente, que se puedan discutir las personalidades públicas y los problemas sociales. El candidato del PRI llegará, como siempre, a ser el Presidente. No es ese el problema. Lo que el pueblo quiere, y lo querrá cada día más, es que el candidato definitivo no sea escogido, a su vez, por un cónclave de ex presidentes. Querrá discutir a los hombres y, con ellos, los problemas. Nuestra prensa mercenaria, claro, no ayuda mucho. Y los intelectuales son, o los marxistas más tontos del mundo, o los que creen que es más importante hacer una obra en serio, aunque sea aislados, que mancharse en una vida pública tan estúpida y mecánica como la nuestra.

Ixca ordenó dos cafés a un mozo bovino que se rascaba las ingles. —Hay siempre un paso de más, el que nadie puede evitar: la violación —dijo, con la boca un poco torcida, Cienfuegos—. No bastan las lecciones reiteradas del pasado. Siempre se da el paso de más.

—Y este es un país que ya ha sido violado demasiadas veces —guiñó los ojos, al encender un cigarrillo, Zamacona—: ¿Eso es lo que me quieres decir?

—No. —La voz de Ixca se reproducía en un monótono, como si su verdadera voz no fuese audible—. Una sola vez. Como todos.

—¿Cuándo?

—Cuando olvidó que la primera decisión es la última. —Ahora, pensó Manuel, la voz de Cienfuegos era demasiado espesa, demasiado consciente de una cualidad que el propio Ixca se había atribuido a sí mismo, de manera gratuita—. Que no se puede ser más que esa voluntad original, que todo lo demás son disfraces.

Manuel quería adivinar, a su vez, el disfraz aparente de Cienfuegos: —¿Cuál decisión original?

—La del primer México, el México atado a su propio ombligo, el México que realmente encarnaba en el rito, que realmente se creaba en una fe, que...

—... Que realmente se sometía a un poder despótico, sanguinario y disfrazado por una teología satánica... —interrumpió Manuel la cantinela de Cienfuegos.

Ixca lo miró con cierto desdén divertido. —¿Y el poder actual? Dentro de unos instantes llegará aquí Federico Robles. Hoy, él ejerce —o ejercía— el poder. ¿Es mejor este poder barato, sin grandeza, de mercachifle, a un poder que tenía, por lo menos, la imaginación de aliarse al sol y a las potencias reales, permanentes e invioladas del cosmos? Yo te digo que prefiero morir inmolado en una piedra de sacrificios que bajo la mierda de una triquiñuela de capitalistas y de un chisme de periódico.

Los dos cafés llegaron, sebosos y humeantes. Zamacona rechazó el ofrecimiento de azúcar de Cienfuegos. —Lo tomo negro. Sí, leí la prensa de la mañana. Quisiera saber qué pierde con esto un hombre como Robles. A qué renuncia...

—¿Renuncia?

—Sí. —Manuel sorbió con desagrado el café de garbanzo amargo—. Quisiera saber si su personalidad depende de esos elementos de poder que hoy le han sido arrebatados, o si hay algo más, una fuerza verdadera, algo que no permita reducir a Robles, pese a una quiebra. Esto es lo que me importaría saber, no el hecho escueto de que Robles se hunda... Para mí —Zamacona inquirió, con una leve sonrisa, los ojos de Cienfuegos—, Federico Robles es una persona.

La mano de Cienfuegos hizo una seña: Robles entraba. El mozo tropezó con el banquero y le gritó: —Órale, órale, fíjese por dónde anda...

Robles no pudo contener una sonrisa agria. Tomó asiento frente a Cienfuegos, al lado de Manuel. Los párpados avejentados, extendidos en gruesas bolsas de cuero, contrastaban con el brillo intenso, la mirada de cuervo, de Ixca Cienfuegos.

—Sí, conozco al señor... Ya ve usted, Cienfuegos —dijo arrojando el sombrero a un lado—. No he cambiado de ropa ni de ademán. Pero hasta los meseros adivinan que no soy un gran señor. *Órale, órale...* Hace tantos años que un inferior no me decía eso...

—Es un café rascuache, con clientela rascuache —opinó Ixca.

—Y uno se vuelve rascuache. Tomé tantos años para crearme un exterior invulnerable... En fin, a Zamacona ya lo conozco, podemos hablar. Ya ve usted, qué rápido se cae la fachada. Para ese mesero, no soy más que un indio gordo y torpe que le pisó los callos. Es muy duro renunciar a lo conquistado, Cienfuegos.

Ixca tomó un sorbo de café, diluido y fangoso en el fondo de la taza de plástico, todavía embarrada de lápiz labial mal enjuagado.

—¿Cree usted que es más difícil renunciar cuando se tiene todo, o cuando no se tiene nada? —guiñó Manuel, torciendo el cuello para ver a Robles, y clavando, en seguida, la mirada en Ixca.

—No, no hablo de bienes materiales —interrumpió Robles—. No me importan la casa ni el automóvil. Yo renuncio al poder, ¿se da cuenta? Yo inventé el poder. Sin

mí, sin el puñado de Federicos Robles que han construido durante los últimos treinta años, no habría nada, ni la
posibilidad de renunciar. Sin nosotros, quiero decir sin ese
círculo mínimo de poder, se me hace que todo se hubiera
perdido en la apatía tradicional de nuestro pueblo.

—¿La Revolución? —inquirió Zamacona.

—Sí, la Revolución. Ustedes saben cómo empezó, y yo
lo viví. Sin programa, sin ideas, casi sin metas —aunque
el amigo Zamacona aquí piense lo contrario—. Con jefes
improvisados y pintorescos. Sin táctica ni pensamiento revolucionario auténticos. De acuerdo: mucho se perdió o fue
traicionado. Pero algo se salvó, y lo salvamos nosotros...

—Los eficaces... —dijo Ixca, sin la intención de evocar
la reciente conversación con Robles.

—Sí señor, los eficaces. Carranza y Calles contra los que
nos hubieran llevado de cabeza al desastre, Zapata o Villa.
Los que construimos por encima de la pereza y la apatía. Los
que nos ensuciamos las manos...

Ixca, sin desearlo, pues solo quería retener este momento, sin antes ni después, el momento singular del destino
de Robles, sintió cruzar por su sangre las imágenes rela-
tadas de los combates de Celaya, impulsadas por la voz y el
recuerdo de Robles.

—... los que fuimos lambiscones con los de arriba y altaneros con los de abajo; los que acabamos con algo de
nuestra dignidad para salvar cosas más importantes. ¿A todo esto voy a renunciar ahora?

El rostro de Cienfuegos, afilado y brillante como un perfil de hacha, se acercó al de Robles: —Renunciará usted
cuando lo posee todo. Esto es fácil. La renuncia terrible vendrá después, cuando deba usted renunciar sin tener nada.

—¡Vaya chiste! —gimió Robles—. Ni a Dios se le pidió tanto.

—Dios... —murmuró Zamacona.

—Seguro. —Robles infló el pecho, volvió a afirmarse—. Si Jesucristo impresiona a la gente, es porque renunció a salvarse como Dios para que lo sacrificaran como ladrón. ¿Creen ustedes que la solución inversa habría sido efectiva? ¿Que siendo un ladrón se habría sacrificado como Dios? Se me hace que...

La voz nerviosa y rápida de Zamacona se interpuso en la afirmación de Robles: —Pero Cristo no murió como ladrón excluyendo la posibilidad de morir como Dios. Precisamente permitió que cada ladrón futuro muriese como un Dios. Su muerte asumió todas las muertes, todas las voliciones de muerte, de renuncia y de fracaso. Cristo no solo renuncia a su divinidad aparente, no solo renuncia a ser Dios ante los terceros: renuncia, asumiéndolas, a las posibilidades de hombre, de ladrón, de santo, de adúltero. Todos pueden morir como un Dios, porque Dios ha muerto por todos. Todos han de salvarse, todos, o nadie. Se han de salvar el que en la humildad y el sacrificio teje su vida anónima, y el que atenta a sabiendas contra la caridad y el amor —Manuel se detuvo un momento. Sintió en su voz acentos que jamás había percibido; recordó sus frases de unas semanas antes, en casa de Bobó, y se sorprendió ante el nuevo curso de su pensamiento: la sorpresa se dejó sentir en su voz—: El más grande criminal puede decir: «Voy a cometer mi crimen con toda premeditación, voy a infligir todas las indignidades y torturas, las que más hieran la libertad y la semejanza divina de mi víctima, y sin embargo el amor que Dios siente por mí, sangriento criminal, puede perdonarlo todo y puede salvarme» —Ixca mantenía su mirada de desdén y diversión. Robles observaba fijamente el montón de libros y la gabardina de Zamacona—. El único que nunca se salvará será el resurrecto, porque ya no puede cometer un crimen ni sentir una culpa. Ha conocido y ha regresado.

—¿Lázaro? —sacó los labios, en un intento de caricatura, Cienfuegos.

Los tres hombres rieron. Zamacona volvió a fruncir el ceño: —Lázaro. En el fondo inconsciente de su espíritu, late la convicción de que, cada vez que muera, volverá a resucitar. Tendría alevosía y ventaja; podría cometer todos los crímenes con la certeza de que a los días de muerto, regresaría a cometer nuevos crímenes: nadie le pediría cuentas. Lázaro no morirá sobre la tierra. Pero ha muerto, definitivamente, para el cielo. No es un inmortal: vivir para siempre en la tierra es la negación de la inmortalidad. El resurrecto ya no se salva, porque no puede renunciar a nada, porque no es libre, porque no puede pecar.

—¿Pero usted pide que se renuncie sin tener nada como condición básica? A ver, ¿por qué? Y barájela despacio —gruñó Robles.

—Porque entre Lázaro y nosotros media la posibilidad de la culpa; él no la posee, nosotros sí. Él ya no puede asumir el dolor o la culpa ajenas: se ha hecho hermético a la vida, nada cuenta para él sino la parálisis de conocer, en redondo, su propio destino. —El mozo se acercó, con una cara de vigilancia soñolienta. Robles pidió un Tehuacán—. Entonces no puede asemejar su destino al de sus semejantes. ¿Me entiende, licenciado? Se puede renunciar en primer grado cuando se tiene todo y entonces se ha ganado muy poco, y la renuncia puede pervertirse en la añoranza y el pesar y la duda. Hemos perdido el lugar entre nuestros iguales. Ellos allá, nosotros aquí. Pero cuando se renuncia sin tener nada, no cabe más que la posibilidad de asumir el dolor y la culpa, ya no de los iguales, sino de los semejantes. Es esta la única riqueza que queda entre nuestra renuncia y nuestra perdición. Desnudos de todo lo nuestro, solo podemos vivir con los demás, para los demás. Y usted, licenciado, ¿va a renunciar a todo para añorar lo perdido, o va a renunciar para acabar renunciando incluso a añorar, para arrancarse la piel de su individualidad falsificada y cubrirse con el llanto y la sangre desnudos de los otros mexicanos? Esta es mi pregunta.

Robles se quedó mirando la superficie manchada de la mesa. Ajena a toda su lógica vital, una sensación inasible de adivinanza y misterio se apoderaba de él y encontraba su punto concreto en los ojos de Manuel Zamacona. Sus palabras le importaban menos; no eran sino un flujo que permitía a Robles dejarse arrastrar a otra región donde dos ojos que había olvidado para siempre trataban de recuperar la imagen misma de Robles. La sangre del banquero, como cruzada por una lanza de plomo, se reflejó con un color ceniza en su piel. Casi no escuchó las palabras de Ixca, coronadas por una carcajada:

—Mi querido Manuel, toda esta tesis está bien cuando se apoya en una idea de personalidad capaz de recibir, y engendrar, redención, culpa, etcétera. Pero no veo qué razón tenga en un país donde no hay persona, sino otra cosa: aire, sangre, sol, un tumulto sin nombre, una masa torcida de hueso y piedras y rencores, pero jamás una persona.

—Entonces este es un país presa de lo satánico... —repuso Zamacona.

Cienfuegos rió nuevamente, adelgazando su córnea amarilla. —¡Lo satánico! Estoy hablando en serio, Zamacona, no como un mitómano medieval...

Al pegar con el puño sobre la mesa, Zamacona hizo saltar el Tehuacán del banquero, que se regó sobre el piso. Robles permaneció con la mirada fija, temblorosa, en Manuel. —Hablo de realidades. Hablo de la dispersión, de la ruptura infinita de la unidad humana. Ese punto oscuro donde no se puede alcanzar el amor, ni la compasión, ni siquiera la contemplación de sí mismo, porque hasta la unidad más nimia de la persona está atomizada, sin lugar de referencia con la liga vital que nos ata a un ser amado, a un simple, escueto admitir la vida de los demás. Esa vida ficticia que solo admite la existencia de sí misma es lo satánico.

La sonrisa paralizada de Ixca Cienfuegos era negada por sus ojos densos y oscuros, colmados de una resaca de odio que se disparaba sobre las figuras sentadas frente a él. Parpadeó hasta aclarar esa laguna turbia. El mozo se acercó, lanzó el brazo al aire en una seña de maldición, y trapeó el agua mineral regada.

—Por eso quiero saber —dijo ahora Zamacona— qué significa esa conmoción anónima a que te refieres, Cienfuegos, qué sentido... Nada ganamos con saber que allí está, mostrenca. Quiero saber el sentido del tumulto sin nombre, de la masa torcida de sangre y rencor que para ti es México.

—De ella depende la salvación, la salvación de todos. —Cienfuegos adelantó el rostro, de una palidez brillante, hasta acercarlo al fruncido e inmóvil de Zamacona—. La salvación del mundo depende de este pueblo anónimo que es el centro, el ombligo del astro. El pueblo de México, que es el único contemporáneo del mundo, el único pueblo que aún vive con los dientes pegados a la ubre original. Este conjunto de malos olores y chancros y pulque viscoso y carne de garfios que se apeñusca en el lodo indiferenciado del origen. Todos los demás caen, hoy, hacia ese origen que, sin saberlo, los determina; solo nosotros hemos vivido siempre en él.

Cienfuegos solicitó una respuesta de Robles; el banquero, hundido en su propia carne, estaba muy lejos. Todas las palabras dichas llegaban a él convertidas en sensación e imagen. Un gancho de memoria perdía su mirada, aniquilaba su cuerpo. Semejaba, sentado en el estrecho banco de la caballeriza, un montón de tierra ceñida.

—Federico Robles diría —dijo Cienfuegos— que eso es pedir que nos detengamos, que ya no trabajemos, no creemos industria, bienestar... Sí. Que los destruyan para que el amanecer nos encuentre sobre un desierto, sin más riqueza que nuestra piel y nuestra palabra. Para que todos partamos de la arena primera, del cuerpo tatuado de heridas y derrotas. *Y el mundo que gima y alce sus voces plañideras* —no supo Ixca si lo pensaba o lo decía, pero la mirada que le devolvía Zamacona parecía escucharlo todo—; *sabrá entonces que no es el suyo, el dolor de lo perdido, el verdadero dolor: que hay otra tierra, otros hombres, que no han vivido más que el dolor y el fracaso. El equinoccio del sufrimiento se dio en México; aquí se hermanaron todas las promesas, todas las traiciones; aquí el sol es más viejo y arrugado: y solo aquí sus rayos son luz de tinieblas. El sol ruge sin cesar, pero siempre es de noche. Noche de los dioses que huyeron despavoridos, noches rezando para que no suceda lo que ya sucedió, noches largas frente a un espejo, haciendo la mímica de los modelos mientras las espaldas se nos caen a jirones y el llanto nos suda por las manos. Noche cargada de fardos y de cofres de oro y plata, noche de la bayoneta y del pedernal* —y Cienfuegos sabía que en la faz cada vez más antigua de Federico Robles, en el apremio desbocado de su memoria y sus ojos perdidos y su carne sin huesos, penetraban también, y corrían como una liebre de fuego, sus palabras no dichas—; *la sábana de ceniza volcánica vuela hasta las constelaciones, Robles, Zamacona, para decirles a todos: si no se salvan los mexicanos, no se salva nadie. Si aquí, en la tierra embrutecida de alcohol y traiciones y mentiras resplandecientes no es posible el don —el mismo don*

que tú pides, el de la gracia y el amor— no es posible en ningu-
na parte, entre hombres algunos. O se salvan los mexicanos, o no
se salva un solo hombre de la creación. ¿Pero cómo decirlo, Ro-
bles, Zamacona, si los ratones nos han comido la lengua, si todo
nuestro lenguaje son los colores y el sexo y las geografías mudas?:
—Y en ese origen, Zamacona, se sabrá que no ha habido
dolor, ni derrota ni traición comparables a los de México.
Y allí se sabrá que si los mexicanos no se salvan, no se salvará un solo hombre de la creación.

—Sí —dijo Manuel Zamacona, devuelto por las palabras de Ixca a remover sus libros, a jugar con una cajetilla
de fósforos, a mojar su colilla en el residuo del café—. ¿Pero a quién se hará responsable de ese dolor y esa traición?
Insisto, Cienfuegos: no basta atestiguar la miseria y las derrotas de México. ¿A quién son imputables? Te lo digo en
serio: por cada mexicano que murió en vano, sacrificado,
hay un mexicano responsable. Y regreso a mi tesis: para
que esa muerte no haya sido en vano, alguien debe asumir
la culpa. La culpa por cada indígena azotado, por cada
obrero sometido, por cada madre hambrienta. Entonces,
solo entonces, ese hombre singular de México será todos
los mexicanos humillados. Pero ¿quién acarrea los pecados de México, Ixca, quién?

Viejo, cada minuto, cada palabra más viejo, montaña
inmóvil y río subterráneo, sus ojos corriendo como lava
entre lagunas petrificadas, Federico Robles sentía y tocaba las palabras de Manuel Zamacona. —Lo espantoso,
Cienfuegos, es que a veces no sabe uno si esta tierra, en vez
de exigir venganza por tanta sangre que la ha manchado,
exige esa sangre. Si esto fuera cierto, entonces sí acepto tus
ideas: volcán anónimo, dispersión y muerte del hombre.

Pero no era esto lo que escuchaba, en voces plegadas como serpientes, Federico Robles. Escuchaba un nombre ol-

vidado, cancelado por el éxito y el poder; escuchaba el calor de una capital de provincia, la voz taconeada de un hombre gordo y olvidado, el rumor explotando en ecos de pólvora sobre un llano de yeso y matorrales. Se llevó los dedos a los párpados en un esfuerzo último por recordar esos nombres: en ellos, a ciegas, buscaba la encarnación de las palabras de Zamacona. Un hombre muerto en vano; un hombre culpable. Las voces de Ixca y Manuel huían, por fin se dejaban devorar por una oscuridad lejana, y Federico Robles permanecía solo, antiguo y olvidado como la gota más vieja del mar, con los ojos cerrados, inviolable en este último apoyo de su conciencia, en el recuerdo definitivo que solo este día, el del derrumbe de su poder, pudo convocar...

FELICIANO SÁNCHEZ

Hasta la celda de Feliciano llegaban los rumores de la fiesta: 15 de septiembre, y él metido aquí. Con un movimiento de la cabeza cuadrada, Feliciano intentó dar un ritmo a los ruidos. Como que ya los había ordenado, dispersos, durante el tiempo que había estado en la prisión. Ahora se le agolpaban: todos juntos, deshacían su esquema. ¿De dónde venían? No de la gente, que afuera, en el aire, pactaba el silencio. Venían de otra parte: los creaban el recuerdo, las luces de bengala, el chisporroteo de la sangre. Porque nadie metía boruca, así al aire libre. Después —¡cómo le ardía a Feliciano hacer memoria de otros años!— venía el mitote, el relajo, ya a puertas cerradas. El sacrilegio, entre paredes. Con los dedos, marcaba Feliciano en el muro los sonsonetes que le devolvía esta noche. Ya estaba bien de encerrona. No era la primera: siempre había estado al frente, exponiéndose donde nadie quería estar. Con los ferrocarrileros, con los leñadores en El Chaparro regado de sesos, con los mineros. Ya debía estar aprovechado, descansando, cuando le cae la gorda. Ahora sí habían pellizcado sus palabras; y no sería la última vez. Se acercó a la reja y contuvo un estornudo:

—¡Oiga...! ¡Oiga! A usted le hablo, nalgafría.

Un indio envaselinado, con máuser, se acercó:

—Usted se la anda buscando, se la anda buscando...

—Déjese de payasadas. Oiga, ¿no han venido los muchachos?

—A usted no lo busca nadie, no lo busca nadie.

Siempre hacía la misma pregunta. Nunca habían venido los del sindicato. Nunca habían protestado por los encarcelamientos. Sabían aguantarse.

—Oiga, ¿qué clase de changarro es este? Ya van tres días que pido un pañuelo. Estoy bien acatarrado.

El soldado miró, con sus ojos brillantes, esculpidos en aceite, a Feliciano. Y comenzó a reírse, con una risa inquieta, concentrada. Se fue por el pasillo del calabozo, gimiendo su risa, lenta, saboreada. Y gruñó desde el fondo:

—Tú estás para catarros.

Federico Robles, con la mirada opaca y un traje *salt and pepper* nuevo, había sido encargado de ir a exponer la situación. Acababa de cumplir treinta y nueve años, y a su casa recién estrenada de Cuernavaca asistían, cada fin de semana, otros abogados jóvenes y ambiciosos, banqueros conservadores, diplomáticos alemanes y dirigentes de los Camisas Doradas. Pronto estaría lista la casa de la Colonia Hipódromo, pintada de rosa y con frisos alegóricos realzados en yeso sobre la portada. Había ascendido rápidamente, y ahora estos hechos —su juventud, la falta de resonancia exterior de sus ligas e ideas— lo convertían en el personaje perfecto para ir al Estado a comunicar el peligro que suponía la visita del líder Feliciano Sánchez.

—Este viene a armar la grande —había dicho Federico Robles—. El hombre tiene cada día más fuerza en las centrales de México, pero si se le corta por lo sano, ni quien levante un dedo. Los que vienen detrás de él están dispuestos al compromiso, y preferirán dejar las cosas en paz con tal de asegurarse en sus puestos. Nadie va a salir a vengar a Sánchez, no se preocupe. ¿Un pretexto? No hace falta. Sánchez es muy aventado, dice las cosas claras y él mismo se encargará de darnos el pretexto. Aquí viene a hablar en las plazas, a pegar manifiestos en las paredes: a subvertir el orden público, mi General. Eso ya es delito suficiente, ¿no se le hace? Se lo digo en serio: el grupo se ha dado cuenta de que este hombre es capaz de dar al traste con todo si no se le frena a tiempo. La directiva de México y nuestros amigos extranjeros lo consideran nocivo para los intereses, no digamos del grupo, sino de la patria. Mientras haya hombres como este Feliciano en México, no se podrá trabajar en paz. Los inversionistas se asustarán y no nos darán un centavo.

—Pero si Sánchez también se opone al Gobierno —había taconeado las palabras, desde la silla de lona de la terraza sombreada, el General—. ¿No nos conviene más explotar esto?

Robles trató de penetrar la sombra que abrazaba al General. Lo habían sentado a diez metros del hombre, fuera de la terraza, bajo los rayos del sol. Una larga mesa se interponía entre ambos. En los extremos de la terraza, varios tipos armados permanecían de pie. Otros se paseaban por el patio, fumando lentamente. —No, mi General. Eso es lo que le da fuerza al cabrón. Su independencia. Los que le sigan se dejarán halagar y dominar por el Gobierno; los obreros perderán fe en los líderes, y entonces serán más fáciles de atraer hacia nosotros.

Los dientes blancos del General brillaron desde el fondo. —Está bueno, licenciado. Aquí le arreglamos al chivo.

Boca abajo sobre el catre, Feliciano trataba de conciliar el sueño con la tos y la irritación de la garganta, cuando una mano le pegó en la espalda. Feliciano gruñó y volvió la cabeza.

—Arriba, arriba.

—Oh, señor. Me siento muy mal. Todavía no amanece.

—De eso se trata. Vamos a curarle el catarro.

Feliciano se levantó, abotonó la camisa, se sobó las espaldas cuadradas, adoloridas. Con los puños, se restregó los ojos y el bigote entrecano. Sin saber qué lo movía, siguió al soldado fuera de la celda y, súbitamente, sintió el latigazo de la mañana de septiembre. Subió al camión, entre dos guardias.

—Adónde vamos —ensordeció su voz, le robó la interrogación, el escape del motor.

—A celebrar el quince —dijeron las encías blancas del soldado—: Éntrele al tequila. Se le quita el catarro.

El camión pasó las rejas mientras Feliciano empinaba la botella. Un breve resplandor parpadeante indicaba la presencia nocturna de la fiesta. Se iba haciendo pequeño y lejano... Como en un tobogán, Feliciano solo veía el espacio de carretera negra iluminada frente a sus ojos. Pero olía la meseta, su vestido oscuro de llanos secos; sentía las paredes de basalto, los garfios de luna y piedra. Los soldados, con ojos de pescado, balanceaban sus cabezas indias al ritmo del camión. Y Feliciano respiraba, con cada vuelta de rueda, prisionero entre dos carnes armadas, el paisaje estéril, la naturaleza heráldica, parda, poblada, en el frío y la modorra de este amanecer, por aves de metal. El camión se detuvo. Todo el viento se hacía remolino, en el llano, sobre la cabeza de Feliciano Sánchez.

—¡Aquí mero! —dijo un soldado al otro. El farol buscador del camión cayó sobre Feliciano, cegándole.

—¡Ahora, a correr! —le gritó el cabo, y lo empujó fuera de la carretera, por la senda alumbrada de yeso. Feliciano se apretó la barriga, quería desplomarse allí mismo. Cayó de rodillas sobre la tierra dura. El cabo lo levantó y volvió a empujarlo, y Feliciano, limpiándose el caliche de las rodillas, despertó y corrió hacia la oscuridad, escapando a la luz punzante del camión.

—Agárralo bien, de espaldas —dijo uno de los soldados, mientras la luz bañaba, serpenteando, a Feliciano.

Una lluvia suave, hipnótica, entró por su espalda, y Feliciano cayó de boca sobre los matorrales enanos y la superficie de plomo.

Federico Robles se había plantado frente a su casa en construcción. Desde la orilla del Parque Hipódromo, observaba con las facciones rígidas el ir y venir de obreros por los andamios, olía los elementos de ladrillo, cal y pintura, y prefiguraba esos ornatos en relieve con Ceres ubérrimas trenzadas en espigas y cornucopias. A su lado, el hombre vestido de negro esperaba una respuesta. Las sombras veloces de las palmeras le bailaban a Robles sobre la cara morena, cuidadosamente afeitada, como una pasta amarillenta decorada por dos botones negros, más brillantes, menos penetrables que dos ojos cualesquiera.

—No, amigo, no. No exijo tanto por mis servicios. Agradézcale al General su oferta. Pero una cartera en su próximo Gobierno revolucionario me viene demasiado ancha. Hay hombres que han prestado servicios más importantes a la causa, hombres con experiencia y dotes administrativas. Yo puedo serles más útil si no aparezco públicamente. Dígale al General que me conformo con unos cuantos metros de esos terrenos que tiene por allá arriba. Total no le cuesta nada y todo queda, como quien dice, en familia. Aquellos terrenos pelones, ¿sabe usted? Van a pa-

sar muchos años antes de que alguien se decida a construir
tan lejos de la ciudad. Ándele, pues.

Federico pensó que unos vitrales de color harían falta
en el baño, y le hizo una seña al arquitecto.

CALAVERA DEL QUINCE

El día siguiente al del atardecer pasado por Robles, Zamacona y Cienfuegos en el café de Aquiles Serdán, amaneció brillante de sol y extrañamente quieto. Era el 15 de septiembre, y trescientas mil personas habían abandonado, en trenes impuntuales, en camiones, en convertibles importados, la ciudad de México. Robles nunca supo en qué había terminado la discusión entre Manuel e Ixca; hubo un momento en el que se levantó de la caballeriza, caminó por las calles y solo corrió el velo que cubría el brillo intenso de sus pupilas indígenas al penetrar, nuevamente, en la agitación de su oficina. Mecánicamente, había proseguido con los trámites de la quiebra. Su voz no volvió a levantarse: corría, lento como en los sueños, a lo largo de expedientes y consultas y papeles. El nuevo amanecer lo sorprendió, en mangas de camisa, derrumbado sobre un sofá de cuero. No percibió la primera luz —la más penetrante, sin embargo— y dejó que la noche se siguiera colando por sus ojos hasta no distinguir el color de sus propias manos: con tal de no encender la luz, o moverse del sofá. *Hay alguien que me quiere mirar* —pensó—, *hay alguien que me quiere mirar hasta adentro. No está aquí, junto a mí. No le hace. Me quiere mirar de otra manera. Quiere dejarme sus ojos dentro de los míos. Como dos huevos esperando que el cascarón se rompa y los pájaros crezcan dentro de mí y batan sus alas dentro de mí y se apode-*

ren de mí. No podía pensar otra cosa. Estaba solo. Solo los zapatos lustrados brillaban —junto con los ojos apretados entre los párpados de cuero espeso— en la oscuridad intermedia que sigue al primer alumbramiento del día. Robles desinfló su pecho y sintió todo el peso del aire concentrado en el estómago. En el sexo, un hormigueo de ritmo desigual pugnaba por ascender al cerebro de Federico. Sus manos se apretaron como si cada una empuñara un látigo, hasta que las venas comenzaron a pulsar en desorden, apresurando la sangre por todo el cuerpo laxo y, a la vez, inconscientemente rígido y expectante. Pensó levantarse y encender la luz. ¿Qué vería? Recorrió con la memoria los elementos reunidos en este despacho: archivos, una mesa dispuesta a solicitar comunicaciones y a expedir órdenes, una caja fuerte anticuada, la pintura de Rivera, los sillones de cuero, el ventanal ligeramente azulado para filtrar la resolana. El recinto del poder. Robles sintió, por primera vez, que el lugar y el hombre no coincidían. Se levantó pesadamente y caminó hasta el baño anexo a la oficina. Se quitó la camisa: la camiseta arrugada no podía contener el pecho lampiño y acanelado, las tetillas gruesas, los pliegues de los brazos y la cintura. Mojó la brocha y dejó correr el agua caliente. Bajo la máscara de jabón, el rostro comenzó a aparecer, piel oscura bajo máscara blanca, a medida que la navaja recorría, minuciosamente, las mejillas de Federico Robles.

—Me voy a Acapulco —le decía Manuel a Ixca ese amanecer—. Vamos por mi carcacha; vente conmigo. Me voy a festejar a los héroes.

Los dos habían bebido toda la noche, discutido, Manuel enfático en sus contradicciones, Ixca frío, tratando de comunicar el pensamiento con los ojos. El taxi los dejó en Reforma y Neva. —Aquí está el fotingo. Vente. A Acapulco, Perla del Pacífico, a recuperarnos de nuestro desgaste intelectual. —Manuel se prendió de las mangas de Cienfuegos—. A ver los cueritos en las playas, manito, a hacer la vida que nos corresponde. ¿No vienes? —Manuel subió al automóvil y asomó la cara por la ventanilla—: No tengo el valor de morir por lo que digo. Eso es todo. ¿Y para qué seguir si no lo tengo? —Arrancó por la Reforma, e Ixca caminó, a paso rápido, a través de la neblina delgada del amanecer.

Natasha, Bobó, Charlotte, Paco Delquinto y Gus salían a las once de la mañana hacia Cuernavaca. Lally les había prometido un almuerzo de carne al carbón, preparada al lado de la piscina de su casa, y la asistencia de dos o tres columnistas de sociales.

—Es la oportunidad de tomar en nuestras manos la venganza de la pobre Pimpinela y contar todo lo que sabemos de la parvenue esa de la Larragoiti —dijo Charlotte, tapándose la nariz para no oler las excrecencias de la fábrica de papel de Peña Pobre.

Paco Delquinto, al volante, se contentó con sorber despectivamente. Gus, a su lado, esponjó su bufanda de seda. —No me dirás, Paquito, que esto no es tomarle el pelo a uno. ¡Tanto hablar de haciendas perdidas y doña Carmelita Romero Rubio! —Paco Delquinto asomó la cabeza fuera del automóvil y respiró honda y teatralmente el mal olor del lugar.

Desde las seis de la tarde, el Zócalo comenzó a llenarse. Por los cuatro flancos, en silencio, desfilaban arrastrando los pies. Una disciplina desordenada los mantenía a todos revueltos, callados. A las siete, los reflectores abrieron los párpados y acribillaron la Catedral, el Palacio, el Ayuntamiento. Alumbraron la piedra y las cabezas negras y el bullir de rebozos y camisetas blancas. Recortaron los castillos de fuego. La gran laguna negra, fauces de la ciudad, se apretaba, angosta, entre el cielo de polvo y la vieja tierra de agua. Y en el silencio, el primer estallido de petardo: no necesitaba acallar voces: el ruido del cohete podía reinar sin murallas, esparcirse, ser centella y redondez, estallar sin mutilar su eco. Nubes de pólvora ceñían a la muchedumbre. Los castillos abrieron sus pulmones de luz, respirando el estruendo de azul y escarlata, de chispas sin color, de humo nocturno. Entre el florecer de fuego, gran fanfarria de trompetas: verde, blanco, rojo, el fuego de artificio pasaba a habitar el cielo, latigazos de lumbre rociaban todos los perfiles. El olor se inundaba de carnitas y tortilla caliente y jícama fresca. El rito luminoso, en el aire. Y pegado al suelo, el polvo, las carnes apretujadas, toda la meseta de víscera seca, los cuerpos morenos, la mirada fija en el balcón.

—¡Mueran los gachupines!

Desde que tenía uso de razón, el Fifo venía a la fiesta del Grito: a robar carteras, a vender gorditas, después a arrimárseles a las mujeres, a gritar *¡mueran los gachupines!* Ahora que se abría paso a codazos entre la turba, para divisar mejor el gran balcón central y la campana de Dolores bañada de luz artificial, se perdía entre el surtidor de fuegos, lo iba masticando una de las multitudes. Alzó la cara; se sintió desaparecer entre la gente. La otra multitud, la que asomaba por las ventanas de Palacio, se veía tan nítida. Quería divisar, hasta adentro. La campana de Dolores sonó ronca, y la multitud gruñó, alzó los brazos, encendió más petardos. El Fifo buscó una actitud que le diera un aire de desplante, de estar allí, él, con su nombre y su cuerpo en medio de todas las cabezas sobre las cuales pasaban, volando, las ráfagas de la luz del cohete y de los reflectores.

—¡Fifo, Fifo!

—¡Mueran los gachupines!

—La trae atravesada, ya tan erly —dijo el Tuno—.
¿Qué nos queda pa' después, manito?

—Ya estuvo suave de tomar el fresco, Beto. Vámonos,
jálense todos a la cantina —dijo Gabriel.

Todos asintieron con un alarido. El pequeño grupo se
echó a andar por Moneda, silbando, el Fifo chancleteando,
Gabriel rascándose las quijadas de pelos lacios:

—Ya sé a dónde vamos. Yo le quiero ver la cara a uno.
A ver, Beto, empínense la botella.

El mezcal dio la vuelta al grupo, y Beto gritó: —Ayyyjayjay, ¡hoy me la pela la mera muerte calaca!

—No será más suit una güera balín —suspiró el Tuno.

Todos se abrazaron y se metieron por la callejuela lateral de la Academia, rumbo a la Merced. La Santísima, con
su cúpula de mantequilla, vibraba con luces bajo los castillos y los cohetes. Cantaban y chiflaban: ... *desde la cuna
comienza, y a vivir, martirizado...*

—¿Ya trajeron la caja?

—Ahi está, afuerita nomás. Ojalá y no tengan que
usarla.

—¿De qué color la trajeron?

—Blanca, para el angelito. De ocote bueno. ¿No quiere el respaldo de seda?

Rosa Morales se asomó al cuarto alumbrado por dos veladoras. De su rebozo, sacó un judas pequeño, pintado de
amarillo y morado, con gran nariz de carbón y un rabo
puntiagudo.

—Esto lo mete de una vez. Es su juguete que más le gusta.

El enterrador tomó el judas por la nariz y lo metió en la caja, de lado, para que cupieran los dos.

—¿Me hace usted otro servicio? Nadie va a venir hasta que se muera. Avísele al pulquero que hoy hay velorio. El café lo hago yo.

Rosa entró de nuevo en la casa. Jorgito, amoratado, sacaba cada vez más la lengua.

—Ya estaría... si siquiera me hubieran averiguado de qué se murió.

Encendió una tercera veladora, pero no podía mantener la atención fija en la imagen de la Purísima. Su vista recorría el aposento, desnudo, el comal y los braseros, las ollitas pintadas, la masa en el suelo. Volteó a ver al niño. Ya estaba muerto. Rosa corrió la cortina que separaba al cuarto de la calle y salió a la vereda terrosa. Las cantinas, los abarrotes para los clientes de la noche del Grito, la cortina de humo de cohetes que volaba sobre el barrio: Rosa sintió que la castigaban, que se burlaban de ella. *Dime, Juan: ¿para qué venimos a dar aquí? ¿Para qué una cosa o la otra, si las dos son lo mismo?* Se tapó la cara con el rebozo y levantó la cajita blanca para meterla en el cuarto.

Manuel Zamacona no encontró alojamiento en Acapulco y decidió seguir, por Pie de la Cuesta, hasta Coyuca, hasta gastar la noche. Había pasado las primeras horas nocturnas en la playa y ahora, poco después de las once, abandonaba el puerto iluminado por luces de tres colores, sudando en los pantalones de franela, con las mangas arremangadas y el montón de libros y gabardina al lado, zarandeados por las curvas y el calor que doblegaba y reblandecía las páginas. El mar rugía en Pie de la Cuesta, por encima del grupo que, alrededor de una fogata, tañía guitarras. La carretera descendió al pantano y se internó entre platanares espesos, cuando Manuel advirtió que el automóvil estaba dejando escapar la gasolina y que el tanque disminuía rápidamente. Prosiguió con lentitud a través de la geografía oscura y sofocante, coreada por papagayos despiertos, hasta distinguir unas luces. Tres o cuatro jacales de paja precedían al edificio de un piso, blanqueado de cal, de donde surgían voces cortadas y el rumor de una sinfonola. Algunas mujeres amarillas se mecían en hamacas y dejaban correr entre los charcos de la carretera a los niños desnudos que el ruido de la pequeña cantina, la noche del Grito, había arrebatado al sueño. Manuel detuvo el automóvil a pocos pasos de la cantina y quiso exhalar todo el cansancio y el sudor preñados. Encendió un cigarrillo y hojeó uno de sus libros: *et c'est toujours la Seule —ou c'est le seul moment...* Descendió, abrió la cajuela y sacó una lata de aluminio. Repitiendo a Nerval, se dirigió a la cantina. El danzón lentísimo que carraspeaba la sinfonola se oponía a las altas voces, a los cuellos hinchados de gritos, de los hombres vestidos de blanco que apenas movían los cuerpos en su intercambio de palabras soeces: las bocas desdentadas, la morenía lívida de los rostros.

—Perdón: ¿me podrían vender unos litros de...?

Uno de los hombres le dio la cara a Manuel Zamacona; desprendido como un trompo de la barra de madera, con los ojos redondos y sumergidos de canica, disparó su pistola dos, tres, cinco veces sobre el cuerpo de Zamacona.

Manuel dejó caer el bote de aluminio, se clavó las manos en el estómago, salió con la boca abierta hasta el camino espeso de olores vegetales, y cayó muerto.

—A mí nadie me mira así —dijo el hombre con ojos de canica.

Durante todo el día de fiesta, Federico Robles había permanecido, costra inmóvil de sí mismo, reflejo denso y oscuro de todos sus recuerdos, sentado sobre el sofá de cuero de su oficina, la mirada lejana en los árboles de la Alameda, las cúpulas perdidas de la Santa Veracruz y San Juan de Dios. Más allá, una bruma exacta, de pólvora y luz, comenzaba a levantarse, desde la gran plaza olvidada de Santiago Tlaltelolco y sus cuarteles pardos, de altísimos muros descascarados, desde las calles festivas de Peralvillo. No era esto lo que percibía Federico Robles; en el primer plano, le bailaban por el cerebro un periódico que anunciaba a ocho columnas, en la página roja, la situación de quiebra inminente de un banco, las aventuras audaces en que su gerente había comprometido, no solo el capital social, sino todos los depósitos también; el periódico vespertino, graduado, que daba la noticia con nombres; el día siguiente, lleno de manos agitadas frente al Banco, la invasión gomosa de hombres y mujeres retirando su dinero, las operaciones costosas y los negocios apresurados para liquidar acciones, vender terrenos y casas, procurar crédito. El rostro de Roberto Régules, quemado en el campo de golf, de ojos grises y líneas acentuadas, le sonreía en la palma de cada mano extendida que exigía un depósito; Régules había negado los créditos, se había movido en todos los círculos aseverando la veracidad de los malos manejos de Robles, oponiendo intereses, preparando el derrumbe final, adquiriendo derechos reales a la mitad de su valor, títulos a la tercera parte, prometiendo en todos lados una participación lucrativa en la ruina de Robles. Pero detrás de esto, en una zona sin articulación en su mente, brillaba el rostro de Feliciano Sánchez, acribillado y blanco; y más atrás, en el último estanque de la memoria, el de Froilán Reyero, hablando con el padre de Federico Robles junto a una fogata en un jacal de Michoacán y embarrado de polvo junto al paredón. Los dos rostros se aliaban y confundían en esa zona última de la memoria: rostros asesinados, decorados de pólvora y sangre, ambos idénticos en la reproducción mental, no querida, de Robles. Ambos muertos en vano —creyó Robles que podría pensar—, sin una sola voz capaz de recordarlos o de decir: —¡Fui yo! ¡Yo soy tu asesino! Las dos cabezas muertas, en los ojos perdidos de Robles, se unían en un solo cuerpo de mil brazos acribillados, picoteados de plomo. Froilán Reyero, Feliciano Sánchez, los dos nombres que él recordaba, no eran sino una manera singular de nombrar a todos los muertos anónimos, a todos los esclavos, a todos los hambrientos. La tristeza y desolación de todas las vidas mexicanas cruzó, en ese instante, por la sangre de Robles. Albano... un viejo de pocas palabras, que las pocas que decía eran arrojadas fuera del mundo, como piedras candentes, al centro del sol, que manchaba todas las noches sus huaraches de lodo para que el sol los secara y quebrara su estampa calurosa en todo el sudor del hombre. Mercedes... una mujer amortajada de oscuridad, concebida en la oscuridad de las manos jóvenes de Federico... Metralla y sol, campos de Celaya, semilla y abono, y un caballo furioso, ligero y tenso entre el fuego del combate, idéntico al caballo que... que... Robles quiso volver a recobrar un nombre anterior, anterior y de ese instante mismo, y solo pudo recuperar los nombres y los rostros lejanos de Froilán Reyero, Feliciano Sánchez. Las muertes de esos dos nombres rodeaban, como una placenta de fuego, el cuerpo y la vida de Robles en ese momento. Del mundo habían huido todos los objetos palpables: solo una envoltura oscura y vasta, las dos estrellas errantes de los muertos y él, boca abajo, sin locomoción, con las alas rotas y los ojos pegados a la tierra. Sin palpitación, ondulantes, dispersos: sueño de fantasma: un ojo le decía a otro ojo espesos de una mímica de astros

«¿cómo, Ibarra? ¿accidente de trabajo?

»conviene que la noticia provenga de una institución privada

»viejo de ojos terribles y manos dulces

»entonces vino la huelga y todos sabían que no iba a haber qué comer... yo tenía pena y rabia, y ya nunca se me ha de quitar

»es un indito frágil y dócil, que ha comprendido

»hubiera usted visto aquellas caritas de porcelana

»y la otra hermana que iba a cumplir dieciséis

»dos mil quinientos pelones fueron los que se agarraron

»ora sí ya vienen las vacas gordas

»¡Maycotte está sitiado en Guaje!

»así, siempre, por favor, así, siempre, sucias

»un viejo amor, ni se

»hemos creado, por primera vez en la historia de México, una clase media estable, con

»¡ahora sí es una gran capital! hay que disfrutar de este México nuevo, cosmopolita, ¿no le parece a usted?

»¿somos originalmente o llegamos a ser? usted no tiene hijos, licenciado

»a veces pienso que no es vida, tanto trajín social; créeme que lo hago por ti

»no podemos vivirnos y morirnos a ciegas, ¿me entiende usted?

»¿te sientes a gusto?

»Hortensia

»Si los mexicanos no se salvan, no se salvará un solo hombre

»¿quién acarrea los pecados de México, Ixca?

»Feliciano cayó de boca entre los matorrales»

Con un movimiento brusco, Robles se llevó las manos a los ojos. La noche había caído, y un rumor concentrado, múltiple y, sin embargo, sordo, ascendía de toda la ciudad hasta el despacho. Se celebraba el Grito. Los petardos se aceleraban por encima de las voces cuando Federico, a las once de la noche, salió de su oficina y serpenteando para evitar los grupos de borrachos y celebrantes y niños que lanzaban cohetes, ascendió en su automóvil hasta Las Lomas. La sala de la casa estaba apagada. Federico pronunció el nombre de su mujer y subió a la recámara encendida: Norma, envuelta en un *déshabillé* de seda y encaje, le dio la cara desde la cama.

Ambos rostros, el del marido y el de la mujer, se habían reducido a las líneas definitivas: los ojos enrojecidos, la mueca, el cuerpo flojo de Norma —la concentración de la carne, las manos crispadas, los ojos antiguos de Federico.

Norma solo dejó escapar un rugido hueco y arrestado en su origen, que rompía para siempre el destino evidente de la lujosa recámara de paredes capitoné, cristal enmarcado en oro y alfombras rojas.

—¿También esta casa se nos va? —dijo la voz sumergida de Norma—. ¡No me mientas! ¡También la casa!

Federico paseó su nueva mirada por la pieza. Plantado como un macizo de plomo sobre el tapete, su figura no pertenecía ya al lugar. El color de la alfombra lo mareó; dos cuerpos, siempre dos rostros, le parecían surgir de esa mancha roja.

—También.

Norma arañó la almohada: —¿Y qué vas a hacer? ¿Vamos a vivir de limosna, o qué? ¡Dime!

—Es por el momento. Ya nos recuperaremos. —Las palabras ascendieron a la garganta de Robles automáticamente; sintió, en el centro del cuerpo, un afán nuevo, de asco y destrucción y nuevo encuentro, que sin saberlo había germinado en las voces, los recuerdos y las horas solitarias del último día. Irguió el dedo índice, culebra escapada de la solidez monolítica de su carne—: Dame las joyas.

—¡Ja! —El cuerpo de Norma se irguió de la cama, los senos picudos bajo la bata, los nervios bailándole en el cuello—. ¿Y qué más? ¿Me meto de cabaretera para comer? ¿O vamos a poner un tallercito de costura a domicilio?

—No grites. Te van a escuchar los criados.

—Ni eso, tú. —Norma cruzó los brazos y acentuó su mueca, revisando a Federico de pies a cabeza—. La cocinera se fue a su tierra a celebrar, a Rosa se le está muriendo un mocoso. No has sido para venir a acompañarme... —Dejó caer la cabeza—. Sentí que me moría de rabia y de soledad.

Robles hubiese querido correr, por primera vez, a consolarla, a tomarla entre sus brazos, con algo más que la mecánica helada de sus noches juntos, proyectadas de antemano, exactas y lúcidas, cada uno llevando la cuenta y la observación de los movimientos, de los preparativos y de la higiene del otro. Era este recuerdo el que se interponía entre Federico y el cuerpo quejoso de su mujer. Y era, sin embargo, la primera vez que ella no lucía con todo el esplendor de su elegancia minuciosa, pronta a evaporar el olor de los contactos, de los cuerpos de poros cerrados. Robles no movía un músculo:

—Las joyas.

Norma adelantó su cuerpo hasta el filo de la cama: —¡No!
¡Te digo que no! ¡Por lo menos con eso me quedaré!

—Me darás las joyas y te quedarás conmigo.

El remolino de sábanas y seda y encaje de Norma se
acentuaba frente a la inmovilidad espantosa, irreal, de su
marido.

—¡Contigo! ¡Pero si estás arruinado, bebesón! ¡Hoy hablé con Silvia Régules; me dijo cómo estaban las cosas, más
de lo que dice el periódico...! ¡Contigo! ¡Pero si yo estoy
casada con esta casa, con el automóvil, con mis joyas, no
contigo!

Robles extendió la mano y Norma se retrajo hasta las
almohadas: —Vete de aquí. No quiero verte hoy, Federico. No quiero decir cosas que no digo, que el momento... No sé... déjame en paz. No somos lo que debíamos
ser, ninguno de los dos. Hemos jugado. Está bien. Pero ya
somos lo que somos ahorita. ¡Que te vayas! ¡No te soporto
hoy... no!

Como un autómata, Federico avanzaba hacia Norma,
impulsado por un mecanismo que la mujer adivinaba incontrolable, monstruoso, ajeno al propio Robles.

—¿Qué, te duele la verdad? ¡Vete, Federico, te digo!
¿Qué, me vas a pegar? ¡Ja! —Las palabras de Norma
chocaban con su cuerpo aterrado, sin fuerza, paralizado sobre la cama. Robles llegó hasta ella, le apretó los hombros,
acercó sus labios al cuello de la mujer. Norma se zafó del
abrazo pesado, metálico.

—¡Vete, vete!

—Las joyas —murmuró Robles—. Dámelas ahora
mismo.

—No te doy nada. —Norma corrió hasta la puerta—.
Y mañana me voy con ellas. No me haces falta, ¿ves? Yo
tengo mi mundo, que nada tiene que ver con un tipo co-

mo tú... yo tengo mis propias fuerzas, no porque esté casada contigo, entérate. ¿Pero qué crees que he hecho todo el tiempo que me has dejado sola, buscándome una vez a la semana para que me acostara contigo? —Todo el cuerpo de la mujer se iba hinchando de fuerza—. Pero si desde nuestra noche de bodas averiguaste que no era virgen, ¿qué te esperabas? ¿Y por qué me toleraste? Porque yo te daba algo, ¿verdad?, lo que no te podían dar todos tus millones. La sensación de que pertenecías, de que no eras un barbaján, un indio mugroso, que podías llegar a ser gente decente, ¡ja!... Y sabes... —Norma rió, detenida frente al cuerpo rígido y pesado de Robles, en cuyos ojos volvía a brillar la lejanía, la evocación presentida—... no soy fuerte porque soy tuya; yo sola puedo vivir, y amar y torcer a la gente e imponerme, no porque esté casada con... con un pelado con aires, con un peón de hacienda, con... ¿Pero te has visto bien? ¿Crees que eres un galán de cine, o qué? ¡Ja!

En su risa, Norma volvía a sentirse arrastrada por el mar, arrastrada por el mar que ella vencía y dominaba, lejos de la sonrisa eléctrica de Ixca Cienfuegos, hasta tocar la tierra: ella sola, singular, Norma Larragoiti, aún frente al hombre que la había vencido.

—¿Nunca sentiste el asco que me daba acostarme contigo, tratando de aguantarte, hasta vencer mi propia carne y dejarte pasar por ella como si fueras... otra cosa, un camaleón, no un hombre? ¿Nunca? ¿Crees que...?

De pie, sin ritmo, tambor de carne extendida, Robles desató su furia hurgando en los cajones, revolviendo los *clósets,* arrancando cortinas. La risa de Norma ascendía, se estrellaba contra la risa anterior y la que subía, urgente, por su garganta. La furia de Robles lo arrastró fuera de la recámara, al pasillo, a la escalera, mientras Norma seguía riendo. En cuanto sintió los pasos desiguales de Federico en el mármol de la sala, Norma cerró la puerta y arrojó la llave sobre la cama revuelta. Allí se tendió, con los brazos y las piernas abiertos, a sentir cómo le ascendía la risa desde el vientre y después se le iba perdiendo entre los senos y volvía a surgir de sus labios un murmullo seco, furioso, que no era ya en beneficio de nadie, que a nadie trataba de impresionar. Que al escuchar Norma temblaba, como si surgiese de otros labios cercanos, no de los suyos.

Evrahim, el Chino Taboada y Rodrigo llegaron después de las doce de la noche a la casa de Lally en Cuernavaca. Los tres hombres habían pasado el día junto a la piscina, discutiendo los pormenores del nuevo argumento de Rodrigo. La idea original de Rodrigo —una monja que deja los hábitos y se lanza a la conquista del mundo— había sido transformada, por respeto a los sentimientos católicos del público, en la historia de una cabaretera que termina en monja. La casa de Lally, que pretendía ser un *show-place* de la decoración mexicanista, se escondía tras de una alta barda color mamey. El azul añil y el blanco enjalbegado alternaban en las restantes paredes, cubiertas de buganvilias. Las puertas habían sido enmarcadas por tiras de feria en diversos colores, y en las cúpulas de mosaico se encontraban los baños. Estofados de un falso siglo XVII, exvotos de lámina, trípticos coloniales, corroboraban los motivos. En la amplia terraza que veía sobre la barranca, Paco Delquinto se paseaba, bailando con una botella de *champagne* entre los brazos.

—¡El Lubitsch de Coatzacoalcos! —gritó Bobó al distinguir, entre las plantas del jardín, la figura envaselinada del Chino.

—Mira, Bubú, esta casita está chicha paru la película de cruz Diablu que pensamus... —dijo Evrahim, que lo tocaba todo.

—Les presento a Rodrigo Pola, nuestro nuevo genio literario, ¡más puesto que un zapato japonés! —movió el brazo Taboada sobre las cabezas, recostadas en sillas de lona y cuero, de Gus, Natasha, Charlotte, Pimpinela de Ovando, Paco Delquinto y el mismo periodista que, en Acapulco, había recibido las comunicaciones de Cuquis. La mayoría recordaba a Rodrigo de las fiestas de Bobó y Charlotte: la presentación de Taboada logró que todos, con un brillo de interés en los ojos, creyeran ver a Pola por la primera vez. Un «Mucho gusto» colectivo lo recibió; solo Natasha, detrás de sus permanentes gafas negras, sonrió y le extendió los huesos azules a Rodrigo.

—Es guapo, ¿verdad, tú? —le dijo en un aparte Charlotte a Pimpinela.

—En su estilo; morisco, ¿verdad? —habló con voz alta Pimpinela y dio la cara al periodista—: Le decía que subir por el propio esfuerzo me parece muy bien; lo que le choca a una gente de raza es la simulación, la mentira. Usted sabe que a Norma la aceptamos porque creíamos que había sufrido lo mismo que nosotros en la Revolución...

—Chère —gimió Natasha al doblar las rodillas sobre el canapé de cuero—: Une révolution, ça ne se fait pas: ça se dit —y se puso de pie, acomodando sobre su estómago plano los pliegues del pantalón de terciopelo. Rodrigo la esperaba, con una sonrisa. Natasha encontró el *briquet* de oro que alumbró su largo cigarrillo ruso—: Mmm. Hasta en eso, mon petit. —Lo tomó del brazo para recorrer la terraza; Rodrigo respiraba plenamente el aire del valle dulce y templado de flamboyana y aguacate.

—Veo que te decidiste. Ya tienes las alas de un color. Sacrificaste algo, ¿verdad? —Rodrigo no quiso dar crédito a las palabras de Natasha quien, desde sus dientes postizos y parejos, volvió a hablar—: On n'a... no se tiene más que un solo destino. ¿Para qué tener, *mon vieux,* el destino opuesto al del mundo? oh, la rébélion, les révoltés; on los a bienfoutus, ceux-lá! Ce sont des poétes, tu vois! Mais toi! Yo te vi la ambición en la frente desde la primera vez, ¿sabes?; solo un ambicioso podía sentirse tan a disgusto de no pertenecer en la fiesta de ma chère bête Charlotte. Ahora que ya perteneces, tâchez, oui, tâchez de plegarte a ellos, de obedecer sus leyes, y tendrás cuanto quieras. No es cuestión de hacer, sino de laisser faire. El mundo viene a los que nada hacen y se aleja de los que tratan de reformarlo, tú verás.

—¡Vautrin con faldas! —rió Rodrigo, apretando el brazo frío de Natasha.

—Tu as de l'espirit, chérie... Sí, la cosa se parece, no creas. Yo conocí otro mundo, hecho, estable, digno. No es muy agradable vivir estos momentos de la iniciación burguesa. Me da risa estar viviendo aquí lo que pasó en Europa hace más de un siglo. Nueva casta dominante hecha a base de dinero y negocios turbios sancionados por la ley. Les Révolutions ont toujours son Empire; les Robespierres devienment Napoléons... ¡Qué le vamos a hacer! Así es el mundo. A ti te toca vivirlo, de acuerdo con sus leyes. Tu arriveras, Rodrigo. Llegas en el momento en que se abren en México todas las posibilidades de fortuna personal; la Revolución está enterrada. Ahora hay una corte burguesa que solo respeta el dinero y la elegancia; ten eso, y serás alguien en México; sin eso, caes de narices en el lumpemproletariat de los pícaros que acompañan todo gran crecimiento de una ciudad. Sí, tienes razón: haré de ti mi pe-

queño Rastignac, mi Lucien de Rubempré mexicano...
—Charlotte rió, y Rodrigo le hizo eco, pero en el centro
de su cuerpo sentía un calor fecundo, ambicioso, de gloria
alcanzada. Vio que Pimpinela de Ovando no dejaba de
observarlo; los *slacks* bien cortados, la elegante camisa
Bermuda de finas rayas azules, todo el nuevo porte de Rodrigo era muy diferente a su viejo atuendo, típico de la clase media mexicana: traje de gabardina oliva con pantalones
bombos, demasiada hombrera y solapas anchas. —Pimpinela es muy agradable —sugirió Natasha al arrebatar las
dos miradas cruzadas—. Solo una persona no la quiere
—añadió con toda intención— porque le tiene envidia,
porque sabe que con todo su dinero no puede alcanzar el
chic y las cualidades de race de Pimpinela: Norma Robles.
Cette petite parvenue!

Las palabras de Natasha justificaron a Rodrigo en su
nueva actitud; desde ese momento, no tendría dudas o razones falsas. Todo un mundo, un mundo seco de pólvora
y paredón, de privaciones infantiles, de largas noches al
pie de la mecedora de Rosenda, de conatos de gloria literaria, todo lo pensado o recordado por Rodrigo se canceló, en ese instante, para siempre. Las palabras de pesadilla
que acompañaron a Rosenda toda su vida, en ese instante
se hundieron en verdad con ella hasta el fondo de la tumba de San Pedro de los Pinos: nadie más volvería a decirlas o a pensarlas. Los dos hilos de vida que se cruzaban y
entretejían en la sangre de Rodrigo, que partían de una
mañana gris y un paredón acribillado en Belén y termi-
naban en una charla de fantasmas entre Rosenda e Ixca
Cienfuegos, se cortaban y huían para siempre.

—¡Oigan a la maldita raza de bronce! —aulló Delquinto cuando un cohete estruendoso retumbó por la barranca—. ¿Qué carajos celebran? Miren que de tener a

un virrey con peluca a otro con barras y estrellas, se me hace mejor lo primero.

Rodrigo se acercó a Pimpinela y tomó el lugar del periodista, quien ahora bailaba una samba con Charlotte.

—Delquinto *nos* hace reír —dijo Rodrigo, subrayando el pronombre—; ya es algo en una sociedad tan triste como la nuestra, donde tan pocas gentes saben mantener el aplomo, el ingenio y la elegancia que hacen, de la vida social, un elemento ejemplar para el pueblo.

—Se llegará a eso —contestó Pimpinela, acercando su brazo al de Rodrigo—. Nuestra sociedad es demasiado nueva; ya se irá limando. Afortunadamente hay quienes hemos salvado ciertos valores tradicionales; la Revolución mexicana fue un choque tan espantoso, pero ya ve usted. No todo se perdió.

Rodrigo sintió una invitación cordial en los ojos de Pimpinela. —Tiene usted razón, Pimpinela. Mi madre —que fue la hija de don Ramiro Zubarán, amigo íntimo del general Díaz— siempre me dijo lo mismo. Puedo comprenderla; nosotros pasamos de un palacete en la Colonia Roma a una casita pobre del Chopo. Eso solo sirvió para que nos aferrásemos más a nuestros verdaderos valores...

—Me agrada su sinceridad.

Pimpinela y Rodrigo se tomaron las manos. Con los ojos, él la invitó a bailar. Una mano fresca y perfumada, un brazalete helado, acariciaron la nuca de Rodrigo.

—Mira, Chinu. Luegu luegu se ve el buen gustu de Rodrigu.

—No tendrá mucha lana, Evrahim, pero para darse taco...

—Él tendrá la lana, Chinu, ella le dará categoría. Two eggs fer da prize of one.

Lally, en cuclillas junto al tocadiscos, escogía las piezas. Ahora, colocó una docena de *blues* seguidos y suspiró sobre su copa de *champagne;* debía rebajar diez kilos. *I love you, for sentimental reasons.*

Gabriel, abrazado a Beto, se acurrucaba en la caballeriza. Vasos se desparramaban, veladoras pasaban ardiendo, y los mariachis cantaban. —¡Que me canten los mariachis que hoy me tanteo a la pelona! Ay, Beto, cómo te entra la melancolía cada quince de septiembre; cómo te acuerdas de cosas que no te quisieras acordar. Siempre se la anda uno buscando, ¿a poco no? Quién nos manda...

—Por ser la fiesta de la patria, y en honor de la clientela, hoy hay comilona para el que quiera. Ahi se las preparó la señora, para que estén más contentos... —gritó el patrón gordo, en cuyas manos se podían contar los poros, por encima de los chiflidos y aullidos. Pasaron humeando las cazuelas de mole y totopos con frijoles y tamales costeños de piel dorada y chipocles y las jarritas de atole rosa y las tortillas grises; y los dulces (jamoncillos, ates, macarrones, biznagas) bullendo de moscas y los vasos de pulque amarillo rociado de canela comenzaron a correr por encima de las cabezas. Las uñas ávidas, las bocas infladas, embarradas de salsa oscura y los hilos espesos rodando por las barbillas y las salsas desperdiciadas en las camisas. Las guitarras se hacían carne y los dedos con la tensión de un adiós prolongado.

—¡Ábranme que vengo herido! —gritaba Gabriel desde su caballeriza—. ¡Canten como si aquí mero nos fusilaran! ¡Aaaaaaay, ay, ay!

Sus gemidos fueron coreados por la multitud: sentada, de pie, sobre las mesas, ojos vidriosos, carne oscura, labios húmedos, la que rodeaba a los mariachis, con sus ojos almendrados y bigotes caídos, de relumbrón, y sus sombreros cuajados de plata oxidada: *En las barrancas te aguardo, a orillas de los nopales, como que te hago una seña, como que te chiflo y sales...* y los brazos se agitaban en movimientos rectos y cortantes, de reto y entusiasmo seco, y las gargantas se llenaban de espuma y picos de navaja:

—Seguro, Gabriel. Te empiezas a acordar de todo la noche del quince. Te hace falta contárselo a tus cuates, para sacarte las cosas del pecho. —Beto empinó su copa y meneó la cabeza—: ¡Cada descontón que te pega la vida! ¡Cada recuerdo que te dan ganas de llorar!

—Puro rimember moder —el Tuno se rascaba las orejas.

—Me cae que sí. Sufre, Beto, sufre. Si no es con tus meros hermanos como yo, ¿con quién? Me cae de madre. ¡Palabra que te quiero, Beto, palabra que eres mi hermano! —Gabriel se prendía al cuello del ruletero y le palmeaba los hombros.

—Ay wanna foc —dijo el Tuno con una cara impasible, perdida, lejana.

—Si no fuera por los cuates, Beto. Si yo te empezara a platicar mis desgracias. ¿Conoces a Yolanda, esa que dizque acá está su mamacita, y a la hora de la hora resulta más apretada que un culo de chinche? —Fifo, al hablar, castañeteaba los dedos.

—Aquella de los ojos de zarzamora, que camina como si fuera ola de mar...

—Esa mera. Esa es Yolanda. Pero que no te hagan de chivo los tamales, Beto... Es traicionera, y el corazón de un hombre le viene más guango que el aire a Juárez, mano.

—Esas son las que me hieren, ¡jaaaaaaay, jay! Esas son... *qué se creían esos americanos, que combatir era un baile de carquís...* Ya, Fifo, ¿quién va a platicar una noche como esta?... *se regresaron corriendo a su país, se regresaron...* Uuuuuy, juy, juyyyyy, ¡qué gordos me caen los gringos! ¡Un mexicano se come vivos a cien güeros de esos! ¡Jijos del mal dormir! —Gabriel se paró gritando.

Entre los dedos del mariachi, el guitarrón cabalgaba con la fluidez secuestrada de las cataratas. Amasijo de cuerpos, las mujeres con trajes de chaquira abrazadas al cuello de sus hombres, el pequeño olor a vómito que comenzaba a vencer al de pipián, los alaridos viejos, con los puños cerrados y los ojos apretados, *y sentir hervir la sangre por todito el cuerpo entero y al gritar ¡Viva Jalisco! con el alma y corazón*

—Esa la cantaba George Negreti. Teníamos el discacho en el campamento de Texas, ¿te acuerdas?

—¡Que me echen a los gringos!

—¡Ahi está Gabriel! —chilló una mujer pintarrajeada, con dientes de oro.

Los mariachis se sirvieron sus copas y volvieron a tañer con lentitud, sacándole el nervio a cada cuerda. La cantina bajó a un susurro mientras Gabriel se abría paso hasta la mujer. *Xochimilco, Ixtapalapa, ay qué lindas florecitas mexicanas...* El hombre flaco y alto con el sombrero gacho y traje de gabardina entró en el lugar, seguido del que siempre lo acompañaba con la boca abierta y los ojos en redondo. —Séntido, séntido —suspiraba Gabriel, pisando pies y apartando codos, su mano en todos los hombros, su aliento en todos los oídos, la mirada opaca y vacilante... Brilló el metal y Gabriel pegó un grito.

—Te dije que a mí no me agarrabas igual dos veces, manito —dijo el hombre flaco, con la navaja ensangrentada en la mano—. A mí no me manoseas así... Vámonos, Cupido.

Gabriel se retorcía en el piso de la cantina, regado de pólvora y serpentinas. Los mariachis callaron. El hombre flaco con el sombrero gacho guardó la navaja y empujó, contoneándose, hasta llegar a la puerta. —El que se la busca... —El compañero se rascó la cabeza, abrió más la boca y rió con un chillido prolongado.

Gabriel ya no se movía. Beto llegó hasta el cuerpo moreno, hasta los pantalones de mezclilla enrojecida. El mariachi volvió a cantar, con los petardos y los buscapiés, los gritos y las banderitas de papel de china, *se agacha y se va de lado, querido amigo*

La mujer pintarrajeada le dijo a Beto: —Ya se murió.

—¡Aguas! ¡La chota!

—Doña Teódula, háblele a mi patrona —le había dicho Rosa, con la cara escondida en el delantal, a la viuda Moctezuma—. Es la señora Norma; ahorita le doy el teléfono. ¡Dígale que se murió, que hoy tengo que velarlo! —La viuda, con las manos dobladas sobre el regazo, observaba las facciones filosas y frías de Jorgito, metido en la caja de ocote con un judas. *Norma: recuerda el nombre* —le había dicho Ixca a Teódula. Los ojos profundos de la viuda no habían variado, apresados por una intuición. —Si viene el hombre alto y moreno ese a verme —le había dicho Teódula a Rosa Morales— dile que lueguito regreso; que me espere. Que te acompañe con el chamaco.

—Ya estamos cerca —había pensado Teódula, sentada en la banca de madera del autobús vacío que la conducía a Las Lomas de Chapultepec. El chofer la miraba, reflejada en el espejo, con inquietud. Nadie viajaba hacia Las Lomas, esa noche, en un camión de segunda. Las criadas y jardineros que los utilizan se habían volcado al Zócalo, o habían pedido permiso para ir a su tierra a celebrar las fiestas patrias. Las joyas de la viuda chocaban entre sí a medida que el camión se apresuraba por llegar a su destino y cancelar la jornada. El oro pesado, recargado de relieves y signos, bailaba en las muñecas de Teódula; sobre su pecho seco, una pequeña máscara de oro reía con ojos oblicuos, amarrada a la nuca de la mujer por una cadena. —Ya estamos cerca.

Por eso, al descender, no se sorprendió del cielo rojizo, del humo que ascendía. La mansión de estuco amarillo y ventanas labradas y rejas negras y nichos y azulejo y vitrales azules brillaba como una tea que ennegrecía y perdía, en la nueva envoltura de llamas, los perfiles antiguos. Como un coágulo oscuro, la puerta encendida brillaba al fondo de un jardín de rosas aplastado por los pies apresurados de los curiosos y los bomberos.

—¡Atrás, atrás!

La viuda arrugó los párpados sobre las cabezas que miraban el incendio. Serpiente de oro, su cuerpo se fue trenzando entre los demás hasta alcanzar la reja. El chorro de agua logró, por un instante, apretar las llamas en un solo haz erguido y tembloroso: en seguida, el fuego volvió a estallar, disperso.

—¡Detengan a esa vieja!

Teódula, arrancándose las joyas de los brazos, del cuello, de las orejas, corrió con una suavidad tensa de conejo hasta la puerta en llamas; su piel de costras antiguas, sus ojos, carbón apagado, toda su vida oscura y escondida a los ojos del mundo brilló junto con el incendio: Teódula levantó los brazos: en sus manos, relumbraban las joyas antiquísimas, más potentes que el estruendo de las llamas.

—¡Gracias, hijo! —gimió, más con el cuerpo entero que con la voz, y arrojó las joyas hacia el centro del salón sofocado de humo.

Las manos calurosas y húmedas de los bomberos tomaron los hombros de la viuda. —¿Qué hace usted aquí? ¿No se da cuenta del peligro?

—Es que aquí vive mi amiga Rosa; es la cocinera, señor —sonrió, con una mueca cenicienta, Teódula Moctezuma.

—No había nadie en los cuartos de criados, ni en la planta baja. Si había alguien, se quedó arriba y ya ni remedio. ¡Quítese, señora!

Teódula volvió a sonreír. Limpia de oro, sentía los brazos y el cuello ligeros. —Así lo queríamos los dos, Ixca hijo —murmuró mientras se alejaba del puño de fuego negro de la mansión de Federico y Norma Robles—. Te lo dije; ellos andan escondidos, pero luego salen. A recibir la ofrenda y el sacrificio.

Norma, tosiendo, con una mano sobre el rostro y otra pegando en la puerta, había caído, poco a poco, de rodillas. Las manos nerviosas del primer terror, cuando olió el humo seco que se colaba por las rendijas y luego vio la llama gigantesca que nacía al pie de la ventana, no pudiendo encontrar, entre las sábanas revueltas, la llave. El incendio que subía, crujiendo sobre la enredadera seca, lamió en un segundo las cortinas de gasa: Norma había corrido hasta la puerta, a gritar y a pegar con los puños: la lengua roja avanzaba sobre los tapetes, acariciaba las sábanas, por fin tocó su bata y las plantas de sus pies. —¡Ja! —dijo Norma cuando sintió el dedo llagado sobre su espalda y se dejó caer hasta el fondo de sus propios ojos.

Fuera de la puerta iluminada por dos cabos de vela, Ixca Cienfuegos, con la espalda pegada al polvo de los adobes

sueltos, escuchaba el llanto de Rosa Morales sobre la caja
de su hijo. La adivinanza total brillaba en las pupilas de
Ixca; todas las palabras y ritos de su corazón le corrían entre la sangre hasta apeñuscarse, hernia de voces, en su estómago: *Cuatro días para llegar a la feria* —decía entre
dientes, en silencio, a las sombras de la mujer y la caja que
se proyectaban, lanzadas por la luz desigual de las velas,
sobre el cuerpo de Ixca Cienfuegos, apretado contra la pared—; *cuatro días; subirán las bandadas de penachos a alimentar el sol; hacia el poniente, se las llevarán tiradas de las
piernas, el ombligo entre las serpentinas del cielo.*

Su voz inaudible mascaba las dos sombras, se tragaba
el llanto de Rosa: —*A la feria de las ofrendas suntuosas, las
finales... llevaremos dones y ofrendas, Rosa. En alto, con los brazos de pluma, entre las dos montañas que nos quieren destrozar...*
—Hundía los omóplatos en el adobe, quería ser testigo y
no sabía cómo, quería penetrar en el llanto y las luces te-
nues de Rosa Morales, y no sabía cómo—. *Ocho desiertos,
ocho colinas nos separan del santuario... Te miraré como al primer extraño de la noche, te lo juro, porque sé que vamos juntos
a la feria, donde soplan las ánimas de los peregrinos. Se abre
el corazón de las montañas para que lleguemos a la feria oscura. Aceite entre las piernas, sangre en el pelo, para llegar dig-
namente. El perro rojo nos lleva por el río* —Ixca se mordía
los labios, doblaba los hombros bajo una oración que no
sabía pronunciar— *ya estamos en la tierra regenerada, la misma tierra que dejamos, vuelta a nacer. No la hemos abandonado; toda ella es la sepultura. No hemos viajado. Entramos
a los nueve infiernos, al punto de donde salimos...* —Los sollozos de Rosa, por debajo de la oración de Ixca, fluían
adormecidos. Un sol colgado a la pólvora y a las serpentinas lanzó su primer vaho. Teódula Moctezuma caminaba, ligera dentro de su ropón colorado, por la vereda de

tierra suelta hacia la figura, quebrada en ángulos de sombra, de Ixca Cienfuegos.

—Ya se cumplió el sacrificio —silbó la viuda al oído de Ixca cuando, en su velo de aire, llegó hasta el cuerpo embarrado a la pared de polvo—. Ya podemos volver a ser los que somos, hijo. Ya no hay por qué disimular. Volverás a los tuyos, aquí, conmigo. Me diste mi regalito antes de que me vaya. La mujer esa, Norma, ya se la chupó el mero viejo. —La anciana alargó un dedo, doblegado y amarillo como una hoja de maíz, hacia el sol naciente—: Mira: ya salió otra vez. Ya podemos entrar. Te espera tu nueva mujer, hijo, con el niño que ya está con mis escuincles y con Celedonio.

Ixca no quería comprender; solo repetía, dentro de un sueño sin cabos, la oración y las palabras incomprensibles. Recordaba a Jorgito vivo, con sus periódicos bajo el brazo, entre el atardecer frente a la Catedral, y lo adivinaba ahora como un anuncio del regreso al hogar y a los ritos y a la vida oscura de Teódula y sus muertos.

—Óyela nomás llorar, Ixca hijo. La pobre no sabe. Tú nomás rézale aquí, igual que les rezamos a mis chamacos, y luego entra a consolarla.

—Queda una vida, madre —murmuró Ixca, uno con la pared.

—Ve y vela si quieres, hijo. Pero tú ya estás aquí, con nosotros. Aquí vas a vivir. Ya se acabó lo otro. Ya cada quien es quien debe ser, tú lo sabes.

Teódula Moctezuma entró, aligerada del peso antiguo, en la casucha desde donde gemían los cirios y el féretro y la voz de Rosa Morales.

La ciudad se había descascarado. Los últimos grupos, fatigados, de mariachis, se iban caminando, entonando con desidia, entre bostezos, arrimándose a las paredes rosa, verde, gris, el himno del nuevo día,

> *era de madrugada,*
> *cuando te empecé a querer,*
> *un beso a la medianoche,*
> *y el otro al amanecer...*

MERCEDES ZAMACONA

Cerca de la ventana, la sombra otorgaba un corte severo al perfil de la mujer. La línea más recortada de frente, nariz, garganta, brillaba apenas y detrás de ella, al fin, se abrían el aire y la plaza, empedrada, robustecida por el viento, desigual en la respiración mohosa de los ahuehuetes, alta protección de las casas bajas, rodeadas en balcones enrejados, detrás de las cuales se extendían nuevos jardines de enredaderas y tapias añosas, antiguas caballerizas transformadas, pozos de agua limosa. Mercedes Zamacona repasaba con lentitud las cuentas del rosario. Pronto se escucharían las vísperas de la parroquia de Coyoacán. Los otros ruidos —camiones, bicicletas, voces— no le llegaban. Mercedes solo escuchó (era la hora acostumbrada para un vaso de leche con pastas y dulces amasados por las monjas de San Jerónimo) los pasos de la criada sobre el piso de tezontle oscuro, la puerta de vidrio que se abría (y el retintín del visillo roto) y los pasos sofocados sobre la alfombra que hacían el circuito necesario para evitar la consola de pino.

—Señora... la buscan —dijo con una voz muy baja la criada.

—¿Manuel? —Mercedes dio la espalda a la ventana y el aire agitó su pelo, entrecano, restirado hasta el chongo inmóvil y apuñado.

—No; un señor Cienfuegos.

—¿Cómo es?

—Alto, señora, alto y...

—¿Qué más?

—Moreno, con los ojos muy negros, muy oscuros.

Mercedes repitió las palabras casi no dichas de la criada: —Moreno, con los ojos muy negros, muy oscuros—. Su mirada se recuperó de una lejanía furiosa que la había sofocado, hecho perder pie en su actitud estricta. Se dio cuenta de que, frente a la criada, había bajado la cabeza y dejado caer los hombros de su habitual rigidez. Se compuso la pechera de encaje y el camafeo que en su centro, como un relieve más nítido del mismo encaje, destacaba. —Ya sabes que no recibo a nadie sino a Manuel, mujer. Dile que no estoy.

—Sí, señora.

El esquema de los pasos, del visillo de cobre azotado contra el vidrio, del tezontle claro como una campanada bajo los tacones de la criada, se repitió en sentido inverso. Mercedes paseó la vista por las cuatro paredes enjalbegadas, desnudas de decorado. Volvió a erguirse sobre el sillón y a dar el perfil a la tarde. Un hombre moreno, con los ojos muy oscuros. Oscuros. Recogió el rosario; abrió el misal y con una mueca de repugnancia volvió a cerrarlo. Pensó que no eran estas las palabras verdaderas: esta prosa azucarada y despojada de grandeza. Un hombre moreno y oscuro. Un viento repentino levantó hasta el aullido el mar de hojas de la plaza, y en seguida se detuvo en el mismo silencio. Mercedes asomó un ojo a la calle. Las grandes palabras debían ser inventadas —habría que pensar esto, pensó— y tener en sí la resonancia de las cosas terribles y oscuras del espíritu y la religión. Oscuras. Se llevó la mano a los ojos. No quería volver a recordarlo todo; y sin embargo, ¿qué otra cosa había hecho durante todos estos años sino recordar, día tras día, cada detalle, cada leve olor, brisa de aire, de fruta, que la ayudara a recrear la imagen de aquel hombre y de aquel momento? No; hoy no —se dijo y, en voz alta, conjurando al pensamiento, las palabras que le corrían como un tiro de caballos desbocados por el cerebro:

—El espíritu de la verdad dará testimonio de mí   «sí, porque solo después, mucho después, había pensado Mercedes en esas palabras del Evangelio que su tío, el párroco, le había hecho memorizar, de niña, cuando ella tuvo que ir a Morelia para asistir a las clases de primeras letras. Una señorita tiesa, que olía a alcanfor, le enseñaba las letras y los números, pero era el padre el que se ocupaba de predicarle la palabra del Señor, y eran estas sus palabras, para que Mercedes aprendiera a distinguir las falsas apariencias de la verdad, para que aprendiera a mantener la verdad pese a las tentaciones del mundo y la murmuración de la gente: que la verdad triunfaría al fin, y daría testimonio de sí misma y de Mercedes, como llegó a dar testimonio del Cristo. Pero esto solo lo pensaba ella —no entonces, o quizá desde entonces, pero solo lo recordó años más tarde— porque su tío el párroco solo le exigía la memoria, repetir, repetir sin descanso el-espíritu-de-la-verdad-dará-testimonio-de-mí»

—No me toques aún, aún no he ascendido hasta el padre

«pero a los trece años una señorita ya sabe todo lo que puede aprender de letras y de números, y dicen que debe regresar a enseñarse en otras cosas, al lado de su madre. Pero su madre está atada a una silla de ruedas, y su hermana mayor no se ha casado y cada día del tiempo la adelgaza más, como a un metal aplanado y recto que debe irse despojando de todos sus excesos hasta ser una lámina invariable, irreductible, exacta en el punto de resistencia, y su hermano anda de oficial en el ejército federal fusilando revoltosos

»—Cuatro hombres el domingo pasado, Merceditas, cuatro bochincheros que tuvieron que morir juntos, llenos de orgullo, sin temor de Dios, creyendo que los cuatro se perdonaban entre sí y se daban fuerzas los unos a los otros, sin temor de Dios

»Mercedes arrojaba el estambre y se tapaba los ojos: no me toques aún... hasta ascender al padre; no antes —había pensado, o recordaba ahora que había pensado, y en realidad solo ahora lo pensaba— nunca antes de que Él nos convoque y nos juzgue, antes no. Solo después —o ahora— creería que estaría recordando esas palabras: al escuchar los relatos de su hermano cuando gozaba de licencia y se presentaba, con el kepí ladeado, las botas brillantes y los bigotes rubios y erizados, a la Káiser, en la hacienda cercana a Uruapan; o al sentir a su hermana como una columna delgada de lámina fría y ojos de nitrato, juzgando sin hablar a todos, sintiéndose juzgada ya, arrinconada a los treinta años en la soltería que la llenaba de compasión hacia sí misma: su único, irreductible placer; o al ver a su madre atada a la silla de ruedas, muda también, como si no tuviera ya tiempo suficiente para callar y en silencio reprocharle a Dios su invalidez: como un medio sin lengua entre su propia cólera y la cólera de Dios que la había lisiado, como el tamiz entre dos juicios que se nutren sin hablar y se mezclan en una arena única; donde no hace falta hablar; y solo el hermano juzgando con la espada, juzgando en nombre de las palabras no dichas y el silencio estruendoso de la madre y la hermana, compensando sus juicios mudos con la sangre y el hierro y todos los muertos que lo eran en juicio de la madre inválida y la

hermana virgen —así era su casa cuando Mercedes llegó
de Morelia, a los trece años, vestida de calicó y con el pelo castaño hecho en dos trenzas que le caían hasta el talle
y con las puntas de los senos irritadas y nuevas, y con dolores de vientre que quería comunicarle con la vista a su
madre y a su hermana y que ninguna de las dos entendía
o le explicaba, porque la madre ya había olvidado eso y
la hermana lo escondía entre los trapos negros de su vergüenza—. Así pasaban las noches, sentadas en silencio sobre mecedoras de respaldos tiesos mientras el olor a granos de café tostado y el rumor del pasto eléctrico de grillos
entraba, acarreado por un viento suntuoso, amasado con
lentitud entre la montaña y la tierra tropical, que hormi-
gueaba en la nariz de Mercedes y la obligaba a cerrar los
ojos y dejar que el acento perfumado de aquella piedra, de
estos frutos, descendiera hasta el vientre pesado y adolori-
do, y más abajo, y más abajo, penetraba por las ventanas
abiertas de par en par»
    —Tú, cuando ores, cierra la puerta, ora a tu Padre, que
está en lo secreto; y tu Padre, que ve en lo oscuro, te re-
compensará
«habría querido —cree pensar que sabía— golpear las voces no escuchadas de su madre y de su hermana, para que
ellas formaran el coro de su vida y Mercedes pudiese orar
detrás de la puerta cerrada y de esta manera un ritmo, sí,
un ritmo cualquiera, se estableciese, rigiéndolas, entre su
oración y su vida, ligándolas, pero no así, planas ambas,
silenciosa la vida, silenciosa la oración. Mercedes salía por
las mañanas, penetrando en el polvo delgado que levantaban los primeros pies, las carretas iniciales, filtradas por
un sol violento que comenzaba a animarse en el olor previsto de la cocina feroz y ardiente que quemaba las aletas
nasales y los dedos antes de llegar a un solo paladar calu-

roso. Algunos gallos se paseaban, orondos, raspando sus espolones contra las piedras, irregulares y redondas, de la breve calle que desembocaba, a poca distancia, en el corral, y después la vereda que se iba abriendo entre los campos cosechados y todo el llano quebrado entre el río y la montaña. Mercedes caminaba entre los cosecheros y recogía algunos granos de ese café moro y perfumado que dominaba cualquier otro olor de la comarca: hombres morenos, de cráneos largos y ojos como jade quebrado, levantaban los rostros a su paso, sobre todo cuando cumplió catorce años y sintió que caminaba de otra manera, que existían nuevos elementos, pesados y, a la vez, erguidos, que exigían portarse con un aire levantado y un ritmo casual pero consciente: así se paseaba Mercedes, a los catorce años, por los cafetales, tratando de distinguir las miradas de los hombres que trabajaban sombreados por la paja y al mismo tiempo evitándolas porque así lo exigía el nuevo porte que exigía el aire levantado y ella solo quería el coro, el comentario que en realidad no escucharía y menos atendería, pero que en su escueto murmullo crearía el ritmo que, por fin, le permitiese entrar y cerrar la puerta —que daría fe— y orar sola —que atestiguaría— y arrepentirse de algo —del porte provocativo— y pedir perdón por algo —por las miradas oscuras—: así creería hoy que había pensado entonces. Hasta que logró fijar una de aquellas miradas —pero sin consecuencias, pues no volvió a ver a ese hombre singular, o si lo vio no supo que era suya la mirada fija— y entonces perdió el paso, se detuvo, miró sobre el hombro y escuchó una voz, que era la suya, y que le decía: —Me va a suceder algo, pronto me va a pasar algo —y pudo regresar, rápidamente pero sin prisa, con un frío concentrado en la nuca y en las piernas flojas, a la casa y a su cuarto y cerrar la puerta y darse golpes de pecho

y murmurar en silencio su arrepentimiento por haber pro-
vocado lo que no entendía —pues solo lo que ella sabía
era lo sancionado; el cura le había explicado la palabra de
Dios; tenía que saber, tenía que distinguirlo a Él del Demonio— y Dios, que veía en lo oscuro, la recompensaría, la
recompensaría de todo, aun de haber pecado cuando supiera concurrir al perdón: pero nunca la recompensaría —pensaba ahora— por no haber vivido, por haber juzgado contra la gracia en silencio, como las otras dos mujeres de la
casa. Había que seguirlo; dejarlo todo y seguirlo, seguirlo
en su palabra y su espíritu pero también en su encarnación»

—Sígueme y deja que los muertos sepulten a sus
muertos

«en su encarnación viva de pecado y perdón, de centro y
rostro último de todas las cosas: los muertos sepultaban
a los muertos en la silla de ruedas y en las mecedoras rígidas, en el rígido sabor de almidones y clausuración se-
dentaria, allí, en ese rectángulo de silencio y furias no ex-
presadas, sofocadas por los trapos negros, benditas por el
tío que olía a orines pegosteados, allí aún más que en los
paredones sobre los cuales, con un movimiento nervioso y
decisivo del sable, ordenaba su hermano las descargas, allí:
fuera de allí se le podía seguir; Él tenía que estar fuera de
allí, en cualquiera de los hombres oscuros que olían a tierra húmeda y grano de café y si no en ellos en el aire ta-
mizado por los colibríes o en esa simple faja verde que se
extendía de un extremo al otro de su vista. A veces, Mercedes subía al campanario de la capilla y, con la cabeza
inmóvil, corría los ojos de un extremo al otro de las cuencas, tratando de abarcar, en ese espacio, la totalidad de
Su mundo, donde los muertos no enterraban a los muertos, sino que un acto de creación perpetua descendía de
Sus dedos sobre la costra verde poblada de miradas que

debían fijarse, que querían decirle algo, lo que no podría escuchar en el rectángulo de silencio de la madre, la hermana, el cura y ella misma, destinada por ellos al cuarto rincón, a ser el testigo, mudo como las mujeres, o elocuente y martilleante en todas las fórmulas

»—*el espíritu de la verdad*

»—*dad de comer al hambriento, dad de beber*

»—*los humildes de espíritu*

»—*apártate, Satanás, no tentarás a tu Dios y Señor*

»de su tío, el cura. Afuera estaba lo que se debía seguir: un galope de sangre le subía por las piernas cuando pensaba esto, solo esto: que Su mundo era este, y no el clausurado de la casa. Entonces no eran necesarios el porte y la conciencia de sus pechos nuevos, de la navaja inasible entre las piernas, sino la escueta existencia de los nuevos centros brillantes como tres lunas gemelas que cantaran entre sí, que dialogaran sobre su nacimiento súbito, atónito, y sobre su muerte de vidrios pulverizados: su otra mitad, oscura: lunas redondas, negras frente al sol, plateadas en la noche: así las sentía. Y todas las miradas escondidas en el cafetal no alcanzaban a decírselo, a ponerla en contacto seguro con lo que solo su imaginación le revelaba en los momentos aislados —de pie en el campanario, arrodillada en su propia alcoba cerca de la cama de barroquerías cobrizas, drapeada de redes blancas, de pequeños insectos verdes y pálidos que corrían azorados ante su paso o, persistentes, ajenos a la posibilidad de un manotazo súbito, volaban imbéciles alrededor de la lámpara de keroseno, furiosos, embebidos en la luz que los sojuzgaba, furiosos porque sabían que esta no era la natural de la noche— no como algo sólido, penetrado para siempre en su cuerpo, sino como la novedad intermedia, preparatoria a su destino verdadero: el drenaje fosforescente y profundo que la bañaba para mejor discernir, después, la obligación de sus oraciones y sus golpes de pecho y su solicitud de perdón. Esto eran las tres lunas, los frutos gemelos y la navaja, que desde el campanario blanco dominaban, de uno a otro extremo de la vista, la faja feraz, hogar de la semilla y los grillos, de Uruapan, patios de flores asfixiadas y líquenes guiñantes, paredes de blancura descascarada, caídas de agua en la tierra lodosa y rica germinada sobre la falsa esterilidad de cenizas volcánicas, hombres rígidos de huesos delgados y cabezas largas, mujeres sin lengua hincadas y apretujadas sobre los bultos de comida, de ropa, de hijos, el rumor persistente y olvidado de Tzaráracua y su estruendo ahogado en la vegetación de color majestuoso y moribundo que circunda el horno frutal del Balsas, y un aire tibio y oloroso a la procreación de frutos aromáticos, menudos, apenas transitorios entre la semilla original y el jugo, el licor, el dulce. Mercedes pensó: —Ahora, aquí, me va a suceder algo»

—Entrad por la puerta estrecha, porque ancha es la puerta y espaciosa la senda que lleva a la perdición «después, cuando las mujeres hablaran y recordaran cosas dirían que Mercedes, cuando acababa de cumplir quince años, supo que su tío el cura llegaría de Morelia acompañado de un joven limpio, escueto, sin una línea excesiva de carne, ceñido como el paisaje mismo que se recupera en una o dos memorias suficientes y más que los ojos que la perseguían en su diario paseo por los cafetales. Era el sacristán de la parroquia, dijo el cura cuando llegó, un indito humilde, trabajador, respetuoso —esto lo machacó, como acostumbraba repetir sus frases de martillo teológico— y Mercedes solo lo vio, al principio, al llegar, porque en seguida fue despachado a comer a la cocina mientras el cura repetía *humilde trabajador respetuoso* y Mercedes recobraba el recuerdo fugaz de los ojos oscuros que apenas levantaban una mirada densa y como recién sorprendida por una revelación. Era todas las miradas de los campesinos del lugar, pero no diversa y plural como ellas, sino única, inseparable de ese cuerpo, de ese hombre, a otros más. Mercedes se dio cuenta de que el muchacho asomaba sus ojos intransferibles entre las tiras de concha nácar que separaban al comedor del pasillo oscuro que conducía a la cocina, durante cada comida, y solo ella podía darse cuenta, sentada en la cabecera opuesta a los ojos que como dos abejorros furiosos se hundían en la oscuridad del pasillo, cada vez más atrás, hasta desaparecer con un leve rechinar de la puerta. Esto sucedía en la mañana, cuando las tres mujeres desayunaban solas, y durante el largo y condimentado almuerzo presidido por el cura y, por fin, cuando a las ocho de la noche un olor de café humeante y mantequilla derretida volaba de la cocina por los corredores hasta todas las piezas, dispuestas en cuadro sobre el patio de mosaicos azulados. Al pasearse, cada mañana, entre los cafetales, Mercedes se decía que hoy, sí, hoy, esos ojos brillarían un instante entre las hojas pardas, y después asomarían con todo su cuerpo a hacer una presencia íntegra bajo el sol, sin reductos. Pasaron los días calurosos, uno tras otro, mordiéndose las colas de sol, y los ojos seguían espiando durante cada comida, y ella buscándolos en sus paseos matutinos: esta vez sí era él, con la cabeza baja, caminando por el mismo sendero: su ropa era ya la del muchacho urbano, pero poco acostumbrado a ella; el cura había pasado ese traje rabón de un sacristán a otro. Se cruzaron; Mercedes no se atrevió a buscar, una vez allí, la mirada; pero se detuvo, se compuso la hebilla del zapato y con el rabo del ojo siguió el trayecto cabizbajo del muchacho. Lo siguió a corta distancia, deteniéndose de vez en cuando a acariciar una planta, o la nariz de una yegua, mientras el muchacho caminaba hacia el corral, al finalizar el sendero, y una nube cada vez más espesa de polvo corría camino abajo: una nube bufante, explosiva, que preñaba de relinchos la quebrada extensión de las tierras: Mercedes se detuvo, apretó su cintura contra la barda y esperó, paralizada, el paso de la cabalgata de ruido y cascos enloquecidos; por fin, pudo distinguir las aletas nerviosas, la espuma dilatada de los belfos del caballo; pateando la barda, embistiendo el polvo, su carrera, por errática, no era menos veloz; el polvo envolvió a Mercedes: los ojos del animal caían como dos alfilerazos sobre sus pechos. Cuando se quitó las manos de la cara, Mercedes sintió una dominación cercana, que acentuaba el sudor, los relinchos y la cólera del caballo: el muchacho, con un garrote erizado de pernos, se había colocado frente a la bestia: un clavo negro brillaba en el lomo del animal, y la mano del muchacho se acercaba cautelosamente a las riendas sueltas. El muchacho le daba la espalda a Mercedes: ella solo distinguía los músculos tensos de su brazo, el pelo revuelto y el puño apretado en torno al garrote. La bestia relinchaba, oscura y con el clavo de sangre nueva enterrado en el lomo; todo el cuerpo del caballo se levantaba y caía con bufos espesos. Fascinada, Mercedes recorría con la vista al caballo, tratando de descubrir, en la exaltación de toda la carne animal, el reflejo y la explicación de su propia carne erguida, de todas las carnes: a medida que el muchacho ganaba dominio sobre las bridas y se acercaba al cuello doblegado del caballo, la exaltación de este se concentraba: los ojos llameantes, los belfos húmedos, el florón de sangre que manchaba el perno y, entre las piernas, la navaja gruesa y nerviosa, como la semilla de la fuerza, como el origen vibrante de toda la cólera y locura y majestad de la furia desencadenada. Mercedes no pudo respirar —o sintió, supo que cada respiro no anunciaba otro, que su posibilidad de respirar quedaría cortada al terminar cada exhalación—: su vista telegrafiaba, del muchacho con el garrote que se abrazaba al cuello de la bestia, al muñón de carne erecta del animal. Un río de poder corría, magnético, entre las carnes exaltadas del hombre y el animal, trenzados como un centauro roto, y la triple efigie lunar de la muchacha: lunas que pulsaban, levantadas como toda la naturaleza de su tierra, en ese instante de dominación y orgullo. Jadeante, el caballo bajó el testuz; entonces se desató la cólera del muchacho, que solo esperaba la abyección de la bestia y la destrucción de su poder para afirmar su cólera y su poder humanos: sin gritar, con los dientes apretados, con el sudor vivo sobre las sienes, golpeaba al caballo con el garrote, abriéndole, como a un zapote maduro, gajos de sangre empalagosa y negra. Mercedes cerró los ojos y pensó en el puño de carne vibrante del caballo, escondido ahora en el muchacho, hombre y bestia idénticos en el grano irreductible, en el origen del poder. Al cesar el tumulto, la vereda se abría ancha y espaciosa: el polvo había descansado en su lecho invariable, y los hombres del campo se alejarían del lugar del combate, despejando aún más el camino dilatado por el caballo y su domador»

—... y limpiará la era y recogerá su trigo en el granero, pero quemará la paja en fuego inextinguible...

«no, nunca volvería a saber cómo supieron, los dos, el lugar de la cita no expresada, el lugar a oscuras donde los ojos se escondían en las uñas y las yemas de los dedos, ni cómo entendieron, vírgenes ambos, ambos sin verse, sin hablarse, lo que era necesario hacer, así, sin ofensas, en una pura intuición sensual, sin voces, en el entresuelo oscuro de la capilla, donde jamás llegaba la luz y ambos abrían

más los ojos como si sus retinas pudiesen llegar a rasgar
todos los velos de la oscuridad y lanzar machetazos de luz:
no solo desde los ojos, sino desde cada nuevo centro de
amor táctil, otorgado totalmente a las manos oscuras y sa-
bias del otro. Sin verse jamás, pues él solo espiaba a la hora de las comidas y ella no alcanzaba a ver sino sus ojos escondidos y después él ya estaba en el entresuelo cuando
ella llegaba y sin hablar, a tientas, buscaba sus manos y
apretaba su cuerpo contra los pechos que ya no le ardían, que
encontraban un reposo violento sobre su cuerpo y ambos
buscaban a ciegas sus labios y la cruz definida y el torni-
llo de velos y reían al tocarse y caían sobre las viejas man-
tas de la sacristía clausurada mientras, afuera, los acompañaba el rumor doblegado de la tarde, de la siesta, del
reposo. Y ella quería alimentar su fuerza, solo eso; darle
parte de su semilla de poder para que con ella venciera a
los caballos y tomara entre sus manos un enorme garrote
claveteado y abriera con él los caminos y recogiera los frutos y le dijera que sus tres astros vivían y tenían una razón
de ser y daban calor y sabores a un mundo: porque nunca
olieron, nunca sintieron asco o desdén o compasión: Mercedes olía a café y a cirio, y estaba segura de que todas sus
tardes en el campanario habían preparado este momento,
que su pensamiento de entonces era tan limpio como su
obra de hoy, y que todo formaba parte natural de su oración, del paisaje que le rodeaba, de cuanto hubiera podido decir o pensar o creer antes de hacerlo. Por eso el horror, la pesadilla, la ruptura de lo que ella sentía ordenado
por Dios —aquí, en sus encarnaciones seguras y palpables—, el Dios que confundía con el mundo de la siembra
y el sol y las tierras al pie del campanario, vino en boca y
manos de los dos seres negros, de las voces y la luz que una
tarde invadieron la antigua sacristía para que Mercedes pu-

diese ver los dos cuerpos juntos por primera vez y el muchacho se cubriese los ojos con la mano, no como si lo ce-
garan las luces, sino tratando de dividir la luz de las sombras y recobrar estas mientras la voz chillona de la hermana
tosía y se cubría la boca con sus trapos negros mientras el
cura aullaba y movía los brazos como un cuervo

»*te lo dije tío yo vi esas miraditas esas inquietudes esa nueva cara en la niña ¡ la niña! como si un vaso roto se pudiera reparar
cría cuervos ernestina cría cuervos dale de comer al hambriento
para que así te pague deshonra de esta casa pura hasta hoy inviolada por la murmuración y el escándalo y mi ejemplo tío mi
ejemplo de honradez y castidad mis años aquí sacrificada cuidando a mi madre enferma para que esta esta míralos como dos
perros míralos el asco y la perdición y el pecado míralos cría cuervos eso se saca uno por traer indios piojosos donde la gente decente gente decente y a oscuras como ciegos los dos asco asco y la gente
decente que dirá dirá dirá dios mío se acabó la honra el pecado
dios mío devorados por el pecado y la lujuria llévate a esta niña
ernestina escóndela de la vista de las gentes honradas que de este demonio me encargo yo puta puta ernestina ella es inocente fue violada por este salvaje ella no sabe no se da cuenta de lo que ha hecho te consumirás en las llamas eternas mercedes no puede haber
salvación mientras yo me he hecho vieja aquí cuidando a nuestra
madre de pie zángano ya te enseñaré a distinguir entre una niña decente y tus indios malparidos como su madre hijo de la mala sangre y yo aquí guardando la honra de la familia dime tío
dime tío y yo y yo y yo*

»porque Mercedes ya había olvidado *y yo y yo y yo* que afe-
rra a la circunstancia y a la vida medida y prevista y en ese
instante *y yo y yo y yo* se dio cuenta y se sintió al filo de una
muerte personal, la suya, la de su carne y su ser fecundado y quiso asirse a yo-soy y dejó de ser lo que era pues dio
la cara con furia al muchacho doblegado mientras la luz

y el tiempo acostumbrados —nuevos— perdían su simetría, su localización, y Mercedes corría descompuesta hacia la casa, a la vista de todos los ojos amodorrados que se
levantaban de las siestas pegajosas, corría con un orgullo
abyecto —diría que el orgullo no se da, sino que se aprende y se construye, y ella, sin quererlo, lo aprendía en ese
momento— y se repetía que ella era decente y él un indio
mugroso, que su hermana se había sacrificado y su tío poseía la palabra de Dios, y todo —el orgullo, el llanto, la
vergüenza— se le apretaba entre las piernas como una di-
secación madura, como las cuerdas rotas por un tijereta-
zo de palabras, y un medio terror (pues desde entonces se
diría que no habría plenitud, que todo se daría a medias:
el orgullo y el pecado, y el amor y la vergüenza) que pulsaba por ascenderle al vientre y allí mismo, detenida de
pronto como un corcel arrestado por su furia, imposibilitado por el exceso de su poder, supo que iba a tener un hijo
y sintió crujir en su seno el esqueleto de la razón a medida que las campanas de vísperas comenzaban a tenderse,
llanas y ojilechuzas, sobre el valle feraz y las caras azoradas de los hombres y mujeres de Uruapan y los venidos del
trabajo desde los Reyes de Salgado y Paracho, desde Tin-
gambato y Parangaricutiro, de toda la tierra de luto húmedo que en este momento, con los ojos tibios que sentía acarrear entre las manos, Mercedes quiso aprehender
en todas las fases, de cosecha y siembra, de plenitud y sequía, de sol y estrella, de extensión roturada y verticalidad
ósea, apresurar y comprimir todas las fases de esa tierra en
su seno y apresurar así, con toda la tierra pesando sobre su
estómago, su propio alumbramiento: así fue. Después la
gente habló —todavía habla hoy— de esa figura de orgullo satánico y ojos de inocencia turbada que se paseaba
a todas horas del día, con la barriga hinchada, por los ca-

fetales y el corral y hasta frente a la iglesia, a la casa sagrada, luciendo su deshonra, orgullosa de su nueva forma, con el feto brillándole en el centro como un carbón final, de día y a veces de noche, aplanando el polvo con los pies descalzos y pidiendo de beber a los labriegos y recriminándoles sus miradas —como si nunca hubieran visto a una mujer embarazada en sus vidas, como si su carne no fuese la misma que cuando se paseaba antes, miraban de otra manera, como si entonces no acarreara los mismos frutos que ahora, dormidos aún, pero los mismos— y luego se acostaba entre el llanto seco de la madre seca y los golpes de la hermana sobre la puerta de su recámara, pidiendo que la dejara entrar para que rezaran juntas y no se condenaran, Mercedes por sus acciones, Ernestina por sus omisiones y Mercedes, grande sobre la cama bronceada, se dormía con el orgullo y el pecado en la garganta, condenándose cada noche, durmiéndose a sabiendas en pecado, en espera de la muerte, de su muerte, presentida en aquel caos de luz y tiempo en que se convirtieron su inocencia y su placer —así habló la gente—. Y hablaron, por fin, la madre y la hermana, hablaron desde sus sillones tiesos, hablaron con sus caras de hierro pintado de carne, hablaron sobre el pecado y la eterna perdición de las almas, hablaron como si su silencio eterno y doblado jamás hubiese existido, hablaron de la virtud y de la honra, de lo que habría hecho el paradigma de caballeros que fue el difunto padre, sobre lo que haría el colérico hermano del fuete y los paredones cuando se enterara, hablaron todo lo que no habían hablado en sus vidas, hablaron desde su inmunidad conquistada por las misas pagadas y las indulgencias plenarias y los rosarios nocturnos y las cantinelas dominicales y por todos los muertos visitados y continuaron hablando el día mismo en que Mercedes gimió y mordió las

sábanas con los dientes y ellas esperaron, hablando y recordando sus obras pías, a que el fruto del pecado llegara
y se fuera solo, evaporado del mundo por sus buenas conciencias: sola, Mercedes apenas tuvo fuerza para llegar hasta el balcón de su recámara, abrirlo y gritar palabras de su
garganta, no de su razón, palabras que dieran voz de una
mujer sola en el parto y vio pasar, envueltas en fundas negras, a su madre en la silla y a su hermana empujándola,
ambas rumbo a la iglesia, mientras el niño se abría ya entre sus piernas, vivo y oloroso e inquietante como un río
que solo de noche fluye: oscuro, silencioso como el momento de su concepción, palpable en su oscuridad y su silencio ante la cabeza atónita de Mercedes que esperaba un
estruendo natal y solo pudo arrebatar unas tijeras de la mesa y caer sobre la cama nuevamente y torcerse y morderse
las manos mientras el niño nacía y después, con los ojos
dormidos, con el cerebro retrotraído a cualquier otro día
y hora menos esos, encogerse sobre su carne extenuada y
mover las tijeras y levantarlo por los pies y golpearlo mientras cantaba algo, una canción también de otro día, este
futuro, que solo al cantar después recordaría haber ento-
nado entonces y después olvidarse y despertar y no en-
contrarlo mientras los senos le ardían como dos rocas es-
cupidas por un terremoto carnal y ella lo buscaba y ofrecía
al aire sus pechos adoloridos y la leche bramaba por salir
y el niño no estaba. Solo entonces recordó y buscó al otro
elemento, al padre, y en su sueño vaporoso y urgente lo
condenó a la oscuridad —a la de la concepción y el parto—, a vivir a ciegas y a solo encontrar en lo oscuro su verdad y su satisfacción y su origen y sobre todo —esto apenas
lo intuía— a vivir presa del yo-soy, a condenar su poder
maltratado, el que ella recordaría en la doma del caballo,
en el flujo de cópulas, a un despeñadero inútil, egoísta,

que le asegurara a Mercedes, en su delirio, que los frutos erguidos y reales de ese poder solo fueran de ella, que los había germinado en aquel momento, y después se disiparan para siempre: lo condenó, sin voz, sin pensamiento, solo buscando con las manos al hijo ausente de ese padre, a recobrar en la oscuridad su poder y a gastarlo en la luz, a no encontrar jamás la fórmula exacta de la razón entre el poder y su fruto. Y solo recordó el nombre del padre de su hijo, recordó que él jamás se lo había dicho, que solo el cura lo había pronunciado una vez, ocasionalmente, al llamarlo, y ahora, sin poder volverlo a recordar en su vida, brotado del centro tumultuoso de su sueño y su cuerpo pálido y postrado, gritó:

»—¡Federico!».

Aquí, siempre, en ese minuto en el que coincidirían el recuerdo y el nombre, la memoria de Mercedes se detendría. Ya había oscurecido y solo los alfileres brillarían sobre el pelo atornillado de su nuca. Pues habría cerrado los ojos y después

«y después permaneció durante horas no señaladas, no medidas, con los ojos cada vez más enormes sobre la almohada viendo pasar por las paredes de su recámara el rostro último en el que se confundían el no visto del hijo con el apenas recordado del padre, y desde la sala llegaban los murmullos de oración vergonzante, quietos y filosos en el atardecer caluroso de la tierra, cuando el cura acercaba su cara de pastel lechoso y sus dos ojos, dos pasas rojas incrustadas sin simetría sobre la máscara de harina, a los de la madre, que ya no estaban allí, que poseía otra máscara, lupina no a fuerza de enfermedad y fatiga o de dolor, sino a fuerza de no estar allí, de irse escondiendo, presa del terror por tantas palabras jamás dichas, en el último refugio de los huesos y más allá: los dos muy cerca cuando el cura dice: —Tu hija se ha condenado, Ana María, ha pecado contra la carne y también contra el espíritu y jamás me admitirá en su recámara para escuchar su confesión y repetir conmigo las palabras que podrían darle el consuelo de Nuestra Santa Madre la Iglesia y así la salvación y tú Ana María, tú también debes condenarla y estar del lado de Dios y su Iglesia mientras ella no baje la cabeza y acepte las cenizas del remordimiento —y piensa *sálvame, Dios mío, sálvame de tus infiernos y tus congojas sobre esta tierra y hazme un hombre justo y permíteme, en tu nombre, distribuir la justicia de este mundo y del otro y el perdón y la culpa con ella y no me permitas abrirle el corazón a quienes te ofenden con su concupiscencia y su delectación: condena a esta niña para que yo me salve ejecutando tu voluntad terrible y tu condena, Dios mío, para que yo pueda ser tu ejecutor y tenga la oportunidad de probarte mi Fe* y dice otra vez, mientras pega los labios a la oreja que no está allí de la madre que ya no está allí—: Sé fuerte, Ana María, y condénala conmigo; en nombre de tu esposo que Dios tenga en su gloria y de todos los muertos en el seno de la Iglesia, condénala para siempre pues creo que la gracia jamás volverá a descender sobre esta infeliz muchacha y que su arrepentimiento no será sino obra del orgullo satánico que la domina —y piensa, sin saber que el eco de su pensamiento, concentrado en un grano definitivo y que ella entendería sin saberlo, llegaría hasta la recámara donde Mercedes esperaba *pues ahora ella ha sufrido y sabe que el pobre ser mortal es capaz de tolerar todo el dolor por sí, solo, sin más alivio que el que sepa encontrar dentro de sí, y entonces encontrará las palabras justas y la vía recta a la paz del espíritu, sin necesidad de mí, a través de su dolor y tocará Tus dedos y sentirá Tu aliento cercano al dolor y no necesitará ni de mis palabras ni de mi recta decisión en Tu nombre ni del perdón que como Tu ministro yo puedo otorgarle en Tu nombre*

y será, en verdad, una mujer de Dios, sin mí sin mí   pero
Mercedes había escuchado el murmullo del pensamiento
de su tío, el cura, y estaba pronunciando las palabras de vida y muerte que había aprendido en dos instantes de carne abierta y carne fecundante y en ellas encontraba paz
y decisión. Por eso pudo salir de la casa, erguida, como
sería siempre desde entonces, erguida y con el nuevo sentimiento, que jamás la abandonaría, de una agresiva resignación —*las cosas no deben hacerse, las cosas tienen que
hacerse*—, erguida con una sombrilla de seda azul y dos ma-
letas y una criada indígena a buscar por los orfanatorios de
Michoacán y de todo el Bajío, con la bolsa repleta de los
centenarios que la madre que ya no estaba allí le había entregado sin decir palabra, azorada por la letanía del cura,
aterrada por tantas palabras jamás dichas, un instante antes de hundirse para siempre en el esquema de sus huesos,
azorada ante la perdición y la condena totales. Mercedes
pudo viajar por el Bajío en una vieja diligencia de la hacienda con la criada indígena y un cochero vestido de blanco,
con la sombrilla de seda tiesa, recuperando los cabos, ajena
al nuevo estruendo enarbolado de jirones de estandarte y
metralla, buscando entre los ojos de la tropa los ojos del
que la había fecundado, segura de que en algún paraje sus
ingles oscuras se erguirían domando un caballo bravo, de
que su poder requería esta coyuntura de la sangre y el fuego y la batalla, hasta que lo dio por muerto el día que en
Celaya, en una casa de niños recogidos, encontró —días
antes de los combates entre las fuerzas de Obregón y Villa— al de rostro rojizo y perfiles delgados que había dejado allí, con su firma, su hermana Ernestina, y con él viajó
a México y compró una casa en Coyoacán y bautizó al niño Manuel y lo crió en el amor a la verdad y así pasaron los
años, sin pasar, detenidos en dos o tres momentos que re-

cogían todo el tiempo y toda la vida: pulsando como un coágulo sobre el tiempo, solo esto: *padre de mi hijo, no tendrás
más poder que el que me exprimiste a mí, y deberás regresar a mi
imagen y a la de tu hijo para encontrar la verdad y el origen de
tu fuerza y lo demás será la disipación y el orgullo sin frutos y el
crimen más horrible, el que no se sabe que es crimen* y lo pre-
sentía corriendo por el mundo, por el nuevo mundo y la
nueva ciudad, domando, domando siempre, hinchado de
poder por la fuerza que ella y cuanto la circundaba —tierra
húmeda, frutos de la tierra, ojos y manos y rostros mexicanos que sin verlos fueron testigos de su amor— le habían
dado en el origen»

Ya se había apagado el cielo. Un escuadrón de caballería que regresaba del desfile del 16 de septiembre rompió,
con sus cascos cansados, el silencio de la plaza. Mercedes
se puso de pie y cerró la ventana. Nuevamente, los pasos
de la criada corrían por su sendero habitual a anunciarle
la cena. Como una lámina de lutos incomprendidos, Mercedes caminó en la oscuridad. Sus espaldas rígidas cargaban solo aquellos instantes de revelación y amor y orgullo
y redención. Después no había sucedido nada. Manuel Zamacona no había muerto estúpidamente en una cantina
de Guerrero, la noche anterior. Federico Robles no había desencadenado su poder en la muerte antes de volver
a encontrar la verdad ofrecida, en la semilla inicial, por
Mercedes. La mujer se sentó y vació la jarra de chocolate
perfumado dentro de una taza de barro tosco.

EL ÁGUILA REPTANTE

La luz del amanecer se condensó en Federico Robles: en su opacidad, el hombre viejo y silencioso, con el traje arrugado y las manos escondidas en el saco, parecía el origen de la misma luz que lo bañaba. Había caminado, sin rumbo, sin sentirlo, por barrios que le eran desconocidos, que habían surgido fuera de su memoria mientras él se aferraba al círculo urbano estricto desde donde había cumplido su vida y su poder. No buscaba nada, no preveía nada en su caminata fría y ciega; el somero esqueleto gris de la ciudad apenas lograba rasgar su vista mientras caminaba, sin lentitud y sin prisa, acarreado por sus ojos antiguos, entre los residuos de la fiesta del Grito; los grupos de mariachis desvelados, de borrachines simpáticos, de mujeres que hacían cola frente a las lecherías de barrio, con los niños envueltos como nudos de lombriz en los rebozos, corrían sin sentido alrededor de Federico Robles: sabía, sin verlo, que nadie lo observaba detenidamente, que a nadie le resultaba fuera de lugar su figura negra, su vejez repentina, todo su nuevo contorno; que su persona excepcional de ese instante era la persona común que todos aceptarían. Robles se detuvo en seco al cruzar una calle, cuando el estruendo de un camión materialista logró penetrar más allá del estruendo de fuego que se había apoderado de su oído. El cuerpo de Robles volvía a desplazarse, con una pesantez furiosa, por los salones de la mansión de Las Lomas

—con una secreta intuición destructiva, jamás deseada, jamás consciente; era el estruendo de tibores estrellados sobre el piso de mármol, de lámparas arrancadas a sus contactos, de un mantel arrastrado con toda su cuchillería y platos de porcelana, con la cena helada que jamás se había consumido, con los candelabros parpadeantes que iluminaban el comedor; era el estruendo de la risa sollozante de Norma golpeando la puerta cuando Federico, sin distinguir la luz helada de los cubiertos y el mármol de la lenta y lamida de las velas caídas, salió de la casa con un portazo y se lanzó en su automóvil Lomas abajo, con todas las imágenes superpuestas y bailarinas, imagen de luz y risa y destrucción y carne azorada. Cuando abrió los ojos y metió, con un asombro repentino, el freno, respiró el aire de madrugada de un lugar que desconocía; se sintió al final de un largo viaje: los muros despintados le cerraban las vías, los postes de luz y teléfonos, reblandecidos, formaban una selva de alambre impenetrable. Robles descendió con el traje arrugado de tres días de vida y vio la placa de la calle: *Fray J. de Torquemada.* Una vía recta, donde el color sin tonos del pavimento se continuaba en las casas y en el firmamento. Robles caminó sin rumbo, perdido en su afán secreto, conducido por otras manos y otros pies al centro y ombligo de la urbe, al lugar del nuevo encuentro. Los olores de la ciudad se apretaban en un solo haz nítido que el trajín y dispersión del día hacían desaparecer. Ese olor de vapor y ruedas de tren, de gas escapado, de flores despiertas llevadas al mercado, de orines húmedos sobre la pared y el polvo, de las primeras cocinas del día y de la ciudad. Envuelto en un aire transparente, sin peso, de navaja líquida. Las calles de Algarín y la Colonia Obrera no tenían nombre ni rostro: como una serpiente gris, reptaban los pliegues de la ciudad, se enrollaban y erguían bajo los pies cansados de Federico. Un murmullo de letanía y sollozo que partía, más que de las voces, de la alta neblina que nacía en una alcantarilla y rodeaba una casucha de adobes pardos y maderos claveteados, lo detuvo.

—Estrella matutina...

—Arca de la alianza...

Desde la puerta abierta, Federico Robles guiñó los párpados ante las velas, altas y trenzadas de flores, que por un momento sumergían en la oscuridad a los cuerpos de trapo negro que rezaban al pie de una caja de madera blanca.

—Arca de David...

—Cordero de Dios...

—Cálmese, doña Madalena, cálmese.

—Había de venir a que lo mataran, nomás a eso...

—¡Pobre Grabiel! —dijo el viejo con ojos de insomnio, sosteniendo la gorra de beisbolista entre las manos de pan seco.

—Tan ilusionado que vino, con sus regalos para toda la familia. ¡Quién le iba a decir...!

—Era mi mero cuate... —sorbió desde la nariz Beto—. Tómese su cafecito, don Pioquinto, ya no hay de qué quejarse.

—Ya le veremos la cara al flaco ese, jijo... —comenzó a hablar el Fifo.

—Respeto, bróder —dijo con la cabeza gacha el Tuno.

El olor de gardenia y cirio alumbró la pequeña habitación ante los ojos de ave descendida de Federico Robles.

—Pásele, señor; ¿usted era su cuate también?

Beto tomó del codo el cuerpo sin voluntad de Federico y le colocó un vaso de pulque amarillo en las manos. —¡Ya se nos fue Grabiel, señor! Él no se la buscó, palabra; le cayó nomás; así es la suerte.

—La suerte... —repitió Federico en su sueño de ojos abiertos.

—¡Averiguar por qué se muere la gente! De que les toca, ya estaría de Dios. —Beto empinó el vaso e hizo un gesto de salud a Robles. El murmullo de las mujeres obligaba al suspiro de las otras voces—: Pero Grabiel, señor, tan joven... Morirse así nomás, sin razón, de repente. Sin verle la cara a su ultimador, sin que le hayan dado chance de defenderse. Es como morirse en balde, señor.

Los ojos antiguos de Robles recorrieron el cuerpo rígido de Gabriel, la mancha humeante de su vientre, la cadena de mujeres oscuras que amordazaban el cadáver. Ojos y carne y muerte del pueblo. *Este es mi primo Froilán la mañana que lo fusilaron en Belén* —dijeron esos ojos cada vez más viejos de Robles sin que su lengua pudiera pronunciar los nombres o su memoria saber cuáles eran—; *este es Feliciano Sánchez, asesinado por la espalda, corriendo en un llano de caliche...* Y eran la voz adivinada y los ojos ondulantes de Manuel Zamacona los que repetían estas palabras en el centro carnal de Robles: el hombre moreno y obeso dio la cara a la puerta, al cielo cada vez más claro de estrellas cercanas, feroces, oprimidas hacia la tierra por el temblor del sol. Quiso volar hacia esa cercanía de astros; volar porque sentía el estómago pegado a la tierra, su cuerpo reptando entre los cadáveres injustificados. *No es necesario hacer algo para morir* —le decían esa voz adivinada, esos ojos de su carne reflejada—, *para morir en vano no cuenta la voluntad.*

Federico volvió a mirar el cadáver de Gabriel. *¿Quién dará razón de su muerte?* —resonó, hasta la furia, la voz adivinada—, *¿quién es el asesino de este hombre, de todos nuestros hombres?* Con un sollozo seco que nadie escuchó, Federico cayó de rodillas sobre el suelo de petate y polvo. La mano de Beto tocó el hombro doblegado de Robles.

—Era de los nuestros —dijo Beto—. Como que no éramos cada uno distinto del otro, sino todos igualitos, ¿me entiende? Como que Grabiel era yo y yo Grabiel. Así son los cuates.

Las rodillas de Federico se hundían en la tierra suelta. Tierra de laguna y surtidor subterráneo, escondida para siempre, seca en su costra visible, húmeda y ronca en su centro antiguo, en el lugar de los encuentros. Desde sus huesos, Robles sintió surgir, negándola, una explicación inmediata. Más allá de sus huesos y de su sangre, en las vidas de otros que en ese minuto de humillación y carne rendida eran su propia vida, en las vidas mudas que lo habían alimentado, sintió la razón verdadera: y esas vidas mudas, cuyos nombres quizá no recordaba, se multiplicaban en una escena de pantomimas fatales, hasta abarcar toda la tierra de México, todas las derrotas y asesinatos y batallas, hasta regresar, hablándole, reconociéndole, al cuerpo de Federico.

De rodillas, Robles levantó el brazo y pasó la mano por la frente helada de Gabriel.

Al subir la escalera de la pequeña casa de apartamientos de la calle de Tonalá, el hombre súbitamente viejo y cansado sentía que cada peldaño era un recuerdo. La casa tenía tres pisos, con dos apartamientos en cada uno. La escalera de mosaico quebradizo corría al lado de una pared rayada, de yeso embadurnado por manos de niños y sirvientas. El tragaluz de la azotea dejaba caer una capa de polvo gris. Hortensia Chacón habitaba el tercer piso, pero Federico Robles supo que había algo más —una vida, hubiese querido decir— entre la planta baja y Hortensia, ciega en su tercer piso, esperando con su criada vieja las visitas de Federico en la tarde, rumiando, como él, recuerdos confusos, sin coyuntura, inexplicables a la luz de la razón inmediata que teje el hilo exigente de lo cotidiano, hilo de dogal, tejido en la premura. Ahora no. Ahora los recuerdos se detendrían y caerían en su verdadero orden, en su explicación original y ambigua. Peldaño de Albano Robles y su tierra húmeda y cocida. Peldaño de Froilán Reyero y sus bigotazos lacios mojados en la jícara: Froilán en los tumultos de carabina y hambre y muros acribillados, para quien no estar solo era como morirse de pena. Peldaño de Mercedes Zamacona, tibia y oscura en el centro de la siesta, convocándolo con su carne a una cita sin ojos ni palabras, en quien todas las semillas germinaban sin ruido entre las manos del amor, en quien las horas de la vida se alargaban en una sola línea, honda y surcada, de poder inconsciente: frente a los caballos, relincho, en el ofrecimiento secreto de amor, tibieza de germen insuflado por la primera vez, en la creación primitiva, honda y oscura. Peldaño de Celaya: campos abiertos a todos los ríos de la carne, campos donde, en la metralla y las bayonetas y la diana y las herraduras quemadas de velocidad, todo un mundo perecía para siempre y todo un mundo, sin hitos anteriores, creado por los hombres plantados con su sangre y su pólvora en ese campo, abierto por esos mismos hombres para que lo dominasen y lo hiciesen suyo, nacía. Peldaño de Librado Ibarra: noches de juventud y ambición, y noches deformadas por la ciudad, noches de aprendizaje en la triquiñuela, noches en que los caminos se abrían fáciles y las aristas eran limadas por la solicitud y el engaño a sabiendas y la justificación tácita. Peldaño de Feliciano Sánchez: último acto de la sangre, última decisión de la sangre antes de llegar al lugar de cita de la singularidad y el poder aceptado y bendito. Peldaño de Norma Larragoiti: fluye mansa la carne por los cauces establecidos, donde nadie nos puede dañar, donde nada vive y todo dura, donde los garfios del origen, pulidos, se van doblando en la esfera de la complacencia y la escueta, larga perduración. Y el último peldaño, roto, donde el pie muelle pierde el equilibrio y toda la vida es vuelta a sacudir, exigiendo que se le recuerde, que se sepa que fue todo lo anterior, que se niega a ser cancelada. Allí, a la altura del último peldaño, se abría la puerta de Hortensia Chacón.

Como una intuición viva, como si un oído de murciélago hubiese acompañado a Federico en su lento ascenso por la escalera de la casa de Tonalá, la mujer sin ojos, sentada en la silla de ruedas, esperaba con la puerta abierta. Ni él ni ella hablaron; se tomaron las manos, y Federico condujo la silla a través de la pequeña sala, hasta la alcoba. Allí, tomado siempre de la mano cálida, regordeta, morena de la mujer, la contempló. Las facciones finas e indígenas de Hortensia sonreían ligeramente. Las gafas oscuras escondían sus ojos. La sangre le pulsaba en las puntas de los dedos, ligeros sobre las yemas de Federico. Toda la sangre del hombre se disparó hacia ese lugar de encuentro. Los dos sentados, con la vida entre los dedos, sin hablar. Parte de esa sangre era de esclavo, de señor sometido, de vida que ha olvidado para siempre su vida. El hombre y la mujer morenos, vestidos con las ropas de la civilización occidental, solo tenían esos dedos para decirse que eran iguales, y otros. Una ternura común anticipaba, a través de ese contacto, un reconocimiento. No hablaban.

Federico sintió que el sol de ese día llegaba a su punto más alto, desierto de color, llagado y suntuoso. Sabía que aquí, entre los dedos de Hortensia Chacón, iba a saber. Acarició la cabellera negra de la mujer.

—Has venido... —dijo por fin Hortensia.

—Sí.

—No sé; ¡te esperaba tanto!

—¿Me esperabas?

—Sí, tanto...

Con los ojos entre las manos, Hortensia buscó el filo de la cama y se sentó al lado de Robles. Después se recostó. Robles acercó su mejilla a los senos de la mujer. Más que en el latido del corazón, más que en la cercanía de las voces del cuerpo, ambos sintieron que se acercaba el deseo. A ciegas, en la oscuridad del cuarto, ambos se buscaron con un tacto y una respiración directos y sin palabras. No era como si estuvieran solos, ni como si ya fuesen uno; tampoco como si aún fuesen dos. Eran dos, sí, pero cada uno era otro porque había sido reconocido así, como el otro nuestro, como el otro que me pertenece. Era esta sabiduría sin palabras la que le comunicaba a Hortensia un deseo, y a Federico una voluntad: la de otro ser dictado por ese momento exacto de la carne, la de otro ser vivo ya en el centro caluroso de ambos, el ser que los reconocía ya y clamaba por su propia vida en el contacto entre este hombre y esta mujer. No necesitaban decirlo; los cuerpos enlazados, la cópula temblorosa de Hortensia Chacón y Federico Robles eran solo la primera caricia dada al hijo vivo ya, al hijo que en ese instante los obligaba a anudar sus sexos.

Federico dormía y Hortensia lo vigilaba. Detrás de las cortinas más densas de su sueño, Robles se veía con otros, nunca más solo, y el rostro que mojaba los bigotes en la jícara de barro le decía que no es la soledad lo terrible, que estar con otros es el único dolor. Y Hortensia vigilaba ese sueño, lo vigilaba con los ojos ciegos y abiertos, para que al abrir Federico los suyos fuese ella lo primero que viese, y en ella viese al mundo.

La noche descendió, con pasos sofocados, sobre el 16 de septiembre de 1951.

❧ 3 ❧

BETINA RÉGULES

Jaime Ceballos siempre se había distinguido por su ambición y su capacidad. Desde los quince años, comenzó a publicar poemas en las fugaces revistas de provincia y, ya en la escuela de Leyes, lo llamaron a decir discursos en varias ocasiones: frente al Gobernador, cuando se inauguró una presa, y después para el Presidente un 16 de septiembre. Sus estudios fueron especialmente brillantes, y su porte distinguido, su estilo maduro de vestir y accionar, le atrajeron la simpatía de toda la gente decente de Guanajuato. Por eso, cuando en abril de 1954 fue a pasar una temporada Betina Régules, una de las chicas bien más populares de la capital, y a la cual los cronistas de sociedad llamaban «la niña dorada», hija del famoso abogado y hombre de negocios don Roberto Régules, todas las señoras procuraron que los dos se conociesen.

Al principio, Betina casi no habló con nadie. Siempre saludaba con corrección, sonriente, pero nunca dejaba de levantar una barrera entre ese encuentro casual y el primer grado de la intimidad. Andaba, sin duda, calando el ambiente. Las primeras veces, le dio a Jaime el mismo tratamiento que a los demás galanes locales. Pero, poseída ya del clima social de la provincia, procedió sin titubeos a elegirlo a él. Jaime sintió que la barrera desaparecía; bastó un brevísimo movimiento de Betina mientras se polveaba la nariz. Jaime la sacó a bailar; lentamente, sus mejillas se acercaron; luego, él se atrevió a apretar sus dedos en torno de aquella cintura de diecinueve años, y por fin los dos perfiles se unieron estrechamente, en silencio, ajenos ambos al ritmo de la música. Las señoras sentadas en fila a lo largo del salón daban muestras de contento.

—Betina es chulísima. ¡Quién nos iba a decir que una chica así, con tanto éxito en la capital, había de caer con una de nuestras promesas!

—La tierra llama, doña Asunción. No en balde el padre de Betina también es guanajuatense y de aquí salió a valerse en el mundo.

—¡Qué pareja tan primorosa!

—Y don Roberto está millonarísimo. ¡Fíjese usted qué ventaja para Jaime! Ahora, en cuanto se reciba, podrá ir a México, a que lo encarrile don Roberto en los negocios. ¡Ay, se han sacado la lotería, los dos, los dos!

Todas las noches parecían insuficientes. Primero, tomados de la mano, por el paseo de la Presa; luego, del talle, por los callejones morados; por fin, en el fondo del automóvil de Betina, los ojos brillantes, los labios repitiendo docenas de veces las mismas palabras, gastadas y cada vez pronunciadas por la primera vez, y en seguida el prólogo del silencio:

—¿Estás a gusto, mi amor?

—Sí, Jaime...

—¿No te molesta el humo del cigarrillo?

—No, te lo juro, estoy bien...

—¿Seguro?

para sentir los labios y la lengua comunes, y los senos de Betina, apretados, contra su camisa.

Las noches del joven amor huían veloces. El calor animal, la carne dulciamarga, que se quieren conservar en los únicos instantes sin tiempo:

—¿Para siempre, Betina?

—¡Para siempre, Jaime, mi amor, mi amor!

—¡Mi vida! Quisiera llenarte de estrellas el pelo...

—No hables, Jaime; apriétame...

y el pelo de Betina se llenaba de estrellas, y los dos cuerpos caían abrazados, las manos de ella temblorosas sobre la nuca de él, los dedos de él hundidos en el hueco de la espalda de ella y recorriendo con las yemas ligeras la cintura, los brazos, la visible división de los pechos. Eran noches de provincia, tan lentas como ellos las querían, tan silenciosas —apenas el murmullo del disco favorito, tocado una y otra vez por la sinfonola del bar desierto

the important thing is here and now
and our love is here to stay

mientras los pies apenas se desplazaban y Betina sentía la respiración apasionada de Jaime en la oreja.

Solo los domingos parecía Betina mudar de personalidad; entonces, cuando los dos se presentaban al tradicional té danzante de las cinco de la tarde en el hotel, una Betina distinta se desprendía de la totalidad formada con Jaime —la que él quería sentir e imaginar— para exhibir sus vestidos de corte severo y provocante entre los tules indiferenciados de las chicas locales. Entonces Betina arqueaba la ceja, afirmaba su elegancia y superioridad capitalinas y la palabra «cursi» salía a cada momento de sus labios y de su mirada. Entonces gustaba de bailar con alegría y pasos complicados entre los movimientos torpes de las parejas provincianas.

—En París nos alojamos en el Crillon —le decía con la voz más alta que de costumbre a Jaime—; papá dice que por allí ha pasado toda la historia de Francia. Figúrate, en esa misma plaza estaba la guillotina.

Jaime la sentía distinta, pero no dejaba de aplaudirla y de agradecer esta sensación de independencia frente a la provincia que él también hubiese adoptado de poseer las armas de Betina.

A principios de junio, Betina tuvo que regresar a México. En cuanto Jaime se recibiera, iría a verla y entonces decidirían las cosas.

La tesis de Jaime no resultó tan brillante como todos esperaban. Él, con íntima satisfacción, se repetía los motivos: las largas noches con la mirada perdida, los largos pliegos de cartas diarias, el calor permanente en la boca del estómago.

En la estación de Buenavista lo esperaba la niña soñada, de pelo rubio ceniza y ademán lánguido. Betina agitó la mano, pero Jaime no pudo dejar de observar la pequeña mueca de fastidio en la boca de la muchacha. Descendió del tren, vestido con su traje dominguero, negro, su chaleco y un clavel en el ojal; corrió a abrazarla:

—No, Jaime, ahora no. Nos están viendo,

En el MG amarillo, con el cabello azotado, corrieron hasta la pensión que le habían recomendado a Jaime, en la calle de Milán.

—Ve pensando qué vamos a hacer, Jaime. ¿Qué te gusta? ¿Golf, tenis, equitación?

—Ya sabes que no soy deportista, Betina. Los estudios, las letras...

—Pues eso vamos a remediarlo. Escoge pronto. Te recojo hoy a las nueve de la noche. ¡Ah! ¿Y no tienes ropa menos solemne, así como más británica, tú? Sabes, elegante pero cómoda. Y oyes, aquí no se usan flores en el ojal.

—No sé... tendré que comprarla... A ver si me acompañas...

—Okey. Aquí estamos. Chao, mi amor. ¡Hasta las nueve!

Betina arrancó, brillante bajo el sol, levantando una nube de polvo y humo.

La sala de Bobó era la misma de siempre; el cordial anfitrión, más abotagado, con el chaleco de ante que ahora apenas ceñía sus ociosas lonjas, recibió a Betina y a Jaime, balanceando entre los dientes amarillos su boquilla de oro, y corrió, transfigurado por la niebla del tabaco y el agrio sabor de ginebra y *whisky* que permeaba la estancia. Jaime se sentía molesto con su traje negro arrugado por el viaje, y hasta el grueso anillo con el escudo de la escuela parecía fuera de lugar. Se arreglaba continuamente las puntas del pañuelo; con disimulo, se lustraba los zapatos contra la valenciana.

—Gus darling! —exclamó Betina y abrazó a un pequeño hombre regordete y con las cejas depiladas.

—¡Belleza! ¡Tanto tiempo! ¡Desde los idus de marzo!

Ambos rieron en honor del pequeño chiste privado, y Gus, con la mano en la cintura, observó detenidamente a Jaime:

—Preséntanos a tu agente de funeraria, Betina...

Pero Jaime ya le había dado la espalda y se dirigía a la cantina. Betina le siguió, apretando los dientes:

—Cuando menos, *algo* de educación, querido...

Ambos se fundieron en el diapasón de la fiesta. Betina se desplazaba con un profundo conocimiento del terreno, y Jaime, detrás de ella, apenas farfullaba unas palabras *mucho gusto... mucho gusto... llegué hoy... sí, Betina me ha dicho...* y luego recorría con la vista el salón de Bobó, sus paredes de distintos colores, los cuadros y las estatuillas. Desde lo alto de la escalera, Pichi se asomaba, los ojos cargados de rímel, a suspirar:

—Mon romance royal! ¡Ya llega mon romance royal!

Bobó se acercó a Betina y Jaime:

—No cabe duda que ya estamos viernes. Hace poco, tus papis eran el elemento joven aquí. Ahora, tú eres la princesa del salón. ¡Cómo ha corrido agua bajo el puente! ¡Y los desengaños y sufrimientos! México no volverá a ser el mismo desde la horrenda muerte de Norma...

—Bueno, era medio cursilona la pobre, pero en fin —interrumpió una Charlotte García más tiesa, como si le faltara aceite, blandiendo los mismos impertinentes de estructura mantenida con tela adhesiva—. ¡Mira que morirse así, achicharrada, en plenas Lomas de Chapultepec! Si te digo que aquí todavía anda suelto Huichilobos, palabra. Oyes, ¿y has sabido del famoso banquero?

—Nada —gimió Bobó, masticando su boquilla—; algo de que se casó con una gata, algo así de espantoso. ¿Y qué me dices del impostor de Vampa?

Charlotte se llevó una mano al corazón: —¡Ay! Ni me recuerdes ese golpe mortal. ¡No sé cómo respiro después de eso! ¡Mira que tomarnos el pelo de esa manera!

El rostro de Bobó se arrugó de angustia: —¡Resultarnos con que no era más que cocinero titulado de una pizzería de San Francisco!

—¡Nosotros que lo tratamos como si fuera de sangre azul! Ni me lo recuerdes, Bobó, que me muero de la indignación... y pensar que Pierrot Caseaux lo tomó para su servicio... ¡si cada vez que como ahí siento que los macarrones conocen todas mis intimidades!

—Ay, pero cuánta desgracia —rió Betina, jugando con su collar de brillantes. Charlotte repasó con sus ojos miopes a Jaime: —No, chulita, también han pasado cosas muy buenas. ¡Estoy encantada, Bobó, con lo felices que son Pimpinela y Rodrigo!

—Si te lo dije desde que Rodrigo vino por primera vez a un cocktail aquí —dijo entusiasmado Bobó—. «Ese chico tiene talento», ¿a poco no?

—Sí. ¡Y cómo reciben! La casa del Pedregal les ha quedado linda. Eso sí da gusto, tú, tanto cachet tanto cómo te diré de refinamiento y buen gusto. Luego luego se ve quién es quién en esta miserable aldea.

La Contessa Aspacúccoli se acercó haciendo buches de guacamole: —Perdí las llaves, queridos. ¿Quién me invita a dormir chez lui? —Su mirada, ávida, recorrió el grupo—: ¿Usted, joven desconocido? —dijo señalando imperialmente a Jaime. Todos rieron y Jaime no supo evitar un sonrojo. La risa de Betina, al notarlo, se suspendió en medio aire. Dio la espalda al grupo y se dirigió, con rapidez, al tocador. Allí estaba Natasha, reducida a la línea intermedia entre el esqueleto y la piel, y una Cuquis ya fodonga, con las líneas en torno a los labios impresas sobre la piel.

—¡Salut, Betina! —gimió Natasha desde su lápiz labial perfumado e intenso—. Ya vimos a tu futuro. ¿Es ese, no?

—Un auténtico merenguero —añadió enfáticamente Cuquita—. ¿Por eso cortaste con César? Francamente, chula... ¡Pensar que la beatita hipócrita esa de María del Rosario se va a llevar tantos millones! ¡Pero qué desperdicio, mi amor!

Betina se soltó llorando, la cara escondida entre las manos.

—Conocer el destino es no tenerlo —declaró Rodrigo Pola al grupo que, atento y servicial, lo rodeaba—. El éxito en el cine es eso, una perpetua aventura, donde triunfa el que sabe dominar, el que sabe poner su talento al servicio de las grandes masas. Es evidente que en México ya existe un público enorme que pide cosas que lo entretengan, fáciles de digerir, pero con cierta clase. ¡Todos, estrellas, argumentistas, productores, nos debemos a ese público, nuestro público!

—Tu éxito ha sido maravilloso, Rodrigo —insistía Charlotte—. ¿Y no intervienes en la selección de nuevas estrellas?

—Bueno, no es propiamente mi terreno, pero una sugestión mía *pesa,* ¿me entiendes? —Un traje italiano de tres botones y una corbata de seda gris vestían a Rodrigo. Su rostro, ágil, irradiaba un aplomo total.

Junior se acercó a Jaime: —¿Usted es el pior-es-nada de Betina, no? Fíjese, mi mamá es fantástica: ¡fue hasta la Basílica a hacer una manda a la Virgen para que Betina y usted no se casaran! ¡Qué detalle más padre, a poco no!

Entraron, entre la indiferencia general, los miembros de la orquesta tropical, e iniciaron su ritmo y su estribillo

vacilón, qué rico vacilón, cha cha cha, qué rico cha cha cha

Cuquis, observándose en el espejo, susurró a Betina: —No dejes de recordarle a tu papi mi asunto. Aquellos terrenos por el rumbo de Barrilaco, ¿recuerdas?

Pero Betina no escuchaba. «No solo es pobre —pensaba con la polvera en la mano—; no sabe hacer las cosas, es triste, sí, es ramplón y barato. No se siente a gusto con la riqueza y la elegancia». Pero la sensación de las caricias y los besos chocaba contra su pensamiento, y entonces resurgía la imagen del pequeño payo, mal trajeado, inepto para hacer conversación o brillar con la luz inequívoca de la pertenencia y la elegancia, y volvía a sucederla el recuerdo de sus manos nerviosas, de los besos los besos los besos.

ricachá, ricachá, ricachá, así llaman en Marte al cha cha cha

—Todas las cosas son viejas, y solo son novedosas al tener éxito —repetía Rodrigo Pola ante el grupo de admiradores que, con su sola presencia, lo coronaban de aplausos—. Este es el secreto del buen argumentista de cine. Ya vieron el éxito de *Almas desnudas.* La eterna historia de Romeo y Julieta, pero llevada al ambiente de los bajos fondos, con un Romeo cinturita y una Julieta fichadora que además es hija de un viejo torero ciego. Luego, la novedad del cha cha cha, y Doris Leal en un papel completamente distinto al de esposa abnegada que venía haciendo. Fórmula vieja y probada, drapeados novedosos: ¡taquillazo!

pican, no pican los tamalitos de Olga, Olga

—¡Ya llega mon romance royal! —seguía suspirando Pichi cada vez que un nuevo invitado entraba en el salón.

—¿Quién es tu pinche romance, Pichi, se puede saber? —dijo en voz baja Gus al oído de la muchacha. El rostro de Pichi se descompuso, y volvió a suspirar: —Ya llega, Gus, ya llega mi chevalier royal...

tome chocolate, pague lo que deba

Pierrot Caseaux entró con una chica nueva, radiante, de colores subidos y ojos de gacela. —Allí está el señor Pola —suspiró la niña, con los labios llenos, a Pierrot—. ¿Vamos trabajando una prueba de cine?

pimpollo, pimpooooollo, pim-pim-pimpollo

Jaime se quedó solo, con los brazos cruzados, frente al ventanal. Betina se acercó y lo tomó del brazo. Quiso hacer conversación ligera, y con una voz cantarina le dijo: —¿Qué te parece el grupo, Jaime? —Betina colocó la mano sobre el brazo de Jaime—. Mañana vamos a ver a papá. Está de acuerdo en todo y quiere que entres luego

luego al bufete. Me dijo que nos iba a regalar una casa en Anzures.

Los dos guardaron silencio. Jaime acarició lentamente la mano de Betina.

no quieeeero codazos, ni tampoco cabezaaaazos

RODRIGO POLA

A la una de la mañana, Rodrigo abandonó la fiesta de Bobó y descendió a la avenida de los Insurgentes. Su automóvil estaba estacionado en la esquina con Nápoles: Rodrigo abrió la portezuela y se dispuso a penetrar cuando percibió, dentro del automóvil, una figura oscura. Dio un paso atrás y cerró con fuerza la portezuela. Pasado ese segundo de miedo repentino, trató de distinguir el rostro del bulto oscuro a través del vidrio. Una sonrisa amarga contestó a la mirada inquisitiva de Rodrigo, quien volvió a abrir la puerta.

—¿Tanto he cambiado? —le dijo la voz del rostro moreno y gastado.

—¡Ixca! Es que desde hace tres años...

—Súbete. Vamos a dar una vuelta.

Rodrigo siguió por Insurgentes. A su lado, sentía a un Cienfuegos distinto, no solo en el abandono de su aspecto físico, en su camisa sin corbata, en el aflojamiento de esa máscara que, antes, parecía eternamente ávida y rígida. Ixca pasó los dedos sobre el cuero del Jaguar. —Esto es muy distinto del cuarto aquel de la calle de Rosales —dijo por fin Ixca, al llegar el automóvil al cruce de Chapultepec, Oaxaca e Insurgentes, donde un rostro plano y sonriente lanzaba humo por la boca desde el anuncio de los cigarrillos Raleigh.

—¿Adónde te dejo? —preguntó Rodrigo mientras se ponía los guantes, detenido por la luz roja. La noche era de diciembre, y un viento tenue, pero cortante, cruzaba bajo el cielo estrellado.

—¿Adónde vas?

—A mi casa; en el Pedregal de San Ángel. Pero te puedo dejar donde quieras.

—Dondequiera...

Ixca trató de sonreír al observar las facciones renovadas de Rodrigo, figuradas de nuevo por la piscina y el *whisky,* su pesado abrigo de pelo de camello, sus guantes amarillos.

—¿Qué ha sido de tu vida? —preguntó Rodrigo al arrancar.

—No importa. ¿Qué ha sido de la tuya?... Regálame un cigarro.

Rodrigo sacó una cajetilla de la bolsa cálida del abrigo y apretó el encendedor. Ixca guiñó los ojos entre el humo:

—Ahora eres lo que querías ser, ¿verdad? Me da gusto verte así.

—¿Qué?

—Tu éxito, tu dinero, tu esposa. No es lo mismo que cuando te encontré en el cuartito de Rosales, medio muerto con las ventanas cerradas y el gas...

Rodrigo rió con ganas. ¿Qué había sido de aquella confesión escrita en las cuartillas pardas alojadas entre las páginas de Pío Baroja? Le hubiese gustado, ahora, leérselas a Ixca. Pero su primera decisión, al abandonar el cuarto de Rosales, había sido la de no llevarse nada de aquel lugar, dejarlo todo ahí e indicarle al portero que podía disponer de la cama de latón, de su ropa, de los trastos del té, de Baroja y de la confesión. A falta de aquellas cuartillas, un pequeño demonio confortable, guardado también entre la nueva ropa elegante, comenzó a zumbarle, a exigirle que viviese, una vez más, lo escrito en ellas frente a Ixca Cienfuegos.

—¡El gas! ¡El éxito! ¡Mi esposa! ¡El dinero! —rió Rodrigo, nuevamente detenido por el alto de la avenida Álvaro Obregón—. Claro, ni quien se queje... pero, ¿y la otra vida, Ixca, no era mía también? ¿Crees que porque estoy aquí ya no estoy allá? ¿Crees eso? ¿Crees que una nueva vida destruye a la antigua, la cancela?

—Tu nueva vida debía cancelar la anterior...

—¡Pinches ideas! —Rodrigo arrancó con un respingo—. ¡Puras pinches ideas, Ixca, no sabes responderme con otra cosa, siempre con recetas! ¿Te cansaste de esta receta? ¡Venga la otra! Caray, qué fácil... Y tú con tus misterios y tu pasado ignorado, ¿tú qué? ¿Puedes pararte en la otra orilla a ver pasar el desfile, a taparte la nariz y ordenar en el cerebro el destino ajeno?

—In vino veritas.

—¡Vamos al carajo! Has de ser... no sé, puto o algo... solo así se explica que juegues de esa manera con los demás...

—¿Jugar con los demás?

—¡Sí! Solo así se explica... que le hayas escondido a un hijo la muerte de su madre, que...

—¿Te importaba?

—¿Me importaba? —Rodrigo pensó en Rosenda, en el único testigo que realmente le hubiese importado de su prosperidad y su éxito. ¿Norma? Norma no; Norma había sido testigo, la noche que ambos salieron juntos del Nicte-Ha. Allí había terminado Norma para él, pensó en lo más secreto, no sin cierta vergüenza, y con ganas de confesarlo. Pero Rosenda nunca fue testigo. Le era ya muy difícil reconstruir el rostro de su madre; más que carne, un viento de polvo, un olor concentrado, cruzó por sus sentidos. La cadena interminable de anuncios luminosos y focos de colores —se aproximaba la Navidad— amarraba los miembros de Insurgentes—. No, no sé, no ella, como ella era, así, con su nombre y su cara de siempre, puede que eso no... Me importaba... es que ella nunca supo, ¿ves?, nunca supo lo que yo quería ser, solo sabía lo que era en ese momento, en cada ocasión, pero no lo que yo quería... Empezar las cosas bien, no terminarlas, justificarme, destruirme. ¡Caray, cómo me justifiqué! Y te echo en cara tus recetas, Ixca, todavía me atrevo, ¡carajo!

Entre sus palabras, Rodrigo iba pensando y dudando de su veracidad. No tenía por qué darle gusto a Ixca Cienfuegos, su nueva vida exigía cierta conducta frente a los demás: una conducta que, sobre todo, suprimía la necesidad de ofrecer razones y justificarse. Y sin embargo...

—Óyeme, Ixca: entonces era muy fácil destruirlo todo, y sin embargo se trataba de las cosas que no se pueden destruir. Y ahora que solo tengo cosas que piden ser destruidas, que dizque se las lleva el viento, ahora no puedo tocarlas, las respeto, las conservo. Todo lo nuevo. Y mandé a la chingada el amor, el respeto a mí mismo, la vocación, todo... y mi madre sabía que así iba a ser, ¿sabes?, por eso me exigía esas defensas, sí, burguesas, las mismas que he terminado por crearme. Mi madre me entendía, cómo no, pero me entendía en cada ocasión, en el momento mismo; no lo sabía, ¿cómo te diré?, por entero, abarcando toda mi vida, y lo sabía sin decirlo, Ixca, buscando otros pretextos fuera de lo que yo quería ser, y yo tenía que justificarme por las cosas que ella sabía pero que no decía. Era como un juego donde los dos jugadores jamás se encuentran, cada uno jugando como loco por su lado y creyendo que el otro está en el juego.

—Pero si ahora estás haciendo lo mismo, ¿no te das cuenta? No puedes verte a ti mismo con verdad, por más que trates. Ahora mismo sé que quieres ser sincero, Rodrigo, y solo estás buscando que te compadezca y me admire de tus nuevas justificaciones. Eres un...

—¡Cállate, pendejo! Tú qué vas a saber de nada, tú que vives como sombra, hurgando, escondido, comiéndote las vidas de los demás. Tú que no tienes carne ni huesos. ¡El hombre puro! Hijo de la gran chingada. Más te valdría justificarte una sola vez y sentirte pobre diablo una sola vez...

—Siéntelo entonces, no hay necesidad de que lo digas.

Rodrigo clavó el dedo en el encendedor. —¡El hombre puro! ¡El hombre fuerte capaz de llevar toda su tragedia adentro! ¡Cobarde! Nunca le has dado nada a nadie, sino tus recetas, tus malditas soluciones de hombre justo; nunca has querido... ¡Bah; ahora ya no puedes ningunearme!

Ixca fumaba con lentitud, derrumbado sobre una esquina del auto. —Te duele lo de Norma.

Rodrigo metió el freno. Ixca fue arrojado hacia adelante y se detuvo con ambas manos sobre el parabrisas. —¡Cabrón, repite eso y...! —Rodrigo acercó el puño al rostro de Cienfuegos—. ¡Tú qué sabes! Tú te la cogiste una vez para probar qué sé yo —quién va a entender por qué haces tú las cosas—, no porque la querías; nunca la quisiste, ¡nadie la quiso más que yo, me oyes! Tampoco voy a pensar que lo hiciste para demostrarme que podías a la primera de cambios lograr lo que yo no logré en toda mi vida. Pero tú no te la cogiste cada vez que tenías que salir a escondidas de tu casa a un burdel, tú no tuviste que darle a cada puta la cara y el cuerpo de Norma para poder quererla un poco, tú no tuviste que decirles a las putas las mismas palabras que le hubieras querido decir a Norma, que habías pensado solo para Norma; tú no tuviste que sustituir a Norma por las docenas de cuerpos sin nombres y sin caras y sin oídos, ¡cabrón!

Amontonado en su rincón, con el cuerpo flojo, Ixca sonreía.

—Seguro, mano, seguro. Ríete. A ti qué más te da.

El automóvil, lentamente, volvió a correr. Las manos enguantadas de Rodrigo arañaban sin fuerza el volante. Solo esta vez —se juraba a sí mismo— solo esta vez, nunca más. Pensaba que todas las explicaciones son posibles, y que él no tenía por qué regresar a las que le dolían, a las que no debían tener lugar en su nueva vida.

—Perdóname, Ixca. —«¿No era esta la actitud que le correspondía?», pensó Rodrigo—. Sé que eres mi amigo, que harías cualquier cosa... claro, cualquier cosa desde tu punto de vista. Dos y dos son cuatro. Telón. No, no es así... porque cuando tienes talento y no lo desarrollas... cuando sabes que puedes amar y no amas... cuando sabes la verdad y te rellenas a sabiendas de mentiras...

—¿Y ahora, ahora que lo tienes todo?

Por última vez, lo juraba: —¿Qué? ¿Pimpinela? Ella me da cosas, me da su nombre, su elegancia y sus relaciones —pero igual me daba Norma otras cosas, aunque ella no lo supiera— y yo sigo sin darle nada. Me casé con Pimpinela por eso. Por lo que ella me da —desde su virginidad, oye—. Ella ha de creer que yo le doy algo. La tía Lorenza ya pudo reconstruir su pinche casa de Hamburgo y darse el gusto de correr a los judíos y a los gachupines y volver a recibir a las momias que quiera. Joaquinito pudo morirse en paz, con una botella de Hennessy abrazada al pecho. El retrasado de Benjamín ya no tiene por qué preocuparse. Pero yo no les he dado nada mío, Ixca. En cambio ella sí me ayuda, ¿ves?, me relaciona bien, me lleva más momias al Pedregal. Pero no sabe ni sabrá nunca quién soy...

—¡Más vale!

—No te rías: no sabrá la mierda que soy; sinceramente ha de pensar que soy el gran tipo, que con diez argumentos taquilleros se hace de una casa de grandes muros blancos y jardines de piedra y piscina y esculturas de Henry Moore, Jaguar a la puerta y esposa con apellido. Seguro que eso piensa y se siente muy satisfecha. Pero lo que yo soy, eso se quedó solo, como un pedazo de tierra convertido en isla, a que yo lo piense y lo repiense a solas —porque ya no puedo hablar con nadie sobre estas cosas, no me lo tolerarían— y nunca sepa quién soy, qué me pasó. Mira: —Rodrigo soltó el volante y acercó sus manos al rostro de Ixca—. No son distintas de otras manos...

—No juegues. Conduce bien —sonrió Cienfuegos.

—Mano puñetera y mano que escribe y acciona y busca un sexo de mujer y que juega y trabaja: mírala. Con esta mano no he hecho otra cosa que... sacarme los mocos, Ixca. Esta mano —¡tú lo sabes, no te pido tu compasión!— pudo haber escrito el gran poema, pudo haber amado a Norma Larragoiti... mírala... pudo, pudo, pudo. Mi madre pensó que esta misma mano pudo arrancarla de la pobreza y el culto al muerto... pudo. Y no sirvió ni para cerrarle los párpados. No, estaba muy ocupado sacándome los mocos. Pudo.

Arrinconado, presa de sí mismo, Ixca rugió: —Ya cállate. Me das asco. Ya tienes lo que merecías.

—¡Merecer! ¿Qué merecía mi madre: que papá resucitara de su paredón de ajusticiado? ¿Qué merecía Norma: que un destripado llamado Rodrigo Pola la amase? Merecemos esto, lo que somos, mi madre su nostalgia y Norma su muerte y yo mis mocos.

Al pasar el puente en el cruce de Nuevo León, los automóviles corrían veloces. Disminuían las luces, aumentaban los jardines.

—¿No te comprometen mis confidencias? —sonrió Rodrigo.

—Solo soy tu espectador —respondió Ixca.

—Sí, es mucho más cómodo. Es como ser el único hombre libre, ¿no? —Rodrigo rió ampliamente—. Déjame ver: una vez, en la Preparatoria, con el grupo de Tomás Mediana; tendrías entonces diecisiete años, pero tu cara ya era la de ahora, igualita. Otra vez durante las huelgas de la autonomía universitaria. Después, hasta 1951 en que apareces de seudoconfidente de Federico Robles. Y ahora. ¿Qué haces ahora?

—No vivo en esta ciudad —respondió Ixca—. Aquí ya hice lo que tenía que hacer.

—¿Qué cosa? ¿Se te acabó la posibilidad de sacarle el jugo a Robles y a Norma, y a volar? ¡Valiente vida para el hombre justo!

Ixca permanecía derrumbado en una esquina del automóvil. Sin corbata, con un saco negro cruzado y pantalón gris viejo, no se distinguía de cualquier hombre de la ciudad. —Todos encontraron su destino. Hasta yo...

—¿Destino? Ah, sí, hablabas mucho de eso, y del sacrificio. ¡Vaya!

—El sacrificio —volvió a murmurar la voz gruesa de Cienfuegos—. Así murió Norma, pero sin darse cuenta.

—Sí, cuéntame aquello. ¿Qué tuviste que ver tú?

—¿Yo? Yo nada. Ellos dieron lo que traían adentro.

—Del que se perdió todo rastro fue de Robles. ¿Tú sabes qué fue de él? Me dijeron que se había vuelto a casar. —Rodrigo conducía con movimientos elegantes y seguros de la cabeza y los brazos. Quería que esta fuese la última impresión de Ixca. Pasaron al lado de varias pollerías y restaurantes de un piso.

—Sí, se casó. Vive en el norte; creo que tiene unas tierras y cultiva algodón. Creo que en Coahuila. Tiene un hijo.

—¿Nunca se explicaron el origen del incendio?

—No. Robles fue a la policía y dijo que la culpa era suya. Que él era el responsable de la muerte de Norma. Estaba muy trastornado y no le dieron crédito, sabiendo, sobre todo, lo de su quiebra.

—¿Quién le habrá inventado el chisme aquel? Pobre hombre, después de todo. Dicen que todo fue una maniobra de Roberto Régules, mi distinguido compañero de banca. Bueno, ¿y tú?

Cienfuegos sintió que el viejo brillo le regresaba a los ojos: —¿Y yo?

—Sí, ¿y tú? A veces me pregunto si comes o duermes —rió Rodrigo.

Ixca puso un pie sobre el derecho de Rodrigo, que oprimía levemente el acelerador.

—Cuidado...

Y oprimió el pie de Rodrigo mientras el automóvil ascendía en su marcha: —¿Y yo? ¿Qué quieres? ¿Mis recuerdos, mi vida? ¿Crees que no daría algo por conocerlos?

—¡Ixca, quita el pie...! —Rodrigo apoyó un brazo sobre el *claxon,* que comenzó a berrear por encima del chillido de ruedas.

—¿Crees que recuerdo mi propia cara? Mi vida comienza todos los días —le gritaba Ixca a Rodrigo— y nunca tengo el recuerdo de lo que pasó antes, ¿ves?, nunca; todo fue un juego espantoso, nada más, un juego de ritos olvidados y signos y palabras muertas; ¡estará satisfecha, ella sí que estará satisfecha, ella sí, que cree que Norma fue el sacrificio necesario, y que una vez que el sacrificio nos fue dado podíamos volver a hundirnos en la vida del pobre, a rumiar palabras histéricas sobre nuestros deudos, a jugar a la humildad!

—¡Ixca, quita el pie del acelerador, voy a perder el control del...!

—¡Ella me obligó a vivir con esta criada y con sus hijos, otra vez en la oscuridad! Tú no conoces a mi madre, Rodrigo... mi madre es de piedra, de serpientes, no tiene... —Ixca gritaba y reía, hundiendo el pie cada vez más sobre el de Rodrigo. Los faroles de los autobuses y de los otros autos pasaban como luciérnagas rojas entre los ojos de los dos hombres. Por fin, sin dejar de reír, pero sin el ruido de la risa, Ixca retiró el pie. El automóvil se detuvo abruptamente, con un estremecimiento de aceite y vapor y dinámica arrestados. Estaban frente al convento del Carmen. Ixca se subió las solapas del saco y le torció, riendo, una oreja a Rodrigo. Descendió. El automóvil arrancó nuevamente hacia el Pedregal, y Cienfuegos, riendo, junto al muro del viejo convento sintió que el frío le entraba en los huesos. Una ligera neblina se levantaba del jardín del atrio; una neblina que iba envolviendo su cuerpo, limando sus contornos, penetrando en su carne hasta poseerla y convertirla en otra neblina, menos real y transparente que la que ascendía, con la respiración helada, de la tierra. El frío viento de diciembre arrastró a Cienfuegos, con pies veloces, por la avenida, por la ciudad, y sus ojos —el único punto vivo y brillante de ese cuerpo sin luz— absorbían casas y pavimentos y hombres sueltos de la hora, ascendían hasta el centro de la noche y Cienfuegos era, en sus ojos de águila pétrea y serpiente de aire, la ciudad, sus voces, recuerdos, rumores, presentimientos, la ciudad vasta y anónima, con los brazos cruzados de Copilco a los Indios Verdes, con las piernas abiertas del Peñón de los Baños a Cuatro Caminos, con el ombligo retorcido y dorado del

Zócalo, era los tinacos y las azoteas y las macetas renegridas, era los rascacielos de vidrio y las cúpulas de mosaico y los muros de tezontle y las mansardas, era las casuchas de lámina y adobe y las residencias de concreto y teja colorada y enrejado de hierro, era los nombres y los sabores y las carnes regadas a lo largo del gran valle hundido, pesado, sin equilibrio, y era todas las losas de las tumbas y las voces, y las voces, era Gervasio Pola que quería salvarse solo, como su hijo, era Froilán Reyero y Pedro Ríos y Sindulfo Mazotl que murieron con el ¡Viva Madero! en las gargantas y era Mercedes Zamacona con la memoria cercana a un amor oscuro y a un poder germinado y era Norma Larragoiti cubierta por una tumba de pieles de visón y alhajas y era la catalana erguida que cantaba con lágrimas las canciones de la Guerra de España y era Federico Robles chupado hasta el origen del origen, hasta el centro de la sangre de México, solo para reconocer a los otros y al ser singular: los ojos ciegos de Hortensia Chacón, esperando hasta el final, hasta que una voz diera fe de su existencia, y era todos los títeres seguros y confiados, Charlotte, Bobó, la Contessa Aspacúccoli, Gus, Pedro Caseaux, Cuquis, Betina Régules, Jaime Ceballos, y era un talabartero del norte que llegaba ilusionado a la Ciudad de los Palacios y era un payaso al que no le alcanzaba para comprar pinturas para su rostro, y era Rosenda en el fondo de su tumba, unida por fin al polvo que había sido su primera alucinación de amor y palabras y fecundaciones y era Librado Ibarra que solo cumplió su vida y un anciano de bigote amarillo que añoraba los palacios porfirianos y era Gladys García en su oración inconsciente de la felicidad mínima, y eran Beto, el Fifo y el Tuno y doña Serena y también los cadáveres gratuitos y las muertes irracionales de Manuel Zamacona y Gabriel y era una familia

que dejaba todos sus ahorros en una vacación acapulque-
ña y Feliciano Sánchez muerto sobre un llano de plomo y
Pimpinela de Ovando y era, por fin, su propia voz, la voz
de Ixca Cienfuegos.

LA REGIÓN MÁS TRANSPARENTE
DEL AIRE

Dueños de la noche, porque en ella soñamos; dueños de la vida, porque sabemos que no hay sino un largo fracaso que se cumple en prepararla y gastarla para el fin; corazón de corolas, te abriste: solo tú no necesitas hablar: todo menos la voz nos habla. No tienes memoria, porque todo vive al mismo tiempo; tus partos son tan largos como el sol, tan breves como los gajos de un reloj frutal: has aprendido a nacer a diario, para darte cuenta de tu muerte nocturna: ¿cómo entenderías una cosa sin la otra? ¿cómo entenderías a un héroe vivo? el cuchillo de jade es largo, y la noche te lo entregó con una boca sangrante y desdentada, ¿cómo puedes rechazar las súplicas de la noche, que son los ruegos de tu imagen? largo es el cuchillo, cercanos los corazones, pronto el sacrificio que otorgas sin caridad, sin furia, veloz y negro, porque te lo pides a ti mismo, porque tú quisieras ser ese pecho herido, ese corazón levantado —mátalo en la primavera de resurrecciones, la primavera eterna que no te permite contar las canas, las otras caricias, las señales, los tránsitos; mata a ese, igual a sí mismo, que eres tú, mátalo antes de que pueda hablar porque el día que oigas su voz, no lo podrás resistir, sentirás odio y vergüenza y querrás vivir para él, que no eres tú, que no tienes nombre: mátalo y creerás en él, mátalo y tendrás tu héroe: acerca, acerca el fuego a sus pies para que la carne ascienda hasta el polvo y tus

restos vuelen sobre el valle, exactos sobre el meridiano
de los nombres, nombres densos y graves, nombres que se
pueden amasar en oro y sangre, nombres redondos y filosos como la luz del pico de la estrella, nombres embalsamados de pluma, nombres que gotean los poros de tu única máscara, la máscara de tu anonimato: la piel del rostro
sobre la piel del rostro, mil rostros una máscara Acamapichtli, Cortés, Sor Juana, Itzcóatl, Juárez, Tezozómoc,
Gante, Ilhuicamina, Madero, Felipe Ángeles, Morones,
Cárdenas, Calles, Obregón, Comonfort, Alzate, Santa
Anna, Motolinia, Alemán, Limantour, Chimalpopoca, Velasco, Hidalgo, Iturrigaray, Alvarado, Gutiérrez Nájera,
Pánfilo de Narváez, Gutierre de Cetina, Tetlepanquetzal,
Porfirio Díaz, Santos Degollado, Leona Vicario, Morelos, Calleja del Rey, Lerdo de Tejada, Moctezuma, Justo
Sierra, Amado Nervo, Zumárraga, Xicoténcatl, Bazaine,
Axayácatl, Malinche, Zapata, O'Donojú, Genovevo de
la O, Winfield Scott, Allende, Abasolo, Aldama, Revilla-
gigedo, Ruiz de Alarcón, Vasconcelos, Carlota, Fernández
de Lizardi, Escobedo, Riva Palacio, Sóstenes Rocha, Za-
chary Taylor, Gómez Farías, Linati, Posada, Forey, Huit-
zilíhuitl, Vanegas Arroyo, Tolsá, Sahagún, Pancho Villa,
Antonio de Mendoza, Sigüenza y Góngora, Fernández
de Eslava, Echave, Díaz Mirón, Bernardo de Balbuena,
Servando Teresa de Mier, Nezahualpilli, Mina, Antonio
Caso, Juan Escutia, Lupe Vélez, Cervantes de Salazar, Carranza, Vasco de Quiroga, Xavier Villaurrutia, Ávila
Camacho, González Ortega, Nezahualcóyotl, Cantinflas,
Labastida, Maximiliano de Habsburgo, Quintana Roo,
Iturbide, Emilio Rabasa, Eulalio Gutiérrez, Anaya, Mi-
ramón, Ignacio Vallarta, Roberto Soto, José Clemente
Orozco, Bernal Díaz del Castillo, Juan Álvarez, Guada-
lupe Victoria, Victoriano Huerta, Bustamante, Andrés de

Tapia, Ignacio Ramírez, Nuño de Guzmán, Juan Diego, Cuauhtémoc, Altamirano, Pino Suárez, Abad y Queipo, Manuel Acuña, Otilio Montaño, Nicolás Bravo, Tizoc y tú sin tu nombre, tú que fuiste marcado con el hierro rojo, tú que enterraste el ombligo de tu hijo con las flechas rojas, tú que fuiste el bienamado del espejo nocturno, tú que metiste las uñas en la tierra seca y exprimiste el maguey, tú que lloraste en el altar de los monstruos del crepúsculo, tú que fuiste el juez y el sacerdote, y el nombrado flor de turquesa del maíz, tú que tomaste el sexo de tu mujer bajo el signo del mono, tú que danzaste estrangulado por las flautas, tú que hiciste el viaje del perro colorado, tú, tú mismo que viste la agonía del sol resurrecto, tú que señalaste el camino, tú que caíste acribillado en la laguna, tú que lloraste la orfandad y la derrota, tú que diste a luz un nuevo hijo con dos ombligos, tú que pintaste el ángel solferino y esculpiste el dios espinoso, tú que sembraste la caña, tú que olvidaste tus signos, tú que rezaste entre cirios, tú que te quedaste sin lengua, tú que acarreaste el fardo, tú que labraste en el hambre, tú que levantaste un palo y una piedra, tú, el decapitado sin nombre, tú, el de la picota, tú, y tú, el que no tuvo parque, tú el que nació sin recuerdos, tú que te alojaste en las bayonetas, tú que volviste a caer labrado de plomo, tú que caminaste descalzo con un fusil oxidado, tú que cantaste aquellos nombres, tú que te vestiste de papel de china y cartón de colores, tú que enciendes los petardos, tú que vendes los billetes y las aguas frescas, tú que voceas los periódicos y duermes en el suelo, tú que te pones hojas de tila en las sienes, tú que te amarras a la frente el fardo, tú que gritas los pescados y las legumbres, tú que arrastras los pies en el cabaret y corres por las calles con la boca abierta a ver si te cae una palabra, tú que corres lejos a cru-

zar el río granizado de plomo y a arrancar las naranjas vecinas, tú, tú tameme, que no supiste ni cuándo, que sientes a los hijos salir chupados y negros, que buscas qué comer, que duermes en los portales, que viajas de mosca en
los camiones, que no sabes hablar del dolor, tú que nada
más te aguantas, tú que esperas en cuclillas, tú que ya sientes las ganas, tú que te quedaste solo en una barriada donde hay que defenderse, tú que no tienes zapatos, que te llenas de fritangas y aguardiente, tú que te fuiste y llegaste
y te volviste a ir sin que nadie pronunciara la palabra de
bienvenida o de adiós, tú que te pusiste a contar lo que faltaba, tú que te sentaste a tejer las sillas de paja, tú que to-
cas la guitarra por unos centavos, tú que eres ciego y sue-
nas un silbato al cruzar las calles, tú que los domingos te
pintarrajeas y te compras un rebozo morado, tú que traes
un manojo de hierbas a vender a la plaza, tú que esperas la
llegada del hombre sobre un catre de hierro, tú que sales
a escarbar los basureros y a recoger las colillas, tú que nomás no das una, tú que te la pelan, tú que se las mientas,
tú que juegas rayuela, tú que te moriste de viruela loca, tú
que fuiste a quemar Judas, tú que te quedaste a rezarle a
la Virgen, tú que te dejaste apachurrar por un tranvía, tú
que te diste de cates en la esquina, tú que ya no amane-
ciste, tú que estiraste la pata, tú que fuiste a empeñar tu
mesa, tú que colocas los ladrillos y truenas cohetes el día
de la Santa Cruz, tú que te vas de rodillas a la Basílica,
tú que hinchas los labios y chiflas en la Arena México, tú que
manejas un libre, tú que llegas y te encuentras a un chamaco muerto, tú que comes chicharrón y garnachas, tamarindo y mamey magullado, sopes y frijoles refritos, quesadi-
llas de flor y gusanos de maguey, carnitas y pozole, ponches
de granada y mangos de Manila, sandías ennegrecidas, salsa de pipián y cajeta quemada, pulque curado y chilaquiles,

chirimoya y guanábana, dulces fríos de cristal y jamoncillo tricolor, tú que te pones un overol azul y un sombrero
de petate y una camisola de rayas y medias caladas y calzón de manta y un chal de estambre y cinturones con hebilla de plata y anillos con la piedra del sol y aguamarinas
rosa y chamarras de mezclilla y tú que no te rajas y tú que
me la mamas
y en el centro vacío mi corazón que delira
y en la otra orilla ustedes que esperan el bienestar y la fama
—yo, nosotros, ustedes, nunca tú, nunca el tercero— y ustedes que burlaron el azar para no ser tú, ustedes que pudieron haber sido ¡bastaba un sol, un parto! el mismo tameme, el mismo suplicante, pero ustedes que fueron los
contados, los elegidos del reino de la tuna: ustedes que via-
jan y van y vienen y poseen un nombre y un destino claro y ustedes que suben y bajan y ustedes las hormigas y
ustedes que construyen carreteras y altos hornos y sociedades anónimas y consorcios industriales y comparten su
consejo de administración con míster aquiteinvierto y míster acalastortas y ustedes que del jockey al versalles al am-
ba al focolare al club de yates al penthouse de don lame-
melculo a la hacienda de don pintaviolines y ustedes que
se barnizan la cara y se joden a max-factor y se arreglan
las chichis y ustedes con su pompón y su poodle y ustedes
que recibieron su corte de brístol y ustedes que se trepa-
ron a un alfarromeo platinado con entorchados de cromo
y respaldos de cuero oloroso a reses sacrificadas y ustedes
con su barrera de primera fila y ustedes que son amigos del
zar del azufre y la reina del bebop y ustedes que son tratados con respeto, que guardan sus distancias, y ustedes que
ancho es el mundo y ustedes con bidet y lociones y ustedes que tienen su nombre, su nombre, y fícole y fúcole y sus
antepasados ¡Lo Cortés no quita lo Cuauhtémoc! ¡Jijos de

Ruiz de Alarcón! ¡Don Asusórdenes y doña Estaessucasa, míster Besosuspiés y miss Damelasnalgas: no hay cuidado, se lo ruego, usted primero, sufragioefectivo, norreelección!

Y soñamos el discurso, y las palabras se nos quedaron en la punta de un puñal, en la carcajada de un cohete: él dijo mi nariz brilla de lejos como la luna, mi trono es de plata y la faz de la tierra se ilumina cuando salgo frente a mi trono y le contestaron de las casas sobre las pirámides, de la mansión de los peces llegaron las mazorcas amarillas y las mazorcas blancas pero en la noche cuando se apagan los tubos neón y los cuerpos se aprietan contra los perros y se busca el rincón de un nicho para dormir cubierto de lonas y periódicos otra vez nos dice míranos, escúchanos, no nos dejes, no nos desampares, danos nuestra descendencia, antiguo secreto, antigua ocultadora, abuela del alba y su doble les contesta ¡serán esclavas las palabras esclavos los árboles esclavas las piedras! Pero entonces tenían una boca en cada articulación y con todas mordían, entonces cuando nacía el niño la madre agonizaba y el niño tenía la ventura de que lo criaran las serpientes y de que las cuatrocientas liebres se llevaran los huesos sagrados de la madre: esto decían las voces y se pasaban las palabras de aire en aire y las palabras eran un escudo de plumas de águila, palabras de dardo de turquesa y se sabe que la madre posee un rostro con máscara y los niños pueden ir bajo su signo a tremolar flores en el lugar del humo y todas las voces cantan a la vez, se escuchan sobre los montes y en las alas del colibrí, en las garras del tigre y en la piedra labrada; cantan las barcas ensartadas como esmeraldas a la laguna, cantan los peldaños de piedra y las cabelleras de aceite que no venimos a vivir, que venimos a dormir, que venimos a soñar, cantan todas las voces a un tiempo pero un águila les co-

mió la lengua, y la piedra se ennegreció de fuego, y sona-
ron las cornetas y gritos y silbos y se levantaron los penachos y divisas de oro por última vez sobre la ciudad, muerte de falo erecto, muerte de alarido mudo, y entonces fue
el tiempo de la viruela y de la pestilencia, y de arrancar el
oro a las sepulturas, y el tiempo de huir al monte y buscar
el signo silvestre y el tiempo de bajar a la mina y ponerse el
hierro en los labios mientras otros vestían el jubón y el sa-
yo y la chupa y eran otros los que andaban pobres y descalzos y conversaban mansamente: he aquí que la medalla
se vuelca y el troquel es de arrieros y cachopines, clérigos
y pleitantes, y festones y frisos de oro estriados: he aquí el
emporio de Cambray y Scita, Macón y Java, y el emporio
de relaciones y plegarias, romerías y sermones, regocijos,
bizarrías, jaeces, escarches, bordaduras, fiscales, relatores,
ediles, canciller (resguardo inútil para el hado), alcahuete
de haraganes, el que tiraba la jábega en Sanlúcar y un cucurucho negro: simulador confidente, relapso, dogmatis-
ta y luego la empresa eternamente memorable
porque el anciano solo quería libertad para los esclavos
porque el rayo —sitiado entre águilas— solo quería el mejor arreglo y felicidad interior
porque solo fueron dos cabezas paseadas entre la burla de
la tropa y expuestas en una lanza roja: canas teñidas, y el
rostro de cuero con las sienes apretadas, amortajadas por
el paño blanco desde la primera espada
porque las castas se hallaban infamadas por derecho y porque eran tributarios y se hallaban en el mayor abatimiento
y degradación y el favor de las leyes les aprovechaba poco y han de dividirse las tierras realengas (no son mis palabras, es mi hambre de corazón)
porque veis este anciano respetable, es mi padre, y la patria es primero, porque las victorias no son de las cabezas

paseadas en una lanza, porque las victorias son de las cabezas de laurel y del que las cortes del imperio designaren y de los primeros hombres del imperio por sus destinos, por sus fortunas, representación y concepto y el producto total del diezmo eclesiástico y mil quinientas noventa y tres fincas de regulares del sexo femenino y bienes raíces de las obras pías y limosnas y obvenciones anuales que reciben los regulares de ambos sexos y primicias que se pagan en mil doscientos cuatro curatos y el valor material de la colegiata de Guadalupe incluso los retablos, pinturas, campanas, ornamentos, mármoles y todos los adornos y los vasos ciriales cruces blandones incensarios y el valor de las alhajas en pedrería perlas oro y plata en los expresados templos porque ya es la noche de mayo de mil ochocientos veintidós y doña Nicolasita se ha convertido en Princesa y los demás en ujieres de palacio y gentileshombres de cámara con ejercicio

porque el anciano solo quería libertad para los esclavos y las tierras para las comunidades de los naturales (no son mis palabras, es mi hambre de corazón)

porque el gallero proclama adhesión absoluta al federalismo, al progreso, a la libertad, a todos los conceptos abstractos que la moral del siglo impone como banderas en la lucha social y es el supremo redentor de México: religión y fueros, ochocientos pesos para los pasteles de monsieur Remontel, y un párroco que cabalga a enterrar la pierna: que no me nieguen el único título que quiero donar a mis hijos: el de buen mexicano, y Mr. Poinsett, los escoceses y los yorquinos, *El Sol* y *El Correo de la Federación* y los puros y los moderados y Barradas y Gómez Farías y el cólera morbo

Old Zack's at Monterrey Bring on your Santa Anner For every Time we lift a gun Down goes a Mexicanner barrancas par-

das de Buenavista chaparral que ciñes el Cerro Gordo
campanas mudas de Puebla y por fin el Ayuntamiento de
México protesta del modo más solemne a nombre de sus
comitentes, ante la faz del mundo y del general en jefe
del ejército norteamericano, que si los azares de la guerra han puesto a la ciudad en poder de los Estados Unidos del Norte, nunca es su ánimo someterse voluntariamente a ningún jefe, persona ni autoridad, sino a las que
emanan de la Constitución Federal sancionada por el Gobierno de la República mexicana, sea cual fuere el tiempo que de hecho dure la dominación extraña: el capitán
Roberts del regimiento de rifleros, que había mandado
la cabeza de la columna de asalto en Chapultepec en todas las operaciones del trece, fue designado por mí para
enarbolar la bandera estrellada de nuestro país en el palacio nacional; la bandera, primera insignia extraña que
había ondeado sobre este edificio desde la conquista de
Cortés, fue desplegada con entusiasmo por todas mis tropas; el palacio, que se había llenado ya de ladrones y ra-
teros, fue puesto a cargo del teniente coronel Watson y de
su batallón de marinos
porque Mr. Lane ya está en la Mesilla y Raouset de Bour-
bon en Guaymas y Su Alteza Serenísima decreta las ocasiones en que pueden usar bastón los Consejeros de Estado
y un reglamento establece que únicamente los miembros
del gabinete pueden vestir de amarillo a sus lacayos y los
barcos llegan cargados con cajones de la Orden de Guadalupe y se compran y venden gubernaturas y comandan-
cias y los polkos siguen bailando y ya hay quienes prestan
sobre los bienes del clero y después se los guardan y entonces son otra vez los rostros oscuros y las banderas manchadas y las palabras mudas y los ojos brillantes de Ayutla:
se ha corrido el telón sobre el carnaval, pero antes deben

pagarse sus galas: en Tacubaya y sobre las cabezas de Ocampo y Santos Degollado y entre las garras de Márquez mientras las palabras se iban hundiendo en la tierra seca de costras pardas a esperar entren al dominio de la Nación todos los bienes del clero habrá perfecta independencia entre los negocios del Estado y los puramente eclesiásticos. Se convoca a un congreso extraordinario para que constituya libremente a la Nación bajo la forma de república democrática representativa mientras otras palabras se hincaban ante el trono. La corona imperial de México (non te fidare) se ofrece a Su Alteza Imperial y Real (torna al castello) el príncipe Fernando Maximiliano (trono putrido di Montezuma) para sí y para sus descendientes (nappo galico pieno d'espuma) y el indio de Guelatao, con la capa negra y el alto sombrero negro recorre en la carroza negra la tierra aplanada por la sequía y la pólvora, los desiertos de espina verde, las montañas de puño cerrado mientras en Chapultepec se decide que el limosnero mayor no dirigirá nunca, por ningún motivo, la palabra a los Emperadores en la Capilla y se decide que el Director de la Música de la Cámara le presente al Emperador para su aprobación los ajustes eventuales de artistas y se decide que habrá en la Casa Imperial el Gran servicio de honor y el pequeño servicio de honor y el Servicio de Campo y se decide que durante la entrega de la birreta a los Cardenales las damas de honor y de palacio vestirán escotado, con la Banda de San Carlos y la cifra de la Emperatriz y se decide que el río anónimo manche los paredones blancos a lo largo de las tierras calientes y la meseta polvosa, que los cuerpos sigan cayendo bajo la metralla de Bazaine y Dupin, que el gran lago de sangre de México no se seque, no se seque jamás, único río eterno, única humedad floreciente bajo el sol furioso pero también se decide que (en lo hondo de su pe-

cho) el luto Nacional no se lleve más que (ya sienten la derrota) por la muerte de los Emperadores de México (adiós
mamá Carlota) durante este tiempo (adiós mi tierno amor)
las oficinas de la Corte sellarán sus comunicaciones con la-
cre negro y ella ya sabe que ¡no debí haber deshonrado la
sangre de los Borbones humillándome ante un Bonaparte aventurero! y él cree saber que ¡continuaré al mando del
timón hasta que la última gota de mi sangre sea derrama-
da en defensa de la nación!: el valiente general Márquez,
el galante general Miramón, el intrépido general Mejía, el
patriótico general Vidaurri, y enfrente los veinticinco mil
hombres sin nombre que marchan por las orillas del río
San Juan y cierran el círculo sobre Querétaro abandonas-
te esos países envidiables donde en unión de tu Carlota allá
vivías, tú que viniste a desafiar al indio Juárez siendo a la vez
que a tu nación no la ofendía son las siete y cinco minutos
de la mañana del día diecinueve de julio de mil ochocientos sesenta y siete tal fue el análisis de un hijo de la Europa, y que después de cumplir tan sangrientos dramas,
y que la Historia nunca borrará en sus hojas, el memorable
gran Cerro de las Campanas y era el criado que corría a apagar las llamas, causadas por el tiro de gracia, que incen-
diaban la levita en vano fue tu noble esposa hasta París,
a recibir solo un desdén de Napoleón, en vano fue hasta el
Vaticano la infeliz, solo a perder el pensamiento la impresión y después solo era el cadáver embalsamado con los
ojos negros de una virgen queretana, lampiño después de
una inmersión en tanques de arsénico, ennegrecido por las
inyecciones de cloruro de zinc, que sube a la cubierta del
Novara
y el rostro impasible vuelve a hablar mexicanos: el Gobierno nacional vuelve hoy a establecer su residencia en la ciudad de México mexicanos: encaminemos ahora todos nues-

tros esfuerzos a obtener y a consolidar los beneficios de la paz. La paz era el deseo verdadero del país, el anhelo del pueblo mexicano de un extremo al otro de la República, desde las puertas de La Profesa hasta la esquina del Jockey Club, la paz era después de La Noria y Tuxtepec, la paz era Mr. Hearst y Mr. Pearson, la paz era ¡mátalos en caliente!, la paz era poca política y mucha administración, la paz eran las tierras de las comunidades divididas entre los latifundistas, la paz eran la acordada y los rurales, la paz era la paz trancazo, el enganchador y el jefe político, la paz era Belén y el Valle Nacional y Cananea y Río Blanco, la paz eran *El hijo de El Ahuizote* y las calaveras engalanadas de Posada y ya lo hemos dicho, el general Díaz desea hacer el mayor bien posible a su patria, siempre que sea compatible con su permanencia indefinida en el poder: sí estamos aptos para la democracia: el pueblo mexicano no debe fiar sus destinos en manos del general Díaz y debe resolverse a representar el papel que le corresponde en la próxima campaña electoral: ¡escoged! Si queréis el grillete, la miseria, la humillación ante el extranjero, la vida gris del paria envilecido sostened la Dictadura que todo eso os proporciona; si preferís la libertad, el mejoramiento económico, la dignificación de la ciudadanía mexicana, la vida altiva del hombre dueño de sí mismo venid al Partido Liberal que fraterniza con los dignos y los viriles

y el pecho constelado y las grandes cortinas blancas que esconden los labios lineares y la piel de indio polveada y las anchas aletas de saurio altivo se agitan cuando una parvada de palomas vuela alrededor del Castillo de Chapultepec: «Vería con gusto la formación de un partido oposicionista en la República de México»

y todos los hombres y cantos y frases y ordenanzas y batallas y ritos no son sino el recuerdo de mañana, el recuerdo que no quisimos encontrar hoy: es cuando (cometa, si hubieras sabido) el tiempo preñado da a luz todos sus hijos y cada hueso se yergue desde la tierra de lutos y dice su palabra y cae (lo que venías anunciando, nunca hubieras salido): las tumbas y los rostros tienen fuegos rayados entre la sangre, y la memoria (por el cielo relumbrando) es, por fin, la de todos, todos aquí, hoy, todos vivos y adivinándose los unos a los otros como surtidores sobre las ruinas, reconociéndose sobre la tierra cuadriculada de sangre (el veintidós de febrero, fecha de negros pesares) y entre la tormenta de humo y sobre los caballos veloces y los corazones que se dejan beber por la noche y los cañones que se limpian el polvo de la garganta Ciudad Juárez la Ciudadela «los terrenos montes y aguas que hayan usurpado los hacendados científicos o caciques entrarán en posesión de los pueblos» Villa se unió con Urbina y con don Maclovio Herrera con Pereyra y los Arrieta Aguirre y el jefe Contreras «para la organización del ejército encargado de hacer cumplir nuestros propósitos nombramos como primer jefe del ejército que se denominará constitucionalista» adiós todos mis amigos me despido con dolor ya no vivan tan engreídos de este mundo traidor el nombre Emiliano Zapata Hilario Salas Cesáreo Castro Otilio Montaño Catarino Perdomo Antonio Villarreal Francisco Múgica Pedro Colorado Eulalio Gutiérrez Cenobio Moreno es el nombre de todos, de ellos y de los anteriores, el río de tierra que corre entre el río de voces surgido de una huella del tamaño de un hombre, de una tumba del tamaño de un hombre, de un canto del tamaño de un hombre (campanas de Villa Ayala ay Villaldama Chihuahua para sarapes Saltillo camino de Huehuetoca Vicente Cornejo canta en el puente del Naranjo): solo la tierra habla, ¡no va más! Las memorias están echadas. Aquí está, por un segundo, fijo, abierto como un

balcón de oración en las nubes, el rostro de todos que es
el único rostro, la voz de todos: la única voz, de la axila de
Puerto Isabel al puntapié de Catoche, de la cadera del Cabo
Corrientes a la tetilla del Pánuco, del ombligo de México
al costillar de Tarahumara

y después el humo desciende, las herraduras duermen cansadas en el llano, las guitarras quiebran el último aire ras-
gado y se acabaron las pelonas ¡pompas ricas! ¡de colores! y es nuevamente la ciudad inflada, en el centro, sin
memoria, sapo de yeso plantado de nalgas sobre la tierra
seca y el polvo y la laguna olvidada, vino de gas neón, rostro de cemento y asfalto, donde el sexo es un cazador inerme, donde los mataderos de la prostitución trabajan noche
y día, cercenando las yugulares de desperdicio y billetes y
ordeñando a la luna y perdiendo las huellas: es la Cande-
laria Pantitlán Damián Carmona Balbuena Democracias
Allende Algarín Mártires de Río Blanco Bondojito Tablas Estanzuela Potrero del Llano Letrán Norte Artes Gráfi-
cas San Andrés Tetepilco Progreso del Sur Coapa Portales
Atlántida Altavista Polanco Guadalupe Inn Florida Nochebuena Américas Unidas Letrán Valle Vértiz Narvarte
Eugenia San Pedro de los Pinos Hidalgo San Miguel Vi-
rreyes Jardines del Pedregal Nueva Anzures Roma Pino
Suárez Santa María Barrilaco Popotla Elias Calles Atlam-
pa San José Insurgentes Peralvillo Nacozari Magdalena
de las Salinas Héroes de Churubusco Buenos Aires Juárez
San Rafael Lindavista Tepeyac Ignacio Zaragoza Deportiva
Pensil Cuauhtémoc Marte Retorno Sifón Coyoacán Tla-
copac Oxtopulco San Jerónimo Alfonso XIII Molino de Rosas Boturini Primero de Mayo Guerrero Veinte de Noviembre Jóvenes Revolucionarios Aztecas Lomas de Sotelo
México Nuevo y sus cuatro millones, es Gabriel puñado de
alcantarillas, es Bobó de vahos, es Rosenda de todos nues-

tros olvidos, es Gladys García de acantilados carnívoros, es Hortensia Chacón dolor inmóvil, es Librado Ibarra de la brevedad inmensa, es Teódula Moctezuma del sol detenido, del fuego lento, es el Tuno del letargo pícaro, soy yo de los tres ombligos, es Beto de la risa gualda, es Roberto Régules del hedor torcido, es Gervasio Pola rígido entre el aire y los gusanos, es Norma Larragoiti de barnices y pedrería, es el Fifo de víscera y cuerdas, es Federico Robles de la derrota violada, es Rodrigo Pola con el agua al cuello, es Rosa Morales de calcinaciones largas, son los rostros y las voces otra vez dispersos, otra vez rotos, es la memoria vuelta a la ceniza, es el bracero que huye y el banquero que fracciona, es el que se salvó solito y el que se salvó con los demás, es el jefe y es el esclavo, soy yo mismo ante un espejo, imitando la verdad, es el que acepta al mundo como inevitable, es el que reconoce a otro fuera de sí mismo, es el que carga con los pecados de la tierra, es la ilusión del odio, es el tú eres del amor, es la primera decisión y la última, es hágase tu voluntad y es hágase mi voluntad, es la soledad apurada antes de la última pregunta, es el hombre que murió en vano, es el paso de más, es el águila o sol, es la unidad y la dispersión, es el emblema heráldico, el rito olvidado, la moda impuesta, el águila decapitada, la serpiente de polvo: el polvo que huye en constelaciones sobre todos los perfiles de la ciudad, sobre las ilusiones rotas y las conquistadas, sobre las antiguas cimas de penacho y sangre, sobre las cúpulas de cruz y hierro, sobre los palacios del vals y la polka, sobre los altos muros que cubren a la vista las mansiones con piscina y tres automóviles y cuerpos escondidos entre el visón y el diamante, el polvo veloz que acarrea todas las palabras dichas y no dichas
«por lo menos que uno se salve el pellejo; más vale que uno viva solo y no que los cuatro mueran juntos

»nosotros tenemos todos los secretos; sabemos lo que necesita el país, conocemos sus problemas

»solo le pido a Dios que no me arrebate mi orgullo; es lo único que tengo, que verdaderamente siento mío: mi orgullo

»no hay nada indispensable en México, Rodrigo

»tu padre no tuvo destino: tuvo muerte, desde que nació, muerte para él y los suyos

»cuando levantas el dedo en clase porque eres el único que sabe la lección, cuando esperas a que otros pasen por la calle para entregar la limosna al mendigo

»se necesita alguien que envejezca con uno, no crea usted. Todo lo que se puede compartir no se pierde, sino que es como si se tuviera dos veces, ¿no se le hace?

»luego luego a tenerle compasión a uno

»¡qué más diera uno que trabajar bien y ganar lana en México!

»y entonces supimos que también el sol tenía hambre, y que nos alimentaba para que le devolviésemos sus frutos calurosos e hinchados

»ninguno se fue solo; a todos les engalané los huesos

»que yo nomás quiero volverte a calentar la cama una vez más, antes de que ya no me acuerde de tu cara ni de tu cuerpo

»y así nos unieran muerte y parto, parto y muerte siempre

»que yo sí quería participar, que yo sí quería arrancarme a esa losa de derrotas que ellos me heredaron

»vivirnos y morirnos tratando de olvidarlo todo y de nacer de nuevo todos los días sabiendo que todo está vivo y aplastándonos

»¿traes lana?

»hay que cuidar los intereses de la familia financiera

»como para cobrarse de lo que pasó antes, como para decir que todo acaba donde empezó, en ellos y en sus signos, hijo

»se espera solo lo que no puede volver a suceder, se espera la repetición de dos, tres momentos del principio, el momento antes de un beso, el momento después de un alumbramiento, sí, alguna muerte

»piensa que lo tuvieron todo; es como si mañana tú...

»si no se salvan los mexicanos, no se salva nadie

»por cada mexicano que murió en vano, sacrificado, hay un mexicano responsable

»dime, Juan: ¿para qué venimos a dar aquí?

»Tu as de l'espirit, chérie

»si no fuera por los cuates, Beto; si yo te empezara a platicar mis desgracias

»ya cada quien es quien debe ser, tú lo sabes

»condena a esta niña para que yo me salve ejecutando tu voluntad y tu condena, Dios mío

»padre de mi hijo, no tendrás más poder que el que me exprimiste a mí

»era de los nuestros

»no sé; te esperaba tanto»

y sobre el puente de Nonoalco se detiene Gladys García, veloz también dentro del polvo, y enciende el último cigarrillo de la noche y deja caer el cerillo sobre los techos de lámina y respira la madrugada de la ciudad, el vapor de trenes, la somnolencia de la carne, los tufos de gasolina y alcohol y la voz de Ixca Cienfuegos, que corre, con el tumulto silencioso de todos los recuerdos, entre el polvo de la ciudad, quisiera tocar los dedos de Gladys García y decirle, solo decirle: Aquí nos tocó. Qué le vamos a hacer. En la región más transparente del aire.

CARLOS FUENTES:
LA VOZ Y SUS RESONANCIAS

CARMEN IGLESIAS

HISTORIA Y NOVELA.
LA REGIÓN MÁS TRANSPARENTE,
DE CARLOS FUENTES

«Nada ocurrió como se cuenta, pero todo es verdad», hacía decir un escritor a uno de sus personajes de ficción en un juego de espejos múltiples en el que nada era lo que parecía. Siempre me pareció una buena definición para casi cualquier tipo de narración. Pues, por muchas fuentes objetivas que se consulten para un hecho determinado, el ordenamiento posterior narrativo de aquel hecho, aun en su simple descripción secuencial, lo conforma con unos perfiles que, siendo verdaderos en el mejor de los casos, nunca podemos garantizar su exactitud. «Conocía la historia. Ignoraba la verdad», escribe Carlos Fuentes en el comienzo de *Los años con Laura Díaz.* Y, como ya escribí en «De Historia y de Literatura como elementos de ficción», ese elemento narrativo es, a mi parecer, el que une la historia y la novela, aunque ambas escrituras diverjan radicalmente en sus métodos, fuentes y desarrollo creacional. Complementarias y necesarias ambas —Historia y Literatura— para entender algo de nuestro mundo, situadas «en los confines de dos territorios» compartidos —con diferentes énfasis en uno u otro— y al tiempo distintos entre sí, como son la Razón y la Imaginación, siempre me ha parecido evidente que la creación ficcional, y expresamente la novelística, cuando es obra de un gran escritor —como es el caso de Carlos Fuentes— puede recrear una atmósfera histórica, un tiempo pasado y una memoria con perfiles más profundos y duraderos que el simple relato historicista.

La primera novela de Carlos Fuentes, cuyo cincuentenario festejamos, que marcó indudablemente un *antes* y un *después* en la historia de la literatura hispana —latinoamericana y española—, mantiene acrecentada su fascinación al releerla, tanto como gran creación literaria como desde la perspectiva de la historia de México y de la historia en general. Desde ese primer gran relato de la *comedia humana* con el que un joven y ya sabio —literariamente hablando— Carlos Fuentes sorprendió a sus contemporáneos, la pasión de su autor por desentrañar unas complejas raíces históricas que sostienen un presente y un futuro opaco e incierto sigue deslumbrando en una escritura que nos arrastra con su riqueza de matices y formas, con la fuerza y la verdad de la aventura del vivir de sus personajes en el ojo del huracán de una ciudad vibrante y absorbente.

HISTORIA Y MITOS

Ya desde esta primera gran novela, están presentes varios de los hilos que reencontraremos una y otra vez, en distintas metamorfosis y en variadas interrelaciones, en toda la obra de Fuentes. El primero que quisiera resaltar, desde el punto de vista de historiadora, sería la integración que nuestro autor hace del mito, de la leyenda y de la magia, en la historia; esos mitos, esas leyendas populares, forman parte indispensable de los hechos históricos, pues la realidad humana nunca es algo dado, algo que está ahí y llegamos a conocer, sino algo en construcción continua y lo que pensamos o creemos sobre ella forma parte indisoluble de eso que llamamos realidad. Esas creencias, arraigadas en un pasado mítico en el que se cree, configuran la acción y forman parte de la historia del presente y de los proyectos de futuro. En definitiva, pertenecen a ese *conglomerado heredado* que, según la metáfora de Dodds, igual en la geología que en la historia humana, nunca está del todo definitivamente enterrado, sino que las sucesivas capas *geológicas* acumuladas y mezcladas unas con otras, aparentemente sustituidas y perdidas algunas, emergen sorpresivamente a veces, dramáticamente otras, para testimoniar un pasado tanto más virulento cuanto que no haya sido asumido. Así, los *guardianes* de *La región más transparente*, el muy inquietante y enigmático Ixca Cienfuegos y la figura de la viuda Teódula Moctezuma, que reclama insistente el necesario sacrificio a los dioses semiolvidados, reviven en la obra de Fuentes como arquetipos muy vivos y reales de un pasado idealizado, mágico y religioso al tiempo, en el que la totalidad del mundo no se ha fragmentado todavía. Como sabemos hoy, magia, religión, mitos, técnicas que exigen racionalización, no son estratos diferenciados nítidamente en la historia y en la psicología de la especie humana; no hay un corte drástico ni un escalonamiento sucesivo que separe para siempre lo prelógico de lo lógico y lo científico, sino que existe en la historia de las sociedades humanas una simultaneidad de todos esos estratos, si bien con diferente énfasis de unos u otros, según cada momento histórico y cada civilización concreta. La magia o «la potencia de fabulación», como la definía Bergson, tratándola como «una necesidad psicológica con tanta fuerza como la razón». Y por ello en nuestras sociedades actuales, altamente tecnificadas y lógicas, que han apostado —se supone— en términos generales por la razón y la historia, y que en el mundo occidental se han definido en su evolución claramente como antimágicas y no míticas, cuando no antirreligiosas o arreligiosas según qué épocas o países, pervive sin embargo siempre la necesidad psicológica de creencias de diferente tipo, incluso mágicas-astrológicas-cosmológicas, que remiten a esa *totalidad,* esa supuesta *armonía* primaria que relaciona todo con todo. El esfuerzo por dotar al mundo caótico y cambiante de un orden que suavice el terror ante lo imprevisible, ante lo radicalmente arbitrario y, por ende, siempre desconocido, es un esfuerzo de ordenación que estaría en el origen de las diferentes formas simbólicas con que los humanos intentan enfrentarse a un mundo que, como consagró el existencialismo de mediados del siglo XX, resulta fundamentalmente ajeno. El mito, la propia idea de sacrificio, la elaboración del símbolo exigen por tanto una compleja construcción intelectual y vivencial, como intentos de superar la indiferencia del mundo, la ausencia definitiva que supone la Muerte.

El mundo no nos es dado —intenta convencer Cienfuegos a Rodrigo Pola—. Tenemos que recrearlo. Tenemos que mantenerlo. El mundo es ciego y es bruto. Dejado a sus fuerzas, se arrugaría como una manzana arrancada al tronco, penetrada de gusanos. El tronco le dio su savia y su vida, sí. Pero la mano que arrancó la manzana debe conservarla, o morir con ella (p. 294).

Mitos y símbolos no son, pues, toscos disfraces de la realidad, sino que intentan complementar la presentación del mundo ante la conciencia: no solo viendo ese mundo «como utensilio», al que se responde con las categorías de racionalidad y causalidad —como señaló ya Sartre en su análisis de las emociones—, sino el mundo como «totalidad mágica, sin distancia entre las cosas». *Totalidad* irremisiblemente perdida en las grandes urbes desarrolladas bajo coordenadas no controlables individualmente y con frecuencia no comprensibles. Lo racional y lo no-racional indisolublemente unidos en la mente y psicología humanas.

Creo que de todo ello trata Fuentes a través de Ixca y Teódula Moctezuma. Pues, en efecto, esa *totalidad* ansiada, ese posible mundo sin escisiones dolorosas porque se ha purificado a través del *sacrificio,* y también de la venganza, esa necesidad humana de *lo absoluto* que, en definitiva, intenta relativizar o dar un sentido a cada una de nuestras muertes individuales solo puede reconstruirse en el mundo de la imaginación creadora, en la recreación de unos símbolos que tuvieron —y siguen arrastrando— una profunda significación. Pues, en la medida que, según la tesis clásica de Saussure, el símbolo no es nunca arbitrario, formaría parte de la historia mental y emocional de una determinada cultura, al tiempo que, tal como sabemos desde Mallarmé y los simbolistas, su condición esencial, en palabras de Roland Barthes, está caracterizada por la *polisemia,* por «su pluralidad misma de sentidos». Por eso, cuando Moctezuma y Cienfuegos creen realizar en el mundo concreto el símbolo sacrificial a través de las muertes sucesivas de ese 15 de septiembre (ese impresionante capítulo «Calavera del quince»), el día de la fiesta del Grito —el símbolo a su vez de la Independencia de México—, el resultado acaba siendo el vacío y la muerte —física o espiritual o social— de ellos mismos y de los que les rodean.

Lo mítico, el mundo de los símbolos, pues, forma parte importante de esa historia mexicana que Fuentes reconstruye dentro de un flujo apasionante de vidas distantes y separadas aparentemente, pero unidas e interrelacionadas como partes de un *todo;* pero al tiempo la historia acaba rechazando la resurrección efectiva de un pasado simbólico que ha dejado de tener significación en el mundo concreto tecnológico e industrializado, en un mundo citadino y de supervivencia material muy alejado de esa Madre-Tierra cargada de joyas simbólicas y poderosas, madre y madrastra a la vez que no solo protege sino que lleva en sí también el terror y la muerte.

Y así, la historia se revela como lo contrario de la tradición, de una tradición compuesta de mitos, de leyendas, de recuerdos y símbolos fijados, una tradición sin embargo con cuya memoria hay que contar para comprender el pasado. Como escribiera el historiador José Antonio Maravall Casesnoves, en los años sesenta del pasado siglo, la historia —en cuanto conocimiento de algo alejado que ha sucedido pero del cual se tiene una conciencia reflexiva— acaba siendo «el antídoto de la tradición», pues opone al fin el cambio histórico, la ordenación de novedades y de supervivencias en movimiento, frente a la fijación o permanencia repetitiva de la tradición mítica. Pero ninguna «argamasa histórica», ningún «conglomerado» histórico, podría comprenderse profundamente sin esos sustratos heredados de las viejas tradiciones. Y quizás a esa «argamasa histórica», compuesta de emociones y creencias, y de esperanzas y expectativas las más de las veces irrealizables, y de tanto dolor y sangre de hombres y mujeres encadenados a su época como en una gran rueda infernal de Ixión, quizás, en mi opinión, solo podemos acercarnos a ella, intentar su reconstrucción, a través de la ficción *verdadera,* como Tomás Eloy Martínez definió un cierto tipo de escritura novelística, en la que encaja la creación de Fuentes. Por eso son complementarias y no opuestas, a pesar de sus diferentes territorios, la historia y la novela. Y por eso no se puede prescindir de ninguna de ellas, aunque prefiramos, en función de nuestros gustos e intereses, una u otra. Y por eso Carlos Fuentes puede reconstruirnos esos mundos complejos, ya desde esta primera y fundamental novela, jugando con esas relaciones fronterizas entre historia y novela, y recreando para nosotros las vidas de hombres y mujeres concretos dentro de la rueda histórica de la ciudad de México, de manera que, en ese encuentro del pueblo con su historia —como escribió Alberto Díaz-Lastra—, los hechos históricos conforman personajes reales y vibrantes, no simples prototipos acartonados. Fuentes funde a través de ellos en esta gran novela urbana las distintas tradiciones en la forma y en el fondo, dando lugar así, a través de una historia determinada de un país —México— y de una ciudad —Distrito Federal—, a una novela universal que habla de todos y cada uno de nosotros, de los miedos y las esperanzas y las cobardías y la heroicidad a veces, de todos y cada uno de los seres humanos. Como brillantemente dijo Georgina García Gutiérrez, los días personales de cada uno de los personajes que viven o han vivido en *la región más transparente* se convierten en días históricos, de manera que los avatares vividos y las elecciones tomadas por cada uno de ellos en momentos cruciales atañen igualmente a la historia de México y de todos. La interrelación entre las vidas individuales y la historia que afecta a la colectividad no puede estar mejor reflejada en esa vuelta de tuerca para saber ligar, ahora a otro nivel, el todo con todo.

Por lo demás, el propio Fuentes es consciente de que, como declaró en alguna ocasión, la tradición «puede ser una ruptura enriquecedora, más que una continuidad esclerótica»; la tradición suele ser lo opuesto a lo que significa la historia como cambio, pero al mismo tiempo, como decía, forma parte indisoluble de su conglomerado, al que conforma. El mundo tradicional puede resultar opresivo, como ocurre en la novela, en la que nuestro autor se aleja de toda visión idealizada respecto a mitos tradicionales (véase el capítulo, por ejemplo, «Para subir al nopal», y la conversación de Zamacona, Ixca y Robles, sobre teodicea y sobre muerte y sacrificios), pero no puede prescindirse de sus elementos y de su recuerdo. Cuando todo ello se pone en movimiento y se interrelaciona, cuando, como hace nuestro autor, se enriquecen las perspectivas para poder observar a México desde dentro y desde fuera a la vez, cuando se agrega la crítica y la mirada «distanciada» en el sentido histórico del término es cuando esa aparente historia local de una ciudad se transforma en una historia universal que nos enriquece a todos.

UNIVERSALIDAD, MESTIZAJE E IDENTIDAD

Esa universalidad, signo de los grandes escritores, a partir de lo más inmediato, de lo aparentemente más local, transpira por así decir en toda la obra de Fuentes. Y así, la historia de México y la historia personal de unos grupos sociales mexicanos en un determinado fragmento del tiempo histórico enlazan con el espacio y tiempo de una cultura ampliada, producto de un enriquecedor y doloroso —como es toda la historia en general— *mestizaje.* El propio autor, en esas confesiones lúcidas de *En esto creo,* cuando habla de la Historia, la refiere a esa historia cainita, una historia universal de la violencia, una historia de dolor y sufrimiento de los más, la historia que hacía exclamar a Heine: «¡Ay de nosotros!, cada palmo de terreno ganado por la humanidad cuesta torrentes de sangre. ¿No es este un precio demasiado elevado? [...]. Cada hombre aislado es un mundo completo, que vive y muere con él, y cada losa de cada tumba cubre una historia universal». Y, a pesar de ello, en la estela que mostraron los griegos —«el hombre más fuerte que el destino»—, la apuesta por la vida que Fuentes hace en su escritura, la apuesta por la lucha por la justicia aun en medio de la desesperanza, por la razón y la voluntad frente al fatalismo y la resignación del destino, está siempre presente ya desde esa primera gran novela de *La región más transparente,* como luego insistiré.

Mestizaje fecundo, pero traspasado dramáticamente de violencia. Mestizaje que cubre un pasado ambiguo, al que se proyecta «un sentido de angustia, de fracaso, de pérdida de algo que, en triste y decreciente esperanza —escribía Zamora Vicente en sus «Apostillas a *La región más transparente*»—, aún nos sostiene sobre la tierra». Un mestizaje simbolizado con una fuerza inigualable en la historia concreta de Hernán Cortés y doña Marina, pero un mestizaje que mueve a preguntarnos por nuestra identidad, qué y quiénes somos, como consecuencia de una «colectividad insegura, aferrada a mitos y falta de sólida actitud histórica», señalaba Zamora. Una actitud histórica de la que también se lamentaba María Zambrano, refiriéndose a España, pero quizás extensible a todo el área hispana. En mi opinión, esta pregunta por la propia identidad recorre con frecuencia distintos espacios de nuestro ámbito cultural hispano; no es esta comunidad latinoamericana y española la única, como bien sabemos, en hacerse esas preguntas, pero sí es una de las más persistentes en una búsqueda perpleja acerca de cómo sus orígenes y mestizajes han configurado una historia que, con frecuencia, se reviste de *esencialismo* al considerarla como una repetición trágica, casi siempre igual a sí misma. Y creo que especialmente revive en cada conmoción histórica o en el recuerdo también persistente y fijo de esa conmoción.

Ya Maravall insistía en que la memoria de una crisis o de una catástrofe pervivía en la historia de las mentalidades y en la vivencia de la gente mucho después de que todo aquello hubiera pasado. Carlos Fuentes ha indagado una y otra vez en las motivaciones de esa inseguridad identitaria que oscila con frecuencia desde la vana creencia en su superioridad a la aceptación resignada y masoquista de un complejo de inferioridad, que, a su vez, hace crecer el rencor, el resentimiento y la envidia cainita proyectada paradójicamente sobre los más próximos. De ahí que ningún héroe con éxito puede ser aceptado como tal, reflexiona Zamacona, solo el héroe muerto puede ser considerado digno de recuerdo entre nosotros. De ahí que la característica de nuestra cultura sea la *excentricidad:*

Excentricidad, más que contraste [...]. No sentirnos parte de ningún engranaje racional, susceptibles de alimentarlo y permitir que nos alimente. Claustro cerrado, de espaldas al mundo. No sentir que nuestras obras, que nuestro espíritu, penetran en un orden lógico, comprensible para los demás y para nosotros (p. 73).

Lo que sigue detallando Manuel Zamacona sobre esa excentricidad, propia también de España, Rusia y otros países, lo encontramos resumido más tarde por Fuentes en su prólogo a *Todos los gatos son pardos,* una obra que

es a la vez una memoria personal e histórica, pues indagar nuestros orígenes comunes para entender nuestra existencia presente requiere ambas memorias en México, el único país que yo conozco, además de España y los del mundo eslavo —no en balde excéntricos, como nosotros— donde preguntarse ¿quién soy yo?, ¿quién es mi papá y quién es mi mamá?, equivale a preguntarse ¿qué significa toda nuestra historia?

Ese señalamiento en la «excentricidad» me parece especialmente lúcido y aclaratorio. Lo excéntrico está siempre rozando las fronteras de otros territorios y lo fronterizo está rozando significativamente con lo peligroso: roza o puede caer en el caos. Es siempre inseguro y necesita protección simbólica y efectiva. Darnton ya insistió en cómo el mundo de los hechizos, el mundo mágico de los cuentos y de los símbolos, juega siempre con los restos ambiguos, fronterizos, de los seres vivos: pelo, uñas, heces, animales «de frontera» con valor ritual o tabúes que desafían el temor irracional que despiertan, ya sean ratas o reptiles, que están cerca de los humanos, pero que no comparten en absoluto la categoría de «domésticos». Como ya escribí en otra ocasión, en la obra de Fuentes hay siempre un empuje de lo fronterizo hacia nuevas áreas de significado consciente, hay una apertura de lo que Jacob denominaba «el campo de lo posible», especialmente enriquecedora, en las fronteras entre historia y novela, que historiadores como John Elliott resaltó de forma sobresaliente a propósito de *Terra nostra*. Pero, refiriéndonos a ese problema de identidad que se plantea ya desde *La región más transparente*, ese carácter «excéntrico» y «fronterizo» refuerza sin duda la inseguridad del *quiénes somos*. El mestizaje y la integración forzosa que supone la adopción en la conquista hispana de lo que también Elliott llamó «fronteras de inclusión», como signo distintivo español frente a las «fronteras de exclusión» de la expansión anglosajona, ninguna exenta de violencia pero con resultados muy diferentes, son factores explicativos en parte de esa ambigüedad hacia los propios orígenes, hacia el pasado vivido y no asumido, que contribuirían a la espiral de inseguridad identitaria. Fuentes realiza un profundo intento de integración, de comprensión, para fundir o al menos para conectar lo prehispánico, lo español, la Revolución mexicana y el presente en un caleidoscopio, a mi parecer, de mestizajes en distintos niveles, personales e históricos, míticos y racionales, emocionales y reflexivos.

Lo original es lo impuro, lo mixto. Como nosotros, como yo, como México —sigue escribiendo Zamacona—. Es decir: lo original supone una mezcla, una creación, no una puridad anterior a nuestra experiencia. Más que nacer originales, llegamos a ser originales: el origen es una creación (p. 74).

LOS «MODELOS AJENOS».
EL DESTINO Y LAS MÁSCARAS

Asumir esa mezcla, esa mixtura nunca perfecta, impura, como la marca de origen que no supone ningún pecado original más allá del «aherrojamiento» existencial de la propia condición humana, es decir, que no es mejor o peor que otras tradiciones culturales supuestamente más exitosas en su desenvolvimiento histórico, es una de las opciones que, en mi opinión, se podrían rastrear en la obra de Fuentes ya desde esta primera de sus grandes novelas. Asumir el presente y por tanto proyectar hacia el futuro a partir de las cartas que nos han tocado, pues quizás la máxima estoica de Epicteto de contestar de la mejor manera posible en el juego de la vida, y de la historia, a las cartas que nos tocan por nacimiento y que no elegimos, incluso considerándolas malas, sirva tanto para las personas individuales como para los pueblos. En la interrelación entre destino o necesidad, azar y voluntad, que configura la vida humana, no todo está escrito, determinado, para siempre; frente al fatalismo y la resignación quizás podamos oponer el apotegma heracliteano sobre «el carácter es el destino», apostando por la razón y la historia, pero sin rechazar ni olvidar la propia tradición y orígenes. Ahí creo que se podría inscribir la insistencia de la reflexión de Fuentes sobre el error histórico de la adopción de «modelos ajenos». No solo los modelos superficiales —¿máscaras ligeramente encubridoras de la nada?— de unas clases sociales poderosas y esnobistas —«Quizá el esnobismo sea algo más grave [...]. Quizá no sea sino una forma de ceguera del espíritu: considerar todas las cosas en sí, sin atributos» (p. 348)— tan magistralmente presentes en *La región más transparente,* sino, lo que es más importante, la adopción de modelos culturales e históricos que, como en el lecho de Procrusto, fuerzan artificialmente a una adaptación violenta que tritura los miembros y que hace fenecer la apertura de la experiencia histórica.

A la intemperie —escribe Fuentes en su reflexión sobre «Iberoamérica», dentro de *En esto creo,* al hablar de los procesos de independencia—, creamos democracias instantáneas, repúblicas *nescafé,* desesperadamente confiadas en la imitación extralógica de Francia, Inglaterra y los Estados Unidos, fatalmente condenadas a ahondar las diferencias entre el país real y el país legal. El resultado fue el movimiento pendular entre la dictadura y la anarquía [...]. Entre la civilización y la barbarie...

Manuel Zamacona ya escribía significativamente:

«Constantes. Gestación lenta, intuitiva, del pueblo mexicano, sin contacto con las formas sociales exteriores. Búsqueda de una definición formal, jurídico-política, frente a búsqueda de una filiación sustancial, histórico-cultural. Afirmación de las definiciones formales en proyectos antihistóricos, fundados en la importación, en la imitación extralógica de modelos prestigiosos. Negación del pasado como supuesto inicial de todo proyecto salvador».

¿Pero cuál es el modelo, el modelo propio, y realmente salvador, que México debe atender? (p. 75).

Desde la perspectiva histórica, es evidente que el mundo hispano en su conjunto —Iberoamérica y España— se enfrentó desde la primera década del siglo XIX, en medio de una crisis aguda, de un vacío de poder pavoroso y de guerras civiles, a unos procesos de modernización complejos y que la transición hacia un régimen liberal se realiza dentro de un marco organicista —holista—, que interrumpe su propia tradición, sin llegar tampoco a incorporar socialmente los valores que exaltan la libertad y responsabilidad del individuo. Como ya escribí en otra ocasión, nuestras sociedades hispanas estaban quizá históricamente más cercanas al modelo de un ideal de «republicanismo de base agraria» y virtuoso, de carácter más igualitario que liberal; un ideal que enlazaba mejor con tradiciones integradoras holísticas y con ideales utópicos de perfección de las instituciones que con el valor político del pluralismo y con el criterio pragmático, moral y utilitario, de la búsqueda o de la conformidad en una forma de gobierno que sea simplemente la mejor de las existentes —o la menos mala—. La unidad, la integración, la legitimidad son preocupaciones de una mentalidad social holista que, en determinados momentos históricos, pueden dar lugar a sociedades más generosas, pero también menos tolerantes para el individuo concreto, y donde el clientelismo, el compadrazgo, el paisano, ocupa el lugar del posible individuo libre. La crisis política de esos comienzos de la modernidad condicionó quizá en demasía la adopción de modelos apriorísticos y de ideales que solo forzadamente podían encajar en un tipo de sociedad que procedía de otros valores y que hubiera necesitado posiblemente un tiempo y una evolución menos traumática. La novela de Fuentes capta lúcidamente esta distorsión:

Siempre hemos querido correr hacia modelos que no nos pertenecen, vestirnos con trajes que no nos quedan, disfrazarnos para ocultar la verdad [...]. No, no se trata de añorar nuestro pasado y regodearnos en él, sino de *penetrar en el pasado, entenderlo, reducirlo a razón, cancelar lo muerto —que es lo estúpido, lo rencoroso—*, rescatar lo vivo y saber, por fin, qué es México y qué se puede hacer con él (pp. 314-315, subrayados míos).

Varios hilos complejos y relacionados entre sí se derivan de estas reflexiones: uno es desde luego las sucesivas rupturas de los procesos de evolución interrumpidos en la historia; otro podría ser la búsqueda de la identidad en la acción sobre la base de la aceptación del propio pasado. Y para esto sería necesario esquivar tanto la Escila de lo que Maravall llamó «la nostalgia del *diferencialismo*» (lo excéntrico desembocando en esa oscilación entre creerse superior o definitivamente inferior:

... ¿sentimiento de inferioridad? —reflexiona Manuel Zamacona— [...]. «¿Qué cosa es el sentimiento de inferioridad sino el de superioridad disimulado? En la superioridad plena, sencillamente, no existe el afán de justificación. La inferioridad nuestra no es sino el sentimiento disimulado de una excelencia que los demás no alcanzan a distinguir...» (p. 78),

pero siempre dentro de un «narcisismo de la diferencia»), como la Caribdis de imitar y envidiar otros modelos, adoptar unas máscaras impuestas tan forzadamente que desfiguran monstruosamente las facciones originarias. Nada entendemos de nosotros mismos, de nuestra historia, si no la comparamos con los otros, pero poco aprendemos de esa comparación si solamente nos fijamos en categorías que homogeneizan y trazan un único camino. Traducido al plano de la historia, supondría no caer en lo que Elliott describía como el error de «hablar de éxitos o fracasos en la larga duración histórica», el creer que pueden medirse las experiencias históricas en función de unos pocos casos concretos, juzgados como exitosos, y por ello elevados a la categoría de modelo, el creer que solo determinados modelos o determinado canon cultural, o una única «gran narración», pueden ser la «salvación». De nuevo, el lecho de Procrusto como medida. No se trata de poner todo al mismo nivel, pero sí de intentar que los mitos de la excepcionalidad extrema o los estereotipos esencialistas de unos «caracteres nacionales» siempre iguales a sí mismos se erijan como dirigentes de los proyectos del futuro. Siempre me gusta recordar en estos temas uno de los libros de otro historiador hispanista, Geoffrey Parker, cuando al hablar de la Monarquía Hispánica lo tituló *El éxito nunca es definitivo;* el «fracaso» tampoco, habría que añadir. El *destino* tampoco es definitivo, nos hace reflexionar la obra de Fuentes, desde una perspectiva histórica, por más que no tengamos demasiadas razones para ningún optimismo utópico.

En el forcejeo dramático entre Rodrigo Pola y su madre, y entre Rodrigo e Ixca, se filtra constantemente esa trágica oscilación: «Yo tengo mi propio destino», pretende reivindicar el hijo frente a la airada negación de Rosenda: «No tienes ningún destino, sábelo ya. Tienes responsabilidades, y una madre que no ha tenido (ni querido, no, nunca) su destino, sino penas y amarguras y luchas...» (p. 164). «Conocer el destino es no tenerlo» (p. 507), dirá más tarde un Rodrigo Pola triunfador social y definitivamente superficial, pero que, a la vez, ha escapado del ángel destructor que buscaba su sacrificio y al tiempo su redención posible en la Muerte:

No hay nada indispensable en México, Rodrigo —le había aleccionado Ixca, en un lamento desolador y fatalista, identificando a Rodrigo con el propio país en su desidia moral y justificadora de futuras traiciones—. Tarde o temprano una fuerza secreta y anónima lo inunda y transforma todo. Es una fuerza más vieja que todas las memorias, tan reducida y concentrada como un grano de pólvora: es el origen. Todo lo demás son disfraces. Allá, en el origen, está todavía México, lo que es, nunca lo que puede ser. México es algo fijado para siempre, incapaz de evolución. Una roca madre inconmovible que todo lo tolera. Todos los limos pueden crecer sobre esa roca. Pero la roca en sí no cambia, es la misma, para siempre (pp. 149-150).

Pero solo la Muerte, podríamos añadir con Malraux, solo el fin definitivo, cuando ya no podemos cambiar nunca más, convierte la vida en destino.

MEMORIA Y OLVIDO.
TIEMPO CÍCLICO Y TIEMPO HISTÓRICO

Por todo ello, en la obra de Fuentes, pasado, presente y futuro se mueven simultáneamente, y no ordenada y sucesivamente, y en esa espiral nunca acabada gira esa relación compleja entre memoria y olvido, que es también un aspecto sustancial de toda su escritura creadora. «Rescatar el pasado mexicano del olvido y de la mentira», medita Zamacona (p. 318). Pero la memoria del pasado no es homogénea, existen memorias compartidas aunque sean diferentes, pero también memorias opuestas que se introducen sin cesar en las heridas abiertas. Sin memoria no existiríamos, no podríamos calibrar la textura del presente, pero sin olvido nuestros deseos se convertirían en obsesiones petrificadas, sin futuro posible. «Olvidamos muchas cosas —ha repetido Carlos Fuentes— porque con algunas no podríamos vivir». Al tiempo, «recordarlo todo es olvidarlo todo», «quizá mi memoria es total porque solo recuerdo lo que merece ser recordado. Podría convocarlo todo, si así lo desease. Me volvería loco: mi vida sería idéntica a la naturaleza. Mi proyecto es de signo contrario» *(Cumpleaños,* 1969). No todo, pues, puede ser recordado de la misma manera. La poeta judía Gertrud Kolmar describía a un contemporáneo suyo como «una de esas personas sin interés, porque a lo largo de su vida *no han aprendido ni olvidado nada».* Si la pérdida de memoria es igual a la muerte, si el amor es precisamente memoria, si de alguna manera «somos imágenes y palabras recordadas por otros», la asunción de la historia siempre dolorosa y del propio pasado exige también una parte de olvido: «La memoria es imprescindible, aunque si hay memoria hay también olvido, a veces causado por el dolor —declaraba Fuentes en la presentación de su novela *Instinto de Inez,* en 2001—. La memoria es selectiva y por eso olvidamos muchas cosas, porque con algunas no podríamos vivir». No hay fórmula absoluta que sea válida para siempre o en cualquier ocasión. Si la lengua española tiene esa preciosa distinción de matiz entre «caer» algo en el olvido y casi su opuesto: «echar» al olvido, un tipo de olvido activo para poder empezar de nuevo, la obra de Carlos Fuentes nos señala siempre ese equilibrio inestable entre memorias y olvidos, la dificultad de que «no podemos vivir sin pasado, pero no podemos vivir con el pasado». «No puede haber presente vivo con pasado muerto», señala a lo largo de su obra y explícitamente en esa declaración de principios que es *En esto creo* (2002: 272). Y por ello, la ficción novelesca puede reflejar mejor estas antinomias y utilizar los tiempos históricos y los tiempos cíclicos, las repeticiones del tiempo mítico e igual a sí mismo, indistintamente, recreando en profundidad la tensión y la inestabilidad que la historia y la utilización de un tiempo lineal solo puede describir exteriormente. Aquella nos hace aprehender verdades existenciales que la historia, la historiografía, solo puede elaborar en otros planos menos emocionales, con los que complementa el conocimiento de una realidad, o al menos de fragmentos significativos de esa realidad. Historia y Literatura, pues, inseparables.

La región más transparente como gran novela urbana, en donde el mito de la «ciudad ideal», tan añorado en toda la historia de la utopía occidental, se disuelve en la negación de todo optimismo utópico, podría ser otro de los puntos significativos de esta primera gran novela de Fuentes. La relación de utopía e historia en toda su obra es, a mi parecer, otro de los aspectos singulares en donde historia y ficción convergen para eliminar las falsas nostalgias y apostar, si es posible, por los proyectos de la imaginación y de la razón, sin los cuales sería imposible la existencia humana. Pero sin cerrar los ojos a una realidad histórica en la que la violencia, la irracionalidad ética, la injusticia siguen predominando, aunque también encontramos en ella los destellos de la generosidad y el altruismo. «Pero para ser generoso —piensa en un momento de sincera lucidez consigo mismo el personaje de Rodrigo Pola— se debe poseer algo digno de ofrecer a los demás. Capacidad de trabajo, amor, talento, comprensión, qué sé yo. Pero cuando no hay nada que dar, cuando uno está vacío, ¿puede ser culpable la falta de generosidad?» (p. 280). Fuentes nos transmite lo único que no se puede perder, la solidaridad, la empatía, el vuelco hacia los demás:

Todo lo que se puede compartir no se pierde, sino que es como si se tuviera dos veces, ¿no se le hace? (p. 538).

Compartir con Carlos Fuentes su mundo de ficción verdadera, de historia y de ensayo, es un privilegio por el que sus lectores y sus amigos estaremos siempre agradecidos a su generosidad, a su talento y a su persona.

SERGIO RAMÍREZ

LA MANZANA DE ORO

El debate librado desde comienzos del siglo veinte sobre tradición y modernidad en la literatura latinoamericana vino a ser resuelto en 1958 no con una nueva aportación teórica, sino con la aparición de una novela. En efecto, *La región más transparente,* una desbordante obra juvenil, rompía todos los diques y fijaba una transformación definitiva empezando por la manera osada de narrar, y alterando los viejos cánones introducía a la ciudad como un personaje hasta entonces ignorado, de múltiples rostros y de múltiples voces.

Carlos Fuentes logra consumar en esta primera novela suya una doble ruptura, porque el ámbito urbano se convierte en sinónimo de modernidad, y su presencia total en la narración expresa al mismo tiempo el fenómeno de transformación social que se está dando entonces en América Latina, cuando la sociedad campesina ha dado ya paso a las grandes concentraciones anómalas de población, un acontecimiento hasta entonces ignorado por la literatura. Los escritores, que a mitad del siglo veinte viven en las ciudades que crecen día a día, enseñan en sus universidades, escriben en sus periódicos y participan a diario del ambiente urbano y de sus atractivos y fealdades, lo ignoran sin embargo, y siguen tendiendo una mirada nostálgica hacia el ámbito rural, del que solo tienen, por lo general, un conocimiento de visitantes ocasionales.

El mundo rural que continúa sobreviviendo con sus relieves arcaicos cobra aún el precio de su dilatada existencia, y el debate entre modernidad y tradición queda siempre atado al lastre de lo que se insiste en llamar literaturas nacionales, un concepto que exige una definición de lealtad hacia el paisaje y las gentes que lo habitan, campesinos e indígenas fundidos siempre en el molde doctoral con alevosía académica. Todo un resabio del viejo Romanticismo, inoculado de Realismo y de Naturalismo, viejas escuelas decimonónicas, que lleva a docenas de autores a pasear la mirada por un universo que aunque reclaman como suyo viene a ser exótico porque les es ajeno, empezando por el habla, que tocan con guantes quirúrgicos, que son las comillas, para no contaminarse de barbarismos.

El debate sobre las literaturas nacionales, que se da en diferentes latitudes de América Latina, obvia el asunto central de que la literatura es capaz de crear una realidad paralela que al cobrar su propio peso independiente exalta y transforma los materiales de la realidad de que proviene, entre ellos el lenguaje diario en sus múltiples matices, no importa si campesino o urbano, culto o degradado. José Gálvez, quien se hallaba entre los «futuristas» del Perú a comienzos del siglo veinte, sostenía que el artista «debe desdeñar altivamente la facilidad que le ofrece el modismo callejero, admirable muchas veces para el artículo de costumbres, pero que está distante de la fina aristocracia que debe tener la forma artística». Dos clases de lenguaje que pertenecen a esferas irreconciliables, el culto y el popular, algo que Fuentes viene a anular de manera espléndida en su novela.

José Carlos Mariátegui, en «El proceso de la literatura», el último de sus 7 *ensayos de interpretación de la realidad peruana,* llama a Gálvez y a los suyos más bien «pasadistas», pues cuando hablaban de literatura nacional la referían a una tradición que tenía que ver con la historia, y apenas se preguntaban si esa historia empezaba en el momento colonial o se debía ir más atrás, a las civilizaciones prehispánicas, como una suerte de concesión. Historia, tradición y naturaleza eran los elementos fundamentales a la creación literaria, bajo una apreciación paternalista.

Mariátegui, en defensa de lo que llamaba «una literatura del pueblo», sostenía que, al contrario, «el presente es también historia», mientras que para los «pasadistas» la historia, «en su sentimiento, no era entonces sino pasado», un pasado muerto que tampoco traducía al Perú en su globalidad. Es una discusión que no podía resolverse, obviamente, en el plano teórico, y Fuentes vino a hacerlo en el cuerpo narrativo mismo de *La región más transparente:* el presente es también historia, y la historia regresa al presente, mientras la novela, que se alza como un coro abigarrado de voces disonantes, que por eso conquistan su armonía final, traduce totalmente a México en la vida del lenguaje. «Imaginar el pasado, recordar el futuro», dice el mismo Fuentes. Y su trama verbal, tejida en el lenguaje de cada estrato social, es la celebración triunfal de lo que Gálvez llamaba sin entusiasmo «el modismo callejero», y rompe así todas las barreras para llevar las voces de las cantinas de barriadas y de los cocteles de los salones esnobs, voces de pachucos y burgueses, campesinos recién emigrados y aristócratas decadentes, a los cauces de la literatura.

Las discusiones que se dan acerca de la modernidad en esa primera mitad del siglo veinte se sitúan todas alrededor de las literaturas nacionales, y las maneras de definirlas y en-

contrarles un sentido trascendente, con lo que se va en busca de otra dilucidación que hoy parece no menos ociosa, la del
cosmopolitismo y el nacionalismo, así el término «cosmopolitismo» se entretiene en el mismo nivel provinciano del
nacionalismo. Mucho tiempo se perdió antes de descubrir
que las claves de la modernidad de la novela y su verdadero
sentido universal se hallaban en el uso indiscriminado del
lenguaje, sin limitaciones timoratas ni clasificaciones pre-
vias, toda una aventura de exploraciones que barre la frontera entre lo culto y lo popular, como lo consiguieron, sin
abandonar el ámbito rural, Juan Rulfo en *Pedro Páramo*
(1955) y João Guimarães Rosa en *Gran Sertón: Veredas* (1956).

Ambas vienen a cancelar todo el viejo debate y a poner en
perspectiva la obsolescencia de la visión académica del mundo rural, de una manera que hoy parece sencilla: en lugar de
contemplar el paisaje desde el balcón, el novelista baja a él,
se quita los guantes quirúrgicos, se mezcla con sus personajes, se convierte en uno de ellos y adopta como propias todas
sus voces, con lo que gamonales y campesinos dejan de ser
materia extraña y lejana. El escritor está dentro de la novela, y literatura y realidad se vuelven una totalidad para crear
el nuevo mundo paralelo desde el que los muertos se cuentan sus historias bajo tierra, o los vivos pactan con el diablo
que anda suelto en las ventiscas que alzan los remolinos.

«Yo escribí *La región más transparente* porque leí *Pedro
Páramo* y dije: esta temática ya la culminó Rulfo, que ya
nadie la toque, porque es como un árbol desnudo del cual
cuelga una especie de manzana de oro que es *Pedro Páramo*», dice Fuentes. Rulfo cerraba cuentas con ese mundo
transformándolo, pero era de verdad un acto de clausura, un
mundo al que solo volvería a entrar sin daño Gabriel García Márquez, el único que pudo tocar la manzana de oro al
escribir la gran saga rural que es *Cien años de soledad* (1967),

la épica campesina que los escritores de la primera mitad del siglo buscaron en vano porque habían equivocado los caminos.

Pero el regreso al mundo rural no podía ser sino un acto de genialidad solitaria, y en lugar de abrir caminos, *Cien años de soledad* los cerró todos de una vez arriesgando a quienes se atrevieran por esa senda a la imitación. El universo rural seguía allí, atrapado en el ámbar de los anacronismos de la realidad, y siempre habría de causar sorpresa al ser expuesto como algo natural en la prosa de exageraciones deslumbrantes de García Márquez.

Pero fuera de los ejemplos de Rulfo y Guimarães, que transforman la visión del universo rural, la modernidad se construía a sí misma en otros ámbitos de la narración, gracias también a su propio poder verbal, y podemos encontrarla desde el siglo diecinueve en *Memorias póstumas de Blas Cubas* (1881) de Joaquim Maria Machado de Assis, una herencia de humor y experimentación que Fuentes y los novelistas del bum no despreciarían y de la que son parte también Roberto Arlt, sobre todo su novela *Los siete locos* (1929); Juan Carlos Onetti, empezando con *El pozo* (1939); José Lezama Lima, aunque su obra mayor, *Paradiso* (1966), no aparecería sino después, y Jorge Luis Borges.

Pero la modernidad no había sido hasta entonces solo un asunto de nuevas formas de expresión literaria, sino que involucró algo más trascendente, porque desbordaba los ámbitos de la literatura misma al plantearse las formas de representar el continente, visto como un todo vivo y siempre como una obra inacabada de civilización. La preocupación por la identidad había campeado desde el momento de las independencias en el siglo diecinueve, cuando la búsqueda de la institucionalidad republicana no se separaba de la búsqueda del progreso: la civilización. La pregunta de

quiénes éramos al soltarnos de las amarras del imperio español en decadencia llevaba a otra: si seríamos rurales o
urbanos; bárbaros o ciudadanos; salvajes o civilizados.

De allí ese debate persistente que comienza con Sarmiento en las páginas de *Facundo* (1845), acerca de civilización y barbarie, y que llegará hasta las páginas de *Doña
Bárbara* (1929), de Rómulo Gallegos. La naturaleza y el
paisaje, cerriles por sí mismos, antes de ser tocados por la
mano redentora del hombre, eran declarados culpables
de antemano junto con los seres que los habitaban, y ambos adversarios naturales de la obra de civilización, por lo
que había que someterlos al mismo tiempo, única manera
de que pudieran lavar el pecado original. El *dictum* era que
no hay buenos salvajes, como en el paraíso de Rousseau.

En *Facundo,* la barbarie engendra a los gauchos, o los
gauchos engendran la barbarie, que engendra a su vez a
los caudillos de montoneras como Facundo Quiroga, el mal
salvaje de La Rioja cuya voluntad es hacer fracasar la civilización, lo mismo que en *Doña Bárbara* los llanos ganaderos de Apure, en la Venezuela profunda, engendran la
barbarie que el civilizador reformista Santos Luzardo busca domesticar llevando el orden de las particiones legales
de tierras donde el límite ha sido siempre el horizonte, y el
ganado pasa libremente de uno a otro fundo. Por allí, por
definir los derechos de propiedad, empieza la civilización.

Barbarie rural frente a civilización urbana. Son dos
mundos que para Sarmiento se distancian y contradicen,
empezando por la manera de vestir: «... el hombre de la
campaña, lejos de aspirar a semejarse al de la ciudad, rechaza con desdén su lujo y sus modales corteses, y el vestido del ciudadano, el frac, la capa, la silla, ningún signo
europeo puede presentarse impunemente en la campaña.
Todo lo que hay de civilizado en la ciudad está bloqueado

allí, proscrito afuera, y el que osara mostrarse con levita, por ejemplo, y montado en silla inglesa, atraería sobre sí las burlas y las agresiones brutales de los campesinos...».

Nada más el hombre creado por la ciudad puede ser elemento de orden y progreso, responsable bajo las leyes en términos políticos, forjado en la educación sistemática y en los ambientes de cultura y relaciones sociales que solo la ciudad depara. Es en la ciudad donde «están las leyes, las ideas de progreso, los medios de instrucción, alguna organización municipal, el gobierno regular, etc.». La ciudad es la Arcadia, no la campiña. Pero esa ciudad que Sarmiento proponía pertenecía por eso mismo a un ideal imaginativo y, como propuesta, venía a resultar utópica, en tanto la sabiduría del comportamiento ciudadano se daba en un orden social teórico, y no en la contradicción viva de la ciudad verdadera, numerosa y caótica. La ciudad de Fuentes, no la ciudad de Sarmiento.

La ciudad de Sarmiento parte de un concepto que no sirve siquiera a la literatura, que se nutre siempre de las contradicciones y de la diversidad, como tampoco le sirve la división maniquea que entrega el universo rural a las llamas profilácticas, mientras exalta las bondades de la urbe redentora. Y de antemano, Sarmiento ha borrado de cualquier mapa de civilización al indio, a quien no considera siquiera sujeto social, ni capaz de pasar por la rehabilitación forzada que propone para el campesino, que es el gaucho. Pero, de otro lado, una manera de desaparecer a los campesinos, y al mismo tiempo al indio, era falsificándolos como personajes, que es lo que la literatura costumbrista, hija bastante espuria del realismo de costumbres, siguió haciendo hasta la aparición de *Pedro Páramo*.

Mientras tanto la ciudad de México, de la que Fuentes se ocupa y que contradice a la ciudad ideal de Sarmiento, vendrá a ser poblada por todos, como verdadera polis que a la mitad del siglo veinte es el fruto de una incesante concurrencia, indios herederos de los sobrevivientes de la antigua Tenochtitlan o llegados desde las sierras salvajes, campesinos campiranos, soldados de la Revolución que se quedaron extraviados en las alamedas porfirianas, abogados y coroneles, viejos cristeros y nuevos reformadores, segundones provincianos vueltos burgueses capitalinos, banqueros que batieron el cobre como Federico Robles, y viejas familias aristócratas reducidas a habitar una parcela de sus viejas mansiones, como la de Pimpinela de Ovando, arribistas y mengalos, los de frac y los de alpargatas, los que se sientan en los restaurantes de ínfulas parisienses y los que buscan en la basura, mercachifles y cabareteras, burócratas y chulos, oleada tras oleada de inmigrantes, figuras y más figuras agregadas al *Sueño de una tarde dominical en la Alameda Central* de Diego Rivera, que aquí se presentan siempre en movimiento, personajes siempre cambiantes, entrando y saliendo del mural que es su escenario. Es la disolución del universo compartimentado de Sarmiento, que estalla para revolverse en la gran ciudad verdadera, que es la de la novela, y es la novela.

Un nuevo escenario. La narrativa latinoamericana de la primera mitad del siglo veinte se construyó con base en una sucesión de arquetipos de escenarios que fijaban el papel insoslayable de la naturaleza, personaje en sí mismo definido por el poder de su fuerza telúrica y de sus espacios inconmensurables, capaz de contener y representar a sus habitantes, y transmitirles sus propias características salvajes: la selva, la pampa, el sertón, el llano, donde se libra el combate de primera mano entre civilización y barbarie, pero sobre todo la selva, un cuerpo vivo e indomable, eterno y misterioso, capaz de devorarlo y ocultarlo todo, y de inocular su veneno salvaje y su maldición en la sangre de quienes se atreven a penetrar en ella violando su santidad milenaria, la deidad que cobra siempre su precio en sacrificios humanos, tal como aparece, como personaje de crueldad insaciable, en *La vorágine* (1924), de José Eustasio Rivera.

En la selva, la lucha entablada entre el hombre y la naturaleza viene a ser otra que la de los llanos. Quienes la penetran no van en busca de la civilización que habrá de llegar a derramarse sobre todas las cabezas, como proyecto de vida, sino que con voracidad de fiebre persiguen la riqueza individual, una búsqueda que el riesgo y el desamparo convierten en aventura sin esperanza, de antemano víctimas propiciatorias que serán aniquiladas por el paludismo y la disentería, el ataque de las fieras salvajes, los piquetes de las víboras y las inquinas entre ellos mismos, que terminan en el crimen. La aniquilación viene a ser el vellocino de oro, como les ocurre a Arturo Cova y los suyos en *La vorágine*.

Pero en la imaginería literaria está también la naturaleza sometida a la explotación, las talas de madera, la extracción del chicle y del caucho, un producto que los conflictos bélicos mundiales vuelven estratégico; las minas de cobre, estaño, tungsteno, oro, plata, y las plantaciones de cacao, de banano y de caña de azúcar desde que América Latina comienza a servir los postres en la mesa de la civilización. Surgen así los enclaves en manos de las compañías transnacionales de entonces, de la Anaconda a la United Fruit, dueñas de una soberanía de hecho sobre los territorios que recibían en concesión, en los que imponían desde su propia moneda al orden policial, provocaban guerras fronterizas, y compraban diputados y ponían presidentes.

La hacienda feudal, que aún sobrevive con su orden social determinado por el patrón terrateniente, que es el modelo del caudillo político decimonónico, y los enclaves extranjeros, con los que despunta el siglo veinte, vienen a representar así el gran filón de la novela social, la naturaleza explotada más el hombre explotado y humillado, una circunstancia en la historia que es también, y por consecuencia, una circunstancia de la literatura, donde vienen a juntarse las huelgas sindicales masivas, animadas por los partidos comunistas clandestinos, y las matanzas de obreros, con los soplos literarios del realismo socialista que llegan desde la Unión Soviética, detrás de los que asoma el viejo Naturalismo.

La mejor de las causas sociales, que englobaba la reivindicación de los explotados con la reivindicación de las soberanías nacionales, no dio la mejor de las literaturas, y la novela que describía las situaciones de expoliación, opresión y miseria, y la complicidad de las oligarquías, de los ejércitos y de los gobiernos con las compañías dueñas de los enclaves fue a dar no pocas veces al territorio del panfleto. Parece imposible que César Vallejo, que había escrito *Trilce* (1922), la cumbre de la poesía de vanguardia en lengua española, escribiera luego la novela *El tungsteno* (1931), acerca de las explotaciones mineras en el Perú.

Pero América era un territorio que al fin y al cabo no podrá ser reducido nunca a ninguna cartografía, ni siquiera a la cartografía literaria. El mito de la naturaleza, en lucha contra los seres que la habitan, el mito de la geografía que no se deja dominar. La naturaleza como partera de personajes a los cuales luego encarna ella misma, porque la representan, y son fruto de su metamorfosis constante. Cada geografía da paso entonces a un personaje, fruto de su circunstancia telúrica: don Segundo Sombra, hijo de la pampa; doña Bárbara, señora de los llanos; Arturo Cova, condenado a la vorágine de la selva amazónica; Pedro Páramo, hijo del páramo de Jalisco; Riobaldo, hijo de los sertones de Mato-Grosso; Gaspar Ilom, hijo de las milpas doradas de los Cuchumatanes en *Hombres de maíz* (1949) de Miguel Ángel Asturias; Ernesto, el niño errante, hijo de la sierra andina en *Los ríos profundos* (1958) de José María Arguedas; Aureliano Buendía, hijo de la Ciénaga Grande.

Y ahora, Ixca Cienfuegos, hijo bastardo de la ciudad que todo lo devora igual que la selva, y es él mismo la ciudad, mezcla del águila y la serpiente, que son el mito fundacional de México: «... en sus ojos de águila pétrea y serpiente de aire, la ciudad, sus voces, recuerdos, rumores, presentimientos, la ciudad vasta y anónima, con los brazos cruzados de Copilco a los Indios Verdes, con las piernas abiertas del Peñón de los Baños a Cuatro Caminos, con el ombligo retorcido y dorado del Zócalo...» (pp. 520-521). La ciudad, a partir de Fuentes, viene a ser la nueva deidad salvaje que tampoco se deja dominar.

Pero una ciudad así, la devoradora de almas, como la selva lo es en las novelas de la naturaleza salvaje, necesita estar alimentada por un mito que proviene desde su primer sustrato, donde yace la tradición ancestral indígena que a su vez es dueña de su propia fuerza telúrica, algo que no corresponde a ninguna de las otras grandes urbes novelables, como Buenos Aires o São Paulo, o Caracas. Por eso es que Ixca Cienfuegos puede pasar a ser ese personaje ubicuo, que es juez de las almas, cínico y despiadado como las viejas deidades aztecas que encarnan las furias de la naturaleza, y que a su vez proviene del humus fundamental que encarna su madre, Teódula Moctezuma, guardadora de los ritos y del poder de la muerte.

«Las ruinas de la ciudad azteca no se resignan a desaparecer [...]. El mundo mexicano prehispánico está vigente, uno rasca un poquito y ahí está siempre. Además hay un mundo colonial, un mundo barroco, un mundo decimonónico y un mundo moderno. En México coexisten todos estos momentos históricos de nuestra vida», señala Fuentes.

Un universo compuesto de capas superpuestas, de pasados más que de presentes, pero pasados vivos, que pueden leerse como un corte geológico a través de sus diversas edades. Con las viejas piedras de los templos ceremoniales de los sacrificios humanos se construyeron las iglesias barrocas, pero esas mismas piedras sirvieron también para edificar los cuarteles, piedras para el culto y para el orden del poder que se trasegaba de un imperio a otro, del Imperio azteca al Imperio español. Unas deidades se transfiguraron en otras, tal como Tonantzin, la madre tierra, llegó a encarnarse en la Virgen de Guadalupe: «No hace falta ir a la Villa, porque la madrecita santa anda suelta por todos lados», dice Teódula Moctezuma (p. 233). «Tú no necesitas altar, pues yo te ofrezco mi corazón, ay tilma de rosas, ay falda de serpientes, ay madre misericordiosa, ay corazón de los vientos» (p. 234).

La Gran Tenochtitlan siempre renacida, la gran urbe del orbe nuevo que al poder vertical de sus príncipes sumó el poder vertical de los conquistadores, y luego el poder vertical de los caudillos, la pirámide de los sacrificios, el símbolo de la autoridad, de Moctezuma a Cortés, a Santa Anna, a Maximiliano, a Porfirio Díaz, a Huerta, a Carranza, a Obregón, a Calles, a los jerarcas embalsamados del PRI que a la mitad del siglo veinte son los repartidores del progreso y de las prebendas y de los negocios, y de la corrupción en la figura del presidente Miguel Alemán, que reina invisible en las páginas de *La región más transparente*. México se vuelve la gran urbe caótica bajo su sombra, y para que no haya dudas una gigantesca estatua suya de ocho metros de alto, inspirada en las de Stalin, se alza en la ciudad universitaria, el súmmum arquitectónico de la modernidad con la que cierra su sexenio en 1952.

«Excentricidad, más que contraste. Esta puede ser nuestra palabra: "excentricidad"» (p. 73), razona en un largo soliloquio Manuel Zamacona, otro de los personajes de *La región más transparente*. La ciudad excéntrica oscurecida por los humos industriales y que pierde su centro y lo multiplica al expandirse, como ocurrirá con las otras grandes ciudades latinoamericanas, que desde su núcleo de rascacielos van abriéndose en anillos de miseria, barriadas improvisadas, calles sin asfalto, lodazales y polvaredas, inmensos botaderos de basura, páramos sin nombre donde las aguas negras corren a flor de piel.

Federico Robles, y luego Artemio Cruz, dos de los personajes emblemáticos de Fuentes en la saga de sus novelas, serán capaces de explicar la filosofía de los nuevos tiempos creados por la Revolución mexicana. «El pasado se acabó para siempre» (p. 311), sentencia Federico Robles desde el altar de sacrificios en la cumbre de la gran pirámide del poder financiero, mientras empuña el cuchillo de obsidiana, porque todo poder reclama víctimas. El pasado que ha muerto para él no es otro que el suyo personal, la pobreza que vivió en carne propia, el suyo y el de tantos que tomaron las armas para pelear por las exigencias de la Revolución, la tierra para los campesinos la primera de todas. Ahora siente que tiene una responsabilidad, que es una responsabilidad de poder. Crear industrias, impulsar la economía del país «que ha tenido que correr, que galopar diría, para ponerse al corriente de las naciones civilizadas» (p. 312). Crear una clase media, la beneficiaria directa de las medidas de progreso.

Inversiones de capital, no importa de dónde vengan; dar legitimidad a la riqueza, no importa cómo fue amasada. La preeminencia social subiendo a empellones los escalones de la pirámide. Los perdedores abajo, los ganadores arriba, bajo las mismas leyes que al fin y al cabo determinan entonces el crecimiento urbano de América Latina. Las leyes del capitalismo, ya tan antiguas, que son ahora la modernidad, en el momento en que la ciudad, al reconocerse como deidad, reclama sus víctimas. «No es muy agradable vivir estos momentos de la iniciación burguesa», le dice Natasha a Rodrigo Pola. «Me da risa estar viviendo aquí lo que pasó en Europa hace más de un siglo. Nueva casta dominante hecha a base de dinero y negocios turbios sancionados por la ley [...]; la Revolución está enterrada. Ahora hay una corte burguesa que solo respeta el dinero y la elegancia...» (p. 457). Es la vieja lección de Balzac que Fuentes no olvida: las revoluciones tienen siempre su imperio como sucedáneo. Los Robespierres llegan a ser Napoleones. Y siempre habrá un papá Goriot que salta desde detrás de las barricadas para terminar dueño de fábricas y viñedos.

Federico Robles es la síntesis mestiza de ese mundo urbano cuyo caos quiere ordenar, pero no puede improvisar. De una u otra manera, es heredero de una tradición, aunque no se reconozca en ella y la desprecie. No es sino otro arquetipo. Miles como él, inmigrantes ambiciosos, han llegado a encumbrarse en las ciudades latinoamericanas que bullen de pasiones por el poder del dinero. Solamente que antes no estaban en la novela.

Pero es un arquetipo con pasado, aunque él mismo declare muerto ese pasado, un pasado que va más allá de su propia vida y entra en la historia mexicana. Es hijo de la repetición. La visión de Fuentes es cercana a la de Octavio Paz en *El laberinto de la soledad* (1950), dice Peter Elmore en «La ciudad interminable»: «... la conciencia mexicana está habitada por arquetipos, motivos y presencias que solo se entienden desde la perspectiva de la larga duración», arquetipos que son parte de un drama incesante, que siempre se está repitiendo y renovando, y ese «drama cultural cobra su forma a través de la ceremonia de la fiesta, el uso de la máscara y el ritual del sacrificio. De hecho, esos tres elementos cumplen funciones decisivas en la construcción novelesca y son símbolos cruciales en el mundo representado...».

Es en este sentido que Federico Robles sube a escena en vestiduras de sacerdote del ritual del sacrificio, encubierto en su máscara de banquero. El banquero que no logra contentar su propia dualidad mestiza, en la que hay parte del mundo indígena que la burguesía emergente a la que pertenece busca negar. El arquetipo de inmigrante campesino, pasado por el fuego de la Revolución, que se ha apropiado de la ciudad asentada en el sustrato indígena que yace vivo en sus propios cimientos como si la sangre de los sacrificios siguiera humeando.

Y es en ese mismo sentido que la ciudad de México es única en el concierto, o en el desconcierto, de las grandes ciudades latinoamericanas como Buenos Aires, o São Paulo, que sin tradición indígena son hijas más bien de la inmigración anónima, buena parte de ella una inmigración de ultramar, como viene a ser también Lima, asentada en la costa, lejos de los centros de civilización inca de la sierra, aunque Perú sea, a la par de México, el otro gran virreinato latinoamericano.

México es la ciudad que a mitad de la década de los cincuenta, cuando Fuentes inicia la aventura de escribir *La región más transparente,* ensaya a ser la monstruosidad urbana en que a finales del siglo se habrá ya convertido, un laboratorio entonces de caos y contrastes, de crecimiento anormal, de superposición arbitraria de espacios urbanos, una gran metástasis con sus apenas cuatro millones de habitantes, cifra que hoy es común a las ciudades medianas

en América Latina y que ya han alcanzado Guadalajara y
Monterrey, para entonces poblados provincianos; y antes
de que sobrevenga la catástrofe definitiva, hacinamiento
masivo, multiplicación sin límite de las barriadas, polu-
ción sin freno, la ciudad de México es desde entonces la
gran cabeza atrofiada de un cuerpo raquítico, como lo son
Buenos Aires y São Paulo, o Caracas, que no cesan de recibir también corrientes de inmigración rural atraídas por
el gran espejismo de las oportunidades.

La ciudad, espejo de los espejismos, que sobre todo a
raíz de la Segunda Guerra Mundial, con las políticas de
sustitución de importaciones, empleó de verdad a unos en
las fábricas de bienes de consumo destinados al mercado
interno, y desde entonces dejó en la orfandad a otros, que
tras abandonar el campo sobrevivían en los cinturones de
miseria improvisados alrededor de los esplendores de la
urbe. En el credo de Federico Robles, aquello es lo normal.
La riqueza no puede ser creada sin pobreza.

La ciudad de México, en la que Federico Robles reina
desde la pirámide, su despacho en las alturas que miran al
paseo de la Reforma, succiona inmigrantes de manera implacable a mitad del siglo veinte, igual que las demás ciudades latinoamericanas: en veinte años, entre 1930 y 1950,
la población urbana en el continente había pasado del 34 al
42 por ciento, mientras que la población rural descendía
del 66 al 58 por ciento. Desde 1950 a 2005, el porcenta-
je de la población urbana pasó del 42 al 78 por ciento, y el
67 por ciento de los pobres viven ahora en las zonas ur-
banas. La pobreza no ha hecho sino trasladarse de sitio y hacerse más visible en el reino de espejismos y contrastes que
es la ciudad, el reino sin centro de las excentricidades.

Lejos del modelo urbano que pregonaba Sarmiento, los
campesinos no pasan a convertirse en proletarios porque

la mecanización de la agricultura haga sobrar la mano de obra, sino todo lo contrario, porque persiste el atraso feudal del campo pese a los intentos de reforma agraria, entre ellos el más notable el de la Revolución mexicana; y junto con los campesinos sin tierra emigran a la ciudad las mujeres destinadas al servicio doméstico de la clase media que comienza a crecer, mientras otros contingentes campesinos se apuntan, desde entonces también, al éxodo hacia la frontera con Estados Unidos en busca de trabajo de braceros, los espaldas mojadas, ese fenómeno hoy masivo que arrastra emigrantes desde todo el continente, y que ya aparece registrado en la novela de Fuentes.

Los señuelos se multiplican cuando la gran ciudad es a la vez la capital, como ocurre con México, y la gran cabeza hidrópica se vuelve un conglomerado universal en el que llegan a estar representadas todas las provincias, tanto en los espacios de poder político y burocrático como en los financieros y económicos, y son las provincias las que se convierten en nutrientes de la clase media, según queda registro en el mural de Fuentes. Entonces, en los símbolos de la cultura urbana campea el desprecio por el mundo rural, como forma arcaica e inculta de vida a la que nunca se debe regresar. Es el ideal de Sarmiento, que penetra también a los campesinos trasegados a la fuerza, sujetos a las imposiciones de un medio a la vez atrayente y hostil, del que ha desaparecido para siempre la opción de su vida anterior.

Los inmigrantes de cualquier condición deben pagar su tributo. Se sobrevive o se perece, no hay medias tintas. Es lo que queda patente en el tejido de *La región más transparente*. El coro canta bajo la tragedia, a veces con música de comedia, mientras las voces de los solistas bajan desde la cúspide de la pirámide en ecos confusos pero perceptibles que ensalzan las seducciones de la modernidad, incitan tramposamente al consumo, imponen la imitación patética de modas y costumbres, y establecen, en fin, las reglas del juego. Personajes grotescos arriba y abajo, arrancados de los murales de Rivera y puestos en movimiento, pero también arrancados de los cuadros de Max Beckmann o de George Grosz, los mismos de *Berlin Alexanderplatz* (1929), la novela de Alfred Döblin.

Las grandes novelas adivinan o acompañan los grandes acontecimientos de la historia. Al tiempo de la aparición de *La región más transparente,* América Latina daba un vuelco sin retorno, y la ciudad pasaba a ser el nuevo reino de las exageraciones, el nuevo territorio de los contrastes, la nueva deidad inconmensurable, tan cruel y majestuosa como la naturaleza misma.

La realidad cambiaba en el continente, y la cultura urbana venía a imponerse como algo también capaz de causar asombro en sus arbitrariedades, distorsiones y desmesuras. La ciudad entraba de lleno en la nueva novela de América Latina y, dentro de ese nuevo ámbito espacial, el lenguaje cobraba vida por sí mismo y venía a invadir todos los resquicios, de *La ciudad y los perros* (1963) de Mario Vargas Llosa a *Tres tristes tigres* (1967) de Guillermo Cabrera Infante, a *País portátil* (1968) de Adriano González León, a *Un mundo para Julius* (1970) de Alfredo Bryce Echenique, para no citar sino algunos cuantos nombres. *La región más transparente* era la manzana de oro del otro árbol desnudo plantado en medio del asfalto, que hasta entonces había pasado desapercibida. Pero no sería ya un fruto intocable por otras manos que no fueran las de Fuentes. La modernidad dejaba, por fin, de ser una propuesta de debate teórico para convertirse en novela. Es decir, en la vida.

NÉLIDA PIÑON

EL PERENNE CARLOS FUENTES

Conocí a Carlos Fuentes en México, en 1966. Llegué allí por casualidad, venida de Estados Unidos, donde estuve disfrutando de una bolsa-beca concedida a futuros líderes de América Latina. Ya era él por entonces un escritor reputado y admirado, mientras que yo no disponía de credenciales para ser llevada a su presencia.

A él, sin embargo, no le importó que fuera una desconocida. Me recibió en su casa con afecto y generosidad, me cedió su tiempo. En ningún momento auscultó mi saber, ni me examinó en busca de mis títulos. Me invitó a sentarme en su confortable sala como si yo fuera uno de los suyos. Para él yo era tangible, porque pertenecía a la falange de los ángeles que forman parte de la literatura. Integraba, pues, el flujo inventivo que emana del continente americano. La escritura y el aliento del arte nos unían. Y me estimuló en ese momento a soñar con un continente que exige al escritor la vigilancia y fabulación que están en la mira de la escritura.

A partir de esa época, nunca lo olvidé. Con los años, nos hicimos amigos. Solo que mi profunda amistad por él incluye ahora a Silvia Lemus, mujer de refinada inteligencia y sensibilidad. Ambos son inseparables en mi corazón.

A ella estoy especialmente unida porque somos afines, porque nos queremos bien, porque nos entendemos con una simple mirada, porque lloramos juntas.

Pude abrazar a Silvia y a Carlos en momentos de gloria o de dolor. Aprendo con ellos a oír el diapasón secreto de los sentimientos. Y dondequiera que cada cual esté navegando, seguimos juntos, nos hablamos, nos comprometemos con el futuro de la amistad. De una amistad que me ayuda a vivir. Pues soy lo que los afectos me pautan y me dicen.

Hace mucho que acompaño a Carlos Fuentes. Sus excelencias intelectuales, la entereza moral con que practica el oficio de escritor y de hombre de su tiempo hacen de él un paradigma para los que se empeñan en el arte y en la vida. Y porque lo admiro y lo estimo me es difícil analizar su obra en tiempo tan breve, situarme históricamente frente a quien nos ofrece tanto y tanto representa en el universo cultural.

Sé, no obstante, que no deseo ser avara con este hombre excepcional, solo por el temor de fallar, de excederme. Tal vez comience afirmando que su rostro es bello, arcaico, altruista. De facciones que, aunque procedan de México, se enlazan con los mares Egeo y Mediterráneo, con el océano Atlántico, con las culturas autóctonas del continente americano. Esculpido en piedra, y modelado por el linaje del tiempo y por el lenguaje de las civilizaciones, esta cara suya, como si fuera la máscara dorada de Agamenón, es un palimpsesto proyectado para representar lo humano en versión armoniosa y conmovedora.

Lo veo en general caminando aprisa, indiferente al paso de los años. Como si la vida le exigiera reverencia a las utopías, a las quimeras eternas, a la ilusión del mundo, que es el misterio de su arte. De un arte en donde el paisaje estético y la dimensión trágica de lo cotidiano se armonizan, mientras reflejan una ética que rechaza las expurgaciones que consumen el drama humano. Pues, como el apóstol Pablo, Carlos Fuentes debe mucho a lo arcaico, a los clásicos, a lo moderno. Habita, con naturalidad, el epicentro de las civilizaciones. En esa morada, él es usuario de sus irradiaciones, interpreta los dictámenes de la vida, activa la contundente convicción de que la narrativa conjuga carne y verbo. Y de que tal simbiosis mestiza refuerza su saber y su imaginación elocuente.

La palabra literaria de Carlos Fuentes jamás sale ilesa. Revitaliza pensamiento y acción, y contamina la expresión libertaria y polisémica. Para que el acto enigmático y voraz de su escritura enaltezca la proclamación de un discurso que excede con mucho lo que somos, lo que queremos ser.

En su soberbia obra las voces de Homero, de Jerónimo, de Erasmo resuenan, y sonreímos de puro placer. Su poética rastrea a estos precursores y da continuas pruebas de coincidir con los maestros de la imaginación. Con los que creen en el carácter proteico de los personajes literarios, capaces de asumir mil formas. Porque solo así se explica la génesis de un Artemio Cruz, de una Laura, de un Nonato, de un Felipe Montero, de una Inez, de un Federico Silva, de una Catalina y de los demás seres de su extensa galería.

Este Carlos Fuentes universal nació en México, que es su *pesebre,* la pasión de su escritura. Geografía privilegiada de sus circunstancias narrativas, desde cuyo promontorio define el mundo. En su condición de meteco recién llegado a la Atenas del siglo V, oriundo pues de una barbarie recién civilizada, él presenta a Sócrates, Aristóteles y Platón los signos que dilucidan el misterio americano. En el ágora mágica de esa ciudad hipotética, el autor refuerza su cosmopolitismo, jamás maculado por el tedio de los que piensan saberlo todo. Como auténtico exegeta de las Américas, igualmente preserva la fe en los valores de la provincia, que enaltecen la cocina, la mesa de escribir, el farol de las esquinas penumbrosas, el lecho del amor y de la muerte. Mientras reconoce que en la modestia de la aldea americana la civilización se estableció y reclama continuidad.

La imaginación es su pasaporte. Ella, que sangra a lo largo de milenios, favorece su libertad, amalgama criaturas, capta el espíritu de la carne literaria. Como una masa de recursos exuberantes, la imaginación convive con las peripecias de los dioses y de los hombres. Aprueba la afirmación de Sganarelle, hijo dilecto de Molière, al predador don Juan de que «la fantasía es una facultad del alma». Carlos Fuentes además, si fuera desafiado, sería el primero en creer que es propio de la imaginación erigir en la arena una catedral capaz de levitar solo por ser objeto de culto. Y esto porque su concepción imaginativa deriva de una simetría moral y estética, del simulacro de una realidad que refleja las variadas versiones de un proyecto igualmente imaginado.

Culto y universalista, Carlos Fuentes transustancia la patria narrativa a través del mito. Familiarizado con las pautas originarias del tumultuoso pasado americano y del caos de la contemporaneidad, el conjunto de su obra adhiere a las mitologías que sedimentaron la psique americana. Se alía a las sustancias que forman el arte y le dan cabida en cualquier escenario. A Carlos Fuentes, sin duda, lo anima la creencia del santo Isidoro en las criaturas que, exiliadas en el interior de una naturaleza extraña, sembraban en torno, por eso mismo, prodigios y portentos. ¿Y por qué no aplaudir ese concepto, si la sumisión a la imaginación permite la existencia de una plétora de mitos devoradores y expansionistas, en permanente mutación? Mitos que, en el ansia de corresponder a las necesidades del universo, engendran audacias metafóricas, primados estéticos.

Soy lectora constante de Carlos Fuentes. Su lectura me traslada hasta donde no pensaba ir. Como víctima de las metamorfosis literarias que me propone, me torno de repente mexicana, sin dejar de ser brasilera. Soy Sor Juana y Machado de Assis. Y aun, como afirma Carlos imperativo, hija de la Mancha. Salidos todos los escritores de un horno que produjo a Cervantes, de una fuente común, gracias a la cual la imaginación sobrecarga lo cotidiano con la sucesión de simbologías nostálgicas, dispuestas siempre a corroer las cuerdas llorosas de los sueños americanos.

Carlos, no obstante, a pesar de dominar el canon literario, se rebela voluntarioso contra él. En su afán de sumergirse en las profundidades de las emociones que forman el repertorio de la sensibilidad humana, sobrepasa fronteras estéticas, interfiere en lo tangible y en la materia que yace en el subsuelo. Así, destinado a descifrar enigmas encerrados en el abrazo mortal, nos ofrece lo sacro y lo profano instalado, acaso, en México. Y nos introduce en una cosmogonía particular, y solo suya, que congrega épocas pretéritas y geografías antípodas. Y todo para decirnos quiénes somos, a nosotros, que hemos vivido a la sombra del cautiverio y de los secretos.

Su memoria creativa, sin embargo, en permanente erupción, practica una valiosa dispersión metafórica para atender a los reclamos del verbo exaltado. Todo él, en cualquier circunstancia, no prescinde de los saberes que afloran de una abastecida matriz arqueológica que precisa ser espuria, polvorienta, impositiva, y que indistintamente evoca la teología del bien y del mal, vestigios de María Félix, Cantinflas, Sófocles, Velázquez, Cervantes, además de los estatutos de una interminable sabiduría. Pues Carlos Fuentes, en su humanismo, carga el pasado a su espalda.

El destino humano en escenas narrativas. Pero no se piense que su erudición es un fardo o una expiación. Se trata de una prodigiosa y espléndida cornucopia, que lo ayuda a pensar el universo y que lo afilia, automáticamente, a las artes, a la historia, a la política, a la economía, a la música, a las posibles versiones civilizadoras. Para él, aquello que habla, piensa, jadea colabora en su comprensión de lo otro, de lo que sucede a puerta cerrada.

Es un notable viajero. Narra paisajes y el cuerpo interior de los personajes. Merece el epíteto antes reservado a los viajeros compulsivos que en la Edad Media cruzaban Europa investigando sus propios límites, las fronteras, la civilización, llamados «el hombre del gran camino».

Revestido así de la ejemplaridad de Heródoto, de Maimónides, de Erasmo, Carlos Fuentes, en su deambular, da resonancia a los ruidos de las alcobas, a los rezos milenarios, al borboteo de la sangre oriunda de las batallas por el poder. Cumple la ruta narrativa en consonancia con los favores de la imaginación, que le dictan las reglas del arte de fabular. Consciente siempre de que conviene recoger, bajo el amparo de la poesía, cortezas de pan que son en verdad historias e iluminaciones.

Sobre todo sirve a la palabra con rigor, imprimiendo al texto el sello de la utopía y de la dimensión humanística. Sabe que el verbo mata y redime. Así, al igual que Colette, que fijaba en la pared de su sala parisina sus mariposas disecadas, algunas venidas del Brasil, con la esperanza de inmortalizarlas, Carlos Fuentes hace de sus ficciones, de sus ensayos, de su oratoria, notables frescos que, al ser leídos, son también sagas, nibelungos que Borges amó siempre. Para dar, no obstante, realce a sus novelas, utiliza en ellas una especie de arquitectura laberíntica que multiplica entradas y salidas imprevisibles. El hilo de Ariadna, que lo lleva lejos, le permite concretar las ideas que brotan del capullo de su arte, de la parábola yuxtapuesta al texto, de la hermenéutica con que insiste en interpretar la realidad.

Inaugural y transgresor, Carlos Fuentes celebra el arte sin desalojar de sus novelas el caos y la *hybris* griega. Explora, ad infinítum, la capacidad analógica con la cual ingresa en la poesía y establece, como sea, alianzas ruidosas entre lo canónico y lo dispar, lo palpable y la abstracción, lo concreto y lo difuminado, las historias ibéricas y los códices milenarios. Tiene un fino instinto para unir materias antagónicas, para así dar fe de la construcción humana, que nunca es impermeable o indivisible, sino que procede de un decálogo universal al alcance de todos y compatible con las invenciones nacidas de las tierras por donde anduvo la humanidad.

¿Y no es Carlos alegórico incluso cuando pretende no serlo? Pues sus fascinantes alegorías dan sustento a la fábula literaria. Conspiran con el pasado en la tentativa de descifrar la odisea contemporánea. De excavar la palabra hasta anclar en la caverna de Platón y, de allí, llegar al territorio donde el hombre divisó, por primera vez, la centella que le anunciaba el fenómeno del fuego. Alegorías mediante las cuales reclama que la América hable, pues quiere oír su voz. No acepta que nuestro continente se refugie en el fracaso del silencio, o se intimide con el ocaso utópico de un Artemio Cruz, o con el discurso totémico de *Terra nostra*. El ideario novelístico por el cual se bate continúa forjando otra América, aspira a llamar a la puerta del mestizo corazón americano. Presta a la América su verbo creador.

México, no obstante, es su poética. Su parábola narrativa, tan libertaria que se alimenta indistintamente de las Termópilas, del Jardín de los Olivos, del debate trabado entre Sepúlveda y Bartolomé de las Casas, en Valladolid. El altiplano mexicano y el litoral veracruzano le imponen el léxico revolucionario. El derecho de inventariar los bienes del mundo. Pues en su literatura la carne narra y la aventura humana se centra en el teatro de las representaciones.

Acompaño los intersticios de su arte, la ruta de este argonauta que ofrece a las Américas el vellocino de oro y enfrenta los retrocesos y las manifestaciones de la barbarie con la pluma en ristre. En defensa del arte y de la ilustración, navega en medio de la borrasca y la pasión. Hombre de pensamiento y acción, me parece un erasmista atraído por aquello que se sitúa fuera de los límites del lar. Del lar de la narrativa. Instado a traducir el tiempo, la geografía, la locura de los seres, los fenómenos venidos de la turbulencia de las iniciativas humanas. Aunque riguroso con el logos, confía en el pensamiento mágico, en las estructuras anímicas, para mejor narrar la epopeya americana. Mientras su elaboración estética filtra la antropología del texto, jamás se desvincula del universo iberoamericano. Nunca deja de ser el más mexicano de los griegos, el más griego de los europeos, el más romano de los africanos. Asume, con palabras propias, la procedencia «sincrética y barroca». Con tales prerrogativas prorroga el imperio de los sentidos y del dolor, cuando nos quiere definir. Se torna portavoz de las aflicciones humanas sin eludir la complejidad colectiva. Actúa con arrojo en el hemisferio de la emoción, de la desdicha, de la ventura novelesca. Bajo el manto inclemente de su juicio crítico, da relevancia social a las historias señalando la indiferencia y la hipocresía de nuestros tiempos. Las injusticias, las desigualdades presentes en la América y en el mundo. Pues Carlos Fuentes, creador y ser ético, está donde la mente y el corazón de todos se alojan. Como a Terencio, lo humano no le es extraño.

No obstante, se somete al magnetismo del lenguaje y de los paisajes para que sus personajes entonen loas a sus dramas. A fin de cuentas, ellos fueron señalados por Carlos para teatralizar su narrativa, para que sean compatibles con la ilusión novelesca. Aunque nosotros les hayamos prestado la carne para servirles de modelo.

Pues en su arte hay el simulacro de la vida. Pero la verosimilitud es cuestionada por él mismo. Se complace en liberar a su grey, sin imponerle certezas. No quiere demandas de aquellos nacidos de la fabulación. Por el contrario, con la intención de ampliarles el horizonte, Carlos Fuentes propaga ambigüedades en torno a sus actos. Sobre todo, como una regla de oro, los aprisiona a la infancia, que es el coto de caza de la memoria individual. E insta a sus personajes a sucumbir al hechizo del espejo, una provocación recurrente en su obra. Al yugo del mismo cristal que otrora aniquiló a la Medusa.

Y, a la vez, él incita a sus personajes a superar las imposiciones de un realismo reductor. Tal vez quiera que ellos, en una acción individualista, acentúen el prestigio de la parodia. El hecho es que cuando Carlos Fuentes transige con los mandamientos del arte es porque tiene como blanco internarse en el laberinto de las emociones, de donde no se sale, engrandecer el repertorio del arte, conjugar la vida con el vértigo de la invención.

La primorosa técnica presente en su obra nos asegura que la vida narrativa está en todos los lugares. Y que es deber suyo ejercer con soberanía los poderes que le otorgaron los dioses mexicanos, mientras le murmuraban discretamente quién merecía ser inmolado en aras de su arte. Esos mismos dioses que, desde su juventud, le ofrecieron la omnisciencia, la ejemplaridad, e hicieron de él el intérprete de las incertidumbres y de los sentimientos cruciales, de la materia que se posa en las encrucijadas y escarnece las esperanzas humanas.

No vacilo en afirmar que su arte narrativo refleja la grandeza venida de la fabulación y de la voluptuosidad onírica. De las palabras fulgurantes que constituyen un festín inigualable. Le estoy, pues, agradecida por su grandeza. Él enriqueció siempre mi condición de escritora, de ibérica, de brasilera. Me emociona el modo en que sabe amar a su tribu literaria. El modo en que habla de todos nosotros como si hablara de sí mismo. El modo en que permitió que lo sintiera hermano en la escritura y en la visión del mundo.

Y me emociona más aún estar junto a Carlos Fuentes cuando cumple augustos y joviales 80 años. Largo tiempo de una existencia dedicada al magnífico ejercicio de crear, de elegir el mundo como modelo ideal de su meditación. Un mundo que, al reforzar su arte literario, expresa la visión de la realidad y del sueño.

Siempre quiso, por otra parte, durante estas décadas, que se supiese por dónde transitó su arte, su pensamiento, su corazón, su vigilante atención. En qué lugares estuvo la imaginación, en qué tejado humano se posó como un pájaro inquieto, pronto a alzar el vuelo. Dónde, por fin, se encuentran su misericordia y su complicidad con los seres.

Desde los inicios de su vocación literaria, la desabrida imaginación del autor se comprometió con los haberes humanos. Apostó por la imperfección de la realidad para inventar, habiendo establecido con la invención un pacto que desembocó en la novela *La región más transparente,* publicada hace 50 años, y que constituye un panel alegórico de la ciudad de México. El retrato moral de un campamento humano inmerso en el caos narrativo, en el que nos introduce Carlos Fuentes travestido de Dédalo. Del arquitecto que, mientras lidia con reyes y monstruos, se encamina por los laberintos de la ciudad y hace de ella metáfora del México urbano y rural.

Escrito a los 30 años de edad, el libro refleja la excepcional madurez del autor. El milagro de incursionar, ya en la primera novela, en los registros recónditos de la metrópolis, en las instancias históricas y civilizadoras de un país con la densa complejidad de México.

En la narración, el autor acumula funciones. Como creador, historiador y geógrafo, camina por las calles y por las almas de los personajes con igual desenvoltura. Aspira a reconstruir la capital mexicana con perniciosas minucias y según su noción de lo real. Y la convierte, de tal modo, en una fuerza persuasiva, un centro que concentra esplendor y miserias. Una polis capaz de desafiar adversidades circunscritas al drama en cuestión.

Su oficio narrativo crece saliendo de su propia órbita. Es menester que reconozca que la metrópoli, ampliadas sus dimensiones, es el refugio de los mortales. Y, como nada es perfecto en esta geografía imaginaria, los personajes, ante la mera mención de sus nombres, se reproducen de inmediato en otros, en una irresistible cadena social. Y así actúa Fuentes en consonancia con el fundamento de que los personajes deben asumir la carga de la propia conducta, los conflictos de su ideología existencial. De manera que, en desesperada secuencia, se centren en el espacio urbano y confundan sus voces entre sí en una insólita mixtura. A fin de ser todos parte del registro civil, independientemente de la clasificación social.

Sus personajes ocupan un territorio que el lenguaje literario de Carlos Fuentes devora sin piedad. Y, consciente de que todo es tránsito e incertidumbres en la vida de un creador de ficción y de sus criaturas, quiere inmortalizar esta epopeya urbana. Una convicción estética que, por cierto, lo amparó en la construcción de una novela en que insinúa, entre tantas inquietudes, la androginia de los personajes, la percepción de que todos, heridos de la dolorida forma humana, necesitan invadir la carne y los sueños ajenos. Con el propósito de absorber la narración que les falta.

En la consecución de la tarea creadora, Carlos Fuentes arbitra con audacia. Arranca de los personajes las cáscaras bajo las cuales se ocultan la arrogancia y el exhibicionismo social. Desea dejarlos desnudos, sin defensa. Hay que detectar la soledad de cada cual hecha de la soledad del otro. Siendo xifópagos que se odian y afásicos de corazón, ellos simulan el don del habla solo para mentir y engatusar. Todos unidos bajo el prisma del horror urbano pintado por un Jerónimo Bosco que, en realidad, es el mexicano Carlos Fuentes.

El repertorio del *dramatis personae* de la novela es elocuente. Son muchos los personajes que desvelan la condición humana. Como Ixca Cienfuegos; Norma Larragoiti; el poeta Manuel Zamacona, brutalmente asesinado; Federico Robles; Hortensia Chacón. Una extensa genealogía de criaturas fastuosas y miserables, cuyas existencias reivindicativas buscan una tenue esperanza. Fueron ellos quienes depositaron la propia alma lejos de su alcance. Una entrega fatal debida tal vez a la brevedad de la vida, al fracaso inminente, al caos de los sentimientos, a los continuos desencuentros, a las omisiones, a los descalabros sociales, a la extrañeza urbana. Saben a duras penas salvar unas vidas cosidas por los hilos demoledores de un discurso narrativo que propaga las adversidades de una región oscura y carnívora.

El autor, sin embargo, al apuntar el desgarramiento cotidiano de los hombres, realza las señales de impiedad, de indiferencia, de desamor, de traición, de injusticia de los personajes. Muestras que se reparten a lo largo de un tiempo real y subjetivo, depositadas en el fondo de la psique nacional. Una materia que, al utilizar los mitos de la imaginación, amplía la visión polisémica del autor, le permite erigir pilares, muros, tejados, los sustentáculos de las idiosincrasias patrias. Le permite incluso registrar la inestabilidad social y política derivada de la Revolución mexicana de 1910, del movimiento transformador que, enraizado en la historia mexicana, todos intentan sepultar en nombre de la modernidad urbana.

Bajo la apariencia de un fresco, *La región más transparente* elucida los instantes constitutivos de México, la conducta de las generaciones que sucedieron a estos revolucionarios. El paulatino descrédito de los sueños y de la utopía por parte de una sociedad que, a través de personajes como los de la novela, dejó de lado mitos e ideales de antaño. Que los circunscribió a la letanía de la memoria, a la pulverización de las causas y de los sentimientos que en el pasado se consideraban nobles. Sin embargo, aun bajo el impacto de los dilemas originarios del enigma novelesco, ellos enriquecen la ilusión narrativa, atienden al ritual poético de Carlos Fuentes, dispuesto a inmolarlos en aras de la creación novelesca.

El autor, no obstante, no renuncia a sus prerrogativas, en el afán de profundizar su fascinante exégesis. Así, ocupa el epicentro del drama y señala qué personaje debe perdurar por más tiempo en el recuerdo narrativo. Un abordaje que se convierte en un verdadero tributo al arte de narrar. A la habilidad de someter a sus criaturas a un caleidoscopio que a cada movimiento adopta una nueva forma.

Se destaca Ixca Cienfuegos. Como protagonista mayor, es víctima y verdugo de su propia urdidura. Álter ego de todos, impulsa las agujas del reloj urbano en dirección al aniquilamiento. Ungido por una madre mítica, que le señala el destino insalubre y desolador, abandona el altiplano de los ancestros para enfrentarse a las ruinas contemporáneas de la urbe implacable. En esta región más transparente, va borrando poco a poco los rasgos de la propia existencia.

Fuentes insiste en valorizar el lenguaje poético, no siempre lineal, a veces caótico, interrumpido por fragmentos, superposiciones. Como si él, imbuido de lecturas clásicas, pretendiese, desde la concepción inicial de la novela, evocar a Artemisa, la heredera de los atributos familiares de Zeus y Apolo, encargada de integrar a los hombres en la polis. A quien le corresponde domesticarlos, exorcizar su aspecto salvaje, definir moldes civilizadores. Consciente tal diosa de que el desacato de las normas sociales ocasiona la inmediata animalización humana.

Un parámetro que apuntaría a criticar el concepto urbano, la sociedad que, regida por valores artificiales e hipócritas, está condenada al ostracismo, al tiempo que consolida la noción de que su estrella guía es la brújula de la invención. Razón para bregar por que la experiencia creadora trascienda lo meramente estético y se convierta en una transgresión de orden cósmico. Rehuyendo, para ello, las reglas de un realismo explícito, a cambio de la cercanía del misterio, al cual se consagra.

Es una narración orquestal. Una masa sonora cuyos metales, cuerdas, oboes, trompetas resuenan, hablan, se lamentan, mientras que los personajes, subordinados a sus marcas trágicas, delegan en el autor la decisión estética de seguir la regla griega que exige un arte ajustado a la medida humana.

Siguiendo tal principio, Fuentes nos ofrece, en la extraordinaria novela *La región más transparente,* la historia del siglo XX. Arguye quiénes somos, cuál es el grado de nuestras contradicciones, de nuestra moralidad cívica, de nuestros escrúpulos. Y nos demanda que asumamos finalmente la metáfora del continente.

JUAN LUIS CEBRIÁN

LA REDENCIÓN DE LA LITERATURA

De entre todos los escritores latinoamericanos del bum de los sesenta, Carlos Fuentes es el que mejor encarna las virtudes del intelectual. Quiero decir con esto que mientras, por ejemplo, García Márquez o Cortázar optaron por la narrativa en estado puro, el primero, y por el surrealismo reflexivo el argentino, las obras de Fuentes, sean las de ficción o las de ensayo, están transidas por una preocupación evidente de influir en las opiniones del lector y, a través de ellas, en la opinión pública misma. La concepción de la política y de las relaciones de poder que de ella emanan es una constante en los escritos de Fuentes, tan preocupados por la expresión estética como por la transmisión de un pensamiento definido y firme en sus convicciones, que difícilmente puede ocultarse tras la ambigüedad de la literatura. Esta característica, presente y perdurable en casi toda su obra, alumbra con plenitud en *La región más transparente,* y se derramará después de manera casi torrencial por la actividad literaria de su autor.

Hay escritores de un solo libro, como se podría predicar hasta de Cervantes. En su trayectoria la existencia de una obra epónima y universal arrasa cualquier otro intento creador por meritorio y trascendental que parezca.

Y hay también escritores cuyos libros, por prolífica y excelsa que sea su literatura, son siempre el mismo, como si sucediera en ellos que el arte y la belleza se reproducen en una especie de inacabable partenogénesis universal. Se trata de artefactos literarios construidos mediante una especie de combinación de fractales, en la que el elemento básico es siempre el mismo y el resultado último siempre diferente. En mi opinión, resulta difícil encasillar a Fuentes en ninguno de esos dos géneros. Aunque para algunos críticos *Cambio de piel* siga constituyendo su mayor y mejor contribución a la historia de nuestras letras, sería injusto e inoportuno juzgarle prioritaria (no digamos ya únicamente) por esa novela, como tampoco podríamos hacerlo por ninguna otra. De modo que el análisis acerca de *La región más transparente,* cuyo primer y enjundioso medio siglo de vida conmemora esta edición, de ninguna manera puede prescindir de una contemplación global de la obra, y aun la vida, de su autor.

No cabe duda de que *La región más transparente* es el pórtico de una nueva etapa en la literatura mexicana, y aun en la de toda América Latina, después de que el ciclo anterior se cerrara con el broche inigualable del *Pedro Páramo.* Como el propio Fuentes contara en una conversación con Juan Cruz, Rulfo había cerrado la tradición de la gran novelística moderna «con un árbol desnudo del cual cuelgan manzanas de oro». Era imposible hacerlo mejor, ni hablar de continuar por un camino tan bien experimentado que cualquier otro intento de recorrerlo solo podría conducir a la depresión o a la melancolía. Frente a quienes piensan que Rulfo encabeza una nueva era de la novela mexicana del siglo XX, de la que se derivaría luego una pléyade de jóvenes entusiastas renovadores, no es difícil defender la tesis de que *Pedro Páramo,* al margen su perfección artística, clausura un ciclo basado en el estereotipo de las temáticas mexicanas, mientras Fuentes, bajo la influencia benefactora de los prosistas norteamericanos (Dos Passos, Faulkner), se zambulle sin miedo en la novela urbana y cosmopolita, que le permite afrontar tanto la narración de los hechos como la reflexión sobre ellos. A partir de ahí, Fuentes se comporta como privilegiado cronista de la historia de su país, en un viaje circular desde el tiempo y por el tiempo, un ir y venir sin descanso que le lleva a analizar desde la conquista *(El espejo enterrado)* al futuro casi inmediato *(La silla del águila)* pasando por todas las peripecias imaginables de la Revolución, la guerra con los Estados Unidos o la fundación de la República. Cualquiera que sea el tema que aborde, cualquiera que sea el género empleado, el gran protagonista es siempre México, su país, su ciudad, su identidad, como si la cosmogonía que a veces intenta con deliberación y esfuerzo *(Terra nostra)* pudiera descubrirse desde el principio de su aurora de escritor, en sus relatos mágicos de *Los días enmascarados.* En su búsqueda permanente de la identidad mexicana, el autor inicia su propia fuga hacia adelante, desde el mestizaje hacia el cosmopolitismo universal, y no perdona ningún recurso, nada que pueda servirle para conseguir su propósito. De modo que se muestra a la vez folclórico, mítico, realista, abstracto, mira al mundo a través del caleidoscopio de su país, hace poesía de la historia y fustiga sin pausa la decepción, el pesimismo y la tristeza que emergen de las revoluciones, de las triunfantes como de las fracasadas, en las que *«se hermanaron todas las promesas, todas las traiciones...»* (p. 431). Es la Revolución, sus ideales y sus miserias, una constante en la narrativa de Fuentes, uno de sus protagonistas permanentes, cualquiera que sea el tema, el tiempo, el lugar y la trama en que se enrede. Todo gira en torno a ella, las ilusiones y las amarguras de sus personajes, sus reflexiones, a veces filosóficas, a veces cómicas, sus deseos, sus interrogaciones. En el mosaico abigarrado de la ciudad de México que el libro nos describe hay sitio para toda pasión, toda corrupción, todas las penas y alegrías imaginables, y a través de la anécdota, del sarcasmo o la burla, el autor se presenta como un entomólogo social, dispuesto a desnudar ante el teatro del mundo a cualquiera que se le cruce por delante. No hay límites en la experimentación, o sea que este escritor clásico, que utiliza un español cervantino y metódico cuando quiere, mezcla y revuelve todos los modismos y extranjerismos imaginables con infinidad de vocablos indígenas, en un mestizaje absoluto de la lengua. Ese mestizaje, esa mezcla de razas, idiomas, culturas, religiones, identidades, es lo que definitivamente nuclea la perspectiva de su narración.

Enfrentado con los problemas de su identidad mexicana, Fuentes la descubre en la diversidad de lo universal: somos nosotros porque somos, podemos ser distintos porque somos iguales. Esa mezcolanza de situaciones, paradojas, contradicciones, aun sin la acalorada descripción de la ciudad que habitaba la región más transparente del aire, vuelve a repetirse casi medio siglo más tarde en *La silla del águila,* en donde Carlos Fuentes, cual Maquiavelo contemporáneo, acomete en una especie de cruzada sarcástica su personal investigación sobre el poder, «una terrible suma de deseos y represiones, de ofensas y defensas». Como el autor de *El príncipe,* se interroga sobre la soberanía, cuántas especies de ella hay, y de qué manera se adquiere, se conserva o se pierde. Pese a que la técnica narrativa es aparentemente distinta a la del *Manhattan Transfer* a la mexicana con que nos regalara hace ahora cincuenta años (en este caso se trata de un complicado entrecruzamiento de cartas), el resultado es el mismo. En ambos libros la farsa, el esperpento, la ironía, el humor, la reflexión, la historia, el análisis, la guasa, el sexo, el amor, todo ello se ve mezclado, entrelazado, enrevesado, en unos textos que al final nos hablan solo de dinero y de poder. Si en *La región más transparente* todavía opta por atrincherarse en las lindes de la sociología a la hora de criticar la burguesía mexicana, en *La silla del águila* se adentra sin remilgos en el análisis del poder político en estado puro, de su persecución y su miseria, del destino de las gentes que están dispuestas a morir y a matar por él.

No hay libro de Fuentes, por lo demás, que no bucee en la historia a la hora de recrear el presente e imaginar el futuro. Quizás como ningún escritor hispano de su época, ha sabido combinar la profundidad de la reflexión con las irrefutables categorías que se complace en describir: «la *realpolitik* —dice un personaje de *La silla del águila*— es el culo por el que se expele lo que se come». En *La región más transparente* invitaba al lector a despeñarse por la cicatriz lunar de su ciudad. «*En México no hay tragedia* —dice Ixca Cienfuegos apenas abrimos el portón de la novela—: *todo se vuelve afrenta*» (p. 19). Casi cincuenta años después, las cosas han ido a peor. La afrenta se ha convertido en una lucha descarnada por el poder. Entre ambos libros, Fuentes tuvo que hacer un largo recorrido de meditaciones y recuerdos, descendió «a los pozos del olvido —en palabras de Antonio Tovar—, y como una rara noria vuelca los cangilones de la memoria». En ese periplo existencial, tan intenso como la misma actividad viajera del escritor, siempre hay alguien que se refugia en la soledad del artista, lugar privilegiado para la blasfemia. Ixca Cienfuegos es todavía un escéptico, o un inconformista, ante el águila sin alas de su ciudad («Aquí nos tocó. Qué le vamos a hacer», p. 539). En

Cambio de piel, sin embargo, la prosa exuberante con la que el escritor describe una realidad henchida de despojos nos conduce al mito y a la expiación. Y es que hay cuando menos dos almas complementarias y contradictorias a un tiempo en la obra de Fuentes. La del intelectual europeo, racionalista y sobrio, heredero de lo mejor de la Ilustración, se mezcla con el magma volcánico de las culturas y tradiciones indígenas, capaces de absorber hasta el misterio de la Santísima Trinidad. En medio de ese revoltijo entre abstracción y magia, emerge la fascinación del lector, sacudido por un terremoto de palabras, ideas, meditaciones y burlas que es imposible de controlar. Nélida Piñon supo definirlo mejor que nadie: «Aunque riguroso con el logos, confía en el pensamiento mágico y *distorsionado,* en las estructuras anímicas, para mejor narrar la epopeya americana».

Por culpa de todo ello Fuentes es desde luego mucho más que un escritor costumbrista. Quizás tomó como iniciales modelos a Balzac o Galdós a la hora de describir la sociedad de su tiempo o la memoria de su país, pero su juego artístico le ha llevado mucho más lejos en su aventura de escritor. Decía antes que, de toda la generación de los sesenta, es el latinoamericano que más se acerca a la imagen de «intelectual». Tomás Eloy Martínez le definió con acierto como la conciencia de América Latina. En cualquier caso se trata del que mejor ha sabido combinar la creación literaria con la reflexión política e histórica, especialmente en lo que respecta a la comprensión de la identidad iberoamericana. Es por eso el más genuino representante de la literatura de las dos orillas del Atlántico.

Durante siglos ha perdurado un enfrentamiento ficticio, azuzado por el populismo demagógico de dirigentes políticos, tiburones empresariales y escribidores oportunistas, entre las identidades hispanas fragmentadas por la mar océana. A ello contribuyó también la arrogancia empobrecida y estúpida de los españoles, capaces de perder a un tiempo la honra y los barcos, impotentes durante el siglo XIX nuestros más esclarecidos liberales frente a la agresión conjunta del integrismo religioso y el absolutismo político. Pese a ello, la tozudez de los hechos se impuso a la retórica de los aprovechados: el flujo migratorio de España hacia América se multiplicó con creces después de la independencia de las colonias y los nuevos españoles contribuyeron, junto con los criollos emancipados, al desarrollo de las naciones emergentes. Lo mismo haría más tarde el exilio español republicano, antes de que la instauración de las democracias a uno y otro lado del Atlántico completara un ciclo de desencuentros, siempre dispuesto a multiplicarse por la conspiración de los mediocres. Nadie ha sabido explicar mejor este proceso que Carlos Fuentes. Tuvo el coraje, en su día, de rescatar para la Historia de su país la figura de Hernán Cortés, frente a una cultura oficial pazguata y demagógica que buscaba el enfrentamiento como fórmula de supervivencia. Desde el ensayo, como desde la ficción, su obra es testimonio y acicate de nuestra experiencia colectiva, nuestra cultura común, nuestro propósito común, nuestro destino, nuestra rabia, nuestra ilusión y nuestra decepción comunes. Y simboliza, casi como ninguna otra, la vigencia y el futuro de nuestra lengua común: el Territorio de La Mancha.

La literatura en español de nuestros días es como la divinidad católica: una y trina. Una de las patas del sitial está sostenida, con todo merecimiento, por la figura señera de Carlos Fuentes. Si atendemos a su condición de pensador, de analista político, de intérprete de la realidad, y no solo tenemos en cuenta su vigoroso perfil como narrador, quedaremos deslumbrados por su figura de intelectual, capaz de reemplazar al Espíritu Santo de la trinidad de las letras por el Espíritu Crítico de nuestra comunidad política iberoamericana. En *Los cinco soles de México,* el cura trabucaire Anselmo Quintana le explica la situación al capitán Bustos, llegado del sur para afiliarse a las partidas revolucionarias de Veracruz: «Vienes de muy lejos y este continente es muy grande. Pero tenemos dos cosas en común. Nos entendemos hablando en español. Y, nos guste o no nos guste, llevamos tres siglos de cultura católica cristiana, marcada por los símbolos, los valores, las necedades, los crímenes y los sueños de la cristiandad en América». No se puede describir mejor la paradoja de las relaciones entre nuestros pueblos, tan distintos y tan similares, tan sometidos a tantas tiranías y tan decepcionados por tantas revoluciones.

Es en la literatura donde encontraremos remedio y consuelo para todo ello. «Una novela —proclamaba Fuentes en unas jornadas literarias de Santillana del Mar, en el año 2007—, situada en el albor del día, nos dice que el pasado está vivo en la memoria y el futuro está presente en el deseo». *La región más transparente,* el primer libro de gran éxito que este formidable escritor regalara a sus lectores, constituía el anuncio de una saga interminable de memorias y olvidos, de deseos y frustraciones con los que durante más de medio siglo Carlos Fuentes habría de construir uno de los monumentos más gigantescos y bellos de la literatura hispánica de todos los tiempos. Su obra es una pugna continua contra la sombra de toda dictadura: la de la razón y la de la fe. Heterodoxo hasta la iconoclastia, como todo intelectual que se precie, sus palabras fusilan los símbolos de la iniquidad del hombre, la injusticia y la mentira. Es una manera de incitarnos a recrear una modernidad incluyente, abrazadora de razas, culturas y aspiraciones diversas. Sin necesidad de dispararle a nadie.

BIBLIOGRAFÍA*

Alegría [1953]: Alegría, Fernando, «Novela hispanoamericana», apéndice en Marill [1953].

Alonso [1975]: Alonso, Dámaso, *Studia Hispanica in Honorem R. Lapesa,* Madrid, Gredos, 1975.

Anzaldo González [2003]: Anzaldo González, Demetrio, *Género y ciudad en la novela mexicana,* Ciudad Juárez, Universidad Autónoma de Ciudad Juárez-The University of Memphis, 2003.

Asturias [1960]: Asturias, Miguel Ángel, prólogo a *La plus limpide region,* París, Gallimard, 1960.

Balutete [2001]: Balutete, Nicolás, «El lugar del ombligo de la luna. Los elementos prehispánicos en *La región más transparente»,* *Quaderni Ibero-Americani,* n° 90, Turín, Associazione Studi Iberici di Torino, diciembre de 2001, pp. 35-48.

Bary [1981]: Bary, David, «Poesía y narración en cuatro novelas mexicanas», *Cuadernos Americanos,* 234, n° 1, México, Universidad Nacional Autónoma de México, 1981, pp. 198-210.

Bary [1987]: Bary, David, *Lo que va del siglo. Estudios sobre cien años de literatura hispánica,* Valencia, Pretextos, 1987.

Befumo Boschi-Calabrese [1974]: Befumo Boschi, Liliana y Calabrese, Elisa, *Nostalgia del futuro en la obra de Carlos Fuentes,* Buenos Aires, Fernando García Cambeiro, 1974.

---

* Por tratarse de trabajos de alta divulgación, no se dan en ellos las referencias completas de la bibliografía utilizada, de la que se ofrece aquí tan solo una selección, realizada por Lizbeth Concha Dimas.

Benedetti [1964]: Benedetti, Mario, «Carlos Fuentes: una dramática conciencia americana», *Tiempos Modernos,* año 1, n° 1, Buenos Aires, diciembre de 1964, pp. 9-10, 12.

Benedetti [1971]: Benedetti, Mario, «Carlos Fuentes: del signo barroco al espejismo», en Giacoman [1971], pp. 89-106.

Benítez [1974]: Benítez, Fernando, «Prólogo» a Carlos Fuentes, *Obras completas,* t. 1, México, Aguilar, 1974, pp. 9-76.

Bessière [1995-1996]: Bessière, Jean, «Carlos Fuentes Vis-à-Vis William Faulkner: Novel, Tragedy, History», *The Faulkner Journal,* vol. 11, n°s 1-2, Orlando, University of Central Florida, otoño-primavera de 1995-1996, pp. 33-42.

Bhabha [1990]: Bhabha, Homi K. (ed.), *Nation and Narration,* Londres, Routledge, 1990.

Blanco Aguinaga [1975]: Blanco Aguinaga, Carlos, «Sobre la idea de la novela en Carlos Fuentes», en *De mitólogos y novelistas,* Madrid, Turner, 1975, pp. 73-108.

Bobadilla Encinas [2007]: Bobadilla Encinas, Gerardo F., «La identidad de la máscara en *La región más transparente*», *Revista de Crítica Literaria Latinoamericana,* año 33, n° 65, Lima-Hanover, enero-junio de 2007, pp. 161-178.

Boldy [1996-1997]: Boldy, Steven, «On Memory and México in *La región más transparente*», *Antípodas. Journal of Hispanic and Galician Studies,* n°s 8-9, Aukland, Aukland University, 1996-1997, pp. 13-43.

Boldy [1999]: Boldy, Steven, «"Mi nombre es Ixca Cienfuegos": introducción a *La región más transparente*», en CRICCAL [1999], pp. 79-90.

Bonifaz Nuño [1956]: Bonifaz Nuño, Rubén, *Los demonios y los días,* México, Fondo de Cultura Económica, 1956.

Borel [1971]: Borel, Jean-Paul, «Aproximación a la obra novelística de Carlos Fuentes», *Boletín de la Asociación Europea de Profesores de Español,* vol. 3, n° 5, Madrid, 1971, pp. 31-56.

Borel [1980]: Borel, Jean-Paul, «Fonction de la mort dans trois romans de Carlos Fuentes», en Leenhardt [1980], pp. 31-43.

Borel-Rossel [1981]: Borel, Jean-Paul y Rossel, Pierre, *La narrativa más transparente. Contribución a un estudio de la relación entre literatura y sociedad, a propósito de tres novelas de Carlos Fuentes:* La región más transparente, La muerte de Artemio Cruz *y* Cambio de piel, Madrid, Asociación Europea de Profesores de Español, 1981.

Borges [1960]: Borges, Jorge Luis, «Borges y yo», en *El hacedor,* Buenos Aires, Emecé, 1960, pp. 69-70.

Brody-Rossman [1982]: Brody, Robert y Rossman, Charles (eds.), *Carlos Fuentes: A Critical View,* Austin, University of Texas Press, 1982.

Brower [1971]: Brower, Gary, «Fuentes de Fuentes. Paz y las raíces de *Todos los gatos son pardos*», *Latin American Theatre Review,* vol. 5, n° 1, Lawrence, University of Kansas, otoño de 1971, pp. 59-68.

Brushwood [1973]: Brushwood, John S., *México en su novela,* México, Fondo de Cultura Económica, 1973.

Cardoza y Aragón [1958]: Cardoza y Aragón, Luis, «El pro y el contra de una escandalosa novela», *Novedades,* suplemento «México en la Cultura», n° 478, México, 11 de mayo de 1958, pp. 1, 2, 10.

Carpentier [1964]: Carpentier, Alejo, «Problemática de la actual novela latinoamericana», en *Tientos y diferencias,* México, Universidad Nacional Autónoma, 1964, pp. 5-46.

Carranza Luján [1974]: Carranza Luján, Jorge Luis, *Aproximación a la literatura del mexicano Carlos Fuentes,* Santa Fe, Argentina, Librería y Editorial Colmegna, 1974.

Castro Arenas [1976]: Castro Arenas, Mario, «La Revolución frustrada», *Revista Nacional de Cultura,* n° 224, Caracas, abril-mayo de 1976, pp. 44-60.

Celorio [1997]: Celorio, Gonzalo, *México, ciudad de papel,* México, Tusquets, 1997.

Chen Sham [1998]: Chen Sham, Jorge, «Territorio y espacio urbano en el México de los 50: Luis Buñuel y Carlos Fuentes», *Káñina. Revista de Artes y Letras de la Universidad de Costa Rica,* n°s 22-23, San José, Universidad de Costa Rica, 1998, pp. 47-55.

Chumacero [1958]: Chumacero, Alí, «La Revolución y sus descendientes: Carlos Fuentes», *Novedades,* suplemento «México en la Cultura», n° 474, México, 13 de abril de 1958, p. 4.

Chumacero [1960]: Chumacero, Alí, «Continuidad de la novela», *Novedades,* suplemento «México en la Cultura», n° 589, México, 26 de junio de 1960, pp. 1, 11.

Conde Ortega-Trejo Villafuerte [1993]: Conde Ortega, José Francisco y Trejo Villafuerte, Arturo (coords.), *Carlos Fuentes: 40 años de escritor,* México, Universidad Autónoma Metropolitana, Unidad Azcapotzalco, División de Ciencias Sociales y Humanidades, 1993.

Covo [1999]: Covo, Jacqueline, «Roman d'idées et "polars": deux écritures du Mexique post-révolutionnaire», en CRICCAL [1999], pp. 9-21.

CRICCAL [1999]: *Écrire le Mexique,* París, Presses de la Sorbonne Nouvelle, 1999.

Crispin [1969]: Crispin, Ruth Katz, «The Artistic Unity of *La región más transparente*», *Kentucky Romance Quarterly,* n° 16, Lexington, University Press of Kentucky, 1969, pp. 277-287.

Cross [1983]: Cross, Edmond, «Conscient, inconscient et non-conscient dans *La región más transparente*», en *Théorie et pratique sociocritiques,* Montpellier, Impr. de l'Université Paul Valéry, 1983, pp. 78-102.

Cross [1986]: Cross, Edmond, «Conscient, inconscient et non-conscient. Approche sociocritique de *La región más transparente,* de Carlos Fuentes», en *Literatura, ideología y sociedad,* Madrid, Gredos, 1986, pp. 249-270.

Cruz [2008]: Cruz, Juan, «Entrevista. El tiempo de Fuentes», *El País,* suplemento «Babelia», Madrid, sábado 4 de octubre de 2008.

Curiel Rivera [2006]: Curiel Rivera, Adrián, *Novela española y* boom *hispanoamericano. Hacia la construcción de una deontología crítica,* México, Universidad Nacional Autónoma de México, 2006.

Dávila [1981]: Dávila, Luis, «Carlos Fuentes y su concepto de la novela», *Revista Iberoamericana,* n°⁵ 116-117, Pittsburgh, University of Pittsburgh, julio-diciembre de 1981, pp. 73-78.

Dessau [1972]: Dessau, Adalbert, *La novela de la Revolución mexicana,* México, Fondo de Cultura Económica, 1972.

Dessau [1977]: Dessau, Adalbert, «"Civilización y barbarie" en la novela latinoamericana», en López *et al.* [1977], pp. 335-344.

Díaz-Lastra [1964]: Díaz-Lastra, Alberto, «*La región más transparente*», *Cuadernos Hispanoamericanos,* n°⁵ 175-176, Madrid, Agencia Española de Cooperación Internacional, julio-agosto de 1964, pp. 242-247.

Díaz-Lastra [1967]: Díaz-Lastra, Alberto, «La definición literaria, política y moral de Carlos Fuentes. Un documento que hará época en la historia del pensamiento mexicano», *Siempre!,* suplemento «La Cultura en México», n° 718, México, 29 de marzo de 1967, pp. 1-9.

Díaz-Lastra [1971]: Díaz-Lastra, Alberto, «Carlos Fuentes y la Revolución traicionada», en Giacoman [1971], pp. 345-354.

Dueñas [1998]: Dueñas, Enrique (ed.), *El Territorio de La Mancha: debate. El porvenir de la literatura en lengua española,* Madrid, Alfaguara, 1998.

Durán [1976]: Durán, Gloria, *La magia y las brujas en la obra de Carlos Fuentes,* México, Universidad Nacional Autónoma de México, 1976.

Durán [1980]: Durán, Gloria, *The Archetypes of Carlos Fuentes: From Witch to Androgyne,* Hamden, Connecticut, Archon Books, 1980.

Durán [2000]: Durán, Javier, «Narrar a México. Muralismo literario y ficción imaginativa en Carlos Fuentes y Elena Garro», *Torre de Papel,* vol. 10, n° 2, Iowa, University of Iowa, verano de 2000, pp. 36-57.

Durán [1959]: Durán, Manuel, «Notas al margen de *La región más transparente», Revista Mexicana de Literatura,* n° 1, México, enero-marzo de 1959, pp. 78-81.

Durán [1973]: Durán, Manuel, «Carlos Fuentes», en *Tríptico mexicano: Juan Rulfo, Carlos Fuentes, Salvador Elizondo,* México, Secretaría de Educación Pública, 1973, pp. 51-133.

Elliott [2003]: Elliott, John, «El guardián de la memoria», *El País,* suplemento «Babelia», Madrid, sábado 1 de noviembre de 2003.

Elliott [2006]: Elliott, John, *Imperios del mundo atlántico. España y Gran Bretaña en América (1492-1830),* Madrid, Taurus, 2006.

Elmore [2008]: Elmore, Peter, «La ciudad interminable. Una lectura de *La región más transparente», El Comercio,* suplemento «El Dominical», año 55, n° 12, Lima, 15 de junio de 2008, pp. 2-3.

Enrigue [1997]: Enrigue, Álvaro, «Nueva visita a *La región más transparente», Ínsula,* n° 611, Madrid, noviembre de 1997, pp. 22-24.

Espinosa López [2003]: Espinosa López, Enrique, *Ciudad de México: compendio cronológico de su desarrollo urbano 1521-2000,* México, Instituto Politécnico Nacional, 2003.

Fabregat [1959]: Fabregat, C. Esteva, «Transparencia de México», *Cuadernos Hispanoamericanos,* n°s 116-117, Madrid, Agencia Española de Cooperación Internacional, agosto-septiembre de 1959, pp. 210-213.

Faris [1983]: Faris, Wendy B., *Carlos Fuentes,* Nueva York, Frederick Ungar Publishing, 1983.

Feijoo [1985]: Feijoo, Gladys, *Lo fantástico en los relatos de Carlos Fuentes. Aproximación teórica,* Nueva York, Senda Nueva de Ediciones, 1985.

Fell [1999]: Fell, Claude, «*La región más transparente,* du "roman d'idées" à la réactivation des mythes», en CRICCAL [1999], pp. 23-50.

Fell [2001]: Fell, Claude, «Mito y realidad en Carlos Fuentes», en García-Gutiérrez [2001], pp. 145-153.

Fernández Retamar [1964]: Fernández Retamar, Roberto, «Carlos Fuentes y la otra novela de la Revolución mexicana», *Casa de las Américas,* vol. 4, n° 26, La Habana, octubre-noviembre de 1964, pp. 123-128.

Filer [1984]: Filer, Malva, «Los mitos indígenas en la obra de Carlos Fuentes», *Revista Iberoamericana,* n° 127, México, abril-junio de 1984, pp. 475-489.

Forastieri Braschi *et al.* [1980]: Forastieri Braschi, Eduardo *et al. On Text and Context: Methodological Approaches to the Contexts of Literature,* Río Piedras, Puerto Rico, Editorial Universitaria, Universidad de Puerto Rico, 1980.

Foster [1973]: Foster, David William, «*La región más transparente* and the Limits of Prophetic Art», *Hispania,* vol. 56, n° 1, Madrid, CSIC, marzo de 1973, pp. 35-42.

Franco [2002]: Franco, Jean, «*La región más transparente* de Carlos Fuentes: entre el orden y el desorden», en Popovic Karic [2002], pp. 61-78.

Fuente [2007]: Fuente, Juan Ramón de la, *Voces de Iberoamérica. Conversaciones con Carlos Fuentes, Julio María Sanguinetti, Felipe González, Ricardo Lagos, Fernando Henrique Cardoso, Enrique Iglesias,* México, Taurus, 2007.

Fuentes [1955]: Fuentes, Carlos, «La línea de la vida», *Revista de Literatura Mexicana,* n° 2, noviembre-diciembre de 1955, pp. 134-144.

Fuentes [1956a]: Fuentes, Carlos, «Maceualli (Fragmento de novela)», *Revista de Literatura Mexicana,* n° 6, julio-agosto de 1956, pp. 581-589.

Fuentes [1956b]: Fuentes, Carlos, «Calavera del quince», en Carballo, Emmanuel, *Cuentistas mexicanos modernos,* vol. II, México, Libro-Mex., 1956, pp. 233-246.

Fuentes [1958]: Fuentes, Carlos, *La región más transparente,* México, Fondo de Cultura Económica, 1958.

Fuentes [1966]: Fuentes, Carlos, «Carlos Fuentes», en *Los narradores ante el público,* t. 1, México, Joaquín Mortiz, 1966, pp. 137-155.

Fuentes [1969]: Fuentes, Carlos, *La nueva novela hispanoamericana,* México, Joaquín Mortiz, 1969.

Fuentes [1972]: Fuentes, Carlos, «La línea de la vida», en *Cuerpos y ofrendas,* Madrid, Alianza, 1972, pp. 29-40.

Fuentes [1988]: Fuentes, Carlos, *Carlos Fuentes: Premio Miguel de Cervantes 1987,* Madrid, Anthropos, 1988.

Fuentes [1990]: Fuentes, Carlos, *Valiente mundo nuevo: épica, utopía y mito en la novela hispanoamericana,* México, Fondo de Cultura Económica, 1990.

Fuentes [1992]: Fuentes, Carlos, *El espejo enterrado,* México, Fondo de Cultura Económica, 1992.

Fuentes [1993]: Fuentes, Carlos, *Geografía de la novela,* México, Fondo de Cultura Económica, 1993.

Fuentes [2000]: Fuentes, Carlos, *Los cinco soles de México,* Barcelona, Seix Barral, 2000.

Fuentes [2002]: Fuentes, Carlos, *En esto creo,* Barcelona, Seix Barral, 2002.

Fuentes [2003]: Fuentes, Carlos, *La silla del águila,* Madrid, Alfaguara, 2003.

Fuentes [2004a]: Fuentes, Carlos, «Del *boom* al *boomerang*», conferencia pronunciada el 27 de noviembre de 2004 en el marco de la XVIII Feria Internacional del Libro de Guadalajara.

Fuentes [2004b]: Fuentes, Carlos, «La buena compañía», en *Inquieta compañía,* Madrid, Alfaguara, 2004, pp. 85-124.

Fuentes [2005]: Fuentes, Carlos, «El Territorio de La Mancha», *Idea La Mancha,* año 1, n° 1, Toledo, Junta de Comunidades de Castilla-La Mancha, mayo de 2005, pp. 25-28.

Fuentes [2006]: Fuentes, Carlos, *La región más transparente,* Madrid, Cátedra, 2006[9].

Fuentes [2007]: Fuentes, Carlos, *Obras reunidas II. Capital mexicana. La región más transparente. Agua quemada,* México, Fondo de Cultura Económica, 2007.

Fuentes *et al.* [2007]: Fuentes, Carlos *et al., Lecciones y maestros: Santillana del Mar 2007,* Madrid, Fundación Santillana, 2007.

Gachie-Pineda [1999]: Gachie-Pineda, Maryse, «Penser et écrire le Mexique selon Carlos Fuentes: du roman à l'essai? 1958-1997», en CRICCAL [1999], pp. 91-112.

Gachie-Pineda-Ricard [1995]: Gachie-Pineda, Maryse y Ricard, Serge (eds.), *La frontière Mexique-États Unis. Rejets, osmoses et mutations,* Aix-en-Provence, Université de Provence, 1995.

Gálvez [1915]: Gálvez, José, *Posibilidad de una genuina literatura nacional,* Lima, Casa Editor M. Moral, 1915.

García-Gutiérrez [1981]: García-Gutiérrez, Georgina, *Los disfraces. La obra mestiza de Carlos Fuentes,* México, El Colegio de México, Centro de Estudios Lingüísticos y Literarios, 1981.

García-Gutiérrez [1982]: García-Gutiérrez, Georgina, «Introducción» a *La región más transparente,* Madrid, Cátedra, 1982, pp. 11-76.

García-Gutiérrez [2001]: García-Gutiérrez, Georgina (comp.), *Carlos Fuentes desde la crítica,* México, Taurus-Universidad Nacional Autónoma de México, 2001.

García Gutiérrez [1999]: García Gutiérrez, Rosa, *Contemporáneos: la otra novela de la Revolución mexicana,* Huelva, Servicio de Publicaciones de la Universidad, 1999.

García Núñez [1989]: García Núñez, Fernando, *Fabulación de la fe: Carlos Fuentes,* Xalapa, Universidad Veracruzana, 1989.

Giacoman [1971]: Giacoman, Helmy F., *Homenaje a Carlos Fuentes. Variaciones interpretativas en torno a su obra,* Long Island City, Nueva York, Anaya-Las Américas, 1971.

Glantz [1994]: Glantz, Margo, «Los fantasmas en la obra de Carlos Fuentes», en *Esguince de cintura,* México, Conaculta, 1994, pp. 110-120.

Goldemberg [1973]: Goldemberg, Isaac, «Perspectivismo y mexicanidad en la obra de Carlos Fuentes», *Cuadernos Hispanoamericanos,* nº 271, Madrid, Agencia Española de Cooperación Internacional, enero de 1973, pp. 15-33.

González [1987]: González, Alfonso, *Carlos Fuentes: Life, Work, and Criticism,* Fredericton, York Press, 1987.

González [1967]: González, Manuel Pedro, «Apostillas a *La región más transparente*», en Schulman *et al.* [1967], pp. 82-88.

Grossman [1967]: Grossman, Lois S., *A Descriptive Analysis of the Novelistic Technique of Carlos Fuentes in* La región más transparente, Filadelfia, Temple University, 1967.

Guzmán [1972]: Guzmán, Daniel de, *Carlos Fuentes,* Nueva York, Twayne Publishers, 1972.

Gyurko [1976]: Gyurko, Lanin A., «Abortive Idealism and the Mask in Fuentes's *La región más transparente*», *Revue des Langues Vivantes,* nº 42, Bruselas, 1976, pp. 278-296.

Gyurko [1978a]: Gyurko, Lanin A., «Individual and National Identity in Fuentes's *La región más transparente*», *Kentucky Romance Quarterly*, n° 25, Lexington, University Press of Kentucky, 1978, pp. 435-457.

Gyurko [1978b]: Gyurko, Lanin A., «Time and Fate in Fuentes's *La región más transparente*», *Revista Interamericana de Bibliografía*, n° 28, Washington, Inter-American Agency, 1978, pp. 385-404.

Gyurko [1979]: Gyurko, Lanin A., «Identity and the Mask in Fuentes's *La región más transparente*», *Hispanófila*, n° 65, Chapel Hill, University of North Carolina, 1979, pp. 75-103.

Gyurko [2007a]: Gyurko, Lanin A., *Lifting the Obsidian Mask: The Artistic Vision of Carlos Fuentes*, Potomac, Maryland, Scripta Humanistica, 2007.

Gyurko [2007b]: Gyurko, Lanin A., «The Founding of the Latin American Novel of the Boom: *La región más transparente*», en Gyurko [2007a], pp. 7-26.

Harss [1968]: Harss, Luis, «Carlos Fuentes, o la nueva herejía», en *Los nuestros*, Buenos Aires, Editorial Sudamericana, 1968, pp. 338-380.

Helmuth [1997]: Helmuth, Chalene, *The Postmodern Fuentes*, Lewisburg, Pensilvania, Bucknell University Press-Londres, Cranbury, Nueva Jersey, Associated University Press, 1997.

Hernández [1999]: Hernández, Jorge (comp.), *Carlos Fuentes: territorios del tiempo. Antología de entrevistas*, México, Fondo de Cultura Económica, 1999.

Hernández de López [1988]: Hernández de López, Ana María (ed.), *La obra de Carlos Fuentes: una visión múltiple*, Madrid, Pliegos, 1988.

Ibsen [2003]: Ibsen, Kristine, *Memoria y deseo: Carlos Fuentes y el pacto de la lectura*, México, Fondo de Cultura Económica, 2003.

Iglesias [2002]: Iglesias, Carmen, *De Historia y de Literatura como elementos de ficción*, Madrid, Real Academia Española, 2002.

Iglesias [2006]: Iglesias, Carmen, «Maître du langage», *Les Cahiers de L'Herne*, n° 87: *Carlos Fuentes*, París, Éditions de l'Herne, 2006, pp. 23-27 (palabras de presentación en el acto de entrega de la Medalla de Oro de la Comunidad de Madrid a Carlos Fuentes, Madrid, 2001).

Iglesias [2008]: Iglesias, Carmen, prólogo y artículo «América y la libertad», en *No siempre lo peor es cierto. Estudios de Historia de España*, Barcelona, Galaxia Gutenberg-Círculo de Lectores, 2008.

Jackson [1965]: Jackson, Richard L., «Hacia una bibliografía de y sobre Carlos Fuentes», Revista Iberoamericana, n° 60, Pittsburgh, University of Pittsburgh, 1965, pp. 297-301.

Jiménez de Báez [2006]: Jiménez de Báez, Yvette, «Consolidación y transgresión desde la fiesta, en La región más transparente», Literatura Mexicana, vol. 17, n° 1, México, 2006, pp. 7-28.

Joset [1995]: Joset, Jacques, Historias cruzadas de novelas hispanoamericanas: Juan Rulfo, Alejo Carpentier, Mario Vargas Llosa, Carlos Fuentes, Gabriel García Márquez, José Donoso, Fráncfort, Vervuet-Madrid, Iberoamericana, 1995.

Jurado [1993]: Jurado, Alicia, «Jorge Luis Borges», en Homenaje a Jorge Luis Borges, Buenos Aires, Academia Argentina de Letras, 1999, pp. 83-101.

Leal [1982]: Leal, Luis, «History and Myth in the Narrative of Carlos Fuentes», en Brody-Rossman [1982], pp. 3-17.

Leal [1985]: Leal, Luis, «Realism, Myth, and Prophecy in Fuentes's Where the Air is Clear», Confluencia. Revista Hispánica de Cultura y Literatura, vol. 1, n° 1, Greeley, University of Northern Colorado, otoño de 1985, pp. 75-81.

Leal [1988]: Leal, Luis, «History and Myth in the Narrative of Carlos Fuentes», Anthropos, n° 91, Madrid, 1988, pp. 1-7.

Leenhardt [1980]: Leenhardt, Jacques (ed.), Littérature latino-américaine d'aujourd'hui. Colloque de Cerisy, París, Union Générale d'Editeurs, 1980.

Lévy-Loveluck [1980]: Lévy, Isaac y Loveluck, Juan (eds.), Simposio Carlos Fuentes. Actas, Columbia, University of South Carolina, 1980.

Lewald [1967]: Lewald, H. Ernest, «El pensamiento cultural mexicano en La región más transparente, de Carlos Fuentes», Revista Hispánica Moderna, vol. 33, n°s 3-4, Filadelfia, University of Pennsylvania Press, julio-octubre de 1967, pp. 216-223.

Lezama Lima [2001]: Lezama Lima, José, «La curiosidad barroca», en La expresión americana, México, Fondo de Cultura Económica, 2001, pp. 79-106.

Lockert [1988]: Lockert, Lucía F., «La metáfora del ocultamiento en La región más transparente», en Hernández de López [1988], pp. 31-37.

Long [2008a]: Long, Ryan Fred, Fictions of Totality: The Mexican Novel and the National-Popular State, West Lafayette, Indiana, Purdue University, 2008.

Long [2008b]: Long, Ryan Fred, «The Revolution will be Novelized: Carlos Fuentes's *La región más transparente* Constructs a Compensatory Totality», en Long [2008a].

López *et al.* [1977]: López, François *et al.* (coords.), *Actas del Quinto Congreso Internacional de Hispanistas*, vol. 1: *A-G*, Burdeos, Instituto de Estudios Ibéricos e Iberoamericanos-Université de Bordeaux III, 1977.

Lozano [1979]: Lozano, Stella, «Fragmentación musical en la novela *La región más transparente*», *Cuadernos Americanos*, n° 6, México, Universidad Nacional Autónoma de México, noviembre-diciembre de 1979, pp. 25-233.

MacAdam-Ruas [1981]: MacAdam, Alfred y Ruas, Charles, entrevista «The Art of Fiction LXVIII: Carlos Fuentes», *The Paris Review*, n° 82, Nueva York, invierno de 1981, pp. 141-175.

Mariátegui [1928]: Mariátegui, José Carlos, «El proceso de la literatura», *7 ensayos de interpretación de la realidad peruana*, Lima, Biblioteca Amauta, 1928, pp. 228-350.

Marill [1953]: Marill, René, *Historia de la novela moderna*, México, Unión Tipográfica Editorial Hispano Americana, 1953.

Marquet [1987]: Marquet, Antonio, *«Ojerosa y pintada y La región más transparente*, dos visiones de la Ciudad de México en los años cincuenta», *Excelsior*, suplemento «Plural», n° 193, México, octubre de 1987, pp. 22-31.

Martínez [2008]: Martínez, Tomás Eloy, «Carlos Fuentes. Retrato de un renacentista», *La Nación*, Buenos Aires, sábado 5 de abril de 2008.

Martínez Moreno [1962]: Martínez Moreno, Carlos, «Carlos Fuentes y los nuevos caminos de la novela americana», *Letras 62*, n° 2, Montevideo, diciembre de 1962.

Mead [1967]: Mead, Robert G., Jr., «Carlos Fuentes, airado novelista mexicano», *Hispania*, vol. 50, n° 2, Madrid, CSIC, mayo de 1967, pp. 229-235.

Meyer-Minnemann [1978]: Meyer-Minnemann, Klaus, «Tiempo cíclico e historia en *La muerte de Artemio Cruz* de Carlos Fuentes», *Iberoromania*, n° 7, Tubinga, 1978, pp. 88-105.

Monsiváis [1977]: Monsiváis, Carlos, «Notas sobre la cultura mexicana en el siglo XX», en *Historia general de México*, t. 4, México, El Colegio de México, 1977², pp. 303-476.

Monsiváis [2001]: Monsiváis, Carlos, «Dueños de la noche, porque en ella recordamos», en García-Gutiérrez [2001], pp. 95-102.

Montero [1976]: Montero, Óscar J., «The Role of Ixca Cienfuegos in the Thematic Fabric of *La región más transparente*», *Hispanófila*, n° 58, Chapel Hill, University of North Carolina, 1976, pp. 61-83.

Moreno [1999]: Moreno, Fernando, *Lecturas de* La región más transparente: *estudios e investigaciones,* Poitiers, Université de Poitiers, Centre de Recherches Latino Américaines, 1999.

Muñoz [2001]: Muñoz, Mario, «Tres novelas mexicanas de anticipación: *Pedro Páramo, La región más transparente, La obediencia nocturna*», *Texto Crítico*, n°s 5-9, Veracruz, Universidad Veracruzana, julio-diciembre de 2001, pp. 181-196.

Novo [1967]: Novo, Salvador, *La vida en México en el período presidencial de Miguel Alemán,* México, Empresas Editoriales, 1967.

Ocampo [2000]: Ocampo, Aurora Maura, «Fuentes, Carlos», en *Diccionario de escritores mexicanos siglo XX: desde las generaciones del Ateneo y novelistas de la Revolución hasta nuestros días,* t. II: *D-F,* México, UNAM, Instituto de Investigaciones Filológicas, Centro de Estudios Literarios, 2000, pp. 237-264.

Ojeda Avellaneda [1995]: Ojeda Avellaneda, Cecilia, «La problemática de la frontera México-EE. UU. en dos obras de Carlos Fuentes: *La región más transparente* y *Gringo viejo*», en Gachie-Pineda-Ricard [1995], pp. 169-184.

Olivier [1999]: Olivier, Florence, «La rhétorique de l'identité dans *La región más transparente*», en CRICCAL [1999], pp. 113-128.

Ordiz [1987]: Ordiz, Javier, *El mito en la obra narrativa de Carlos Fuentes,* León, Universidad de León, Servicio de Publicaciones, 1987.

Ortega [1989]: Ortega, Julio, «Carlos Fuentes: para recuperar la tradición de La Mancha», *Revista Iberoamericana,* n°s 148-149, Pittsburgh, University of Pittsburgh, julio-diciembre de 1989, pp. 637-654.

Ortega [1995]: Ortega, Julio, *Retrato de Carlos Fuentes,* Barcelona, Galaxia Gutenberg-Círculo de Lectores, 1995.

Ortega [1999a]: Ortega, Julio, «El discurso de la fábula», en CRICCAL [1999], pp. 129-138.

Ortega [1999b]: Ortega, Julio, «Carlos Fuentes: Los lenguajes de la ciudad», *Taller de Letras,* n° 27, Santiago de Chile, Universidad Católica, noviembre de 1999, pp. 53-62.

Ortega Martínez [1969]: Ortega Martínez, Fidel, *Carlos Fuentes y la realidad de México,* México, Editorial América, 1969.

Oviedo [1977]: Oviedo, José Miguel, «Fuentes: sinfonía del Nuevo Mundo», *Hispanoamérica,* año VI, n° 16, abril de 1977, pp. 19-32.

Oviedo [1988]: Oviedo, José Miguel, «La pasión de Carlos Fuentes», *Anthropos,* n° 91, Madrid, 1988, pp. 76-80.

Pacheco [1958]: Pacheco, José Emilio, «*La región más transparente*», *Estaciones,* n° 10, México, verano, 1958, pp. 193-196.

Pagnoux [1999]: Pagnoux, Elisabeth, «Présence du passé: *La región más transparente* de Carlos Fuentes», en CRICCAL [1999], pp. 139-146.

Palou [2007]: Palou, Ángel, «*La región más transparente:* hito de nuestra historia cultural», en Fuentes [2007], pp. 379-384.

Pamies-Berry [1967]: Pamies, Alberto y Berry, C. Dean, *Carlos Fuentes y la dualidad integral mexicana,* Miami, Ediciones Universal, 1967.

Paz [1959]: Paz, Octavio, *El laberinto de la soledad,* México, Fondo de Cultura Económica, 1959.

Paz [1967]: Paz, Octavio, «La máscara y la transparencia», en *Corriente alterna,* México, Siglo XXI, 1967, pp. 44-50.

Peña [1983]: Peña, Luis H., «Escritura del paisaje y paisaje de la escritura: Fuentes y Rulfo», *Cuadernos de Aldeeu,* vol. 1, n°s 2-3, Erie, ALDEEU, mayo-octubre de 1983, pp. 393-398.

Poniatowska [1985]: Poniatowska, Elena, «Carlos Fuentes», en *¡Ay vida, no me mereces! Carlos Fuentes, Rosario Castellanos, Juan Rulfo, la literatura de la onda,* México, Joaquín Mortiz, 1985, pp. 3-41.

Poniatowska [1987]: Poniatowska, Elena, «Carlos Fuentes, un tropel de caballos desbocados», en García-Gutiérrez [2001], pp. 31-38.

Popovic Karic [2002]: Popovic Karic, Pol (comp.), *Carlos Fuentes: perspectivas críticas,* México, Instituto Tecnológico de Estudios Superiores de Monterrey-Siglo XXI, 2002.

Portal [1980]: Portal, Marta, *Proceso narrativo de la Revolución mexicana,* Madrid, Espasa Calpe, 1980.

Prado Alvarado-Rabí do Carmo [2008]: Prado Alvarado, Agustín y Alonso Rabí do Carmo, «Palabra de Fuentes. Una conversación sobre historia, literatura y Latinoamérica con el escritor mexicano», *El Comercio,* suplemento «El Dominical», año 55, n° 12, Lima, 15 de junio de 2008, pp. 8-9.

Pulido Herráez [2000]: Pulido Herráez, Begoña, *Carlos Fuentes, imaginación y memoria,* Culiacán Rosales, Universidad Autónoma de Sinaloa, 2000.

Ramos [1934]: Ramos, Samuel, *El perfil del hombre y la cultura en México,* México, Imprenta Mundial, 1934.

Rangel Guerra [1958]: Rangel Guerra, Alfonso, «La novela de Carlos Fuentes», *Armas y Letras,* nº 2, Monterrey, Publicaciones de la Universidad Autónoma de Nuevo León, abril-junio de 1958, pp. 76-80.

Reeve [1970]: Reeve, Richard M., «An Annotated Bibliography on Carlos Fuentes: 1949-69», *Hispania,* vol. 53, Membership Issue, Los Ángeles, University of California, octubre de 1970, pp. 597-652.

Reeve [1971]: Reeve, Richard M., «Carlos Fuentes y la novela: una bibliografía escogida», en Giacoman [1971], pp. 473-494.

Reeve [1974]: Reeve, Richard M., «Octavio Paz and Hiperion in *La región más transparente.* Plagiarism, Caricature or...?», *Chasqui,* nº 3, Phoenix, Arizona State University, mayo de 1974, pp. 13-25.

Reeve [1982]: Reeve, Richard M., «The Making of *La región más transparente:* 1949-1974», en Brody-Rossman [1982], pp. 34-63.

Reyes [1917]: Reyes, Alfonso, *Visión de Anáhuac (1519),* San José, Costa Rica, Alsina, 1917.

Reyzábal [1988]: Reyzábal, María Victoria, «Autopercepción intelectual de un proceso histórico», *Anthropos,* nº 91, Madrid, 1988, pp. 25-29.

Robb [1979]: Robb, James W., «En busca de *La región más transparente del aire* de Alfonso Reyes», *Escolios,* vol. 4, nᵒˢ 1-2, Los Ángeles, mayo-noviembre de 1979, pp. 13-24.

Rodríguez Sardiñas [1976]: Rodríguez Sardiñas, Orlando, «Dimensión trágica: camino y encuentro de *La región más transparente* con la novelística norteamericana», *Enlace,* nº 1, julio-septiembre de 1976, pp. 114-119.

Rodríguez Suro [1979]: Rodríguez Suro, Joaquín, «La religión y el amor en *La región más transparente* de Carlos Fuentes», *Veritas,* vol. 24, nº 95, Porto Alegre, Pontifícia Universidade Católica do Rio Grande do Sul, septiembre de 1979, pp. 336-353.

Saint-André [2001]: Saint-André, Estela Marta, *El lenguaje que somos: Carlos Fuentes y el pensamiento de lo hispanoamericano,* Mendoza, Argentina, Servicio de Publicaciones de la FFHA, Universidad Nacional de Cuyo, 2001.

Sainz [1983]: Sainz, Gustavo, «Carlos Fuentes: A Permanent Bedazzlement», *World Literature Today,* vol. 57, n° 4, Oklahoma, University of Oklahoma, 1983, pp. 568-572.

Salgado [1969]: Salgado, María A., «Supervivencia del mito azteca en el Méjico contemporáneo de *La región más transparente*», *Kentucky Romance Quarterly,* n° 16, Lexington, University Press of Kentucky, 1969, pp. 125-133.

Salgado [1971]: Salgado, María A., «El mito azteca en *La región más transparente*», en Giacoman [1971], pp. 229-240.

Sánchez Reyes [1975]: Sánchez Reyes, Carlos, *Carlos Fuentes y La región más transparente,* Puerto Rico, Universidad de Puerto Rico, 1975.

Sarduy [1972]: Sarduy, Severo, *América Latina en su literatura,* México, Siglo XXI-Unesco, 1972.

Sarmiento [1935]: Sarmiento, Domingo Faustino, *Facundo,* Buenos Aires, Losada, 1935.

Schulman *et al.* [1967]: Schulman, Ivan A. *et al.*, *Coloquio sobre la novela hispanoamericana,* México, Fondo de Cultura Económica, 1967.

Seymour [1993]: Seymour, Menton, *La nueva novela histórica de la América Latina: 1979-1992,* México, Fondo de Cultura Económica, 1993.

Sommer [1990]: Sommer, Doris, «Irresistible Romance: the Foundational Fictions of Latin America», en Bhabha [1990], pp. 71-98.

Sommers [1966]: Sommers, Joseph, «The Present Moment in the Mexican Novel», *Books Abroad,* vol. 40, n° 3, Norman, Oklahoma, verano de 1966, pp. 261-266.

Sommers [1970]: Sommers, Joseph, *Yáñez, Rulfo, Fuentes: la novela mexicana moderna,* Caracas, Monte Ávila Editores, 1970.

Sommers [2001]: Sommers, Joseph, «La búsqueda de la identidad: *La región más transparente*», en García-Gutiérrez [2001], pp. 39-83.

Stringer [1996]: Stringer, Susan, «Enclosure and the Search for Freedom in Carlos Fuentes's *La región más transparente*», *Romance Languages Annual,* n° 8, West Lafayette, Purdue University Press, 1996, pp. 670-672.

Valdivieso [1988]: Valdivieso, Jorge, «Voces narrativas en *La región más transparente*», en Hernández de López [1988], pp. 39-43.

Valesio [1980]: Valesio, P., «Foundations for a socio-criticism: methodological presuppositions and their application to *La región más transparente* by Carlos Fuentes», en Forastieri Braschi *et al.* [1980].

Van Delden [1991]: Van Delden, Maarten, «Myth, Contingency, and Revolution in Carlos Fuentes's *La región más transparente*», *Comparative Literature,* vol. 43, nº 4, University of Oregon, otoño de 1991, pp. 326-345.

Van Delden [1993]: Van Delden, Maarten, «Carlos Fuentes: From Identity to Alternativity», *MLN,* vol. 108, nº 2, Baltimore, Hopkins University, Hispanic Issue, marzo de 1993, pp. 331-346.

Van Delden [1998]: Van Delden, Maarten, *Carlos Fuentes, México and Modernity,* Nashville, Vanderbilt University Press, 1998.

Van Delden [2002]: Van Delden, Maarten, «Extremo Occidente. Carlos Fuentes y la tradición europea», en Popovic Karic [2002], pp. 79-94.

Vargas Llosa [1969]: Vargas Llosa, Mario, «Carta de batalla por *Tirant lo Blanc*», en Martorell, Joanot, *Tirant lo Blanc,* Madrid, Alianza, 1969, pp. 9-41.

Vidaurre Arenas [2004a]: Vidaurre Arenas, Carmen V., «Carlos Fuentes: sincretismo cultural e implicaciones del mito y de la organización de lo temporal en *La región más transparente*», en Vidaurre Arenas [2004b], pp. 61-74.

Vidaurre Arenas [2004b]: Vidaurre Arenas, Carmen V., *Galería de ecos: análisis sobre narrativa mexicana,* Guadalajara, Universidad de Guadalajara, Unidad para el Desarrollo de la Investigación y el Posgrado, 2004.

Vives [1999]: Vives, Daniel, «Vers une poétique de *La región más transparente*», en CRICCAL [1999], pp. 147-161.

Williams [1996]: Williams, Raymond Leslie, *Los escritos de Carlos Fuentes,* México, Fondo de Cultura Económica, 1996.

Williams [1976]: Williams, Shirley A., *The Search for the Past: the Role of Aztec Mythology in* La región más transparente, *Estudos Ibero-Americanos,* Porto Alegre, vol. 2, nº 1, julio de 1976, pp. 25-30.

Zamora Vicente [1975]: Zamora Vicente, A., «Apostillas a *La región más transparente*», en Alonso [1975], pp. 519-536.

GLOSARIO*

Este glosario está concebido como una herramienta de consulta que sirva al lector para tener una idea clara del significado de las voces comunes que se emplean a lo largo de la novela, fundamentalmente mexicanismos, si bien algunas de las voces son compartidas por uno o más países de América. También se han incluido voces del español general de difícil comprensión.

El significado corresponde al sentido concreto que la palabra en cuestión tiene en la novela; no se incluyen otras posibles acepciones de la voz.

En la gran mayoría de las acepciones, ofrecemos al lector definiciones glosadas, aunque también podrá encontrar palabras definidas por su correspondiente sinónimo en el español general.

Las entradas comienzan por el lema o expresión compleja en negritas, seguido por la acepción correspondiente,

---

* Este glosario ha sido dirigido y elaborado por la académica mexicana Concepción Company Company, con la colaboración de Georgina Barraza Carbajal. Asimismo, ha participado un equipo del Instituto de Lexicografía de la Real Academia Española, coordinado por Carlos Domínguez y del que han formado parte Abraham Madroñal, Laura Fernández-Salinero, Ángel Jiménez y José Vicente Salido.

detrás de la cual se indica la(s) página(s) donde se documenta en la novela.

En el caso de entradas de lema simple, si este tiene más de un significado, las acepciones se presentan en el orden de aparición en la obra. Si la entrada contiene, además, expresiones complejas, estas se organizan en orden alfabético.

Cuando es necesario, se emplea la abreviatura V. para remitir a la entrada donde se presenta la definición de la palabra asociada, en cuyo caso la remisión se indica en versalitas. Las remisiones pueden ir separadas por punto y coma o por coma. En el primer caso, remiten a entradas distintas; en el segundo, a dos o más acepciones dentro de la misma entrada.

Se indican todas las páginas donde aparece el término, si no superan el número de tres; si rebasan este número, se usa *etc.* para señalar que hay más menciones dentro de la obra.

Las palabras derivadas (diminutivos, aumentativos, superlativos, etc.) merecen una entrada aparte bien cuando modifican el significado respecto a la base de la que provienen, bien cuando en la novela no aparece dicha base para poder deducir el derivado, o bien cuando el derivado respecto a la forma base resulta poco transparente.

Finalmente, se han incorporado al glosario solo aquellos anglicismos y galicismos que forman parte del léxico mexicano y que, en algunos casos, han adoptado, incluso, morfología y ortografía españolas.

ahogado. V. PATADA.

ahorita 'ahora, en este momento' 54, 57, 92, *etc.*

ahuehuete 'árbol de madera semejante a la del ciprés que crece en lugares donde abunda el agua y se cultiva como planta de jardín' 469

aire: aires 'ínfulas, pretensiones, alardes' 363, 454; **venir más guango que el aire a Juárez** 'venir muy grande' 461

ajado, da 'arrugado, marchitado' 64

ala. V. BURRO.

alacena 'armario empotrado que sirve para guardar alimentos y utensilios de cocina' 50, 254, 258

alba: ponerse al alba 'prestar atención, ponerse vivo' 418

albur 'azar' 19

alcahuete, ta 'persona que encubre a otra o que disimula y aminora sus errores' 529

alcatraz 'cala, lirio de agua, planta acuática de hojas acorazonadas y flores amarillas en forma de cucurucho' 61

alfarromeo 'vehículo de la marca Alfa Romeo' 527

algodón: algodón de azúcar 'golosina que se hace con los hilos que forma el azúcar al derretirse, enredándolos en un palito' 62

álguienes forma popular que aplica el plural a una palabra de número invariable 29

alhajado, da 'adornado con joyas' 20, 28

alto 'señal de tráfico que indica obligación de detenerse' 513

altoparlante 'altavoz' 155

amapolo 'homosexual' 29

amarillo, lla. V. PULQUE.

amarrarse 'conquistar o seducir' 186, 363, 368

amasiato 'concubinato, vida marital sin mediar matrimonio' 328

amolado, da 'que ha sufrido una desgracia, una pérdida o un perjuicio graves' 87, 208, 211, *etc.*

ampón, na 'hueco, abombado' 254

ancho, cha. V. MUNDO.

ándale interjección que se usa para incitar a empezar o a proseguir una acción 40, 92, 93, *etc.;* interjección que se usa para manifestar acuerdo respecto al enunciado anterior 166

ándele interjección que se usa para incitar a empezar o a proseguir una acción 85, 308, 316, *etc.;* interjección que se usa para manifestar acuerdo respecto al enunciado anterior 215, 357

antojitos 'aperitivo frito, hecho de masa de maíz, de distintas formas e ingredientes' 243

anvés. V. ENVÉS.

año: tantos años de marquesa... primera parte del refrán que termina «y no sabe mover el abanico»: significa que la experiencia no ha aportado la habilidad esperada 419

apachurrar 'despachurrar, aplastar' 526

aparador 'escaparate, espacio exterior de las tiendas, cerrado con cristales, donde se exponen las mercancías a la vista del público' 56

apenar 'avergonzar' 402

aplanadora 'apisonadora, máquina automóvil que rueda sobre unos cilindros muy pesados, y que se emplea para allanar y apretar caminos y pavimentos' 68

bachillerato 'estudios posteriores a la educación primaria y previos a las carreras universitarias' 159

balacear 'tirotear' 114

balaceo 'tiroteo, baleo' 273

balín 'falso' 445. V. GÜERO.

bandana 'banda de tela o pañuelo triangular que se coloca en la cabeza' 140

bandera 'conjunto de los ideales, aspiraciones o intereses de una persona' 39, 61, 530

banqueta 'acera' 250

banquete: llegar tarde al banquete 'no estar en el lugar apropiado en el momento oportuno' 79

baño. V. MALLA, TINA, TRAJE.

bar 'lugar público donde se ofrecen bebidas alcohólicas' 32, 48, 183, *etc.;* 'sitio o mueble reservado para guardar y preparar bebidas alcohólicas en las casas particulares' 47, 192, 193, *etc.*

barajar: barajar despacio 'repetir lo dicho, generalmente aportando más detalles para que sea más comprensible' 428; **barajarse** 'manejarse bien, resolver con tino los problemas o las situaciones' 307

barandal 'pieza larga que sujeta por arriba o por abajo balaustres u otros elementos similares' 353

barba: apoyar las barbas 'tocar con la barbilla' 39

barbaján 'tosco, rústico' 81, 410, 454

barda 'muro, cerca o tapia que sirve para separar un terreno o una construcción de otros' 455, 479

barquillo 'helado montado sobre una base de galleta que suele tener forma de canuto' 173

barriada 'barrio marginal, generalmente de construcciones pobres y precarias' 526

barroquería 'adorno de estilo barroco, retorcido, recargado' 476

bartolina 'calabozo estrecho y oscuro' 85, 89

basura. V. CARRO.

basurero 'recipiente donde se depositan los desperdicios' 228

batachán 'bebida que se prepara con ron, jugo de piña, limón y hielo' 378

batista 'tejido de algodón o lino, fino y delgado' 118

bebesón, na apelativo cariñoso para dirigirse a un ser querido 409, 410, 416, *etc.*

beis 'béisbol' 221

beisbolista 'jugador de béisbol' 55, 219, 493

bendito, ta se usa para negar irónicamente una afirmación 116

berlina: en la berlina 'en ridículo' 306

berrear 'sonar estridentemente' 519

betabel 'remolacha' 185

bibelot 'figurita decorativa' 253, 345, 347

bien: bien y bonito 'cabalmente, de manera adecuada' 128

bilis: tragar bilis 'disimular la rabia o la irritación' 124

billetero, ra 'vendedor de billetes de lotería' 155

biznaga 'acitrón, tallo de la fruta del mismo nombre, descortezado y confitado' 460

blanco, ca. V. ELEFANTE.

blue-jeans 'bluyín, pantalón vaquero' 155

bochinche 'tumulto, alboroto, barullo' 129

bochinchero, ra 'que toma parte en los bochinches o los provoca' 207, 260, 472

bocina 'auricular del teléfono' 36, 187

bodorria 'boda desigual' 176

bofetiza 'serie de bofetadas' 399

boinas posible deformación de «buenas» 23

bola 'revolución' 92, 128; 'montón, número considerable' 201, 206, 208, *etc.;* **hacerse bolas** 'enredarse, confundirse, liarse' 314; **hecho una bola** 'confundido' 220

bolería 'puesto o establecimiento dedicado a la limpieza y arreglo de zapatos' 288

bolero 'limpiabotas, persona que tiene por oficio limpiar el calzado' 225, 282, 394

bolsa 'bolso' 28, 377, 379; 'bolsillo' 56, 250, 512

bolsón 'cuenca entre montañas, a veces atravesada por un río que permite su desagüe al exterior' 219

bombearse 'mantener el hombre relaciones sexuales' 24

bombo, ba 'bombacho, de perneras abombadas' 212

bongó 'instrumento musical de percusión, que consiste en un tubo de madera cubierto en su extremo superior y descubierto en la parte inferior' 23, 378, 379

bongosero 'músico que toca el bongó' 32, 61

bonito. V. BIEN.

borla 'insignia de graduados, doctores y maestros en las universidades' 166

borlote: armar borlote 'organizar un tumulto o escándalo' 132

boruca 'escándalo, bulla, algazara' 435

botana 'aperitivo, bebida y comida que se toma antes de una comida principal' 51

bote 'cubo de basura' 23

box 'boxeo' 223

boyante 'flotante, similar a una boya' 363

bracero, ra 'jornalero que emigra a Estados Unidos' 44, 206, 213, *etc.*

bragado, da 'valiente, arriesgado, resuelto' 130

braguetazo 'casamiento por interés con una mujer rica' 176

brasero 'fogón portátil para cocinar' 95, 121, 123, *etc.*

brincar. V. GUSTO.

brinco 'garito, lugar clandestino donde se practican juegos de azar' 379

brístol 'corte de pelo de mujer muy corto y engominado' 527

bróder apelativo para dirigirse a un amigo 216, 493

bronce. V. RAZA.

brut 'champán o cava, muy seco' 366

buche 'bocado, porción de alimento o líquido que cabe en la boca' 59, 167; **hacer buches** 'hacer ademán o amago de mascar' 507

buchón, na 'que tiene papada' 176

bueno: está bueno 'está bien' 142, 268, 312, *etc.;* **está bueno** 'es suficiente' 188, 391

bufante 'que bufa, que resopla en señal de enfado' 222

buganvilia 'planta trepadora, con flores pequeñas de diversos colores' 377, 455

buró 'mesilla de noche' 140, 203, 261, *etc.*

burro: hasta que los burros tengan alas 'nunca' 410

buscapiés 'cohete sin varilla que, encendido, corre y estalla a ras de tierra' 463

buscar 'provocar' 435, 463

caber 'convivir' 27

cacahuate 'cacahuete, maní' 28, 176, 221

cachetear 'golpear con la palma de la mano' 390

cacheteo 'serie de golpes que se dan con la palma de la mano' 238

cachondería 'apetito sexual' 33

cachopín, na 'gachupín, español establecido en México' 529

cacle 'calzado' 28

caer 'llegar intempestiva, inesperadamente' 366; 'creer, parecer' 461

café: café de chinos 'establecimiento modesto en que se sirve café, alimentos y otras bebidas' 23, 202, 397

cajeta 'dulce de leche de cabra de consistencia espesa' 526; **cajeta quemada** 'la que en su elaboración se cuece durante más tiempo que la normal' 526

cajuela 'maletero, lugar del automóvil destinado al equipaje' 447

calaca 'personificación de la muerte mediante un esqueleto humano' 96, 445

calandria 'carro descapotable tirado por caballos' 109

calca 'copia, reproducción' 59

calentar. V. GRANIZO.

caliche 'pequeña costra desprendida de la pintura de la pared' 90; 'pequeña piedra de cal' 439, 494

calicó 'tela delgada de algodón' 473

caliente 'excitado sexualmente' 28

calipso 'canción y danza populares propias de las Antillas Menores' 47

calmante: calmantes (montes) expresión que se usa para pedir calma 268, 319

calosfrío 'escalofrío, sensación de frío, por lo común repentina' 49

calva. V. OCASIÓN.

calzón: a calzón quitado 'abierta, directamente y sin reparos' 417; **calzón de manta** 'pantalón de algodón ordinario, amarrado a la cintura y los tobillos, que usan los campesinos e indios' 208; **calzones** 'prenda interior de mujer que cubre desde la cintura hasta las ingles, con dos aberturas para las piernas' 185. V. VEZ.

cambaya 'tela ordinaria de algodón' 362

cambio: a la primera de cambios 'a la primera ocasión, o enseguida' 515

camión 'autobús' 44, 55, 155, *etc.*; **camión de línea** 'autobús de transporte interurbano con una ruta predeterminada' 81; **camión materialista** 'vehículo que transporta materiales para la construcción' 491; **camión repartidor** 'vehículo que distribuye artículos, particularmente los empleados en abarrotes' 77

camote 'batata, tubérculo comestible, dulce, de color pardo por fuera y amarillento o blanco por dentro' 232

cancel 'puerta corrediza que separa dos habitaciones' 229

canica 'bola pequeña, generalmente de vidrio' 447, 448

chambista 'persona que realiza diversos oficios o chambas, sin especializarse en uno' 42

chamuscar 'fusilar' 88

chance 'oportunidad' 494

chanceador, ra 'bromista' 24, 229

chancear 'bromear' 24

chancletear 'caminar haciendo un ruido o golpeteo con los zapatos' 445

chancro 'úlcera contagiosa de origen venéreo o sifilítico' 430

changarro 'pequeño negocio, tienda modesta o puesto callejero' 436

chango 'simio' 194; **cada chango a su mecate** 'cada mochuelo a su olivo, cada uno en el lugar que le corresponde' 308

chaparral 'lugar llano y seco poblado de matas de muchas ramas y poca altura' 107, 410, 531

chaparreras 'especie de calzones largos o zahones con perniles abiertos que se sujetan a la cintura con correas' 227

chaquira 'cuenta atravesada por un agujero que se ensarta para hacer adornos y labores' 462

charola 'bandeja, pieza para servir, presentar o depositar cosas' 31

charro 'jinete vestido a la manera tradicional mexicana' 372

chas: chas-chas 'al contado' 29

chato, ta 'que tiene la nariz corta y poco afilada' 332, 373; apelativo para dirigirse especialmente a una mujer o a un niño 400

chic 'distinción, elegancia' 140, 180, 336, *etc.*

chico, ca. V. TIERRA.

chicharrón 'piel de cerdo seca y frita' 212, 526

chichi 'pecho femenino' 190, 527

chicho, cha 'bueno, bonito, adecuado' 456

chicote 'látigo' 218

chiflar 'sonar' 30, 282; 'silbar' 30, 146, 221, *etc.;* 'quejarse, manifestar disconformidad' 53, 223

chiflido 'silbido' 215, 221, 460

chiflón 'corriente de aire' 54

chihuateteo 'alma de las mujeres muertas al parir' 240

chilaquiles 'guiso compuesto de totopos cocidos en salsa, aderezado con cebolla, crema y queso' 526

chile 'pimiento' 72, 233, 238, *etc.;* **chile morrón** 'pimiento morrón, el que es más grueso y dulce que las demás variedades' 235; **chile verde** 'el que es muy picante, pequeño, de color verde y, generalmente, se usa fresco en salsas' 121

chilindrina apelativo para dirigirse a una mujer 27; 'pan dulce, suave y esponjado, cubierto de azúcar en granos gruesos' 398

chilladero 'ruido de gente gritando' 111

chillante 'muy vivo o llamativo' 183

chillar 'llorar' 221, 310

chillón, na 'cobarde' 120

chilpotle 'variedad de chile picante, de color rojo oscuro, que se usa seco o en escabeche' 40

china. V. PAPEL.

chinaco, ca 'persona de bajo estrato social y cultural' 384

chingada: a la chingada se emplea para expresar un rechazo enfático y tajante 27; **ah que la chingada** exclamación enfática de afirmación 215; **mandar a la chingada**

clave 'instrumento musical de percusión que consiste en dos palos pequeños que se golpean uno contra otro' 378

clóset 'armario empotrado' 454

cobre antiguamente 'moneda de cinco centavos de peso' 112

Cochinchina: la Cochinchina 'un lugar muy lejano' 176

cocotero 'árbol de la familia de las palmas' 359

codales 'avaro, tacaño' 373

codear 'golpear ligeramente con el codo a otra persona como gesto de complicidad' 86, 244, 245, *etc.*

codo: raspar codos 'bailar' 62

codomontano, na 'regiomontano, caracterizado popularmente por su tacañería' 307

coger 'practicar el coito' 56, 120, 224, *etc.;* para coger o tomar 'en gran abundancia' 218

cogida 'coito' 222

cola 'culo, trasero' 156

colerón: hacer un colerón 'enfadarse o encolerizarse' 305

colmillo 'astucia, sagacidad' 309

colonia 'barrio' 217, 260, 269

colorado, da. V. VIAJE.

columbio 'columpio' 59

comal 'disco de barro o de metal que se usa para cocer tortillas o asar otros alimentos' 233, 237, 446

comecuras 'anticlerical, persona que siente animosidad contra la Iglesia católica o sus sacerdotes' 105

comer. V. MANDADO.

comitente 'miembro de un comité o comisión' 531

compuesto, ta. V. TORTA.

comtiano, na 'propio de las doctrinas de Auguste Comte, filósofo positivista francés' 314

con: con sí 'consigo' 161

concreto 'hormigón' 72, 276, 521

conejo 'prenda de vestir confeccionada con piel de conejo' 26

conscripto 'soldado que cumple el servicio militar' 66, 221

conseguidor, ra 'alcahuete' 205

consumo 'consumición' 418

contrato: contrato de prenda 'contrato de arras, en que se da una señal al vender o para asegurar la compra' 388

convertible 'automóvil descapotable' 190, 371, 378, *etc.*

copete 'techo con torrecillas cónicas' 67, 362; 'tupé, pelo que se lleva levantado sobre la frente' 155, 363, 393

copetona 'copa de licor' 24

corcholata 'chapa, tapón metálico de las botellas' 150, 243, 244

cornucopia 'vaso en forma de cuerno que representa la abundancia' 23, 439

corpiño 'ropa interior femenina que cubre el torso hasta más abajo de la cintura' 330

correr 'echar de un lugar o despedir de algún trabajo' 347

corretear 'perseguir' 219

cortina 'cierre metálico para impedir la entrada a un establecimiento cuando está cerrado' 169

cosa: y toda la cosa 'y las demás circunstancias que no se quieren enumerar' 124, 217

cosechero 'persona que tiene cosechas' 474

costeño, ña. V. TAMAL.

costra: costra fungible 'dureza sobre una herida que desaparece con el tiempo' 65

cotillón 'baile de sociedad' 332

coyote 'especie de lobo de color gris amarillento' 146

crema: la crema de la crema 'lo más distinguido de un grupo social' 29

cresohedonismo 'doctrina que proclama el placer basado en la riqueza como fin supremo de la vida' 79

crespo, pa 'de pelo rizado' 184, 186, 379

criarse 'convertirse en persona adulta' 55

cristal. V. DULCE.

cruza 'cruce, apareamiento animal' 422

cuadra 'espacio de una calle comprendido entre dos esquinas, lado de una manzana' 150, 243

cuándo: de cuándo acá se usa para manifestar asombro, extrañeza o molestia por algo que resulta contradictorio o intolerable 30, 191, 230

cuarenta: de a cuarenta 'tremendo, terrible' 225

cuartearse 'echarse para atrás, acobardarse' 228, 383

cuartilla: a cuartilla 'por poco dinero' 63, 202, 205

cuarto. V. PREGUNTA.

cuatacho, cha 'cuate, amigote, compinche' 25

cuate, ta 'individuo desconocido, fulano' 24; 'amigo, camarada' 69, 214, 216, *etc.*

cuatro: poner de a cuatro 'poner en apuros' 57

cubeta 'cubo, balde' 199, 331

cuclillas: de cuclillas 'en cuclillas, con las piernas dobladas descansando las nalgas sobre los talones' 27

cucurucho 'forma cónica' 98

cuerda 'registro de una voz humana' 193

cuerear 'dar azotes' 357

cuero 'persona guapa y atractiva' 190, 292, 363

cuidado: no hay cuidado se emplea para manifestar asentimiento a una petición 528

culebra: culebrita muerta 'pene flácido o no erecto' 223

cuota: de cuota 'que exige pago por parte del usuario' 49

curación 'medicación y remedios para recuperar la salud' 402

curado, da. V. PULQUE.

cusicuz 'caricia' 54

danza: no estar para esas danzas 'no poder soportar una actividad muy intensa y ajetreada' 308

danzante. V. TÉ.

danzón 'música popular bailable de origen cubano' 228, 229, 375, *etc.*

dar: a todo dar 'al máximo posible' 422; **dando y dando** se emplea para indicar que una vez hecho un favor se espera ser correspondido 386; **darle** 'aplicarse o dedicarse a algo' 62, 63. V. VIDA.

debajo. V. AGUA.

declamador, ra 'persona que se dedica a recitar en público' 31, 32

defensa 'parachoques de un automóvil' 19

dejado, da 'abandonado' 166

dejarse 'sucumbir ante una persona o situación' 131, 348

dejo 'modo particular de pronunciación y de inflexión de la voz' 116

delahuertista 'de Adolfo de la Huerta (1881-1955), presidente provisional de México, del 10 de junio al 30 de noviembre de 1920' 126

delicado 'nombre comercial de cigarrillos' 168

departamento 'cada una de las viviendas individuales que forman parte de un edificio' 409

derelicto, ta 'abandonado' 23

desayunador 'mobiliario constituido por mesa y sillas, ubicado en un espacio cercano a la cocina o en la cocina misma, para tomar comidas ligeras' 268

desbandar 'abandonar, desamparar' 125

descartado, da 'excluido' 55

descascarado, da 'que tiene levantada o caída una parte de su superficie' 378, 448, 477

descolgarse 'venir' 214

descontón 'golpe que se da por sorpresa' 223, 461

descuachalangado, da 'lastimado, deteriorado, descompuesto' 220

desgarriate 'lío, embrollo, follón' 409

desgraciadura 'desgracia' 28

deshebrado, da 'deshecho' 66, 85, 121, etc.

despachar 'matar' 39; 'despedir' 218; 'enviar' 477

despacio. V. BARAJAR.

devaluado 'devaluación, pérdida de valor' 364

diente: pelar los dientes 'sonreír, mostrar los dientes' 49, 219, 243, etc.

Dios: porque Dios es grande se emplea para indicar que algo negativo no ha ocurrido gracias a una circunstancia tan imprevista como afortunada 112

dipsómano, na 'alcohólico' 29

discacho 'disco' 462

distinguido, da: mi distinguido tratamiento para dirigirse al interlocutor demostrando respeto y camaradería 203, 204

divino, na. V. GARZA.

dizque 'supuestamente, al parecer' 96, 176, 187, etc.

documento: entregar los documentos 'desentenderse' 60, 363

dogal 'cuerda para aplicar un suplicio o ahorcar a un reo' 496

domeñado, da 'dominado, sometido' 329

dormir 'embaucar, engañar' 141. V. JIJO.

drapeado, da 'plegado' 229, 476, 509

duco 'pintura espesa que se aplica con una pistola o compresor' 185

dulce: dulce de leche 'golosina hecha de leche, vainilla y azúcar, de textura cremosa por dentro y corteza algo endurecida' 50, 254, 264; dulce frío de cristal 'fruta deshidratada y cubierta de azúcar cristalizado' 527

dulciamargo, ga 'dulce y amargo' 256, 502

dumping 'práctica comercial de vender a precios inferiores al costo, para adueñarse del mercado, con grave perjuicio de este' 387

durazno 'variedad de melocotón, de tamaño algo más pequeño que este' 330

ejidal 'relativo o perteneciente al ejido, tierra común de un municipio' 130

esquina. V. GENDARME.

estadígrafo, fa 'persona que profesa la estadística' 350

estajanovista 'trabajador que aplica los principios del estajanovismo, aumento de la productividad laboral, basado en la iniciativa de los trabajadores' 421

estambre 'hilo de lana para tejer' 147, 153 157, *etc.*

estampilla 'sello de correos, timbre postal' 194

estanquillo 'tienda pequeña de abarrotes' 81, 209

estimado, da: mi estimado forma de tratamiento para dirigirse al interlocutor demostrando respeto y camaradería 202, 205, 208, *etc.*

estofado 'objeto tratado con una técnica consistente en raspar el color aplicado sobre superficies previamente doradas' 455

express. V. OLLA.

exterior 'aspecto o porte de una persona' 425

extra 'edición adicional de un diario, generalmente hecha por la tarde' 282, 283

facha 'mamarracho, persona ridícula o extravagante' 45; 'apariencia o aspecto desaliñado' 124

fajar 'hacer frente a una situación con decisión' 394; **fajarse** 'ajustarse una prenda de vestir' 243. V. PANTALÓN.

faro 'cigarrillo popular, muy barato' 221

farol 'faro de vehículo' 438, 520

federal 'soldado o agente policíaco del Estado' 87, 90, 118, *etc.;* 'que pertenece al Estado o se relaciona con él' 92, 96, 115, *etc.*

feo. V. MIRAR.

feraz 'fértil' 477, 483

ferrocarrilero, ra 'ferroviario, empleado de ferrocarriles' 435

fichadora 'prostituta' 509

fícole y fúcole expresión que se usa para mostrar indiferencia 527

fierro 'hierro' 122, 146; 'moneda' 226, 272

fifí 'hombre presumido y que se ocupa de seguir las modas' 176, 205

filipina 'chaqueta masculina de dril, sin solapas' 309

filo 'hambre' 57

flamboyana 'árbol que en el verano echa flores de color rojo anaranjado en ramillete' 456

fletarse 'esforzarse en hacer algo que no gusta' 120

flit 'insecticida líquido' 422

flor. V. QUESADILLA.

florón 'dibujo hecho a manera de flor muy grande' 85, 479

flotilla 'conjunto de taxis' 30

foco 'bombilla eléctrica' 63, 513

fodongo, ga 'sucio, desaseado' 507

fonda 'establecimiento popular donde se da hospedaje y comida' 38, 40

fotingo 'automóvil de alquiler' 217; 'automóvil viejo o desvencijado' 442

fraccionadora 'compañía inmobiliaria' 306, 307

fregar 'estropear' 186; 'limpiar' 243; 'fastidio, molestia' 326; **fregarse** 'fastidiarse, aguantarse' 39, 201

frente. V. P.

fresco, ca. V. AGUA.

frijol 'judía, fruto comestible de la planta del mismo nombre' 57,

113, 221; **frijoles** 'comida diaria, sustento' 226, 365; **frijoles refritos** 'los que se guisan con cebolla picada frita en manteca' 92, 526

frío, a. V. DULCE.

fritanga 'fritura de masa de maíz que se vende en puestos callejeros' 24, 526

fruncido, da 'acobardado' 430

fruncirse 'acobardarse' 217

fuchi interjección que se usa para expresar asco, repugnancia o rechazo 363

fuerza: a fuerzas 'por obligación' 111, 268

fuete 'especie de látigo formado por una vara con asa de cuero y flecos en la punta' 83, 264, 484

funeral. V. CARRO.

fusilada 'fusilamiento' 26

gabinete 'mueble con cajones o con anaqueles y puertas para protegerlos' 330

gacho, cha 'deprimido, decaído' 217, 247

gachupín, na despectivamente, 'natural de España' 105, 444, 445, *etc.*

gallero 'hombre que se dedica a la cría de gallos de pelea' 530

galleta: galleta de soda 'galleta salada, cuadrada y delgada, crujiente y con pequeñas perforaciones' 60

gallito 'hombre presuntuoso o jactancioso' 117

garapiñado, da 'recubierto de almíbar solidificado' 28

garita 'entrada, puerta de la ciudad' 304

garnacha 'tortilla gruesa y pequeña con carne picada y chile' 27, 526

garruliento, ta 'grave y áspero' 47

garza: sentirse la divina garza envuelta en huevo 'creerse único y excepcional' 176

gastar 'pasar, ocupar el tiempo' 446

gato, ta 'sirviente, criado' 183, 506

gaucho: gaucho veloz 'persona muy rápida, lista y hábil' 205

gavilla 'pandilla, liga' 61; 'conjunto de personas que se agrupan con fines delictivos' 128, 207

gayola en el teatro, 'cazuela, la zona más barata destinada al público' 227

gendarme: como el gendarme de la esquina 'físicamente preparado para el acto sexual' 166

gente 'familia o conjunto de personas cercanas a uno' 27; 'pluralidad de personas' 40, 41, 42, *etc.*

gladiola 'gladiolo, planta de grandes ramos con flores de diversos colores' 371

glauco, ca 'de color verde claro' 192

golpe: golpe de pecho 'acción de darse con el puño en el pecho, en señal de arrepentimiento' 195, 474, 477

gomoso, sa 'informe' 448

gorda: caer la gorda 'sobrevenir una pendencia o conflicto político o social' 435

gordiflón 'gordinflón' 330

gordita 'tortilla de maíz más gruesa que la común' 444

gordo 'premio mayor de la lotería' 216

gordo, da apelativo cariñoso para dirigirse a personas de confianza 30, 229, 364; **caer gordo** 'resultar antipático, desagradable o molesto' 120

grande: armar la grande 'provocar una pendencia, discusión ruidosa o trastorno político o social' 436

granizo: no te calientes, granizo expresión que se emplea para pedir moderación ante la excitación sexual 24

gringo, ga 'natural de Estados Unidos' 26, 28, 33, *etc.*

gris. V. TORTILLA.

grito: de gritos 'a gritos o gritando' 112

guacamole 'salsa de aguacate molido, al que se agrega cebolla, tomate y chile verde' 507

guadalupano, na 'de la Virgen de Guadalupe, patrona de México' 227; 'devoto de la Virgen de Guadalupe, patrona de México' 351

guaje 'listo, sagaz' 27; 'tonto, torpe' 418

guajolote 'pavo, ave' 231; 'persona tonta' 282

gualdo, da 'apagado, poco vivo' 21, 537

guanábana 'fruto del guanábano, de corteza verdosa y pulpa blanca, de sabor muy dulce' 527

guanajuatense 'natural de Guanajuato, en México' 502

guango, ga 'ancho, holgado' 461; **venir guango** 'venir grande u holgado' 316. V. AIRE.

guaracha 'música de origen cubano' 289

guardia: vieja guardia 'conjunto de los miembros más antiguos de una colectividad' 128, 187

guayabera 'camisa suelta y ligera que se lleva por fuera del pantalón' 367

güero, ra 'que tiene el pelo rubio' 25, 225, 230, *etc.;* **güera balín** 'mujer que tiene el pelo teñido de rubio' 445

güevo. V. HUEVO.

güey 'tonto, incompetente' 222

guillado, da 'subyugado, embelesado' 176

guitarrón 'especie de guitarra usada por el mariachi' 212, 462

gusano: gusano de maguey 'larva que se cría en los magueyes y se come tostada o frita' 228, 526

gusto: brincar de gusto 'estar muy satisfecho y contento' 307

hacer: hacerse 'lograr o alcanzar lo que se desea' 124, 301; **hacerse** 'opinar, creer' 176, 202, 207, *etc.;* **hacerse** 'aparentar desconocimiento' 364, 379; **no le hace** 'no importa, no hay problema' 386, 441

hacha. V. OJO.

hacienda 'finca con casa señorial en el campo' 99, 103, 108, *etc.*

harto, ta 'bastante, mucho' 25, 393

herir 'producir alguna cosa una fuerte sensación o impresión en los sentidos' 461

hesitar 'dudar, vacilar' 155

hijo, ja: hijo de la gran chingada expresión injuriosa y de desprecio en grado sumo 515; **hijo de su pelona** eufemismo por «hijo de la gran chingada» 39, 224

hinojo: de hinojos 'de rodillas' 19

hombre: n'hombre se emplea para mostrar desacuerdo respecto a lo dicho 215, 380, 385, *etc.;* **n'hombre** se emplea para mostrar sorpresa o incredulidad 336

partir esfuerzos, hacer las cosas equitativamente' 215, 225; **jalarse** 'exagerar, mentir' 215; **jalarse** 'pasar el tiempo de manera agradable' 230

jalón: de un jalón 'de una vez, de golpe' 251

jamoncillo 'dulce de pepitas de calabaza molidas o machacadas' 254, 460; **jamoncillo tricolor** 'jamoncillo teñido con los colores de la bandera mexicana' 527

japonés, sa. V. ZAPATO.

jaramago 'planta de tallo enhiesto y ramoso, hojas grandes y flores amarillas' 25

jarrito, ta 'vasija pequeña de barro, de forma esférica y cuello corto con asa' 219, 236, 460

jefe: jefecito tratamiento para dirigirse a un superior 30, 91; **jefes** 'padre y madre' 217

jibia 'molusco de cuerpo oval y su concha' 286

jícama 'tubérculo jugoso que, generalmente, se come con sal y limón' 72, 444

jícara 'vasija pequeña hecha con una calabaza' 78, 111, 496, *etc.*

jicote 'especie de avispa' 285

jicotera 'enjambre de jicotes' 26

jijo, ja 'hijo', forma ofensiva y grosera de dirigirse a alguien 493; **jijo de Ruiz de Alarcón** eufemismo por «hijo de la gran chingada» 527-528; **jijo del mal dormir** eufemismo por «hijo de la gran chingada» 462; **ay jijos** se usa para mostrar sorpresa o preocupación 217

jitanjáfora 'enunciado carente de sentido que pretende una sonoridad agradable' 65

jive 'juerga' 156

jocoque 'alimento hecho de leche agriada, semejante al yogur' 351

joto 'hombre homosexual, afeminado' 29, 212

Juárez. V. AIRE.

judas 'pelele, muñeco grotesco de cartón que representa a algún personaje al que se quiere ridiculizar' 445, 446, 463; **quemar Judas** 'quemar en un lugar público un muñeco con la imagen de algún personaje, con la intención de criticarlo o ridiculizarlo' 526

kepí 'gorra cilíndrica con visera de algunos uniformes militares' 121, 123, 256, *etc.*

keroseno 'combustible que se destina al alumbrado' 476

labia 'conversación' 214

la de... se usa para ponderar la cantidad de personas o cosas designadas por el nombre 112, 115, 202, *etc.*

ladino, na 'astuto, sagaz' 121

lágrima: costar lágrimas 'hacer sufrir' 420

lambiscón, na 'adulador' 217, 246, 426

lambisconear 'adular servilmente para obtener algún favor' 177, 409

lámina 'plancha de metal, uralita' 69

lana 'dinero' 25, 26, 55, *etc.*; **aflojar la lana** 'entregar dinero' 190

landó 'coche con capota tirado por caballos' 98, 331

látigo: correr con látigo 'acosar, perseguir' 183

lazar 'atrapar o sujetar con lazo' 111

nadas en una punta muy dura' 19, 228, 525, *etc.* V. GUSANO.

magullado, da 'golpeado' 227, 407, 526

maistro, tra forma popular de 'maestro' 393

majadería 'tontería, bobada' 325

maje 'tonto' 55; **hacerse maje** 'volverse tonto, ignorante' 393

malla: malla de baño 'bañador, traje de baño' 369

mallugar 'magullar, toquetear' 212

maloreado, da 'que es objeto de maldades o travesuras' 24

mamacita 'mujer atractiva, deseable' 222; **por tu mamacita** 'por tu madre', usado para encarecer un ruego 93, 94

mamar 'chupar, lamer' 140; **mamarla** 'verse obligado a soportar situaciones o personas desagradables y molestas' 527

mamey 'color anaranjado, rojizo' 455; 'fruta de cáscara áspera y pulpa naranja rojiza, dulce y suave' 526

manda 'voto o promesa hechos a Dios, la Virgen o un santo' 508

mandado 'conjunto de alimentos que se compran diariamente' 39; **comerle el mandado** 'anticiparse a otra persona y conseguir la oportunidad o ventaja que a esta le correspondía' 39, 217, 220

manejar 'conducir un vehículo' 526

mango 'persona de gran atractivo físico' 49; **mango de Manila** 'variedad de fruto amarillo pálido, de pulpa suave y muy apreciado' 526

manhattan 'bebida preparada con whisky, vermut dulce, gotas de angostura y hielo' 193

manicurado, da 'de uñas cuidadas, pintadas y embellecidas' 35

manija 'palanca para accionar el pestillo de puertas y ventanas' 263

Manila. V. MANGO, PAPEL.

mano, na 'amigo, compañero' 20, 40, 212, *etc.*

mano: a la mano 'asequible' 57

mansarda 'buhardilla' 67, 99, 108, *etc.*

manta 'tela ordinaria de algodón' 481. V. CALZÓN.

mantecado 'helado' 174

maraca 'peso, moneda' 381

marcar 'registrar, por medio de una máquina y una tarjeta, la hora de entrada y salida del trabajo' 208

mariachi 'conjunto tradicional de músicos cantantes mexicanos' 39, 41, 212, *etc.*

marihuano, na 'el que fuma marihuana' 44

marquesina 'letrero luminoso para anunciar funciones de cines o teatros' 242, 288

máscara 'cosmético para maquillar las pestañas' 377

mate: dar mate 'terminar, finalizar' 203

materialista. V. CAMIÓN.

mecate 'cuerda de cáñamo' 308. V. CHANGO.

melcocha 'sustancia dulce de consistencia espesa como la miel' 158

membrete: de membrete 'de falso renombre, importante solo en apariencia' 320

memento 'recuerdo' 107

memo 'memorándum' 387

menso, sa 'tonto' 154, 176, 204

mentada 'injuria u ofensa gravísima' 305

mentar 'injuriar u ofender gravemente' 25, 526; **a no mentarla** 'ni mencionarlo' 235

mercachifle 'mercader de poca importancia' 180, 424

merendar 'cenar, por lo general, frugalmente' 238

merenguero 'el que toca merengue, música popular del Caribe' 45, 507

mero, ra 'precisa, justa, exactamente, con sentido ponderativo' 56, 438, 460; 'preciso, exacto' 96, 214, 222, *etc.;* 'mismo, que es propiamente eso' 218, 336, 461; **el mero mero** 'el principal, el más importante' 205, 217, 268, *etc.;* **ya mero** 'ya casi' 56. V. VIEJO.

mesero, ra 'camarero' 38, 169, 184, *etc.*

metate 'piedra rectangular sobre la que se muelen el maíz y otros granos' 57

metiche 'entrometido' 357

metichi 'metiche' 216

mezcal 'aguardiente' 244, 245, 445

mezclilla 'tela recia, generalmente azul, para confección de ropa de trabajo' 463, 527

miedo. V. VIDA.

milonguero, ra 'rítmico, musical' 53

milpa 'terreno dedicado al cultivo de maíz y otras semillas' 63, 109, 110, *etc.*

mineral. V. AGUA.

mirar: mirar feo 'desafiar con la mirada, retar' 80, 224

miscelánea 'tienda pequeña de comestibles' 249

mitón 'guante de punto que deja los dedos al aire' 176

mitote 'bulla, pendencia, alboroto' 423, 435

moderado 'miembro de la facción no radical del Partido Liberal' 530

modo: ni modo 'sin remedio, sin otra posibilidad o sin que pueda hacerse otra cosa' 57, 202, 216, *etc.;* **ni modo de** se emplea para mostrar rechazo o imposibilidad para realizar una acción 206, 225

mogote 'montículo' 369

molcajete 'mortero grande de piedra que se usa para preparar salsas' 373, 397

mole 'guiso de carne con salsa de chile y otros ingredientes' 243, 460

momia 'mujer vieja, ajada y muy delgada' 27, 140, 516

mongoloide 'que recuerda, por alguno de sus rasgos físicos, a los individuos de las razas mongólicas' 85

monte. V. CALMANTE.

montón: de a montón 'amontonadamente, en grupo' 40

mordida 'soborno' 195

morenía 'color oscuro de la piel' 375, 447

morganático, ca 'persona del pueblo que, casada con una persona de la realeza, conserva su condición anterior' 184

morrón. V. CHILE.

mosca 'dinero' 202, 418; **por si las moscas** 'por si acaso' 206; **viajar de mosca** 'viajar colgado de la parte exterior de un transporte público sin pagar' 526

mostrenco, ca 'pesado, fuerte, grande' 361; 'ignorante' 430 mota 'borla para aplicar los polvos cosméticos' 175, 178

movida 'asunto o negocio ilícito o ilegal' 386

muégano 'pequeño bizcocho con caramelo por encima' 227

muelle 'blando, cómodo' 103, 188, 497

muerto, ta. V. CULEBRA.

mugroso, sa 'mugriento' 188, 218, 454, etc.

mundo: ancho es el mundo se usa para indicar que todo vale y está permitido 527

nana 'niñera' 254, 258, 264

nariz: por una nariz 'por poco espacio, por poca diferencia' 186

navidad: de Navidad 'por Navidad' 180

nevería 'heladería' 136

nevero: de nevero 'de impresión' 25

n'hombre. V. HOMBRE.

nieve: nieve (de limón) 'cocaína' 380

ningunear 'menospreciar, hacer de menos' 515

niño, ña: niña bien 'mujer de posición social y económica elevadas' 49

níspero 'fruto del árbol del mismo nombre, duro en la rama y dulce cuando está maduro' 26, 227

nixtamal 'maíz cocido en agua de cal, que sirve para hacer tortillas después de molido' 288

no la... eufemismo por «no la chingues» 246

nomás 'nada más' 25, 36, 57, etc.

nomeolvides 'flor azul que crece en racimos' 188

nopal 'planta de unos tres metros, cuyo fruto es el higo chumbo' 19, 37, 233, etc.

norteño, ña. V. TORTILLA, SOMBRERO.

obrar 'defecar' 53

obregonista 'de Álvaro Obregón (1880-1928), militar y político, presidente de México' 123

obsidiana 'roca volcánica, negra y con aspecto de vidrio' 85

obvención 'interés o ganancia que produce un capital' 530

ocasión: de ocasión 'de circunstancia' 147; la ocasión se pinta calva expresa que se deben aprovechar las oportunidades cuando se presentan 279

occipucio 'parte de la cabeza por donde esta se une con las vértebras del cuello' 58, 189

ocote 'nombre de varias especies de pino, y su madera' 153, 445, 463

ofrecida 'mujer que se insinúa y concede sus favores sexuales con mucha facilidad' 46

ofrenda 'objeto que se ofrece en memoria de los difuntos' 240, 465, 466

oír: oyes interjección que se usa para captar la atención del interlocutor 49, 213, 214, etc.

ojo: ni qué ojo de hacha se usa para manifestar negación irónica y desprecio a lo que alguien dice 417

olán 'holán, volante' 397

oler: olérselas 'sospechar' 225, 307, 386

olla: olla express 'persona muy activa sexualmente' 49; olla express 'olla a presión' 373 olmeca 'de un pueblo mexicano que ocupaba los actuales estados de Veracruz, Tabasco y Oaxaca durante el Preclásico Medio mesoamericano' 74

onagra 'arbusto cuya raíz, una vez seca, despide un olor parecido al del vino' 292

ora 'ahora' 27, 120, 218, *etc.*

órale interjección que se usa para animar y motivar 214, 251, 272, *etc.;* interjección que se usa para mostrar sorpresa 425

ordeñar: **ordéñalas** interjección que se usa para indicar que los toros de una corrida son mansos como vacas 222

orfanatorio 'orfanato' 488

orilla: **los de la otra orilla** 'grupo de personas de clase social baja y con rasgos físicos indígenas' 351

ostionería 'establecimiento donde se venden y consumen cierto tipo de ostras y otros alimentos del mar' 289

otorgar 'conceder' 27

overol 'mono de vestir de tela fuerte' 56, 155, 228, *etc.*

oyes. V. OÍR.

p: **ver la «p» en la frente** 'mostrar claramente torpeza e incapacidad para hacer algo' 386

pa'. V. PARA.

pa' su. V. PARA.

paca 'fardo o lío' 325

pácatelas interjección que se usa para expresar sorpresa 205

pachanga 'fiesta, alboroto' 366

pachuco, ca 'joven que se caracteriza por su extravagante vestimenta' 371

pachucón, na 'vanidoso, orgulloso' 53

pachulí 'perfume denso semejante al almizcle' 20

padre 'bueno, estupendo' 29, 508; **padrísimo** 'magnífico, bueno en grado sumo' 268, 363

padrote 'proxeneta, persona que negocia con la prostitución ajena' 339, 372

pagoda 'templo de los países del Extremo Oriente' 139

pájaro: **pajarito adivinador** 'pájaro entrenado para sacar de una caja papeles que predicen la fortuna' 398

palacio. V. CIUDAD.

paleta 'helado de hielo con un palito hincado en su base' 183

paletero, ra 'vendedor de paletas y otros helados' 56, 217, 224

palo-bobo 'árbol de copa pequeña y de follaje verde gris' 32

pamema 'delicadeza afectada y excesiva' 342

panamá 'sombrero de ala ancha, tejido con paja muy fina' 309

pantaleta 'braga, prenda interior femenina' 227

pantalón: **fajarse los pantalones** 'hacer frente a una situación con decisión' 243

panza 'barriga, vientre' 231

papa 'patata, tubérculo' 42, 61

papacito 'hombre atractivo, deseable' 55

papel: **papel de china** 'papel muy fino, de colores vivos, que se emplea en artesanía mexicana' 463, 525; **papel manila** 'papel que tiene la cara anterior lustrosa y la posterior burda y mate' 222 para: pa' forma popular de 'para' 57, 65, 120, *etc.;* pa' su expresión que se emplea para manifestar sorpresa o asombro 24

pararse 'abrirse los ojos desorbitadamente' 96; 'levantarse o ponerse en pie' 513

parchado, da 'parcheado, con parches' 289

parejo 'a la par' 317. V. JALAR.

parejo, ja 'uniforme, liso' 112, 294, 305, *etc.;* 'igual, semejante' 244, 293, 403, *etc.;* lo que es parejo no es chipotudo se emplea para indicar que algo es de determinada manera y no se puede cambiar 226

paria 'persona considerada socialmente inferior y tratada como tal' 534

parlotaje 'charla o conversación larga y sin sustancia ni propósito' 102

parrandear 'divertirse, ir de juerga' 358

parvada 'grupo numeroso' 187, 282; 'bandada de aves' 534

pasar: ir pasando 'mantenerse en el mismo estado, sin especial adelantamiento o mejoría' 145; pasarle 'hacer entrar a un lugar contiguo' 120

pata: a pata 'andando' 394

patada: patadas de ahogado 'esfuerzos inútiles para lograr algo' 126

patena 'platillo donde se pone la hostia en la misa' 289

patinación 'pátina, barniz del bronce' 347

pato: hacer pato 'engañar' 25

payo 'campesino ignorante y rudo' 137, 508

pechera 'parte de la camisa u otras prendas que cubre el pecho' 103, 372, 470

pecho. V. GOLPE.

peculio 'bien, pertenencia' 221

pegosteado, da 'pegoteado, pegado' 369, 475

peinar: peinar de prestado 'componer el cabello intentando cubrir la calva con el pelo de un lado de la cabeza' 35

peladaje 'grupo de pelados, personas de pocos modales y de baja condición social' 183

pelado, da 'persona de pocos modales y de baja condición social' 30, 69, 106, *etc.;* 'extremadamente abierto' 90; apelativo para dirigirse a una persona de pocos modales y de baja condición social 357

pelandufas 'pelado, persona de pocos modales y de baja condición social' 365

pelar 'robar' 41; pelarse 'irse, escapar, huir precipitadamente' 230, 393; pelársela 'no importarle' 60, 445, 526. V. DIENTE.

pellejo: salvar el pellejo 'salvar la vida' 88, 537

pelo: pelos interjección que se usa para pedir que una mujer dedicada al espectáculo se despoje de las prendas que le cubren el pubis 227

pelón, na 'despoblado, desierto' 94, 212, 439; 'abierto' 113; 'soldado bajo el mando de José Victoriano Huerta (1850-1916), presidente de México' 119, 450

pelona: la pelona 'la muerte' 460. V. HIJO.

pelotari 'jugador de pelota en un frontón' 42

pelusa 'grupo de personas groseras y sin educación, chusma' 339

platicar 'charlar, conversar' 230, 308, 461, *etc.*

plato: echarse al plato 'seducir para mantener relaciones sexuales' 368

plaza 'acontecimiento comercial y social que consiste en un día de mercado público extraordinario' 199

pleitante 'abogado litigante' 529

plutocracia 'preponderancia de los ricos en el Gobierno de un Estado' 132, 208, 320

plutócrata 'partidario de la plutocracia' 422

poblano, na 'de Puebla, estado de México' 33, 304

pocho, cha 'agringado, que se asemeja o imita a los estadounidenses' 28

poco: a poco se emplea para mostrar sorpresa o incredulidad 56, 95, 213, *etc.;* a poco se emplea para confirmar la certeza de lo dicho en el enunciado anterior 63, 189, 190, *etc.*

pólipo 'medusa, celentéreo en forma de saco con tentáculos alrededor de la boca' 286

polko, ka 'mexicano que en la Guerra México-Estados Unidos (1846-1848) se alió con los invasores estadounidenses' 531

polvoso, sa 'polvoriento' 233, 238, 250, *etc.*

pomada 'sustancia grasa usada como cosmético' 167, 255

pomadoso, sa 'impregnado de pomada' 254

ponerse 'emborracharse, beber una bebida alcohólica hasta trastornarse los sentidos' 25

popoff 'de posición social y económica elevadas' 42, 206, 364, *etc.*

popote 'pajilla, tubo delgado que sirve para sorber líquidos' 162, 193, 223, *etc.*

popotillo 'canalé, tipo de punto que forma estrías' 153

porfiriano, na 'partidario de Porfirio Díaz (1830-1915), militar y político, presidente de México' 173, 182, 521

porfiriato 'periodo que abarca el mandato de Porfirio Díaz (1877-1911)' 67

porfirismo 'régimen político mexicano, encabezado por Porfirio Díaz (1830-1915)' 129, 314, 318

porfirista 'partidario de Porfirio Díaz (1830-1915)' 138, 204; 'de Porfirio Díaz' 167

portabustos 'sostén, prenda de vestir interior que usan las mujeres para ceñir el pecho' 227

pos. V. PUES.

posada 'fiesta típica navideña de carácter popular de baile y jolgorio, que por lo común se celebra en casas particulares' 135, 371

poschurriguera 'estilo de ornamentación recargada y de mal gusto propio de los nuevos ricos' 336

poto 'culo, trasero' 167

potpurrista 'popurrista, ecléctico, que combina elementos de varios estilos, ideas o posibilidades' 33

potrero 'terreno, generalmente cerrado que se dedica a la cría de ganado' 86

pozole 'guiso caldoso elaborado con maíz tierno, carne y chile' 242, 526

pregunta: a la cuarta pregunta 'sin dinero o con muy poco' 367

prenda. V. CONTRATO.

prendario, ria 'de la prenda o fianza que afecta a un bien mueble 386

prepa. V. PREPARATORIA.

preparatoria 'nivel escolar previo a los estudios universitarios' 81, 135, 158, *etc.*

preparatoriano, na 'de la escuela preparatoria' 276

prestado. V. PEINAR.

pretorianismo 'influencia política abusiva ejercida por un grupo militar' 125, 126

prieto, ta 'de tez morena' 25, 141, 228

primaria 'enseñanza básica' 43

primero, ra. V. CAMBIO.

proditorio, ria 'de la traición' 131

prógnata 'que tiene uno o los dos maxilares salientes' 184

prostiputa 'prostituta' 368

p's. V. PUES.

pucha interjección que se usa para expresar sorpresa 167, 168

puente. V. AGUA.

puerquito: agarrar de puerquito 'acosar, hacer objeto de burlas o vejaciones constantes' 24

pues 'entonces, en tal caso' 25, 35, 52, *etc.;* **p's** forma popular de 'pues' 366; **pos** 'pues' 141, 213, 214, *etc.;* **pos ahi** 'pues ahí', expresa que todo sigue igual, sin cambios 213; **pos luego** 'pues luego, por supuesto' 214, 244; **pues luego** 'por supuesto' 380

pujar 'titubear, mostrar duda o inseguridad al hablar' 237

pulque 'bebida alcohólica, blanca y espesa, que se obtiene por fermentación del jugo del maguey' 219, 430; **pulque amarillo** 'bebida alcohólica de aguamiel que

se mezcla con piña' 460, 493; **pulque curado** 'bebida alcohólica de aguamiel que se mezcla con fruta y azúcar' 526; **pulque rojo** 'bebida alcohólica de aguamiel que se mezcla con tuna roja' 219

pulquero, ra 'persona que fabrica o vende pulque' 446

pulsar 'hacer sonar un instrumento de música' 123

puñetero 'onanista, masturbador' 394

purépecha 'tarasco, natural de Michoacán' 109

puritita: llevársele la puritita 'fracasar, perecer' 133

puro 'miembro de la facción radical del Partido Liberal que promulgó la Constitución de 1857' 530

quebrar 'dejar fuera, excluir' 88, 89

quedito. V. CHINGAR.

quemado, da. V. CAJETA.

queretano, na 'del estado de Querétaro, en México' 533

quesadilla 'tortilla doblada, rellena de queso u otros ingredientes, asada o frita' 526; **quesadilla de flor** 'tortilla de maíz doblada por la mitad y rellena de flor de calabaza guisada' 526

queso: dado al queso 'que está en muy malas condiciones física o económicamente' 373; **partir el queso** 'mandar o disponer' 245

quesque 'dizque, al parecer' 142

quihubo forma vulgar de 'qué hubo' empleada para inquirir 325

quinto 'moneda de cinco centavos' 272; **sin un quinto** 'sin dinero, en la pobreza' 393

quiobas interjección que se usa como saludo 364

quite: al quite 'preparado para acudir en defensa de alguien' 167

rabón, na 'más corto de lo ordinario, que no tiene la longitud pertinente' 478

rajar 'cortar, herir' 89; **rajarse** 'acobardarse, darse por vencido' 20, 393. V. MADRE.

rancio, cia 'recalcitrante' 30

rascuache 'de mala calidad o de poco valor' 421, 425

raspar. V. CODO.

rasurada 'acción de afeitar' 40

rasurado, da 'afeitado, raído' 32, 155

rata: rata de sacristía 'beato, persona que se pasa la vida en la iglesia' 180

ratón: al ratón 'poco tiempo después' 215

ratonero, ra 'de mala calidad' 35

raya. V. TIENDA.

rayuela 'juego en el que, tirando monedas o tejos a una raya hecha en el suelo y a cierta distancia, gana quien la toca o más se acerca a ella' 69, 217, 526

raza: raza de bronce 'la constituida por los indios' 25, 458

realengo, ga 'sin dueño o propietario' 529

reatazo 'golpe' 219

rebozo 'chal, mantilla o pañoleta que la mujer de la clase media y pobre suele llevar echada sobre los hombros o cubriéndole la cabeza' 28, 137, 183, *etc.*

recámara 'dormitorio' 29, 47, 48, *etc.*

recamarera 'mujer encargada del arreglo de las habitaciones de los hoteles' 410

rechifla 'burla, mofa' 222, 227

recibirse 'obtener el título para ejercer alguna facultad o profesión' 504

recién 'en cuanto, al punto que' 52

recio 'bien' 268

recolector. V. CARRO.

rectamente 'directamente' 51

refrescar: refrescársela 'mentar, mencionar insultando gravemente a la madre' 30

refrigerador 'frigorífico' 316

regado, da 'derramado, esparcido' 67, 96, 123, *etc.*

regar 'derramar, esparcir' 148, 185

regio, gia 'estupendo, fantástico' 49

regiomontano, na 'de Monterrey, ciudad de México' 305, 306, 420

regresar 'devolver, restituir' 111

regurgitar 'arrojar violentamente por la boca lo contenido en el estómago' 253; 'rebosar' 273

rejuego 'bulla, algazara, jaleo' 153

relajo 'desorden, barullo' 19, 435; **echar relajo** 'armar barullo o algarabía, en tono festivo' 231

rendir 'hacer pleitesía y rendimiento' 141

repartidor. V. CAMIÓN.

repelar 'gruñir, refunfuñar' 182, 357

resentir 'sentir o experimentar profundamente algún daño' 74

resolana 'resol, luz y calor del sol reflejado sobre una superficie' 243, 442

respaldo 'revestimiento interior' 445

respingar 'gruñir, quejarse' 357

restirar 'estirar' 146

restorán 'restaurante' 56

resurrecto, ta 'resucitado' 428, 525

retacado, da 'lleno' 206, 314

sombrerudo, da despectivo, 'que viste sombrero de petate, de ala muy ancha' 102

sonaja 'sonajero' 238

sope 'tortilla de maíz, doblada y rellena, que se fríe en grasa muy caliente' 526

suave 'bueno, estupendo' 393; **estar suave** 'estar bien, ser suficiente' 214, 245, 445

submarino 'tarro o jarra de cerveza en el que se introduce un vaso pequeño lleno de tequila' 60, 65, 140

suéter 'jersey, prenda de vestir cerrada y con mangas que cubre el tronco' 24

sueterzote. V. SUÉTER.

sugestión 'sugerencia' 337, 508

taco 'tortilla de maíz caliente y enrollada con algún alimento dentro' 228, 238, 243, *etc.;* **darse taco** 'aparentar, darse importancia' 30, 190, 363, *etc.*

tamal 'masa de harina de maíz, rellena de diversos ingredientes' 24, 220, 509, *etc.;* **tamal costeño** 'el envuelto en hojas de plátano' 219, 460; **tamal ensabanado de oro** 'tamal costeño'. V. CHIVO.

tamarindo 'fruta del árbol del mismo nombre, cuya pulpa se emplea para hacer refrescos' 121, 526

tameme 'porteador indígena' 526, 527

tanda 'función de cine, sesión' 208

tanque 'depósito' 447, 533

tantear 'burlar, engañar' 460

tanto: un tanto 'un momento, un rato' 120, 268; 'un poco' 247

tapete 'alfombra, pieza que cubre el suelo' 58, 67, 104, *etc.*

taponear 'tapar, cerrar' 230

taquería 'establecimiento donde se venden y consumen tacos' 228

tarabilla: hablar como tarabilla 'hablar mucho y deprisa' 29

tarde. V. BANQUETE.

tarjeta 'tarjeta de visita' 60; 'cartulina donde figuran los días laborables y las horas en que un empleado debe presentarse a trabajar' 208; 'tarjeta postal' 244

tarugo, ga 'tonto, persona de escaso entendimiento' 36, 95, 154, *etc.;* **hacerse tarugo** 'volverse tonto, ignorante' 393

tata: el gran tata 'Dios' 236

té: té danzante 'baile de jóvenes de clase alta' 503

Te Deum 'himno religioso de acción de gracias y, por extensión, cualquier celebración de este tipo' 188

tecolote 'miembro del cuerpo de policía' 407

tehuacán 'nombre comercial de agua mineral embotellada' 428, 429

tejuino. V. AGUA.

telele 'indisposición repentina, desmayo' 368

temblorín 'pequeño temblor' 173

tendajón 'tienda pequeña' 68, 249

tenis 'calzado deportivo' 222; **dejar los tenis** 'morirse' 222

t'enjuagastes. V. ENJUAGAR.

tequila 'bebida alcohólica que se destila del agave' 168, 213, 214, *etc.*

tesoneramente 'con tesón' 369

testuz 'parte superior y posterior de la cabeza de un animal' 480; **bajar la testuz** 'humillarse, ceder' 202 tezontle 'piedra volcánica porosa de color rojo oscuro' 283, 293, 469, *etc.*

tianguis 'mercado al aire libre' 21

tibor 'vaso grande de barro' 492

tienda: tienda de raya 'la que, en una hacienda, vende mercancías a los trabajadores a cuenta de sus salarios' 110, 112, 113, *etc.*

tierra: tierra chica 'patria chica, lugar de nacimiento' 39

tieso, sa 'seco, muerto' 56

tijeras 'piernas' 168, 485

tilique 'débil, enclenque' 24

tilma 'manta de algodón que sirve de capa' 234, 367

timbal 'tambor de un solo parche, con caja metálica en forma de media esfera' 26

tina: tina de baño 'bañera' 186

tinaco 'depósito para almacenar agua' 69, 521

tinaja 'vasija grande de barro para almacenar líquidos' 21

tirar 'pretender, aspirar' 217

tiro: ser de a tiro 'ser tonto' 151

tiznado, da eufemismo por «chingado» 419

tobillera 'calcetín corto' 60, 228, 369

tocar: ¿a cómo nos toca? '¿a cuánto correspondemos?' 230

toldo 'cubierta de tela para hacer sombra' 27, 98, 121, *etc.*

tolvanera 'polvareda densa' 144, 257

tono: de tono 'con clase, con distinción' 190

toro: entrar al toro 'afrontar un problema o una situación difícil' 116

torre: dar en la torre 'derrotar, causar un perjuicio' 370-371

torso 'tronco del cuerpo humano y, metafóricamente, de un edifico o similar' 30, 31, 175, *etc.*

torta: torta compuesta 'pedazo de pan partido en dos mitades, que se rellena con una combinación de alimentos' 211

tortería 'lugar donde se venden y consumen tortas' 288

tortilla 'masa de harina de trigo o maíz' 40, 43, 57, *etc.;* tortilla gris 'la elaborada con un tipo de maíz azul grisáceo' 460; tortilla norteña 'la elaborada con harina de trigo' 220

tostada: de la tostada 'extraordinario o muy considerable' 195

totonaca 'indígena mexicano que habita en la costa del Golfo' 196, 367

totopo 'tortilla de maíz tostado muy crujiente' 460

traerse 'tener intenciones encubiertas' 244

traje: traje de baño 'bañador, prenda usada para bañarse' 361, 363, 369, *etc.*

trajistes forma popular de 'trajiste' 247

trancazo 'golpe muy fuerte' 205; 'pelea' 217; a trancazos 'violenta o intensamente' 27

tranvía 'vehículo de transporte urbano que circula por raíles planos' 23, 155, 249, *etc.*

trapear 'limpiar con un trapo' 430

traquetear 'deambular' 224, 230

trasto: trastos 'vajilla, utensilios de cocina' 243, 512

treparse 'encaramarse, subirse' 59, 120, 131, *etc.*

tricolor. V. JAMONCILLO.

trincharse 'mantener relaciones sexuales' 224

triquiñuela 'treta, artimaña' 424, 496

trompa: parar la trompa 'fruncir los labios para besar' 212

trompudo, da 'de labios gruesos y pronunciados' 23, 398

tronar: tronárselas 'drogarse, fumar marihuana' 371

tropicalismo: influencia derivada de la exuberancia de la vegetación tropical 66

trote: traer al trote 'mover de un sitio a otro' 24, 224

tubo: dar con tubo 'deslumbrar, impresionar' 50

tumbaor 'tambor delgado y alto' 66

tuna 'fruto del nopal' 21, 61

tupir 'darse prisa, concluir rápidamente' 226

turno: en turno 'que corresponde en ese momento' 37

ujier 'portero de un edificio noble' 530

újule exclamación de desagrado 308

ultimador, ra 'asesino' 494

untuoso, sa 'graso, pegajoso' 165, 253

vaciado, da 'gracioso, chistoso' 415

vacilador, ra 'que gusta de divertirse' 24

vacilar 'gozar, divertirse' 39

vacile 'diversión, juego' 247

vacilón 'vacile, diversión' 191, 508

vajilla: vajilla de carretones 'la de vidrio tosco' 36

valenciana 'doblez en la parte baja de las perneras del pantalón' 223, 505

valladar 'obstáculo' 179

vaqueta 'cuero' 72, 74

vasconcelismo 'movimiento encabezado por el político mexicano José Vasconcelos (1882-1959)' 281

vasconcelista 'partidario de José Vasconcelos (1882-1959)' 205

vecindad 'conjunto de viviendas que comparten un patio, en donde viven familias humildes' 250

veinte 'moneda de veinte centavos de peso' 155

velación 'velatorio' 188

veladora 'vela pequeña y gruesa' 26, 241, 265, *etc.*

velo 'prenda del traje femenino hecha de tela delgada, con la cual solían cubrirse las mujeres la cabeza, el cuello y a veces el rostro' 28, 30, 47, *etc.*

velorio 'velatorio' 446

veloz. V. GAUCHO.

ver: a ver qué cae 'a la expectativa, sin actuar hasta ver qué sucede' 151; **como quien ve llover** 'sin inmutarse, o con completa indiferencia' 58; **hasta no verte** se usa al comenzar a beber una bebida alcohólica de un solo trago 50; **ver hacia adelante** 'mirar al futuro' 74, 79

verdad: pa' qué's más que la verdad 'por supuesto, ciertamente' 216

verde. V. CHILE.

vespertino 'periódico que sale por la tarde' 155

vestir 'adornar, dar prestigio' 306

vez: no agarrar dos veces con los calzones en las rodillas 'estar prevenido' 246

viajar. V. MOSCA.

NOTAS

abrir: ábranme que vengo herido hace referencia al título de una ranchera cantada, entre otros, por Pedro Infante 460

Acordada: movimiento sedicioso que realizaron el 30 de noviembre de 1828 el general José María Lobato, el coronel Santiago García y don Lorenzo de Zavala contra el Gobierno del general Guadalupe Victoria al saber que este había apoyado al general Manuel Gómez Pedraza para ganar las elecciones presidenciales, con lo que las había perdido el general Vicente Guerrero, a quien apoyaban los sublevados 129, 332, 534

alkaseltzer: nombre comercial de una pastilla de carbonato de sodio que facilita la digestión 364

Anáhuac: todo el mundo, concepto del mundo prehispánico por los pueblos nahuas 19

aqua-lung: bombona de oxígeno que se emplea para bucear 362

arrière-pensée: doble intención 412

asiento: alusión a los primeros versos de *Grandeza mexicana* de Bernardo de Balbuena, poema en el que se describe a doña Isabel de Tomás y Guzmán la ciudad de México y sus grandezas 59

Asusórdenes: personificación de la cortesía mexicana, basada en la fórmula de presentación que se emplea cuando una persona dice su nombre al conocer a otra 528

ay wanna foc: adaptación de la expresión vulgar *I wanna fuck* 223, 461

balloon: globo, estilo de prendas de vestir con mucho volumen 369

bebop: estilo musical de jazz que se popularizó en la década de los cuarenta del siglo XX 527

berichip: adaptación de *very cheap,* muy barato 28

Besosuspies: personificación de la cortesía mexicana basada en la fórmula de presentación que se emplea cuando un hombre conoce a una mujer 528

bío: a la bío, a la bau vítor que se emplea para expresar júbilo o entusiasmo. La expresión completa es *siquitibum, a la bim bom ba, a la bío, a la bau, a la bim bom ba, fulano, fulano, ra, ra, ra* 350

bisiña: adaptación de *bye, see you,* hasta luego 215

brassiére: sostén, prenda de vestir interior que usan las mujeres para ceñir el pecho 64

briquet: mechero 30, 456

caballero: caballero bayardo Pierre III Terrail, hijo de Aymon y de Hélène Alleman-Laval, símbolo por excelencia de los valores de la caballería francesa medieval o *chevalier sans peur et sans reproche:* «el caballero sin miedo y sin tacha» 139

cachet: caché, distinción, elegancia 101, 363, 507

campana: campana de Dolores la que empleó Miguel Hidalgo y Costilla para anunciar el inicio de la Guerra de Independencia de México 444

chaisse-longue: tumbona 328
charcoal hues: tono carbón o carboncillo 41
chérie: querido, cariño 28, 195, 364, *etc.*
chou: adaptación de *show,* espectáculo 25
chur: adaptación de *sure,* seguro 216
Coatlicue: diosa azteca de la Tierra 32
connoisseur: experto en arte 336
coolie: sombrero similar al que usaban los culis *(coolies),* esclavos de origen asiático, provenientes fundamentalmente de China y la India, que durante el siglo XIX y principios del XX llegaron a América para realizar labores agrícolas 362
corn-flakes: nombre comercial de un cereal de trigo en hojuelas crujientes 29
cortés: lo Cortés no quita lo Cuauhtémoc se emplea para indicar que se puede ser gentil con los demás y a la vez defender los principios o decisiones propias; se trata de un juego de palabras con «lo cortés no quita lo valiente» y con el apellido de Hernán Cortés y el nombre del último emperador azteca, para resaltar la idea que subyace en toda la novela de que la esencia del pueblo mexicano sobrevive a pesar de los efectos exterminadores de la Conquista 527
cortés: lo cortés no quita... lo caliente se emplea para indicar que una persona puede demostrar buenas maneras en el trato y a la vez estar excitada sexualmente y

dejarse llevar por la pasión; se trata de un juego de palabras con «lo cortés no quita lo valiente» 47
couch: sofá 352
coup-de-soleil: técnica de coloración del pelo consistente en aclarar los tonos del cabello por la acción de la luz solar 46
crew cut: peinarse de crew cut con el pelo cortado al rape 351

Damelasnalgas: personificación de aquellos que inician relaciones sexuales con demasiada facilidad y, a la vez, juego irónico con las típicas y huecas frases de saludo 528
Dasein: término alemán acuñado por Heidegger para referirse al modo de existir propio del ser humano 51
dat iz mi: adaptación de la expresión *that it's me* 350
desfile: desfile del 16 de septiembre el que realiza el cuerpo militar para conmemorar la independencia de México 489
Di Di Ti: pronunciación de *DDT,* siglas del dicloro-difenil-tricloro-etano, insecticida altamente tóxico 218

épatant: estupendo, que deja pasmado 103
erly: adaptación de *early,* temprano 445
Estaessucasa: personificación de la cortesía mexicana, basada en la fórmula de dar la bienvenida a una casa a quien llega de visita 528
Esteits: adaptación de *States,* Estados Unidos 224, 247

farouche: arisco, gruñón 375
fiesta: fiesta del Grito la que se celebra a la medianoche del 15 de septiembre, en conmemoración del inicio de la Guerra de Independencia de México y en la que se gritan vivas a México y se arenga al pueblo para iniciar la lucha 444, 491
five and ten: tienda de baratijas norteamericana 57
focolare: restaurante de México, D. F. 527

godán sonobich: adaptación de la expresión vulgar *goddamn son of bitch* 218
gríser: adaptación de *greaser,* apelativo despectivo con el que se conocía a los emigrantes mexicanos en el suroeste de Estados Unidos 218
grito: el Grito: suceso que dio inicio a la Guerra de Independencia en México, que se celebra el 15 de septiembre a la medianoche 451
guerra: guerra florida Xochiyaoyotl o guerra ritual llevada a cabo en época de sequía extrema, propia de los pueblos mesoamericanos en los siglos previos a la Conquista, consistente en el acuerdo entre varias ciudades para organizar combates donde los prisioneros eran sacrificados a las deidades 19

highball: jaibol, bebida hecha a base de whisky, agua gaseosa y hielo 23, 63, 71, *etc.*
huahuantli: dios mexica de los guerreros muertos 239
huateque: guateque, fiesta 188

ixcuina: diosa muy compleja cuyo nombre significa «la que toma cuatro caras»; se le llama también Tlacoltéotl o Tlaelquiani y comía las inmundicias de los hombres cuando acudían para confesarle sus lujurias 239

jafprais: adaptación de *half price,* mitad de precio 28

kissmequick: mechón corto de la nuca que queda suelto cuando se atiranta el cabello hacia arriba 46
knickers: pantalones bombachos 153
knopf thyself: juego de palabras a partir de la famosa máxima «Know thyself» y el nombre de la editorial neoyorquina fundada en 1915 por Alfred A. Knopf 161
kodachrome: nombre comercial de un tipo de película fotográfica 63

latin lóber: adaptación de *latin lover,* hombre famoso por sus aventuras amorosas 224
lemme go, Emelda dahling, You're biting mah fingah: adaptación de la frase *let me go, Emelda, darling, you're biting my ¿finger?* 47
lumpemproletariat: lumpemproletariado, término marxista que designa a la capa social más baja y sin conciencia de clase 457

marrons glacés: dulce hecho con castañas cocidas y almíbar 333
max-factor: cosmético de la marca registrada del mismo nombre 527
métier: oficio, función 328
mink: piel de visón 107, 184

sol: último sol sol histórico de la época de la Conquista española, el momento en que se mezclaron el mito y la historia y, de hecho, el último sol de la civilización azteca. De acuerdo con la cosmovisión azteca, el universo ha pasado por etapas de destrucción o soles 20

sufragioefectivo: sufragioefectivo, norreelección lema de la Revolución mexicana 528

suit: adaptación de *sweet,* cariño o dulce 189, 445

sweater: suéter, jersey 51, 104, 303, *etc.*

tom collins: cóctel hecho a base de ginebra, zumo de limón y azúcar 363

triling: adaptación de *thrilling,* emocionante 221

very fain: adaptación de *very fine,* muy bien 57

Viuda: De la Viuda nombre comercial de cava o champán y, por extensión, la propia bebida 28

yacht: velero, barco de vela 363, 364, 379

Yei Calli: año del calendario azteca que se corresponde con el 1521 de la era cristiana 304

yurai: adaptación de *your eye,* expresión para indicar seguridad y asentimiento 216

Zócalo: plaza mayor de México 98, 281, 283, *etc.*

ÍNDICE ONOMÁSTICO*

Este índice contiene solamente personajes históricos mexicanos o extranjeros que incidieron en la vida cultural, política o social de México.

Abad y Queipo, Manuel (1751-1825): sacerdote español que declaró la excomunión católica a Miguel Hidalgo y Costilla.

Abasolo, José Mariano de (1783-1816): líder insurgente, leal a Ignacio Allende y Miguel Hidalgo y Costilla. Gracias a su buena posición económica, ayudó con fondos a la causa insurgente.

Acamapichtli (siglo XIV): primer *Huey tlatoani* o gobernante mexica. Afianzó la alianza entre Tenochtitlan y Azcapotzalco. Su nombre significa «puño cerrado de cañas».

Acuña, Manuel (1849-1873): poeta romántico que se suicidó ingiriendo cianuro, presumiblemente a causa de su enamoramiento de Rosario de la Peña.

Aldama, Juan de (1744-1811): héroe de la independencia, al igual que su hermano Ignacio y sus sobrinos Antonio y Mariano. Murió fusilado y su cabeza fue expuesta en la Alhóndiga de Granaditas, en la ciudad de Guanajuato.

Alemán Valdés, Miguel (1900-1983): abogado y político, fue presidente de la República mexicana de 1946 a 1952, gobernador de Veracruz y secretario de Gobernación durante el sexenio de Manuel Ávila Camacho. Su mandato se caracterizó por una política de puertas abiertas a la iniciativa privada con la finalidad de industrializar el país.

Allende, Ignacio María de (1769-1811): caudillo insurgente que, tras ser capturado en el estado de

---

* Este índice ha sido dirigido y elaborado por la académica mexicana Concepción Company Company, con la colaboración de Georgina Barraza Carbajal.

Coahuila, fue fusilado y su cabeza expuesta en la Alhóndiga de Granaditas, junto a las de Miguel Hidalgo y Costilla y Juan de Aldama.

Almazán. V. ANDREU ALMAZÁN, JUAN.

Altamirano, Ignacio Manuel (1834-1893): poeta, novelista, político y periodista, intervino en la Guerra de Reforma y, al lado de Benito Juárez, contra la intervención francesa.

Alvarado, Pedro de (1485-1541): conquistador español, lugarteniente de Hernán Cortés en México.

Alvarado Tezozómoc, Fernando de (siglo XVI): cronista, nieto de Moctezuma II, fue autor de la *Crónica Mexicáyotl*.

Álvarez, Juan (1790-1867): militar y hombre de confianza de Benito Juárez, fue presidente de la República mexicana del 4 de octubre de 1855 al 15 de septiembre de 1856, cuando renunció.

Alzate y Ramírez, José Antonio de (1737-1799): científico, historiador, cartógrafo y periodista, publicó, entre otros, el *Diario Literario de México* y la *Gazeta de Literatura*.

Anaya, Pedro María de (1795-1854): militar, ministro de Guerra y Marina y presidente de la República mexicana dos veces, del 2 de abril de 1847 al 20 de mayo del mismo año y del 13 de noviembre de 1847 al 8 de enero de 1848.

Andreu Almazán, Juan (1891-1965): militar, político y empresario, luchó durante la Revolución mexicana al lado del Ejército Libertador del Sur.

Ángeles, Felipe de Jesús (1869-1919): general revolucionario bajo el mando de Francisco Villa.

Arango, Doroteo (1878-1923): Francisco o Pancho Villa. General que, junto con Venustiano Carranza y Emiliano Zapata, fue una de las figuras más importantes de la Revolución mexicana. Jefe de la División del Norte.

Arrieta, Domingo (1874-1962): minero y arriero que fue uno de los primeros en tomar las armas a favor de Francisco Villa en la sierra del estado de Durango.

Arrieta, Mariano (1882-1958): minero y arriero que provocó fricciones entre Francisco Villa y Venustiano Carranza.

Asbaje, Juana Inés de (1651?-1695): sor Juana Inés de la Cruz. Monja jerónima, escritora novohispana. Entre sus obras se encuentran la *Carta Athenagórica,* la *Respuesta a sor Filotea, El divino Narciso* y el *Primero sueño.* También conocida como «Décima musa» o «El fénix de México».

Ávila Camacho, Manuel (1896-1955): militar y político, fue presidente de la República mexicana de 1940 a 1946. Su mandato se caracterizó por insistir en la industrialización y modernización del país.

Axayácatl (1469-1481): rey de Tenochtitlan, sucesor de Moctezuma I y padre de Moctezuma II. Inició la expansión del reino hasta el istmo de Tehuantepec. Su nombre significa «mosco acuático».

Balbuena, Bernardo de (1562-1627): sacerdote y poeta español, autor del poema *Grandeza mexicana,* donde hace una descripción de la ciudad de México.

Balderas, Lucas (1797-1847): militar que combatió a Isidro Barradas para impedir la reconquista de México.

Barradas, Isidro (finales del siglo XVIII-principios del siglo XIX): brigadier y expedicionario español que intentó reconquistar México.

Barrón. V. MEDINA BARRÓN, LUIS.

Bazaine, François Achille (1811-1888): comandante en jefe de la intervención francesa. Fue uno de los siete consejeros que votaron a favor de la abdicación de Maximiliano como emperador de México.

Benavente, fray Toribio de (1482?-1569?): misionero franciscano y cronista de Indias. También conocido como «Motolinía», que significa «El que es pobre o se aflige».

Blanco, Lucio (1879-1922): militar antirreeleccionista que participó en la Revolución al lado de Francisco I. Madero.

Boturini, Lorenzo (1698-1755): historiador, anticuario y cronista de las culturas indígenas de la Nueva España.

Bravo, Nicolás (1786-1854): caudillo de la independencia, quien luchó al lado de José María Morelos y Pavón. Luchó contra el Imperio de Iturbide y fue presidente interino de la República mexicana, del 10 al 19 de julio de 1839 y de 1842 a 1843, y presidente sustituto del 28 de julio al 4 de agosto de 1846.

Bucareli, Antonio María de (1717-1779): militar español y cuadra-

gésimo sexto virrey de la Nueva España.

Buelna, Rafael (1891-1924): general revolucionario, antirreeleccionista, bajo el mando de Francisco Villa.

Bustamante, Anastasio (1780-1853): insurgente, partidario de Agustín de Iturbide, fue presidente de la República mexicana de 1837 a 1839.

Calleja del Rey, Félix María (1753-1828): conde de Calderón, fue el sexagésimo virrey de la Nueva España y gobernó de 1813 a 1816.

Calles, Plutarco Elías (1877-1945): militar y político, fue presidente de México de 1924 a 1928, gobernador del estado de Sonora, secretario de Industria, Comercio y Trabajo durante el gobierno de Venustiano Carranza y secretario de Gobernación durante el gobierno de Álvaro Obregón. También conocido como el «Jefe máximo de la Revolución».

Cantinflas. V. MORENO, MARIO.

Cárdenas del Río, Lázaro (1895-1970): general y político, fue presidente de la República mexicana de 1934 a 1940. Durante su mandato se nacionalizó la industria petrolera.

Carlota Amalia (1840-1927): emperatriz María Carlota Amalia Victoria Clementina Leopoldina, consorte de Maximiliano de Habsburgo, quien ocupó la corona del Segundo imperio mexicano (1864-1867).

Carmelita. V. ROMERO RUBIO, CARMEN.

Carmona, Damián (1844-1869): soldado de las fuerzas republicanas que luchó contra la invasión francesa.

Carranza, Venustiano (1859-1920): general y político, fue presidente de la República mexicana de 1917 a 1920. Se enfrentó a las rebeliones de Francisco Villa y Emiliano Zapata. La alianza entre Plutarco Elías Calles, Álvaro Obregón y Adolfo de la Huerta lo obligaron a abandonar la capital del país para trasladarse a Veracruz, sin llegar a establecerse ahí, pues murió en un enfrentamiento en la sierra de Puebla.

Carrillo Puerto, Felipe (1872-1924): periodista y defensor de los derechos indígenas.

Caso, Antonio (1883-1946): filósofo, escritor y ensayista, fue miembro del Ateneo de la Juventud, que atacó el Positivismo, filosofía oficial del porfiriato.

Castro, Cesáreo (1856-1944): general bajo el mando de Francisco I. Madero, Venustiano Carranza y Álvaro Obregón. Fue gobernador del estado de Puebla.

Cedillo, Saturnino (1890-1939): general constitucionalista. Al inicio de su carrera militar fue partidario de Francisco I. Madero; después se integró a las filas de Pascual Orozco, revolucionario mexicano, que apoyó a Victoriano Huerta. Destacó en la lucha contra los cristeros en San Luis Potosí.

Cervantes de Salazar, Francisco (1514?-1575): escritor español. Fue profesor de Retórica y dos veces rector de la Universidad de México, cronista oficial de la Nueva España y uno de los fundadores del humanismo en México.

Cetina, Gutierre de (1520-1557?): escritor español. Poeta renacentista que vivió parte de su vida en la Nueva España.

Chimalpopoca (1397-1427): tercer rey de los aztecas, que luchó por la hegemonía de Tenochtitlan. Su nombre significa «Escudo humeante o resplandeciente».

Chumacero, Alí (1918): poeta y escritor entre cuyos reconocimientos destacan el Premio Xavier Villaurrutia, el Premio Internacional Alfonso Reyes y el Premio Nacional de Ciencias y Artes.

Comonfort, Ignacio (1812-1863): general y político, fue presidente sustituto de la República mexicana de 1855 a 1857 y presidente constitucional de 1 de diciembre de 1857 al 21 de enero de 1858. Promotor del Plan de Ayutla, que originó la Constitución de 1857.

Constantino Síntora, Fidencio (1898-1938): curandero famoso por su benevolencia y dotes para sanar a los enfermos. Se dice que entre ellos se encontraba el general Plutarco Elías Calles. También conocido como el «Niño Fidencio».

Contreras, Calixto (1862-1918): militar revolucionario que luchó contra Pascual Orozco. Peleó al lado de Orestes Pereyra, Tomás Urbina y los hermanos Arrieta.

Cortés, Hernán (1485-1547): conquistador y expedicionario español. Bajo su mando cayó el sitio de Tenochtitlan, capital de los aztecas.

Cruz, sor Juana Inés de la. V. As-BAJE, JUANA INÉS DE.

Cuauhtémoc (1495-1525): último *Huey tlatoani* o gobernante mexica. Asumió el poder un año antes de la conquista de Tenochtitlan a manos de Hernán Cortés. Su nombre significa «águila que desciende».

Cuauhtlatoatzin, Juan Diego (1474-1548): indígena chichimeca. Según la tradición católica, presenció la aparición de la Virgen de Guadalupe en 1531. Su nombre significa «el que habla como un águila».

Degollado, Santos (1811-1861): militar y político que comenzó sus quehaceres políticos bajo la tutela de Melchor Ocampo. Se unió a las fuerzas federalistas e intervino en las Leyes de Reforma. También conocido como «Héroe de las derrotas».

Díaz, Porfirio (1830-1915): político y militar, fue presidente de la República mexicana de 1877 a 1880 y de 1884 a 1911. Su periodo de mandato se conoce como el porfiriato, y está caracterizado por la tendencia a la centralización política, militar y económica.

Díaz del Castillo, Bernal (1492-1584): soldado y cronista de Indias, participó y narró la conquista de Tenochtitlan. Autor de *Historia verdadera de la conquista de la Nueva España.*

Díaz Mirón, Salvador (1853-1928): poeta modernista, apresado e, incluso, autoexiliado en distintas ocasiones por sus ideas políticas.

Diéguez, Manuel Macario (1874-1924): militar bajo el mando de Venustiano Carranza y Francisco I. Madero. Se levantó en armas junto a Rafael Buelna contra el Gobierno de Álvaro Obregón.

Dr. Atl. V. MURILLO, GERARDO.

Echave Rioja, Baltasar (1632-1682): pintor del virreinato proveniente de una familia de famosos pintores que dejaron su huella artística sobre todo en iglesias y capillas mexicanas.

Escobedo, Mariano (1827-1902): militar liberal que luchó contra la intervención norteamericana y la intervención francesa, entre otras.

Escutia, Juan (1827-1847): cadete que murió en la batalla de Chapultepec, durante la Guerra de Intervención norteamericana. Es uno de los seis «niños héroes».

Estrada, Roque (1883-1966): abogado, periodista, escritor y jurista, fue fiel compañero de Venustiano Carranza.

Fernández de Eslava, Hernán. V. GONZÁLEZ DE ESLAVA, HERNÁN.

Fernández de Lizardi, José Joaquín (1776-1827): periodista y escritor. Su primer periódico se llamó *El Pensador Mexicano,* y en él criticó la falta de libertad de imprenta. Es una de las figuras más relevantes del periodismo mexicano.

Feuster, Alberto (1877?-1922): pintor modernista, favorecido por el porfirismo.

Fidencio. V. CONSTANTINO SÍNTORA, FIDENCIO.

Flores Magón, Enrique (1873-1922): político y periodista, opositor al Gobierno de Porfirio Díaz. Vivió durante muchos años oculto en Estados Unidos y Canadá.

Flores Magón, Jesús (1871-1930): político y periodista, opositor al Gobierno de Porfirio Díaz. Ocupó cargos políticos bajo la presidencia de Francisco I. Madero.

Flores Magón, Ricardo (1877-1954): político, periodista y dramaturgo, opositor al Gobierno de Porfirio Díaz. Su principal aportación periodística fue publicada en *Regeneración,* periódico editado por él y Jesús y Enrique Flores Magón para promover y difundir sucesos revolucionarios.

Forey, Elié-Frédéric (1804-1872): mariscal francés que comandó la intervención francesa. Ocupó las ciudades de Puebla y de México.

Gante, fray Pedro de (1479?-1572): religioso franciscano flamenco, fue evangelizador y educador en la Nueva España.

Genovevo. V. O, GENOVEVO DE LA.

Gómez, Arnulfo R. (?-1927): general revolucionario, bajo el mando de Victoriano Huerta. Secundó el Plan de Agua Prieta, que derrocó al presidente Venustiano Carranza.

Gómez Farías, Valentín (1781-1858): médico y político que ocupó la presidencia de México en distintas ocasiones, del 1 de abril al 16 de mayo de 1833, del 3 al 18 de junio de 1833, del 3 de julio al 27 de octubre de 1833, del 15 de diciembre de 1833 al 24 de abril de 1834 y del 24 de diciembre de 1846 al 21 de marzo de 1847.

González, Abraham (1864-1913): destacado político y revolucionario, fue el principal líder antirreeleccionista y jefe maderista en el estado de Chihuahua.

González de Eslava, Hernán (1534-1603): escritor y dramaturgo español. En su obra reproduce el habla popular mexicana, e introduce mexicanismos y nahuatlismos propios del habla de la Nueva España.

González Ortega, Jesús (1822-1881): militar y político. Fue gobernador de Zacatecas y participó al lado de Benito Juárez en la Guerra de Reforma y durante la intervención francesa.

Gorostieta, Enrique (1889-1929): militar que participó en la Revolución mexicana y en la Guerra Cristera.

Güemes y Horcasitas, Juan Francisco de (1682-1768): conde de Revillagigedo, fue virrey de la Nueva España de 1746 a 1755.

Guerrero, Vicente (1783-1831): político y militar que participó en la Guerra de Independencia. Fue el segundo presidente de México, del 1 de abril al 17 de diciembre de 1829.

Gutiérrez, Eulalio (1881-1939): general y político, partidario de Francisco I. Madero. Fue presidente provisional de la República mexicana, del 6 de diciembre de 1914 al 16 de enero de 1915.

Gutiérrez Nájera, Manuel (1859-1895): escritor y periodista del porfiriato, fue precursor del Modernismo. También conocido como el «Duque Job», entre otros muchos seudónimos.

Guzmán, Nuño Beltrán de (*c*1490-1544): conquistador de la Nueva Galicia, una de las principales provincias de la Nueva España. Como gobernador cometió tantos abusos e injusticias que fue destituido y encarcelado.

Henríquez, Miguel (1898-1972): político y militar que se enfrentó en las elecciones a la presidencia en 1952 contra Adolfo Ruiz Cortines, Efraín González Luna y Vicente Lombardo Toledano.

Herrera, Maclovio (1879-1915): general revolucionario bajo el mando de Francisco I. Madero, Francisco Villa y Venustiano Carranza.

Hidalgo y Costilla, Miguel (1753-1811): sacerdote y militar, es el iniciador de la independencia de México. Fue aprehendido en Acatita de Baján, fusilado y su cabeza fue expuesta en la Alhóndiga de Granaditas, junto a las de Ignacio María de Allende y Juan de Aldama. También conocido como el «Padre de la patria».

Hill, Benjamín (1874-1920): militar revolucionario, bajo el mando de Francisco I. Madero. Se unió al ejército constitucionalista, a las órdenes de Álvaro Obregón.

Huerta, Adolfo de la (1881-1955): general que, al lado de Álvaro Obregón y Plutarco Elías Calles, se adhirió al Plan de Agua Prieta, que desconocía al Gobierno central de Venustiano Carranza. Fue presidente provisional de México, del 1 de junio al 30 de noviembre de 1920.

Huerta, Victoriano (1850-1916): general y político contrarrevolucionario que participó en los asesinatos de Francisco I. Madero y José María Pino Suárez.

Huitzilíhuitl (*c*1379-1417): segundo *Huey tlatoani* o gobernante mexica, que gobernó de 1391 a 1417. Su nombre significa «pluma de colibrí».

Ilhuicamina. V. MOCTEZUMA XOCOYOTZIN.

Iturbe, Ramón F. (1889-1970): precursor de la Revolución mexicana y general constitucionalista.

Iturbide, Agustín de (1783-1824): emperador de México, gobernó del 21 de julio de 1922 al 19 de marzo de 1923. Militar realista que combatió contra los insurgentes, en particular contra José María Morelos y Pavón.

Iturrigaray, José Joaquín Vicente de (1742-1815): militar y administrador colonial español, fue virrey de la Nueva España.

Itzcóatl (1381-1440): cuarto *Huey tlatoani* o gobernante mexica. Su nombre significa «serpiente armada de pedernales».

Juan Diego. V. CUAUHTLATOATZIN, JUAN DIEGO.

Juárez, Benito (1806-1872): abogado y político, fue presidente de México, de 1858 a 1864 y de 1867 a 1872. También conocido como el «Benemérito de las Américas».

Labastida, Ignacio (1807-1839): militar que fue defensor del fuerte

Moctezuma Xocoyotzin (1466-1520): *Huey tlatoani* o gobernante mexica al arribo de los españoles. Sus nombres significan «el señor que se muestra enojado» y «el más joven», respectivamente.

Montaño, Otilio (1877-1917): profesor rural que se incorporó a las tropas de Emiliano Zapata durante la Revolución.

Montoya, María Tereza (1898-1974): actriz trágica de enorme participación teatral. También incursionó en el cine y la televisión.

Morelos y Pavón, José María (1765-1815): sacerdote y caudillo de la independencia de México. También conocido como el «Siervo de la nación».

Moreno, Cenobio (1873-1913): militar constitucionalista que en 1913 se incorporó al movimiento encabezado por Francisco I. Madero. También conocido como el «Tigre de Tierra Caliente».

Moreno, Mario (1911-1993): cómico de carpas que se hizo famoso al incursionar en el cine. Ganó una enorme popularidad con la interpretación de un personaje que representaba la identidad nacional de México.

Moreno, Pedro (1775-1817): caudillo de la Guerra de Independencia de México.

Morones, Luis N. (1890-1964): dirigente obrero, participó en la Revolución, al lado de Venustiano Carranza y Álvaro Obregón. Fue fundador de la Confederación Regional de Obreros Mexicanos.

Motolinía. V. BENAVENTE, FRAY TORIBIO DE.

Múgica, Francisco J. (1884-1954): militar revolucionario y político, fue gobernador de los estados de Tabasco, Michoacán y de Baja California Sur y secretario de Economía Nacional y Comunicaciones y Obras Públicas durante el gobierno de Lázaro Cárdenas del Río.

Mundet, Arturo (1879-1952?): industrial y filántropo catalán que hizo importante obra social en México.

Murillo, Gerardo (1875-1964): pintor. Obtuvo una pensión de Porfirio Díaz para estudiar en Europa. De vuelta a México, tuvo una brillante carrera e, incluso, patrocinó a otros pintores, entre los que se encontraba Diego Rivera. También conocido como «Dr. Atl».

Narváez, Pánfilo de (*c*1470-1528): conquistador español. En 1518, Hernán Cortés embarcó rumbo a México, contra las órdenes dadas por Diego Velázquez, primer gobernador de la isla de Cuba, que envió a Pánfilo de Narváez contra Cortés para capturarlo vivo o muerto.

Negrete, Jorge (1911-1953): cantante y actor de cine, es una figura relevante de la cinematografía nacional. También conocido como el «Charro cantor».

Nervo, Amado (1870-1919): poeta modernista y diplomático, fue cronista de la ciudad de México y colaborador de la *Revista Azul.*

Nezahualcóyotl (1402-1472): poeta y rey de Texcoco, de 1431 hasta su muerte. Su nombre significa «Coyote hambriento».

rigió la invasión de México por Estados Unidos.

Serdán, Aquiles (1876-1910): político revolucionario, partidario de Francisco I. Madero.

Serrano, Francisco R. (1889-1927): general revolucionario estrechamente ligado a Álvaro Obregón y Plutarco Elías Calles.

Sierra, Justo (1848-1912): escritor, historiador, periodista, poeta y político. Fue el fundador de la Universidad Nacional de México.

Sigüenza y Góngora, Carlos de (1645-1700): sacerdote, poeta, científico e historiador. Su obra ejemplifica la alta cultura de la Nueva España.

Soriano, Juan (1920-2006): artista plástico. También conocido como el «Mozart de la pintura».

Soto, Roberto (1888-1960): actor cómico y director teatral.

Tapia, Andrés de (1498?-1561): conquistador español que fue capitán del ejército de Hernán Cortés.

Taylor, Zacarías (?-1858): militar estadounidense invasor de México (1847).

Teresa de Mier, fray Servando (1763-1827): sacerdote y escritor de tratados sobre filosofía política durante la independencia de México. Famoso por sus evasiones de distintas cárceles.

Tetlepanquetzal (?-1525): rey de Tlacopan, luchó al lado de Cuauhtémoc contra Hernán Cortés en defensa de la ciudad de Tenochtitlan.

Tezozómoc. V. ALVARADO TEZOZÓMOC, FERNANDO DE.

Tizoc (1436-1487): *Huey tlatoani,* o gobernante mexica, que gobernó de 1481 a 1486. Su nombre significa «agujereado con esmeraldas».

Tolsá, Manuel (1757-1816): escultor y arquitecto español. Su obra arquitectónica dejó huella en las ciudades de Puebla, Querétaro y San Miguel de Allende, en México.

Torquemada, fray Juan de (1557?-1624): historiador español. Misionero franciscano de la Nueva España, cuya obra se centra en la cultura mexicana y el siglo XVI.

Urbina, Tomás (1887-1915): militar revolucionario bajo el mando de Francisco Villa.

Vallarta, Ignacio L. (1830-1893): gobernador del estado de Jalisco, fue ministro de Gobernación, ministro de Relaciones Exteriores y presidente de la Suprema Corte de la Nación.

Vanegas Arroyo, Antonio (1850-1917): célebre impresor y editor de gacetas callejeras, corridos e historietas.

Vasconcelos, José (1882-1959): político, escritor y filósofo, luchó en la Revolución al lado de Francisco I. Madero y Francisco Villa. Secretario de Gobernación durante el gobierno de Álvaro Obregón, entre sus obras más importantes se encuentran *La raza cósmica* y *Ulises criollo.*

Velasco, José María (1840-1912): pintor paisajista cuya obra, profundamente atraída por la belleza del valle de México, forma parte de la tradición cultural mexicana.

Velasco, Luis de (1539-1617): virrey de la Nueva España de 1550 a 1564. Durante su gobierno se abrió la Universidad.

Vélez, Guadalupe (1908?-1944): actriz, bailarina y estrella de cine en Hollywood.

Vértiz, José María (1812-1876): médico cirujano que introdujo un tratamiento para los abscesos hepáticos.

Vicario, Leona (1789-1842): heroína de la independencia y esposa de Andrés Quintana Roo, ayudó económicamente a la causa insurgente.

Victoria, Guadalupe (1786-1843): primer presidente de México, de 1824 a 1829, cuyo verdadero nombre fue Miguel Fernández Félix. Luchó al lado de José María Morelos y Pavón durante la Guerra de Independencia.

Vidaurri, Santiago (1808-1867): político y militar. Reconoció a Maximiliano de Habsburgo como emperador de México, por lo que fue aprehendido y fusilado por órdenes de Benito Juárez.

Villa, Francisco. V. ARANGO, DOROTEO.

Villa, Pancho. V. ARANGO, DOROTEO.

Villarreal, Antonio I. (1879-1944): destacado militar revolucionario y político. Fue colaborador de Ricardo Flores Magón, y aliado de Francisco I. Madero y Álvaro Obregón. Partidario de Adolfo de la Huerta.

Villaurrutia, Xavier (1903-1950): poeta, dramaturgo, ensayista y traductor, formó parte de la generación de los Contemporáneos, que fue determinante en la vida cultural de México de los años veinte.

Xicoténcatl (1484-1521): señor de Titzatlan, se opuso a prestar ayuda a Hernán Cortés. Su nombre significa «habitante de Xicotenco».

Xocoyotzin. V. MOCTEZUMA XOCOYOTZIN.

Zapata, Emiliano (1879-1919): caudillo de la Revolución que, junto con Francisco Villa y Venustiano Carranza, fue uno de los tres principales jefes revolucionarios. Lanzó el Plan de Ayala, donde manifestaba los problemas campesinos y sus soluciones.

Zaragoza, Ignacio (1829-1862): militar que fue héroe de la batalla de Puebla contra la intervención francesa.

Zumárraga, fray Juan de (1468-1548): primer obispo y arzobispo de México, intervino en la fundación de los colegios de San Juan de Letrán y de Santa Cruz de Tlatelolco. Propició la creación de la Universidad.

TABLA

3

La primera tirada
de este libro
se terminó de imprimir
el 11 de noviembre de 2008,
día en que Carlos Fuentes
cumplió ochenta años

© Carlos Fuentes, 1958
© Real Academia Española, 2008
© Asociación de Academias de la Lengua Española, 2008
© De «Carlos Fuentes, epígono y precursor»: Gonzalo Celorio, 2008
© De «Carlos Fuentes en *La región más transparente*»: José Emilio Pacheco, 2008
© De «El nacimiento de Carlos Fuentes»: Vicente Quirarte, 2008
© De «Nota al texto»: Real Academia Española, 2008
© De «Glosario» e «Índice onomástico»: Academia Mexicana de la Lengua, 2008
© De «Carlos Fuentes: la voz y sus resonancias»: Carmen Iglesias,
Sergio Ramírez, Nélida Piñon, Juan Luis Cebrián, 2008
© De esta edición: Santillana Ediciones Generales, S. L., 2008

© Diseño de cubierta: Manuel Estrada

ISBN: 978-84-204-2250-3
Depósito legal: B-42.590-2008

Impreso en el mes de noviembre de 2008
en los talleres gráficos de EDAMSA IMPRESIONES
S.A. de C.V. en Av. Hidalgo #111 Col. Fracc. San Nicolas Tolentino
México D.F. C.P. 09850.
El encuadernado fue realizado en los talleres de
Impresora y Encuadernadora Progreso, S.A. de C.V. (IEPSA)
Calz. San Lorenzo #244 Col. Paraje San Juan México D.F. C.P. 09830.